橙·中国经验与文学湘军发展研究

家国情怀：个人言说与集体记忆

——文学湘军的多维解读

聂茂 ◎ 著

中南大學出版社
www.csupress.com.cn
·长 沙·

图书在版编目（C I P）数据

家国情怀：个人言说与集体记忆／聂茂著. --长沙：中南大学出版社，2018.11

ISBN 978-7-5487-3037-8

Ⅰ.①家… Ⅱ.①聂… Ⅲ.①文学研究—湖南—当代 Ⅳ.①I209.964

中国版本图书馆 CIP 数据核字(2017)第 249473 号

家国情怀：个人言说与集体记忆

JIAGUO QINGHUAI: GEREN YANSHUO YU JITI JIYI

聂茂 著

□**责任编辑** 浦 石

□**责任印制** 易红卫

□**出版发行** 中南大学出版社

社址：长沙市麓山南路　　邮编：410083

发行科电话：0731-88876770　　传真：0731-88710482

□**印　　装** 长沙市宏发印刷有限公司

□**开　　本** 710×1000 1/16 □**印张** 22.5 □**字数** 414 千字

□**版　　次** 2018 年 11 月第 1 版 □2019 年 4 月第 2 次印刷

□**书　　号** ISBN 978-7-5487-3037-8

□**定　　价** 288.00 元

总序：中国经验与文学湘军的赓续和发展

雷 达

一

习近平指出，推动文艺繁荣发展，最根本的是要创作生产出无愧于我们这个伟大民族、伟大时代的优秀作品。文艺是铸造灵魂的工程，好的文艺作品就应该像蓝天上的阳光、春季里的清风一样，能够启迪思想、温润心灵、陶冶人的情操，能够扫除颓废萎靡之风。文学创作与文学批评彰显出来的真善美和向上向善的力量，能引导人们增强道德判断力和荣誉感。向往和追求讲道德、尊道德、守道德的生活，实现中华民族伟大复兴的中国梦，文学创作和文学批评有着不可替代的作用和价值。

毋庸讳言，文学既有中心地带，又有边缘集群，即文学具有地域性，这是一个基本事实。一个国家文学的繁荣与发展是由一个个地域性文学的繁荣与发展支撑起来的。而地域性文学的发展，既与整个国家的政治、经济、文化的发展息息相关，又与一个地域的民族气质、审美情趣、生活习俗密不可分。《文心雕龙》称北方的《诗经》“辞约而旨丰”，南方的《楚辞》“耀艳而深华”时，就明确提及地域与文学的关联性。丹纳在《英国文学史》引言中，把地理环境与种族、时代并列作为决定文学的三大因素。地域性对 20 世纪以来的中国文学的影响非常深刻，如京派作家和海派作家等地域性作家群对中国现代文学的贡献是显而易见的。

世界与中国、中国与湖南原本就是互为彼此、互为关联的命运共同体。如何认识包括文学湘军在内的中国文学在世界文学大家庭的位置，某种程度上决定了今天我们对中国历史、现实和未来的理解；而我们对地域性作家群的认知，也取决于我们对中国文学乃至世界文学的合理想象。

湖南是一个拥有悠久文化传统和深厚历史根基的文学大省，湖湘文化成为许多湖南作家创作的精神资源和价值追求。湖南作家自觉地把“感时忧国”和“敢为人先”作为人生的要义，把“经世致用”和“文以载道”作为写作的基本原则，有着普遍的政治情结、现实关切和使命意识。沈从文、丁玲、周立波等一大批作家为五四运动以来的新文学谱写了浓墨重彩的一章。中华人民共和国成立后，经过近40年的积淀，至20世纪80年代，形成了老中青三代蔚为壮观的湖南作家群。改革开放最初的12年，湖南作家在全国性文学大奖中获奖的有30多人次。首届茅盾文学奖，莫应丰和古华双双获奖。全国优秀短篇小说评选中，周立波、韩少功、蔡测海、彭见明、何立伟等人的作品榜上有名，1979年至1985年，连续7届共9部作品获得殊荣，成为全国唯一的“七连冠”省份。与此同时，孙健忠、水运宪、谭谈等4人的作品获全国优秀中篇小说奖，湖南作家因此获得了“文学湘军”的美誉，这标志着湖南文学进入了黄金时代。

二

然而，20世纪80年代末及整个90年代，湖南文学进入一个沉静期。与此同时，文学陕军以及北京、上海等文学中心地带的作家佳作频出，风光无限。人们不禁要问：为什么在中华人民共和国成立之初，湖南作家创作的长、中、短篇小说接连斩获全国性大奖，崛起的文学湘军为中国文坛瞩目？为什么文学湘军的历史题材、民族题材和官场小说创作一直处于全国领先水平？为什么从20世纪80年代末到90年代的10多年时间里，除少数民族文学获大奖外，湖南作家的作品竟无一篇获全国性大奖？文学湘军究竟怎么了？

对上述问题的耙梳、厘清与回答，正是中南大学教授、博士生导师聂茂先生的“中国经验与文学湘军发展研究”书系创作的时代背景和书写初衷。老实说，我跟聂茂以前不熟，但晏杰雄是我的博士生弟子，与聂茂是关系亲密的同事，他俩共同努力，为文学湘军在全国发声做了不少工作。杰雄多次跟我说起聂茂的文学创作和学术成就。有一天，我收到一本聂茂赠送的《名作家博客100》一书，感觉作者眼光很独特，视角很新颖，是一部有较高学术价值的开创性的著作。接着我了解到聂茂本人从20世纪80年代开始进行文学创作，在《人民文学》《诗刊》等发表过不少作品，《散文选刊》《小说月报》和《读者》也转载过其不少作品，《文艺报》和《理论与创作》等报刊还发表过有关他作品的评论文章，他还获得过包括湖南省青年文学奖在内的一些大奖，算得上名副其实的文学湘军中的重要成员。1999年3月聂茂出国留学，2003年8月取得博士学位，2004 年 7 月被中南大学以海外高层次人才引进，当年即由助教直接破格晋升为教授、学科带头人。这套书系就是 10 多年来聂茂在教学之余集中思考的智慧结晶，非常有雄心，非常有勇气，也非常不容易。

某种意义上说，包括聂茂在内的文学湘军的这些经验、生活、故事就是中国经验、中国生活、中国故事的缩影。20 世纪 80 年代初期文学湘军的辉煌是中国新时代文学辉煌的一部分。而 20 世纪 80 年代末到 90 年代以来，湖南文学经历了 10 余年的沉静期，它是市场经济条件下文学失去轰动效应和作家日益边缘化的真实写照。喧哗与骚动之后，包括文学湘军在内的中国文学开始呈现平稳的态势，走向成熟，彰显从容与自信。这个时期全国涌现出一大批传播中国核心价值和文学理想的精品力作，唐浩明的《曾国藩》、阎真的《沧浪之水》、彭见明的《玩古》以及残雪、王跃文、何顿等人的小说融思想性、艺术性于一体，充分展示了中华文化和美学精神，为文学湘军赢得了新的声誉和尊重。而 21 世纪以来的 10 余年（截至 2016 年底），文学湘军又有 15 位作家的 16 部作品获得全国性文学大奖，其中，田耳的《一个人张灯结彩》、欧阳友权的《数字化语境中的文艺学》、王跃文的《漫水》先后斩获鲁迅文学奖，阎真和何顿分别凭借《活着之上》和《黄埔四期》成为备受社会关注的第一届和第二届路遥文学奖得主。

文学评论工作者应深入研究这些有筋骨、有血肉、有温度的作品，弘扬主旋律，传递正能量。聂茂抓住时机，顺势而为，聚焦“中国经验与文学湘军发展研究”这个宏大课题，对包括文学湘军在内的中国作家在历史进程中书写和记录中国人民伟大实践的优秀作品给予充分阐释和及时评判，积极为传承与赓续中华文化基因、实现中华民族伟大复兴的中国梦提供应有的学理支撑。本书系紧紧围绕“中国经验与文学湘军”这个主题，透视其丰富多样、特色各异的创作形态，将个体研究与群体融合、思想资源与现实际遇、文本剖析与路径追溯、精神辨析与文化解读、审美阐发与理性反思结合起来，探讨新时期以来中国作家为什么创作和以怎样的方式表达，形成了自己的文学热点；面对不断涌现的现实生活和文学理想，文学湘军又有着怎样丰富的内涵、复杂的创作心理和个体的审美追求，以及对国家未来、民族前途有着怎样的价值预判。这样多维度、多层面的深入研究，强化了问题意识、前沿意识、批判意识和整合意识，使得本书系既具学理深度、学术高度，又具现实针对性和实践指导意义。对于聂茂这样的创作动因和学术成就，我感到很欣慰，并为之鼓掌。

三

所谓经验，通常是指过去发生的事情。其隐含的意义在于：人在过去的所为在现在形成的与现在相关的"历史记忆"。经验既是国家的、集体的，也是民族的、个人的，是一种可供选择、自然积累的回顾、省思、体味与总结。所谓中国故事，当然是指发生在中国历史和中国社会上的一切事情，中国故事不只是中国作家的个人经验，它的读者也不仅仅局限在中国，而是面向全世界、面向全人类的。从这个意义上，文学湘军的写作不仅仅是局限在地域性上，也不仅仅是对湖湘文化精神资源的汲取，而是以更加宏阔的视野，去发现中国元素、中国气质、中国精神和中国智慧。换言之，文学湘军将以什么样的思想情怀和艺术立场为我们这个时代、为有着命运共同体的人、为整个世界提供精彩的生活样本、文化镜像和价值观念？对这些问题的考察和思考，正是聂茂学术聚焦和研究重心之所在。

可以说，"中国经验与文学湘军发展研究"书系是聂茂从事中国现当代文学特别是对新时代文学和文学湘军研究 10 余年的集中奉献；倘若算上他文学创作的前期积淀，则是其近 30 年置身文学现场，观察、感受、参与和见证中国人民的伟大实践、中国作家书写中国经验的总体思考和学术结晶。

该书系共由 7 部专著组成，分别是：《人民文学：道路选择与价值承载》《家国情怀：个人言说与集体记忆》《民族作家：文化认同与生命寻根》《湘军点将：世界视野与湖湘气派》《政治叙事：灵魂拷问与精神重建》《70 后写作：意境闳阔与韵味悠长》以及《诗性解蔽：此岸烛照与彼岸原乡》。这 7 部专著以国内外最新学术成果为基础，全方位、多角度、立体式地对世界视野下中国新时期文学的精神资源、叙事模式与创作风格，中华优秀文化的赓续与传承、家国情怀、人民文学与文学湘军的深刻关联，70 后作家的创作特点，以及改革开放以来文学湘军的文化记忆、生命寻根、文本特征、审美态势及创作成就、困境与突围等，进行了全面客观、深入细致的总结、阐释、评论和分析，回答了伴随着经济崛起的中国作家应当以怎样的文化自觉和文化自信来书写中国故事，彰显中国立场、中国道路和中国价值等重大命题，该书系对重塑科学、健康、锋利的文学批评精神具有很强的针对性、学术性、理论性和前瞻性，对中国新时期文学，特别是湖南文学的繁荣和发展具有重要的理论价值与现实意义。

据悉，本书系自 2006 年开始启动，各部专著既相互独立，又相互关联，既相互支撑，又相互印证。作者立足于世界视野下中国经验的思想结构与内在逻辑，深入探讨了中国作家无论是个人言说还是集体记忆所共同拥有的家国情怀，重点阐释了人民文学对中国作家道路选择与价值承载的重要意义，对民族作家心路历程所彰显出来的文化认同与生命寻根给予了积极的肯定，并从制度层面和诗性追求上对政治叙事中的灵魂拷问与精神重建做出了全面细致的学理分析。中华美学和中华优秀文化的赓续和发展，有助于增强中国人民的文化自信、政治自信和道路自信，这样的研究充分体现了问题意识与创新精神，为新的历史时期重塑国家形象、凝聚人心和提高民族自信心提供了理论支持。中国文学和中国精神之于世界意味着什么？可以说，历史上没有任何一个时代像今天的中国这样丰富而深邃，对中国经验与文学湘军的文化源头、内部机制、审美特征等全方位、多角度的深入分析，是文学评论工作者在借鉴、吸纳人类丰富经验的同时，更多地关注中国立场、中国智慧、中国价值的客观需要，因而本书系具有丰富的文学理论价值和重大的学术原创价值。

近年来，伴随着中国经济崛起和世界对中国的关注，有关中国经验的文学评论文章或专著不少，有关文学湘军的评论文章或专著亦有一批，但将中国经验与文学湘军关联起来并做全方位的考察和研究的则并不多见。同时，学界关于文化自信和世界视野下中国文学的发展现状、机遇与挑战等方面的学术成果虽有一批，但是，由于依据理论的偏颇和研究方法、解释框架、价值导向等方面的缺陷，这些成果存在明显不足：一是多以现代西方理论和方法作为阐释立场，而非依据中国理论的内在资源确定和解读包括文学湘军在内的中国文学的发展变化，对中国文学所呈现出来的鲜明的中国特色和中国作家对人民文学追求的价值导向等研究发掘得不够；二是多遵循现代学科知识逻辑，而非针对中国传统社会与现代学术的浑融性提出的整合性解释框架，因而在对澄明中国文学对社会、文化、政治问题等层面的思考与实践上缺乏自信，对文化建设与中华文化传承的重要性也认识不够；三是多坚持“检讨中国”的刻板模式与审美知识的自主性立场，贬斥国家主义和功利主义的政治美学理念，不能发现中国制度优势所蕴含的合理性和普遍性价值，对中国文学在全球化语境下所形成的中国模式、中国智慧和中国道路的诠释缺乏全局性眼光，对包括文学湘军在内的中国当代文学发展也缺乏前瞻性和针对性的指导意义。而“中国经验与文学湘军发展研究”书系力图弥补这些缺憾，聂茂十年磨一剑，他不仅对湖南作家的研究做出了创新性和开拓性的贡献，而且对全国其他省份的文学研究亦有积极的启迪意义。

四

繁荣文艺创作，离不开文艺批评的健康发展。聂茂作为一名作家型教授，对“中国经验与文学湘军发展研究”有着先天的优势和个性特色，其开阔的国际视野，深厚的理论基础，丰富的创作经验，为整个书系的质量提供了保障。

“中国经验与文学湘军发展研究”书系的可贵之处在于，它站在全球化语境下，以中国经验和中华诗学的艺术立场，对传统文化视域下中国当代作家与作品，特别是对湖湘文化视域下文学湘军的研究做一次总结，使之成为该领域研究的代表性著作，为日后学术同行的相关研究提供重要的学术资源。纵观整个书系，我认为作者主要从以下五个方面做出了积极探索和不懈努力。

第一，夯实了世界视野下中国当代文学研究的学理基础，提升了中国精神和中国优秀文化在世界图景中的重大价值与时代意义。作者以中国经验与文学湘军为切入点，把中国智慧、中国道路、中国模式置于世界文学视野下，对改革开放以来文学湘军的巨大成就、内部构成、创作特点、叙事路径、审美趣味，以及中华传统优秀文化与湖湘文化之间的赓续、传承与发展的动态过程进行整体把握和深刻阐释，深入分析中国作家如何在世界图景中认识自己，将中国精神、文化建设与中华文化传承等一系列关乎民族盛衰、国家兴亡的重大课题呈现在世人面前。

第二，探究了中国作家的家国情怀和对人民文学执着追求的心灵冲动。该书系立足全球化语境下中国文学的宏大背景和湖湘文化丰厚的理论场域，研究新时代以来中国作家为什么心怀家国情怀，对人民文学的创作诉求产生强烈的心灵冲动，并探寻包括文学湘军五少将在内的70后作家的集体崛起的社会深层原因。

第三，重新认识和发掘了中国制度优势与中华诗性对中国作家创作资源所提供的深厚底蕴与精神投射的启迪意义。该书系针对中国当代文学，特别是文学湘军的创作与研究、评价中存在的问题和困惑，以中国制度优势和湖湘文化为切入口，聚焦“诗性追求”及其时代认知这一具有共同性、源头性和枢纽性的考察角度，对中国文学在新的历史条件下如何塑造自己、中国作家如何为丰富人类的精神生活做出贡献进行深入思考，全面厘清文学湘军的政治地缘、创作特色与形成路径，审视当前小说创作为何出现丰富、复杂乃至矛盾对立的现实尴尬。

第四，探寻民族作家的心路历程，增强民族团结和民族文学的影响力。湖南是全国少数民族大省，沈从文等作家在现当代文学史上留下了厚重的一页，改革开放以来中国巨大的社会变革创造了丰富的中国经验，也带给中国民族文学取之不竭的创作资源。中国作家坚持自己的个性和品格，充分展示中华民族的精神命脉和命运共同体。作者以江华瑶族作家群为例，用“解剖麻雀”的方式，找出了他们的文化传承及其与汉文化的共生共融的关系，深入分析了他们作品的审美特征、身份认同和民族寓言等，着力思考面对强势文化的挤压，他们的文明何以保存，他们的文化何以弘扬，他们的文学何以生存。每个民族都有自己的梦想，“中国梦”当然也包含江华瑶族的作家群“作家梦”。通过从文学、民俗学、叙事学和传播学等视角对江华瑶族作家群及其作品的集中考察，可以获得探寻全国少数民族作家心路历程的钥匙，为民族文学的繁荣和发展提供实证意义。

第五，彰显了中国当代文学为实现“中国梦”的重要意义。该书系运用历史的、人民的、艺术的、美学的观点评判和鉴赏作品，聚焦人民文学的丰富性和家国情怀的书写启示以及70后作家写作的新的艺术特质，揭示了优秀作家应选择怎样的叙事路径，才能充分彰显传统文化价值和功能内涵，才能彰显文学创作和文学批评为先进文化建设和民族伟大复兴的“中国梦”服务的终极意义。

总之，本书系以马克思主义为指导，站在全球化视野下，立足中华传统文化特别是湖湘文化对文学湘军的影响这一价值目标，综合运用社会学、文化学、文艺学和传播学等多种方法，全面概括中国新时期以来文学湘军的总体特征和创作规律，探索应该怎样认识和表现颇具中国特色的地域文化及时代意义，为文化自信背景下如何讲好中国故事、如何建立健康有序的文学批评提供了新的研究视角，是当代中国文学特别是文学湘军研究的新收获。

（作者系我国著名文学评论家、中国小说学会会长、兰州大学博士生导师）

目　录

绪论：家国情怀的文化想象与符簇表达

文学湘军自20世纪80年代始盛名播于国内外，发展至今，已然浩浩荡荡，蔚然成军，既有经典性、旗帜性人物，也有风格各异、文体兼备的作家，形成了气质鲜明、整体突出、形势喜人的创作群体。这个创作群体自身拥有显著的标签，但这里的"标签"并不含有褒贬之意，而是对文学湘军所具有的创作特质的一种确认，即以忧患意识、爱国精神和民族意识观照社会万象，表现国家和民族的苦与悲、爱与乐。

自屈原以降，直至进入21世纪文学，这一种特质从未退出文学湘军的创作视野，而讨论文学湘军家国情怀的文化想象和现实表达，就是进一步对这一特质在本质意义上的确认，即文学湘军以其集体表达（符簇）彰显国家和民族在现实境遇下的时代特质。文化想象是一种经验性的文化符码，是文学特质在文本内容层面上的表现，由文学作品的虚构性质以及文学创作者的自身审美趣味、生活经历和国家民族的理念化共同构成。文学湘军为什么会有这样的特质（文学特质和时代特质），这种疑惑其实包括两个问题：一是文学湘军为什么会集体性持有家国情怀，这涉及家国情怀的书写价值、文学湘军的创作传统等方面；二是对国家民族的观照自古有之、全国有之，文学湘军又是凭借何种文学形态"突出重围"，以与众不同的符簇表达对家国情怀的文化想象，而这就涉及文学湘军的创作立场，以及从中体现出来的文学新质等方面。

文学湘军的家国情怀既包括已然成为历史的中国经验，也包括当下的中国现实。可以说，文学湘军的家国情怀，既是对过去中国历史的文学表达和确认，以古鉴今或追根溯源，寻求民族精神气质，也是对当下现实本质的一种探索，关注社会发展问题以及民族未来走向。因而，家国情怀的价值和意义首先在于体现文学对社会现实的关注和参与，一方面通过体现时代价值和历史走向使读者清楚地认识现实本质、生活道路；另一方面文学通过关注社会现实主体所忽略的存在，为人们揭开人之内核，展现丰富的生活层次，甚至有机会指导其进行社会实践。其次，则在于家国情怀与人的密切联系。文学是人的文学，要想真正关心人、表现人，最需要了解和记录的则是人所生活的现实世界，这正建立在中国大地发生的多面复杂的社会现实之上。自改革开放以来，中国日新月异，特别是信息化、全球化的当下与过去更是有着很大的不同，经济、政治、文化等方面相比以往都有了很大的转变，经济全球化、政治民主化、文化多元化、人际交往网络化等都对人们的精神和物质层面产生了强烈的精神或感官上的刺激，使内心的矛盾和冲突复杂而纠结，而这样的人心震荡不可能直接接触到，只能通过社会万象来体现，因此，也可以说，书写中国经验是了解和书写中国人的必须甚至是唯一的渠道。再次，家国情怀的符簇表达也是文学保持旺盛生命力的重要原因。“文学是社会的象征性行为”①，文学与社会、国家紧密相连，一方面文学的价值和意义是从其对家国情怀的书写中获得的；另一方面，文学中诸多的创造性杰作大多数都是通过对社会、国家的关注中获得的，即新的时代内容可以为文学创作者提供前人从未接触过的创作题材，也可以由此衍生出新的创作形式，如杜甫的诗史、鲁迅以特异的文学样式对国民性的表达等都是通过对中国现实的切身观察发现社会发展的新质，以某种补偿机制和文学想象来表现对国家民族未来的深刻关怀，或对社会的记录、揭露和预测，从而使其文学作品在思想内容和表现形式上都具有一定程度上的开时代之先的意义。在一定程度上来说，这种书写中国经验具有对中国文学的悠久传统的继承和发扬的性质，中国经验的书写是对中国民族现实的关注和描绘，凝聚着中华民族的精华血脉，而这早已在以《诗经》为代表的现实主义传统和以司马迁《史记》为代表的史传传统中得到了体现，因此，书写中国经验既是对家国情怀和民族精神的继承，也是对不忘中华民族之根的警醒，同时也是对当代文学创作方向的一个极有价值的指引，即要再创作出如《红楼梦》般的现实主义巨著必须借助于对中国经验的关注和表达。

文学湘军的创作传统与中国文学整体的创作传统密切相关。传统中国文学中，“文以载道”的教化观、文学创作者的“启蒙者”角色等使得文学与政治、国家、民族紧密相联，这些也在现当代文学的创作实际中得到了继承与发展。现代作家如鲁迅先生自觉以笔为武器，用“弃医从文”的经典经历生动叙述着现代文人对文学的期待，即以文学唤醒人心，疗救人心，拯救社会；当代文人对文

---

① [美]詹姆逊. 政治无意识——作为社会象征行为的叙事[M]. 王逢振，陈永国，译. 北京：中国社会科学出版社，1999：15.

化大革命（以下简称“文革”）的反思，对改革现象的书写，也表现着中国文学一直不曾断绝的现实主义创作传统。文学湘军作为中国文学整体的一部分，无疑也具有上述的文学精神和品格，而对于文学湘军来说，其特异之处就在于文学湘军还具有一种发现的眼光，敢于走在时代前列，敢为天下先。湖南在中国不算发达，也说不上落后，这样的一种坐落于中部一隅的位置，给了湘籍作家既可能参与当下最新发展态势，又能偏安一隅作冷静思考的双重视角。改革文学方兴未艾之际，是湖南作家韩少功第一个举起旗帜，提出要寻找中国文化的根，虽然这一文学潮流因过于具有实验性质而使其朝向“丑、野、俗”发展，但其对当时商业主义的反抗和对即将汹涌而来的商业文化的反思未尝不是一种有益的反拨；而在市场经济建立、全球化语境以及本土化与全球化频繁互动的情况下，中国文学该站在怎样的文化立场做出怎样的文化选择，文学湘军也十分鲜明地给出了回答。

与改革开放以来习惯性地让中国向世界靠拢，用世界（主要是西方世界）的文学理论概念来解释或创作不同，文学湘军往往以本土历史和湖湘文化为基点，用对本土的变化现象的热切关注、冷静思考书写属于中国自己的经验，特别是在20世纪90年代以来，先锋文学出现的读者理解的困难、作家的创作瓶颈，对西方文学的过多借鉴，以及商业文化带来的文学的娱乐化、低趣味使中国文学处于一个十分尴尬的境地，有鉴于此，诚实的现实主义创作被文学湘军再度拿起来了，他们将切身经验融入对家国情怀的文学表达，用挚诚的思考表现湖南作家群体对中国现实的从未停歇的创作关怀，对文学湘军而言，家国情怀是真诚的、热切的，同时又是冷峻的、沉痛的。

文学湘军的家国情怀折射出其创作传统的符簇特异性，即文学湘军的创作立场。首先，作为中国浪漫主义文学的开创者，屈原对湘籍作家产生了深远影响。一方面，湘籍作家大多以屈原为人格榜样、文学标杆，极其真诚地将个人命运与国家民族联系在一起，他们或以读书不得的外出务工者的经历表达对劳工问题、干部腐败问题的担忧，或以城市女性不同的生存状态表现城市的繁华与苍凉、热情与冷血；另一方面，自屈原以来形成的“乡邦情结”，不仅是中国文学更是文学湘军的一个基本的文学主题，即使是在强调城市化的当下，将眼光牢牢扎在土地上的湘籍作家依然比比皆是，如陶少鸿、姜贻斌、赵燕飞等湖南作家依然执着于描写土地的豁达与从容、对民族精神与“家”的灵魂深处的追寻。其次，在商业化的浮躁社会中，在这样的一个文学似乎也不得不娱乐、迎合的环境下，文学湘军依然执着于纯文学的创作立场，即用文学为读者“开辟一个精神空间，提供一个心灵视角，陪伴读者去观照现实、认识自己”[①]，也正因为此，阅读文学湘军的作品，既会让读者深刻感觉到国家民族的发展脉搏，也会感受到湖南作家们对民族前途的思考、积极参与的热情和对终极的关怀。最后，文学湘军家国情怀的特异性文学表达与其对文学身份的追寻有关。在中国源远流长而又博大精深的文学世界里，要想体现自身的文学价值和地位是极其困难的，特别是对于地缘性的文学群体。在这样的文化焦虑下，为了寻求文学湘军特别的存在价值和文学品格，同中求异是他们必须做出的选择，文学湘军本身所具有的文化资源，独特的方言土语、民俗风情，及其山林遍布下的贫穷闭塞，中华人民共和国成立之后的改革艰难等都为文学湘军的独特表达提供了良好的资源。

在全球化语境下，随着同质化现象的日趋严重，作为地缘性作家群，文学湘军高举文学理想，立足本土、本地域的民族文化想象日趋明显。文学湘军用家国情怀的符簇表达增强了他们作品的辨识度，其独特的创作立场使文学湘军有着自觉的创作追求，引发出文学成规在一定程度上的突破，即以文学的激情直面娱乐时代下苦难的诗意、成长的伤痛，并努力以对民族历史的再探索挖掘新时代环境下的记忆与遗忘、诱惑与尴尬，如罗鹿鸣诗歌中异乡人的孤独，就体现了家与国、个人与集体等的内在逻辑性，这样的书写充分彰显了诗人的家国情怀，既具有湖湘文化地域特色，也有着一般地区的普遍性意义。

① 陶少鸿.生命的颜色[M].兰州：敦煌文艺出版社，2013：1.

第一章　时光的盛宴

俄国作家果戈里说："为了国家的利益，使自己的一生变为有用的一生，纵然只能效绵薄之力，我也会热血沸腾。"

爱国，是文学湘军家国情怀中表现得最为突出的主题词，几乎每个湖南作家都深深地爱着自己的祖国、大地和人民，都用独特的充满大写的情感来爱，并且还用独特的方式来充分地表达这种爱。这种爱不分身份尊卑、地位高下或影响隆微，是一种自觉的发自内心深处的情感。例如，常德农民诗人宋庆莲就在诗集《走成阳光的路线》①中深情地歌唱："祖国　我要把我对你的爱放大/放大到可以装进去你的历史和未来……/祖国　我要把飞翔的力量放大　让你所有的梦想高远的翱翔/爱你一定要用我纯洁美丽的灵魂来爱你　把灵魂里的太阳放大/把我的诗歌放晴　祖国　就用我晴朗的诗歌爱你"。即便现实生活中有这样那样的困难或黑暗，但诗人依然"把灵魂里的太阳放大"，用"晴朗的诗歌爱你"，对祖国之爱的纯粹和坚决，令人感动。

本章主要聚焦文学湘军中的代表性作家，对他们的追求、向往、理想、大爱及他们作品中的家国情怀进行勾勒式的符簇描写。无论是试图改良人、改变社会，有着强烈使命感和自省精神的韩少功，还是让我们明白每个生命都有能力释放出郁存于内心的潜伏的力量，即便是当我们感到迷茫、抑郁的时候，我们都能从自己的灵魂深处发现以前从未意识到的勇敢和坚强的残雪，通过文学创作，多视角展示自己在社会转型的阵痛中对国家、民族、社会与生命个体的深度思考的谭谈，立足于对湘西土家族深切之民族情怀，执着于把土家族人民的生活及文化带入中国文坛，让他笔下的一草一木，连着他的痛苦与欢乐，连着他的筋骨与血脉，也连着他的故土与世界的孙健忠，等等，他们作为文学湘军的创作主体，一直关心着家与国、集体与民族、社会与个人，他们从不把自己关在象牙塔之内，作无病的呻吟，而是自觉地沉入生活中，成为这个时代的

---

① 宋庆莲. 走成阳光的路线[M]. 北京：中国文联出版社，2012：64.

观察者、参与者、思考者和改变者。例如，水运宪用丰富的想象，塑造了一系列关于历史与时代、虚拟与真实的人物群象，表现出作家极大的同情心、沧桑的幽默感以及对社会各阶层的深刻体察。彭见明的书写则常常带着温暖的色调、青草的气息和优美的旋律，他用诗意、深邃、略带忧郁的灵魂在这优美的旋律中彰显了生命的高贵，唤起了人类的同情和人道关怀。蔡测海牢记陀思妥也夫斯基的那句话："美将拯救世界"，把人的活动细节当成历史局部的细节，把个人活动史当成历史的真实事件，从外往内写，从低处往高处写，充分审视人类生存的方式与归宿，洋溢着草民情怀、民族情怀、家国情怀。聂鑫森相信传统文化的魅力，他恪守自己的精神追求，优雅地在现代社会中开拓出一片独具湖湘文化特色的文学空间，在这片空间中，失落的传统文化被重新发现、托起和承续。凡此种种，都很好地体现了文学湘军的责任意识与使命情怀，这种责任意识与使命情怀不会随着时间的流逝而消失，相反，它如同血脉、筋络与气质一样，连结到每个作家身上，成为其生命个体的一部分，成为血与肉的生命整体，进而浓缩成伟大时代的文化镜像。

第一节　韩少功：向人间发出自己的光芒

韩少功像持续发力的攀登者，他攀登，并以此为乐。他攀登，是为了证明自己的存在，证明生命的价值与意义。他试图通过文字，改良人、改变社会。他有着美好的愿望，写作中带着强烈的使命感和自省精神。他总是把自己置于旅途的风景中，向着一座座高峰前行。在长时间的探索中，人们以为他会停下来，但他停下，只是为了看清新的方向，接着继续前行。有时他也顽皮，坐在途中的小院里看夜空中的萤火虫飞来飞去，让他惊讶的不是虫子，而是虫子发出的光芒。这似乎给了他启示，他也要向人间发出自己的光芒。有时，他伏身凑在路口，看一群蚂蚁忙碌着什么，他甚至不经意地把其中一只提起来，放到一个完全陌生的地方。可这只蚂蚁并不悲伤，似乎没有时间去悲伤，而是继续自己的工作，比如寻找同类，即便遇见一个完全不属于自己部落的蚁民，它也会马上成为其中的一员。《山南水北》就是他在跋涉中观察到的小插曲，在这部关于大地抒情、劳动颂歌和生命美学的书中，他完成了身体同大地的热烈"拥抱"，完成了精神朝向自然的诗意回归。韩少功的这类作品价值在于：来来去去的蚂蚁何尝不是天地间那些忙碌的人的本身？

命运这个奇特的东西，在韩少功的作品中常常发挥着极其重要的作用，它有时是推动故事前进的动力，有时是调和文本紧张的利器，有时是发掘人性丑陋的切口，有时是色彩斑斓而又复杂多变的生活的转折点。

在早期的《月兰》《飞过蓝天》等作品中，无论是对于民间文化的守望、对于现代社会的反思，还是对于“饥饿”与“伤痕”主题的关注，韩少功总能以执着的态度和理性的情感发掘出苦难命运中积淀在我们民族思想深处的“精神原乡”——一处洋溢着神秘与浪漫的原始风景。他提出的文化寻根到现在都不过时，《爸爸爸》《女女女》成为寻根文学的具体实践，作品中对于人性深层的揭示，总是带给我们沉重而激越的思想激荡，冲击着蒙昧的文化观念。在对富有古代遗风的社会群落的探寻中，韩少功把笔端投向了具有顽固民族劣根性的“丙崽们”身上，可怕的不是丙崽本身，而是孕育丙崽的土壤和古老文化的野性生命力。他素朴的文字，常常显露出极强的隐喻特质。他把艺术家的精神忧虑，释放在封闭迷离的原始世界中，并用一种深沉的反思与冷峻的批判同沉积在病态文化中的畸形因素与蒙昧思想相抵抗，为自我以及人类生命本体寻求一种新的依附与精神寄托。

而《马桥词典》和《暗示》则彰显了文学道路的新的可能。对于韩少功来说，写作并不是一次简单的审美或艺术实践，而是一次对整个人类生存境遇与生命意蕴的探寻。他孜孜以求的不是创作一部记述自身经历的私人作品，而是他的思想启蒙和精神光芒。他试图通过古老的巫术、混沌的语言与神秘的意象传达出长久以来被忽视的民族文化中最原始的生命遗存。他所有的故事都伪装成寓言或神话，将所有的人生理想都置于古老的原始巫谣和蛮愚的乡土气息中，而笔下的人物群体则笼罩着一层悠远的原始气息，他们日出而作、日落而息，以与生俱来的平淡、祥和去抵抗时代的变迁和死亡的侵袭。

在持续而艰难的行进中，韩少功有时会着迷于某些古老的语言魅力。这可以将其看作是一种渗透在自身心灵深处的“乡土眷恋”的表现。虽然他构筑的“乡土”世界是一处封闭而模糊的精神空间，但它绝不是一个空泛的价值指称，而是一种渗入骨血的生命符簇，一个能安放灵魂和东方智慧的社会场域。《日夜书》就是这类社会场域的思考蓝本。他深切的“寻根”意识，集中体现在他深刻的人文关怀、冷峻的理性思考、温情的艺术风格以及一个真正东方哲人所形成的心理特质中，作品以饱含深情的笔触重现了他当年下乡插队的乡村记忆，蕴涵着浓郁的浪漫主义色彩和巫楚文化传统，显示出他奇幻的艺术灵性和审美情趣。在这里，韩少功既承袭了我国传统士大夫“文以载道”的价值追求，又扮演着西方现代话语中的“启蒙者”角色，他懂得如何将沉淀在历史长河深处的古老文化打捞起来。

作为中国对世界文明贡献的一部分，韩少功的自觉意识、精神追求与民族想象为他连接东方与西方、传统与现代构筑了一座颇具中国特色的桥梁，也使得他在世界文学的创新和发展中写下了属于自己精彩的一页。

第二节　残雪：永不疲惫的艺术复仇者

20 世纪 80 年代初期，当种种“荒诞”“变形”“晦暗”“绝望”的西方“现代性”艺术集中涌入中国社会时，残雪比一般作家有着更为清醒的书写自觉，她像一位戴着镣铐跳舞的舞者，以追求纯粹艺术、灵魂放飞和精神自由的“纯文学”方式出现在中国的文坛上，由此便开始了她向“艺术复仇”的创作苦旅。神秘浪漫的巫楚文化孕育了她忧郁而深沉的内敛性情；破碎尖锐的思想激荡也在无形间塑造了她向生命深处拷问的独特气质。在现代主义的洗礼下，她不愿无望地挣扎在世俗经验的生活表层，她在抗争中执意向更为旷远和辽阔的精神现实与灵魂内部掘进，她在极度压抑下不惜撕裂传统文化，以刚烈的意志和如火的激情创造出一个虚无扭曲的非理性世界，一个类似于卡夫卡“城堡”的灵魂居所，在这里残雪找到了属于自己的安详和宁静。

作为一个坚定的实验主义者和从不妥协的文学斗士，残雪的作品风格异常醒目、独特和诡怪。她将现实和梦幻以近乎极端的方式进行“杂糅”，以精神变异者的冷峻感觉和叛逆者的犀利眼光，创造出一个光怪陆离的世界。在创造这个阴冷但也光明、潮湿但也爽朗的世界时，残雪并不运用传统的“寓言”方式，更多的是诉诸个人的经验、直觉、感受、记忆和潜在的历史与民间话语，比如《山上的小屋》《黄泥街》和《突围表演》等，都是这种“杂糅”的见证。

从某种意义上来说，残雪营造的文学世界，就像是博尔赫斯笔下的迷宫，每个进入其间的生命个体都会被一张肉眼所无法捕捉的巨网笼罩着、压迫着。它严密而又沉重，隔绝了生命个体与外界的沟通和联系，使囚禁其间的人产生出一种无力的颓败感甚至是绝望意识，这里没有长盛不衰的花朵，亦没有温柔真诚的微笑，有的只是无端的猜忌和窥探他人的诡秘眼神。当正常的道德理性被彻底摧毁、传统意义上的家庭伦理也被完全撕裂时，唯有阴郁的自恋、肮脏的物语和梦魇般荒诞、混乱时，人们才会感到强烈不安但却又不知道真正令其不安的是什么，人们迫切希望逃离却又不知道逃向何方。残雪的独特之处就在于她总是将笔下的人物置身于丑陋、冰冷的社会场域中。这并非是简单意义上的以恶写恶，而是对善受恶所伤而进行的艺术谴责和精神抚慰。残雪从不用暖色书写来赢得主流的认可，她更愿意通过黑暗的追寻而获得光明的可能。她笔下的人物在荒诞、迷幻的梦境中逐渐变暗、沉沦，却又在不屈的挣扎中重新获得生命。残雪让我们明白每个生命都有能力释放出郁存于内心的潜伏的力量，即便是当我们感到迷茫、抑郁的时候，我们都能从自己的灵魂深处发现以前从未意识到的勇敢和坚强。

殊为可贵的是，当所谓的“先锋作家”们纷纷转向之际，唯有残雪像塞万提斯笔下的勇士一样，戴着文学的斗篷向强大的“风车”冲去，即便头破血流也永不回头。依凭这种顽强和执拗，残雪写下了数以百万字的作品，但似乎是在写同一部作品。她所叙述的不同故事只是属于这同一部作品中不同的人物、不同的阶段、不同的生命境遇，这是别人的故事，是中国的故事，又显而易见是残雪自身的故事。她敢于向自己发问，直面生存状态中的种种精神危机。她试图抽身离开，但是她的思想与灵魂却一直沉湎在文字深处，她走得越远，她留下的痕迹也就越深。

由此可见，阅读残雪是生命经验与艺术张力不断耦合的审美活动。她所创造的“精神寓所”只是一个个具有象征色彩的空间能指，如“山上的小屋”“黄泥街”“五香街”，等等，虽隐约显露出中国社会的某些影像，但在更深层面上，这也可以代表任何一个国度、任何一处场所，因而具有世界性意义。她笔下的人物群体既没有清晰的面容也没有具体的姓名，无论是母亲、父亲，还是小妹和阿梅等，残雪只是赋予了人物模糊化的隐喻代号，有如“X 女士”“Q 男士”之类的能指符号一样，可以指代任何一个民族，任何一类群体。因此，残雪的写作实际上承载了人类所有生命个体的精神、心理和情感等内容，她是站在人类命运共同体的内部层面来观照现代文明的苦难与变异，充满了清醒的悲怜情怀。

第三节　谭谈：让灵魂根植于时代大潮中

每个民族都有属于自己的文学。每个时代都有属于自己的作家。他们身上集中体现了民族精神，代表了民族品格，展示了民族个性。无论世道如何变化，他们的灵感深深根植于时代大潮中，就像从血管里流出的血从不褪色。

谭谈就是这样一个作家。一直以来，他聚焦煤炭行业自己所熟悉的生活，试图在社会转型的阵痛中多视角展示他对国家、民族、社会与生命个体的深度思考。他关注生活，关心社会，尤其对历史、政治背景有着天然的敏感，正如他所说，“写自己熟悉的生活，写自己所热爱的人”，才是自己从事创作的“正道”。

与其说谭谈是一个作家，不如说他是一个“矿工”。他的生活与他的创作融为一体。对待文学，他像老农对待水稻一样虔诚，又像矿工对待阳光一样热爱。谭谈的作品着重从家庭生活、伦理关系中去刻画人物的形象，展示人物灵魂的痛苦与挣扎，他用浪漫激情与现实社会相呼应，将笔触深入人物心灵深处最脆弱的部位。《山道弯弯》之所以像一声春雷在文坛炸响，二猛和金竹之所以打动读者的心，是因为作品生动地塑造了主人公有情有义的艺术形象。

在写作进程中，谭谈有着矿工采掘式的执着，时间越往后推移，他越要探寻生命的不同表达方式，越追求着文本的素朴与率直的美感。煤矿题材小说给他烙上了无法磨灭的劳动印记，而政治上的敏感让读者看到了他在小说创作心理机制中对于国家重大事件的书写情结。譬如，《风雨山中路》是对政治上拨乱反正的肯定与歌颂，《山雾散去》是对极“左”思潮造成的民族灾难的警觉与反思，《山野情》突出了干部年轻化的时代主题，《美仙湾》展现了炽热的情感与压抑性政治文化的矛盾对立。在政治文明的特定语境下，他从人文关怀出发，把“情”作为叙事的核心，使“情”成了小说不可或缺的推动力量。

谭谈以他一贯的敬畏与忠诚，在文学大道上奋力前行。他的叙写老实拙朴，却又精致澄湛。他文本中的人物、言说、腔调、氛围，无不描写得浑然天成、生动传神，仿佛就像生活在人们身边。他用强烈的现实感、劳动的汗水和鲜明的美学风格，表达了对煤矿工人命运的深切关注，对底层劳工遭遇不平的呼吁，探讨了作品的人性光芒和道德价值，倾诉了他对生命的独特见解和对生命的自觉。在作品《桥》和《采石场上》，谭谈将压抑的情感訇然打开，遵从生活规律，展示人性的复杂，表达了对生命意义的追问。他的作品尊重生命、顺从人性，将人性推向艺术的高位；他的文本超越了道德臧否的评判范式，嵌入了人本学的价值深度。他那丰富而充满生命力的想像，质朴而动人的技巧，生动再现了中国底层世界的生活本质，其深刻的洞察力与细腻的艺术描写见证了他对文学的热爱和对劳苦人民的深切同情。他常常有意识地在一个更加广阔也更加深入的思想层面对生命、对自然、对社会进行审视，虽然小说中的政治疆域或伦理场景成为人物感情发展的束缚，这些束缚又在日常生活中被体现得淋漓尽致，但谭谈的可贵之处正是通过对这些日常生活的逼真描写，反映了特定时代、特定社会对于生命造成的困顿，以及这种困顿的无法回避，从而张扬了生命的意义和悲剧的力量。

谭谈的创作来源于生活，又高于生活。他的作品一再张扬的人性觉醒是对时代进步的肯定和对道德束缚的反思，提升了文学湘军对现实世界的开采深度和探索力度。在创作之外，他的“爱心书屋”是他创作的另一部大书，一部沉甸甸的写着“社会责任”的大书。作为对文本的延伸，他把写作置于大地上，以宏大的气势，展现了他对家国天下的深度思考及其独特的审美价值。

换言之，谭谈的文学影响力不仅仅体现在他的作品中，更体现在他对社会、国家、民族以及矿工的爱之中。他质朴的思想、宽厚的情怀和颇具个性的语言魅力，彰显了一个真正的中国工人作家所具有的精神特质，这种精神特质通过现实主义的泥土打磨，以浑融透彻且不乏粗励的品格描绘了他所生长和所依恋的潇湘热土，表现了令人敬佩的书写智慧和深刻的悲悯情怀。

第四节　孙健忠：文学的图腾与信仰

文学总是在作家内心最为紧张、情绪最为压抑的时候言说。孙健忠最初的创作动力来自对抗现实的需要，他要找到一种最精确、辩识度最高、最远离模糊和混乱的语言来释放胸中的压抑和内在的冲动。他相信自己能够创作出跟现实世界不一样的新生活。他笔下的每一个词，蠕动着他的心；他的思想和精神，也蠕动着他全部的思考。这些词不仅仅是他个人的，更是他所代表的民族的。他尊重内心的驱使，重新创造着自己、再生着自己。他把文学当成了与其他民族沟通、与世界文明对话的重要力量，并努力将这种力量变成一个图腾、一种信仰、一面旗帜。《甜甜的刺毒》的成功让他对文学的信任更加坚定。他不是一个自我封闭者或孤芳自赏者，相反，他是一个艺术至上者，对各种优秀艺术都持开放态度。他看到了中华民族的优点，也意识到其中的阴暗。他追求真、善、德、美，让艺术绕着生活飞行，却不让生活束缚自己的想象。他不但吸纳着中国其他民族优秀的艺术方法，而且对西方现代艺术也推崇有加。他书写的全部技巧在于，从茫茫荒野中找到一处光线最为明亮、最为夺目的切口落笔，但事先并不知道光源的本身之所在。他宁愿让艺术的锋芒将现实的虚伪刺瞎，也不愿让现实的虚伪伤害艺术。他的激情和诱惑恰恰是通过这种黑暗获得一道闪光。为了这一道闪光，他也许要耗上一辈子的心血。孙健忠把它作为使命，镌刻在创作的圭臬上。

作为土家族文学的奠基人，孙健忠关注土家族历史的沉浮与变迁，用精彩的笔墨刻画出时代变迁中土家族人的精神面貌与民族性格。在他饱含深情的文字中，一个个湘西人物的悲喜剧、一个个陌生而熟悉的世界在我们面前有序展开。孙建忠毫不掩饰地宣示："我只是认为作为一个少数民族作家，理应把反映本民族人民生活作为自己最神圣的职责。"他是这样说的，也是这样做的。他的作品，第一次在中国文学的舞台上集中展现了湘西土家族远古的神话、传说、风俗及寓言，他立足于对湘西土家族深切的民族情怀，执着于把土家族人民的生活及文化带入中国文坛。他笔下的一草一木，连着他的痛苦与欢乐，连着他的筋骨与血脉，也连着他的故土与世界。

无论是《醉乡》还是《死街》，孙健忠娴熟地运用湘西的词汇与用语，穿插着特有的情歌和人物心理，奉献出一系列动人的故事。《魔幻湘西》的出现是一个奇迹，他用独特的艺术创造，构筑出神秘魔幻的湘西土家族精神之庙。在这里，孙健忠修复了湘西民族的远古神话、地方志、民间故事、人民记忆以及历史文化遗存等独特的文化形态，他用神话方式对传统民族心态进行重塑。在特定的社会环境中，他使这种神话传说在人们心里烙下了神秘的心理图式。而在《留在记忆里的故事》中，作者用历史重写的手法，让读者看到了不同时代背景下，土家族人的千姿百态：有中华人民共和国成立时窝佗街从几千年愚昧习惯的顽固和从旧窝佗街的死亡到新窝佗街产生时的种种阵痛；有"大跃进"运动背景下农村真实生活的凄凉苦涩与悲情；有 1958 年以后广大农民虽然勤劳苦干、基层干部呕心沥血，却仍难以解决的最基本的温饱问题。孙健忠常常将湘西这块古老土地上的一切社会关系嵌入时代大潮和新时期的"经济关系"中，通过湘西原有经济与现有经济的竞争，表现出土家儿女从自然经济到商品经济文化心理艰难转变的心路历程，体现了源自自然的人性与现代文明的交织与冲突，而在这冲突中，随着历史的演变，一个大山里的民族被新旧交替的时代带来的适应外来文明与进步人生的失落感，彰显出土家族人民从生命深处流露的向新的文明皈依的渴望。

孙健忠创造了属于自己的叙写模式：它主要不是为了故事而编写故事，而是借用故事的场景、氛围、人物、情感演绎湘西繁杂的生活，借用湘西繁杂的生活演绎中国乃至世界文明的共同进程。如果说，世界文学上具有深度的作品都是因有力地反映了人类何去何从这个创作母题而获得经久生命力的话，那么，孙健忠以对自己故土负责的精神和对民族的无限深情，用极具个人化的方式，呼应了由于当今世界现代意识与传统文明碰撞而产生的共同思考与精神追求，也借此找到了自己在中国当代文学乃至世界民族文学中的位置。

第五节　水运宪：拓荒牛精神与悲悯情怀

水运宪是文学湘军中最难以被类型化的作家，也是最有戏剧性和面具化的作家。不被类型化表明他性格的独特性、血液中与众不同的黏稠度以及作品里表现出来的非典籍化倾向和民间传奇般的喧哗特色。他的戏剧性由他生命本身的丰富性、惊异性与作品中人物命运与故事情节的尖锐冲突所爆发出来的文本张力构成；他的面具化主要体现在他将艺术与生活区分得异常彻底，不向文学的强权或机会主义妥协，以及他创作主题与书写风格上的多样化。

《祸起萧墙》是一面镜子。水运宪以犀利的批判力度和精确的细节描写，把人物命运推向强悍的集体意志面前，展示了生命个体在现实面前的懦弱与荒诞。作品剔除了那个时代流行的虚假的现实主义，体现了思想的超前意识和拓荒牛精神，洋溢出超凡脱俗的理想主义情怀以及一种内在的、被生命净化了的悲悯。这是时代大潮中的贝壳，是从生活本身和社会肌体上剔下来的血肉。水运宪充分领会到了文学的肥沃性。这是一次重大发现，是与文学种种可能的一次奇遇，他后来所做的一切仿佛都在为这次奇遇做诠释。他看清了时代与个人、社会与历史、生活与艺术的诸多联系。

生命意义的建构异常曲折，生命只有在苦难中反复磨炼，才能日臻成熟。中国的哲学，无论是儒家修身之说，还是湖湘文化的经世致用，都具有极强的实践性。受此影响，中国主流文学秉承“文以载道”的传统。而哲学与文学交融的结果便是文学的哲学化，哲学的文学化。水运宪正是在其文学叙事中进行着对生命哲学的形而上的思索，在《乔省长和他的女儿们》中，他描绘了改革开放中风云际会的社会现状，充斥着对权力场域的警醒与批判。在《雷暴》《庄严的欲望》或《无双轶事》中，他所叙述的故事表面上只属于这些故事中的人物，实际上是关于这个时代的，也是他自己的故事。水运宪丝毫不掩饰自己在生命思考过程中所遇到的迷茫。他窥探到生命的真谛：没有纯粹的生命，更没有纯粹的意义，生命的意义是由人性的美好与丑陋、社会的光明与黑暗共同构成。

水运宪拒绝陈陈相因、只见故事不见思想、缺失精神的平庸写作，他冲破体制规范与文人传统的双重遮蔽，写出日常生活中无处不在、又常常被忽略了的生活原态。他既不借助于想象的辩证法，也不依赖于宏大叙事，更多的是将自己在日常生活的感悟或发现融进自己的文学世界，以此见证他对生活的感知、对理想的执着和对辽阔梦想的憧憬。他的文字不仅有血性，有忧愤，有暴雨，更有如雷电灼伤般的疼痛感。

当读者透过文字仿佛嗅到了湘西森林里那股幽暗危险的气息时，水运宪却用去鱼鳞的方式，直面苦难中的动摇、欲望前的魅惑、沉默后的声响、生命里的挣扎。这是一个人的战争，也是一个时代的战争。最后，他拖着骨架般的不丰满却极具质感的生命背影，疲惫不堪却怡然自得地行走在山野的尽头。无论是《天不藏奸》还是《乌龙山剿匪记》，传奇情节的背后张扬的却是“打不败”的硬汉精神，中国的“东北虎”所捕获的生命价值，与海明威笔下的桑提亚哥一样有了东西方共振的现实意义。

水运宪善于将古老的传说、美丽的风景、淳朴的风俗以及历史叙事融为一体，制造一系列扣人心弦的悬念。作品的真正价值就在于作家将这些潜在的民间传奇以“重述”的方式注入主流文化的理性资源中。水运宪从来不是一个清高的素食主义者，他是一个有坚定意志的人，他笔下的人物被众多欲望所控制，贪婪、虚伪、狡诈、自恋，尽显人性中丑恶的一面，以描绘人类共同的宿命。如果心中没有道德与正义的标高，他则无法实现自己书定的意义。

事实上，水运宪的作品流露出生活的疼痛与颤栗的力量，使文学湘军原本十分优秀的叙事技巧更加瑰丽多姿。他以敏锐而犀利的眼光发现了人类良心中的种种阴暗，并以古典的火焰表达出我们这个时代中生命的悲剧性。他用丰富的想象，塑造了一系列关于历史与时代、虚拟与真实的人物群象，并借着这些人物在人民记忆中追寻主题，表现其极大的同情心、沧桑的幽默感以及对社会各阶层的深刻体察。

第六节　彭见明：古典意境与现代意义的融合

彭见明像一名造诣颇深的山水画家。他原本就是学画画的，在绘画的时候，调色，运墨，构思，留白，一不留神，把一个上好的故事勾勒了出来：一个在深山工作多年的乡村邮递员，因腿病提前退休，儿子接替了他的工作。面对儿子第一次的送信之路，这位老父亲放心不下，带着黄狗领儿子上路。夜幕降临，父子二人来到一个山寨，碰上一场婚礼，父亲在酒醉中回忆年轻的梦想。翌日，继续赶路，在一条小溪旁，儿子将父亲背过去，两代的隔膜也因此消失了。父亲、儿子和狗相伴走完了这趟山区邮路……起初他并不觉得这有什么了不起，也没有足够的心思去记下这个简单的故事。然而，大山、溪水、茅草、老人、青年、狗，总在脑海中晃动。时间过去了，他继续他的绘画，但脑海中的这个故事不是越来越模糊，而是越来越清晰，像一团火光一样，闪烁着某种诱惑，让他欲罢不能。于是，他放下画笔，用简洁的文字把这个故事写了出来——《那山，那人，那狗》。写完后，他望着稿子直犯疑：“这是小说吗？还不一样是画，只不过不是山水画，而是一幅印象派画”。他用绘画的技巧和诗一样的语言，生动地描写了这对乡村邮递员父子之间深沉而温馨的情感，以及对青春岁月的怀念和对美好生活的向往。

彭见明就这样以细画的方式进行写作。自出道以来，他力求走在时代、艺术和生活美学的最前沿。他笔下的乡村世界是对社会转型过程中出现的不健康的、违背人与自然关系的有力反拨，展现了与大自然亲近生活中我们所缺失的敏感与情怀。他心系艺术的两端——写作和绘画，不失生命的自醒与自觉，文本深藏素朴的底蕴。他把中国经验中个体生命的焦灼与忧虑，释放在山水之间，充满声音、味道、色彩和诗意的描述，洋溢着苔藓和泥土混杂的气息。

作为一个看似淡泊却很有个性的作家，彭见明的文学世界有着温和里的野性和恣意中的内敛，他的笔触既纵横于乡村的精神净土，又捭阖于城市的世侩场所，文字张力十足，晶莹剔透，有着浓浓的巫楚文化色彩。他用独特的语言与表达方式，将幽暗中的人性，以及人情中的冷暖，善与恶的较量，以微言大义的方式呈现在一幅幅画板上，既有山的肃穆，亦有水的灵动。他的作品极少铺陈，却感情充沛，思想深刻，并以其精细的艺术追求、古典意境与现代意义的完美融合而散发出迷人的魅力。

彭见明多情但不矫情。他笔下的人物，三教九流，良莠不齐，但大都多情。正是由于浓郁而真挚的感情澎溢于作品中，他的创作诉求才能上升到生命关怀的高度。情动于心，情达于意，人与人之间的关系通过情感得以彰显。彭见明是一个不安分的人，他喜欢挑战艺术的难度，挑战各种不同的题材。他试图站在人性与欲望的维度，集智慧、勇气与灵性于一身，对生命的意义和道德的价值进行探索。小说《玩古》是一次创作的冒险：收藏家面对自己心爱的古玩，为之发狂，食不甘味，寝不安席，这是玩古者的常态。彭见明借此告诫世人，古董终将离人而去，切记勿忘收藏初心。当玩古者及其所在的社会道德遭受残酷的打击时，作家无法也不应当充当救世者或启蒙家，即便笔下的人物毫无依凭地离他而去，他也只能忍受作为一个作家所必须承担的痛苦。而在《天眼》中，彭见明毅然决然地把自己投入社会的大染缸。然而他奋力游了出来，抖落官场常有的残渣和腐臭，以锋利的笔触写出了一个神异世界，也写活了一个现实世界。

彭见明在书与画、诗与意中寻找平衡与突破。他秉承着湖湘文人特有的灵性，无论经历着怎样的痛楚，作品始终向着温暖和光明，即便是揭露黑暗，也要在黑暗中加入足够的悲情和宽容。他很少出于自我的考虑去追求外在的喧哗与骚动，而是把笔力放在这些外在因素是如何能够成为文本的动力和艺术的聚光点上。他有着理想的情怀和坚定的信仰，以及无法消灭的精神之爱。有时，他的作品也透露出彷徨、怀疑和不安，这种情绪甚至影响到文本的纯度。但可贵的是，他的书写常常带着温暖的色调、青草的气息和优美的旋律，他诗意、深邃、略带忧郁的灵魂因这优美的旋律而彰显出生命的高贵，唤起了人类的同情和人道关怀。

第七节 蔡测海：集体记忆的民族镜像

蔡测海像一个老道的铁匠，每天守在炉子边观察，看火候是不是旺气，看什么时候添柴，什么时候扇风、什么时候适合打铁。他打铁，不是打一把普通的剪刀，而是打一把开启人生的钥匙。它不仅是个人的，更是“三川半”这个小地方老百姓集体的，甚至就是中国的钥匙，是诗人梁斌在20个世纪80年代丢失并一直寻找的那枚钥匙。在蔡测海看来，丢了钥匙并不绝望，绝望的是，钥匙丢失者压根儿没把它当一回事，即便回不了家，或者回到家门口却开不了门，这些人也不惶恐，他们宁愿游荡在街头或田野无所事事地消磨时光，也不去反思为什么会丢失钥匙，更没有寻找钥匙的冲动，完全是一副冷漠、麻木、无所谓的态度。蔡测海认为，丢失钥匙后的个人心态反映了“三川半”这个地方的集体心态，而一个地方的集体心态能够发映出一个地方的民族心态，进而反映出一个国家的精神面貌。什么时候，中国人对丢失钥匙感到无所谓了？这钥匙难道不是家的温馨、爱的保证和事业兴旺之象征吗？如果丢了钥匙无所谓，那丢了良心，丢了诚信，丢了思考，丢了责任心，等等，是不是同样的无所谓？如果这样，那将是多么可怕的事情？蔡测海惊出一身冷汗：这些东西可不是他能够找回来的，他感到无助、心痛、茫然。他不知道找谁去讨论。在无可发泄的情况下，他埋头打铁，虽然没有打出一枚足以开启整个民族的钥匙，但他打出了《母船》和《远处的伐木声》这样锋芒十足的刀与剑。这个文学上的打铁者，因为把握好火候，他得到了应有的回报。

蔡测海不是一个容易满足的人，他不仅抡起锤子打铁，而且用打铁的劲头来提起笔写小说。他把打铁的思维哲学全部用在了小说上，所以他的小说既有铁的刚性和冷静，又在冷的表层下具有热的情感内质。无论是《三世界》中哲理诗化的叙事描写还是《套狼》中勇敢与智慧的倾情展示，以及《轮回》和《背猪》等作品中用地域文化与政治寓言呈现的民间传奇，都是他用打铁的方式开拓出来的韧性十足的文字原野。

蔡测海牢记陀思妥耶夫斯基的那句话：“美将拯救世界”。他日复一日地打铁，将“三川半”打成了莫言笔下的高粱地，打成了马尔克斯笔下的马贡多。“三川半”是蔡测海打铁的地方，是一个故事的起点，也是另一个故事的终点。为了打一把上好的锁，他在这里蛰居了20年，与《非常良民陈次包》成了无话不谈的朋友。那还是20世纪90年代的事情，他每天坐在铁铺旁，对面是密密匝匝的楼房，人们来来去去，热闹中包含着内在的宁静。在日复一日的打铁过程中，他感觉自己就像炉膛内的火，炽热、跳跃、升腾，像一面魔幻的镜子，将生活于此的俗人们的喜怒哀乐都照了个遍，那些尘埃中的罪恶，那小人物带血的快乐，那像花一样碾落成泥依然透露出生机勃勃的幽默，让他感受到野性生命力的强大和民族性格中的韧劲。小说真实再现了草民陈次包随处可见的恶，而生活在“三川半”的人似乎视而不见。为什么会出现这种荒诞？蔡测海没有回答，他采用开放式结局，拒绝解释和判断，让读者去茫茫半空中寻找答案。而在《家园万岁》中，蔡测海则关注人性中的善，他将炉中的火烧得比任何时候都更猛烈，他试图以此去除生命的寒冷和人性的阴暗。作为自我疗伤和精神修复的手记，蔡测海借助于花瓣式的复调结构，在时空穿越的幻境中，一个清朝末年以来略带沉重的传奇故事缓缓地走向人们的视野。在这里，蔡测海把人的活动细节当成历史局部的细节，把个人活动史当成历史的真实事件，从外往内写，从低处往高处写，充分审视人类的生存方式与归宿，洋溢着家国情怀、草民情怀、民族情怀。最终，蔡测海从堂兄六哥身上得到一种启迪：一个人可以丢失一些东西，甚至是重要的东西，但决不能丢失灵魂。丢失灵魂，生命就无从依凭，活着就没有意义。因此，他要做的就是让丢失东西的人能够反思到丢失的可怕，并尽可能找到丢失的东西。他写作的全部意义就是让生命的火炉永远燃烧，让那些因为丢失东西而感到寒冷的人有一个温暖的去处，以致找到生活的光芒和活下去的力量。

第八节　聂鑫森：文学山林的忠诚守护者

聂鑫森像文学大山中的守护者。他每天自带手电或油灯、水壶（有时也带上酒壶），提着柴刀在山上走动。他带着手电或油灯，不仅是为了照亮自己和自己所走的山路，也给过路者照亮前行的方向。对夜行者或迷路者而言，这种光亮特别真实和温暖。他提着水壶，不仅是为了满足自己劳动的需要，也为那些跋涉在途中的干渴者提供弥足珍贵的滋润。他喝酒不是因为他爱酒，更不是为了壮胆，而是因为酒可以释放快乐也可以消融悲伤，尤其是把文字煮进酒杯后，酒的情感将更加浓烈。他提着柴刀不是为了与人争斗，而是因为他有责任提醒心怀不轨者：他不是一个手无寸铁的人，他是可以为这片山林献出青春、激情、热血甚至生命的人。他每天在山里巡逻，看太阳慢慢下山，月亮缓缓升起，偶尔点上一支烟，深深吸一口，他感到充实和幸福。他庆幸自己的选择。他护林，并不是不允许别人上山，相反，他希望更多的人来，更多同他一样怀着忠诚，并守护它的人，因为这是可以安放灵魂的地方。他相信，人死后是有灵魂的，灵魂终究会落下，在青山绿水中栖息，而这片山林是最后的屏障。

由于市场经济的冲击，文学的大树越来越小，聂鑫森十分焦虑。他种下许多树：诗歌、散文、小说、杂文、小品，等等，充分显示了他是一个全能型的文学守林员。很多作家一生只攻一个品种，要么小说，要么诗歌，要么散文，并善意地告诉他，人生苦短，精力有限，不要把时间均匀分布在各类创作上。聂鑫森一笑置之，我行我素。在他看来，我手写我心，写什么比如何写更重要。因为他明白，这山里的树木都是有用的，不仅仅只有千年古树才有用，也不只是大树才有用。既然是森林，就得有各种树，如果只有一种树，哪怕是参天大树，也多寂寞，多无趣啊！况且，每种树都有自己的价值和作用，也可以得到不同人的钟情、欢喜和珍爱。

聂鑫森就是这样的文学护林者，一个深具侠义情怀的作家。他出生于书香门第，对传统文化有着天然的敏感和不舍。他勤奋、聪悟，对精致艺术的偏爱造就了他清健典雅的创作风格。他恪守自己的精神追求，优雅地在现代社会中开拓出一片独具湖湘文化特色的文学空间。在这片空间中，失落的传统文化被重新发现、托起和承续。他的作品古旧质朴，像磨得发光的木椅。在那华屋之下，老者长髯飘逸，挥毫走笔，童者咿呀学语，憨态可掬；长街中央，老板精明干练，尤擅装裱，鬼斧神工；舞台之上，名伶粉墨登场，余音绕梁；医馆之内，先生沉稳凝重，望闻问切，妙手回春。特别是《镖头杨三》中，杨三与书生英雄相惜，却各为大义，情义不能两全，最终双双自尽。这种气节与操守，穿越千年，震撼人心，直接承续孟子舍生取义之余光。聂鑫森面色恬静，把茶捻须，娓娓道来，人物姿态各异，性格鲜明，仁义操守，尽在其中。

聂鑫森相信传统文化的魅力，与其说世人抛弃了传统文化，不如说世人暂时遗忘了传统文化，只要将那片灿烂的文化重新发掘，精心烹制，以全新的姿态出现，世人自会心生景仰，流连忘返。要紧的不是读者抛弃了文化，而是作品中没有令人心仪的文化。在聂鑫森看来，对优秀文化的传承和赓续，就像是对山林的巡视和守护，是作家的天然之责。

然而，随着创作的深入，他也担忧起来，他作品中的传统文化一如蜡烛，让周围的天地愈发黑暗起来。红尘滚滚，物欲横流。他在思考：人类用什么进行灵魂的救赎？《脑髓卷》演绎了传统手工艺不得不转向机器生产，否则就会面临破产的悲情故事。《龙头青铜锁》演唱了一曲靠精湛手艺起家的制锁世家，演变为机器锁厂的时代哀歌。在中华民族现代化的进程中，传统文化应该何去何从？“姓名者，标记也，是也罢，不是也罢，皆无意义”，在《生死一局》中他豁然开朗，传统文化的精髓不在于具体的文化表象，而在于圆融贯通的天人一体之境界。只要仁义、节操还在，只要精神尚存，纵使慷慨悲歌，斯人已逝，那又何妨？他释然了。

这种思考，是守林人面向天空的思考。聂鑫森有了新的力量，他继续守护在文学的大山上，手里多了一块画板，身边多了一张木凳，心中多了一分从容。

第二章　文学的激情

没有激情就创作不出好的作品，没有激情的作品不是好作品。创作的激情源于对文学艺术的渴望，源于对生活的深切体验，也源于一切的疼痛和感动，它源自内部，由灵魂自然生发，是灵魂的需要，驱动作家以虔诚之心创作，并由此爆发出强大的创造力；真正的好作品是充满激情的作品，这里的激情并非都是奔放的，也有内敛的，沉郁的，不管是炽热如火，还是温润如玉，抑或是冷若冰霜，总之，他都是合适的、恰当的、唯一的表达，浑然天成，引人入胜，读来欲罢不能，且能被深深打动。也就是说作者以激情的创作打动自己，同时也创作出激情的作品打动读者。很多湖南作家坚持激情创作，且创作了激情作品。

文学湘军一直是中国文学版图上的重要力量，湖南作家似乎有着天生的敏感以及骡子一般的执着和韧性，这是他们的激情的代表。大凡能够坚持枯坐桌前，孤独地创造文字，莫不需要激情。几十年来，尤其是网络盛行以来，传统文学有式微趋势，但是，大批湖南作家丝毫没有懈怠，依然怀揣文学的信仰，用作品捍卫文学的崇高与纯粹。他们从复杂多变又千奇百怪的种种社会现实中汲取灵感，以自我为轴心，跟着国家民族转动、奔跑和呐喊，以色彩斑斓的创作宣示了虚构的力量与文学的可能，通过各具特色的书写刻画出装满苦涩也饱含甘美的中国经验，探索和挖掘被传统遮蔽的现代性、中心遮蔽的边缘性、伦理遮蔽的人性等，形式结构锐意创新，思想深度格外厚实，表现出个体的脆弱心灵以面对世界所生发的孤独，以及在孤独中不甘沉沦、昂然奋发的力量。

湖南作家的激情是天赋使然，这也是文学湘军成功的秘诀，激情就是维持他们创造的血，所以他们的创造力始终旺盛；激情也是他们作品的血，有了这血，文字、语言、人物和故事就都活了。说到底，激情就是他们的文字和思想。激情并非单一的，激情是多样的、多维的、多元的。不同的人怀有不同的激情，抓住不同的视域，用不同的视角，雕刻出不一样的冲击和感动。激情不仅可以如水一般温婉，似火一般热烈，还可以如泥土一般厚重，如烟雾一般诱惑。无论是聚焦湖南，还是植根中国；无论是刻画乡土，还是描绘都市；无论是寻找过去，还是聚焦当下；无论是直面现代，还是追求经典，他们体现的都是一种思想的力量，进行的是“母体叙事”，体现的是湖南人的激情，彰显了他们对这片土地深沉的爱，其中姜贻斌、何顿、邓宏顺、刘恪等作家就是代表。

第一节　文学世界中的“希腊小庙”

姜贻斌是一位默默耕耘的工匠式的大家，他一直坚持草根书写和原生态叙事，聚焦小人物的日常生活，经过长久的磨砺，他收放自如，处变不惊。他的激情绵长、温润、灵动、沉郁，他的创作激情一如一条河流，蜿蜒流动，生生不息，他拥有如水般的生命力，在时间的维度里酿造激情，沉淀激情，驾驭激情，游刃有余，娓娓道来。他的作品则如同水中的沙子，看似细小，却无一不是历经无数岁月打磨，一如麻雀虽小五脏俱全，每一颗沙子都藏着一个世界，那个世界是他的希腊小庙，里面住着众神，度量和审视着所有人类，而水底的沙子层层沉淀，则形成了丰富的文学矿脉，最终，这矿脉孕育了很多鱼，最亮眼的则是“火鲤鱼”。《火鲤鱼》是激情的代名词，是姜贻斌的绵长的激情在时间的瓮里酿造的美酒。水与火交融，甘美，醇香，又冷又热，又软又硬，又柔又刚，其在叙事结构以及思想上都凸显了作者的匠心。长篇小说《火鲤鱼》让姜贻斌实现了自我的艺术突破。这是一部带有自传性质的作品，人物众多但没有中心，仿佛一曲交响乐又各成乐章，叙事、抒情、议论、对话、回忆、现实、幻想，形成一种错落有致的复调结构，作家在各种语体间出入，在各个时空里穿梭，冷静直观地自言自语。从他的叙事中，读者们不难看出他满腔的激动，也能感受到他满心的悲悯以及他的文化自觉和文化使命感，归根结底，这是他以无限激情对生命的敬畏和对时间的祭奠。整本《火鲤鱼》的行文一如水中的火焰般清俊，读来却让人产生置身于火中般的灼痛。

一、草根书写的冷酷和沉重

在文学湘军中，姜贻斌是一个特色鲜明的作家。他的绝大多数文本都很接“地气”，坚持草根书写或原生态叙事，聚焦小人物的日常生活。姜贻斌以细腻的笔触伸入社会的细小事件，用生动的笔墨描绘纷繁芜杂的琐碎生活，且多数故事都是悲剧，凸显出现实的冷酷和沉重，娓娓道来的故事背后总有一种穿透纸背的锐利力量，引发人们关于公平、正义和生存困境等宏大话语的深层思考。这个时期，他的激情中还含有愤怒的成分，有些锋利和旷野，旨在割破和见血。

小说《枯黄色草茎》聚焦煤矿，环境脏乱差，但感觉很凄美，语言抒情色彩重，故事的推进靠强烈的情感来推动，“我”与张丽华的爱是那样真实、沉重、朦胧而压抑。小说中，张丽华没有说过一句话，只是作者本人不厌其烦地抒发一个少年微妙而纯洁的情愫。姜贻斌说张丽华的名字是真实的，生活中确有此人。当年他们的同桌，还有另外一位女同学，出身不好的两女一男坐一起，这是那个特殊年代的印痕。姜贻斌至今还在寻找张丽华，问过很多同学，却没有她的消息。这个特定时代的爱情故事浓缩着一代人的美好与遗憾。从《元八》开始，姜贻斌小说的叙事更加贴近粗糙的大地，贴近人物内心的细微变化，主人公大多是生活在底层的小人物，在生存困境重压之下，他们容易表现出一种畸形的道德体验和价值观念，这种畸形主要体现在小说主人公的行为法则和思维逻辑上。

对姜贻斌来说，2012 年是极其重要的一年，小说《火鲤鱼》[①]出版问世，从 2001 年 4 月开始创作，到 2011 年 3 月定稿，姜贻斌经历了十载创作，前后修改八稿，可见，姜贻斌对这部作品倾注了大量的心血。姜贻斌把它当作里程碑式的作品来看待，作为一部家族叙事或者说带有自传性质的长篇小说，其人物众多，似乎没有中心，又似乎大家都是中心，姜贻斌一会儿叙事，一会儿抒情，一会儿议论，一会儿对话，一会儿回忆，一会儿幻想，一会儿又回到现实。的确，在笔者看来，他的激情中的愤怒或者说戾气成分没有了，而是更智慧了更沉静了。

在小说中，姜贻斌既冷静直观又自言自语，既天马行空般女巫式写作又处处彰显他的文化自觉。总之，这是一部感觉怪异、难以归类的小说。从故事本身来看，这部作品实际的第一主角是叙事者“我”，以“我”和几个哥哥的故乡行作为切入，以“我”为主线，揭开了堂哥、三国、水仙、银仙、车把、满妹、伞把、刀把、喜伢子、乐伢子、小彩、雪妹子、王一鸣、王老师、三妹子、苦宝、克山、王淑芳等一系列在邵水河畔、鱼鼓庙和雷公山一带生活的山民们的前世今生，他们的苦难和生活，而以“火鲤鱼”这一传说中幸福生活的代表为书名，正是全书艺术形象的高度浓缩。整个文本以“二十四节气”为章节，可谓独具匠心。每一章仿佛都是崭新的开始，独立的故事。实际上，每一个章节的故事、人物通过“我”的记忆、情感、思考和陈述，然后与时间发生微妙的时空反应，从而形成错综复杂又显得浑然天成的整体，勾勒出一幅关于农村过去和当下的浮

① 姜贻斌. 火鲤鱼[M]. 长沙：湖南文艺出版社，2012：48.

世绘。

无疑，这是姜贻斌感性写作的突破和升华，或者说大胆创新，他对激情的把控和释放显得更加游刃有余。“我”是全书的聚光灯，也是全书的“发光源”，不仅因为“我”是整部作品的主线，缺少了“我”，整部作品就彻底散架了，还因为“我”直接参与和见证了各个故事，是经历者，更是书写者。“我”的情感、思考、幻想、陈述是作品的重要部分，“我”和作品中其他人物的关系、故事也是作品的重要内容。而且，小说中的“我”与生活中的作家本人十分接近。

在阅读过程中，很多印象和联想浮现“我”脑海中，每一篇起始的童谣、情歌总能让人想起那些经典的作品，这或许也是互文性的表现。小说的表现方式像莫言的《檀香刑》；而小说中“我”的直接介入，并穿起所有故事的处理方式，又像余华的《活着》；某些情节特别是某些荒诞的情节上又让“我”想起马尔克斯的《百年孤独》；甚至围绕火鲤鱼而展开的时间追忆能让“我”联想起普鲁斯特的《追忆逝水年华》，等等。一部小说引发这么多的联想，联想出来的对象又一定不是姜贻斌要去刻意模仿的，“我”只能说这是一种风格上的杂糅，是一种无意识的超前融合。

从色彩上来谈这部小说，姜贻斌给我的最直接的阅读感受是，我面对的仿佛不是一位作家，而是一位情感丰富、经历特殊和技巧娴熟的高明画家，他淡淡地素描甚至是印象性地勾勒出一幅山水画，或轻描，或浓墨，或写意，或勾勒，再配上悠长的充斥着淡淡乡愁和浓浓乡情的清新文字，构成一幅新时期另类而别致的清明上河图。同时，相比姜贻斌之前的诗意和感性写作，《火鲤鱼》透露出更温驯、柔和、温馨的基调，尽管仍然有残酷叙事，但残酷中有亮色，有温暖；尽管仍旧有尖利，有撕裂，但不再直接，不再那么疼痛。这不仅因为姜贻斌投入太多情感，更因为他的克制内敛，这也印证了海明威“冰山理论”的可贵。

我喜欢为内心而创作的作家。姜贻斌的这部作品就是为内心的需要而创作的。在小说的后记中，姜贻斌写他们兄弟到蔬菜场看望老邻居时，他大哥对他说了一句话：“你要写个长篇嘞。”就是他这句话，突然让姜贻斌冲动起来，几十年的点点滴滴一齐涌现在他脑子里。在此，我想把姜贻斌与韩少功进行简单的比较。

同样是表现痛苦，韩少功作品中所表现的痛苦是一种绝望的痛苦，走出这种绝望需要毁灭。例如《爸爸爸》和《女女女》。在韩少功的意识中，那些痛苦无法忍受，我们找不到自我的分裂或者发泄的渠道，所以韩少功的痛苦在我看来则像是倾覆般的激动，或者说在他那里痛苦和激动水乳交融了。即便是我最喜欢的《日夜书》，虽然它表达了至高无上的单纯，可这种单纯里，也流露出深切的痛苦和绝望。在韩少功的作品中，既是个人的绝望，也是对整个世界人类的绝望。姜贻斌表现的痛苦同样是那种深不见底的绝望，但是，他们的民族性都是通过强烈的个人性来表达的。也就是说，在姜贻斌的作品中，充满了他自己生命的声音。感伤的怀旧，纤弱的内心情感，强烈的与外在世界的冲突，病态的内心分裂，这些都表现得非常真诚。他之所以做得如此自然，是因为这些表现是从他自身出发，也就是从人的角度进入社会，而不是从社会出发来进入人的。

二、抒情气息与地老天荒的宿命感

在艺术海洋里，情感的力量是最重要的，它就像海底的暗流，而技巧、思想和信仰，等等，都是海面的波涛，波涛汹涌的程度由暗流来决定。姜贻斌的《火鲤鱼》使我想到许多著名哲学家晚年的随笔，其激情不是愤怒和激动，不是为了冲突世界，而是为了深入人心。作品的主人公虽然经历无数的苦难，可是他们不仅不抱怨，甚至连抱怨的想法都没有。这种平凡中的伟大，尤其令人敬重。

也正因如此，《长篇小说选刊》的主编顾建平说，《火鲤鱼》让我们看到姜贻斌文学之路的另一个秘密通道，看到少年时代的乡村生活对他此后人生持久而深远的影响。小说用二十四节气铺排故事，有散文般的抒情气息，又有地老天荒般的宿命感蕴含其中，小说释放出巨大的情感冲击力，有其别具一格的艺术创造①，就像一条流淌了很多年的河流，他终于不再旷野与咆哮，而是像一位老的说书人一样安静地拾起所有的故事与记忆。

姜贻斌能在平淡的书写中控制自己的情绪，使其显得从容、内敛。明明情感汹涌，但他却表现得心平如镜。他甚至通过声音或留白来表现情感的冲击。例如，在《火鲤鱼》中，我读到这样一段文字，“我蹲下来默默地低头看着，渐渐地，耳边隐约地响起她们的笑声，那一定是打宝卦时的爽朗开怀的大笑。我还听见她俩的喁喁私语，像鱼喋水。甚至，我还听见石片落地的清脆声音。就是那种唯有宝卦才能发出的声音，将她们出去的信心鼓动了。我不知她们是否想过，以后要来这个密谋之地看看，来寻找那两块鼓舞着她俩出走的沉默的石片。从某种意义上说，是这两块薄薄的石片鼓动了她俩，让她俩改变了自己的生活。”在这里，“我”用回忆的喧嚣来反观现实的沉默，在回忆中，那么多的声

---

① 顾建平．姜贻斌的小说特质[J]．长篇小说选刊，2013，(5)：42－46.

音，那么多的场景，那么多的细节一一向“我”走来，逼真，生动，而“我”只能“默默地低着头”，看着“沉默的石片”。这是对过去岁月的追忆，是抚摸，是触碰，是对两个山女怀揣卑微的心愿走向山外世界的敬重与回望。“我”既庆幸她俩走出了大山，又担心她俩走出大山之后更为艰难的生活，它表达的是作者的底层视角和人文情怀。类似的描写还有，“我们的叫喊声在寂静的沙洲上像波浪翻滚，震动着美丽的夜色。我们的诉说声，则像是喁喁私语的琴声，抑扬顿挫地在空中回荡，然后，飘向神秘的远方。”这样的描写同样很有艺术感，温润如玉，情感细腻，饱满逼真，扣人心弦，仿佛有一根细细的鹅毛在轻轻撩拨读者心灵深处最脆弱的部位，热闹之余透露出淡淡的伤感。如果这仅是一个紧张的故事描写，读者看过后，紧张的琴弦绷紧一下，随后也就释放了。但这样的文字有较强的“意义增殖”，即文字与意义不是对等的，意义远远大于文字本身。在这部长篇小说中，这样的叙事不是偶尔为之，而是大面积出现。甚至，在《霜降》这一章，没有一个核心人物，却聚焦邵水河的汛期，以此展开对青春年少的淡淡追忆，或者说，是对逝去时光的一种祭奠，是珍藏于胸的对生命原初的一份情愫，这样的追忆、祭奠和情愫，是人类共有的，因而容易引起读者的共鸣。这样的书写让我联想到沈从文和汪曾祺。沈从文说：“他要将文学的‘希腊小庙’建立在政治旋涡之外”。余秋雨在评价张爱玲时说，读了张爱玲的作品，他感到庆幸的是，20 世纪二三十年代也有“不带火焦气息”的作品。中国台湾作家施叔青在评价汪曾祺的作品时指出，他“强调小说的重点不在于讲故事，因此情节的安排被认为很次要”；不仅如此，他甚至“故意把外在的情节打散，专写些经历过的人与事”。这些前辈作家都尽力远离政治，美化乡村生活，认为乡村的诗意更接近艺术的本质，因此，当他们向未曾物化的原始乡村唱上一支挽歌的时候，会有意无意地把情节置于边缘位置，推动文本前进的是一种隐约可见、似有似无的东西，这种东西会带来一种情绪，一种感伤，一种深沉的力量。姜贻斌传承了前辈作家的艺术创新，甚至为了表现生活的本质，不断运用幻觉，不仅将幻觉的功能放大，而且使放大了的幻觉反复出现在文本细节处，这种表现手法被姜贻斌运用得地道娴熟，直至《火鲤鱼》达到巅峰。

三、时间老人的勋章

一个作家说，他很想写一个类似《火鲤鱼》一样的小说，即将小时候所有重要玩伴的前世今生都写一写，以散文、日记、电报、新闻、游记、特写和公文等大杂烩式的叙事，着眼于每个人的日常生活，将个体生命置于时代大潮中，追求非常态的命运结局，但这个作家一直没有找到一条可以统领全书的主线，同时感觉这种碎片化的书写难以调动读者的阅读兴趣，认为这样写是一种冒险，因而起笔多次，最终还是放弃了。与这个作家不同，姜贻斌甘愿在艺术上冒险，并最终提供了一个成功的蓝本。姜贻斌在后记中颇为自得地说："在这部长篇中，我想以一点诗意的文字来完成它。我还想在结构和形式上，以及写作手法上有一点突破，尽管我做得还不够好，但我却是尽可能地去做。在写作过程中，我是很放松的，甚至还带有一点随意性。许多的想法，是在写作过程中慢慢形成的，一开始，我并无多少整体上的构想。"显然，姜贻斌所谓的随意性并非随意，而是深思熟虑的有意安排。他必须考虑要如何驾驭激情，最后他选择像流水一样顺其自然！

正是这种随意性填充了章节之间人物与人物、故事与故事之间可能断裂之处。姜贻斌的这部作品甚至让我想起马原式的"活页小说"，即读者不一定从书的头一页开始阅读，而是可以从任何一页读下去，也可以打乱排版顺序，从一章跳到另一章，从中间闪回到前一节，也可以从后面一直往前面阅读。换句话说，如果书中的人物和故事是骨头，那么，姜贻斌的"活页式"的诗意语言就是肉，而每个人的日常生活本身就是联结"活页"之间的筋脉和血脉，这样，靠读者的自身生活与参与来实现小说的整体性和连贯性。一个有趣的事实是：姜贻斌的中短篇小说大都写得很平实，虽有一定的先锋色彩，但更多的还是传统意义上的叙事套路。但长篇小说，好像成了姜贻斌的试验场，姜贻斌总会不安分，这从姜贻斌的《左邻右舍》可以见出，《火鲤鱼》同样充满着先锋的元素。也许，这就是姜贻斌不轻易动笔写长篇小说的原因？

诚然，任何开拓性的文学试验都具有冒险性，作为一个成熟的作家，这种风险有可能给姜贻斌带来莫大的荣誉，但也可能成为姜贻斌文学征途上的"滑铁卢"。坦白地讲，我在阅读《火鲤鱼》时就经常迷失在澎湃的诗意中而忘掉故事本身；同时，我也要经受纷繁杂乱的散文化语言的考验，很多时候因为大篇幅的无情节描写而让我痛苦得读不下去。总的来说，这部作品充满了太多属于作者个人的经验和记忆，许多情节太过真实，因而它是一部个性化或者很私人化的产物。

对此，姜贻斌认为：现在的作家太现实、太功利了，他们在写作时，首先考虑的是读者，是市场，是否能够出版，等等，没有一种为艺术献身的决心，没有一种文学理想。当下许多作家，包括一些非常出名的作家都不是在努力培养和提高读者的欣赏水平，而是在向市场投降，迎合一些低级的趣味，津津乐道于发行量和转载率，得意于电影或电视的改编，以及聚光灯的照射。这就是中国文学的现实。姜贻斌提醒我们不要忘记中外许多经典作家，他们为了有所创新，倾注了毕生的精力和时间。卡夫卡和普鲁斯特等都是十分典型的例子。特别是卡夫卡，因为当时的读者无法接受他思想的前卫、风格的新潮和艺术的先锋，所以使得他的小说很难发表。卡夫卡曾自己印刷 100 本书，放在一家书店代卖。第二年他去看，仅仅卖出了 11 本。再一看，其中有 10 本是自己买了送给朋友们的。[①] 换言之，这个书店一年来只卖出了 1 本卡夫卡的书。当然，作家当时很沮丧，但他并没有沉沦，更没有转向市场，而是坚持自己的文学理想。普鲁斯特的境况跟卡夫卡相差不远，最后，是时间老人给卡夫卡和普鲁斯特颁发了勋章：他们都成了 20 世纪最伟大的现代派巨人，他们死后出版的作品影响了无数的作家，包括许多中国作家，包括姜贻斌本人。因此，先锋小说的小众化跟大众阅读经验并不矛盾，而是各取所需罢了。问题不在于读者的变化或欣赏趣味，而在于作家本身，即你为什么写作？你是否想给文学提供新的可能性？你是否拥有自己的文学理想并愿意为之而献身？我想，在《火鲤鱼》中，姜贻斌对这些问题都有过很好的很深的思考，如同这个作品名字的象征意义一样，我们有理由对《火鲤鱼》保留幸福的期待。

可以肯定的是，我在姜贻斌那里看到了普鲁斯特意识流式的属于时间的长河独有的绵长激情，点点滴滴富含着温暖的细致的激情。

第二节　欲望原态与人性深处的疼痛

何顿是一位有着超常毅力和耐力的作家，他特别勤奋、特别刻苦。与姜贻斌如河流般婉约绵长的写作风格不同，何顿仿佛是生长在泥土里的野草，经受着粗野的考验，风格粗狂，文笔粗粝，形成了他文学独有的朴实风格。他的作品《湖南骡子》其实更像是他自己的代名词。骡子一生几乎都生活在有限的空间，在有限的空间里周而复始地拓荒，这也意味着骡子最亲近的是大地，是泥土。何顿同样如此，他在漫长的时间里奋笔疾书，写出了让人震憾的文字——无论是在文字的数量上还是质量上，而这一切都没有离开湖南，且每一部作品都有各自的地域归属。比如长篇巨制《湖南骡子》，描写的是一个家族的历史故事，是史诗写作，他的核心则在有限的空间和无限的时间上。实际上，何顿特别关注空间与时间的关系，姜贻斌的《火鲤鱼》同样也是空间和时间的结合，只是，他的空间没有那么牢固，而是一条河流的形态。何顿的空间则是牢固的土地，这正是何顿的热情所在。在我看来，何顿的热情来源于且植根于泥土，深

① 聂茂. 隐秘的愉悦与悲悯的力量[J]. 湖南文学, 2015, (2): 6 - 9.

沉、广阔、纯粹、质朴，勾连着大地，仿佛某种植物，在时间的注视下，养分永不枯竭，而源源不断的创造也就如植物的生长一般发生了，随之而生的是一部部如同累累果实一般的著作。而一如骡子是在土地上圈养的一样，所有的激情也都是在泥土里储存的，所以，何顿注定选择回归大地和泥土，在有限的空间里创造无限。何顿的大地之上有青山，也有绿水，这个地方是黄家镇。一如马尔克斯的马贡多，莫言的高密县。何顿的激情在小小的黄家镇和无限的时间里产生化学反应，生成了属于文学和语言的激情。黄家镇是长沙周边的一个小城镇，在社会转型期的大背景下，充斥着躁动与喧嚣，《青山绿水》正是抓住了空间和时间的这一特征，塑造了一个小世界的万花筒和大世界的浮世绘，其中，中篇小说《青山绿水》以中国文化中的两个基本意象来展现欲望的原态与人性深处的疼痛，不仅揭示了湖湘瑶族的地域性，还挖掘出湖湘大地泥土里的激情。小说展示了瑶族文化中的巫术，展示了神秘的宗教仪式，表达了信仰的力量。神秘、原始而怪诞的度戒是瑶人的文化图腾，是一个古老民族的心灵史诗，是一个民族的集体记忆，更是一个地域的人们在几千年里积淀的激情。我们会看到，这种激情不仅仅属于瑶族或湖南，而是通感于全人类。

一、圣人的过去与罪人的未来

何顿的《青山绿水》①一共收录了八篇中篇小说，分别讲述了不同的男人与不同的女人之间的爱恨情仇。该书的故事地点是黄家镇，其实，在何顿的很多小说中，都写到了黄家镇。“地域色彩就是世界色彩。”这是何顿创作的自我追求。如果说，张爱玲、王安忆写的是大上海的繁华苍凉，那么何顿写的就是长沙周边小城镇的躁动与喧嚣。黄家镇是整个社会转型期的一个缩影，展示的是一种福克纳式的创作抱负。他要做的，就是在一块“邮票大小的地方”虚构全新的世界。或者说，黄家镇就像马尔克斯笔下的马贡多一样，就像莫言的高密县一样，就像沈从文的湘西一样，不仅仅是一个地域性、民族性的地方，还是一个世界性的地方。

《青山绿水》这个书名是有想法和讲究的。说到底，该书讲述的就是“青山”与“绿水”的故事，山代表着男人，水代表着女人，男人女人构成了这个世界，完整，但不完美；平淡，但并不平静。从中，我能看到他特有的激情，属于泥土的激情，青山是大地的产物，绿水是大地的产物，他们都是大地的激情。

---

① 何顿. 青山绿水[M]. 长沙：湖南文艺出版社，2013：3.（文本分析中所取内容皆出自本书，不再一一标注。）

这种激情踩在真实的大地之上，扎根于泥土里，粗糙，甚至粗鄙，却格外有力。

《永远是十七岁》中主人公黄斌在十七岁那年与黄映相恋，两人偷吃了爱情的禁果。结果黄映怀孕了，最终被迫打胎转学，而黄斌则差点被学校开除，背着重负读完高中。《我的生活》中写的是黄耀武与小叶的爱情故事，当小叶要离开黄耀武时，黄耀武要求小叶偿还自己花在她身上的钱，争执中黄耀武失手掐死了小叶。《蒙娜丽莎的笑》中写到金小平与副校长江楚兵的爱情、婚姻，后金小平因丁镇长在别人面前揭穿她以前是做"妓女"的而被毁掉幸福生活。金小平一怒之下杀死了丁镇长后逃亡在外。

无论是黄斌与黄映，还是黄耀武与小叶，或是汪楚兵与金小平，等等，这些人都很普通，都不崇高。在彼此关系中，女人始终处于下位，不管她们如何自立自强，但整个社会话语会压得她们透不过气来，在一段感情里，男人永远占据着主动权。何顿在《青山绿水》收录的第一篇小说中对此进行了反思：当黄志离婚后，再次去找杨小玉而遭到拒绝时，突然感悟到"我以前那么看不起她们、讨厌她们，觉得这个社会，是她们把道德和秩序破坏了，但谁管过她们背后那些凄凉、酸楚和复杂的故事？"这种拷问是深刻的。何顿不仅关注了普通的市民，还关注了特殊群体的生活，并且充满包容和同情，殊为难得。英国唯美主义作家王尔德说："每个圣人都有过去，每个罪人都有未来。"当然，作品中的男性主人公，一个个也是命运多舛，他们既是时代的弄潮儿，又是这个时代的弃儿。出身、工作、金钱、权利，一切的一切似乎成为一个男人或者说整个社会的至高话语权，谁能拥有这些就风光无限。在《别人的故事》中，满腹才华的小提琴手"教授"因为是国军少将的儿子，而被拒绝在县剧团门外；因为出身不好，而进不了县政府部门，只能是工人编制。怀才不遇，只能在现实面前低头。在那个看重阶级的年代，出身决定了你的前途和命运。《新青年酒吧》中步入中年的黄刚，自暴自弃，失业在家，小事不做，大事无成，成为一个怨天尤人，充满嫉妒和仇恨心理的人，准备去杀死与自己老婆有染的老同学彭镇长。就这样，一个个时代的伤口浮现在眼前，令人浮想联翩。何顿写的是社会转型时期的文化镜像。

何顿这样夫子自道："人家写好人好事，让善良的人们看到希望。我写坏人坏事，是想展示人性的弱点，给读者以启迪，作家不一定都要唱赞歌，也不用扮成一个伦理道德的捍卫者。"他直面人生，正视邪恶，展示血腥的现实，于黑暗中发现人性的光芒。他的文字硬朗、简洁、生动、毫不做作。

雨果说："丑就在美的旁边，畸形靠近着优美，粗俗藏在崇高背后。"有多少粗俗就有多少崇高。书中出现的各种粗鄙字眼，既展示了人性本真的一面，又彰显了作者毫无拘束地表达自己情感的冲动。例如，在《青山绿水》中，故事的主人公黄志只是个普通民警，他有一个体弱多病的母亲，还有一个在父亲病逝前托付给他的傻弟弟。书中傻弟弟吵闹着要吃猪头肉的场景和细节，紧贴底层人物的欲望原态，直逼人性深处的疼痛。透过这种描写，我们可以感受到故事中各色人物，各种情感，各种心观，各种价值观的冲撞与折射。何顿曾说过："人物有时候是牵着作家走，人物会对作家说我要干这事，我一定要干……"①也就是说，当小说中的人物活动起来后，作家的自主性就降低了，作家的主观力量也降低了。小说人物越是独立性强，作家无力的程度就越高，作品的成功度也就越大。

这正是属于何顿的激情，这种激情是人类从泥土中衍生的，虽然粗俗，却也崇高。其实，真善美都是相对的。青山也许不完美，但它仍旧是青山；绿水也许不清澈，但它仍旧是绿水。小说中的人物也许有这样那样的缺点或错误，但正是这些缺点和错误让他们变得真实可感，可亲可敬，就像自己的亲人一样。

归根结底，中国是一个农耕文明的国家，中国文化就是长在泥土里的，中国人的精神气质也源于泥土，人性里有泥土的善根也有劣根，而善恶都是激情不可分割的部分。

二、朝向诗歌的正义之外

何顿的激情是可以生长的，延伸的，这和他的小说设计一脉相承。何顿的可贵之处还在于他的小说大多为开放式结局，无论是《到此为止》中的李民警与刘珊，还是《蒙娜丽莎的笑》中的金小平与汪楚兵，他们最后是否还在一起？刘珊和金小平等一类的女性，她们怎样才能找到自己婚姻与生活的出口，怎样进行以后的生活？李民警、汪楚兵等一类人，他们的困顿处境又该如何去突破？所有这些问题，作家都没有给出答案，都有待读者自己去思考。这种模式产生的效果是，文字虽然结束，但是激情依然萦绕。

大家知道，传统的闭合式结局，一般在作品的结尾会回答所有悬而未决的问题，从而满足读者在阅读过程中被激发的各种情绪，可以让读者带着圆满的体验离开，所谓善人有善报、恶人有恶报，这种结局就是王国维所说的"诗歌的正义"，它是传统的、封闭式的文本逻辑。而开放式结局，也就是"诗歌的正义"之外的方式。罗伯特·麦基是这样界定的："故事讲述过程中提出的大多数

---

① 彭国梁．希望是每个人活着的底气——何顿访谈录[J]．创作与评论，2012，(2)：59－63.

问题都得到了解答，但还有一两个没有回答的问题会延伸到影片之外，让观众在看完电影之后去补充。”①这是关于影视作品的开放式结局的界定，将它引入到文学作品中当然也适用。尽管这种开放式的结局以一个疑问号取代了闭合式结局中的句号，但它是以一种思想或者情感的问号作为作品的结局，不是传统意义上的有始无终，读者在阅读过程中滋生的各种情感都可以找到出口。

例如，《青山绿水》中，故事的序幕在黄志回忆父亲的临终遗言时徐徐拉开，主人公黄志和杨小玉的相识被作者轻描淡写地带过了，现实主义的笔调却掩不住“英雄救美”传统故事的浪漫主义色彩。于是，他们相恋并步入了婚姻的殿堂，一切顺理成章、波澜不惊。而黄志的大学好友杨志的新年电话却毁了这对平凡小夫妻的幸福生活，杨小玉曾经失足少女的身份让黄志痛苦不已……至此，一切陷入到漫无边际的苦痛纠结中。我们本以为故事将就此归于平庸，变成一个基层民警与一个曾经失足的女人之间无尽的爱恨纠纷，最后男人会以宽广的胸怀包容女人过去种种的不堪，直到他们相亲相爱走完一生。事实证明，这种想法错了，我们看到了一个陷入深深的矛盾当中的黄志，他无法自拔地爱着杨小玉却又不断地轻视和侮辱她，而杨小玉却始终保持着应有的自尊，不甘为爱而委曲求全。各种人物之间的矛盾纠纷深深吸引着读者，而读至文末，杨小玉冷静地在电话里说着“但是……”，至此，故事结束。这不是结局的结局，我们甚至比黄志更着急地想知道“但是”后面发生的故事，但是作者却“狠心”地将这个悬念留给了读者。不得不说，这样“任君处置”的结局着实让人充满了不知归向何处的无助感，但却可以让人心头一紧、眼前一亮，给人以无尽的回味。何顿的许多小说都有这种“留白”的做法，这种开放式结局令人感觉到某种希望，故事的发展是未知的，就像黄家镇上各色小人物的命运一样，这种暗示，契合了人们对“青山绿水”美好家园的追求。文学不仅激励着人们去思考，更重要的是给人以希望，它激励着人们通过思考，找到光明的出口，这样的意义可能更实际一些，也更深远一些。

首先，开放式结局使故事更有张力，赋予了读者更多的思考空间。因为，对看惯了传统闭合式结局的文艺作品的读者而言，“有头有尾”的故事结构才是符合读者的阅读习惯和审美期待的。何顿把结局设为“悬念”，为读者留出想象空间，满足了读者的投入感和自我创作的欲望。

其次，开放式结局使得故事更加贴近生活，增强了故事的真实性。正如生

---

① ［美］罗伯特·麦基．故事——材质，结构，风格和银幕剧作的原理［M］．周铁东译，北京：中国电影出版社，2001：74.

活不会给人们答案一样，我们只能在消逝的时间中找寻答案。这种手法赋予了文本无限的可能和无穷的生命力，使得故事中的人物重新被激活，这种被激活消除了纸质上的苍白感，使原本只是符号的名字变成了实实在在地生活在我们周遭的张三李四，他们跟我们一样，有血有肉，真实可感。任何文艺作品都应当是生命体验的表达。何顿说过："我写小说，是企图把活生生的生活抛给读者，让读者参与并感受。"正是这种努力，拓展了文本的心理空间和精神空间。

再次，开放式结局在一定程度上深化了主题。何顿曾经说过："我不喜欢把主题弄得很明朗，我喜欢把思考变成人物、把内容藏在人物身上，你读了多少是多少。"在文本《青山绿水》中，作为主题的"青山"和"绿水"在文本中总共只出现过两次，第一次是："人处在青山绿水中，抬眼就是树木，低头便是清澈的溪涧，有一种回归自然的感觉，就不想动"；另一处"青山绿水"是"另一个平缓、安宁、友爱的世界"。这真是点睛之笔。我们从中不难看出作者内心深处对于"青山绿水"的向往之情。正因为此，"青山绿水"绝不只是单纯的景物描写，它更是一种憧憬，一种符号，象征着人们对美好世界的深切渴望。如果说，山代表男人、水代表女人的话，那么，"青山绿水"既是作者对大自然的美好向往，又是对活在当下中国底层人物的深情讴歌和热情接纳。小说的开放式结局昭示着：生活仍在继续，我们追寻"青山绿水"这片精神家园的脚步也不应停下。

何顿似乎是要告诉我们他们的故事也是扎根在大地之上的，双脚沾满了泥巴，大地之上的激情从不会消失，生活和生命永远在继续，喜留不住，悲挡不住，就是这么残酷，不可逆转，不受控制，这也正是泥土和大地的真正意义。

第三节　红色符制的命运悲歌

邓宏顺是文学湘军中像农民一样的实干家。自 1985 年开始发表作品以来，他先后在《收获》《当代》《中国作家》等全国各大文学期刊上发表中篇小说 50 余部，多部作品被《小说选刊》《中华文学选刊》《小说月报》《中篇小说选刊》《作品与争鸣》《作家文摘》及多种选本转载。已出版的有长篇小说《红魂灵》《贫富天平》《天堂内外》《铁血湘西》等，并获得湖南省"五个一工程奖""毛泽东文学奖"、上海"萌芽文学奖"和"北京文学·首届中篇小说奖"等。本节将以其中篇小说《饭事》及其长篇小说《红魂灵》为例来窥见其小说的意蕴。

可以说，追求悲剧意蕴和哲学内涵是文学湘军作品的一个重要特征。邓宏顺的中篇小说《饭事》艺术地阐释了生活中的因果，同时又对因果进行了无情的嘲弄。小说推理环环相扣，严格遵循因果逻辑。主人公试图把握仕途中的因果联系，但结果却在因果之外，莫名其妙地陷落在无底深渊，走进了一个没有预谋的圈套。子虚乌有的因果折射出冷峻的现实和人物的宿命。《饭事》既是官场小说，又与常见的官场小说不同，它有一层哲学的悲剧底色，结局是悲剧性的，主人公最后服毒身亡，留给读者无尽的怅惘和苦涩。而长篇小说《红魂灵》以隐喻的方式，展现时代的悲剧、人性的悲剧和历史的悲剧。小说把故事放在了湄湾小镇，父与子、革命与爱情、政治与亲情，构成了小说的二元对立结构，堪称改革开放前后中国的缩影。“红”是革命的隐喻，人物性格在时代氛围的熏染下极度扭曲。一方面是苦难的展现，另一方面则使湘军的艺术探索更加深入。

一、因果与超越因果之外

从某种意义上说，邓宏顺是一位厚积薄发、勤奋刻苦的老实人，这位老实人却有着血与火般的激情，那激情藏在老实的背后，在他的骨头里，在他的刀伤里。如果说何顿是在地域的维度上挖掘激情矿脉，那么，邓宏顺则是在时间的维度上寻找失落的文化激情，而他的时间法则和姜贻斌的时间成河又不同。他的激情就是血与火，是在火焰中铸就的带血的刀，这把刀不是那种奔放的炽热的血流成河的刀，而只是一把被时间的尘埃裹住的刀。这刀子看似锈迹斑斑，稀松平常，司空见惯，但是，漫长的时间里，他在黑暗之中于石头上磨着刀子，经过千万次的打磨，待刀子锃亮，你才会意识到他的锋利，而当你感觉到如芒在背时，此时的刀子已经扎进肉里，见到血与火，让你灼痛。比如，他的《饭事》就是如此。

湖南作家邓宏顺的中篇小说《饭事》被《北京文学》杂志社主办的“2008 年中国当代文学最新作品排行榜”隆重推出，并被发表在 2008 年第 5 期的《北京文学》上。作为湖南实力派作家，近年来，邓宏顺写了一批反映农村生活并引起社会较大反响的佳作，《饭事》却另辟蹊径，读来发人深省，看似是十几亿中国人每天都会经历的平常事情，他却在其中不着痕迹地捅出了一把见血的刀子。

单以小说的写作领域而论，《饭事》可归入官场小说的范畴，但它和常见的官场小说不同，《饭事》有一层哲学的悲剧底色，官场小说中的人物命运大多是悲剧，这是因为小说要展示书中官员的权术斗争和奢靡生活，故而把主人公推到命运的悬崖之上，而后作者便只需轻吹一阵风，让这些对党和国家不忠的官员跌入人生谷底，以此告诉读者，背离人民和无节制的权力斗争是一条万劫不复的死路。这个结局最终便迎合了中国传统叙事中“拿不住奸臣不结束”的大团圆结局。如果说，在这里我们看到了邓宏顺的刀子的话，那么，从故事结局我们则可以看到邓宏顺的火焰。《饭事》的结局是悲剧性的，甚至可以说是冷酷的、咯血的。陈一归最后在家中服毒身亡！这并不大快人心，也不让人感到畅快淋漓般解气，而是伴随着无尽的怅惘和言之不出、道之不明的苦涩，仿佛如鲠在喉，然后，我不得不承认他是冷静的现实解剖者，他在最后点一把火只不过是为了更好地让人更深刻地感受到他刀锋的冰冷和内心的绝望。

这和一般意义上的官场小说截然不同。邓宏顺在对抗流行文化的共同元素，用《饭事》反向阐释了昆德拉所说的小说精神。写官场的小说，通常向两个方向延伸，一种是挖掘正面典型，放大人物的社会价值，使塑造的人物形象从生活中来到小说中去，这种作品通常是主旋律的时代音符；另一种是市场意义上的官场小说，官场小说大多是猎奇性的传奇小说，通过展示罪恶和官员的腐败生活以满足人们的窥视心理而获得巨大的影响力和发行量，它宣扬的是一种权术和官道，归根结底是一种消费性的流行文化代码。而这种流行代码背后“隐藏着大众媒体这种共同的精神，而这也正是我们时代的精神。这一精神，在我看来与小说的精神相反”。① 在米兰·昆德拉看来，这种写作方式和小说的精神是对立的。

不知道从什么时候开始，人们看小说就是为了读故事。故事只是小说的一个元素，而中国小说的写作和阅读却忽视了其他要素，将小说简化为故事，尽管写小说要会讲故事，但如果仅仅把小说理解为奇巧的故事情节的叠加和经验再现，而忽视小说的精神底色、形式建构和语言创造，那么小说的艺术品质将荡然无存。英国文学批评家迈克尔·伍德有句著名的论断：“小说正在面临危机，而故事开始得到解放。”②当下的许多官场小说将注意力放在故事上，以猎取读者的眼球。武侠小说之后，有些作家像忽然撬开了一块宝藏一样，发现了一个巨大的写作领域：官场，于是像去淘金一样，大家蜂拥而上，一时官场文学“风景这边独好”，但是简单、低层次的重复建设将这种资源浪费殆尽，留下了一片只开发了表层的废墟，让裸露的表面徒增些许苍凉。这个领域的文学呼唤深度开采和精细加工。

《饭事》就是邓宏顺精耕细作的成果，这种精耕细作不仅体现在对文字的苛

---

① [法]米兰·昆德拉. 小说的艺术[M]. 董强译. 上海：上海译文出版社，2004：24.

② [英]迈克尔·伍德. 沉默之子：论当代小说[M]. 顾钧译. 上海：生活·读书·新知三联书店，2003：1.

刻要求和精雕细琢上，更重要的是，作家对人物精神世界的准确把握。传统的小说对人物精神世界的摹写主要是通过细腻心理描写来实现的，大段的人物心理独白让读者直接触摸到了艺术人物的微妙的心理状态和精神动向，但基本上都是静止的。也就是说，人物的行动突然停了下来，整个小说的世界不再众声喧哗，而是在倾听一种声音，这在托尔斯泰的《复活》等经典作品里比比皆是，邓宏顺打破了这种模式，他笔下的人物情节在流动的同时，也可显现人物心理的变化特征。

以 20 世纪初为界，小说的发展演变经历了从着重外部世界到着重内心世界的转变，巴尔扎克和卡夫卡分别是这两个时期的标志性人物，卡夫卡在他的日记中写道："在巴尔扎克的手杖柄上写着：'我在粉碎一切障碍'。在我的手杖柄上写着：'一切障碍都在粉碎我'。"对巴尔扎克而言，一切外部世界都是叙述的对象，世间万象尽收眼底，所以将其作品命名为《人间喜剧》，巴尔扎克自信地认为自己的写作是涵盖一切的，洋溢着一种乐观而大气的战斗豪情。与巴尔扎克相反，卡夫卡则沉溺于自己的内心世界。尽管生活中的卡夫卡也经常发出爽朗的笑声，也会和一大堆的朋友喝酒，但他一回到写作就是回归痛苦，就是回归封闭的内心。邓宏顺兼具两者之长，实现了人物的外部生活和内心世界的有机统一。

邓宏顺的《饭事》追求小说因果性的哲学内涵，同时又对因果进行了嘲弄。小说一开头就把陈一归置于廉政先进典型的位置上，为了表示答谢，陈一归想要请各位领导吃饭，问题的关键则转变为是否请市长，此时陈一归认真考量，权衡利弊。小说中是这样写的："请其他几位主要领导赴宴，他没有任何顾虑，但是，要请市长来，他一直不敢。说他不敢就是包含着要请市长的意思，但请了市长，就意味着他的内心和势力的暴露。市长现在知不知道他和书记是党校的同学呢？就是知道，他也不能自己显示出来。他真不想暴露自己的这种势力。势力一暴露，必然要导致对立面增强，还有什么比过早地在对手面前暴露自己势力更危险呢？"这里展现了陈一归细致而全面的思考过程，他把自己的仕途和饭局紧密地结合在一起，要请谁就成了意蕴深刻、内藏玄机的大问题，在陈一归看来，饭事并不简单，它是一种象征，一种存在，一种佐证，自己在领导心中的地位以及势力范围的划定都通过这顿饭得到印证。产生这种心理的原因是陈一归深信饭局和自己的地位有着紧密的逻辑因果联系。饭事在仕途天平上是一个重要的砝码，这关系到自己能否再提升一步，陈一归便非常慎重，所以，请还是不请市长是个大问题。

饭局本身在小说中的比重非常小，作者的着眼点也不在这里，其实陈一归的命运就是“一顿饭引发的悲剧”，这类似于 19 世纪俄国现实主义作家契诃夫的《一个小公务员之死》中切尔维雅科夫的离奇死亡，切尔维雅科夫在剧院里看歌剧，不小心把唾沫星子溅到了将军身上，惶惶不可终日，最终死去。读者一般把它当作是自寻烦恼，不能理解切尔维雅科夫的恐惧从何而来，那种战战兢兢为什么会达到耸人听闻乃至啼笑皆非的地步，但笑过之后，经过略加思考就会知道，这是一种令人窒息的悲凉现实。陈一归的仕途升迁完全取决于个别领导的个人意志，所以和切尔维雅科夫一样，陈一归得知原来的市长当了书记，就惴惴不安起来，毕竟就在不久前，自己还在衡量那个答谢饭局是否要请市长的问题；而现在，原来的市委书记，也就是自己的老同学调走了，最后的心理屏障被拆除，陈一归必须自救，于是就有了送新任的市委书记竹雕插屏一事，而这恰恰成为陈一归走向悲剧命运的转折点。

正是这个竹雕插屏送了他的命，因为，尽管在陈一归看来，竹雕插屏只是一个一两千块钱的小礼物，但仿真的古董激起了市委书记的戒心，为防止被暗算，市委书记便通知检察院去查一查，就像小说中所说的，“这年头，这一级干部把谁认真查查能没有问题？而且往往是切肉连皮”。这一查则把陈一归送到了命运的终点站。邓宏顺的推理非常精确，在小说里，每两根链条之间紧密相连，环环相扣，如同米兰・昆德拉所概括的，“小说家试着从生活陌生、混乱的材料中抽出一根清晰、理性的线来，从他们的视野来看，理性上可以把握的动机产生行动，这一行动又引出另一行动。所谓经历就是行动因果关系明晰的链接。”①

如果仅是如此，这篇小说至多算得上普通小说中的精品，但邓宏顺突破了一般作家的思维模式，尽情展现了对因果的嘲弄。小说里边，每一个环节都是严格因果逻辑的产物，每一个结果都是上一个原因的必然推理。尽管每一个环节都追求真实，在真实的框架内超越了因果逻辑，它不是一种非理性的超越，就像意识流、荒诞等现代主义手法的运用，小说的每一根链条都在现实的链条之上，我们看到，陈一归并不痴迷于自己的世界，而是殚尽每一个智力细胞去追寻能让其仕途升迁的细小琐事中的因果联系。但事实和最终的结果却在因果之外。他的担心太多，想法太多，错综复杂如蛛网般的关系解读还是让他迷失了方向，以至最后莫名其妙地陷落在无底深渊之中。陈一归自觉地走进了一个没有预谋的圈套。我们可以说，这种因果压根就不存在，陈一归的所有想象都是子虚乌有，但又分明感受到在冷峻的现实外透出的冥冥中的宿命。

---

① ［法］米兰・昆德拉．小说的艺术［M］．董强，译．上海：上海译文出版社，2004：74．

唯物主义以前所未有的绝对优势占据我们生活的每一寸空间，陈一归对因果的信任乃至痴迷达到了迷信的地步。要不然怎么会有“既没有无缘无故的恨，也没有无缘无故的爱”这种说法呢？

但透过叙述的缝隙，可以看到，陈一归的多虑并非完全没有依据。对于陈一归没有把他放在饭局的名单里边，市长有自己的想法，“看起来，这只是饭事，是小事，而往深处想想，这却是一种势力范围，是一种态度，是排斥他”。这使得《饭事》又多了一重意蕴空间。

小说有悲剧的思维和因果性的哲学内涵，而且这种哲学感和悲剧感并不生硬。但遗憾的是，小说经常将总结性的语言或结论性的句子嵌进小说中，这直接影响了小说的情节流动，本来深刻的社会体察应该藏在小说的形象之后，也就是说，小说的形象塑造、语言叙述和情节构制本身就是小说的魅力所在，理性的结论应该自然而然地浮现出来，小说中存在大量理性的结论性语言，就像饭菜中没有溶解的盐——咸在外，淡在里。只有融进菜里，才是美味佳肴。所以，《饭事》理念痕迹较重的特点，在一定程度上影响了小说的形象性。换句话说，他可能太想驾驭他刀锋的锋芒，但是，火和血、刀和光本来也有它们自己的法则，即激情有它内在的机理和运转规律，作者的创作必须顺从这种规律，而不是人为打破。

二、极“左”思想下的爱情悲剧

与《饭事》不同，邓宏顺在长篇小说《红魂灵》中展示出一种新的生活。小说以一对父子在工作、爱情等方面的观念差异、冲突为主线，展开了对湄湾小镇形形色色的人的悲欢离合、苦乐人生的描述。一个小小的湄湾小镇就像是一个饱经政治革命、阶级斗争之苦到初尝改革开放甜头的中国的缩影。可以说，《红魂灵》带我们穿越了时间的尘埃，让我们看到那如血的刺眼的红色，他举起大旗，反思着极“左”政治对人性的毒害，作品通过肖山这样一个具有强烈戏剧性色彩和悲剧性意味的红色极端人物，折射出历史性的必然悲剧。肖山浓缩了封建旧习的一类人的特点，刻板专制、固守己见、狂热冲动。小说中夸张的手法极具现代性，它渲染了一种有毒的激情，但是，这激情却恰到好处地在消融作者的激情，以及用激情编织的冷静的文字。

“红色”，一个极具革命色彩的颜色，也是一个醒目的激情燃烧的符号。在这篇小说里面也表现为人物肖山的性格色彩和“文化大革命”那个阶段的时代特色。红色摆设、红壳书、经常哼唱红歌，临死前看到红壳书才甘心闭眼，甚至于死后也要把骨灰染红，肖山所痴狂的红色已经充斥着他的身心，渗之入

良妹和跃进离婚后不肯改嫁，坚持留在肖家侍奉公婆，抚养孩子，死也要进肖家的坟。乔凤为了给跃进的办厂项目拉资金，犯了政治上的错误，挨了处分，后因怕玷污了跃进养父口中所谓的革命家庭，宁愿选择出国离开跃进。至死不渝、忠贞不移的爱，坚持到底、不求拥有的爱，牺牲自我、成就所爱的爱，这就是湄湾的女性！

由于当时女人的自我意识浅薄，而实现自我的途径又如此狭窄，她们就用最简单、最纯粹也是以爱之名最高尚的方式诠释对爱情这个字眼的理解——奉献，甚至于上升为牺牲。她们默默奉献、牺牲着一切，把自己放在卑微的后头。忠于爱情的情感主宰着她们的人生，她们在牺牲中得到了一种高尚的痛苦，获得某种满足。即使爱情用无情的现实将她们一次一次剥夺得所剩无几，她们仍将爱情奉为信仰，在自我的精神世界中得到满足，无论这种满足是真实的还是欺骗性的。在精神力量的支配下，她们自行建立起一个虚构的供养爱以及对爱的幻想的神社，以祈求得到爱的回馈；她们虔诚地供养着一份爱，神圣不可侵犯，永远不可推倒，为了它，亦永远不可退却。视爱为一种信仰的女性，不管得没得到爱，她们找到自己存在的理由，日夜信笃，终其一生，她们让别人感觉到她们还活着，她们让自己感觉到她们还活着。

从一个时代走到一个时代，生命的灵魂中流动的不止是翻涌的热血，不止是激情，更是一种精神力量。阳光雨露透过生命照耀灵魂，纹络交错演绎岁月人生。从心的殿堂踏上朝圣的旅程，那么一路上将洒满最美的阳光。

就书名来讲，邓宏顺长篇小说《红魂灵》容易让人联想到俄国作家果戈理的《死魂灵》。果戈理的《死魂灵》是俄国批判现实主义文学发展的基石，也是果戈理的现实主义创作发展的顶峰。小说写一个惟利是图的生意人乞乞科夫来到某市，结交省长、民政厅长、警察局长等官员，然后向该地地主收购已经死去但尚未注销户口的农奴——死魂灵，企图把他们当做活的农奴抵押出去，骗取大笔押金，最终在丑事败露之后逃之夭夭。这是一部辛辣的幽默讽刺小说，而邓宏顺的《红魂灵》与其只一字之差，莫非是向果戈理现实主义的幽默讽刺描写的一种致敬或是模仿？待细细品读全书之后，发现两者的名字含义倒是风马牛不相及，但在人物塑造上以及现实主义手法的运用上确实有相通之处，很值得考究一番。

三、红色符制的心灵之伤

《红魂灵》的故事以湘西小镇为地域文化背景，纵横贯穿 50 余年的乡村生活成为叙事空间，从一对父子的不同成长经历和不同的文化观念入手，深层次地剖析且展开父子两代在事业、爱情、价值尺度、行为方式等各个方面的尖锐矛盾及其成败得失，暗暗透露出极“左”政治时代的风云变幻对历史责任人的毒害。

《红魂灵》在人物塑造上和故事情节的叙述上都颇为成功，它塑造了肖跃进、肖山、良妹、阿英等数位极富个性的典型人物，而该书的一大亮点就在于将小说中的父亲——肖山这个人物形象刻画得入木三分，有血有肉，他的一言一行、语气神态、心理活动等无不生动刻画出一个狂热、固执、坚持“红色”的老一代政治家形象。同时，文章采用倒叙和插叙的叙述方式，情节紧凑，悬念丛生，跌宕起伏，以肖跃进回乡探亲祭奠为契机，以他的视角对过去的事情进行回忆，同时穿插此时在老家与母亲、前妻相处的事件，时进时出，不至于太过乏味冗长。

自古以来中国家庭的婚姻观讲求的是“父母之命，媒妁之言”“门当户对，明媒正娶”，这样的婚姻观念看上去名正言顺，实则却满满都是“吃人”二字。历史上因这两句话而冠冕堂皇地拆散有情人的不在少数，原以为到了近代以后这种鄙俗的观念会有所破除，但在《红魂灵》一书中的肖山身上，则可窥见它的根深蒂固。文中主要描写的三段爱情悲剧，都是在家长的愚昧和社会的逼狭中发生的，令人唏嘘。

米裁缝为了给儿子治病，不得已要将女儿米英嫁给隔壁 608 厂富裕的雷副厂长，以此换取一些钱财来挽救儿子的性命，但是女儿米英早已心有所属，心念青梅竹马的吴二，誓死不愿出嫁。在上花轿前有一个片段很有意味，米英爸下跪求女儿，说道：“爸早知道你和吴二好着，但是，吴二比我们还穷，你弟弟等着钱进医院救命呢！只有你不喜欢的人才帮得了我们啊！”因为穷而不得不卖女儿的桥段在旧社会司空见惯，不足为奇，但是在中华人民共和国成立几十年后的湄湾，却还存在如此疾苦不堪的画面，确实令人深思。米英抱着一丝希望恳求她爸，“这些日子好些事儿都在变，以前这街上谁敢开店？谁敢搞贩运？如今不都开始有了么？”米英的话似乎更加让读者大惑不解，改革的春风都已经徐徐吹来，为何百姓的生活还是那么疾苦呢？为何旧社会里卖女儿的苦情戏还在上演呢？但是米英爸的回答让读者豁然开朗，“只要他肖山还在这儿当书记，这地方能变到哪儿去？别的地方都搞承包责任制了，他肖山还这也‘什么路线’，那也‘什么主义’，这日子能变到哪儿去？”老实的米英爸都能嗅出时代改革的气息，但是当了一辈子官的肖山却死守着那套过时的条条框框，限制着湄湾人民自由发展、繁荣富裕的权利。他是根正苗红的“红色”守护者，与其说是肖山的短见阻碍着湄湾人走向富强，令人憎恨，不如说他也是极“左”红色政治思想泛滥下受毒害的一类人，也正是他的“专制”导致悲剧一再发生。最后，一场血斗发生，两方对峙，米英为了大事化小，也为了爱人着想，毅然含泪下嫁，而吴二却因不甘与悲愤，投河自尽，一出人间悲剧最终在所难免，这既是米英和吴二两人爱情的挽歌，也给脆弱的涸湾镇狠狠敲了记警钟。

如果说米英和吴二爱情悲剧的发生的间接诱发因素是肖山，那么儿子肖跃进、良妹和乔凤之间的三角恋情悲剧则是肖山直接助推造成的。肖山受传统“父母之命，媒妁之言”婚嫁观念的影响，认为良妹勤劳朴实，而且她父亲为人民的解放事业受过伤，又为革命工作而牺牲，是根正苗红的一代，与自己的家庭十分般配。而乔凤的父亲被冤枉为思想错误和作风不正而被打压，被套上“资本家”的帽子，肖山断断不能容许自己这样的红色家庭沾染上不良风气，因而对跃进和乔凤的爱情大力打压。于是一出可笑又可怜的爱情悲剧正式上演，在父亲肖山的高压政策下，跃进和良妹在茶话会中被簇拥着走入洞房，浑浑噩噩不明所以地开始了没有爱情的婚姻。良妹是个勤劳能干、善良孝顺的传统妇女，虽然没有什么文化，嫁进门后倒是尽心尽力帮着扶持这个家，为肖家传宗接代，开枝散叶，但是在见识上、思想上跟跃进不是一个世界的人，也就没有什么共同语言。跃进为了改变涸湾穷困窘迫的现状，致力于一系列经济上的改革，其中遇到资金问题时，因乔凤出面帮他解决问题，两人又有些旧情复燃，仿佛回归到青梅竹马两小无猜的青春时代。而父亲肖山又为了阻止儿子与媳妇离婚，还曾使用将二人锁在屋内、迫使其发生关系来挽救这段婚姻的手段，令人可笑又心酸。总体来说，跃进、良妹和乔凤三人之间纠缠不清的复杂恋情产生的悲剧是由肖山一手造成的，他将自己的观念强加在儿子身上，将婚姻与政治联系，出于自己内心的对良妹父亲牺牲的愧疚和敬意，不惜采用强娶强嫁的方式弥补，这实则是一个荒诞不经的笑话，如同古代君王为了边疆太平与外邦进行政治联姻，让自己的儿女成为专制政权下的牺牲品一样，两者又有何区别呢？三人的爱情最终还是支离破碎，婚离了，乔凤因经济问题被抓走了，良妹也心死了，跃进也在这种痛苦中懊悔不堪，这或许成为了三人余生的遗憾和挥之不去的痛。

四、文本互涉的批判力度

很多文学作品中都塑造过红色人物，但像邓宏顺《红魂灵》中的肖山这样陷入红色极端且具有强烈的戏剧性色彩和悲剧性意味的人物却不多，在作者笔下，这个红色人物从头到脚、从外到内、五脏六腑全都渗透着“红色”，他似乎在红色的大染缸里浸泡过一般，心红得闪闪发亮。读者在阅读的过程中对他又恨又怜。他个性复杂，既有父亲对儿子的关切爱护之情，又有对国家民族发展前景的担忧操劳之心，但其思想受极“左”政治的毒害，固守已见，冥顽不灵，跟不上时代的改革变化，阻碍着整个湄湾的发展，使得湄湾人对他咬牙切齿恨之入骨。文章一直以肖山和肖跃进父子俩之间的矛盾冲突作为主线，描写两人从相互对立、相互隔阂到相互忍让、相互谅解、相互融通的一系列变化，鲜明地刻画出肖山多面的性格，他的“官本位”思想简直到了深入骨髓的地步。

小说开头描写惊心动魄的水上放排，跃进由于年少无知、意气用事身陷险境，作为继父的肖山不顾危险舍身救人，这一举动化解了他们之间初次的矛盾——肖跃进对肖山有杀父之仇的切齿怨恨。从这个事件中我们大体可以描摹出一个为保护孩子不惜牺牲自我性命的高大父亲形象，也反映出在肖山多重性格中的本心，即他其实也是一个爱孩子的人，只是其后在涉及原则的问题上不愿妥协罢了。前文笔者提到的米英与吴二的爱情悲剧，由于发生了械斗，上级来人彻查，肖山却为别人来湄湾镇办案不向他汇报工作而愤愤不平。有感于湄湾镇的穷苦落后，百姓生活的苦不堪言，跃进以其年轻人的胆识和见解提出在经济上改革创新，鼓励民众效仿承包责任制、自主创业等方法，但是遭到了父亲肖山的严厉呵斥和阻拦。他多次向上级“打小报告”，告跃进的状，即使已经退位，还多次用自己的政治观念干涉、干扰跃进的工作，当得知跃进可能要被调职，他高兴得如同卸下了心头大石般；当得知跃进要将种庄稼粮食的田地改种蔬菜瓜果时，他在春意料峭的寒风里发出“吃饭是第一件大事！下半年收什么？往后吃什么？年轻人放不得啊！”的无奈感慨，因为这颠覆了肖山一贯以来的传统思想，农民就是靠着庄稼吃饭，只有粮食丰收方能来年无忧，在宝贵的黄土地里不种口粮而是搞一些虚头巴脑的花样，在他看来是大逆不道也是大有风险的。肖山教训儿子：“这里一点红色都看不到了！你再让这些鬼东西启迪一下，我看你就无可救药了！”

湄湾镇甚至整个中国都以一种崭新面貌朝前进发，肖山感到了“红色”势力大势已去的危机感，他心中一辈子坚守的“红色”情怀像一棵被风雨侵蚀、被虫蚁蛀空的大树，根基不稳，已经到了摇摇欲坠的地步，他的很多言行在我们看来是愚昧不化，老古董思想，却也真切表现了他心中的恐慌。他为什么惧怕“红色”的消逝呢？因为在极“左”政治下的“红色”庇佑中，他是个能对平常百姓指手画脚发号施令的官，他享受着这种权力带来的优越感和虚荣感，当“红色”遭遇危机后，他不再是村民的权威，这种打击是致命的。经历过中华人民共和国政治风潮的人是最怕站错队伍的，他们亲眼看见过许多亲人朋友因为路线方针的错误而遭受到难以想象的苦痛折磨，肖山是经历过那些政治风暴的过来人，他之所以对方针、路线如此谨慎，如此看重，一方面是因为他离不开整个政治大环境的日以继夜的洗脑，但另一方面可能也是他心有余悸，害怕犯错的一种自保意识的强烈体现。作者在文中对于肖山大量的语言行为描写，都制造了一种冲突，他把肖山放在所有人的对立面，被妻子儿子埋怨，被乡亲父老怨恨，在这种强有力的鲜明对照中，逼迫他人性中的很多矛盾显露出来。在文中，即便是到了将死的时刻，父亲肖山仍然对“红色”心心念念，他嘱咐儿子“捧回来的骨灰你给我用红墨水染红……你一定要记住把骨灰染红！我是永远都离不开红色！一天看不到红色，我胸口就慌得难受！”笔者想起，在路遥的《平凡的世界》一书中，有个人物叫田福堂，也是对“红色”比较推崇，在一干年轻人奋力改革、发家致富时，他曾经进行过阻止，强调要坚守什么路线什么主义。但是相比《红魂灵》中的肖山对“红色”的极端追求，田福堂则显得没有那么绝对，他具有见风使舵的意识，会根据时代的发展调转自己的政治立场，更懂得变通。因而，对比之下，肖山如此深程度的对“红色”的向往，近乎变态般的痴迷和追求，令人可叹又可悲。

套用跃进的评价，他爸一生最愉快的事就是与天斗与地斗与人斗，给别人拍板定案。肖山这个人物形象身上浓缩着很多封建旧习的影子，刻板专制、固守己见、狂热冲动，他是极“左”政治思想毒害下的老一辈，虽然红心闪闪，是一颗很有典型意义的“红魂灵”，但是却成为时代前进最大的障碍。

《红魂灵》与《死魂灵》题目仅有一字之差，内容却似乎无可比之处，但是两本小说的现实主义写法和讽刺手段的运用都有着异曲同工之妙。可以说，这是两个有着跨国界、跨时空、跨文化的互涉文本。《死魂灵》是俄国批判现实主义文学发展的基石，也是果戈理的现实主义创作发展的顶峰。小说描写一个投机钻营的骗子假装成六等文官的乞乞科夫买卖死魂灵的故事。乞乞科夫来到某市，先用一个多星期的时间打通了上至省长下至建筑技师等小官员的关系，而后去市郊向地主们收买已经死去但尚未注销户口的农奴，准备把他们当做活的农奴抵押给监管委员会，以骗取大笔押金。他走访了一个又一个地主，经过激烈的讨价还价，买到一大批死魂灵，当他高高兴兴地凭着早已打通的关系迅速办好法定的买卖手续后，其罪恶勾当被人揭穿，检察官竟被谣传吓死，乞乞科夫只好匆忙逃走。果戈理说：“现在，我们比过去任何时候更感觉到：世界正处在旅途中，而不是停靠在码头上……”无疑，果戈理以自己的敏锐观察力，捕捉到了社会变动的信息，但俄国到底是个什么样的俄国，未来又会是什么样子，这正是作家想在《死魂灵》中着意描述的。而《红魂灵》则是一部把中华人民共和国 50 余年的政治风云与人生风雨融合得如生活一样具体、生动和浓烈的小说。作为描写乡土生活的现实主义小说，它富有历史的厚重感，人生的沉甸感和感情的凝重感，它展现了20世纪七八十年代百姓真实的生存状态和生存面貌，以让人看到他们的穷苦，看到他们的挣扎，也看到他们的奋斗。卖女还钱的桥段还在不断上演，庄稼人辛勤耕种到头来存不下几分粮食的无奈仍历历在目，棒打鸳鸯乱点鸳鸯谱的政治婚姻仍无可避免，然而这一切潦倒现状的背后，却是因为有着那么一群固守极“左”思想、始终原地踏步、不愿改革创新的大毒瘤的存在，才导致悲剧时常发生。作者用平实的语言揭露了那种不切实际的干部作风，也辛辣地讽刺了在极“左”思想影响下不假思索被“红色”牵着走、成为“红色”傀儡的顽固派，从抽象的文本互涉理论来看，《红魂灵》与《死魂灵》两个文本中揭露和讽刺社会现实的力度并无本质区别。

作者用自己对中华人民共和国血染的历史的理解，对改革开放给中国创造的奇迹进行一番讴歌，为历史和时代记录了一颗具有突出典型意义的“红魂灵”。他用肖山父子两代鲜活的文学形象，探讨了和谐乡村构建的历史必然性和重要性——从斗争走向发展，由发展求得和谐。与以往乡村小说相比，《红魂灵》不是以展现和谐乡村的美景和理想生活见长，而是以展现各类社会利益的矛盾取胜。作家匠心独运地将有着仇杀背景的养父继子作为整个作品的矛盾主线，通过他们之间精神的承继与观念的相悖，铺陈长达半个世纪的故事情节，也通过改革开放后生产力得到解放，湄湾镇日新月异的变化事实，化解了父子——其实也是具有象征意义的两代人的恩怨积恨。这种艺术探索，无疑具有很强的现实意义。

总而言之，邓宏顺的《红魂灵》一书具有较高的文学价值，他用现实的刀子解剖了一股燃烧了50年的变异的“红色”激情，能帮助我们理解中华人民共和国50年来发展进程中的顺与不顺，了解和谐乡村构建的矛盾与冲突，通过解构具体的人性善恶来反观社会前进的复杂与曲折。

第四节　城市之镜的繁华与苍凉

刘恪是一个学者型作家，成名很早，为人实诚，心地善良。表面上看，刘恪显得散淡，一副与世无争的样子，但在创作上，他有着冷峻的激情，这是内敛的激情，甚至是略带着伤感和疼痛的激情。早在20世纪八九十年代，他就写下了一系列颇具先锋小说特点的作品，受到文坛的普遍关注，何西来、张颐武、王一川等名家都为他写过评论文章。刘恪出版的主要作品有长篇小说《城与市》《蓝色雨季》《梦与诗》《寡妇船》，小说集《墙上鱼耳朵》《红帆船》等。后来他到高校任教，从事文学理论和文学批评方面的工作，也取得很大成就，出版了专著如《欲望玫瑰》《词语诗学·空声》《词语诗学·复眼》《耳镜》《现代小说技巧讲堂》《先锋小说技巧讲堂》等，受到学界的高度肯定。

仅从创作题材上看，如果说文学湘军中的姜贻斌、何顿和邓宏顺等作家更多在皈依地缘、乡村和传统的领域创作的话，那么刘恪的目光则聚焦在现代都市社会转型中人性的损毁与情感的挣扎上。他的文学世界是五颜六色的，似梦非梦，似花非花，混杂着烟火的呛味和华丽的幻灭。他的《空裙子》就是其中的代表。无论是场景、氛围、人物，还是情节和架构，作品里充满着霓虹灯的绚烂和年轻男女的欢声笑语，肆意挥霍青春，沉醉灯红酒绿，一切的细节都具有了新时期都市生活的形、神、骨。但潮水过后，一切都如过眼云烟，最后只留下空寂的叹息和生命的无奈。

一、红与黑的灰色人生

在小说《空裙子》中，北漂的青年男女常无奈于生活的压力，但是在诗飞和宋婉看来，享受美好的青春年华才是当务之急。诗飞和宋婉是两个怀揣着北漂梦的年轻女孩。在那个青春躁动的年代，尽管生活的拮据和北漂的艰辛让她们朝着各自的生活奔走打拼，但洋溢的青春活力并没让她们向生活屈服。爱美的天性让她们抵挡不住商场中琳琅满目的衣服的诱惑。她俩的美好生活就在红裙子和黑裙子的衬托中拉开了帷幕，一场看似很幻灭，但同时又很鲜明、很对立的变奏曲就此开始。

司汤达笔下的“红与黑”象征着命运的起伏不定和青年人的迷茫与失落。在刘恪笔下，身穿红裙子的诗飞和黑裙子的宋婉在一片欢笑声中粉墨登场，似乎也暗示着一段充斥着迷离与惶惑的人生的开启。但正如司汤达的小说《红与黑》般，在崇尚英雄的时代，作为小人物的于连即使才华横溢，但终将抵不过命运的作弄和悲惨的结局。诗飞和宋婉虽没有生活的重担，但人性中欲望的无止境和情感的纠结让原本心地单纯的她们没能把持住青春的旋律。诗飞和宋婉在迷离的情感生活和复杂的人性欲望中迷失了各自的方向，最终在依旧繁华的都市生活中丧失了生活的目标，坠入了绚烂阴影中埋藏的深渊，而已过了青春年华的她们在一片茫然和孤独中再也无法回到从前那个肆意挥霍青春的时代，留给她们的只有岁月带来的无限惋惜和对世俗的无望。

身着红裙子的诗飞亦如她身上的那抹亮丽的红色，耀眼夺目中稍带着几分轻佻与不屑。她的日常生活是井然有序的。“她把自己的房间整理得像大百货商场的货架一样，整齐，醒目，而且物品之间还注重呼应，视觉效果很好。”①不仅日常生活井然有序，在工作中诗飞也是能干的一把好手。她从一名普通的超市营业员干起，在日积月累中逐渐积累了工作经验。凭着自己的聪明好学和人脉关系，诗飞逐渐干起了自己的事业，并且越做越大。在商业圈的关系网上，善于揣度人心的诗飞不仅为自己的事业打通了人脉关系，也在感情生活中做了不少投入。但在看似辉煌有成的事业背后，尽管作为一名成功人士的诗飞身边不乏众多成功男士和追求者，而剪不断、理还乱的感情世界却让这位擅长调理事物的都市女性变得措手不及。带着红色的孤傲与高冷，诗飞最终在错杂的情感世界中迷失了自己的方向，坠入了生命的低谷。

身着黑裙子的宋婉是一个性格文静的女生。她的日常生活与一墙之隔的诗飞恰好相反，“宋婉是那种安静慵懒的江南女孩，她所有的东西都听其自然，从不归类整理，床上的衣服，被子都一团一堆”。不仅生活中凌乱不堪，在家务事上她也不如诗飞能干。无论是洗衣做饭，还是社交活动，宋婉只是一个生活在自己世界里的木头。

诗飞的精彩世界和宋婉的平淡人生似乎从一开始就注定了两人的情感生活有着不一样的结局。红色的光鲜亮丽衬托着黑色的黯淡无光，正如诗飞的活泼好动衬托着宋婉的呆板木讷般，同一个屋檐下住着两个性格迥异的都市女性，这在旁人看来显得滑稽而可笑。但是生活中的天壤之别并没有影响二人之间的和谐相处。真正困扰她们的是情感生活的纷繁纠结和对未来的迷茫与无助。一步领先的诗飞尽管在感情世界中大胆出击，追求着自己心中的白马王子，但最终不欢而散的结局却让她从爱情的受益者沦落为受害者。而胆小谨慎的宋婉在追求情感的道路上尽管时刻留意，却难以摆脱欲望的纠缠和情感的作祟，宋婉也未能捉住爱情的美好。最终，无论是在爱情世界中寻寻觅觅的诗飞，还是生活在自己的世界中的孤独乏味的宋婉，墙上挂着的红裙子和黑裙子似乎成了她们过往岁月中美好的回忆和怀念。在岁月的无情折磨中，当青春的最后一抹余晖洒向早已失去了当年光泽圆润的脸庞时，依然单身的诗飞和宋婉成了彼此的知己，她们在岁月的流逝中回忆着当初的点滴与美好。

作为都市青年女性，诗飞和宋婉对自己感情生活的追求本无可厚非，但是在纷纷扰扰的社会和人心躁动的时代，她们所面对的现实早已不如从前般只剩下情感的单纯和爱情的甜蜜。在物欲横流的时代，在空气中充斥着金钱和欲望

① 刘恪. 空裙子[M]. 北京：百花文艺出版社，2012：7.（本节在接下来的分析中，所引内容皆出自该书，不再一一注明。）

的熙熙攘攘的都市生活中，多元化的生活方式和无节制的欲望增长让人们不再满足于守护着一份单纯的爱情。在原本就不平等的婚姻筹码中，承载着太多物欲与利益的爱情成了人们物质追求和情感生活中最敏感的区域。泛滥的爱情成为了人们唾手可得的精神振奋剂。而在丧失了理性和良知的情感世界里，男欢女爱的感情生活不再是婚姻的基础，而是逢场作戏般的情感宣泄与空虚精神的一丝慰藉。无论是诗飞的火热激情，还是宋婉的温文尔雅，欲望的膨胀和感情的缺乏让她们在灯红柳绿的繁华都市生活中逐渐迷失了自我，在红与黑的颠倒人生中循环着没有结局的情感游戏。而在游离和徘徊间，生命中最美好的年华也在看似漫不经心的等待中渐行渐远，最终一去不复返。无论是诗飞的坚守，还是宋婉最后的放弃，命运似乎给这两个已经忙碌了多年却仍然逃不过时间折磨的老女人开了个天大的玩笑。而墙上挂着的再也不合身的空裙子在经历了一切繁华之后，依然呈现着当初的模样，只是物是人非，过往的青春不再，褶皱的皮肤和脑海深处的记忆向这两个不如意的女人诉说着青春的芬芳与珍贵。

二、烦扰人生的迷茫与困顿

诗飞对自己的生活是执着而充满热情的。作为一名文化水平并不高的技校毕业的学生，她从一名超市营业员干起，凭借自己的勤奋聪明，诗飞逐渐在事业上干得风声水起。生活中的诗飞也是一个精打细算、井然有序的小女人，“诗飞室内从没有多余的东西，卫生巾的塑料套，扎头发的橡皮筋、发卡，用到半寸的眉笔，凡属不用的都被视为废弃物，她都作为垃圾当日清扫。她对宋婉说，人不能和垃圾活在一起，把该扔的东西保留着，人也成垃圾了”。在诗飞的眼中，生活的整洁就是对自己人生最好的定位，不与垃圾同居正代表着自己不甘于平凡的决心。

与井井有条的日常生活形成鲜明对比的是诗飞错综复杂的感情生活。在青春美好的年纪，爱情的光顾曾打乱了诗飞的生活步伐。但在丧失了良知和理智的时代，在感情泛滥的空间中，欲望的作弄和金钱的怂恿成了感情生活的唯一主角。从知识渊博的博士生赵逸雪，到腰缠万贯的美国人詹姆斯，从太平洋电脑公司的总裁凌海峰，到汽车代理商皮埃尔，这些事业有成的男人在诗飞看来，是自己一生幸福的依靠。但在欲望逐渐膨胀的社会，职场上的得意并没有让这些成功人士的内心得到满足。情感生活的肆意泛滥成了他们宣泄无聊和寂寞的方式。诗飞期待的浪漫爱情和美满婚姻在残酷的现实面前逐渐支离破碎。而诗飞对感情的执着追求仍然坚定到底。但周旋于不同男人间的她对未来的期待和打算却在时间的消磨和挥霍中逐渐变得模糊不清，最终烟消云散。

面对男友的背叛、欺骗和远走他乡，诗飞最终接受了现实的安排。没有规矩，不成方圆。当原本有章可循的世界在为所欲为的欲望面前变得脆弱、难看，最终丧失了立足之地时，诗飞的世界也在一片混沌中逐渐陷入迷茫和混乱。作为救命稻草的非洲兄弟，诗飞原本希望从他身上获得自己渴望已久的爱情和婚姻。但恋人的漂泊四海和流浪天涯让安于平静的诗飞无所适从。最后，在没有希望的结果中，二人的感情也走到了尽头。“这一次是她主动放弃了外国人。她不能去漂泊天涯，她还不愿意某一次客死异国他乡。”诗飞对感情的放弃与其说是不愿过着浪迹天涯的漂泊生活，不如说她已经接受了无原则的社会在她生命中的作弄与破坏。生意场上屡屡得胜的她，在情场上却屡屡受挫。物质生活的富足与精神世界的空虚在诗飞的生活中逐渐失去了平衡。诗飞的世界中充斥着理性与感性的冲击、肉体与灵魂的碰撞，甚至是有序的生活与无序的感情的纠结，在一片凌乱与混沌中，诗飞在原本熟悉的生活中逐渐迷失了前行的道路，而这一切都只是随着时光的流逝而带来的新生活的开始，尽管这种新生活已经不复往日的光辉和灿烂。

与纠缠不清的情感生活相比，勾起诗飞怀念的红裙子则象征着人生中一去不复返的青春和无法弥补的悔恨。在人们看来，红色代表着对生活的火辣热情和对未来生活的热切期盼。刚来北京的诗飞就是怀揣着美好的北漂梦来到了这个大都市，希望靠自己的一番辛苦打拼换取一份体面的工作和美满的生活。但是与鲜艳的红裙子形成鲜明对比的是，为了满足情感的空虚而周旋于不同男人间的诗飞，原本青春靓丽的她随着时光的流逝不复从前般美貌动人，“诗飞是扎扎实实在外闹腾了几年，回来了。她真正把心收回来了，重新对着镜子看自己，吓了一跳。脸上堆起了横肉，黑了许多，细看时有了许多褐色的斑……才三十多岁，应该说青春还没有溜掉，眼睛没过去那么黑亮，过去雪白的牙，现在有些黄了”。看着镜子里那个似曾相识的自己，诗飞意识到了时间的流逝。而与自己的青春年华不再更为让人痛心的是，原本婀娜多姿的她因为身材的走形而不能再穿红裙子了。

“很多年以后，秋日融融，在北京南北中轴线上的一个青年公园里，杨树伸得很高，大多数树叶都掉下来，公园一角有几株银杏树，叶儿黄得灿烂，一条长椅上坐着两个女人：诗飞和婉儿。她们的白头发已经多过了黑头发，太阳平和地落下来，照着她们安详的脸，诗飞顺着杨树的顶端望着天空，婉儿眼睛平漠地投向远方。”夕阳西下时节，当生命中一天的繁华与嘈杂随着夜幕的降临而归于平静的时候，当年那两个风华正茂的女人历经着世间的沧桑与世事的变迁，带着对青春的掺混与时光的追忆，她们在形影相吊、茕茕孑立的孤独中闲看落日余晖，怀念着曾经的青春。

于是红裙子成了一件怀念青春的摆件，在无边无际的孤独岁月中陪伴着诗飞走向未来。繁华的都市生活中，在彰显着欲望的气息和散发着铜臭味的空气中，人们的一举一动和一言一行似乎已经被冥冥中不易被人察觉的欲望牵扯着，欲望在不经意间成为了命运的主宰者。作为都市女性的诗飞在事业上是成功的，她从一名超市营业员一步一步朝着白领精英的高职位迈进，而一份付出和一份收获的回报让她在繁忙的北京找到了自己的生活定位。但欲望支配的社会让诗飞在物质世界中寻找到了自己梦寐以求的金钱与名誉，情感世界的波澜起伏却让她在不同男人的周旋之间受挫。成功的事业与失败的感情集结在这位光鲜亮丽的都市白领身上，红裙子的美好青春最终被空裙子的寂寞取代，这是诗飞的不幸，更是在崇拜金钱的物质社会里衍生的文化怪象。

三、黑裙子的寂寞世界

与红裙子的火辣热情相比，黑裙子的孤独与寂寞是凝重而持久的。身着黑裙子的宋婉正是一个生活单调乏味而无法自理的“没有奶大的婴儿”。日常生活中的宋婉慵懒、木讷，只愿意沉浸在自己的世界中，而对外在世界不闻不问，“因为爱整齐干净所以收拾屋子的事儿都是诗飞干，诗飞爱说爱笑爱闹，每天总是动的，坐在沙发上没有一刻是安静的，躺着看电视还不停地换台，而婉儿永不换台，可两人没有矛盾，诗飞怎么换台，婉儿总是全神贯注地看，于是诗飞问，婉儿，你看的啥呀。婉儿温温和和地说，人影儿，颜色，声音，听听声儿就行，有色彩在眼前晃来晃去，世界给你什么都行，你接受它”。顺承于命运的安排而不愿意做任何改变的宋婉对自己的生活如此，对自己的感情世界亦然，“婉儿很惶恐，说自己不懂男女之间的复杂。于是诗飞便把性爱知识教给她，谁知道这种教科书式的性知识并不能启发婉儿，她往往提出一些让人啼笑皆非的事”。宋婉不爱收拾房间，更不愿意打扮自己，“首饰盒永远关着，里面是空的，那些首饰工艺品如果不因搬家，它们永远也不会归到盒内”。生活中的宋婉是个不折不扣的“超龄婴儿”，其自理能力也不能和一屋之隔的诗飞相比。“婉儿拖过的地比原来还脏，满是脚印儿。让她洗菜，她把菜心扔了，留下了老菜叶，那就甭提做饭，每次都能把鸡蛋炒得黑糊糊的”。宋婉的迟钝和无助经常需要与自己性格迥异的诗飞的帮助。宋婉也对生活难以充满激情。“宋婉看电视与众不同，从来不选台，打开电视便看，广告也一样，那种五颜六色的闪动在脸上很灿烂。”宋婉终日沉湎在自己的世界中，无关乎外界的精彩与纷扰。

与日常生活的枯燥乏味形成鲜明对比的是，宋婉的单调的感情生活中因为赵逸雪的闯入而开始有了不同寻常的色彩。赵逸雪是诗飞介绍来的。尽管最初诗飞对赵逸雪有情，但年轻人的世界并没有按照既定的规矩而发生意料之中的事情。恰恰相反的是，与爱情无缘的宋婉在赵逸雪的到来之后，原本两个看似并不般配的年轻人居然走到了一起。诗飞并没有埋怨自己好友的横刀夺爱，相反，在诗飞看来，宋婉和赵逸雪的结合显得合情合理。"平心一想，这赵逸雪和宋婉倒还真是天生的一对。天上的一对宝贝。"呆头呆脑的傻博士赵逸雪和对生活不闻不问的宋婉就这样走到了一起。

如果说宋婉对赵逸雪的爱是因为心中生出了一丝爱恋的情愫，不如说赵逸雪的体贴入微让宋婉找到了除诗飞之外另一个能给自己带来安全感和依靠的人。宋婉的独立生活能力差，而赵逸雪却是生活上的一把能手。"她和诗飞一起，是她最无忧无虑的了，所有的东西不用她去思考，诗飞跟上詹姆斯后，婉儿着急，好在逸雪做了个依靠，只要身边有人婉儿便觉得有东西依靠"。天性使然让宋婉从未过着独立自主的生活。依赖他人成了宋婉自由自在的生活中不可或缺的因素。正是诗飞的收拾整理和赵逸雪无微不至的照顾，宋婉在有限的生活空间中逐渐失去了对大千世界的强烈幻想和好奇，犹如一道无形的屏障，天生依赖于人的性格最终将这个无动于衷的都市女性隔离于美好的大千世界之外，看似无忧无虑的人生实则让宋婉失去了在繁华的都市中更值得让人品味的璀璨人生。

四、黯然伤神的落寞之舞

在与赵逸雪生活的时光中，宋婉对他的爱恋和依靠达到了无以复加的地步。当赵逸雪在生活中有意识地教宋婉如何做家务时，宋婉心中激起的并不是感激，而是恐惧和悲伤。"宋婉一下流泪了。逸雪，你，你要离开我吗，我做错了什么，我可以改呀。"最终，来自闺蜜的关爱和男友的关怀使宋婉鼓起勇气，开始独自打理自己的生活。

宋婉冲破了架设在自己和世界中的这道屏障。而原本以为另一个更为自由自在的世界将要到来时，美好的幻想却在不经意的琐碎杂念中被消解和破灭。当宋婉能够独立操持家务时，诗飞的离去和赵逸雪的离开让宋婉感到了生活中更大的孤独、寂寞与空虚。"婉儿这才发现自己离不开人，无论是男人还是女人，无靠，是她最害怕的，没有人，她一切都不知道怎么办才好。"宋婉的独立自主迎来的是更为孤独寂寞的生活，而天性的依赖和无所适从让她在自己的世界中再也无法把持住内心的空虚与落寞。逃离一座死寂的围城成了宋婉此时此刻最迎合自己兴趣的事。

独立生活的开始也是宋婉噩梦的开始，而终结这场暗无天日的噩梦的出路便是回到从前，回到自己仍然是“超龄婴儿”的时节。“生活不能独立的时候，婉儿什么也不用想，生活独立了，便意味着生活复杂了，挑剔了。”从对生活的不闻不问到挑三拣四，宋婉的生活哲学在不经意间发生了翻天覆地的变化，然而一切看似走向独立和摆脱依赖，心力交瘁的宋婉却面对着越来越寂寞和无助的世界。“第二天醒来，她明白，她不再害怕诗飞或逸雪跑了，而是害怕有人来到她身边构成的压力。会独立生活，便是教你如何逃跑。”啼笑皆非的结局让宋婉最终又做回了那个万事依靠他人的都市小女人。无论是从当初那个隔离于世界之外的“超龄婴儿”宋婉，还是走出依赖的困扰、真正独立自主的都市女性宋婉，脱离了自己与生俱来的生活原则就是对自己之前世界的背叛和逃避。没有规则而言的宋婉当被生活的枷锁束缚得无所适从时，依赖的本性让她再次回到了生活的起点。宋婉也在自己的背叛和慵懒中放弃了这段经营已久的爱情，做回了原本的自己。

在物质和欲望不平衡的时代，理智的丧失和良知的缺乏让人性在无处安放的青春面前失去了判断。无论是诗飞的拼搏，还是宋婉的依赖，两个无依无靠的都市女性在茫茫人海中寻找着各自的幸福。但冥冥之中命运的作弄并没有让她们获得期待的幸福，而孤独终老的落寞岁月却成了意料之外的人生结局。

诗飞的生活是贪婪的。这份贪婪的进取心让她在事业上获得了丰收，但在比生意场更为险象迭生的情场上，诗飞却遭受到了情感上的一次又一次的打击。最初的种族优越论让她相信一个外国男人给予女人的幸福比一个中国男人要多，“中国男人做爱是废物”。但是当诗飞和自己认定的成功男性交往之后，他们的背叛和欺骗让她再次面临着感情的波折，而当美好的青春因为得不到及时的挽救而走上衰老的不归之路时，诗飞本想重新回头结交中国男人时，“好男人找不到了，坏男人又不能要。这时她终于明白：欲望是一个拿不到手的东西”。

无论是诗飞的贪婪，还是宋婉的孤独，在繁华却寂寥的都市生活中，她们在寻寻觅觅中追求着理想的幸福，但是空欢喜的结局让都市女性的自尊与骄傲随着幸福的离开也灰飞烟灭，成了人们众多欲望中遥不可及的牺牲品。这是在缺乏理智和情感的时代，人们为了无所适从的欲望而抛弃的原则与面临的挣扎。无原则的时代造就了人们的恐慌与焦虑，而更多的牺牲与无奈仍然在躁动的时光和浮躁的青春中延续。

总之，刘恪在小说《空裙子》中，探讨了人性的欲望和人生之“度”的看法，他通过生活于同一屋檐下的两位都市女孩之间的“姐妹情谊”来说明面对欲望诱惑，人是如何控制和把握好自己的“友谊”与“情爱”等欲念的，并在道德的约束和冲动的情感中作出理性的价值判断。在作家看来，女性之间的结盟可以让她们共享信息和资源，但就女性个体而言，由于受各种因素的影响，她们对于人生之“度”的理解和把握也就各异，因此，姐妹情谊在关注女性个体心理时就出现了“失语”的无效性：它无法用整体的统一性来归属个体的独立性，当牵涉到个体精神或心灵的差异性和复杂性，尤其涉及到个体的生活态度和生活方式的丰富性时，姐妹情谊往往会显示出不可言说的尴尬。① 刘恪以一贯的理智和淡定书写了这个时代的创痛，并从人性幽暗处发现了某种卑微的闪光，那是温暖和希望的所在。

第五节　平民英雄与湖湘精神

2015 年 10 月，瑞典文学院宣布诺贝尔文学奖授予白俄罗斯（白俄罗斯共和国的简称）作家斯维特兰娜·阿列克谢耶维奇。作为非虚构写作的代表性作家，阿列克谢耶维奇从最细微的地方入手，聚焦普通人的生存痛感，努力发现并倾听时代大潮下被喧嚣掩盖的微弱的声音，她的获奖充分证明了作家的良知和勇气是作家战胜时间、赢得尊严的最好酬谢。

非虚构写作，作为一种特殊的文学样式，是作家激扬理性精神、关注民众心声、贴近时代风貌的独特书写，创作者往往通过这类写作，找到进入普通人灵魂的入口，去发现那些被历史碎片和各类口号所遮蔽的情感、微笑与伤痛，以彰显作家反思历史与关怀现实的文学操守和精神品格。作为一名黄埔四期军人的后代和戎马倥偬的当代军人，谢四平的创作一直自觉且坚定地行走在非虚构写作的道路上，从早期的《战斗的抒情》开始，他十分执迷于平民英雄的朴素情感和湖湘文化的感召力量，对普通人物血性、品格和精神气质的发掘使他的叙事机理呈现出积极向上、昂然奋进的硬朗明快的风格特色，也因此以骄人的成绩在橄榄绿文学的天地里开辟出属于自己个性鲜明的文本空间。在《遍地英雄 1959》②这部作品中，谢四平秉持一贯的客观、冷静和真实，以充满崇敬与激情的心态描绘出 20 世纪 50 年代末湖湘儿女奔赴彩云之南，圆梦祖国“橡胶事业”的心路历程，为时代大潮下的平民英雄树碑立传，重现了一个民族的沉重

---

① 赵思奇，乔丽．“姐妹情谊”何以解救灵魂的失度——评先锋作家刘恪的小说《空裙子》［J］．中州大学学报，2014，（1）：23－27．

② 谢四平．遍地英雄 1959［M］．北京：人民武警出版社，2012：59．

脚印，激活了一个时代的精神史诗，因而具有积极的现实意义和深远的思想文化价值。谢四平多次深入云南，跟支边者及其后代同吃同住，倾听，思考，记录，他凭借着敏锐的观察力，追随着一代“支边湘人”的喜怒哀乐，感受他们的悲欢离合，深情触摸并轻轻揭开这段被历史遗忘和尘封已久的人民记忆。他通过对一个个平凡个体跌宕起伏的人生经历与不堪回首的奋斗征程的细腻叙写，结合西双版纳（西双版纳傣族自治州的简称）的自然环境与文化风俗，异常逼真地向读者展现了一幅全方位、生动立体的“支边图景”，成为中华人民共和国成立初期沸腾生活的一个侧影。

作为一位有激情、有良知、有抱负的作家，谢四平始终坚守文学创作应有的社会责任感与历史使命意识，在艺术实践的过程中，他用深情的笔触发掘出每一个普通“支边”个体所展现的英雄情愫与以自强坚韧等特质为核心的湖湘精神魅力。从支边前的坚定无畏以及为奔赴云南边疆而踊跃报名，到风雨挑粮、勇斗虫兽扎根垦区；从第一滴白色乳胶的终于滴落，到第一声读书声的蓦然响起；从青春飞扬的寻梦少年，到长满杂草的小小孤坟……所有这些，连同汽笛、人群、汗流、血迹以及历史的天空发出的声音、出现的暴雨、闪过的彩虹等一起，形成了一处充满壮美与大爱的史诗性审美空间，折射出作者深沉的人文意识与生命感悟，引导着后人对这段历史进行不懈的反思与无限的追寻。

一、奔腾闳阔的史诗空间

我们知道，非虚构写作并不是不要叙事，不要悬念，不要矛盾，甚至不要文体，完全不是这样。实际上，非虚构写作不仅仅是国家、民族的宏大叙事，更多的是包含个人或小我的真实生活，包含个人的价值和生命的意义，它并非是完全客观的，而是有着创作主体的情感倾向和价值判断。我们说没有绝对的真相，这并不是说没有真相。真相不只是存在于文献中，真相更多地存在于民间，存在于一些不起眼却无法忘却、更无法忽略的眼神、声音和一个又一个细节中，这恰恰就是文学的魅力。每个作家用自己的方式、自己的选择在进行着叙事和书写。读者内心深处最关心的还是普通人最最具体的疼与爱，因为我们每一个人都是普通人，写普通人就是写我们的邻居、同事、朋友、亲友，也在写我们自己。当一种书写或表述成为一种口号时，作家要做的不是重复或放大这种口号，而是“去蔽”，即把那些口号的狂热和光鲜去掉，去寻找口号背后的更为真实的声音。作家就应该像阿列克谢耶维奇写的切尔诺贝利一样，她眼里的真相就是每个人的声音，而不是那个大的一个总体的声音，作家必须用自己的方式、自己的选择进行负责任的书写。[①]

新时期以来的中国非虚构写作，在历史际遇与时代进程中，作家往往面临着选择与被选择的双向度书写问题。一方面，时代的发展脉络需要依托非虚构写作这种文学样式加以呈现；另一方面，非虚构写作也不可避免地受到了时代气息的感染，自觉地承担起传达时代精神、汲取思想意蕴的义务。正如罗曼·罗兰所强调的"伟大的艺术家是时代的眼睛，通过这双眼睛，时代看见一切，看见自己"。[②] 读者通过非虚构写作不仅可以窥见时代的侧影，时代也能通过非虚构写作发现更多潜藏在生活深处的思想意蕴与精神内涵。从这个层面上来分析，谢四平的《遍地英雄 1959》这部作品既向我们展示了半个世纪前湘人赴往云南支边的农垦生活与成长经历，启发读者去领悟先辈为了完成国家使命而迸发出的独特激情与力量，同时也将那些湮没在时代长河中的平凡个体"掘取"出来，通过注入新的思考，引导读者将关注视角回归到日常生活中的普通群体，从而在反思历史的过程中细细品味先辈身上所散发出的无畏情怀与前进气质。

在《遍地英雄 1959》中，谢四平围绕"三湘儿女奔赴彩云之南共筑祖国橡胶梦"这一核心事件为关键点，叙写了"湖南支边人"半个世纪的奋斗与创业历程，再现了平凡个体勇于抗争与砥砺前行的传奇命运，还原了一段生动逼真的历史图景，展现了一幅闳阔壮美的时代画卷，重构了一个热血沸腾的审美空间。正如瑞士文艺理论家沃尔夫冈·凯塞尔所揭示的："我们不应当把'空间'理解为纯粹的风景。"[③]这里所强调的热血沸腾的"空间"并不仅仅意味着文本中人物生存与实践的具象场所，比如房屋、食堂、洗澡间、活动室或山上、树下或阳光灿烂与暴雨倾盆，等等，而更多的是具有模糊性和抽象性的隐喻或象征：这个空间代表着生命个体行为背后的独特"风景"与思想深处的"精神家园"。总体来说，这处"空间"主要囊括了两个维度的审美内涵：其一是云南自然环境之艰险所带来的客观挑战；其二是民族大融合之永生所赋予的主观深情，与之对应的是自然属性与精神意味这两种实现形式。用作者自己的话来说，这处空间既是他们"开天辟地，流血流汗的战场"，又是他们"播种梦想和希望的精神家园"。[④]

历史是浪漫的，更是残酷的。当浩浩荡荡的支边队伍离开湘江之畔长途跋

---

① 何可人. 非虚构作家梁鸿评诺奖得主：作家要做的是"去蔽"[N]. 凤凰文化，2015－10－08(5).

② 伍蠡甫. 西方古今文论选[M]. 上海：复旦大学出版社，1984：494.

③ [瑞士]沃尔夫冈·凯塞尔. 语言的艺术作品[M]. 陈铨，译. 上海：上海译文出版社，1984：469.

④ 谢四平. 遍地英雄 1959[M]. 北京：人民武警出版社，2012：6.

涉来到彩云之南的那一刻，出现在他们眼前的场景并不像工作组干部所描绘的“头顶香蕉，脚踩菠萝，架起楼梯摘辣椒，闭上眼睛采槟榔”①那般美好，简陋的茅草屋随时可能面临暴雨的冲刷或大火的侵袭，泥泞崎岖的小路、不时出没的毒虫野兽、湿重的瘴气、高强度的劳作与饥饿的煎熬都给支边湘人的生存带来了极为严峻的挑战与威胁，但是纯朴乐观的湖南人秉承着“要为毛主席争光”的崇高信仰与“要靠双手改变这里的面貌”②的执着信念，他们无所畏惧，一路披荆斩棘，向荒山野岭进军，用渗透着鲜血的脚板与肿胀的肩膀盖起了一栋栋砖瓦房，开垦了万顷良田，并在垦区兴办教育，用坚挺的脊梁开辟了属于他们的英勇战场。

事实证明，当湖南人到达农场的那一刻，他们的命运便同边疆各族群众紧紧地联系在一起。“在与边疆人民和谐共处并肩作战的漫长岁月，他们与边疆群众一同创造着民族团结的历史。”③仅从人员构成上来看，湖南支边队伍中就包括了如木工、泥匠、教师、医生等各行各业的技术人员，这些优秀的支边人员既谦虚地学习了当地农民的生产经验，同时也将家乡先进的技术手段与生活智慧等传授给当地的群众，为当地群众的生活创造了便利。不仅如此，友好的湖南人在日常生活中还尝试着通过自己的言行和举止同当地少数民族同胞之间建立了深厚的感情。例如，书中的李大寿在支边队伍中虽然只是一个普通的理发师，可是他总是在空闲时间挑着理发工具免费为少数民族兄弟姐妹剪头发，用自己的爱心和言行温暖着当地的少民族群众，用灵巧的双手“剪”出了一段民族团结的深情；此外，被当地傣族群众亲切地唤作“摩雅傣”的支边医生黄申宜因救活了当地少数民族岩巴香和甲药而同这两家傣族家庭结为了亲戚，每逢过年过节三家都会聚集在一起，热闹非凡；更有一些被少数民族群众称作“老席”的支边老师，为了让当地孩子们获得受教育的机会，在繁重的劳动之余起早贪黑地搭建教室，风雨无阻地接送孩童，培养了许多有知识、有思想的学生，同样被少数民族尊重与敬爱。在那段艰苦的岁月里，这些湖南支边人仍然想方设法地守护着当地少数民族的生命健康与精神信仰，为他们带来了梦想和希望，最终用自己的一腔热血与真诚打动了当地群众，开辟了一处民族融合与团结的精神与文化家园。

---

① 谢四平. 遍地英雄 1959［M］. 北京：人民武警出版社，2012：7.

② 谢四平. 遍地英雄 1959［M］. 北京：人民武警出版社，2012：44.

③ 谢四平. 遍地英雄 1959［M］. 北京：人民武警出版社，2012：147.

二、草根人物的英雄情怀

为什么选择非虚构写作来对那一段历史进行叙写？在谢四平看来，因为非虚构写作以直接、犀利、真实感、现场感作为它的叙事特征，它干预现实的能力是小说、散文和诗歌等所不具备的。而当今这个时代，碎片文化和消费主义大行其道，对于人类生活、社会事件具有更深理解和表达的作品，依然是极为稀缺且珍贵的。非虚构写作强调实证的、田野调查式的创作方式，以彰显这个时代的文学精神。事实上，非虚构创作者所面临的考验比以往更为严峻，它需要作家拥有强大的定力和为抵达真实所需的巨大勇气。正如著名作家毕飞宇所指出的，面对这样的时代，每个作家都有自己的一个选择。时代在不断地发展，文学也在不断地洗涤，这是一个大浪淘沙的过程。① 谢四平愿意用真诚的态度和军人的情怀来接受读者和时代的检验。

必须看到，新时期以来的中国文学，其创作主体摒弃了历史上曾经有过的机械现实主义和虚假叙事，不再采取“仰视”的目光看待作品中的人物群体，将其塑造为“高、大、全”似的“神性”英雄，而是采取“平视”的亲和态度，以细腻、柔软的情感客观地书写生活中普通个体的普通情感，通过发掘他们真实生命的闪光细节和活动轨迹，彰显出普通民众所拥有的英雄情怀和大写境界。谢四平的《遍地英雄1959》正是这样，在作家的笔下，“英雄”并不是一个孤立的标签，它是一个有着丰富内涵的符号，既具有超出一般群体的独特精神品质，同时也不可避免地具有某些弱点和不足。一言以蔽之，是活生生的人，就连他们的弱点或不足，都是那么真实。诚如德国剧作家、文艺理论家莱辛在讲到史诗《伊利亚特》时所言：“尽管荷马在其他方面把他的英雄们描写得远远高出一般人性之上，但每逢涉及痛苦和屈辱的情感时，每逢要用号喊、哭泣或咒骂来表现这种情感时，荷马的英雄们却总是忠实于一般的人性。”②由此我们可以这样理解，即便是英雄人物，同样具有喜怒哀乐等真实的人性情感，恰恰是因为这些相对渺小、柔软甚至是脆弱的部分，反而使得人物所展现的“英雄情怀”和“人民神韵”更加生动与鲜活。在《遍地英雄1959》这部书中，生活在湘江之畔的普通生命个体虽然不具备傲岸挺拔的身姿，也会有退缩、恐惧的时候，甚至也有自私、懦弱和妒忌等人性的弱点与缺陷，但他们却拥有着“野火烧不尽，春风吹又生”般生生不息的意志力与生命感，拥有“为有牺牲多壮志，敢叫日月换

---

① 蔡震. 毕飞宇：诺奖会激励一些作家严肃思考非虚构写作[N]. 扬子晚报，2015－10－16(6).

② [德]莱辛. 拉奥孔[M]. 朱光潜，译. 北京：人民文学出版社，1979：8.

新天”的壮志与豪情，当这种充满着原始野性的平凡个体主动奔赴到云南边陲时，他们便以岩石中野草般的倔强，迅速地找到自己赖以生存的哪怕是一丁点的泥土，生根、发芽、成长，最终发展成一种粗砺、厚重、饱满的，可以对抗一切苦难与艰辛命运的森林般的力量。

《遍地英雄1959》对这些“草根人物”的叙写，始终保持着冷静、客观的叙述笔调，作者主要采用与回忆者直接对话的形式加以呈现，同时结合日常生活中极为平凡的事件、微小的细节和行为人的言行举止，从侧面凸显普通人物的鲜明性格与英雄色彩，如“当黄云翘咬破自己的手指写下那一纸‘生为云南人，死为云南鬼’的血书时，或许已经注定了他的一生要与彩云之南的高天厚土联系起来。”①在支边报名工作开始后，众多的湖湘儿女便满怀着热情，匆匆赶去报名，期待着能为祖国的橡胶事业贡献出自己的一份力量。那一封封永不褪色的“血书”并非狭隘意义上用来打动领导所采取的手段，更多的则是支边湘人对待祖国的无言大爱。或许正是因为支边群众始终将这种无功利的家国情怀作为一切行动的最高标准，他们才能将面对恶劣环境所产生的失望、逃避等不良情绪迅速转化为“人定胜天”的坚定信念。

为了早日完成拓荒植胶的任务，支边湘人经常披星戴月地在工地上劳作，无怨无悔，“不说吃，不说穿，更不说苦，不说累，不说难，在劳作大军中，大家模糊了性别，无所谓老幼，都豁出命似的拼。那个时候，压根就没想到自己是个女人！”②诚如陇川农场的先进妇女刘知秀所感叹的那样，在报效祖国的心愿下，不论是老幼还是妇女，每一个湖南人都在用勇敢无畏的韧性去拼搏，用一次次超越体力与生命极限的毅力去坚守。这些“草根人物”在半个世纪的艰难生涯中，以满腔的赤诚和顽强的耐力实现了建立我国天然橡胶产业之梦，再现了特殊时代普通群众的“英雄本色”。虽然他们背景不同、经历各异，但都拥有着相似的生命体验、情感冲动与心灵感受——甘愿为祖国的橡胶事业奉献一切，即使献出生命也不会有丝毫迟疑与后悔。

但是当这些坚强、严肃的平民英雄面对祖国新一代的青年群体时却表现出与他们面对苦难所不一样的柔情与疼惜，与当年主旋律奏响的“牺牲我一个，幸福千万家”相应和，这是一种更为朴素的情怀，一份更为感人的大写的爱。从某种程度上来说，他们所显露的暖意正从一个侧面凸显了他们对于更高层面的“立人”与国家长远发展的深入思考与人文关怀，体现出作者的忧患意识和自

---

① 谢四平.遍地英雄1959[M].北京：人民武警出版社，2012：15.

② 谢四平.遍地英雄1959[M].北京：人民武警出版社，2012：128.

省精神。谈到农垦区现在发达的教育事业，支边教师张家翼深情地说：“现在回想起来，那真是艰难的岁月，残匪、猛兽的威胁无处不在，可为了孩子们有书读，我们可以连命都不要。”①从“无”开始起步，第一代湖南农垦人付出了艰辛的努力，他们深知教育对于青年思想启蒙、对于国家长远发展的重要性，为此，支边教师们不辞辛劳地搭建教室、查寝站岗、放排赚钱补贴办学经费，为农垦系统及各行业培养了许多优秀的人才。面对全国知青“上山下乡”的热潮，在云南支边的湘人对于来到农场的知青们总是给予极大的包容和呵护，或是帮他们分担劳作任务，或是忍受着寒冷为他们购买棉大衣，甚至甘愿杀掉自家唯一的鸡为知青们补身体，体现了他们对知识的尊重和对人的关爱。“他们在生活上给予我们帮助，情感上给予我们安慰。”曾在东风农场支边的重庆知青梁芳洁动情地说，“如果没有他们，我们真的不知道怎么熬过来，能不能熬过来。”②这些支边人以其对知青无私与充满爱意的行为，同知青之间形成了深厚的情谊，因此当知青们返城之后仍然时时惦记着那些引导着他们成长的湖南人，并以感恩之心，竭尽所能为农场的发展贡献出自己的心意和智慧。

三、一脉相承的湖湘魂魄

湖南人一向以“敢为天下先”而著称。杨度说：“若道中华国果亡，除非湖南人尽死”，这是“惟楚有材”的自信与豪迈。谭嗣同凛然之声仍然回响在历史深处：“各国变法，无不从流血而成，今日中国未闻有为变法流血者，此国所以不昌也。有之，请自嗣同始。”这是湖南人的勇气与正义！湖南人用热血与激情磨砺着湖湘文化的魂魄，激发一代又一代人前赴后继。战争年代，他们敢于抛头颅、洒热血：“砍头不要紧，只要主义真”（衡阳烈士夏明翰诗）。这是湖南人的个性与特点，他们天生就有家国情怀。到了和平年代，他们为了祖国的富强、人民的幸福继续奋斗不止。如果说左宗棠收复新疆展示了湖南人的血性和韧性的话，那么，王震带着一批湖湘汉子挺进新疆，建设新疆，则见证了湖南人舍小家为大家的英雄气概，这种义薄云天的无私与勇敢也感动了八千湘女的纯情和梦想，使八千湘女义无反顾地追随着他们的足迹，为了新疆的繁荣，奉献了她们最美的一生。而湖南人去云南支边，以血肉之躯矗立橡胶王国的英雄群像，则唱响了湖南人不怕牺牲、敢于牺牲、勇往直前的时代颂歌，这是湖湘精神的延伸和拓展。他们中有将军，更有普通士兵；有顶天立地的英雄，更有

---

① 谢四平. 遍地英雄 1959［M］. 北京：人民武警出版社，2012：72.

② 谢四平. 遍地英雄 1959［M］. 北京：人民武警出版社，2012：168.

无数的注定要被历史遗忘的平民百姓。

阿列克谢耶维奇几乎以一己之力，挑战了人们习以为常的历史记载方式，用直面真实的力量，来记录那些从未发出过自己声音的人类的命运，那些都能超越狭义的文学作品，让我们更加接近和看清这个世界的真相。同样地，谢四平以一个作家的坦诚与良知，让历史重新回到一系列卑微的事情与卑微的人物身上，那些光亮的瞬间和黑暗的愤懑连同失败的眼泪、粗砺的情感和温暖的细节一起，构成一个民族史诗的侧影与镜像。在《遍地英雄1959》中，谢四平借助知青群体对于湖南人的评价，以一个独特的视角反映出支边湖南人自强不息、性格坚韧、质朴真诚的湘人气魄与英雄情怀：“知青们说，湖南人是农场的中坚力量，给人的共同印象是待人诚恳朴实，工作的时候又吃苦耐劳，生活作风却简单清苦，始终保持着对农垦事业的一片执着的热忱。”①为了早日为祖国种出“争气胶”，湖南人克服了恶劣艰险的生存条件，凭借骨髓深处的“蛮性”与“骡性”在荒山野岭中昼夜劳作。从连夜冒雨接取胶苗回农场进行定植，再到为防止牛群损害胶林而筑成绵延数公里的现代“长城”，湖南人用一把把挖烂的锄头，一把把折断的砍刀创造了中国橡胶种植史上的人工奇迹，铸就了一场用惊人的意志力与生命力所书写的湖湘传奇。这些湖南儿女以与生俱来的艰苦奋斗精神和敢为人先的气魄获得了人们的由衷赞叹，“正是这些默默嚼碎了如许深重辛酸苦辣的人，才支撑起我们共和国的大厦”。②

学者钱基博在其《近百年湖南学风》中谈道：“吾湘之人，厌声华而耐艰苦，数千年古风未改。惟其厌声华，故朴；惟其耐艰苦，故强。”③钱老的这句话很好地概括了湖南儿女与生俱来的优良品质，那就是以自强坚韧为核心的湖湘精神。深受湖湘文化滋养的湖南儿女，生命深处既带有楚地古朴飘逸的浪漫色彩，又具有浓厚的忧患意识与爱国情怀。从屈原到曾国藩再到毛主席，潇湘儿女始终秉持着浓重的家国人文情怀与民本意识，在不断探寻生命存在背后所承载的终极价值的过程中，用执着的坚守与顽强的毅力践行着自我对于国家深沉的爱。这种沉淀在每位湖湘儿女灵魂深处的精神力量，在历史上的任何一个时期都发挥着重要的作用，因此当面对戍守祖国边疆，开垦建设橡胶基地的历史机遇时，湖湘儿女再次秉承着“敢为人先，勇于担当”的湖湘气魄赶赴云南，为

① 谢四平. 遍地英雄1959[M]. 北京：人民武警出版社，2012：173.

② 肖复兴. 多梦时节 · 自序[M]. 北京：中国文联出版公司，1989：1－9.

③ 钱基博，李肖聃. 近百年湖南学风 · 湘学略[M]. 长沙：岳麓书社，1985：42.

中华儿女屯垦戍边的历史涂抹了光辉而灿烂的一笔。①

历经了半个多世纪的风雨洗礼，老一辈支边湖南人身上所挥之不去的“英雄情怀”与“坚韧执着”的精神气质并没有随着时间的流逝而变淡，反而深深影响着后代子孙的成长与创业，指引着他们走出了属于自己的人生之路。一脉相承的湖湘魂魄在新一代的湖南支边人身上实现了延续与再生，为年轻一代开创了精彩的创业与人生篇章。作为一个曾在云南经历过三年军营生活历练的退伍战士，湖湘子弟邹小东并没有选择家乡安稳的生活，而是继续追逐前人的精神，来到云南创业。邹小东从未后悔自己的选择：“在如今这个物欲横流、容易令人变得浮躁的社会里，他常常从老一辈湖南支边人的故事中去寻找精神的力量，这种力量，能促使他走得更稳、更好、更坚定。”②这种精神的力量来源于湖南人与生俱来的韧性，来源于生生不息、勇往直前的湖湘文化。正是这种永远充满着生机与活力的湖湘魂魄为新一代的湖湘子女提供了奋斗与拼搏的勇气，使得身处浮躁社会中的他们也能从先辈的足迹中汲取到一种安定与坚实的力量。而另一位具有敏锐眼光的云南橡胶大亨严太平也同样一路追寻着前辈的足迹来到西双版纳，他凭借着机智的头脑和敢于吃苦的创业精神，成功跻身于制胶业，并无私地带领家乡农民一同致富。谈到自己的成功经历，严太平感慨道：“没有第一代湖南支边人的付出，就没有云南农垦欣欣向荣的今天，也没有我们后来人这么优越的创业环境。”③严太平既承袭了先辈艰苦奋斗的拼搏精神，同时又心怀感恩与敬畏之情，重视企业的发展与生态的和谐共进；同时又尽自己所能积极回报社会，支援家乡的建设，将先辈的优良品质继续传承下去。无论是邹小东还是严太平，他们都是最普通的湖南人，但他们身上都流淌着湖南人的血液，秉承了湖南人的韧性，他们必将在新的历史时期为转型期的中国发展留下自己的声音和足迹，贡献自己的汗水与智慧，以平民的情愫唱响伟大时代的英雄赞歌。

米兰·昆德拉在《小说的艺术》一书中说过：“小说历史的延续不是因为作品的增加，而是‘发现’的连续不断。”④论者以为，这段文字同样适用于非虚构写作这种文体。作为一个有着自觉写作意识与独立思考能力的创作者，谢四平无法拒绝这份源自骨血深处的记忆与感动，于是尝试着以一位湖南后辈的身份

---

① 谢四平. 遍地英雄 1959［M］. 北京：人民武警出版社，2012：6.

② 谢四平. 遍地英雄 1959［M］. 北京：人民武警出版社，2012：192.

③ 谢四平. 遍地英雄 1959［M］. 北京：人民武警出版社，2012：195.

④ ［捷克］米兰·昆德拉. 小说的艺术［M］. 董强，译. 上海：上海译文出版社，2004：38.

介入这段尘封的历史，从胶林深处“发现”这段埋藏在厚厚历史档案深处的“英雄情怀”与生命感悟，从而将这段历史背后所埋藏的精神力量与文化内涵通过非虚构写作这种文学形式加以展现出来，实现了作品内涵的延展与扩充。之所以说“遍地英雄”，是因为作品中的每一个普通人物都是时代的英雄。无论历史是否记住他们的名字，他们就在那里，来或者去，都是那样的倔强，那样的从容与坦荡。在创作中，谢四平深深懂得，人生在世，所求无多。弱水三千，只饮一瓢；广厦万间，夜宿八尺。每个人内心都有一种精神，激励你不敢懈怠。当今社会，在快与慢、速生与速朽之间，总有一些东西历经时间的淬炼，依然散发出不变的灼灼光芒：那就是对公平正义的追求，对道德文章的期许，对世道人心的坚持，这些黑夜中的光芒一如头顶的苍穹，日升月落，亘古如斯。英雄也好，平民也罢，他们要的不是荣誉，而是自我的感悟、良知的检示和青春无悔的生命意义的价值确认。

换言之，我们每个人都珍视自我最朴素的良心。正如美国麻省理工学院第九任校长康普顿的座右铭所言，“当你离开每一块营地时，它都应该比你初到时更加美丽。”谢四平《遍地英雄 1959》的全部努力，就在于营造了“这块营地”，而它是否达到了比“初到时更加美丽”，则有待于时间的检验。按照接受美学的理解，文学史上一切有生命的作品其本质都是一种“召唤结构”，一部作品的完成并不意味着创作的终结，反而在一代代读者的思考与领悟中获得了生生不息的生命力。因此，《遍地英雄 1959》的独特意蕴就在于将平凡湖湘儿女在云南边疆开垦守边、种植橡胶的人民记忆真实丰沛地展现在读者面前，使读者从一个个普通、细小的，甚至是卑微的事件中去感受湖南儿女坚韧顽强、敢为人先的湖湘精神和永不言败的英雄气质，从而指导后人积极、乐观地面对当下社会发展的种种磨难，为实现中国民族的伟大复兴而不懈奋斗。

第三章　苦难的诗意

文学湘军始终把写作的视角聚焦在底层的公务员、手工业者、农民工等对象身上，让他们在苦难的修行中收获诗意，在人性的淘洗中释放光芒。

应当看到，社会转型期形成的城乡二元结构深刻地影响了中国的精神截面。在农村土地上生产生活的农民，获准进入城市，得到了劳动的权利，充当了中国建设的主力军。一方面是农民，另一方面是城市务工者，在身份的重叠与转换中，凸显了农村文化与城市文化的冲突。关注底层人物的生存困境，始终是文学湘军为民代言的情怀所在。

除了底层农民，文学湘军还展示了新一代的农民形象——农民企业家，这是改革开放初期时的一个特定称谓。他们透过改革开放后社会生活的尖锐矛盾，真实记录了改革进程的艰难曲折，以及由此带来的伦理、道德和思想观念等方面的变化，展现出现代农民的观念蜕变与思想觉醒，深刻反映了新时期农民在物质生活充裕的同时，对精神生活和政治权利的追求。

另一个无法回避的题材是官场，小公务员在升迁与沉浮中挣扎、事业与家庭中忙碌、物质与精神中徘徊、情场与官场中沉沦，彰显出人性的善与恶、价值的高与低、心理的阴暗与光明。在这个场里，有人设法拉拢上级，不惜出卖肉体和灵魂；有人保留了良知，但为了改变处境，不得不随波逐流；有人坚守着内心的清澈，却被视为异类。通过还原这些小公务员的生存和生活，表现坚守者的无奈、彷徨者的迷茫、软弱者的苦闷和堕落者的无耻。精神异化与人性之恶共同构成了社会转型期下的浮世绘，如陶少鸿的《花枝乱颤》，这部作品，零过程叙述运用得炉火纯青，作者摆脱了层层铺垫的传统叙述模式，而是采用单刀直入的现代小说叙述方式，让文本得到了升华。

文学湘军在民族和乡村叙述上也开拓了新的维度。他们站在精神的原乡之上，依托湘楚文化的瑰丽神奇，以山寨、小溪和风物民俗营造田园诗意的世界。在这里，灵魂安静，心灵有所皈依，这里有生命最本真的味道，这里的乌托邦可感可触，有形有色，人性和爱情都找到了最佳的栖息之所，现世的烦恼和纠葛不再肆无忌惮地缠绕被欲望炙烤的人们。

文学湘军作家深入少数民族文化的根部，挖掘那些被取代、流逝、替换的宝藏，挽救渐趋消亡的传统生态，他们并非同情、哀伤和悲叹，而是从中寻找力量，在各民族悠久的历史里，提取出可以弥补现代社会弊端的资源，以其原生态和本真重新占领了文学的高地。民族文学的精神洗礼和灵魂的自我救赎可以冲淡被物质欲望炙烤的现代囚徒。净化灵魂，歌颂美好的人性，肯定纯洁的爱情，文学湘军为读者建构了至纯至美的心灵田园。作为远离都市的桃花源，这里没有喧嚣与奢华，没有狡诈和欺骗，而是青山绿水，民风淳朴。

文学湘军品质的可贵之处还在于，不仅承续了讲故事的传统，还重视小说的精神底色、形式建构和语言创造，以平和的工匠精神悉心研磨、精耕细作。他们不只对文字有苛刻要求，精雕细琢，更强调对人物精神世界的准确把握。他们一方面以静止、细腻的心理描写和心理独白让读者触摸到了人物精神动向，另一方面突破传统小说对人物精神世界的摹写，在情节流动的同时，显现人物心理的变化特征。

第一节 “零过程叙事”的价值指归

一、尴尬之真的讽刺性差距

一部政治文化小说，既没有跌宕起伏的故事情节，也没有惊心动魄的权力角逐，甚至没有扣人心弦的悬念和紧张激烈的思想交锋，按理是一件很不讨好的事情，因为这意味着作品很可能缺乏引人入胜的“卖点”或“看点”，很难激起读者的阅读热情。但缺少这些元素的长篇小说《花枝乱颤》①，并没有因此而枯燥乏味，相反，它在真实的叙事和看似细碎的生活流中体现出来的是一种冲淡、隽永和深沉，它不是靠浅薄的“噱头”和感官刺激糊弄读者，而是凭借文化的底蕴、干净的语言和文本之间的张力锁定读者。这是湖南实力作家陶少鸿带给我们的一个惊喜。

小说聚焦于一群小公务员的升迁与沉浮、事业与家庭、物质与精神、情场与官场等，以及在这些文化场域中表现出来的不同的心理、个性、原则、行为和价值等。例如，有人设法拉拢上级，甚至不惜出卖肉体和灵魂；有人保留着良知，但为了改变处境，不得不随波逐流；有人坚守着内心的清澈，对腐败现

① 少鸿．花枝乱颤[M]．北京：作家出版社，2006：26.

象深恶痛绝，因此被视为异类。通过对这些小公务员的生存空间和生活压力的解剖，作者写出了坚守者的无奈，彷徨者的迷茫，软弱者的苦闷，堕落者的无耻，写出了被政治利比多异化下的社会之丑和人性之恶。①

为了回避现实带给人们的种种尴尬，小说以细腻的笔触对生活的原生态进行了还原。创作者清楚地知道，日常生活的琐碎与欢悦其实是对权力的消解，是对政治禁忌的远离与漠然，它在强化话语秩序的同时也强化了市民日常生活本身；它在解构崇高理想之宏大语言的同时也巩固了市民自我意识的内在本质。它将语言从书写的特权中解放出来，重新交回到市民手中。市民拥抱这种权力，并试图用政治以外的民间文本组成独特的生存空间。此时的文本具有自己的社会幻想(social utopia)：文本先于历史、回归生活本身，文本获得的既是“社会关系”的透明度(transparence)，又是“语言关系”的透明度。在这个空间中没有一种语言控制另一种语言，所有的语言都自由自在地循环(circulate)。②

从某种角度来说，这个自在的空间毕竟不是话语乌托邦，政治的利比多仍然渗入到每个角落，只不过此时的渗入因为有了市场经济的遮掩而变得更为隐秘，也因为有了市场经济的合流而变得更为强大。在这种生存背景下，文本作者用琐碎的生活流消融权力也不过是出于一种策略、一种无奈、一种尴尬，因为权力也不可能由此消融。

重要的是，这样“真实的生活流”显然是对作家“荒诞理念”的图解与叛离。也就是说，陶少鸿有着自己的创作理想，可文本的动力和故事的发展显然超越了他的理想，这显示了创作主体的实践本身存在着一种真实的“尴尬”——戏剧性地暗合了哈里代对海明威叙述之双重性所做出的评价：“在期待与实现之间，伪装与真相之间，意图与行动之间，发出的信息与收到的信息之间，人们所想象的或应有的事物与事物的实际情况之间，存在着讽刺性的差距。”③

这种“讽刺性的差距”彰显了生活的艰辛和无奈。作家陶少鸿无法弥补这种“讽刺性的差距”，因为，它是中国这个民族长期以来国民性格中“软骨症后遗症”之精神指涉：即便是在集体创作的中国神话故事里，也见不到凛然正气的成功的“反叛者”——共工氏造反，头触不周山，失败了；后羿射日，最后连老婆都保不住；孙悟空被唐僧收伏，永远逃不出如来佛的掌心；哪吒大闹龙宫，

---

① 徐峙. 没有方向的逃离[N]. 京华时报, 2006-11-20(6).

② 聂茂. 民族寓言的张力[M]. 北京：民族出版社, 2004：68.

③ [美]E·M·哈里代. 海威明的双重性：象征主义和讽刺[M]. 北京：中国社会科学出版社, 1985：102.

与父亲反目，最后竟也妥协，加入到“统治集团”，满足于做一个小小的神；连闹自由恋爱的白娘子都要被多管闲事的法海和尚镇压在雷峰塔下①，等等。所有这些都说明国民骨子里的“软弱”的本性，同时国人都意识到了邪恶是人性的一部分，具有不可战胜的力量，所以易于屈服和妥协。在小说中，作为正面人物的袁真逃离家庭、逃离官场就是屈服和妥协的最好见证。

诚然，仅就作家而言，他的“妥协”尽管有着反抗的一面，如用日常琐碎的生活消解权力，用自我的话语空间抵抗政治文化的入侵，用吃喝拉撒的非崇高游戏方式逃避沉重的巨型语言，等等，都是反抗的具体镜像。但是，这种反抗显然在预设了权力语话的合法性和对权力的认可之前提下进行，其结果便是：默认大于抗议，屈从大于叛离，妥协大于反抗。

从中国传统文化来看，“妥协”作为“中庸”的一种方式，它更多地表现在被压迫一方的主体意识上，但有时压迫者也会让步。愚公移山就是上帝最后和愚公做出“妥协”：派大力士把太行、王屋两座大山搬走了。表现在《花枝乱颤》中的这种“妥协”，也正是被压迫者的“主动”和压迫者的“让步”两种力量共同作用的结果：袁真逃到农村小学后竟然成了时代的好榜样。“于达远市长的秘书来了电话。秘书说，全省农村教育工作会议即将在莲城召开，会议代表将参观新建的枫树坳凡高小学，而她袁真，作为支教工作的先进典型，要向会议汇报有关情况。秘书说，于市长对她特别关心，要亲自培养她这个好典型。”与此同时，坏人得到了应有的惩罚：“有一天，激动人心的时刻一不小心就来到了眼前：我亲眼看到，吴大德被省纪委的人带出办公楼，上了一辆越野车。”这种带有“诗歌的正义”的圆满结局呈现给读者的是一种反讽和视觉图像的效果。

正如周蕾指出的，视觉图像是由对立的两个因素组成的，即显现（obviousness）和沉默（silence）。“一方面，影像显现性表达一种明白无误的实际存在（presence）；另一方面，影像的沉默提示了一种非存在（non presence）。非存在不是意味着‘不存在’，而是代表了任何单个的存在中所不可或缺的‘他者’（otherness）。”②

这是一种撕裂，无论是对作家、读者还是评论家；无论是对国家、民族还是个人。社会现实的种种“阵痛”大大改变了当代人的价值观念和道德追求。一种迷离的、无所适从的无奈情绪弥漫了社会的每个角落。这种无奈的情绪正

---

① 张系国．让未来等一等吧［M］．北京：洪范书店有限公司，1984：77．

② Rey Chow．Primitive Passions：Visuality，Sexuslity，Ethnography，and Contemporary Chinese Cinema［M］．New York：Columbia University Press，1995：117．

好为《花枝乱颤》创作中的“冷漠化”态势铺垫了必要的心理基础。[①] 有了这样的心理基础，创作主体可以瞄准“机关小人物”的现实生活，以写出他们“艰辛的尴尬”。

有评者指出：作为小说着重塑造的正面人物，袁真对政治文化的叛逆和反抗经历了四个“逃”的阶段。起初，她逃离的是职位工作，因为这一枯燥的工作已激不起她任何激情；之后，她逃离了家庭，因为她与热衷于当官的丈夫已没有任何共同语言；接下来，她逃离了官场，因为那个令人羡慕的公务员“铁饭碗”带给她的只有无止境的压抑；最后，她干脆逃离了所在的城市，因为在这个官本位的城市里，她看不到生活下去的理由和希望，或许陌生的南方可以给她内心的安宁。这是一个“适应—忍受—厌恶—叛逆”的过程，作者写出了这一过程，也就写出了以袁真为代表的官场清醒者的痛苦所在。但就像鲁迅质疑《玩偶之家》中娜拉出走之后的结局一样，袁真这样的叛逆者的出路到底在哪里？在离开了她熟悉的城市后，她面临的又是一个怎样的未来？[②]

所有这些，作者并没能给我们答案。他把问题抛给了读者，把思考的空间也交给了读者。作者结束了创作，读者继续他未尽的创作。这是作者的尴尬，也是读者的尴尬，更是生活的尴尬。这种“尴尬之真”彰显了一种“讽刺性差距”。

台湾女作家李黎说：“我们写作或者情爱的对象，往往是在寻一个你曾经熟悉但不曾拥有的，或者有过又失去了的，可是找到了之后又因为发现不是完全符合当年所想，又想加以改造，于是就不断在追寻并想改造。写作就是想要把应该发生但没有发生的事纠正过来，这是一个妄念。但如果没有这个妄念，也就不会有那么大的欲望去写虚构的东西了。”[③]这段话可以视为对《花枝乱颤》中“期待与实现”之间的最好注释。

二、“零过程叙事”的反叛

《花枝乱颤》的开头就是：“袁真遇到了一场意外。若是知道会发生这样的意外，袁真是断然不会跑到楼顶去的。”与传统小说的创作模式不同，作者不愿多费笔墨进行所谓的场景和气氛的铺垫式描写，而是直接进入事件的中心。这

---

① 樊星．论八十年代以来文学世俗化思潮的演化[J]．文学评论，2001，(2)：65－79.

② 徐峙．没有方向的逃离[N]．京华时报，2006－11－20(6).

③ 尹蓓芳，黄筱威．文学途上，离家与归乡——骆以军对谈李黎[J]．印刻文学生活志，2007，(5)：32－36.

样的开头很生活化，却一下子抓住了读者的心：袁真遇到了什么样的“意外”？为什么会发生这种“意外”？这样的“意外”能够避免吗？其后果是什么？等等。

类似的叙事在湖南作家浮石的《青瓷》中也得到了体现，该小说的开篇也是：“与颜若水的饭局早在两天以前就定好了。下午三点多钟的时候，张仲平还是给他去了个电话。”而肖仁福《官运》的开头采取了同样的叙事技巧：“省委牛副书记的秘书宋晓波将电话打到高志强的屋里时，高志强正在市委后面的双紫公园里，朝着高处的盼紫亭拾级而上。”他的这种技巧在《心腹》中再次得到体现，小说开篇即是“从系主任老师手上接过那本红壳毕业证书后，杨登科离开了待了两年之久的教室。外面阳光灿烂，草木青青。杨登科不免有几分得意，恍惚觉得自己再也不是那受人鄙视的小工人了，而成了一名堂而皇之的国家干部。”类似的开头在其他作家的作品中还有不少。论者把这种方法叫做“零过程叙事”。

这种“零过程叙事”是对传统小说的反叛。传统小说喜欢转弯抹角、欲说还休，吊足读者的胃口。特别是一些诗词的引用、对主人公出场前的铺垫、对地方人文传说的热衷陈述，不仅冲淡了读者的阅读兴趣，减缓了叙事的节奏，而且在许多时候，那些文字还被认为是作家掉书袋，是文本的累赘。在农耕社会，人们悠哉游哉，习惯了说唱传统，读者对小说的阅读可以慢慢品味和咀嚼，而在信息爆炸、生活节奏大大加快的今天，小说文本如果还是慢吞吞、拖泥带水地叙事的话，势必难以受到读者的青睐。

不仅如此，“零过程叙事”受到作家们喜欢的另一个原因还在于，这种方法跟生活的原生态十分接近。生活对每个人来说都是直截了当的，它不允许你有准备过程。你进入到生活的某一个节点，生活于你就从这里开始。你结束了某一个故事，可生活并没有结束，它仍然在继续。你可以在下一个节点开始新的生活，这种新的生活于作家而言就是新的故事。也就是说，你的小说表达的仅仅是文本主人公生活的某一个阶段，即便这个人的生命结束了，与他/她相关的故事/生活还在继续，读者可以从任何地方读下去，每一个时间节点都是下一个故事的起点。①

当然，“零过程”不是没有过程，而是省略了过程，或者说跨越了过程。正常的过程被异类的过程所替代，真实的过程掩盖在“潜规则”之下。比如，在《花枝乱颤》中，袁真的表妹吴晓露就是一个“零过程升迁”的典型例子：“吴晓露比袁真只小四岁，但只看得三十出头的样子，穿一件红色的紧身毛衣，一条

---

① 聂茂．与肖仁福对话[J]．芙蓉，2007，(3)：56－59.

紧绷绷的蓝色牛仔裤，曲线十足，活力十足，也性感十足。她眼睛轻飘飘地一乜，说：‘我又不是你领导，你吓得着吗?’说着，兀自在郑爱民的大班椅上坐下来。”

就这样，通过一次又一次肉体和灵魂的交易，吴晓露很快由“一个操纵旧式打字机的打字员”提拔为“卫生局的办公室主任”。而“当年状告吴大德性骚扰，后来又反说是自己引诱工作组长的女教师廖美娟”更是“零过程变脸”的集大成者，她在短短的几年里，居然一跃成为一县之长，以致袁真十分困惑：“这个女人是怎么从一个乡下女教师变成一个女县长的呢?”这种困惑又何尝不是一种讽刺和鞭笞呢？此外，“零过程叙事”还是作家为应对市场所采取的必然手段。按照传播学理论，在信息爆炸的今天，面对形形色色的报刊，读者停留在每一份报刊上的时间长度只有五秒钟。如果一本书不能在短时间内吸引读者，那么，读者很有可能会放弃阅读的兴趣。因此，“零过程叙事”剔除了传统叙事的繁复铺垫，它的优势在于尽快将读者带入故事情节。

最后，从叙事策略上看，《花枝乱颤》所采取的“零过程叙事”，其价值指归的深度意蕴在于叙述者从不用自己的声音说话，而仅仅记录事件，从而给读者这样的印象，即形成这一正被讲述的故事的不是任何主观判断或具体化。① 在这里，语言与事物、意符与意指互为指涉的关系一样，身体、社会与国家是某种内蕴资源的外在体现，构成一种情境交融的话语体系。作为其基础的个人身体/精神维度却大大萎缩，反映了更高“阶序”之象征关系的倾圮。② 文本中的保卫科长“我”、吴大德、吴晓露、刘玉香以及袁真的丈夫方为雄等都是精神侏儒症患者，他们既是现存“阶序”的直接受害者，又是现在秩序的有力维护者。

三、精神洁癖者的情感还原

在《花枝乱颤》中，最值得同情的是袁真，她是一个为人正直、办事认真、才貌双全的人。可就是这样一个人，为了不委屈自己，不同现实同流合污，在生活中处处受挫。不仅是情感上受挫，在家庭里受挫，在事业上更是受挫。之所以如此，是因为她不想在社会的大染缸里将自己“弄脏”，她要保持人格的完整，保持内心的洁净和心灵的安宁。可就是这样的简单要求，她不仅得不到满足，反而被人视为另类，是“有病”的表现。

首先，袁真的丈夫方为雄就是这样认为的：“袁真比方为雄还早进机关，可

---

① ［美］华莱士·马丁. 当代叙事学［M］. 伍晓明，译. 北京：北京大学出版社，1990：80.

② 王德威. 从头谈起——鲁迅、沈从文与砍头［M］. 上海：东方出版中心，1997：290.

是在他眼里，她这机关干部是做得很失败的。她对丈夫也有一个字的评价，那就是俗。她的想法只在心里，从来没有明说过。她实在不愿意用这个字来说丈夫，她觉得说丈夫的同时也是对自己的贬低。如果说过去丈夫的俗还只是她的一种感觉，一种担心，那么后来的一件小事就使这感觉和担心落到了实处。”一对没有情感的人同床异梦，没有共同的兴趣、爱好和价值取向，在方为雄看来是很正常的事情，在袁真眼里却是“俗”，是“下贱”，并因此受不了：“那一天，她去教育局办事，她亲眼看到身为纪检组长的方为雄于众目睽睽之下替坐在一旁的局长脱下外衣，拍打拍打衣襟，又吹吹领子上沾的头屑，再小心翼翼地挂到椅背上。”这样的人，怎么不被人认为“有病”呢？因此，方为雄对吴真的评价很直接：“她是心理有病，有精神上的洁癖。”可当这个有“洁癖”的人提出离婚时，对方却不同意，方为雄考虑的是离婚对他的升迁不利。袁真虽然去意已决，却很难维护自己的正当权利，直到向方为雄哀求道：“我需要一个自己的精神空间，我的灵魂需要自由地呼吸清洁的空气。”就这样，为了还原自己的情感，为了捍卫个人的精神卫生，逃离是她的唯一选择。

其次，在事业上，袁真的眼里更加掺不进沙子。对袁真的才情和人品都很赏识的市委副书记于达远，请她写一份工作报告，袁真都会很认真地办理。没料到，开会时，于达远居然脱离稿子，并没有照稿宣读。顿时，一种被人耍了的委屈和怨气在袁真胸中鼓胀：“既然有本事做报告不用稿子，那你还让我写作甚？还假惺惺地夸我的文笔作甚？你这不是故意作弄人吗?!”袁真如此较真，如此率性，岂能在以圆滑、世故和“逢人且说三分话”著称的官场生态场里生存？尤其重要的是，“副主任郑爱民退居二线，换了办公室，袁真以为能清静几天了，谁知第三天就又来了一个顶头上司。而且，她做梦也没想到，这位新来的主任是廖美娟。”一个曾被自己鄙视过的人做了自己的顶头上司，而且这个人一上班就对自己颐指气使，袁真强烈感受到自己被“弄脏了”。她忍受不了。如果要想活下去，她必须离开。

在这里，究竟是袁真病了，还是社会病了？小说的题旨是不言而喻的。小说中，陶少鸿成功地运用了心理叙述（psycho – narration）和思想语言（thought language）的表现手法，将交织而成的无声的画面，通过自由间接转语（free indirect style）建立起残酷的现实与袁真的“精神去污”之间的紧张对峙，使文本与意义之间产生了克丽丝特娃所谓的文学作品的“符号异质性”。①

这种文本的“异质性”有时通过具体的情节体现出来，如“刘玉香对方为雄

① 于治中．正文、性别、意识形态——克丽丝特娃的解释符号学[M]．南京：正中书局，1991：212.

说：‘懂了就好，条条道路通罗马，想开点吧。你现在是自由身，哪里不能找到安慰呢？我们还是朋友，关键的时候我们还会互相配合的。我有事先走了，你开心点吧，再见！’刘玉香摆摆手，转身扭着屁股出了门。”这是直接“异质性”。有时是通过作家的评价性(evaluative)话语得以“隐晦”显现，如“我将这一段录像保存了下来。我不想回味吴晓露的私情，但我更不想抹杀秘书长的身体给我的古怪印象。我可以将它删除，删除了它就只是一段记忆，一段不可告人的记忆，可如若保存了它，特别是将它制成光碟的话，它就可能是一颗炸弹了。也许，我也有需要一颗炸弹的时候。”这是间接的“异质性”。

“符号的异质性”无论直接还是间接，都清楚地表明：文本的意义跟语言的意指脱了节，即文字的“所指”与“能指”不在同一平面上，但它并不意味着作家的缺席，而是作家让自己的价值判断和人文倾向以字符相反的意义出现，从而造成跌宕不平的滑稽效果，使讽刺的张力得到最大限度的张显。当这种张力达到它的阈值，突然“绷裂”后，作家与文本的叙述者戏剧性地从审美意义上走到了一起。例如，小说以保卫科长“我”独特的视角来观照当下生活。面对一个曾对自己下过跪的上级领导，任何人内心的复杂和尴尬都是不言而喻的。

这种“符号的异质性”在还原人的情感向度上表现得更加突出。为了掌握更多的秘密，为了有效地控制他人，“一个念头划过我的脑际：要是在秘书长办公室装上一个微型无线摄像头，我就知道她以后来做些什么了。这念头令我跃跃欲试，我是保卫科长，我是有这个便利”。“保卫科长”的职责本能是保卫本单位人员的人身安全的，而现在，他却成了潜在的危险者，成为闯入他人精神世界的危险分子。“我调试好了所有监控设备，但我暂时还安装不了摄像探头，我还没有机会潜入到秘书长的办公室。我只能等待。我是在恍惚的状态中做这一切的，我被一种不可知的力量支配着。”“我”之所以这么做，直接动机是窥视自己的初恋女友吴晓露与市委秘书吴大德的种种丑行，但是，“当我静下来，回忆起与吴晓露恋爱时的种种情形，不由耳朵一阵发烧，我想，这种力量也许就来自难以忘怀的初恋”。特别是当“我”为自己的所见所闻感到愤怒和痛苦的时候，“我”首先想到的不是揭露，而是被“抓住”。因为，“也许，我在窥探别人的同时，别人也在窥探我？”这种情感上的挣扎与福柯的“环形监狱”理论实现了跨时空的共振。

福柯形容生态场域有一个非常形象的比喻，即“环形监狱”。这是由一个“主控塔”和环绕周围的无数的“小单元”组成，在相互无法沟通的“小单元”中住着有疯子、变态者和学童等，他们都是现代国家机器要控制、教育和治愈的对象。福柯说：“在背景灯光的衬托之下，环绕周围的各个单元可以被主控塔上的人看得清清楚楚。每一个单元都像一个牢笼，或者一个小舞台，里面的演员都是独自一人，十足地个别化，也十足地清晰可辨。”①如果说，吴大德、方为雄和吴晓露等人为了某种利益在社会的舞台上进行种种丑行表演的话，那么，与袁真拒绝表演不同，保卫科长“我”在政治牢狱中安装了“摄像镜头”则是典型的“偷窥意识”。

从某一层面上来讲，“偷窥意识”是一种精神上的变态。历史上的宦官和背叛者等都是偷窥者。这些人由于人格的卑劣和心灵的扭曲，总希望从别人那儿得到一些“告密”的资本。正常途径下，他们没有权力和能力去获得这些资本，只有通过偷窥（它总是与“偷盗”或“偷袭”连在一起）去实施资本（信息）掠夺。“偷窥意识”越强的人恐惧心理也越强，他们因受阉而致的痛苦也就越深。从另一层面上讲，“偷窥”行为的本身可以让行为者用“意淫”的方式强暴或阉割他人，从而产生一种被扭曲的快感。比如，当发现吴晓露与吴大德在办公室鬼混时，“我”的头脑里经常出现一个词：“我是一个炸弹。”不过，叙述者对“被窥”的恐惧感也十分强烈，因为“被窥”便是“被抓”的一块硬币的另一面。

小说中，每个人都是“偷窥”与“被窥”的混合体。“偷窥者”往往有过被阉的苦痛，他（她）要通过“偷窥”，找到一个替代，将苦痛转移和发泄出去。“被窥者”经过了别人的“偷窥”后，他/她就要变本加厉，夺回“被窥”时所造成的精神损伤。这种荒唐的“恶性循环”也就源源不断地注入到积重难返的“国民性”之中了。② 然而，当故事进入高潮的时候，一切都已还原，“偷窥”与“被窥”都失去了意义：吴大德被“双规”，吴晓露的丈夫进了看守所，“我”也拆除了监视器。与其说，这是“偷窥者”对自己的惩罚，毋宁说，这是生活对“偷窥者”的惩罚。而千里之外，“精神洁癖者”袁真从“环形监狱”的尽头款款走来，阳光的美丽一如她的内心一样洁净。

第二节 政治话语诠释下农民形象之重塑

郭立民是文学湘军中的小说新人。湖南人民出版社推出了他的长篇小说《风雨人生》。该作品以农民企业家王牛彪的人生经历为主线，透过改革开放后社会生活的尖锐矛盾，真实记录了改革进程的艰难曲折以及由此带来的伦理、

① Michel Foucault. Discipline and Punish: The Birth of the Prison, (trans.) Alan Sharidan[M]. New York: Vantage, 1995: 200.

② 聂茂. 民族寓言的张力[M]. 北京：民族出版社,2004: 71.

道德和思想观念等方面的变化。作者通过王牛彪这个典型人物的描写，热切呼唤改革，力图整体反映变革中的农村社会在时代大潮中留下来的烙印，生动地描绘出改革是一个夹杂着无数挫折、失败、困惑，同时高扬着理想、希望的不可逆转的复杂过程，展现出现代农民真正的观念蜕变与思想觉醒，深刻反映了农民由穷向富转变中的种种变化，彰显了新时期农民对精神生活和政治权利的新追求。

在郭立民的笔下，文学的功利主义、实用性话语与创作审美结合得很好，主要表现在三个维度上：一是对改革的阻力进行了深层次的描绘和思考，文本较好地展现了落后与发展之间的物质、精神冲突；二是对三十多年的改革进行了全方位的思考，实现了全程式的关注；三是纪实性写作具有理性，哲学思辨色彩较浓，文学不再是感性支配下的政治参与，不再为政治上的革新者张目，而是介入当下的社会历史，成为推动故事发展的重要力量。

如果把小说主人公王牛彪放到21世纪中国文学中农民形象的坐标系中来考察，我们会认识到这个新生代农民形象的重大意义，换句话说，是在揭示时代变迁的转折点上，作者着重于如何认识文学作品中的农民、农民生活、农民意识，以及如何理解与表达新一代农民的苦闷、欢笑和追求。从这个意义上来说，郭立民的努力虽然有些冒险，但是是值得的。

一、21世纪文学中国农民形象的缺位

中华人民共和国成立六十多年来，农村题材的小说曾有过两次辉煌。首先是20世纪50年代至20世纪70年代，作家、作品数量空前，矗立起像王金生（赵树理《三里湾》）、梁生宝（柳青《创业史》）、刘雨生（周立波《山乡巨变》）等一个个拥抱新生活的新农民形象。其次是在20世纪的80年代左右，改革开放使农村题材小说勃发生机，形成又一个高峰。李顺大（高晓声《李顺大造屋》）、陈奂生（高晓声《陈奂生进城》）、高加林（路遥《人生》）、呼天成（李佩甫《羊的门》）展示了充满现代意识的“新农民”特质，揭示出农村生活的历史性变化，成为那个时代农民形象的群雕。

进入21世纪以后，农村小说形成一定的规模，但大多描述的是传统的农民或乡村生活，在人物塑造上没有出现较为鲜明的农民形象。贾平凹《秦腔》中的重要人物夏风、引生，被称为是“一种文化符号”式的人物。毕飞宇《平原》里的主角端方，被认为“缺乏充足的现代意识，端方甚至没有超越高加林的思想高度”。余华《兄弟》（上）中的宋凡平是一个过分“理想化”的人物。如刘醒龙《圣天门口》里的亢九枫，铁凝《笨花》中的向喜，莫言《生死疲劳》里的洪泰岳等，

虽然作家倾注了很多心血，但很难说已经超越了既往乡村小说中的那些兀然屹立的农民形象(段崇轩《聚焦新的农民形象》)。

之所以如此，一方面是因为，在市场化条件下，剧烈的乡村变革给农民带来观念和行为上的巨大变化，使他们自觉或不自觉地投入到市场经济的大潮中，大胆试水，开拓进取，成为农村经济发展的带头人，如华西村的吴根宝、大寨的郭凤莲等；但从另一方面来说，在21世纪的农村小说中却很难看到远远落在时代后面的典型。曾几何时，工业小说中出现了《乔厂长上任记》《开拓者》《改革者》《新星》等一个个充满时代精神的改革者形象；20世纪90年代以来乡村小说里的农民形象，仍旧是灰头土脑、抱残守缺的。那种原创性的、丰满坚实的、有现代意识的，称得上"典型"的农民形象却少之又少。农民也成了文学中的"弱势人群"。当今的时代，农村大地的蓬勃生机在曙光中初现的时候，我们的作家望着变革的现实，显得麻木和无能。

二、新时代农民形象的转型

我们可以刻画那些时代转型中落伍、彷徨、失败的农民，也可以描绘坚守传统的静观、守望、智慧的农民，但更需要塑造那种在"新农村建设"中勇于探索、开拓的新农民。从这个意义上来说，王牛彪新农民形象典型地反映了农村的改革道路和农民在农村改革中经历的喜怒哀乐，有很强的代表性和普遍性，因而颇具警醒意义。它不仅使现实主义文学传统得以回归，给新世纪农民形象竖起了一座丰碑，还吹皱了低迷、沉闷的当代农村小说这一泓春水。如同《创业史》中的蛤蟆滩，舜水村的改革史也是高度浓缩的形象化的新时期中国农村的改革史，也即恩格斯所说的"卓越的现实主义历史"。当人们要了解中国农民是如何一步步从传统走向现代时，这些作品为我们提供了如恩格斯所说的甚至比"职业的历史学家、经济学家和统计学家那里"还要多的东西。这便是王牛彪作品的认识价值和审美价值，也是它的生命力所在。

作者郭立民长期生活在基层，有着基层生活的丰厚积累。他熟悉农民，也熟悉基层干部，熟悉当代农村生活的许多细节，这使得他的小说活灵活现，为读者展现了我国现实农村的真实世界和人物。但他并不满足于浮光掠影地记录生活，而是用自己的心热情地拥抱新生活，用自己的眼睛认真而深入地观察新事物。与前些年流行的主张感情零度参与、注重叙写琐细日常生活的新写实主义截然不同，作者力图在真实生活基础上塑造出农村改革中"乔厂长"似的人物，满怀激情地正面叙写改革开放时代大潮，将为农民立言化为一种自觉行动与追求——"我们在关注农民物质生活的同时，更应当特别注重农民的精神世界。换言之，应当全面关注农民的生活世界，引导农民的生活方式，让他们能过上充实、体面且有尊严的生活。”

小说的背景是湘南舜水村。从作者是临武人这一点来看，《风雨人生》当是以临武的乡村为背景。临武县地处湖南省最南部，战国时期即设临武邑，汉高祖五年（公元前202年）建县，有“有色金属之乡”和“煤炭之乡”之美誉，距广州市300余公里（即千米），是湖南改革开放的南大门，是通往广东沿海的咽喉要地，其“临武鸭”能与“北京鸭”媲美，“香塘鱼”曾为清朝贡品，“龙须草席”久负盛名。悠久的历史、富饶的物质孕育了一方人物，沿海发达地区的南风频吹又使这一方人物经受着时代大潮的洗礼。正是这两种文明的冲突与碰撞，催生出王牛彪这个既有中国农民传统文化积淀，又有时代弄潮儿特征的新生代农民形象。舜水村是改革开放以来，中国从计划经济向市场经济艰难转航，从农村城市化进程加速，到今天“新农村建设”的战略调整的一个缩影。王牛彪是中国农民心理与思想的转型的典型，他们的人生命运在变，精神、心理世界也在变。他们在这种化蛹为蝶的蜕变中成为具有现代意义和现代性的农民。

三、主人公形象的还原性解读

王牛彪形象的成功之处在于其艺术真实性。艺术真实不等同于生活真实，它来源于现实生活但又高于现实生活。它们之间是辩证统一的关系，生活真实是艺术真实的基础，艺术真实是生活真实的艺术再现。谭霈生在《戏剧艺术欣赏》中指出：“戏剧作品中的真实性，并非指‘实有其人，实有其事’，而是指人物的心理活动内容及其表现是否符合个性与情境相契合的戏剧性逻辑。只要人物的心理活动及其外观——动作是符合个性在特定情境中的因果逻辑，它就是真实的。”这就是说文学作品中的人物形象，生活中并不一定要有原型，所反映的事件也不一定真的发生过，但只要你塑造的人物形象符合特定情境，这个形象就是真实的，即艺术的真实。

郭立民把王牛彪这个人物形象置于中国农村发展变化的背景中，王牛彪的成长经历无不打上那个时代的烙印，印证了中国农村的发展变化。20世纪70年代末，农村大地已被如“宁要社会主义的草，不要资本主义的苗”之类的过渡折腾得奄奄一息，王牛彪迫于生计，孤身前往南广谋取生计，险些饿死街头，幸遇王得财一家人相救。那时候南广的私营经济已开始萌芽，这为率先致富的一代先行者提供了机遇。王牛彪聪明好学、勤奋刻苦，很快从救命恩人王得财的私营水泥厂习得一技之长，其生产销售方面也在当地脱颖而出。这个过程既有王牛彪改变自身命运的动力，也有中国传统农民“滴水之恩涌泉相报”的感恩心理，更有“乡镇企业”乍起时销售方式的“原罪”。原始积累式的销售方式充满了尔虞我诈，王牛彪因此陷入了竞争对手迫害的圈套之中，最终不得不打道回府。

王牛彪在市场上的初次试水虽以失败告终，却打开了他的眼界，更新了他的观念，他从精神上开始觉醒。中国农民性格的一大特质是坚韧不拔，王牛彪回到湘南老家后，以自己的一技之长，决定在家乡开办牛彪水泥厂，其时正值中国改革开放的起步阶段，王牛彪摸着石头过河，一步一步地解决村民的思想束缚、工厂选址、融资等难题，并以质优价廉的水泥产品逐步打开了市场，王牛彪也因为带领家乡人发家致富获得了其应有的社会声誉和地位。正是因为作者把王牛彪置于中国农村的发展进程之中，置于现实生活的背景之下，从生活中来，从人物命运的角度观照，读者才会觉得这个人物可信可感，才会觉得真实。

王牛彪形象的动人之处在于他是开拓者形象。农村改革不仅给普通农民的日常生活带来变化，而且给他们的精神世界产生巨大影响。它不仅改变了中国人长期“一穷二白”的生存状态，而且改变了人与人之间的关系，激活了中国人的生命热情，激发他们寻找更新的生活方式。王牛彪重归故里，对家乡有了新的认识。亲情、乡情让他深受感动，觉得要为家乡做点什么，但乡亲们固守小农生活的保守意识又让他心怀忧虑，感受到做事的艰难。念头刚起，便遭遇了家人和村民的重重质疑，好不容易说服老派村领导，水泥厂选址初定，动工时却又遭遇了气势汹汹的村民阻工。工厂好不容易建起来，又面临着政策、资金、销路等诸多问题，以及国营企业的垄断打压。

王牛彪凭借“只要有顽强的毅力，一切都会好起来的”的信念，以百折不挠的精神，终于实现了改变家乡面貌的愿望。王牛彪开拓者的勇气源于他了解村民痴守龙脉婆婆寨背后的那份对于幸福生活的强烈渴望，源于他自身的经历。他从沿海发达地区的成功经验中认识到：改革是唯一出路。身处经济大变革的时期，贪生怕死的人做不了将军，胆小谨慎的人成不了大事。要想多挣钱，就要敢想敢干。要敢于打倒自己，用新思想打倒旧思想。

作者以牛彪水泥厂由小到大的发展历程为主线，不仅写出了改革的阻力，而且写出了改革的动力；不仅写出了改革的刻不容缓，也写出了改革的任重道远。文本真实地描绘了锐意进取的改革家与抱残守缺、思想僵化的官僚主义者之间错综复杂的斗争，展示了农村改革使普通农民挺直腰杆做人的新气象，谱写了普通农民在艰难的生活中奋斗、在改革的浪潮中成长的颂歌。作品着眼于农村变革中农民生活方式与精神状态的巨变，在反映农村改革、塑造新型农民企业家的作品中别具一格。

王牛彪形象的可贵之处在于他的政治意识。从王牛彪改革的历程中，我们看到他已不再是传统意义上的农民，不再满足于小富即安的小农经济，不再满足于经营好一亩三分地，不再满足于自身的世界。在他身上，市场经济、环保意识、科学发展观已烙上了深深的印迹。这是一种现代意识，更是一种政治意识。当村民出于保护龙脉、保护自身利益的目的阻挠水泥厂选址时，王牛彪做出了一个只有具有现代企业经营理念的人才会做出的决定——走股份融资、民企合作之路，资金、劳力皆可入股。既顺利地化解了纠纷，保证了水泥厂的正常开工，又为以后水泥厂的发展壮大提供了源源不绝的资源，更以利益均沾的现代分配方式调动了员工的积极性，使其凝聚成一个坚强的团队。牛彪水泥厂在市场上逐渐站稳脚跟后，从与竞争对手的不屈战斗中探索出一条顺应时代风向的不二法则，即“忧患意识”，牛彪水泥厂要通过节能降耗、环保高效的立窑式生产技术抢占市场制高点。他大胆引进节能降耗、环保高效的水泥生产技术，终于在市场上独领风骚。

特别可贵的是，在《风雨人生》中，王牛彪被作家郭立民描绘成一个有相当理论修养、政治觉悟和探索能力的知识型农民企业家形象。文本中，王牛彪不仅在实践上极力推行企业股份制，对企业家所肩负的社会使命做了完美的诠释，还积极思考着非公有制企业的社会定位和民营企业家的阶级角色。在成名之初，面对国营水泥厂的恶意市场垄断，考虑到从政将有助于弥补因市场意识和法制意识缺乏所带来的内地企业发展漏洞这一实际，王牛彪决心接受上级委任的乡长职务，后来又出任县政协主席一职，这样看来，王牛彪从政似乎有出于企业发展私心之嫌，但历史唯物主义告诉我们，要透过表象看实质。任职期间，王牛彪通过调研提交众多优质提案，以大力实施民营赶超战略；民营企业家的赤子之心更从他入党的屡败屡战上得到了淋漓尽致的体现，他的调研报告《非公企业向党组织靠拢》一文被中央领导高度重视，中组部（中共中央组织部）与湖南省委组织部还组成联合调查组下基层作专题研讨。这种看似有些欠真实、有些理念化的写法有着极为真实的现实基础——论者甚至相信，这样的故事原本就真实地发生在作者自己身上。作者提醒我们：身处改革开放第一线的实践者们面对那么多新情况、新问题，必然会进行理论上的思考——作家把这些思考放到王牛彪身上，由他的实践来检验这些理论的正确性、可行性。应当说，这是新时代对于农民企业家的要求。主人公的理论素质成了他性格的组成部分，中国民营企业家的阶级定位和非公有制经济的发展理论本质被真实生动地揭示了出来，这就是整部小说主人公重构的新意所在。

诚然，《风雨人生》这部小说也有一些令人遗憾的地方。小说结尾美中不足。作恶多端的竞争对手命丧求佛归来的万丈深渊，一心为公的王牛彪从一场肿瘤的虚惊中完好康复，尤其是对“牛彪水泥公司党支部成立暨新型干法窑剪彩仪式”现场的那段细节描写，极其鲜明地点化了小说主题，正所谓善有善报、恶有恶报，但对重要角色“副市长刘辉明”结局的交代显得有些仓促，或许作者别有深意，但多少有些弱化了作品的反思力度。此外，小说开头存在少量硬伤，如对于人物王家亮、刘师傅的年龄交待也前后矛盾。

郭立民是一位在公务繁忙之余笔耕不辍的业余作家，长篇小说《风雨人生》更是作者在遭遇意外脑溢血、至今行动不利索的情况下写就的。在文学日益边缘化的当下，在许多官员文学表现力原本不差，但害怕文学创作影响仕途的窘迫语境下，作者的这种执着令人感动。在文学这场看不到终点的马拉松大赛中，我们有理由期待作者更加精彩的表现。

第三节　生存的智慧与苦难的温情

吴刘维是文学湘军中的一个另类。近年来，他发表和出版了《天堂无窑》《我岳父就这样老了》《送雪回家》《有人落水》等佳作，令文坛一亮。早在二十多年前，论者就认识了那时还叫刘维的人，当时供职《湖南文学》杂志社，是一个颇有眼力的编辑。他的皮肤是如此的黢黑，让我误以为他有过保卫水稻的经历，因而感到特别亲切。后来，我远走异乡，而他据说曾陷入到一个非常尴尬的官司中。当五六年前我们重逢的时候，他送给我一本署名吴刘维的长篇小说《绝望游戏》，他依然是那样的黢黑，但显然更加淡定和自信，他用自己的智慧走出了生活的苦难和生存的尴尬。

吴刘维的强势回归，是文学湘军的一件好事，就像诗人刘舰平的回归一样。这些作家都有自己的智慧，却也因为智慧而给自己带来生存的尴尬。幸运的是，他们没有被尴尬击倒，相反，却让尴尬变成了幽默，并且以别样的方式书写出来。“曲折悲伤中的一股暖流”，这是论者在读完吴刘维作品后的总体感受，也是最直接、最真切的感受。吴刘维的四部中篇小说和一部长篇小说各具特色，每一篇作品中都不乏跌宕起伏的情节，字里行间流露出的是生存的智慧和苦难的温情，总让读者在不经意的微笑中读出眼泪来。

一、小人物的无奈与悲欢

吴刘维的小说大多聚焦于小人物，写他们的生存技巧，他们的无奈，他们的悲欢，读来让人一笑，却让这笑中带出眼泪。例如，中篇小说《天堂无窑》的三叔吴刘年生，他的精明、吝啬、苛刻皆因现实苦难而来。他没有任意支配的财物，他一辈子为生活打拼，含辛茹苦地将两个孩子送进大学，他用生命换来的每一分钱都是为了孩子的未来，却从没有为自己打算的想法。三叔一生的艰苦在小说中随处可见。作品一开头，便是三叔为了省钱搭乘拖煤的货车半夜进城，为了省下漫游费连电话也舍不得打一个，仅凭着记忆走了整整一晚，宁愿受苦受累，也不肯多花一分钱。三叔的节俭由来已久：当初念书的时候，他一直使用一支笔尖磨得极细的有胆钢笔，因为这样一来，吸一胆蓝墨水就能够用上一个星期；三叔还习惯于用手指头代替橡皮擦，用食指沾上口水将错处一点一点小心翼翼地擦掉，以致小学六年读完，他连一块橡皮擦都没用完，反而在桌上留下了无数蓝墨水手指印，也磨平了食指上的箩纹；他带中饭到学校去吃，总是在吃完后拿盆子接半盆水，将盆沿上的饭菜和油星合着水当成汤一口喝下，然后还不忘将藏在牙缝里的饭菜用篾条剔出来，一丁点都不放过；初中时，三叔更是将谷良和一平吃过的泥鳅用篾条再重新挑一遍，伸出舌头舔得一丝肉都不剩；最奇特和最匪夷所思的是，三叔竟然还每天用一个两斤装的空塑料酒瓶将自己的屎尿带回家，所谓“肥水不流外人田”，连屎尿都不能流外人田，每天三叔都要为了将屎尿成功护送回家而跟路边闻到“香”味兴奋的狗赛跑，这简直成为了放学路上一道亮丽的风景线。

最难忘的是，这样一个将所有生存技巧和生存智慧都利用到最大化的三叔，竟连自己的死亡也要充分地利用了起来：他精心设下了一个局，用腹泻支开一平他们，寻找替身，制造自己因为穿孔被砸死在窑里的假象，并让画师记住自己的长相，让其能够将那位替身还原成自己的模样，在一年前买回自己日后办丧事要用到的猪崽，还买了份能够换回十万元的人身意外险。从知道自己已经骨癌晚期开始，三叔就已经开始一步一步地谋划着这一切。窑内穿孔的准确时间他算准了；精心谋划的信经过六天旅程到达大家手中的日期，他也算准了；一共三十五万元的“所得”他也一分不差地算准了；引领着谷良去取回他的骨灰一事他也算准了，所有的一切似乎都牢牢地掌握在他的手心。

从法律的角度来看，三叔千方百计设下的这个局是违法的，可是从情感的角度来看，却让人心酸难过又让人可以接受。在对三叔艰难生存的描写中，我们发现三叔有着难得的精明。磨得那么细的笔尖不是人人都能写好的，用手指涂改错处也不是人人都能做到的，对窑内的各种情况也不是人人都能掌握得这么精准的，还有这个最后的“局”，也不是人人都能设下的，可是三叔成功了，试想，如果三叔当年能够一直读下去，是不是也能够在官场上、商场上乃至学术上闯出一片天地，甚至比谷良还要成功呢？那支或隐或显、极具象征意义的钢笔，当三叔再次拿起的时候，却是两次为自己交代后事，这种黑色幽默足以击痛每个善良者的神经。看完《天堂无窑》之后，论者有很长一段时间都不敢去涉足吴刘维其他的作品，深深的悲伤一直笼罩着我，让论者需要花时间去沉淀自己，也希望有自己足够的时间去消化这些感人至深的文字。

但是不久，我又忍不住读到了吴刘维另一部优秀小说《我岳父就这样老了》。小说中的宋明清同样也是一个充满了生存智慧的典型代表。为了每天节省两块钱，一个月五十来块，一年六百来块，十年六千来块，二十年一万两千来块的公交车费，宋明清几乎每天除开天寒地冻，暴雨倾盆的日子，都是骑自行车上班，而他骑的车，也是由废品站报废的几辆自行车七拼八凑而成的。小说情节的发展，全由宋明清从“我”妹妹那儿得到的一张老年证开始，这对于节省的宋明清来说无疑是天降的一张“省钱省事省力卡”，也正是由于这张意外得到的老年证，直接导致了宋明清容貌的变老。他靠着自己的小智慧，压垮直立的头发，刮下墙粉染白乌发，弄灰脸，抓皱衣，让自己至少“老”了十岁，成功地省下了车费。

柴米油盐，这只是生活中最基本的一部分，勤俭持家，也历来被视为美好的品质。在我们的现实生活中，像三叔吴刘年生和岳父宋明清这样的人不在少数，他们生活艰辛，却从不被这份艰辛压弯腰，折断脊背。可看着这样的三叔，实在让人格外地心疼。到底是什么让一个孩子小小年纪就变得如此精明，连自己的屎尿也不放过；身患绝症，却瞒着所有人，独自一人在多少个夜里疼得冷汗直流，整夜不眠；制造假死事件之后，他强忍着对一双儿女的爱，每天躲在暗处，为他们做着最后的付出。我们敬佩三叔的伟大和不易，可是看着三叔的这对儿女，不知道到底他们会不会明白三叔的一番良苦用心。儿子天刚简直和三叔一模一样，为了省钱，竟然连公交车也不坐，走二十里的路过河来到谷良家，平时的生活费也是一省再省；而女儿天娇则大手大脚，代步工具是三叔也许一辈子都没坐过的的士，生活费永远也不够用。兄妹二人对三叔的死没有表现出任何明显的情绪波动，三叔死得蹊跷，谷良和一平都能看出来，为何作为三叔至亲的他们二人却没能察觉，后来接受生活费时兄妹二人也表现得非常平静。也许是因为全文都是以谷良的视角来进行叙述的，所以对他们二人的表现有所欠缺，但是相比起三叔炙热的父爱，他们的确太过冷静了。只希望他们二人能够成才，各自找到幸福，让三叔在没有了窑的极乐世界里，安心微笑。

二、苦难的厚度与温度

看吴刘维的小说，总好像是在看生活，在听身边那些人们的故事，但他的小说源于生活，更高于生活。

生活总是免不了波折。吴刘维小说中主人公的生活从来不是一帆风顺的，可是正是在这些波折起伏的苦难厚度之中，我们同样也能看到生活的美好，感受到苦难的温情。《天堂无窑》里的三叔一生不顺，初中毕业便没有了继续读书的机会，独自跑到了上垅镇下窑，好不容易把一双儿女养大成人，却被查出骨癌晚期，为了孩子，他设局换来了三十五万元，死前忍着剧痛陪在儿女身边，最终独自离去。想想三叔一生中最开心、最无忧无虑的时光怕是只有上学的那些日子了。那时候，谷良和三叔、一平三个人一起上小学和初中，他们一起抓泥鳅吃，一起在河塘里洗澡，谷良落入水里，险些被河水吞噬，是三叔救了他。后来，三人中只剩下谷良一人得以继续将高中念下去，去省城那天，一平提着一篮鸭蛋来送他，三叔更是将那根笔尖磨得极细的钢笔送给了他。这三人深厚的感情是全文中最让人动容的地方。谷良成功后，三叔以他为榜样，激励儿子天刚；天刚、天娇考上大学，三叔找谷良借钱，谷良便私下汇给了他三万元；三叔出事后，也是谷良和一平最先发现了不对劲的地方，并一点一点地找到了真相；三叔用生命换来的三十五万元，他也只相信谷良一个人，悉数交给他保管，由谷良来照顾天刚和天娇，他才放心，这种信任，甚至超过了对自己的结发妻子，而谷良也果然没有辜负他的信任，尽职尽责，还每月拿出自己的钱补贴天娇的生活费用；公告栏上三叔留下的字条，谷良也只一眼便看出来了，并驾车前去领回三叔的骨灰。谷良和一平是三叔吴刘年生悲剧人生中最绚丽的一抹亮色，尤其是谷良，他们之间的深厚感情和无条件信任是非常可贵的，这让三叔能够安心地将孩子交给他，无憾地离去。除了这份兄弟情，三叔对天刚和天娇深厚的父爱也是最伟大和温暖的一点。为了把这双儿女拉扯长大，送进大学，三叔肯定付出了难以想象的辛劳和汗水，骨癌晚期，他顶着难忍的疼痛，每天躲在暗处看着他们，心里不知道该有多苦，多难熬。父亲的爱，常常不说出口，但却一直炙热地存在着。

再看《我岳父就这样老了》也是苦难中带着温情：原本英武挺拔、干净精神的岳父宋明清，因为一张从天而降的能够省下不少公交费的老年证，故意将自己扮老，不仅让自己丢掉了工作，而且失去了自己心中的完美爱情。可有失也有得，在失去了这一切之后，宋明清终于没有工作缠身，得以来到自己一直想回的株洲县老家，种菜养鸡，而且他现在随时随地都能吹自己喜欢的口哨，在城里则没有这般的随意，同时，轮到他照顾母亲时，他也能在母亲熟悉的这片土地上照顾她，不用再接到城里去。每隔十来天，宋明清就带着自己种的蔬菜和装着乡村泥土气息的蛇皮袋来到长沙，贡献自己的力量，带给大家舒心和快乐，他的脸老了，心却没老，脸上的笑越发的迷人了。住回株洲县老家之后，宋明清默默地为招蚊子的妻子张德英缝了一个巨大的蚊帐，甚至累到糖尿病发住进了医院，这张大网，让张德英终于明白了宋明清对她踏实的爱，放大了结婚以来宋明清对他所有的好。从此两人携手生活在这张大网下，充满了幸福和喜乐。虽然这张大网的设置有些过于夸张，可也正是这张大网，连接了宋明清和张德英的心，也温暖了我们读者的心。

在《送雪回家》里，陈子鱼费尽苦心，即使一直被人当成神经病也坚持要把雪带去给素不相识的老人，可是却没能在蔡老先生决心离去之前将雪送到他面前让他看上一眼。但在这一送雪的过程之中，他听到了蔡老先生和他异父异母的妹妹之间感人的爱情故事，也明白了或许是一个个遗憾组成了我们完美的人生。这趟在外人看起来有些神经质的送雪行为，挽救了陈子鱼和鲁祺濒临夭折的感情，也挽救了他们险些再次失去的第三个孩子。陈子鱼自知对鲁祺亏欠，从他像护送孩子一样小心翼翼地运送一堆雪，只为了完成一个临终老人最后的心愿，我们知道他是善良的，只是过于自由的心让他不愿意被束缚。最后看到他选择让自己的人生也留下些许的遗憾，急切地想要奔回到鲁祺身边去时，我们为鲁祺，为那个孩子提着的心也渐渐放了下来。

《有人落水》中的何东，塑造得同样成功。为了救人溺水身亡，他的灵魂却因为仍有牵挂而留在世上，能感受到他存在的只有自己养大的狗何西。早年因为遭到化名为晓倩的沈殿来的陷害，何东锒铛入狱，声名狼藉，家庭破裂，何东的父亲在获悉他判刑的消息后，当场脑溢血去世，母亲在安置好父亲后不久，也患上了老年痴呆，被送进了老年人康复中心。出狱后，他回到已经成为底层者乐园的望月湖，每天在电脑前干着职业顶帖师的工作，他不再与以前的朋友和熟人往来，将自己和过去隔绝开来，每天就沉迷在酒精的世界里，不省人事，身体也越来越差，连每天上个四楼回家都要伏在楼梯扶手上歇个两三回，最终由于力气不够在救人的过程中断送了自己的性命。这个让何东失去一切的女子沈殿来，是个加害者，也是个被人利用的受害者。在何东住回望月湖，整日买醉的日子里，是沈殿来一直在照顾和陪伴他，她救了喝醉倒在十字路口，差点被车子碾压的何东，何东去世后，她伤心欲绝，为他妥善地安排了大大小小的一切后事，炒股得来的三百万，也是由沈殿来亲自交到女儿手中，并告诉她，“爸爸其实很爱很爱你，一直都在挂念你”。从前妻和女儿，到康复中心的母亲，沈殿来一一为何东弥补了遗憾。最初何东的确恨透了她，是这个女人毁了自己的一切，可是看着她如今的遭遇，她一直以来的赎罪，以及她带来的温暖和关爱，在小说最后，何东告诉我们，他早就已经原谅她了。面对这样的背叛和陷害，何东选择了宽容和释怀，我想，他会领着何西，怀揣对女儿的爱，对前妻和母亲的亏欠，对沈殿来的祝福，安详地进入天堂。

这种苦难的温情，在长篇小说《绝望游戏》中也得到了持续的彰显。主人公吴谷生经历了很多，大年初一的噩梦，就间接暗示了这一年的不顺。身为《经济前沿》杂志主编，主持一家媒体工作，却因为蓝萍萍的假书号事件，被众多媒体攻击，中途还遭遇了牢狱之灾，险些遭到杂志社解聘，这场荒唐的战争一直持续了三年才得以解决；工作上，牛小琴对自己的主编位子的虎视眈眈，夏虎对杂志社的背叛和出卖，都让吴谷生紧张；与妻子王回香的婚姻，也早已有名无实，却因为妻子的坚持，一直勉强维持着，女儿吴家女因为父母僵持的关系，得不到完整的父爱和家庭的温暖，甚至连吴谷生晚上常给她做的炒面都再没能吃上一碗。最终，在吴谷生为躲避逮捕，以致无法回家送离世的岳父上山一事之后，妻子王回香心灰意冷，同他办理了离婚手续，这场延续了两年多的离婚之战，也终于偃旗息鼓；吴谷生和情人原莹的关系，也在这一年发生了改变。起初，在王回香闹过一回之后，原莹哭着被父亲带回了老家，可是当原莹再次出现，一切又回到了从前的如胶似漆，直到最后吴谷生决定上北京办杂志，两人的关系才正式画上了句号，劳燕分飞；还有好友周未兵，他干劲十足，一丝不苟地跟着同学石默干了两年艺术节的事情，却遭到欺骗，不仅没拿到钱，反而被冠上盗窃同谋的帽子。周未兵一直都在失败，先是遇上了骗子报社，这次又遇上了骗子石默。本想在这次赚点钱给老婆孩子一个惊喜，为结婚十年的老婆送上一个货真价实的钻戒，为女儿买一辆她早就想要的电动车，最好还能给全家买一辆家用小轿车。周未兵带着这样的美好憧憬卖力干活，最终却还是“竹篮打水一场空”。这次打击彻底击垮了周未兵，他留下封信，走上了绝路，和吴谷生从此天人永隔。仅仅一年，吴谷生的工作、婚姻、爱情和友情都遭到了巨大的变故，可是不管怎样，蓝萍萍事件终于得到了圆满解决，与王回香的离婚之战也顺利收尾，和原莹的爱情之花也曾绚丽地绽放过，朋友周未兵也将一直留在自己心中，年尾，他也把父母送回了他们一直挂念着的老家过年，自己去北京的决定也已做下，更重要的是，对于那些跟自己有过恩怨和过节，带给自己伤害的那些人，吴谷生在一年的最后一天也对他们表达了释然的态度，不再记仇，只记得对方的好。这珍贵的原谅和放下让原本无法落到地上的无雪城的雪成功地亲吻到了土地，或许是吴谷生内心的宁静降低了无雪城地表的炙热和浮躁。

如果说生活的曲折和残酷使作品带上现实主义的特点的话，曲折和残酷之外的美好和温暖则使作品打上了浪漫主义的烙印，吴刘维一系列作品表现出来的“苦难的温情”，正是他的创作诉求——两者的完美交融和高度统一。吴刘维小说中的主人公常常遭受种种困扰和波折，他们选择积极面对，不管多么失望、后悔、痛心，他们大都像《绝望游戏》里的吴谷生一样，勇敢而乐观，忘记不好的，只记住好的，既给自己一个清静，也还世界一个和谐。三叔吴刘年生的遭遇虽然让人痛心，可是他仍然拿到了想要的35万元，用另类的方式让后代得到他生命利益的最大化；岳父宋明清经历一系列辛酸和苦难，最终得以和妻子张德英在株洲县老家安享晚年；何东也没有了任何牵挂，带着何西默默离开了这个世界；蔡老先生留下的遗憾虽然让人不解和惋惜，但这是他自己的选择，无怨无悔。人到中年，难免会像吴谷生一样遇到很多道坎，可是跨过了，收获到的也不少。有时候，我们会觉得眼前的困境无法解决，可是当事情过去之后再回头看，才觉得以前的担忧实在太过于大惊小怪。等到我们老了，晒着太阳坐在藤椅上，细细地悠闲回首自己的人生，剩下的或许也只有嘴角的一个微笑或者眉间一个轻微急收的褶皱。从吴刘维小说的一字一句中，人们读到这样一个朴素的道理：人生中的每一种经历都是一种财富，无论好坏，都能帮助我们成长，在逆境结束之后，对一切伤害和苦痛选择宽容和释怀，才是最正确的选择，而这些苦难中的温情，使作品源源不断地产生正能量，这正是吴刘维小说越来越受到读者的欢迎和评论家青睐的深层原因。

三、复调叙事的张力

吴刘维的小说十分耐看，情节引人入胜，结构处理变化多端。倒叙、插叙、悬念、照应、对比等手法地运用自如，众声喧哗般的复调叙事，使小说的故事情节环环相扣，让人欲罢不能。

《天堂无窑》的情节设置非常精彩。文本中，一个接一个的悬念诱导着读者去探求答案，当一层又一层出人意料的面纱被揭开的时候，我们开始佩服作者惊人的想象力。小说第一小段，叙述的是三叔进城一事，可是文中也清楚地交代了三叔是个除非有重要的大事，否则不会轻易进城的人，这次却仅仅是跟天刚天娇兄妹俩见了个面，带给天刚半蛇皮袋干菜，再拍了个照，就没有其他事情了，让读者不禁跟着谷良一起思考缘由。后来，读者知道了三叔的死讯，才明白三叔这趟进城的用意，可是，这样一来，三叔岂不是早就知道自己会出事？再根据一平和谷良的推断，三叔对窑内情况了如指掌，是绝对不可能察觉不到窑内即将穿孔的，而且一平他们八人同时吃坏肚子，也实在是蹊跷。后来谜底一步一步解开，从三叔买的保险，添的猪崽，寄出的信件，到三叔的胃癌，画师的陈述，再到后来三叔的再次出现，替身的存在，事情真相终于在我们阅读文本的同时一点一点地被呈现出来，我们仿佛跟着小说叙述者谷良一起在寻找答案。吴刘维的高明之处，在于能够游刃有余地激发读者的好奇心，将读者拉进小说文本之中。虽然《天堂无窑》的最后，三叔寻找替身这一情节让人感觉有些多余，因为三叔吴刘年生总体上还是一个善良的可怜人，即使设局骗钱，也是生活的艰辛和无奈所致，仍然值得同情，而替身的存在放大了三叔的精明，甚至显得有些狡诈，或多或少减少了读者对于三叔的悲悯之情。

除了悬念的层层设计和无缝对接，《天堂无窑》对三叔念书近乎吝啬的那段回忆叙事更是至关重要。三叔从小就具有的那股精明劲儿，让后面三叔设局骗钱的情节出现，增加了合理性：因为对子女无私的爱，也因为自己那种与生俱来的苛刻，这个可怜的贫穷底层者一定会充分利用自己的生命，以自己微薄的力量为儿女的人生打开一道哪怕是极其微小的出口。这样精彩的倒叙或插叙手法在《送雪回家》和《有人落水》中也不少。《送雪回家》中，以陈子鱼紧紧抱着保温箱踏上登机梯的那一刻开始写起，送雪这一事件的始末，过程中遇到的阻碍和曲折，陈子鱼和鲁祺的长远计划以及他们感情的裂缝，还有蔡老先生和异父异母的妹妹之间感人的爱情，全部在小说后面才一点一点地浮现出来，却都是小说中举足轻重的细节和情节。《有人落水》也是如此，以一句“我死了。我的狗还活着”开头，交待了何东为了救人溺水身亡的经过，然后以何东灵魂的回忆展开叙述，将过去与现实交叉进行，从而将故事的始末一一展现出来，就像用颜料一笔一笔地勾勒出一幅五彩缤纷的水彩画，当最后一笔落下，我们才看到这幅画的全貌。在何东的回忆中，我们知道了他是因为晓倩的陷害才变成阶下囚，声名狼藉，最终沦落到此番境地，而小说的最后则用一句“我早就原谅你了，当初你听从黄爱民的指使，化名晓倩，闯进我的生活，毁掉了我的事业，我的家庭，和我的人生……”①点明了这个既可恨又可怜的女人的真实身份，就是那个在望月湖一直陪伴他，照顾他的沈殿来。当看到这句话的一瞬间，我不由自主地在脑海里和文本中搜寻了有关晓倩和沈殿来的一切，那些支离破碎的片段刹那间被一根长线串联起来，这个可怜无奈的女人，这个拼命赎罪的女人，这个聪慧细心的女人，立刻在我的脑海中变得立体和多面起来，似乎正完整鲜活地站在我面前，让我感受着她的存在。这些复调叙事，以随处可见的插

① 吴刘维. 有人落水[M]. 北京：中信出版集团股份有限公司，2016：126.

叙和倒叙呈现，使整个文本，就像拼图般的探险，让我们自己去将每一个分离的片段拼凑在一起，从而得到最直接的感受和更深刻的联想。

对比手法在《我的岳父就这样老了》中表现得最为淋漓尽致。小说中前后有两处极为鲜明的对比：一是张瑞英对待宋明清的态度。起初因为宋明清嗜烟好酒，不符合张瑞英心目中完美男人的标准，所以张瑞英并不喜欢他，但是宋明清给她写信，打电话，发短信，嘘寒问暖，买她喜欢的菜带给她，处处照顾，姐妹俩出去逛街，他就带着把伞屁颠屁颠地跟着，给她们撑伞遮雨，自己则被雨水淋着，张瑞英走累了，宋明清便背着她到公交车站；后来，宋明清查出患了糖尿病，戒了烟酒，变成了一个干净的男人，张瑞英便对他突生爱意，接送他上下班，抢着要给他洗衣服，炖汤喝，买补品，去以前她喜欢的攸县餐馆吃饭，抢着买单，从前宋明清是她的跟屁虫，现在换成了她是宋明清的跟屁虫，宋明清和张德英出去逛街，张瑞英也像过去宋明清那样跟着，还带着把伞，只不过以前宋明清带伞的时候，一准下雨，张瑞英则是不带伞的时候一准下雨，以前宋明清背她，现在则是她舍不得让宋明清背，还硬要帮他提东西。前后两段的文字十分相似，都很轻松诙谐，宋明清喜欢张瑞英时，有这样一句话："跟她在一起，他就像捡了个金元宝，始终喜着一张脸。"张瑞英喜欢宋明清时，又有这样一句话："跟他在一起，她始终喜着一张脸，比捡了个金元宝还要开心。"[①]吴刘维将前后两段一致地对比起来，形象十分鲜明，也为后来宋明清"老"了以后张瑞英对他态度的急转直下做了铺垫。张瑞英的爱，来得快，去得也快，当宋明清满足她的三个条件时，她爱她，当他失去这些条件时，张瑞英便不爱他了。其实，宋明清对她的爱也是这样，他只不过把这种爱当成了自己的一个梦，一个心灵的慰藉，是并不想拥有的，否则他也不会在过去连烟酒也无法为了她戒掉，这份珍贵的爱甚至敌不上糖尿病对他的冲击大。

这篇小说的第二个对比是3路车司机对宋明清的前后态度。当宋明清第一次拿着老年证走上3路车的时候，这位司机的态度十分恶劣，嘲讽地叫着他"老兄"，用自己狠毒的右眼盯着他，不容置疑地说他"人假"；仅仅一年时间，这位眼尖司机的态度便发生了翻天覆地的改变，他错把宋明清认成了去年那位逃票的人的哥哥，笑着和他谈论过去的那件事，下车时竟然还强调自己过去是工作要求，并请求原谅。3路车司机的前后迥然的态度，足以表现出宋明清这一年的变化之大，"老"的速度之快。

在《送雪回家》中，也有类似前后呼应的对比手法。小说开头曾提到，陈子

---

① 吴刘维. 我岳父就这样老了[J]. 文学界·湖南文学，2013，(2)：48－52.

鱼在候机室一听到“我们抱歉地通知您”这句话，就会因为过敏而膀胱发紧，频繁地往厕所跑，所以陈子鱼最讨厌的便是这出不能出、进不能进，像坐牢似的候机室，可是到了小说的最后，经历了送雪一事之后，他开始觉得候机室其实是他离家最近的地方，他归心似箭，想要早点回到鲁祺身边，虽然他听到那句话依然会膀胱发紧，可是候机室对他来说已经变得亲切起来了。前后同样都是膀胱发紧的结果，可是后面的候车室明显有了更多的温情，这是陈子鱼送雪之后的收获，也让我们感受到了幸福。

即便是长篇小说《绝望游戏》，读起来也并不拖沓，反而越读越被吸引。《绝望游戏》中穿插了不少的小故事，让人忍俊不禁。吴谷生和周未兵在幽江中学读书时，常常偷吃别人家的鸡和狗，并嫁祸给他人；周未兵班上男女同学谈恋爱被抓到，他谎称这是在做“接吻缺氧理论”实验；为了鼓励学生，周未兵竟开起了“分数银行”；还有他让学生搬石头、顶饭碗的事情也十分有趣。同时，在饭桌上谈到幽陵县的县长、政府办主任、建设局长、管委会主任、文化局长、旅游局长等人在喝醉酒之后闹的那些笑话，在增加趣味性的同时，也给小说罩上了魏晋时期志怪小说的影子，传统文化韵味十足，地方色彩浓厚。小说由主人公吴谷生做的那个噩梦开始，并在后面多次提到这个梦，吴谷生信梦，他认为白天是人与人的交流，而黑夜则是人与灵的交流，人灵相通，灵是真诚的，善意的，与灵的交流充满了智慧和快乐，这类似于神话传说和西方的魔幻现实主义。无雪城的雪落不到地面，以及吴谷生最后离开时雪落到地面的这一现象，也都是小说中神话气息的表现。中国人素来信鬼神，对神灵心怀敬畏，这一传统也被吴刘维写进了作品中。小说中马军欲将幽陵县改为幽灵县时，说到了幽灵具有的各项优点，特别是其中对蛇、狐狸和狼的正面评价，以及生动的方言和现实中可以找到地名直接进入文本，令人印象颇深。世人对这三种动物大都有恶毒、狡猾、凶狠的负面印象，可是却忘了它们各自的过人之处，幽灵在他看来也是如此，人们由于偏见忽略了它们的价值。亡灵、幽灵、梦境，等等，在唯物主义者看来都是虚假的，可是从另一个角度来看，因为心怀对神灵的敬畏，所以我们对自己施加约束，会少作恶，多行善，这样一来社会便会多些和谐，也不无益处。

第四节　乡村叙事的诗情与自信

唐樱是一个很有想法的作家。作为一个壮族作家，她的小说抒情化意味较浓，常常将本民族充满诗意的田园牧歌与女性的唯美婉约风格有机地融合在一起。长篇小说《南方的神话》①可以视为她颇具代表性的作品：她站在精神的原乡之上，山寨、小溪和风物民俗与古木参天的山林营造出独有的神话，像命定而神奇的生命隐喻。在这里，灵魂安静，心灵有所皈依，现世的烦恼和纠葛不再缠绕人们。在唐樱的创作中，读者可以嗅到生命最本真的味道，这里的乌托邦可感可触，有形有色，使人性和爱情都找到了最佳的栖息之所。

一、城与乡：追寻之旅的新发现

人类从未停下追寻的脚步，思考、启迪、奔走、停歇，构成了人类文明发展的美妙弧线，其中的动力正源自于人类对自身生命状态和生活质量的不断重置。在这种一轮一轮的调配中，诞生了无数动人的文学作品，“追寻”是文学创作的永恒母题。

唐樱很好地把握了这个母题。在《南方的神话》里，主人公杨扬是一个出生在北方都市的女孩，她受到内心深处的召唤，远离家乡，离开城市，来到了偏远的南方。从这个意义上说，小说是一个城市女孩的寻根之旅，是对 20 世纪 80 年代勃兴的寻根文学的隔代回响和重新定义。值得注意的是，相比于曾经流行的寻根文学，《南方的神话》的故事背景已经发生了根本性的变化，彼时，物质匮乏，衣食紧缺，而当下社会的经济生活条件更为富足，人们对物质生活的追求超过了以往任何时期，社会进入消费时代。在此情势之下，作家再次提出了寻根的主题，与当下的时代背景形成了鲜明反差，是当下文学价值的重要注脚。与传统寻根文学一样，作家把故事的背景选在了远离都市的桃花源，没有喧嚣与奢华，没有狡诈和欺瞒，远离文明，与世隔绝。与沈从文笔下的《边城》相类似，布洛陀山寨是青山绿水、民族风情和淳朴善良的代名词，是众多少数民族山寨中的一个，也是杨扬生活的基本背景。但生活的苦难和艰涩与布洛陀山寨的诗情画意相伴而生，她从小没有父母的陪伴和照顾，一直在寄宿学校上学，原生家庭的爱的空白和单调孤独的童年让杨扬更加渴望被爱，同时也渴望给予别人爱。这也是杨扬大学毕业后毅然离开喧哗的都市，放弃便利的都市生活，选择到山区支教的原因。

应当说，山区支教隐含了双层含义：一方面，教育本身集纳了馈赠和爱心的全部精髓；另一方面，布洛陀是隐秘的乐土，所以这样的地方、这样的环境、这样的职业，都为杨扬的精神找到了最佳归宿。人性的真醇让杨扬在工作中爱

① 唐樱. 南方的神话[M]. 天津：天津教育出版社，2008：50.（本节在分析过程中所引文本皆出自该书，不再一一注明。）

上了无欲无求的山寨。与传统思维意识中的山寨不同，布洛陀的人们聪明、善良，容易沟通。“现代文明人”进入与世隔绝的山寨，常常会感到难以名状的孤独，物质生活的原始、简单和粗糙，让所谓的现代文明人无所适从，精神上的寂寞更让人产生无可奈何的疏离感，但是这一切都没有在杨扬身上发生，因为她本身就属于这片土地。现代文明的致命性缺陷在于其自以为是的姿态，它总是以居高临下的视角来看待其他形态的存在方式，视他者为落后和愚昧的象征，高高在上，试图以自己的方式去改造对方，在这些“文明人”看来，和自己一样才是唯一的方向，才是文明。这种思维隐藏着文化霸权的潜台词，自己的标准才是唯一合法的存在，只有实现世界的整一性，才合乎历史演进的规律。但是作为从现代都市进入布洛陀的“新的文明人”，杨扬却从未有过这种想法，她以平等和尊重的心态与布洛陀共生，所以融入布洛陀并不存在根本性的障碍，也正是因为这种与自然、天地和人性合为一体的性情，杨扬与文化差异很大的“山寨之子”韦湘相爱了，恋爱、结婚、工作，没有重现想象中的悲剧。这是唐樱的新发现：中国式的皆大欢喜既是自然的胜利，更是人性的胜利。

在现代文学作品中，城市总是充满了优越感，是文明和光明的代名词。几代中国人的梦想就是逃出黄土地，改变面朝黄土背朝天的生活，或者从大山中走出去，并以西装革履的“异地人”的形象回到乡村，光耀门楣，现代文明显示出了无与伦比的改造力量。在城市/乡村这对矛盾体中，期待的天平一直倾斜：乡村是城市的前世，城市是乡村的今生。城市就是乡村的未来，维持现状的乡村成为不思进取的话语符号。青山绿水、鸟语花香让位于 KTV 的喧闹和不绝于耳的汽笛，田间小道和山间青石让位于钢筋水泥的森林。而唐樱一改这种自以为是的傲慢与偏见，重新标示乡村的分量和价值。对唐樱而言，这不是策略和方法，而是人生立场的延续，是与生俱来的存在。周涛说：“农村生活造就了很多大作家，但凡成功的作家都是社会生活两极接通的结果。”①中国是一个农业社会源远流长的国家，情感经验和艺术技巧都以田园牧歌式的体验为主，但不可回避的趋势是，现代城市文明正以水银泻地般的速度进入生活中的每一个角落，因此将两者进行有机结合是文学挑战高度的重要方式。唐樱有农村和城市的双重生活经验，这种得天独厚的经历决定了她写作的视角和眼光。②

需要说明的是，在小说中出现了较为明显的城乡两元对立思维，从非此即彼的思想表面上看，这似乎限制了作家的格局，但是“片面的深刻”从来都是作

① 容美霞. 理想田园水晶爱情——读唐樱长篇小说《南方的神话》[N]. 长沙晚报，2010-9-06(6).

② 聂茂. 精神原乡的生命隐喻[N]. 文艺报，2015-12-04(06).

家把握世界的基本方式。杨扬从城市回到农村，不仅是一种生活方式的选择，更是价值观的选择。这说明，以城市为中心的强势话语要重新审视其弊端和偏颇。社会发展不是简单的、直线的、向上的单一逻辑，更不是以中心的合法性去压制边缘的诗意，融合共生才是合理的存在方式，物质累积和财富多寡不应成为衡量人生价值的唯一尺度。唐樱笔下的布洛陀并未直指人的异化和人性的扭曲，在物质欲望甚嚣尘上的态势面前，作家借杨扬逆流而上的另类追寻，折射出被遗忘的生命之美，一种崭新的、健全的、自主自为的生命形态应该进入人们的视野。

二、诗意田园的精神凭借

与经济规律不同，文化的高度和繁荣并不总是呈现出强者恒强的特点，人口占大多数的民族未必代表着文化的顶峰，经济中心也未必是文化的重镇。少数民族文化在主流话语日盛的态势面前，反而以其原生态的质朴和本真成为文化发展中不可或缺的力量，也是文化多样性共存语境中的重要支撑点之一。因此很多作家开始深入少数民族文化的根部，挖掘那些被取代、流逝、替换的宝藏，挽救渐趋消亡的传统生态，他们并不是在同情、哀伤和悲叹，而是从中寻找力量，在各民族悠久的历史里，提取出可以弥补现代社会弊端的资源。

民族资源和传统意识并不是现代社会吞咽过的废渣，它的精神洗礼和灵魂救赎可以冲淡被物质欲望炙烤的现代囚徒。沈从文先生说："我只想造希腊小庙。选小地作基础，用坚硬石头堆砌它。精致、结实、对称、形体虽小而不纤巧，是我理想的建筑，这庙供奉的是'人性'，这种人性论自有它的鲜明特色。"①唐樱笔下的布洛陀山寨与沈从文的边城有相似之处，都试图通过美好自然的人性极力构建充满诗意的田园世界，在布洛陀山寨，尽管人物的性格迥异，但没有险恶和奸诈，所有人都是美与善的化身，阿妈善良慈爱，阿云坚强忠贞，韦湘忠厚无私，每个人物都是美的侧面。所以在一定程度上说，《南方的神话》是作家构建的精神乌托邦。

作家以文学的方式重新书写民族的秘史，并无刻意地还原壮族的创世神话，而只是把少数民族作为小说创作和人物活动的背景。女主人公杨扬纯真善良，她与布洛陀之间互为救赎，她与林场的巡山员韦湘之间的爱情，就是彼此拯救的隐喻。杨扬到山区，是为了寻找心中的图景，韦湘则是布洛陀之子，反过来说，因为杨扬，韦湘也找到了精神的慰藉。他们之间的爱情不是城乡结合

---

① 沈从文. 沈从文精选集[M]. 北京：燕山出版社，2005：71.

的典范，或者说与城乡背景不搭边。在以城乡为背景的人物爱情中，城市往往代表着强势文化，是农村人向往的理想之所。陕西作家路遥在《人生》中同样设置了城乡青年的爱情故事，主人公是农村优秀青年高加林和城市姑娘黄亚平。高加林倾尽全力，试图在与黄亚平的恋爱中实现阶层的跳跃，真爱与身份腾挪合为一体，但最终失败，回到了属于自己的黄土地。同样是以城乡青年的恋爱为背景，湘南作家陈茂智有一篇小说《姐姐的园》，将男女的城乡身份进行了置换，“姐姐”是农村姑娘，而对方则是城市青年，尽管男女城乡身份对调，但是农村追逐城市的基调依旧，从这个意义上说，这些小说都将城市放置在强势的中心地位，农村则处于无可争议的边缘。《南方的神话》则相反，农村出身的杨扬，经历了城市的繁华和喧闹，具备了落脚的条件，却依然回到布洛陀，把这片土地作为生命和价值的归宿。《人生》《姐姐的园》都在客观上折射出城乡差距的不可跨越性。在城市/农村的两元结构中，城市处于绝对的优势地位。高加林苦苦挣扎，“姐姐”朝思暮想，都是为了走出农村。在城市这个物质性和符号性兼具的地方，高加林不惜牺牲巧珍，选择黄亚萍，最终只不过是痴心妄想，“姐姐”牺牲青春年华，却成为了精神病人。城市就像一个充满了幻想的迷宫，让所有人痴迷其中，流连忘返，而城乡隔阂又像横亘在两者之间的铁幕，残酷地拒绝了大多数到此朝圣的年轻人。杨扬同样从农村到城市，但是在经历了激情与奋斗之后，方才认识到，这里不是自己生命的故乡，遂毅然决然地回到乡村，回到布洛陀。在这个物质诱惑超越一切、经济要素控制决定一切、金钱力量驱动一切的年代，杨扬的选择无疑是一个另类的存在，说她纯粹，是因为我们太浑浊；说她高远，是因为我们的生活中只有当下，她自然、纯真、和谐，如同一叶航标明确的扁舟。

和沈从文一样，唐樱无意于设计精巧的情节，在复杂的情感纠葛和矛盾冲突中引人入胜，而是让读者在诗情画意中驻足。从读者市场的角度考虑，这种写法的风险极高，因为很多读者已经失去了悠然自得的阅读心境，仅仅把阅读作为消遣的工具，以猎奇的心理阅读，寻找有趣的情节，所以要设计跌宕起伏的情节，吸引读者一直读下去，至于情怀、诗性和质地，大多已遗忘殆尽，或者说关注点根本不在这里。这种想法诚然有其合理性，但是作为人类精神的耕耘者，作家还担负着滋润灵魂的任务，一个没有使命感的作家是可悲的。正是基于此，《南方的神话》歌颂美好的人性，肯定纯洁的爱情，为读者建构了至纯至美的心灵田园。

三、神话的隐喻与精神的原乡

湘楚文化是一个独特的存在，这里巫风盛行，想象瑰丽，到处充溢着富于人性关怀的文化气息。与北方文化不同，湘楚文化对道德伦理的约束较少，对自然和神灵保持敬畏。每个地方都有丰富多彩的神话，亦真亦幻，这里的人们灵魂滋润，精神自如、自在、自得，布洛陀山寨就是在这样的环境中形成的。这里有各种各样的神灵，人们对神灵和自然充满敬畏，在《南方的神话》中，山神说："人类对大山的任何伤害，都会给人类自己带来无法弥补的损失和无法预测的灾难。"土地神说："山里人对土地有各种各样的忌讳和崇敬，是期待他们播下的种子得到土地更多的关怀，丰收有望。"雷神说："发怒的呐喊是为了吓唬那些不孝之子。外出打工的人们迎着风耐着严寒回到父母身边过年，这是雷神喜欢看到的。"

布洛陀文化既是一种抽象的存在，也是一种可以描述的具象。作家借神灵之口勾勒出了布洛陀文化，其中折射出"天人合一"的宇宙观和理想家园的向往之情。这是作家的精神故乡，从这里出发，又回到这里。因为在检视了现代文明的众生相之后，作家发现，现代文明并非理想的彼岸，而是寓含着巨大危机的陀螺，运转越来越快，停不下来，也不知道会旋转到什么地方。人们一边在快速旋转中享受速度的快感，一边眩晕地注视着越来越看不清的世界，因此现代文明需要不断扬弃，而不是在物质累积和生活自动化的道路上单线前行，最终走上式微的凋零之路。

对于生活在这里的人而言，布洛陀不是遥不可及的图景，而是一种信仰，这种信仰深深地烙在了他们的日常行为当中，布洛陀就是他们的神，庇佑这群虔诚的子民。他们顺应自然也就是顺应布洛陀之神，因为现存的一切都是神安排好的，人类与花鸟虫鱼是平等的，无所谓谁是谁的主宰，人类在自然面前从来不应该以征服者的面貌出现，他们是一种和谐共处的关系。与布洛陀的生活相反，现代社会推崇不断进取，其标志就是日益扩充的版图和财富，以今天的成就否定昨天的辉煌，很少思考存在的本质和意义，从哪里来，到哪里去。家园破灭，如同身处无人的旷野，置于无边的荒原，精神无所凭附。人类在对自然环境的开发和索取中欢愉，又在颠覆和摧毁中迷惘，在沉沦之后寻求救赎。

正因为此，《南方的神话》整体上是一个隐喻，而且故事单元中的隐喻无处不在。小说中有一个故事，一个人上山砍柴，看到两个童子下棋，棋终时，发现柴斧柄已腐烂，回到村中，发现时间已过了几十年。这是变与不变的隐喻，我们总在感慨时间如流水一样，一去不复返，总是感到时光荏苒，其实是我们总是在争夺。时间是一把尺子，所有人都拉伸自己的长度，所以总是在和时间赛跑，和各种要素竞争，最终失去了自己。而有时人类需要不变，比如内心的宁静，灵魂的安稳，精神的惬意，所以唐樱用这个故事告诉读者，世界可能经历了很多事情，但也可能都是过眼烟云，如果你自己营造了一个精神的家园，就可以挣脱世间的纷纷扰扰，否则将在现代生活中度日如年，失去自我，成为金钱和物质的奴隶。

布洛陀究竟在何方？作家又重新设置了一个隐喻，韦湘问杨扬，何时能做他的新娘？杨扬答道："等找到布洛陀之时。"布洛陀究竟找到了没有，小说中并没有给出明确的答复，但是杨扬与韦湘最后"有情人终成眷属"，就是布洛陀的一个隐喻，理想实现的地方和布洛陀其实是同一的。布洛陀既是一个神话，也是人类精神原乡的别名。

第五节　灵魂的救赎与美的追寻

翁新华是文学湘军中十分低调的作家。他的经历十分丰富，做过农民，当过小学民办教师和乡村电影放映员，又干过公社文化站辅导员、农场秘书、县区文化馆文学专干和纺织厂工会干事，等等。他在文学上出道很早，自 20 世纪 80 年代中期起，翁新华就以系列中篇小说《再生屋》《空屋》《黄金屋》《痴虎》和长篇处女作《蓝太阳》而名扬文坛，是"文学湘军七小虎"中的重要成员，他的作品曾引起过冯牧、李国文、刘再复、鲍昌、雷达、从维熙等文学前辈的关注和推介。近年来他一直笔耕不辍，不断有佳作面世。

2013 年，由湖南文艺出版社推出的长篇小说《蚂蚁巷》，是一部有宽度、广度、力度与深度的作品。小说出版后，引起文坛的关注和评论，《长篇小说选刊》2014 年第 5 期予以转载。小说在悬疑重重而又极具张力的氛围中拉开叙述的帷幕，一幅幅鲜活的当代浮世绘跃然纸上。这里似乎有我们再熟悉不过的现实世界：官场、底层、人性、文化，等等，然而在这里我们又隐约感受到一些与众不同的元素：现实与浪漫、幽默与悖谬，粗粝与柔软的激烈碰撞；官与民、富与贫、上层与底层的反差矛盾；官员、警察、下岗工人、流浪孤儿、失意大学生、坐台小姐等各色人物在小说编织的人物复杂关系网中交织与交融、交响与变奏。小说触目惊心地将麻佬的生活经历伸进了社会现实的血液、骨骼与经络，生动真实地展示了转型期中社会底层的种种丑态，深刻地批评了物欲横流的社会对人性和道德的蚕食与破坏，强烈地呼唤真善美的回归，彰显了在新的历史时期实现个体灵魂救赎的艰难，但即便如此，主人公却仍然坚持对美的执着追寻，对人性向善的希冀，以及对黑暗深处闪烁一丝灯光的期盼。

一、堕落与唤醒交织后的火花

翁新华一直在努力进行自己的创作。《蚂蚁巷》不仅继承了新现实主义中的无限挖掘残酷的现实和毫不掩饰的暴露人性的真实，而且它避免了因过度展现现实、人性而产生的肤浅世俗、精神怠惰等尴尬境地，从而另辟蹊径，还原出文学应具备的审美。

《蚂蚁巷》从派出所所长丢枪开始，围绕偷枪嫌疑人、藏枪地点、作案动机等情节展开，小说中诡异梦魇和敏感精准的公安侦查能力让人误认为这是一部推断小说或传奇小说。但这仅仅是一个阴谋，是一号主人公麻佬命运转变的开始。

麻佬，白果市公安局东城分局城东派出所资深所长、二级警督，因成功擒获国际毒枭而获联合国奖励。虽然有着耀人的荣誉，但实际上在更多时候麻佬就是一个无恶不作的小混混，如麻佬在丢枪后的自我检讨书中所写：利用职权为亲友解决城镇户口，公款吃喝打麻将赌钱，以寻衅滋事流氓罪名草率地把几十个讨薪闹事的民工送入劳教所，等等，简直是一方诸侯，威风八面。也正是因为喝醉酒误失自己的77式配枪，麻佬从左右逢源的所长瞬间成为一个被开除党籍、开除公职，只保留中华人民共和国公民头衔的市井小民，并开始了与下岗工人、失地农民、拾荒收破烂、无业混混毫无区别的艰辛屈辱生活。也正是在这一过程中，麻佬开始自我忏悔与反省，这不仅成为麻佬心灵深处一直思来虑去的心结，也贯穿了整部小说的主题——唤醒与救赎。作为唤醒，他在写丢枪后的自我检讨书中将自己的真正称得上优秀的事迹只字未提，写完后浏览一遍竟然觉得自己是个十足的坏蛋。他与哥们刘工兵去金海马大酒店按摩，与按摩小姐的激烈对峙和知道按摩小姐悲惨遭遇后的自责忏悔形成了强烈的反差，并以此让麻佬这个原所长无地自容。他通过朋友安排进入某服装公司后认识了流氓才子刘工兵，刘工兵为他儿子治病借钱，最后在被恐怖分子劫持的飞机上为救麻佬而英勇牺牲等一系列行为，让麻佬的思想和心态有了极大的转变，原本一直嫌弃的民营服装公司成为麻佬最想待的地方，原本鄙视流氓痞子的刘工兵成为麻佬最亲近的哥们兄弟，原本一直暗中调查丢枪的案子最后也被认为再调查也毫无意义，原本想官复原职的他也再无此念头。他一次次地开始反省自己曾经的种种胡作非为，特别是在一次处理网吧骚乱事件中出于自卫将肖六子致残的行为。作为救赎，他说服自己的前妻——法学硕士白露，在法庭上为绑架自己儿子华华的肖六子辩护，说服自己的妻子蔡素芬收养肖六子为儿子，最终完成了灵魂的自救。

麻佬的战友、兄弟黄凯在白果市全部中年干警中与麻佬齐名。黄凯为了攫取更高的职位，充当了丢枪案件的背后主谋。在权力欲望的驱使下，黄凯利用麻佬丢枪的错误，挤掉了自己的竞争对手，顺理成章当上了公安局代理常务副局长。然而黄凯并没有因为职位的提升而获得预想的成功与快乐，麻佬的枪成了他的梦魇，麻佬生活的每况日下让他无时无刻不在惶恐、自责。在追求权力的道路上，他似乎踏上了一条不归之路，但在这条路上，他又做着异常痛苦的挣扎，寻求着自我解救的方式。当麻佬在财政局与两名保安发生争执时，为了麻佬骨关节不再受伤挺身而出；当麻佬儿子华华做手术需要一大笔费用，暗自掏出几十万元不求回报；当麻佬与白露出现婚姻问题时对麻佬进行的思想开导与精神帮助等。他不断地为麻佬排忧解难以求得自己心理的一丝安慰，然而这并不能真正解决问题。于是他患上了重度的抑郁症，“蛐蛐儿吱一声，就拿根高压警棍四处驱赶。天亮有人进院子卖甜酒，听到吆喝，冲下楼大发雷霆”。黄凯为了更有效地解脱，“《弘一法师》连续看了四十遍，还偷着去天圣寺吃斋饭”。最终在解救麻佬儿子时遇刺牺牲，就在自己生命垂危的时候，还竭力阻止同伴向肖六子开枪，从而挽救了一条脆弱的生命。“弘一法师啊，赐我一个倾心的终结吧”，他不仅想向麻佬赎罪，还以忠诚的职业道德操守为自己膨胀的权欲而忏悔。在最后献出生命的那一刻，他实现了真正的解脱。

二、精神的安慰与柔媚的湛蓝

小说中描写得比较突出的一位女性人物不得不提——白露。一方面，她与黄凯有些类似，都有着强烈的权力欲望。在她看来，“对体制内家属最大的补偿就是给官衔，官衔意味着待遇。这已形成了一种特色补偿机制”。在权力的拥有下，她借妇联主席的官职平台释放妇女自我与自由，并以此获得心灵的快乐。不仅如此，她还拥有强烈的虚荣心。在为麻佬丢枪案件寻求常务副市长马抱朴的帮助时，她倾慕马抱朴的深沉、学识广博、风流倜傥，潜意识中认为只有这样睿智的知识分子才能匹配自己中国人民大学法学硕士的市花出身，而马抱朴与初中毕业的丈夫麻佬当然不能相提并论。另一方面，她依然流露出了作为一个女性对异性温情的依恋、对身体的渴望，更重要的是承担着一个母亲的责任。为了孩子能够接受美国医生的治疗，她离开丈夫投入马抱朴的怀抱，并解决了资金问题；为了孩子得到更好的教育将其送到美国，为其前程精打细算。从白露本身来看，似乎所有的事情都如她所愿，可以幸福地与马抱朴过完下半辈子，但她却仍然牵挂着麻佬。这也许是属于白露式的救赎。当麻佬到马抱朴家中交代事情时，白露躲在门后暗自痛哭；她担心麻佬的身体，将托马抱朴的关系得到的冬虫夏草送给他让他补补身体；她关心小蔡与麻佬的结合；她曾送给麻佬一张纸条，表明自己的心迹："过去了的，就让它过去吧。许多东西，只有失去之后，才知道它的珍贵……待到后悔，已经太迟。留作今后漫长的回忆吧。"白露似乎也没有得到她预期的幸福，但可以确定的是她对麻佬所做的是为了寻找精神的安慰与平衡，是来源于自我谴责与自我批判。

在三个不同人物的救赎过程的比较中，麻佬的心灵唤醒源自于外界的压力，而黄凯与白露的救赎源自于自我内心的反省与批判。这也许让我们能更清晰地得到这样的结论——在一个宣扬人性解放的道德迷茫时代，我们都应该通过反观自己的内心来完成心灵的净化和道德意识的确立。在救赎的过程中，自我救赎不仅是一种必须，而且也是一种可能和选择。

小说除了成功刻画了女性白露外，毕晶晶与蔡素芬这两个女人之间的对比也具有深意。虽然一个出身高贵，一个出身低微，但她们俩之间却有着惊人的相似。她们热爱生活，对追寻自己想要的生活保持着理智的热情；她们崇尚自由不屈的个性，面对困境满腔热血；她们都清楚自己真正想要什么，不被雾气般的世俗诱惑遮蔽了双眼。

蔡素芬原来曾是纺织厂的优秀女工，后因未婚夫的一次工伤事故，需要大笔的治疗费，家境困难的她为了生活，偷偷外出做坐台小姐来赚外快。蔡素芬这个人物虽在小说中未被用许多笔墨进行刻画，但她身上散发出来的对生活困境的坚忍与淡定是天然存在的。一直身患重病的未婚夫卧床不起，她不离不弃直至未婚夫去世，坚持了四年九个月。虽为坐台小姐，"身上每一处地方都让臭男人抚摸过，揉捏过"，但她守住了自己的贞操底线，让她死去的未婚夫能够原谅她。她没有被任何困难所击倒，始终保持着一份乐观与积极。当麻佬儿子华华患病，手术费不够，她毫不犹豫把自己唯一一套三十平米的房产贱卖了，心中却无怨无悔并不求任何回报；她细心照顾手术后的华华，对麻佬、华华的爱如春蚕吐丝，从容淡定。最难能可贵的是，蔡素芬是一个对家庭柔情似水、体贴入微，在工作上雷厉风行的女性。麻佬挨打住院，她将内心深处对他的爱化作入微的体贴；公司晚上加班，一通电话的嘘寒问暖融化着麻佬的心；当知道麻佬决计将流浪街头的小混混肖六子——自己曾经失手使其变成残疾的孩子收为自己的养子时，她悄悄地打掉了自己的孩子，解除了收养孩子法律上的障碍，主动承担起了一个母亲的责任，并赢得了肖六子的认可。对于蔡素芬来说，梦想似乎离她很遥远，她一开始就根植在现实之中不带有一丝浪漫的气息，所有她对美好的幻想都终究成为了泡影。但这并不妨碍她拥有和追求梦想的权利，她对现实的不以物喜，不以己悲的态度，对生活的泰然处之、平淡自然的态度，生活的一切顺应天命、莫空悲莫强求的生活存在方式，在蔡素芬看来就是她的梦想。

如果说蔡素芬生来就扎根在现实中，那毕晶晶天生追求的是浪漫诗意的生活。毕晶晶是名牌医学院毕业生，教授，原工商局长、现常务副市长马抱朴的前妻，与白露相似，具有高贵优雅的气质，过着人人羡慕的生活。但她的生活并没有给她带来其所期待的快乐与幸福，她并不渴望权力、地位、金钱，当刘工兵英勇献身后组织为安慰她，给予她官职的提拔，她丝毫没有得到一丝心灵上的安慰，因为她知道自己注重的并不是物质上的享受。在一次诗歌朗诵会上，她用英语朗诵了德国诗人荷尔德林的《在柔媚的湛蓝中》，诗中“上苍始终至善至美，拥有富足，德行与愉悦……只要善良纯真尚与心灵同在，人就会不再尤怨地用神性度测自身”。所描绘的至真至诚的浪漫生活使她向往。她与刘工兵的爱情也是其向往诗意生活的例证。刘工兵表面上虽像流氓地痞，整日一副玩世不恭的样子，且比她小九岁，但她能够透过现象看到刘工兵纯净的心，因此她决然放弃所有一切世俗的束缚，义无反顾地投入刘工兵的怀抱。如果说蔡素芬所获得的幸福是来自于对生活坦然的态度，那么对于毕晶晶来说，对所拥有的一切能泰然地有所放弃则是她追寻精神幸福的不二法门。她愿意为了幸福放弃原来贵妇般的生活，愿意为了另外一个家庭放手已经踏上异国的女儿马颖颖。可以说她有时是冷漠的、寡情的，正因为此，她也具备了独自承受命运残酷安排的强大心理素质。当她和刘工兵结婚并即将生产的时候，刘工兵在出差的飞机上为了阻止劫机分子的暴行而牺牲，面临这样巨大的打击，“毕晶晶拥有超强理智，对于悲恸的自我克制几乎让人难以置信”。她最终以惊人的定力，顺利地生下了孩子。当产后不到十天的她强撑着办理丈夫的丧事时，她并没有像白露和马抱朴在场时呼天抢地般的嚎啕大哭，而总是很有节制地表示着悲痛。她并不是不爱刘工兵，而是“她倒认定笑比哭好是个真理，哭有什么用呢？笑对人生，才是正确的选择”。正是这样一种虽然热烈却不乏理智的爱，虽然带有浪漫却不失对现实有清醒认识和深刻理解的生活渴望，使得毕晶晶的形象具有惊人的震撼力量。

蔡素芬、毕晶晶这两个女人虽有着不同的形象塑造，但是她们都是作者笔下真善美的寄托，是我们内心呼唤的化身，是现代社会不能忽视的存在。同时她们对生活的积极态度为心灵荒诞之人、艰难面对生活困苦之人、被物欲所操纵之人传达着强大的正能量，是不容小觑的女性形象。

三、向直面人生的人致敬

还有一个人物不能不提，那就是刘工兵。作为一个普通人，面对扑面而来的生活原流之裹挟，却有着一般人很难做到的淡定与从容。这是作者刻画得最为生动、深刻的人物。他是一个具有双面性质的人物，一面是流氓混混，夸夸其谈，油腔滑调，在社会上黑白两道通吃，还经常说脏话，遭人鄙夷。而另一面，他有别人所不能及的魅力，他重义气，为朋友两肋插刀，为救麻佬付出自己的生命；他重感情，对初恋姜美娟、妻子毕晶晶无微不至；他识大局，在某服装公司利用自己的优势拼命做外贸生意，心系公司的前途。

如果说黄凯、麻佬、白露需要外界对他们的身份地位进行肯定而获得心理上的良好感觉的话，那刘工兵则与他们截然相反。拉着麻佬去金海马大酒店寻求刺激其实是打着玩小姐的幌子，只为见毕晶晶一个人。当为麻佬儿子华华筹集手术费时，向麻佬瞒着资金的来源，以免麻佬承担太多的心理负担。更值得一提的是，黄凯等人是因为需要对身份地位的依赖感、通过他人认可由外而内地完成自身的意识认同与观念的塑造，从而导致他们只能从身份那里获得自身价值的畸形心态和为争夺身份地位而发生的一幕幕悲剧。但刘工兵这个高材生却参透了现代生活的真实本质，他自身有强烈的主体性和个体意识，他并不在乎他人的评价，坚持只用自己最本真、最纯洁的心面对世界。就如书中所说，“蜂房是美丽的。房室与房室之间结构缜密，天衣无缝。那是人力达不到的艺术。但蜜蜂在建造蜂房之前，并没有预制的蓝图。麻佬的意识中却有着预制的蓝图，它不及蜂房的完美与缜密，它源于一颗简单的心”。而这也是为什么刘工兵虽身处政治变动、复杂的人情关系中，但思想观念却丝毫未受世俗熏染，至死都能诗意地栖息的原因所在。

刘工兵坚守底线，直面人生。其人物性格被成功刻画，且被赋予了许多深刻的含义。第一，在物欲横流的时代，以刘工兵为正面人物倡导更多人保持初心，不为物质所牵累。第二，揭示了在这种倚重社会关系的文化形态中，对社会职务、身份地位、他人的肯定过分看重而导致的悲剧，并以此警醒世人。第三，刘工兵身上能集中表达出贯穿整部小说的主题：善良、正义、责任、友情与爱情——刘工兵是诗意生活和道德与良知的化身。

《蚂蚁巷》一直立足于现实，真实地再现人物、场景、情节。让整本小说既不缺新鲜感，又不乏真实度。例如麻佬、刘格、黄凯、马抱朴等人的官场竞争；麻佬丢枪事件后，因强大的网络舆论力量而受到加倍的惩罚；白露和马抱朴为避开舆论达成离婚的目的，各自对对方暗设圈套；白露向马抱朴寻求帮助时，马抱朴对于人际关系的上下揣测和仔细打量，等等，这都如实地再现了现代社会真实的一面，深刻地挖掘出人性的真实甚至丑陋的一面。

整部小说的基调总体来说是沉着稳重的，但也不乏诙谐的情节穿插。例如某服装公司老板方仲儒给麻佬的求职考题名为《把信送给加西亚》，之后才知加西亚是世界第一著名美女嫩模，为了整麻佬，让他写封求爱信；例如刘工兵与麻佬在下军棋时的斗智斗勇；麻佬第一次进桑拿场所的羞涩难堪等。这为小说增添了幽默的气氛，赋予小说多样化风格，以吸引读者的眼球。

小说中的人物对话精确而深刻，展现了作家翁新华对社会敏锐的洞察力和观察力，例如"没有人对这个短缺拼爹能力的男孩感兴趣。中国需要普及体育教育吗？不。中国需要的是体育 GDP，需要的是体育强国的虚名"道出了处在下层人民的无奈与痛苦；"内需靠什么拉动？税收怎么完成？公务员工资福利哪儿出血？在倒卖土地的基础上振兴第三产业，方向是正确的"揭示了官员为提升自身的业绩的畸形心态；"主刀大夫是哈佛大学医学院的美国教授，对患者的责任意识，中国医生没人比得上。怪不得网民喜欢说美利坚人类的希望"表明出中国人民普遍的崇洋媚外的思想。这也是整部小说的一大特点，不仅注重探究人性，还以独特的方式揭示了社会世俗现象，使《蚂蚁巷》成为一部有嚼劲、有温情、有血肉的时代力作。

第四章　成长的伤痛

在文学中，成长主题与生老病死、爱情、战争一样，反复出现而又历久弥新。人们无法回避对成长的渴望和成长道路上的迷茫，从天真到成熟、从蒙昧到理性，从反叛到清醒，成长一直是永恒的文学主题。成长小说在各国文学史中都占据着非常重要的地位，优秀的成长小说总能被各年龄层次的读者接受。几乎各个历史时期都有反映该时代特征的经典成长小说：《天路历程》《鲁滨逊漂流记》《汤姆琼斯》《傲慢与偏见》《大卫科波菲尔》《爱玛》《远大前程》《简爱》，等等。传统意义上的成长小说大多以青少年为对象，展现其成长过程中与外界的冲突，从最初的彷徨、矛盾和无奈，到最后与世界达成和解，或者宽容周围的一切，从而完成成长的使命。余华的《十八岁出远门》，就是写一个十八岁的少年出门远行，在艰难与挫折中逐步成长的故事。塞林格的《麦田里的守望者》，塑造了一个渴望成为“麦田里的守望者”的形象，表现了青年思想的迷茫和苦闷，以近乎极端的方式对社会进行反抗，并在无疾而终的反抗中成长。王刚的《英格力士》，讲述一个男孩在残酷、压抑的“文革”时代，意外遇见一个英文老师，老师的影响唤起了他的求知欲，促使他成长为一名大学老师。《关关雎鸠》表现的则是当代师生之间的关系，学生对老师的仰慕衍生出强烈的矛盾和纠葛，引起轩然大波，最后导致爱情失败，青春消散。而张扬的《第二次握手》在那个特殊的年代曾让多少青年人如痴如醉，这是一代人成长的缩影，一代人的集体记忆。

中国在 20 世纪九十年代之前，“大我”压倒“小我”，集体压倒个体，人的个性、隐秘的内心、自我的需求被压制，或者刻意忽略；之后，作家开始关注个体的生存和价值，人的成长重新回到中国当代文学视野。中国这一时期的成长题材小说有一个重要的特点，就是作家本人也在成长，而不是以旁观者的立场观察周围的一切。作家们开始进入人性的深处，开掘历史夹缝里的污垢与尘埃、光芒与润泽，揭示成长中的人性。余红的《鸿运》展示了转型社会条件下的中国都市里年轻人的成长隐痛，也是在传统文化认知下对中国教育的反思。与西方社会的教育方式不同，中国家庭无论是基础教育，还是高等教育，均在纯粹的知识传输中成长。在一定程度上说，情感、心理的成长要等到进入社会之后。因此中国普通市民的成长是分阶段的，工作之前完成知识的补充和学习，工作之后才开始情感、心理等方面的历练。《鸿运》叙述的即为中国知识分子第二个阶段的成长故事。主人公的情感婚姻生活轨迹和欲望的纠葛随着其身份的变迁而跌宕起伏，他们是中国社会普通市民精神走向、灵魂沉浮、情感形态的一个缩影。当张扬的“80 后”随着岁月的流逝逐渐褪去青春的激情，进而承担家庭的责任，思索起当下的现状时，他们已经完成了狂飙突进的成长任务，取而代之的是渐进式的完善和深入，反而是“90 后”的成长开始成为新的文学主题。与“80 后”的家庭背景相似，“90 后”大多是独生子女，这是中国历史的一个独特断面，也是社会和教育要面临的突出挑战。他们在表现出群体性共有特征的同时，更多的是各具风格的独有个性。薛媛媛的长篇小说《六三班的成长报告》截取了很多孩子们成长中的场景，以反映他们的个性，但折射出的独生子女普遍性的社会问题，恰恰突出了时代的断面。独生子女集全家宠爱于一身，视一切关爱为必然，是家庭当之无愧的中心，这种无法置换的背景导致了一系列家庭、教育和社会问题。所以在一定程度上说，这种性质的成长小说接续了“五四时期”问题小说的传统——发现问题，分析问题。但答案在哪儿？作家把更多的思考留给了读者。对于张扬那一代作家，他们的青春与梦想都停留在《第二次握手》的光辉岁月里了，即便是再写新的作品，也难以超越这部作品所产生的社会影响；而《第二次握手》对于改革开放以来的中国青年，它的光芒随着时间的流逝而暗淡下来，无论怎么努力重写，这样的作品除了最初的感动，以及那一代人的特殊情感与特殊记忆之外，很难在新的历史时期产生重大影响。特别是当林卓宇这样的年轻才俊从文坛上脱颖而出时，你会感叹他们的才华与情感，与厚重的历史并没有形成天然的代际之隔，他们诗意地生活在自己的世界里。这就是一代人有一代人的文学。而对于“70 后”作家而言，他们所刻骨感受的面具化的成长历程与冷漠式的青春哀伤成为了时代的写真和社会的缩影。龚芳的《面孔之舞》展示了一群流离者迷茫、痛苦、漂泊、挣扎和甚至有些荒诞的成长历程。文学作品对另一个侧面成长的书写是女性对家庭和爱情的认识。挪威作家易卜生的《玩偶之家》中，主人公娜拉的出走宣告了一种崭新的女性姿态，自尊，自强，自信，独立，不依附于男性。赵燕飞的《河边的曼陀罗》《春晚》《红月亮》都揭示了女性在情感上的重新认识，以及不断重新认知的成长过程。实际上，从叙事方式看，成长叙事通常有两种方式：一种是第一人称的自我回忆性文本，一种是第三人称的讲述式文本。袁雅琴的《堕落街》就是以第一人称回忆性的文本方式，写的是一段大学生校园生活。作品中的情节不是凭空想象出来的，它具有真实学生生活的写照，是青春岁月的记忆与挽歌。作者意图用“陌生人的熟悉”的关于现实的记忆将读者带入自己所经历过的大学回忆中。

第一节 人性的遮蔽与成长的隐痛

余红是个有故事的人。她的写作是让人着迷的，她擅长以人生梦想和商旅传奇编织文字作品，力求以绵密细节和刻骨真实敲击读者灵魂。她做过文员、当过老师、开过公司。外表上，她是一名都市丽人，一颦一笑间风韵十足，很符合时下流行的一句话：明明可以靠脸蛋儿却偏偏还有如此的才华！著名评论家贺绍俊认为：余红是一位情感细腻的作家，她有一双锐利而又温情的眼睛，她观察人物不仅细致入微，而且总能以体贴之心去体谅每一个人的内心，她把这种体谅和温情作为最基本的颜料，精心描绘小说中的人物形象。所以她小说中的人物，总会让人产生一种同情心。① 这个评价是比较中肯的。

我接触到的余红颇为谦逊，她说这是个具有戏剧感的时代，这也是个不用作者虚构到处是故事的时代。人生就像万花筒，什么样的故事都可能发生，就像新闻时刻在滚动一样。她说自己热爱文学所以沉醉其中，她一直说自己还要多学习，总结她的作品才发现，她才华横溢，深藏不露。

余红自 2002 年起开始创作至今，先后在湖南文艺出版社和作家出版社出版了《黑煤》《鸿运》《琥珀城》《从未走远》等长篇小说；在《十月》《北京文学》《小说选刊》《青年文学》《黄河文学》《西南军事文学》等多家文学刊物上发表了中短篇小说《百合株》《如水的长发》《清除淤泥》《没完没了》《七天之约》《五颜六色》《丁香结》等达数十万字。其中《琥珀城》被多家报刊连载转载。《人民日报》《光明日报》《文艺报》《作家文摘》《中国艺术报》《书评》《湖南日报》等纷纷对其进行了评论；中央人民广播电台文艺之声的“品味书香”栏目于 2015 年 2 月 10 日对余红进行了访谈；她的散文《留得瓦片听雨声》《桂香云外》《阅读是精神的翅膀》《雁字回时》《花开的声音》等在《文艺报》《光明日报》《人民日报》等主流大报上刊发；短篇小说《清除淤泥》荣获全国 2016“中骏杯”《小说选刊》双年奖最佳读者奖，长篇小说《琥珀城》获 2015 年湖南省优秀文艺图书奖，短

---

① 贺绍俊. 琥珀：一个有生命力的小说意象——读余红的《琥珀城》[N]. 中国艺术报，2015－01－12(6).

篇小说《百合株》获湖南省第六届毛泽东文学奖。

一、《鸿运》：红丝带的遮蔽与隐痛

2008年，湖南文艺出版社出版了余红的长篇小说《黑煤》，这部小说围绕一桩特大矿难的隐瞒与揭露的博弈，深刻揭露了人性的丑恶与生活的荒诞。正如该书编辑推介的那样：这不仅仅是一部好在余红笔下那残酷、复事层面里，是她对于现实的关注，并且延伸到了现实社会的肌理深处。余红用她充满力度而不失细腻的文字，写出了人的尊严和抗争。这让我们看到了另一端的现实。小说出版后，得到文坛的关注。

初战告捷后，余红埋头创作。2010年，湖南文艺出版社又推出了余红的长篇小说《鸿运》。著名作家贾平凹在推介这部作品时写道："我读过写官场写得好的小说，但像《鸿运》这样写官场和商场都写得好的小说，却是少见的。沈运是一个芳容犹在、芳心却已憔悴的女官员形象，让人怜爱之，心疼之。"余红这部作品主要展示以跑关系、拉裙带、走后门为主题的官场故事，深入揭示了权钱交易中的新的花样与社会中新的隐形歪风，这已经比一般的官场小说在揭露贪官与表现反腐上进了一步，而它还以官场新生代的面临挑战与接受考验，写出了官场新人物与女干部在社会风浪与官场风云中的新进取与新风貌。

在小说《鸿运》的文本里，人们看到的官场、商场是复杂的、准确的、生动的，也是真实可信的。作者通过作品人物的一幕幕的表演，以最直白、最朴实的语言淋漓尽致地向读者展示这转型时期社会生活的真实镜像。从题材上看《鸿运》是一部正商小说，但在主题上它更是一部成长小说。主人公叫沈运，她出身寒门却能在官场上一路打拼至副局长之位，且极有希望转正。然而这个女人能力再怎么出色，也不是完全靠着自己在官场上的冲撞，她的背后有诸多男人的帮扶。事实上，关系学是这部小说发展的隐形脉络。沈运是一个典型的强势女人，她的家庭是男主内女主外式的，主外的她对丈夫的无能深感不满，一直想要和丈夫离婚，但丈夫赵轩民却一直拖着她不肯放手。而陈鸿坤是她大学时的初恋，两人阴差阳错地分了手，后来又走到了一起，发展成情人关系。陈鸿坤做了她的得力助手，她为陈鸿坤谋钱财，陈鸿坤为她跑前跑后谋官位。周孟凡是马长贵死后的新任厅长，由于正值考核升职的重要时机，沈运为自己的官位东奔西走，自然也不会放过与新任厅长打好关系的机会。在小说结尾处，沈运终于发现了好友肖芬和陈鸿坤的地下情，陈鸿坤之前的情人甚至也现了身。她愤怒不堪几近崩溃，这才明白这个名字中带着"鸿"的能和自己名字中的"运"组成自己最想要的"鸿运"的男人，并不如自己想象中那么爱她，所有的一

切都不过是利益驱使下的伪装。小说人物之间的关系错综复杂，但总体来说以沈运为中心，而后辐射出的其他端点又有自己的关系网络，这就使得人与人之间的交往必定不会单纯。

毫无疑问，余红笔下的沈运是一个官场中普遍存在的人物范式，但这一抽象概念上的范式又有着与众不同之处，首先她是位女性，表面上看这个以女性为主角的小说似乎一直在推崇“女权主义”的思想，展示一个女人的奋斗史和成功经验，但往深层次挖掘就能发现，作者展现出的是传统思想影响下中国社会对女性的轻视。以男性为中心的父权体系仍旧没有被撼动，主人公风光无限的背后是忍辱负重，周旋在人际关系中筋疲力尽。

小说写的是官场，而官场是承载权力关系的载体 ，是一个以权力势力为主宰而构成的社会场域，它是一个大染缸，人们害怕它却又常常陷入其中难以自拔。贪婪，欲望，罪恶，它们与人性的弱点互相交织。官场有着自己的游戏规则，无论是明规则还是潜规则，都有着既定的模式，一旦发生改变，随之而来的就是命运的改变，伴随着扭曲的人性，上演着一幕幕虚伪、贪婪和罪与罚的悲剧，这样的故事在现实生活中每天都有发生。例如，为了稳住位子并使陈鸿坤取得工程，沈运不能够堂堂正正做人，还不得保持奴性，暗中搭上了水利厅厅长周孟凡。此时的沈运不由自主陷入了权利、欲望、位子、票子以及情人和老公的漩涡之中，官场、商场、情场，道德、欲望、理想、人性、正义、邪恶以及情爱等各个元素共同组成了她人生的万花筒与人性的试金石。沈运试图用经济的独立来换取人格的独立，从而使自己获得女性主义者的形象，殊不知自己的起点错误，导致过程的偏离，最终也沦为权力的牺牲品。诚如评论家伍益中指出的：“在中国社会，权力对人们生活造成的阴影已无处不在，而权力崇拜所激发的是对权力的渴望与拥有。在膜拜权力的过程中，官员因身份焦虑而导致的是人性异化与人格奴化，并且触及的往往是人性深层的皱褶处，它牵动的是灵魂的冲突和撕裂。”官场不仅压抑着人性，而且遮蔽着人性。

除了沈运，小说中另外一个最让人印象深刻的人物是沈运的哥哥沈错，这个被父亲取名为“生错”的男人不学无术，平生最爱做的事除了买马就是吹牛。他把沈运气得牙痒痒，同时也让读者咬牙切齿。他把自己为沈运损失的为结婚盖房的钱，作为万能借口，每每刺得沈运哑口无言，只能放任他继续打着自己的名号为非作歹。官员收受贿赂往往不会经自己的手，家人孩子是一个突破口，而沈运又是个还有些良知和是非心的官，所以她很少拿别人好处，但偏偏就出了这么一个兄弟打着自己的旗号敛财，声称能办成那些老板的所求之事。

而想通过沈错这个出口办事的人中最可怜的就是李燕平，他在自己的地盘算是个大老板，家里住的是全县最好的房子，生活水平在当地算得上数一数二。这么一个可以在自己的地盘横行霸道的人，出了县城求人办事就成了“孙子”。为了讨好沈运的儿子，自己甘愿在地上爬来爬去；为了沈错的一句承诺，跟着他花天酒地。这个承担了自己全厂工人殷殷期盼的男人，走投无路之时只好破釜沉舟贿赂五十万给沈运，而这钱阴差阳错还是进了沈错的腰包，成了他挥霍的资本。满心期待的李燕平最后得到的仍旧是一个没能中标的消息，终于崩溃。失去理智的李燕平到纪检部门告沈运收取贿赂，工程招标极不规范。虽然最后沈运被证明是清白的，但这个绝望的人物就成了沈运短期内绝不可能被提拔的导火索，而李燕平之前的所有殷勤、所有努力也都为他最后铤而走险埋下伏笔。

为了给这个伏笔增添气氛，我们明显能看到李燕平心理的变化。从刚开始出现在沈运身边时的唯唯诺诺，到后来想尽一切办法来打动沈运，再到他以为沈运给了他承诺之后的狂喜以及后来的绞尽脑汁地凑钱，这一切为他的最后绝望作了铺垫。前期期望有多大，后期失望就有多大，这种落差是李燕平决定把沈运告到纪检部门的必要条件。记得著名翻译家林纾曾经对伏笔有个精辟的见解，即“行文有伏笔，犹行军之设伏”。林纾把伏笔比如伏兵，可谓形象贴切。既然是伏兵就要埋伏在紧要处，不动声色神不知鬼不觉，这样，时机一到，突然奋起，才能出奇制胜。[①] 余红深谙伏笔之妙，她前期对李燕平的种种行为描写都是铺垫，有了情绪基础，李燕平最后的爆发才能顺理成章。所幸，最后沈运到了李燕平的家乡考察，决定冰释前嫌给李燕平的工厂一个机会。这似乎是作者的理想化设定，毕竟在现实生活中，面对一个差点把自己推向万劫不复的人，很少有人愿意再与他有关联，帮他的忙就更不可能了。不过这里沈运的“圣母”倾向或许是作者为沈运设下的转变的开端，从此开始，沈运不再那么看重官运，儿子的幸福理念让她思考了很多——“小时候，我觉得幸福就是爸给我买玩具，妈妈不检查我的作业，放假了去爷爷那里玩耍，每天像个孙猴子似的，来去无踪。现在我长大了，幸福的含义在我心中又不一样了，爷爷说，幸福就是身体棒棒，吃饭喷喷香。爸爸说，幸福就是平淡加健康。我说，幸福就是爸爸牵我的左手妈妈牵我的右手……”她开始懂得了赵轩民对自己的不离不弃，开始看到了赵轩民的优点。

值得一提的是，小说中“红丝带”这个意象也是问题发展的阶段性展示，在与陈鸿坤浓情蜜意之时，两人之间的信物红丝带是他们爱的见证，也是爱的催

---

① 田谨昀. 伏笔贵在“伏”[J]. 科教文汇，2012，(6)：59－62.

生和成长的隐痛。但沈运的那条早已被她扔掉不见了踪影，其实她的那条绣着“鸿运”二字的红丝带被赵轩民找回，并系在了她最爱发呆的窗台的边上。只是她从来没有推开过窗户，自然也无从知晓红丝带的存在。在小说的结尾她才终于看到了红丝带，“原来她当年扔掉的鸿运，竟然一直就在她身边，就挂在她的窗前，每天都守着她在迎风飘扬”。这里作者用红丝带这个意象点了题，也和沈运儿子的“幸福观”相照应，表示沈运在经历了种种人情冷暖、物是人非之后的清醒。

这清醒算早还是算晚呢？作者没有给出交代，小说在沈运又被省纪委叫去调查处戛然而止，留下悬念。就算沈运弄清了真正应该追求的是什么，但她以前种的“因”终究还要由她来解决，所以在她今后的人生里，只要曾经跟她有过关联的人发生问题，她都有可能被牵连，这是她的果，除了她，无人能摘。但这种自作自受式的罪与罚，究竟是个人之罪还是社会之责，抑或该归咎于制度设计、道德的沦丧和人性的扭曲？这是摆在我们每个人面前的灵魂之拷问。

二、《琥珀城》：展示一座城的秘密

经过几年的沉淀和磨砺，余红的笔力显得更加老道和成熟，她把目光聚焦到自己曾经从事过的房地产开发工作，这也是最为社会关注和存在问题诸多的热门行业。2014 年，作家出版社推出了余红的长篇小说《琥珀城》，这是一部既有故事又有思想的作品。著名评论家雷达认为，《琥珀城》是部耐看的小说，琥珀是个不错的意象。这部小说书写的是房地产业的兴衰，解读的是高房价的秘密，却与琥珀联系起来，不能不说颇具想象。人性的美好、丑陋全都储藏在《琥珀城》里，多少年后回头看，它们在时间中固定下来的模样，自有其历史和人文的滋味。简言之，余红通过“琥珀”这个意象，把一座城和一座城的秘密都展露出来了。

诚如著名作家王跃文撰文指出的那样：余红的长篇小说《琥珀城》透过当下社会热点事件即房地产中的风云变幻，描摹人间万象，勾画时世流变，其写实气质颇具编年史意味，并认为余红把“琥珀”当作一个隐喻，好比《红楼梦》中无缘补天的顽石游历尘世，惯看横流物欲、冷暖人情、成败是非，一切都浓缩在一块琥珀之中。这部小说笔触轻盈，清新自然，却又见血见肉，质地凝重，读之令人警醒与沉思。不仅如此，王跃文还特地指出：“余红的笔力是值得称道的。她笔下尽是日常生活的琐碎，一桌饭局，一次茶饮，一段对话，便能使诸事微妙，神情暗递，人性彰显，世事明了。太阳底下并无多少新事的，小说家的高明处便是把老事旧事写得别有意趣。”①

而一直关注余红创作的著名评论家贺绍俊则指出：“《琥珀城》这名字有耐人寻味的文学意象，更是一部直面现实热点问题的小说，有关房价一直是民生所关注的，我们将其当成一本购房指南手册也未尝不可。”②

当今社会，中国房地产市场何以火爆，一时成为“神话”？高房价何以居高不下，玄机何在？官场、商场、情场究竟有哪些明规则或潜规则？现实生活中为什么有那么多“想不到”、有那么多“不公平”，等等，似乎所有答案都隐藏在《琥珀城》中。著名评论家白烨认为：“余红的这部作品依然是好看的故事负载严正的主题的惯有写法，但在故事的编织与题旨的营造上，却格外地桴鼓相应，堪称自然天成，使得你读起来便收不住，读过后又放不下，故事与意蕴浑然一体，引人与启人难解难分。该书在反映当下的社会现实与内在问题上，具有思想与艺术相结合的深度与力度。”③

这么多的名家都对余红的作品称道有加，委实难得，从一个侧面印证了余红的写作功底与天赋，也在某种程度上印证了《琥珀城》文本的品质和分量。

《琥珀城》通过儒商杨奕成为之奋斗的地产事业，真实细腻地展示了中国房地产业的起起落落。它围绕三个同窗相互纠结的个人命运，演绎了一场生死歌哭的人生大戏。杨奕成身在商场，成天想着如何做大做强他的地产王国，为了跑关系拿项目不惜忍辱负重。而周明远身在矛盾重重的官场，一方面想在围城里走得更远，一方面又想离开围城。杨初九下岗后成天想着如何还房贷，全家勒紧裤带过日子只为一套房。随着杨奕成事业步步为营，背后各色人物粉墨登场。在这场地产商战中，杨奕成是不幸的又是幸运的，他左有周明远右有杨初九，前有王冬梅后有秦小金。他们一起历经见证了中国地产业从红火神话到破灭的泡沫。一路拼搏，杨奕成得到许多，失去更多，相继失去他最心爱的女人，最可靠的朋友，留下满身债务，那座他最得意的作品——三十二层高的“天籁城”，最终成为他人生中的过眼云烟。

《琥珀城》从立意到策划，从争地到征地，从基建到成形，由一桩房地产从无到有、由小到大的典型案例，差不多把房地产行业的内部规则、资本运作、乘势借力及兴衰浮沉的根根柢柢，揭示得纤毫无遗，淋漓尽致。其就表现房地

① 王跃文. 琥珀幻象下的人间万象[N]. 文学报，2015-01-14(5).

② 贺绍俊. 琥珀：一个有生命力的小说意象——读余红的《琥珀城》[N]. 中国艺术报，2015-01-12(5).

③ 白烨. 琥珀城的真相与病象[N]. 人民日报，2016-03-02(6).

产行业的行情与内情而言，以杨奕成为主要人物的主干故事，已经展现得尽情尽兴，揭示得令人触目惊心了。

但作者余红并没有就此止步，作品还藏有深意，或别有用意。故事主角杨奕成最为感慨的是，“无论你多有实力，背后见真章的还是关系”。确实，“关系”是杨奕成成就个人意愿的主要因素，也是“琥珀城”得以筑就的最大动力。但是其中有一个人是例外，那就是市长李世清。任杨奕成用什么法子，他最后都守住了底线。杨奕成从市长李世清身上看到了光明与希望，也唤醒了他心底知识分子的那份良知与气节，虽然大环境下还是关系社会。

余红在《琥珀城》的写作中，表现出来的艺术的进取与写作上的成熟，主要体现在故事的引入，她编织故事注重生活实感，叙说故事讲究细节铺陈，展示细节力求语言鲜活。这种立足于现实、植根于生活的写作追求，使她的作品深接地气，葆有底气，贯注生气，读来引人入胜，读后发人深省。

三、《从未走远》：中国经验的个性表达

余红还很年轻，她的作品已经引起文坛较大关注。其长篇小说《黑煤》在湖南文艺出版社出版前，著名文学评论家贺绍俊阅读了电子版，欣然在推荐语中写道：“余红是一位心气很高的青年作家。在她的长篇小说《黑煤》中，既有揭露社会问题的现实叙事，也有充满浪漫色彩的爱情纠一；既有正义与邪恶的较量，也有人性与伦理的拷问。我们推开一扇又一扇悬念之门，然后抵达关于血与爱的真相。”而《琥珀城》的出版则告诉人们，余红的拿手好戏依然是直面现实的小说写作，而不改初衷又不断完善的余红，依然值得人们抱以很大的期待。

当前，有关中国经验讨论的话题很热门。在论者看来，中国经验既是个人的，又是集体的；既是地域性或本土化的，又是全球化的或人类共性的。一个作家越是面向世界，就越要自觉地扎根中国。一个作家，只要是为自己的土地和人民写作，就是等同于为人类写作。因为，当今社会与以往不同，世界范围内的文化交流、碰撞和交融是如此频繁、多样，以至于它不再是一个个的个别事件，而是我们日复一日的日常经验的一部分。正如铁凝告诫的那样：“在这种情况下，一个人有可能陷入幻觉，有可能不知不觉地在精神上飞翔于世界，却落不到具体的中国生活和中国经验之上，有可能失去从中国的传统和现实中勘察真实、发现真理的能力。”①

① 铁凝. 更自觉地参与中华民族精神家园的维护和建构[N]. 文艺报，2015－11－18(6).

殊为可喜的是，余红没有陷入幻觉，更没有在成绩面前陶醉，相反，她以更加清醒的认知对转型时期的中国经验及其社会生活进行了介入和阐发。在她看来，自己的作品应该彰显中国精神，因为它是中国文学的灵魂。如果文学作品抽去了这种精神，就会变成一堆文字堆积的躯壳。只有躯壳而没有灵魂的文学，是不可能打动读者的灵魂的。同时，中国经验的表达不只有一种方法，不只有一个主题，而是不同的方法、不同的主题的高度融合，中国经验的表达也只有宏大叙事才是辽阔的、奔腾的，个人“小我”的日常生活，每个人的奋斗历程，每个家庭的悲欢离合，每个城市或村庄的发展变化，都是中国经验的一部分。一个作家，只有沉入到生活的底层，去触摸和感悟形形色色的酸甜苦辣，才能写出精彩的、厚重的、属于这个时代也无愧于这个时代的精品力作。

余红的长篇小说《从未走远》是她创作之路上的突破，是一次新的出发，是余红对中国经验的个性表达。这部小说于 2016 年在《十月》杂志长篇版首发，单行本于 2017 年 7 月底由作家出版社推出。这是一部视野更加闳阔、细节更加饱满的作品：草根女叶子琴嫁入伪豪门，在老公徐一路车祸过世后接管濒临破产的海源公司，从而展开了她和职业经理人韩少峰带领一帮“90 后”拯救公司、一路拼搏的艰辛历程。作品生动刻画出一帮年轻女性自主创业青春励志的人生大戏，弘扬了自立自强、拼搏奋斗的时代精神。

《从未走远》中的这些“90 后”女子，从《诗经》“硕人”“素女”的先秦时代走来，从唐诗宋词“红佛夜奔”的礼教时代走来，从娇艳玫瑰畸变为黑色罂粟的司猗纹的“玫瑰门”走来……走到 21 世纪的当今，在不断前进、完善自我的求索之路上，叶子琴们不忘初心，从未偏离、从未走远。

作为如此年轻、还在成长中的作家，一定程度上，《从未走远》作品中的人物也是作家余红自身的真实写照，她的文学创作的初心，从未改变，也从未走远。我们有理由期待。

第二节 中国社会的成长之伤

都说中国是一个历史悠久的国家，数千年的历史让人感到大地的沉重与沧桑。可中国社会似乎并不是一个十分成熟的社会，由于历史的原因，中国人常常处在一种“熟成长”或“长不大”的人生阶段，这是中国人民的成长之痛，也是中国社会的成长之伤。如果说 17 年文学和“文革”十年的所谓文学经典更多的是一种成长文学的话，那么，新时期以来的许多作品在成长主题方面丝毫也不逊色于那些特殊年代的经典作品，至少王刚的《英格力士》和《关关雎鸠》就是如此，前者写的是“文革”非常匮乏的、残酷的、非常压抑的那个时代，一个小男孩意外地遇见了一个教英文的老师，唤起了他的求知欲。后者正好是一个新时代，在这个时代一切东西都是过剩的。《英格力士》里面的小男孩长大成了一名大学老师。而《关关雎鸠》之中主人公的努力和尝试最终遭到了时代和网络的彻底的嘲讽，他们拒绝发短信，他们彼此之间甚至都没有留自己的手机号，完全是像过去一样通过偶遇或者男的到女的住的楼下长时间地等待，他们去体验这样一种心境。这样的小说，让人追忆逝去的岁月，以及与那段相关的一些作品，比如同样是成长小说的《第二次握手》。

记得第一次读《第二次握手》是三十多年前，当时的我青春年少，竟然读得欲罢不能，热泪盈眶。今天，当我捧着厚厚的重写本(人民文学出版社 2006 年 6 月版)，我的心灵再一次受到强烈的震撼。原因何在？感动！这是成功的关键所在。这种感动不仅体现在作品主人公的成长历程中，也体现在作者对于作品的珍重，还体现在读者对于小说的忠诚。

苏冠兰救起落水的丁洁琼，似乎落入了“英雄救美”的俗套，但该书的不俗在于，作为“救主”的苏冠兰并没有与丁洁琼喜结连理，而仅仅是寓言般地握了一次手。事实上，丁洁琼的“落水被救”类似基督徒的受洗仪式，是对旧生命的抛弃和新生命的开始，同时还隐含着精神上的救赎。肉体上的被救(对生命“获罪”的拯救)只是寓言的表现形式，它是一次性完成的，而精神上的救赎(对生命“原罪”的拯救)才是寓言的真正内容，它不可能一次性完成，而是持续到生命的终结。

按照“成长小说”(bildungsroman)的叙述模式：“被救者”总要向“救主”奉献些什么，比如，《青春之歌》的主人公林道静就向她的“救主”余永泽奉献了身体。那么，在这部小说中，丁洁琼向她的“救主”苏冠兰奉献了一份沉甸甸的承诺，奉献了一个爱情神话和一个宏大的事业。本来，苏冠兰与丁洁琼立下了山盟海誓，在那个讲诚信的年代，他们完全可以做到二十年后相见成婚。

第一次冲突的产生来自苏冠兰的父亲苏凤琪，他执意迫使儿子与故友的女儿叶玉菡成婚。父母之命不可违，这是传统的中华文化。苏冠兰无奈，只得以“20 年后结婚”为借口推迟婚期，化解了冲突。但苏冠兰的借口却成了对叶玉菡忍耐力的考验。令人感动的是，叶玉菡竟然接受了这个条件。这样，矛盾的舒解成了推动故事前进的动力。但新的冲突又出来了：苏冠兰为了摆脱父亲的束缚，准备与丁洁琼一起赴美留学。这原本是苏冠兰施给父亲的压力，但压力的化解依靠的却是齐鲁大学校长、美国联邦调查局的特务查路德，正是由于他的作梗，丁洁琼只能单身赴美。在这里，作为一个成长寓言，它表明，个人的成功或失败，与社会环境密不可分。

丁洁琼在美国学者奥姆霍斯的指导和帮助下获得了博士学位，如果此时丁洁琼回国，与苏冠兰重逢，改写故事的结局仍有可能。但是很意外，丁洁琼因反对美国在广岛使用原子弹，被美监禁，从此中断了与苏冠兰的联系。它说明了什么呢？如果说，苏冠兰的不能去留学或者说丁洁琼只身赴美留学是由当时的环境决定，其文本主体还处于被动的话，那么，此时，丁洁琼的正义行为使她由被动变成了主动，即个人不是环境的奴隶，个人也可以对抗环境，创造环境，改变环境。虽然这种改变使她再次陷入被动，但这种被动与前一次被动有了质的飞跃，是自主性的被动，也就是说，丁洁琼知道她的行动会产生什么样的后果，但义无反顾，从而为下一次的主动(重振精神与苏冠兰第二次握手)提供了精神动力。

当苏冠兰与美国特务搏斗时，叶玉菡用身体挡住了射向苏冠兰的子弹，苏冠兰深受感动，便与叶玉菡结为夫妻。这是对传统文化中“英雄救美”的故事改写。当年，苏冠兰舍身救下丁洁琼，两人得到的是一份爱情；现在，叶玉菡挺身救出苏冠兰，两人得到的是一份婚姻。而此前，苏冠兰的父亲骗儿子说，丁洁琼已在美国与奥姆霍斯结婚，使得苏冠兰痛苦万分。透过文本，我们可以看出：父亲不仅用善意的谎言帮助儿子成长，同时承担了苏冠兰违背与丁洁琼誓言的道义上的责任。这种成长的代价，对于父亲而言，是值得的。

可是，丁洁琼始终铭记与苏冠兰的誓言，她拒绝了奥姆霍斯对她的真诚爱情，毅然回到祖国。当她满怀希望地找到苏冠兰时，才知道苏冠兰已与叶玉菡结婚。这就是小说的开头。我们看到，“一诺千金”是多么的可贵，“有情人不成眷属”又是多么的令人惋惜。它恰恰冲破了王国维所讲的传统小说中“诗歌的正义”所追求的大圆满的结局，但这种残缺何尝不是美的展示、善的张扬、人性的闪光，以及大爱的胜利？

最后，丁洁琼抛开了个人的不幸，振作精神，第二次和苏冠兰握手，积极投身于祖国的科学事业中去，则是大爱的升华，是自我战胜了他我、大我战胜了小我、集体战胜了个人的时代大合唱。

如果说，苏冠兰与丁洁琼的第二次握手掀开了崭新的一页并感动了千千万万读者的话，那么，作者张扬与这部小说的第二次握手，以及今天，广大读者与这部小说的重写本的第二次握手则为这份感动作出划时代的生动见证。

如果说张扬的《第二次握手》反映了特殊年代知识分子的家国情怀的话，那么，王纲的《关关雎鸠》更多的是对当下社会信息爆炸的一种暗讽。事实上，在信息海量的网络时代，人人可以码文字，人人可以当作家，我们的感觉已经迟钝，审美早已疲劳，因此，能够真正吸引我们、真正值得我们去关注的作品和作家实在不多。作为“90后”的代表性作家，林卓宇是个例外，他是如此的年轻，却又如此的少年老成，充满睿智，他写作的功底，显露的才气，以及对文学的执着，都让我感到兴奋，感到眼前一亮。林卓宇的作品很多，种类很繁杂，他对写作很自信，对文字的把握、故事的推进和结构的处理都很到位。他没有“为赋新词强说愁”的无病呻吟，他虽然感觉到生活的痛苦，或内心的孤独，但那是作为一个作家对客观世界的观察、认知和体悟，他的老成不是装出来的，他的忧郁也不是故意做给谁看的。他很文静，很实在，也很阳光。忧郁只是他作品中的一种气质，就像血液一样，渗透到每个文字，而阳光则是他在现实生活中的真实表现。他虽然有些个性，但不偏执；虽然才华横溢，但不恃才傲物。由于功课过于繁重，他没有过多的时间去写作，更没有太多的时间去打磨一篇作品。他写作，是因为有话要写；他写作，是因为能够带来快乐；他写作，是因为文字可以长出翅膀，让他超越年龄、地域和经历去邂逅许多的人和事，去丰富自己的世界，去追逐远方的梦想。

记得在童话《微笑的井盖》中，林卓宇写过一句题记：“希望有一天，这单纯无声的文字逐渐会呼吸，变得透明，如风一样，悄悄地绽放在你的耳边。”是的，文字不仅能长出翅膀，而且还能呼吸，还能肆意地激发想象，让生命发光。不是吗？城市中的井盖，太普通不过了。可有谁真正地关注过它？即便关注，又有谁以林卓宇的方式去亲近它、抚摸它？井盖见过了太多的脚步，太多的来去匆匆，太多的灰尘与寂寞。然而，它却一直在等待一种脚步，那是爱的脚步：“一个小小的男孩搀扶着另一个脚瘸的小女孩，他们微笑着，眼光里透出无限的善良。”当他们的双脚走过时，“井盖的心里顿时涌来了一阵暖流”，这正是它要寻找的脚印，这种爱的脚印让它变得舒畅和快乐。就这样，井盖，在林卓宇的笔下不再是一块冷冷的铁，而是散发着强烈生命力的爱的载体。

再看林卓宇的短诗《致黑暗》：“黑暗啊/我想拿来感动你的/不仅仅只是光明/我想给你/鲜花/绿草/和最真切的抚慰……。”诗人对黑暗的关切融入了特有的温暖，那些经历坎坷而感到生活黑暗的人，那些在底层打拼、把头颅低到尘埃里去的人，那些渴望光明却又一时看不到光明的人，读到这样的诗，难道不会产生共鸣，不会增添力量吗？“我想陪你走过有太阳的每一天/让你的气质和精神都被光所沐浴。”林卓宇从来没有过多地关注“小我”的低吟浅唱，他用责任和决心以超越同龄人的勇气和智慧，把美好的写作投向更加广阔的天地。

第三节　面具化成长的青春哀伤

林卓宇们是属于“90后”的世界，他们的世界也许还谈不上有多么辉煌或多么迷人，但那就是他们自己的世界，所有的欢乐与痛苦，所有的努力与坚持都是属于他们自己的。这样的世界与张扬、王刚们所经历和书写的世界必然有着本质的不同，与龚芳作为“70后”的个人见证也不同。龚芳的书写更多的是面具化青春的一曲挽歌与对复杂情感的完全个性化的体验，是精神漂泊者的自恋与自虐。

一、“流离”主音：成长小说的心理基础

“流离”（diaspora）作为新时期一个非常重要的文学主题，在一批“70后”作家身上得到了更加充分和真实的表现。之所以如此，是因为改革开放后，中国的户籍制度出现了松动，特别是当以深圳为代表的经济特区被划定后，一批又一批人从农村奔赴城市，从一个地方流离到另一个地方。在这批流离大军中，“70后”作家所刻骨感受的面具化的成长历程与冷漠式的青春哀伤成为时代的写真和社会的缩影。这批作家大多受过正规教育，思维活跃，情感细腻，触觉敏感，他们因题材上的开发或语言上的造血而产生更多的可能性。由于处于一个“多变”的动态过程中，流离的态势使物质的“硬距离”（从一个地方到另一个地方）朝向精神的软距离（心灵上的焦虑）转变。这样一来，时间和空间的距离，身份能指和现实所指的距离，心理上、精神上与艺术上的距离，等等，都发生了裂变。在此背景下，他们对各类题材与形式的选择与张扬，都有着自己独特的审美感受：“破碎”“无根之痛”和“漂泊感”成为这批作家感受至深的主题音符，它有意无意地与后现代语境的生活镜像相契合。

读完龚芳的长篇小说《面孔之舞》后①，这种感觉尤其强烈。作为一名“70后”作家，龚芳所展示的就是一群流离者迷茫、痛苦、漂泊、挣扎和甚至有些荒诞的成长历程。在作家的笔下，“城市很模糊，一些人跟另一些很相似，却不敢相问。不是因为害怕，而是因为鄙视”。他们过着颓废的生活，“没有理想，没有追求，没有人生目标，从精神上堕落庸俗”，像小说中的苏铭，他“宁愿在别人眼里花天酒地，做个十足的花花公子。他的理想是赚钱，赚更丰厚的物质，

---

① 龚芳. 面孔之舞[M]. 河南：河南文艺出版社，2007.（在分析文本时，所引文字均出自该书，不再一一注明。）

有一天，他发现自己需要想方设法才能把钱花掉时，他的理想僵死了”。

在这个文本中，上一代作家的精神寻根和文学传统的“载道”“担当”和“责任意识”被抛诸脑后，原因在于，以前那个“忧国忧民”的年代，使命感就是作家创作的精神原动力，可在新的历史时期，每个人活下去虽然轻松却又极其不容易。物质上的丰富与精神上的匮乏不成正比，这种反差使写作成了个体心灵的慰藉和疗伤的良药。特别是在信息爆炸的今天，疗伤的过程十分缓慢，甚至会发现自己的创作不是直接用文字疗伤，而是保存记忆。既然如此，文本着力展示的就是与这种旋律相一致的影子般的生活：“这是一些混混儿，没有什么理想，却整日里奔波忙碌，做着毫无意义的事。他们在酒吧喝酒，在街角做爱，在行人道上撒尿，干一切他们认为可以干或不可以干的勾当。任何宏大理想从未走入他们的思考。”

小说的主人公叫黄春绿，这其实是一个打工者的替身，一个简单的替代品，一个戏谑性的文化符号，她的真名叫梅红或者梅方。小说开头呈现的是文化替身(黄春绿)的自我表达：“我是个独身女人，若干年前，一个黑头发的女人曾预言我将孤老终生，若干年后，女人变老，两鬓斑白，而我正像当年的她那样看见那个孩子衰老，如风卷起的枯枝败叶，于城市之间飘零，居无定所。”正因为只是一个文化替身，她对自己的冷淡和疏离习以为常。这个内分泌失调、阴阳失调的神经质式的女人，来自梅城，辗转广州等地，却暂时生活在上海。她的神经高度敏感，感觉非常清晰、细腻和独特：“这个城市里，每天将有多少人拨错电话号码，还有多少推销商品的人不断地给陌生人留下电话，他们，我的同事，同属于声音的幽灵。”这当然是为自己的身份错乱作辩护。

在叙事上，两条线不停地交叉运用，一虚一实，一女一男，一个进行时，一个过去时，形成复调和多声部，展示两种精神向度：一种是青春年少的哀伤故事；一种是当下正在进行的，那个永远在“在途中”的“叙事游魂”。其实这两个向度本是一体两端：讲出那个哀伤故事的原本就是那个“叙事游魂”。在途中，精神的家园永远只有一个，那是在心中的某个角落，在记忆深处。

例如，小说中一个相信爱情却又跟一个不爱的人结婚的传统男人林丰生活在梅城，中学时代，许多女生追求过他，而他却只喜欢梅方。清高的梅方似乎并不知道，她矫情地学习和生活，直到变成黄春绿，来到上海。她抛开了淑女的清高，过着面具化的生活，她跟陌生男人打情骂俏，跟网友聊天，谈情说爱，放纵自己的情感。她似乎是为着经历而经历，为着成长而成长：“一个人的一生必定有些经历，连自己都感到陌生，好比不同的生活背景下，同时拥有好几副面孔；在梅家大院，我是连自己都说不清性格的梅红；在梅城，我是梅方，低头走路如惊弓之鸟；在上海，我出生于湖北黄石某村庄，名叫黄春绿。其实，任何一个地方，我都失去选择的自由，表面上看，是我选择了这些名字，实际上，它们迫使我戴上不同的面具。”

从精神分析学上来理解，名字是一种文化认同，它带有某种强制性，即个人奴隶式地被迫对一个符号（大人询唤的对象）产生认同。你一生下来，家人就说，“你是梅红”。那一刻，“真我”成了一个符号，并每天被人反复询唤着。人们并不关心已经隐没为他者的“真我”，好像它从来没有出场过。人们对“梅红”或“梅方”或“黄春绿”有太多的期望，包括自己对自己的期望。这是一种先验的期望。

换言之，每个人在开始学习语言时就已经是一种暴力强制，这是新的更深的异化的开始：第一次学会自己的名字就是异化——“我”变成一个符号。杰姆逊说：“在接受名字的过程中，主体转化为一种自身的表现，这个被压抑、被异化的过程正是主体的现实。”[①]在这种异化过程中，“真我”与支配“我”的幻影一体化。主体之“我”就是形式上的定格，即恒久性的身份和实体性的对象“事实”异化认同，在认同中便发生对“真我”的奴役和异化。[②] 在拉康看来，本真的活我（欲望能指）成为他者，主体的无意识即是他者的话语。[③]

当“真我”变成他者，他者变成“另一个他者”的时候，个人荒诞的生存境遇一下子就凸显出来，它带给读者的不仅仅是梅红的尴尬，更是文本前进的尴尬。小说最后，当黄春绿（梅红/梅方）从梅城老家返回上海，在上火车前接受检查时，她无法解释自己究竟是黄春绿还是梅红抑或梅方，警察的目光充满了怀疑。黄春绿自己又何尝不充满怀疑？只是两者怀疑的对象不同：警察怀疑眼前的女子是不是存在什么问题；黄春绿怀疑当下的世界是不是真实。正是这种“怀疑”“模糊”和“不确定”（黄春绿认为“人生的意义就在于它的不确定性”），使“流离”的主音在成长小说的心理基础上打下一个重重的印记。

二、面具化的成长历程

作为一部青春成长小说，心路沧桑是社会转型过程中成长历程的必然结果。在龚芳笔下，成长小说的各种元素均已具备：文本承载着不可预知的社会变革的力量，通过对青春的虚构来表达现代化的过程对个体生活的冲击和支

① ［美］詹明信. 晚期资本主义的文化逻辑［M］. 上海：三联书店，1998：223.

② ［法］拉康. 拉康文集［M］. 何一，译. 上海：译文出版社，2001：188.

③ ［法］拉康. 拉康文集［M］. 何一，译. 上海：译文出版社，2001：275.

解；在微观的叙事层面，小说情节开始建立起一套灵活的、反悲剧性的（anti－tragic）现代经验范式，古典的崇高叙事或英雄叙事被击碎了。

与此同时，小说着力展现的是一个多面的、反英雄化的主人公，并努力镜射出一种全新的主体形象——日常化、世俗、软弱和平常的个体以及虚构的"小历史"。线性时间的叙事传统转化为瞬间片段的生活展示，小说历时的、前后相继的时间情节，被破碎和孤立的独白式叙事所取代。在此基础上，一个有始有终的、前后一致的"自我"，被不可理喻的"自我他者"之无意识冲动颠覆了。①

于是，文本追忆的是一次又一次打闹，一次又一次追寻，压抑，渴望，取绰号，逃课，对实习老师评头品足，莫名其妙地自我伤感，虽然浅薄做作却又恰如其分。特别是梅方给实习的林雪老师写信，末尾还请她毋必回信，也不知道人家能否收到信，单纯，固执，茫然。对爱情的向往刻骨铭心，但漂泊经年，"爱"和"不爱"像两具破碎的肉体一样触目惊心。"多年来，我没有忘掉爱情，但似乎被爱情给遗忘了，'我爱你'这三个字，如同一粒种子裹上一层层泥土，越来越厚，越来越坚硬，越来越遥远地深埋于内心，使我从未对任何男人说过'我爱你'。爱情在我心里，那样神秘圣洁，我是否曾拥有过爱情？"

没有回答，也不需要回答，因为文本的表现已展露无遗。梅方隐藏在上海的旧式阁楼里，隐藏在一本《面具》杂志中，隐藏在黄春绿的身份后，冷冷地看着。成长的代价很沉重，也很逼真。青春少女的梅方不见了，取而代之的是"堕落天使"（黄春绿的网名）。这是一个文化符号，一种暗示，一种戏讽。之所以如此，按照黄春绿的解释：天使与魔鬼其实是没什么区别的："很久以前，美丽的天使和丑陋的魔鬼连成一体，他们却背对着对方。有一天，天使和魔鬼同时说，我跟你生活了这么久，很想看看你什么样子。他们去请求一个巫师。好心的巫师把他们从中间劈开，天使和魔鬼兴奋地转过身，却大失所望，感到受了欺骗。他们没有理会巫师说过的话，如果太阳和月亮各升起一次的时候，没有回到巫师那里，他们将变成普通人。"

黄春绿要表达的其实就是一个普通人话语，她要过的生活也就是普通人的生活，缺乏激情和理想。简单但不简洁，单调但不单纯，躁动但不冲动。"我缺乏成为英雄的胆略，只能够做一个生活里默默无闻的人。"这就是她的人生诉求，建立在这种诉求上的心理基础是："天使眼中只有天使，魔鬼眼中只看到魔鬼。"这个带有哲学思考的命题彰显的是一块镍币的正反两面：一面是天使，一

---

① 王炎．成长的终结[J]．外国文学，2006，(2)：110－113.

面是魔鬼。正因为此，黄春绿无法做到不虚伪："我是一个虚伪的女人，在母亲面前，我也做不到脱下自己的伪装。"她在网上结交了一个叫老班的男人。这是一个习惯倾诉的人，与不习惯的她形成对比。"如果说见面之前他留下一些幽灵一样的符号和句子，那么见面那天，他又留给我他的声音和他的妻子。"可是，黄春绿留给老班的又是什么呢？她根本没有倾诉也不想倾诉。她纯粹只是玩着游戏，与其说是爱情游戏不如说是生活游戏更真实更贴切。网恋的结果是："我与老班的爱情，唾手可得，如同妓女廉价的贞操。"

一边戴着面具，一边跳着自由之舞。比起那些"戴着镣铐跳舞"的前辈来说，"70 后"一代当然要轻松得多，也幸福得多。可是，他们并没有感觉到轻松，更没有所谓的幸福，更多的是一种心灵的压抑，是破碎的情怀，是回忆式的喃喃自语。回忆让黄春绿进入到梅方/梅红的状态而怦然心动，这种心动来自曾经有过的激情："我所有的回忆，可是对那消失了的激情的悼念，在内心深处，为我浑浑噩噩的青春树起无字的墓碑。我们这一代无知的人，拥有着微不足道的生活，回首往事，是一种怎样的空虚寂寞。"而喃喃自语又是让自我感觉"存在于世"的方式。龚芳要改写笛卡尔的"我思故我在"。因为"我"是伪主体，"思"是观念之恶魔。所以，"我"（伪主体）"思"（逻各斯理性）时，"真我"不在（海德格尔）；我在我不思（海德格尔）之处思我所是。这种思考与拉康的精神指归形成一体："在我思之玩物之处我不在，我在我不思之处。"①

之所以如此，是因为主体的生存表达永远"不是在说话而是被说"！这句后结构主义学派之名言充分表明，符号秩序是主体进一步异化的动因。梅红的成长脱掉了稚气，变成了老成持重的黄春绿；梅红的情感渴望被挤兑，变成了黄春绿的漠然处世："如果说，老班是一个阳痿者做着自慰表演，而我则是一个无力走开的旁观者……没有痛苦，有一丝悬浮而绝望的快感。我艰难地移动鼠标，放在老班的头像上，只要我轻轻点下右键，就可以彻底删除我们的爱情。"

爱情成为可以随时删除的文字垃圾，理想更是一个可笑的符号。热情也早已冷却，但生命仍然在继续。黄春绿要活下去，不是为了成长（她觉得自己已经太成熟了），而是为了面具化生活。为什么要戴面具？这是一种惧怕，一种自保，一种抵抗，一种由于外在的不安全而造成的心灵紧张。这种心路历程充满了苍桑与无奈。

---

① ［法］拉康．拉康文集［M］．何一，译．上海：译文出版社，2001：449．

三、精神漂泊的哀伤

这部小说分成上、下两部，上部黄春绿和林丰以第一人称的口吻进行叙事。黄春绿讲述她漂泊到上海时的生活，而林丰讲述的则是梅城的过去岁月。两者的叙事既零碎，又跳跃，既交叉，又疏离，既有梦幻，又有现实，既有此地的精神之苦，又有彼地的物质之乐，像原生态的正在剪辑的蒙太奇和青春短剧。比如，当林丰的叙述到1991年秋天："一页写着我的高中生活，另一页是我的爱情之始。"林丰的叙述到此结束。黄春绿立即接上："玩一场叫爱情的游戏。"而且，两条叙事主线像两条铁轨，延伸着文本的精神空间和心理深度，直到最后，林丰给黄春绿打电话，至此，生活似乎连接起来，双方才到达共识状态。

下部一开始就是梅方和黄春绿的复调叙事。故事的地点直接指向梅家大院，也就是黄春绿的出生地。文本凸现了她漂泊的理由：她与长辈之间有着深度隔阂，这种隔阂不只是年龄上的，更有价值上和文化上的，是传统文化与现代文化的隔阂，是传统价值观与现代价值观的隔阂。

书中有梅红的一段青春独白："我隐隐约约记得，与父亲的隔膜的产生正是在我与苏铭开始交往期间……很久不与父亲说话，甚至于不再开口叫他父亲。"这种隔阂不仅对于父亲，甚至整个梅家："来之前，设想与他们之间的对话时，我多次用到'曾经'两个字，这两个字强调已经逝去的时间，现在，我突然意识到，曾经与现在之间，变成了一个巨大的黑洞。这个黑洞吞噬了一切语言和声音。我与某人之间的所有联系只能以'曾经'这种时态来进行的时候，实际上已经完全失去了他，我所想弥补而做出的一切行为都显得那样荒诞可笑。"

亲情变得如此苍白，故乡也变得可有可无，失去诱惑力："我从未想过去热爱这个小镇，热爱它的全部——包括它的丑陋，或许正因为这样，我也被梅城拒之门外。我从出租车司机身上看到的，恰恰是我给梅城留下的印象。他从我脸上看到了什么，冷漠、抗拒、憎恨、怀疑……这些全是我给世界留下的印象，像紧紧撵着我的脚后跟的鞋印。因为我的冷漠，这个世界上才充满了更冷漠的人。"没有亲情、友情和故乡情，那么，爱情呢？它在梅红/黄春绿眼中更是虚无缥缈的文化符号：徐一鸣与他的夫人杨老师就是例子，他们是"彼此了解而又随时怀有戒备之心的房客……到处遗落下婚姻的锈记。婚姻给我的最初印象，就是如此。"正是身边的典型加重了梅红/黄春绿对爱情，特别是婚姻的戒备与警惕。

然而，生命中不可能没有亲情、友情和爱情。追寻不到，表面上可以无所谓，但骨子里仍然渴望。这种矛盾为文本打上了哀伤的印记：青春的哀伤、生命的迷茫、爱情的分分合合。梅方（在中学叫梅方，在梅家叫梅红，在上海叫黄春绿）不仅给同性实习老师寄了许多信，还给林丰瞧不起的徐一鸣老师写了无数未寄出的信。这与其说是青春的叛逆，不如说是青春的固执。林丰瞧不起自己的老师徐一鸣，总是在背后叫他"狗日的徐一鸣！"林丰叙述自己是一个循规蹈矩、十分传统的人，但梅方却清楚地记得他和另一位组织者暗暗地发动了一场集体逃学。应该说，这是一段生于"70 年代"的人们共同的青春回忆。

龚芳把《面具之舞》当作一首青春的挽歌，一次青春祭奠。因为，在现实生活的层面，成长的代价便是成长之梦的破碎，单纯地活着和轻松地过日子的不可能，以及美好愿望的受阻。整部小说写得很静默，这是一种内敛的张力，一种压抑的张力。正如沈从文所说的，无论好的或者坏的，你都不要叫出来。文本中的人物有玩世不恭、愤世嫉俗的一面，也有委曲求全、接受现实的一面，作者把对现有秩序的不满转化为一种不拒绝的理解、不反抗的清醒和不认同的接受。①

例如，曾热烈追求所谓的"爱的忠贞和爱的纯洁"的林丰在 1991 年秋天便有了罗兰未果的爱情，他后来的妻子吴小琴，给人一种"从容淡定"的样子，但林丰憎恨这"从容淡定"，认为"这假扮纯洁的暗娼，捂紧麻木不仁腐烂不堪的私处到处作秀。"在他的理解中，那些所谓"从容淡定"的人都是"因麻木而虚假地强大（淡定），因麻木而虚伪地从容"。

林丰相信爱情却没有得到爱情，他和罗兰没能领到结婚证："相处十年，也许命中注定不能结为夫妻，也不够做情人。"林丰最后与吴小琴结了婚，但是不幸。林丰相信友谊却没有得到友谊。苏铭本来是他的朋友，但是苏铭说："现在除了我自己，我不爱任何人。"他似乎看透了人生。就这样，林丰发现了"一个新的苏铭，我看到了潜伏于他身上后来伴随了他短暂一生的东西，一种无所谓的态度：对金钱的无所谓，对感情的无所谓，对人生的无所谓。他被这种无所谓的力量推动前行。"

这样一个挥洒生命的人，他的结局也是悲惨的："苏铭这个没结过婚，死于意外或服毒自杀的年青人，不允许埋在自家祖坟旁边，只能当天火化，无声无息埋在偏远荒寂的地方，梅城人都以早殁的人为不吉祥。"文本不停地讲到苏铭的死亡，先是由林丰讲述，接着由黄春绿讲述，再由梅方讲述，还有林丰的妻子讲述，几个人不停地补充苏铭之死的若干细节，单调，纯粹，固执。苏铭无

① 徐贲. 假面化的公共生活与犬儒式抵抗[J]. 东方，2001，（10）：76－79.

法亲口言说，但他却像阴影一样一直跟随到文本叙事的最后。

一个生命的逝去，特别是一个年轻的、短暂的生命突然终止，是令人难以接受的。他还没来得及制造更多记忆，还没能够携带许多记忆，生命就像风筝一样，被意外地扯断了。如果说苏铭的生没有意义，那么他的死更没有意义。而梅方/梅红/黄春绿和林丰等人一个个要对一个没有意义的生命进行言说，目的也许只有一个，那就是："我要替亡灵说话。我有义务去继续他的记忆，并且让这个世界让得他。后来，一步步发展，变成写什么都是为了承载一些记忆，不管是谁的记忆，也可能是内心深处的一种呼吸与渴望。"①

他们恰恰因为对无意义的生命进行言说，而使生命变得有意义；而且通过细细地清理，他们发现了以前忽略掉的细节和情感。梅方一直无法真正相信苏铭已经死去，她原以为与苏铭之间，仅仅只剩下一点怀念。但当梅方发现苏铭留在世间唯一的遗物就是给她的日记时，使她在看日记的时候唤起了许多记忆和伤痛："我的青春因为苏铭而饱满，也因为他而干涸。"直到此时，她似乎才意识到，人们看到的苏铭只是表面上的苏铭，很少有人真正走进他的心底。苏铭独自一人承受着漫无边际的愁绪郁结，他的心灵有着许多不为人知的细腻的呻吟，"即便现在的我看来，也不堪重负。或者，我以为我们之间，有太多相似，因此，我把他当成了自己，而他是否曾把我当作一面镜子，从镜子里又看到了些什么？"这种质疑带着讥讽的锋芒，与其说是针对读者，不如说是针对社会——有多少人真正探寻到了"70后"群体的情感心灵？对他们而言，在忙忙碌碌的追寻中，知音擦肩而去，而且永远不再回来。这样的漂泊怎能不忧郁？这样的青春怎能不哀伤？

小说最后一行文字是："整个世界，忽然之间塞满每一个角落，精神与肉体同时消失，空空荡荡。"这是一种冷漠的总结：青春已逝。梦已醒，泪已干。生活还在继续。无论今后漂泊何处，精神上都处于"流离"状态，人人戴着面具跳舞，一切归于平淡。

第四节　无处安魂的漂泊与迷离

文学湘军中的女作家一直是一个杰出的集体，她们继承了丁玲等人的写作传统，在承续传统的基础上敢于创新，敢于发出自己的声音。与龚芳的自恋与

---

① 尹蓓芳，黄筱威. 文学途上，离家与归乡——骆以军对谈李黎[J]. 印刻文学生活志，2007，(5)：49-53.

哀伤不同，赵燕飞在直面苦难的同时，给人们带来了更多的温暖和惊喜。

一、浮华背后的苍凉与惆怅

2015 年，对于赵燕飞而言，算得上是一个创作丰收年。敦煌文艺出版社推出她的两部中短篇小说集：《手心里的痣》《一声长啸》；发表 1 部长篇小说《香奈儿》(《芳草・小说月刊》2015 年第 12 期)；3 部中篇小说，其中，《春晚》被《小说选刊》第 5 期和《中华文学选刊》第 5 期同时选载；《红月亮》和《河边的曼陀罗》则同时被《中华文学选刊》第 10 期看中：《红月亮》被全文选载，《河边的曼陀罗》在“佳作点评”栏目中被重点推介。作为一家影响广泛的重要选刊，《中华文学选刊》在同一期关注同一个作者的两部作品，实属罕见。赵燕飞用自己的努力赢得了文坛的关注。评论家李一鸣在《生活意义的参与者》一文中指出：“赵燕飞的小说，无论是《春晚》《阿里曼娜》，还是《赖皮柚》《地下通道》等，其最大的特点是“其现实主义的意义指向，对人生真相的直面，对当下人们生存境遇的叙事，都达到逼真的程度”。(《文艺报》2015 年 11 月 11 日)

赵燕飞的作品叙事平实，注重细节的力量。小说中的人物常常在平和的情调和琐碎的烦扰中裹挟着一丝不安、焦躁以及漂泊中的无助与无奈，在霓虹灯的闪耀下，这样一群拥有理想和激情，却徘徊于情感世界中的青年男女在都市生活的漩涡中苦苦挣扎，他们或为情所困，或失去了生活的方向，或对未来充满迷茫，他们像无根的浮萍，不知道将灵魂安放在何处。尽管如此，他们并没有放弃对梦想、诗意的追求，他们有自己的独立判断，愿意对自己的选择(事业或家庭)负责，甚至为了这一份责任，他们不得不选择妥协，不得不违心地与社会达成一致。在此情况下，理解和体谅比同情或怜悯更能够引起他们情感的共鸣。

在长篇小说《香奈儿》中，作者将故事背景置于文学杂志社，这显然与作者的真实生活和体验有关。作为一名文学编辑，主人公陶子经历了一场失败的婚姻，无法走出情感之痛，工作和生活处于一种迷糊或混沌状态。如果没有柳云的出现，陶子恐怕要一直这么麻木不仁地混下去。在作者笔下，柳云是一个理想化的人物，她既是陶子的启蒙者，又是陶子的引路人。她不仅拥有高学历，好职位，还蕴藏着一颗纯真美好的心灵。最有意思的是，她是陶子前妻的姑姑，在陶子与前妻分手后，她发现了陶子“闪光”的地方，不知不觉地爱上了陶子，并希望用真心和爱意拯救日益颓废的陶子。对于“博士”“大龄剩女”和“前姑姑”三位一体的柳云，陶子原本毫无好感，但在一次次粗鲁、愤怒、不屑和对质中，却逐渐被她的单纯、善良、真情所打动。最终，陶子由对柳云的厌恶嫌弃到发自内心地爱上她，反映了单纯、善良、真情所彰显出来的传统文化的修复力。这部小说的价值在于，陶子虽然在感情上遭遇到失败，但并没有放弃对真正爱情的向往和憧憬。虽然他离过婚，年龄也老大不小了，但一直没有“长大”，需要有柳云这样的引路人伴随他成长。而柳云虽然是“博士”“大龄剩女”和“前姑姑”，却乐意成为陶子的引路人，并在与他的交往中发现自己的脆弱和幼稚，最终一起成长。小说取名“香奈儿”，象征意义大于实际意义，这原本是一款香水，实则暗指柳云身上所特有的“女人香”，有了这样的“女人香”，再狂野的男人也会闻香生变，循香而去。

赵燕飞生动地展示了一群为情所困和为生活所累的青年男女，让我们感同身受，体验到现实生活中真实刺骨的痛感。在熙熙攘攘的人流中，总有一个狭小而隐秘的空间，在我们面前若隐若现。作者的笔端触及了都市青年潜藏在耀眼光影中不为人知的内心世界，这里的世界少了一份浮华与享乐，多了一份苍凉与惆怅。

二、“家”在爱的皱褶处

赵燕飞作品的背景几乎都在城市，主人公既有出生在城市里的人，更有从农村进城打拼的人。小说《春晚》中的叶子就属于后者，她是一名只身前往城市拼搏的青年女性，她离开偏远的家乡，在都市的繁忙节奏中寻找属于自己的世界。安平的出现打破了叶子生活的宁静，原本陌生的男女在断断续续的交往中坠入爱河。然而，叶子是一名独身主义者，“在叶子心里，安平到底算什么？叶子自己常常犯迷糊”。爱情在叶子和安平之间除了甜蜜和欢乐，似乎还多了一份神秘与若有若无。“他有时会突然失踪，其实也不是真的失踪，只是叶子很少主动找他，如果安平十天半月不主动和叶子联系，于叶子而言，那就是失踪……一来二去，安平也懒得去考验叶子到底想不想他了。反正，叶子从没说过想嫁给他，他也从没主动说过要娶叶子。没有希望，自然也就没有失望。”就这样，叶子一次次从希望走向了失望，又从失望的边缘回到了与安平的爱情中。叶子的爱情如同自己的名字，在漂浮不定中寻找着一份安稳与依靠。然而，女人的内心终究是敏感而脆弱的，在交往了两年后，叶子实实在在地考验了一回安平。出其不意的考验最终让叶子获得了心中想要的结局，毕竟安平是爱自己的。然而，这场考验也让叶子在焦虑和不安中萌生了一层新的焦虑，毕竟安平是离过婚的人，一纸离婚证书能宣告他和前妻之间婚姻的终结，却无法斩断他与女儿之间血浓于水的亲情关系，而夹杂在其中的则是叶子对安平的爱。一场看似单纯的都市爱情在掺杂着婚姻的纠葛和世俗的欲望后，就多了一份顾虑和担忧，少了一份安逸与快乐。叶子的爱情该何去何从，那个渴盼已久的家又在何处？对“家”的逃离与渴望如影随形地纠缠着叶子。而这份纠缠同样适用于安平：在象征着一家人团圆和欢乐的春晚时刻，安平是该回到女儿身边，还是留在叶子身旁？这种选择看起来容易，却起来难。叶子当然明白，却又不愿强求，任焦虑与不安滋生，任惊恐和担忧萦绕。万家团聚的时刻，形单影只的叶子在繁华的都市夜色中只留下无望的等待和孤独的呐喊。

小说用“春晚”作题，象征着团圆与欢庆。作者以“春晚”命名叶子的情感生活，暗示了叶子在都市打拼的最后归宿是拥有一个温馨的家。在叶子心中，“家”是一处可望而不可及的港湾，她渴盼着这里的温暖和安逸，却又时时警醒，没有安全感，生怕大风大浪打乱她生活的节奏，进而迷失生活的方向。叶子陷入了对“家”的困境中：一方面幻想拥有，一方面又害怕因为拥有而失去。在当下都市生活的灯红酒绿中，赵燕飞笔下的“家”又多了一份春节的文化寓意，被赋予了更多的人文情怀与情感魅力。“从小到大，叶子就渴望拥有一套自己的房子，最起码，也得有一间房只属于她一个人。”安平带给了叶子渴盼已久的家的感觉。然而，就在万家团聚的春晚时刻，安平对女儿的疼爱和不舍以及无法陪叶子看春晚的尴尬让叶子陷入了窘境中。“今年这么多人一起看，明年呢，后年呢，大后年呢……到时谁陪我看?”赵燕飞将情感集中爆发点选在了象征着合家团聚的春晚时刻，正如曹雪芹把林黛玉生命的终结选在了贾宝玉新婚的夜晚。在一悲一喜的强烈反差中，内心孤独的叶子在失去了安平的陪伴后，在欢乐的春晚气氛中显得更为形单影只和孤独无依。小说最后，叶子那一声“我要和你们一起看‘春晚’”的呐喊道尽了心中的荒凉与无奈。“家”在爱的皱褶处。有爱的地方未必有家，而家也未必就是爱的代名词。这是作者对都市在场的深刻感悟。叶子与安平的爱究竟何去何从，她对婚姻的渴望能否继续下去，一年又一年的春晚时刻又该寄予何方，种种疑问最终浓缩在了赵燕飞笔下的省略号中。作者以不确定的开放式结局，把未知的答案交给了读者。

就这样，传统意义的“家”在叶子的窘困与无奈中成了一张无形的大网。在这张纠结着情感、欲望、矛盾和困惑的大网中，曾经满怀希望的叶子成了一名格格不入的追寻者和闯入者，她试图在“家”的生存空间中找到属于自己的一方天地。但现实是残酷的，叶子以有声的呐喊宣告着无言的痛苦和无奈。在这样一声强有力的呼喊中，赵燕飞将笔伸向了都市女性最敏感也最脆弱的部位。在这样一片隐秘而无人问询的陌生境地里，与都市生活外在的繁华和喧闹相比，生活在其中的都市女性的内心世界显得更为孤独和荒凉。

三、浪漫的守望与诗意的追寻

如果说《春晚》中的叶子将自己推向了家的困惑中，那么《河边的曼陀罗》中的另一个叶子则把对爱情的渴望和对婚姻的追求寄托在了盛开的曼陀罗上。这一次，赵燕飞把描写的笔触伸向了更为真实而无奈的现实之痛上。面对来自理想与生活的矛盾，在爱情和婚姻的抉择中，向往曼陀罗的叶子陷入了更深的漩涡中，进退两难。

在这个文本中，赵燕飞对叶子一类的都市女性寄寓了一丝无法捉摸的孤独感与漂泊感。青年女性在生活的路途中，正如一片随风飘荡的叶子，无居无所，无依无靠，甚至于无欲无求。当暴风骤雨的袭击来临时，一片叶子的脆弱也暴露无遗，虽使尽浑身解数也难敌外来的强压。在1978年以来的文学中，我们曾见到了很多这样的“叶子”：卢新华《伤痕》中的王晓华暗示了如“小花”般青春而稚嫩的生命；张贤亮《绿化树》中的农家女孩马缨花如马缨花般美丽动人，质朴纯洁，“马缨花”又是绿化树的别名，与小说名相照应；阎连科《受活》中的四名儒妮儿桐花、槐花、榆花和娥儿也在花名的烘托下愈显得娇小可人。赵燕飞《河边的曼陀罗》中不仅又一次出现了“叶子”的身影，与《春晚》中的都市女性叶子不谋而合，小说中极具象征意味的铅笔花也是曼陀罗的别名，这一称呼的转换与小说名相呼应。陌生化手法的运用让故事情节发展自然，而又寓意深刻。

小说《河边的曼陀罗》中，文本互涉般的叶子再次出现在了赵燕飞的小说世界中。与《春晚》相比，叶子对“家”的逃离和回归不再受阻于情感的纠葛和人性的捉摸不定。在新的社会压力和现实面前，一场势力悬殊的“三角恋”让叶子的情感生活受到了来自现实的挑衅。

叶子与童年玩伴羊远航从小青梅竹马，但成年后的羊远航家境贫寒，且没有一份稳定的工作，这与衣食无忧的叶子形成了强烈的对比。叶子和羊远航的结合显得门不当户不对，他们之间的爱情在残酷的现实面前显得脆弱不堪。高干子弟出生的李由家境富裕，他对叶子心生爱慕，且李由父母身居要职，在叶子父母工作的煤矿区拥有权力和地位。李由对叶子的追求似乎更符合现实的婚姻观念，也更容易沟起读者对灰姑娘与王子喜结良缘的美好向往。然而，尽管李由的父母凭借手中的权利为叶子的家庭生活带来了明显的改善——叶子的父亲调离了危险的井下作业工作，担任地面工作组的组长；叶子的母亲也从家属工转为正式工，不仅工资与以前相比增长了不少，腰板儿也挺直了许多；叶子本人也在李由父母的帮助下进入煤矿子弟学校当上了老师，工作体面而轻松，让许多年轻女孩羡慕不已。但爱情毕竟太美好，面包有了之后，爱情的磁场尤其强大。静下心来的叶子慢慢感受到生活的压抑与苦痛。羊远航成了一道挥之不去的阴影，时刻萦绕在叶子的脑海中，无法让她释怀。

与其说叶子徘徊于羊远航和李由之间，毋宁说她纠结于单纯的爱情和复杂的人性中，进退维谷。“有情人终成眷属”的爱情观念让人们坚信只有真爱才能修得婚姻正果的道理。但在残酷的现实面前，物欲的横流和权力的无所不能成了爱情的引领者，在婚姻的殿堂中成了唯一的主宰。有情人的真爱在权力和欲望面前不堪一击，最终让位于残酷的现实。尽管叶子与羊远航之间的爱情纯洁而不掺杂任何俗念，但世俗观念挑衅着爱情的至高无上。最终，叶子和羊远航不堪重负，选择远走高飞对抗残酷的一切。但两人计划的失败再次将他们拉回到现实生活中。与李由的结合让叶子在失去了感情基础的婚姻里，成了一个无依无靠的孤独者，行走于情感的边缘，而无力于追寻心中的浪漫。

叶子的孤独无助和李由的位高权重让两人之间的交往也处于一强一弱的态势。父母生活的需要和自己毕业后分配工作岗位的需求让叶子被动地置于弱者的地位，在无权无势的权力运作中俨然成了一名失败者，听凭别人的安排与操纵。李由作为高干子弟，他凭借父母的强势在权力主宰一切的时代背景下成了不折不扣的强者。而在权力操控的爱情面前，李由收获了叶子父母的好感和这场爱情的主动权，与叶子的结合自然也显得顺理成章。然而，叶子与李由之间的爱情只是建立在欲望和权力基础之上的海市蜃楼。当失去了为之依赖的权力和物质后，这场爱情也将随之倒坍，不复存在。叶子最终是回到了羊远航的怀抱，还是成了李由的妻子，小说结尾也同样没有明说，任由读者去猜测。

赵燕飞笔下的女性人物在小说结尾都没有一个具体的生活指向。《春晚》中的叶子最终是选择和安平在一起，结束单身生活，还是选择离开安平，继续追求理想的幸福，小说结尾也没有明说，叶子也只是在呼喊声中倾吐着内心的不快与无奈。《河边的曼陀罗》中的叶子则游离于理想与现实的边缘，在爱情的织网中寻寻觅觅，寻找着婚姻的殿堂和生活的归宿。赵燕飞将小说主人公的结局做了模糊化处理，这样的模糊似乎更增添了生活的变数，击中了纠结于女性内心世界中的情感之痛，也拓展了文本的想象空间。

在易卜生的剧作《玩偶之家》中，主人公娜拉最后的离家出走宣告了对夫权的挑战和一个女权主义者的自尊与独立。与《玩偶之家》结尾相似，《河边的曼陀罗》中，叶子也以离家出走的方式离开了这个让自己无所适从的家。只不过这里的叶子是抱起门口的铅笔花朝着远方奔去。这样一种奔跑的姿态更像逃脱，逃避感情世界的纠葛和现实世界的残酷。叶子的奔走少了娜拉的果敢和决绝，多了一丝犹疑和徘徊不定。叶子终究是敏感而脆弱的，无论是满足于现有的安稳生活，还是不顾现实的反对追求理想的幸福，只有那盛开在河边的曼陀罗才能拨开这迷乱的景象，为叶子的内心带来一丝快慰和抚恤。

四、何处安放的灵魂

赵燕飞对笔下的女性代表“叶子”的情感状态和生活经历做了细致入微的刻画和真实情感历程的还原。《春晚》中叶子的孤独与无助，《河边的曼陀罗》中叶子的迷茫与徘徊，在跌宕起伏的生活原态中，作者通过简单而饱含深情的描写，表达了自己的艺术立场。

与陷入窘境中的女性形象相比，赵燕飞笔下的男性形象也在情感的纠葛和漩涡中迷失了生活的方向。与之前模糊化的小说结局不同的是，在小说《红月亮》中，男主人公李伟杰在理性和良知的引导下突破了情感的迷雾和生活的困扰，最终以反抗的姿态对触目惊心的黑暗现实大胆地说出了“不”字。

《春晚》中的叶子徘徊于爱情的边缘，执着于心中的幸福，却又无法对不如意的现实勇敢放手；《河边的曼陀罗》中的叶子纠结于理想与现实的困惑却又无法坚守住心中的向往，只能在迷离的梦幻中守护心中的那束铅笔花；《红月亮》中的李伟杰却在离异后的自责与内疚中，独自面对来自生活的艰辛与情感的波折，在压抑中寻求突破。如同一场阴郁、沉闷而亟待爆发的暴风雨，赵燕飞的作品在人性的揭示和情感的波澜起伏中由浅入深，剖析情感道路中的波折与艰辛，窥探人性的脆弱与觉醒。

赵燕飞小说世界里的青年男女似乎都逃脱不了一张无形的情网，在爱与恨的交织中寻找感情的归宿与生活的安逸。李伟杰作为赵燕飞笔下少有的男性形象，他的情感路程在面临相同困扰和焦虑的同时，多了一丝世俗的无奈和良知的叩问：李伟杰原本有一个幸福的家，但身患隐疾的他无法向妻子说明这不明不白而来的病痛的缘由。在妻子的怀疑下，李伟杰无奈地选择了以离婚来结束这段感情，并放弃了城市优越的生活，自愿来到偏远的伏林镇当起了村支书。原本以为远离了情感的困惑和都市生活的烦恼后，李伟杰便不再经受精神的压抑与折磨，开始新的生活，但偏远乡村的愚昧与无知让李伟杰触目惊心：村民马凤英为了延续香火，在生了两个女儿后仍然违背计划生育政策怀起了第三胎；村主任段鹏远为了求子，公然与村妇女主任程习发生性关系；村会计老屈和妻子为了发财，不顾生命危险在即将倒坍的自家房檐下刨煤炭，并斥责前来制止的村干部和村民们，“这田地反正都废了，不挖煤我们吃什么去？这满山的煤，哪会那么容易被挖光！就算挖光了，再有啥吃啥也不迟”。面对村民的无知和愚昧，李伟杰困扰于良心的纠葛与世俗的执念中，二者的纷扰让一个顶天立地的男子汉无可奈何，心中的不满和怨恨最终以咆哮的呼声宣告了对黑暗现实的挑战。

赵燕飞笔下的贪婪人性真实而让人心寒。如果说《春晚》和《河边的曼陀罗》中情感的纠葛来自于对爱情的掠夺和对欲望的占有的话，那么《红月亮》中贪婪则来自于人性深处的欲念。令人心惊的是，都市生活的贪婪和欲望尚且纠葛于个体的思想深处，隐秘却不易构成外在威胁。而在这座偏远的伏林镇上，作为个体的村民却在蒙昧无知的状态中公然违背自然规律和法律约束，欲望的张扬与人性的愚昧充斥在李伟杰的世界里，物欲横流的欲念已经不再只属于都市社会。在贫穷落后的乡间，人性的贪婪与欲望以更极端的方式存在于不为人知的角落中，那些触目惊心的权利斗争和金钱交易在满足人们日益膨胀的虚荣心的同时，也给时代的发展带来了更大的危害和潜在的威胁。在这样一座贫穷落后的小山村里，贪婪的欲望和自私自利的念头充斥在每一位既憨厚朴实又愚昧无知的村民心间，有人为此付出了生命，有人执迷其中无法自拔，更有甚者明知故犯，最终难逃法律的惩罚。

农村原本是一片净土。在这片广袤的乡间，千百年的农耕女织生活养育了生生不息的血脉与生命。作家笔下朴实的民风和淳朴的乡民曾为都市生活的繁忙和喧嚣开辟了一方悠闲自在的乐土：沈从文笔下的“边城”滋润着一代又一代湘西儿女；阿城笔下的棋王、树王和孩子王让厚重的黄土地多了一份惊奇与智慧；贾平凹笔下的秦腔回响在辽阔的陕北土地间，在嘹亮的腔调中回响着来自历史的召唤。然而，随着历史的推移，一个破败不堪和愚昧无知的农村也震颤着时代的脉搏，滞缓的建设和愚钝的乡民在现代化的城市进程中显得脆弱无能，却又无法回避。

人性的欲望是一个无底洞，蚕食有限的资源和挑衅生存的信念。不断膨胀的欲望和无休无止的贪婪让这样一群走在毁灭的道路上的人们或者陷入了堕落的俗世中，或者放弃了自己的生命。但令人心痛的不仅在于他们生命的终结，更是根深蒂固的愚昧和不能自拔的欲求。面对丧失理性和良知的人们，不堪良心谴责的李伟杰最终说出了内心的“不”字，勇敢地面对人性中的黑暗与欲望。

小说结尾，“流着泪的红月亮”让李伟杰的悲伤与痛苦更为强烈而无奈。如果说张爱玲笔下的月亮泛着一丝沧桑而凄凉的色彩的话，那么赵燕飞笔下的红月亮则带着一丝不易察觉的诡异和无法言说的困顿。或许，只有红月亮的幽微光芒才能照亮人性的黑暗与丑恶。李伟杰在情感的波折和扭曲的内心中寻找着光明和希冀，反抗着世俗的贪念与欲望。这些都市青年受困于感情和良知的双重拷问，在世俗的欲望和人性的欲求中艰难地挣扎着，在寻寻觅觅中探求着生活的动力。合家团圆时刻的春晚、独自盛开在河边的曼陀罗，还有静置在天边的红月亮，种种意象的生发都指向人性的孤独与困惑，迷茫与无助。对生活的还原与呈现让赵燕飞的小说世界多了一分理性和智慧。或许，只有重新回归生活的原点，执迷于其中的人们才能解开内心的疑惑，重拾生命的希望。

总之，赵燕飞的小说昭示着：在消费因子无处不在的今天，人是躁动不安的。爱是如此珍贵，却又如此脆弱；家是如此美好，却又是如此难得。不管你出生在都市还是乡村，每个人都有一种难以逃离的漂泊感。这种漂泊，不仅仅是物质上的无助感，更是精神上的无根感。因为漂泊，所以难以找到可以令自己“安稳”的一隅。一个人，当灵魂无处安放的时候，无论拥有多少财富，无论事业多么成功，内心的躁动和不安也必将一直存在。而唯有少一点物欲，少一点贪念，先让内心宁静，真正感受到张爱玲对胡兰成所谓“现世安稳”之重要，然后才有接近海德格尔所谓“诗意的栖居”之可能。唯其如此，灵魂才能得以安放。而这，也正是赵燕飞小说给予我们的启示。

第五节　青春的挽歌

袁雅琴，率真的湘妹子，其作品也有一种率直、坦诚。毕业于湖南师范大学中文系新闻专业的她，曾供职于浏阳日报社、湖南大学影视学院，其专业背景和工作经历为她的创作打下了良好的基础。她于20世纪80年代开始发表作品，后来又进入鲁迅文学院第三届中青年作家高研班、中国文联首届编剧高研班进修学习，工作之余当作家，做编剧，收获颇丰。2006年，袁雅琴毅然地离开湘江河畔，落户到了海滨城市厦门。

虽然别离了湖南，但在袁雅琴的笔下，书写最多的还是家乡生活中的点点滴滴。如获福建省政府百花文艺奖的中篇小说《红星巷》就是写的老家常德，长篇小说《堕落街》写的是长沙一条街。又如长篇小说《给女人一次机会》或许就是湘女的缩影，小说让一群都市女人在一种彼此知道、了解、看得见的氛围里靠近，让秘密泄露，让快乐彻底。同时又告诫大家：女人要有独立的人格，无论多么艰难，委屈，无助，都不能失去人格与做人的操守。长篇小说《给男人一把钥匙》，则从另一个视角，即对男人理解和包容的角度出发，描绘了都市里不同男人的生存状态，直击转型社会中人们面对的种种诱惑和道德损毁日益严重下要想保持内心的从容和灵魂的安宁所要付出的代价。袁雅琴的这两部小说，给人一个错觉，认为她是一个琼瑶式的写情感的高手，其实，她作品中的人物不乏奋斗的典型和励志的情节，作品引起评论家胡平、雁翎以及作家邱华栋、彭见明等人的关注与评论。

当然，在厦门的生活也触动了袁雅琴的灵感，她很快把笔触瞄准了自己所处的城市——厦门。2015 年袁雅琴与作家出版社签约出版了长篇小说《陪楼》。鼓浪屿，是诗人的扁舟，行客的天堂，而袁雅琴的笔，却聚焦于怀旧鼓浪屿，悲情鼓浪屿。陪楼不过是鼓浪屿老别墅里佣人住的楼，但它承载了太多沧桑历史。一座岛屿，历经百年沧桑；一栋小楼，击退惊涛骇浪；一段情缘，诉说地老天荒。小说把一座历经百年洗礼的岛屿所发生的传奇故事渲染得淋离尽致。作家以独特的视角、细腻的文笔揭示抗战风暴，打开了一扇厦门百年历史的窗口，同时也呈现了鼓浪屿中西文化交融的魅力。这是袁雅琴迁居厦门十年之后奉献出来的长篇力作，这是湖湘文化与闽南文化绝妙融合的结晶，她希望用写作的方式回报这座开放的城市带给她的元气十足的灵感和心灵深处的感激。《陪楼》获得福建省中长篇小说双年榜提名奖。后来袁雅琴又把小说改成话剧四处演出，在上海演出时又获得中国第五届校园戏剧节观众喜爱剧目奖。在厦门她还完成了纪实文学《用爱等一生》、人物评传《走近大师心灵——如水的声音》等。

从袁雅琴小说的主题和文本叙事的风格上看，她的作品大多属于中国式的成长小说范畴，她的长篇小说《堕落街》尤其明显。当湖南文艺出版社推出这部小说后，许多学子在书中缅怀了自己的青春岁月。

不可否认，中国的成长小说在艺术表现上对西方成长小说有诸多借鉴。而西方成长小说从 17 世纪末到 20 世纪初通常分三个发展阶段：18 世纪为以精神追求为重的古典主义年代；资产阶级新人尽情追名逐利的 19 世纪；以及 19 世纪末 20 世纪初的反成长传统。[①] 中国当代成长小说有两个主要的叙事立场，十七年小说的个人成长与国族政治同构；20 世纪 90 年代以来，成长小说的过度私人化和欲望化。这两种成长叙事都有着自身难以克服的局限性，十七年传统经由 20 世纪 80 年代启蒙时期的主体性要求，个人成长的自我能动性重建冲击，影响已经式微。本节主要聚焦袁雅琴的《堕落街》，围绕“青春的挽歌”这个时代主题，从成长小说的文本方向、真实与虚构、爱情的选择以及两代人的记忆与见证等四个维度进行分析，从中可以发现作者在写作上娴熟的叙事艺术与价值导向上向善向美的审美诉求。

---

① 倪湛舸．成长小说的美学政治：从席勒的头骨到《伯恩的身份》[J]．上海文化，2010，(4)：26－30.

一、成长小说的文本方向

中国成长叙事通常有两种方式：一种是第一人称的自我回忆性文本，一种是第三人称的讲述式文本。无论哪种方式，基本上都是以个人成长为主线，展开社会生活画卷，并且在个人的自然身份、社会身份和文化身份上，赋予丰富的隐喻意味。全球化进程中，民族国家与个人主体面临双重失落。成长叙事显然首先要建立在主体性之上，无论是文化意义上的，还是伦理意义上的，个体的主体性如果不能确立，其他成长的精神价值都是空谈，而反抗环境的自我追寻其实很虚幻，因为在成长历程中，个人很难自发地具有这种反抗能力，反而会在社会压力面前，不断后退，直到丧失自我。这种融入社会的延迟，以及文化身份的模糊，是成长叙事带给我们的深层思考。①

成长小说往往意指两个方向：一个是成长的外在世界，另一个是时间上的延伸；一个是成长的内在世界，在空间上拓展。成长有一个寻找的精神向度，指向未来，同时有一个回溯的精神向度，指向过去。即是成长主体自我指认、自我建构和自我完型的过程，这一过程同时也意味着外在世界的重新建构，从他人成长的引领者那里获得某种信念和力量，超越旧我，不断拥有自我认知的能力和建构世界的能力。同时，在现代性叙事中，个人成长往往和民族政治具有内在的精神统一性和话语关联性。个体的成长脉络越清晰，其暗示或者隐喻的意味就越鲜明，我们就越不能单把个人的成长看成是边缘清晰的人生之路的描绘，在个人经历和命运反思里隐含的宏观历史和微观生活的大命题，往往才是作家的落脚点。

袁雅琴的《堕落街》写的是一段大学生校园生活，是青春岁月的记忆与挽歌。事实上，回想起自己所处的大学时光，可以发现似乎每一个大学的周围都会自动形成一些街道，有大学的地方通常都会有这样一条“堕落街”，它实际上是大学校园文化的一部分。它不仅仅是一条能满足吃喝玩乐的街，还可以说是青春学子们的交流场所和精神乐园。他们在这里无所拘束地逛荡，无所顾忌地享受，自在而又率真。作者在书中写到的“堕落”所被赋予的含义由此体现，“在新新人类的理解范围之内，自己堕落自己的灵魂，而且甘心如此。这就叫堕落，堕落不过是正常人无法接受或者理解的一种生活方式，一种存在的状态，于是他们就给这种感觉起名为堕落”。“人要是堕落了，便什么都不畏惧了，是无拘束、自由、潇洒。是残酷，是寂寞，是你想得到的一切……”因此，

---

① 张艳梅．当代小说中成长叙事的新维度[J]．当代文坛，2012，(6):54 - 57.

“堕落街”的名字中带着一种调侃、一种叛逆、一种青春特有的张扬。也正是因为这样一条条街道拥有多样的特性，才能让成千上万学子铭记那些曾经深浅不平的足迹，以及那些充满无数动人的回忆。

二、真实与虚构

小说紧紧围绕着大学生活展开，作品中的情节不是凭空想象出来的，它是真实学生生活的写照，作者意图用“陌生人的熟悉”的关于现实的记忆将读者带入自己所经历过的大学回忆中。正如书的封面所写，“写的虽是他们的故事，感动的却是你我的心灵”。随着故事情节的逐渐展开，小说中的人也一一出场。他们每一个人都独具鲜明的个性特征，都能代表着大学生群体中最典型的人物。例如贫困生叶子、富家女林恰恰、官二代成一宗、辅导员施刚、大学领导曾书记、校临时工瘸子张。他们每个人都能代表学校中的某一个群体，人物与情节的相融都能勾起在大学中熟悉经历的回忆。同时，小说紧紧扣住堕落街这条主线，这也是小说最为吸引人的地方。每个人物是一个单线，这条街就是一个焦点。虽然在现实生活中，看似贫困生与官二代、富二代之间有一条不可跨越的鸿沟，但是在小说中的堕落街中，各种身份的人群都混杂在了一起，消除了所谓的距离与矛盾。情节就在此焦点中时而汇聚，时而散开。在这种开与合之间，情节跌宕起伏，冲突不断。

叶子，作为小说中女主角之一，是来自贫困地区的中文系女生。因家境贫穷，叶子从小懂得为家庭减轻负担，主动用自己柔弱的肩膀扛起家庭的一份责任。寒暑假时，她为了省车费不回家。另外，她还在外寻找兼职工作，赚取外快。由于家庭环境原因，叶子比其他学生更加的独立与明白事理。她为了寝室的和谐，主动帮林恰恰洗脏衣服；她为了自己的前途，认真努力地读书。但也正是因为在这种环境下，叶子的心中难免要比其他学生沉重得多，如在面对爱情时的自卑，在看到父亲为了她熬夜搭车回家时的痛苦，故她不愿与人过多地倾诉内心的忧郁。这些表现给人留下的印象就是叶子是一个文弱女生，胆小怕事，低调少语，没见过多少世面。但是在遇到抢劫的小偷时，强烈社会责任感着实让她的形象更加的多面化与多样化。也因为这件事，叶子成为了学校的明星人物，让许多学生与老师吃惊于其柔弱的身躯是如何战胜邪恶的力量的。因此赞扬与质疑的声音此起彼伏。

虽说叶子见义勇为的行为传递着大学生应该承担的一定的社会责任，被所在大学的学校领导、社会的新闻媒体争相倡导和赞扬，但是叶子丝毫不受社会舆论将她推向的舆论热点的影响。不论是对她的褒奖还是对她的质疑，她始终将自己自动放在一个真空的位置，不受干扰，以保持内心的平静和处世自然，这更是叶子的一大优点。在纷繁杂乱的今天，不受诱惑的驱使，一直坚守自己内心所坚持和认定的，更值得我们学习与赞扬。

三、爱的选择

阿宗，作为小说中的男主角之一，是学校中人气最高的帅气小伙。他热爱编导专业，并且在这个专业中有许多突发的灵感和创意，这让其院里的许多老师很是看重他。也正因他的才能，他才结识到如朋友般的老师，付老师就是其中典型的一位。他不仅在老师中名气很高，在学生圈的人气更为火爆。阿宗时不时就会收到女生的情书或者别样方式的示好，但奇怪的是阿宗已经进入大学两年，却从未对某位女生有过好感。与他关系好的雷小宝非常不解，并认为他在大学是没有将谈感情作为一项计划的冷面人。直到阿宗与叶子相遇，雷小宝意外地发现阿宗对叶子与对其他女生并不一样，通过他凝望叶子的眼神，以及对叶子热情的态度，雷小宝渐渐发现阿宗默默喜欢着叶子。阿宗对他和叶子的感情没有过多的疑虑与担心，而是静静地与叶子相处，让叶子也慢慢对他产生好感，进而互相吸引。阿宗不仅仅在爱情上保持平和冷静的心态，在为人处世上也是出了名的低调。虽然阿宗是副省长的儿子，出生在“官二代”的家庭里，但他从来没有将此作为炫耀的资本。

学习上，他与其他同学一同奋进，并一直获得学校的奖学金，虽是官二代却低调朴素，在大学四年里，他不断地实习，积累经验，并没有利用自己的身份去谋取一些东西，而是单靠自己的努力；大学毕业后，本能借助其父亲副省长的身份谋取一个更好的单位，但他自己却选择了西部的一家地方电视台，吃苦耐劳，不断上进。特别在对于爱情上，他并没有选择那种所谓“门当户对”的富二代林恰恰，而是坚持精神上富有的来自农村的叶子。这个理智又有思想的决定也最终使他与叶子的爱情修成正果，成为一段佳话。

小说塑造的阿宗非常典型地代表了学校中综合素质强的一类学生。在现实生活中，这类学生在大学中是风云人物，他们被许多学生所知并被崇拜羡慕，由于各方面优秀，被大家传为神一样的人物。阿宗为了准备晚会节目，和叶子仔细斟酌、讨论文稿，挤出时间在非线性编辑室剪辑制作视频，最终他的短片在晚会放映时，赢得一片喝彩与掌声。阿宗所获得的荣誉并不是不费吹灰之力得来的，在赞扬声的背后，是他的心血与汗水。作者通过阿宗告诉读者一分耕耘一份收获的道理，也间接告诉读者，所有人都是用努力和坚持来换得成功的。

四、两代人的记忆与见证

林恰恰，虽说同样作为小说中的女主角之一，却拥有与叶子截然不同的身份代表。林恰恰出身在富豪之家，从小被父亲娇生惯养，因此养成了许多不良的习惯。在入学的第一天就抱怨宿舍条件差，对父亲撒娇让父亲向院长请求在外租房住。学表演的她，注重外表，不注重自己内心素质的提高，总是以貌取人。为了满足自己的虚荣心和明星梦，她总是单纯地去相信社会上的人，以致最后伤害了自己的身体，一无所获。然而，作者对林恰恰的塑造依然有重要的意义。在现实的大学生活中，有些人难免在进入社会上的过程中会像林恰恰一样有些急于求成，他们自以为自己已经足够成熟和老练，能够单独应对社会上的洪水猛兽。但实际上他们并不能真正把握自己、掌握命运。在小说中，个性张扬的林恰恰，因为一心想凭自己的青春靓丽走上明星之路，经不务正业的辅导员施刚，认识了社会上的陈一定、赵处长和白姐。从此之后，林恰恰便深陷漩涡之中，一路带着迷茫走过大学四年，直至毕业终于清醒并后悔不已。其实林恰恰的遭遇与我们当代众多大学生有众多的相似点，他们为了实现自己的梦想，急于进入社会以施展自己的能力，但同时他们稚嫩的心灵却还未来得及做好准备，以致在复杂的社会中显现出了茫然和困惑，最终误入歧途。

在林恰恰的四年大学生活中，堕落街的字面含义在她的身上真正地得到了应验。林恰恰不爱读书，喜爱大城市的灯红酒绿、夜簇繁灯的她经常到大学旁边的那条堕落街去闲逛，去享受物欲给她带来的快感。堕落街能够给她带来享受，同时，堕落街也让她从此真正堕落与沉沦。然而对于林恰恰，作者也不是脸谱化地刻画，她的经历并没有使这个人物让人感到反感、恶心，在她身上依然有闪光点。例如叶子正愁帮雷小宝卖的电话卡卖不出去，请求林恰恰帮忙的时候，她毫不犹豫地买下了卡。阿宗在筹划晚会视频的时候，虽然林恰恰是为了与阿宗更加亲近，但主动参加视频拍摄显现出她的另一面——爽快开朗。总的来说，林恰恰经过与社会的人打交道、受挫折，包括意外怀孕、堕胎，被陈一定骗财骗色，她依然还是一个单纯的女生，要不是赵处长揭发陈一定，要不是赵处长被抓进牢里，她至今可能还不会知道自己被蒙在鼓里。另一方面，林恰恰的悲惨遭遇并没有使她的心灵扭曲，价值观变样，她坚守着心底的一分纯真与善良，让她在小说的最后终于对自己所做的行为感到懊悔，并真正明白了妈妈汪纯之前对她说的话。同时，她是一个乐观的女生，她虽在通往成熟的路上付出了沉重的代价——几乎被摔得遍体鳞伤，但是当她看到学校招募灾区志愿者，却很是动心。而这次志愿活动的参与，却让林恰恰懂得了生活艰辛，充实的快乐，也让她的心慢慢地变得坚强，对自己的未来重新树立信心。

堕落街是一个大熔炉，它不仅仅包含了上述三个主人公，在这条街道上，还有老师、校工、学校领导、社会上心术不正之人的身影。每一个人物都是一条单线，在堕落街里汇聚成一个焦点，无论什么身份的人或事，似乎都和这条街道有藕断丝连的关系。虽然与堕落街相联系的主人公的命运幸运或悲惨，但能说明的是学生的流动促使了这条街的繁华、发展与变迁，而这条街更是成为大学生在此磨砺人生的试验场，甚至可以说是进入社会的垫脚石。

整部作品贯穿了两代人的大学生活，人生职业理想的思考与对比，是一道独特的风景，这不只是上一所大学，更是在父母引导下共同追忆人生另外的一堂课——混迹在堕落街里的那些酸甜苦辣。而这种构思，也使整部作品具有深刻的反思意义。林恰恰母亲汪纯在大学时代对好朋友的暗地举报，使好朋友跳楼自杀后的后悔与反思，阿宗和林恰恰这代大学生毕业之后对在堕落街的大学时光的回忆与追思，不仅仅是对过去的怀念，更是对大学生自身命运的反思，他们通过反思找到自己合适的定位，通过反思后开始自我奋斗，通过反思后把握自己的人生。总之，在青春飞扬的时代，他们从没有放弃追求和自我反思的脚步。

最后堕落街被政府拆除，小说中的每个人物似乎都有了一个相对完美的结局，并各奔东西。但每个人物都带着一份对堕落街的记忆离开，或美好或悲惨，都成为了印在很多人脑海中无法抹去的精神标记。就像作品最后所说："堕落街，它是堕落街又不是让人堕落的街啊，是一道深深印记在生命中的伤痕。"

说到底，袁雅琴通过这部小说想要表达的不是一个地名的戏称，不是一次伤感的旅程，更不是一种煽情的"越位"，而是时代的缩影，是实实在在的青春的挽歌，是一代人难以忘怀的集体记忆。

第五章　正义的高地

政治在中国文学中拥有超乎寻常的地位和影响力，无论是政治人物、政治思想，还是政治场域等。就政治因素的影响力和影响方式而言，大致可以分为：领袖的精神散发和资源播撒、政治场域中的人性反思、领袖人物在转型期的丰满与重塑。

由于独特的社会和历史背景，领袖在中国的社会和文化生活中占据着重要地位。它是凝聚力量的重要方式和公众精神资源的基本原点，毛泽东及其家人的经历必然成为文学的重要主题之一。历史只能还原领袖的形象本身，而对其个性、情感和精神则无法涉及，文学正好弥补了历史无法涉猎的领域，所以这个题材在历史和文学的交汇中摇摆。更为重要的是，文学可以对历史事件进行合理阐释和适度想象，以填充历史大叙述下的生动细节和局部内容，从而丰满领袖形象。余艳的《板仓绝唱》《杨开慧》，杨华方的《毛泽东在一九二五年》与《毛泽东和他的六个亲人》等作品，以亦文亦史的方式再现了领袖形象，以温情的工笔描写展现领袖独有的人格光芒。文学借助伟人的影响和魅力，形成一种向上的力量和励志的氛围，这种厚重的纪实作品是湘军的崭新尝试，也为塑造领袖形象提供了一种新的范式。

社会转型期常常激发出万众创业、万民思变的热情，已经板结的社会层级和心理结构开始泛起新的涟漪，甚至唤起民众改变自身命运和发挥自身才华的强烈愿望。在一定程度上说，改革开放之后中国一直处于转型期，尽管只有三十年，历史长河中的小小瞬间，但是随着社会面貌的日新月异，转型期的矛盾、机遇、挑战、不安、喜悦共同释放在人们的面前。这个时代的作家所经历的，不再是事件无聊的重复和时间的无意义累加，而是沸腾的生活和崭新的细节。身处内陆的湖南虽然不是改革开放的最前沿，但是在如火如荼的社会大变革面前，同样取得了令人瞩目的成就。文学湘军有为民代言的传统和敢为天下先的激情，他们深入社会生活的肌理深处，以文学的方式记录下了社会的阵痛和人性解放的喜悦。易清滑的长篇小说《背景》、谢璞《夜郎西舅》和朱日复《泰山其颓》都为这个社会提供了某个侧面或某个背影。易清滑长期在公安系统工作，他的《背景》聚焦自己熟悉的公安领域，写下了布局宏大、结构严谨、人物众多、情节复杂的长篇小说。而谢璞和朱日复这两位文学湘军中的前辈，面对越来越多样化的社会，两位老先生克服重重困难，以对文学的痴爱和令人感动的方式奉献了自己的厚重作品，为文学湘军助威，殊为难得。而文学湘军中的潜伏者罗尔，早在20世纪80年代初期，他就开始了文学创作，并取得一定的成就。后来他由于生活所迫，远走深圳，其间经历种种，沧海桑田，却仍然不改文学的心。他于2017年2月推出的《那些义盖云天的人儿》站在新历史主义的视野，通过对人物中国经验的书写和义气情怀的高扬，传达出作者对人性本真的崇高敬意与真切关怀。而纪红建在报告文学领域显示了他的实力，他的《马桑树儿搭灯台——湘西北红色传奇》与同铁流合著的《见证——中国乡村红色群落传奇》，通过宏大叙事，聚焦红色记忆与家国情怀，对于重拾精神信仰、铭记历史经验无疑具有极为深刻的时代精神与现实意义。

转型期过后，社会仍处于上升期，并逐渐进入繁荣盛世，国家统一、经济繁荣、政治稳定、国力强大、文化昌盛。在此背景下，涌现了大批可歌可泣的青史留名的人物，文学湘军无论是年龄大小，都纷纷拿起自己的笔，记下了改革开放中涌现出来的杰出人物，为时代发声，为文学添光彩。这些人物涉及艺术、科技、创业，等等，成为“中国梦”的创造者和见证者。时代造就英雄，英雄影响时代，只有这样的盛世时代，这样的盛世背景，才能成长这样的伟人，文学不能在这样的繁荣盛世和伟大任务面前缺席，文学湘军不会在这个千变万化的社会面前缺席的，这是个伟大时代所赋予的光荣而神圣的使命。

第一节　领袖的人格光芒

20世纪的中国历史离不开一个人，更离不开一个家庭。这个人就是毛泽东，这个家庭就是毛泽东和他的亲人们。在那风雨如晦的沧桑岁月里，毛泽东以他强大的个性和卓越的能力引领着中国于失意和迷惘中执着追求，永不言弃，终见曙光。他们和革命先烈们一起，凭着对信仰的绝对忠诚，劈棘斩荆，勇往直前。

一、历史与文学的交汇

一个人为了某个目标需要放弃自己的生命，这个人也许可以做到；一个人为了某个目标放弃自己的生命，同时还需要放弃他的家庭，这个人可能难以做到；一个人为了某个目标放弃他的生命也放弃他的家庭，同时还需要放弃他六个亲人的生命及其他们的家庭，谁能做到？尤其重要的是，当六个亲人怀着同情的热血、激情，怀着同样的梦想、信仰，义无反顾，前仆后继，追随着他的步伐，而一个又一个倒在黑暗之中的时候，他无法预料，也无法阻止，因为，他和他的亲人们成为国家、民族前途的命运共同体，成为20世纪中国历史上最耀眼的一团火焰。毛泽东做到了，历史选择了他，也选择了他的亲人们。余艳的《板仓绝唱》《杨开慧》以及杨华方的《毛泽东在一九二五年》与《毛泽东和他的六个亲人》等作品，见证的就是这样一种选择，浓缩的就是这样一段历史。

无疑，这是一个革命的家庭，坚贞不屈，无私无畏！正如著名作家周立波在《韶山的节日》中写到的那样："这个可敬的家庭集中地表现了中国人民的智慧、义烈和敢于降龙伏虎的无畏气概！"如何把握这样一段历史，这样一个家庭，如何体现领袖的人格，彰显信仰的力量？这是作者动笔前首先需要认真思考的问题。文学不是历史，但文学和历史可以看成是患难兄弟。当历史通过文学的方式书写的时候，当历史被文字编织成一首澎湃的交响曲的时候，历史本身又多了一层魅力。可喜的是，在杨华方和余艳等人的作品中，字里行间跳跃的，不仅仅是这样的一种魅力，更有一种无坚不摧的向上的力量，从某种意义上来说，这部厚重的纪实作品为我们书写历史、还原真实、塑造领袖形象提供了一种新的范式。

大历史与小历史的交汇与碰撞突出一个大写的"人"，这是还原历史和奠定领袖人格的叙事基石。这些作品无论是小说还是报告文学，都是从人本身的角度出发，描写作为个体的人及其在历史洪流中的地位和作用。人是历史的创造者，又是历史的书写者和传承者。国家的历史，民族的历史，其本身都是人的历史。作家的这种大历史观为他/她的叙事奠定了基石，他/她的目光始终聚焦在人和人性上，把七情六欲的人与人物的性格连在一起，同时又把个人的小历史与国家的大历史连在一起。

1907年，毛、罗两家老人为毛泽东与罗氏撮合配婚。少不更事的毛泽东，根本就没有想到父母会这么早为自己操办婚事，因此心中闷闷不乐。无论是伟人还是平凡人，都对婚事有自己的看法，但这种看法又与时代背景息息相关。这种叙事不是虚构的，而是真实的。为了佐证这一段历史，美国作家特里尔在《毛泽东传》中曾有这样的描写："可怜的毛泽东呆若木鸡，由于某种考虑，泽东有礼貌地接受了这种生硬的可怕的仪式。"三年后，罗氏因病去世，但这次婚姻对毛泽东的情感世界影响很大，这种影响既是个人的又是社会的，就个人而言，他是痛苦的；就社会而言，他要反抗，要改变，让别人不再经历他曾经历的痛苦。这种强烈的个人改变愿望与他内心强烈改变中国的命运的愿望奇妙地契合在一起。就在罗氏去世10年后的1919年，长沙发生了一起反抗包办婚姻的悲剧，有一名叫赵五贞的女子因不满包办婚姻于出嫁当天在花轿上用剪刀割喉自杀。这件事引起了毛泽东的极大愤懑，获悉此事的第二天，他就写下了《对于赵五贞女士自杀的批评》一文，并在《大公报》上发表，紧接着他又连续在报刊上发表《赵女士的人格问题》《打破媒人制度》等10余篇文章。一个社会新闻，让毛泽东写如此多的文章进行评论和抨击，真可谓"愤怒出诗人"，不平则鸣。余艳和杨华方不仅把毛泽东内心世界的情感波澜写得十分传神，而且把事件的来龙去脉也交待得清楚明了，这既是历史的真实，又为后文埋下伏笔。

文学脱胎于历史。文学中的"故事"（story）与"历史"（history）在一开始其实就是一码事，至少，历史是文学的基础，只要文学还讲故事，只要故事对于文学还有意义，"为了人，还原历史"的文学创作就有无限的发展空间。杨华方显然熟谙此道，从人的个性的角度把大历史与小历史的碰撞巧妙地结合在一起。

毛泽东的性格底色在与亲人的矛盾冲突中体现得最为充分。许多读者对于毛泽东与父亲毛顺生的矛盾略知一二，但读来读去，都感觉跟斯诺的《西行漫记》中了解到的一点点史料似曾相识。由于作家掌握了大量的第一手资料，不仅写出了毛顺生的专横与霸道、无奈和伤心，还写出了毛泽东坚强的个性和吃软不怕硬的性格。例如，有一次，毛泽东顶撞了父亲，毛顺生追着去打，毛泽东跑到池塘边，突然威胁父亲：你再追，我就跳下去！父亲知道儿子做得出来，便咬着牙说：你给我跪下！毛泽东又提出条件：你答应我今后不打我了，我就跪！毛顺生僵持了半晌，最终软下来：好！你跪下。毛泽东这才跪下——既为自己以后不再被打创造了条件，又给了父亲下台的面子。这种人性的彰显和温情的描写，对冲突双方真实的心理和细微的变化把握得十分到位，也突出了毛泽东善于审时度势，积极应对危难事件，化不利为有利，从妥协中积蓄力量，从斗争中得到发展的特点，这难道不是毛泽东一生性格的真实写照吗？

英烈们用鲜血和生命捍卫信仰，每一次个体的英勇献身与国家命运的时间脉动铿锵相接，构筑了历史的悲壮之美。余艳和杨华方的可贵之处在于：从一个家庭的独特视角，写了一群人，他们的困惑，他们的摸索，他们的坚韧，他们的不屈，以及为了信仰不怕牺牲的英勇事迹，确实令人感动。应该说，他们是无数中国人的缩影，是人民记忆的集中释放。中国革命的每一次成功，每一次进步，都浸透着他们的鲜血与汗水。他们渴望独立，渴望自由，渴望国家强大，是这样的信仰让他们心动，死而无憾。他们是一群可爱的人，可敬的人，是民族的脊梁。他们穿着一双草鞋，握着一杆枪或是一把斧子，无所畏惧地面对着一切挫折磨难。他们的梦想连接中国人民的梦想，就这样一尺一寸，就这样一点一滴，发芽了，开花了。灾难深重的中国，在他们不懈的追求中扩大每一个汉词的含义，每一个句子都能点燃身上的热血，让激情燃烧，让生命不朽！

无疑，毛泽东和他的六个亲人是这种不朽生命的浮雕。历史的脉搏与个人的脉搏一起律动，激动人心。毛泽东每一个亲人的壮烈牺牲，都是他个人历史的拐点，同时也是中国历史的时间节点。他和六个亲人的悲壮书写成为全书的叙事主线，这些民族的脊梁在特定的历史舞台上演绎了一曲荡气回肠的正义之歌！

杨开慧，毛泽东最亲密的爱人。1930 年 11 月 14 日，29 岁的她牺牲的时候，国民党军队逼近瑞金，中央苏区召开了“第二次全国工农代表大会”，由于博古等人的“左”倾错误，毛泽东失去了军事指挥权，红军正经历着从未有过的巨大牺牲。

毛泽覃，毛泽东深爱的弟弟。与杨开慧一样，29 岁，风华正茂的年龄，他牺牲的时候，正是毛泽东带领红军“四渡赤水”的时候。获得死讯是弟弟死后的第七天，毛泽东万分自责，对大弟毛泽民沉重地说：“母亲在世时特地叮嘱自己照顾小弟，‘我没有尽到当大哥的责任啊’。”悲痛之情溢于言表。

毛泽建，毛泽东唯一的妹妹。这位临产前被抓的衡山工农游击队的创始人，面对敌人“你是谁”的严酷拷问，她朗声答道：“我叫共产党。”被救几天后，她的小孩生了下来，是个男孩，取名“艰生”，但不久再次被抓，可怜的艰生在世上只活了几个月便夭折了。1929 年 8 月 20 日，毛泽建慷慨激昂，就义于衡山县城南门外马庙坪，时年 24 岁。其时，距毛泽东指导召开中共闽西第一次代表大会不到一个月，毛泽东正在为即将召开的古田会议作精心准备。

毛楚雄，毛泽东可爱的侄子。1946 年 8 月 22 日，这个毛泽覃未曾谋面的儿子，在通往延安的途中，被胡宗南手下抓住后活埋了，年仅 19 岁，他至死都没有见过自己的父亲，更没有见到日夜思念的伯父毛泽东。当时正是国共谈判破裂、内战烟云密布之时，毛泽东日理万机，就在毛楚雄被活埋前的半个月，他在接受美国记者采访时提出“一切反动派都是纸老虎”的著名论断，也为他即将“打倒蒋家王朝，解放全中国”发出了强有力的信号。

毛泽民，毛泽东最器重的大弟。毛泽民跟随毛泽东时间最长，性格最为敦厚，他于 1943 年 9 月 27 日壮烈牺牲，距小弟毛泽覃牺牲已有 8 年，其时，毛泽东正在延安主持中国共产党六届七中全会。

毛岸英，毛泽东挚爱的儿子，倒在抗美援朝战场上。1950 年 11 月 25 日，在一次空袭中，为了抢救珍贵的文件资料，毛岸英壮烈牺牲。其时，中华人民共和国刚刚成立，国内外敌对势力还十分猖獗。为了防备敌人在我国东南沿海登陆进犯，毛泽东于八天前对华东局、中南局作出部署：华东一切工作要以美国和蒋介石登陆进犯为假想的基础去作布置，要将两广作为一个对付帝国主义和蒋介石登陆进犯的统一的单位。就在毛岸英牺牲后的半个月，毛泽东登上了《时代》周刊封面，标题是："红色中国的毛泽东"。

个人生命的时间节点、历史的大事件与毛泽东本人的命运紧紧地连在一起，这些时间节点串连起来，正好浓缩了中国革命的历史轨迹，也正是毛泽东本人跌宕起伏的人生镜像。在还原这段历史的时候，作者依凭的不是资料的堆积和罗列，而是删繁就简，突出信仰的力量。而在细节处理上，尊重历史的人文情怀，着力塑造领袖人格的不平凡。例如，毛岸英牺牲之时正是毛泽东患重感冒之时，可谓父子连心。当毛泽东感冒好了的时候，叶子龙等人才奉命向他报告岸英牺牲的消息。据在场的卫士回忆，毛泽东听后怔住了，一声不响，眼圈湿了，过了许久，才发出一声叹息："谁叫他是毛泽东的儿子呢！"毛泽东强忍着没有流下一滴泪，他却让大家泪流满面。这样的叙事，这样的细节，非常有力量，能够触及人性最脆弱的部分。人性的温情和光辉，跃然纸上。

毛泽民牺牲前曾对他的战友说：我毛泽民无愧于是一个中国共产党员，无愧于是毛泽东的弟弟，也无愧于是毛泽覃的哥哥！这样铿锵有力的声音至今回响在历史的天空。为了表达对弟弟深切的怀念之情，30 年后，已是迟暮之年的毛泽东对前往乌鲁木齐出席新疆维吾尔族自治区成立 20 周年庆典的中央代表团的负责同志说，你替我采一束野花，放在我弟弟的墓前。这样的细节描写很沉重，具有强烈的穿透力和钝重感，构筑了历史的悲壮之美，读来令人怦然心跳，热血激涌，唏嘘而哀伤。

对革命历史的敬畏和温情是突破写作禁区，获得审美创新的有效途径。亚里士多德有句名言："诗比历史更真实。"这表明：艺术地再现一段历史，就是要使真正的历史以及被意识形态或各种因素所遮蔽的历史还原到真实。当对历史的回避、遗忘和美化成为习惯之时，重新书写历史，最重要的是要凸显人文情怀，这是作者用自身的写作努力做到对历史忠诚和对读者尊重的最好办法。

毛泽东与杨开慧的爱情，可谓亘古未见，气壮山河。对这部分历史的书写，作者花了不少心思，因为敬畏，所以温情。杨开慧个性独特，写得了一手好文章，更是一个追求进步的奇女子。1920 年，毛泽东填写了生平第一首情词《虞美人》："堆来枕上愁何状，江海翻波浪。夜长天色总难明，无奈披衣起坐薄寒中。晓来百念皆灰烬，倦极身无凭。一勾残月向西流，对此不抛眼泪也无由。”杨开慧接到这首赠词后，激动得摇着好友李淑一的肩膀说：“他的心盖，我的心盖都被揭开了，我看见了他的心，他也完全看见了我的心。”最为感动的是杨开慧在日记中写下这样的话：“我觉得为母亲生之外，是为他而生的，我想象着，假如一天他死去了，我的母亲也不在了，我一定要跟着他死！假若他被人捉着去杀，我一定要同他去共这一个命运！”这是何等的英雄，这是对爱情的坚定，更是对革命信仰的坚定。正是这种信仰的力量，最终面对敌人的威逼利诱，杨开慧能够坚定地践行起自己“为他去死”的神圣诺言！

杨开慧临终前给堂弟杨开明的托孤信，读来也是撼人心魄：“我好像看见一死神——唉！它那冷酷的面孔！说到死，我并不惧怕。”但因为对母亲和小孩的牵挂，让她放心不下，“这个情绪缠绕得我非常厉害——前晚竟使我半睡半醒地闹了一晚。”这封信是1982年3月在修缮杨开慧烈士故居后墙的泥砖缝中发现的，同时发现的还有散文1篇、诗2首、杂文2篇和2封未发出的信，共计12页，4000余字。这些细节和数字，增加了本书的真实感。

作为文学创作必要的手段，虚构在任何一部纪实作品中都必不可少的。在这方面，作家们创作也是颇见功力。例如，杨开慧绑赴刑场后，凶残的敌人向她开了三枪，先把她打伤，让她流血，让她疼痛，一下一下地把她折磨死。杨开慧两只手深深地抠进泥土里。这样的视死如归令人落泪和痛心。一个人，为了信仰，为了爱，牺牲个人的生命在所不惜。这需要多大的勇气，又蕴含着多么丰富和深沉的情感啊！显然，虚构是为了还原历史的真实，但如亚里士多德所言，比历史的真实更真实的，是诗性的真实。原因在于，历史的瞬间早已磨灭，那一天也没有见证人，更无刽子手陈述是如何射杀杨开慧的，杨开慧究竟是身中三枪还是一枪才被杀死的并不重要，重要的是，三枪不仅突显了敌人折磨杨开慧的残忍，也充分揭示了她生命力的顽强和敌人的懦弱，让读者合理想象出刽子手开枪的手是颤抖的，以及诸如此类的细节。

任何优秀的文艺创作都是对历史或现实的全新精神表达和审美发现，描写革命历史题材的纪实作品尤其如此，但这方面的创作，在不少创作者看来都有难题或所谓禁区，怕“触雷”，不敢尝试。例如，贺子珍与毛泽东的婚姻，一直是不少创作者自我设下的雷区或禁地，不愿意去碰它。但余艳和杨华方并不回避，而是独辟蹊径，从信仰的高度，写出了他们分分合合的合理性和必然性。在毛泽东指挥红军四渡赤水中，贺子珍负伤，由于开始长征，红军总卫生部休养连决定将奄奄一息的贺子珍留在当地老乡家里养伤，毛泽东闻讯后立即打电话说：就是死也要把她抬走！贺子珍在担架上的两个月里，毛泽东一有空闲就去看望她，终于，爱的力量把她从死亡线上拉了回来。贺子珍在回忆这段往事时坦承是毛泽东救了自己的命。

作家王安忆说："做作家其实是要获得一种权利，那就是虚构的权利。"但她同时补充道："我们虚构的关系是建立在我们的真实的关系之上。我们真实的关系经验就像种子一样，为我们想象力的雨露滋润，然后发芽开花，结成纸上的果实。"是的，该书在虚构和真实的表达之间，很好地理顺了这种关系。书中写到晚年的毛泽东渴望得到家人的关怀，渴望子女们的慰藉和温暖，渴望像常人一样享受人间的天伦之乐，但是他不能，因为他是毛泽东。即便是婚姻也不是他个人的私事，因此，再多的烦恼也只能埋在自己心里，再多的苦痛也只能一个人承受，再多的压力也只能独自扛起，因为他是毛泽东。据身边工作人员回忆，毛泽东曾感慨地说："老百姓离婚可以找法院，可我向谁申诉呀？"男人有泪不轻弹，只是未到伤心处。这份情感的难堪和伤痛，又怎是一个平凡人所能承受得了的？这样的领袖人格，谁不为之敬仰？这样感人的故事，谁不为之动容呢？

二、"以奇为正"的创作特征

早在20世纪90年代初，在《文艺报》和《理论与创作》开辟的"文学新湘军"栏目，均介绍评论杨华方的小说创作。那时，写毛泽东的书籍畅销，写毛泽东的人不仅获得许多荣誉，并且还赢得世人的尊敬。杨华方生活、工作在毛泽东的家乡湘潭，常常听见很多有关毛泽东的传说，可他没有动笔。到20世纪末，写毛泽东已不再"时尚"之时，杨华方却拿起笔开始写毛泽东，而且尝试着用多种文本来书写，诸如长篇小说、长篇电视连续剧、广播连续剧、散文等都成了他的书写方式。他创作的长篇小说《毛泽东在一九二五年》在《中国作家》发表后，被评论界誉为是我国第一部从人性化的视角、以小说的手法描绘毛泽东的文学作品。2017年，他推出的《红色第一家》是中国作家协会列为重点扶持的长篇小说。杨华方也是我国目前第一个写毛泽东获毛泽东文学奖的作家。

应该说，毛泽东的形象在人们的心目当中已经形成定式，与之相随的是一连串的词汇：革命、领袖、中流击水、挥斥方遒。这些都没有错，但过分的阐释使本来残酷的革命被浪漫化，最后只剩下宏大的理想、空洞的激情。鲁迅先生说，"革命不是教人死而是教人生的"，这也许更帖近毛泽东的革命目的和原本精神。《毛泽东在一九二五年》①力图展现一个在精神层面上更加真实的毛泽东，一个至情至性的毛泽东。在文本中，替叫花子收尸这样的细节尽显毛泽东

---

① 杨华方. 毛泽东在一九二五年[M]. 北京：中央文献出版社，2007：340.

朴素真挚的人间情怀，而与杨开慧、岸英、岸清还有韶山父老的相处中，则彰显的是深情的丈夫，温厚的父亲，忠诚的儿子。所以尽管是小说，却比一些大而不当的本质界定更有心理上的真实性和可信度。有人说，这是作者杨华方另辟蹊径、剑走偏锋，而我们更愿意把它理解为“以奇为正”。

面对这样一个几乎覆盖了中国一个世纪的风云人物，历史的任何角落都留下了毛泽东的痕迹，这种痕迹之显豁，以至于在今天的社会生活褶皱里依然留存。因而任何研究者都试图拨开纷纭的一切现状成果，以自己的方式重新界定本质，所以，毛泽东研究的领域内充满了各种形而上的结论。

伟人常常被一种惯常思维所阐释，我们经常看到的是一个谈笑风生中“樯橹灰飞烟灭”的毛泽东，无论什么困难在毛泽东这里都以一种最有创造力和合理性的方式得到合乎历史逻辑的解决，但这种经天纬地般的雄才伟略从何而来？是什么催生了他开辟一段历史的器质？探究者经常顺着两条思路回溯“伟大”的源生地，一是马克思主义的理论，二是毛泽东曾经读过的中国古代典籍。于是，书店的柜台上堆满了毛泽东曾经批注过的文史著作，这从一个侧面反映了人们对这种观点的认可，当然也合乎中国厚古薄今的传统。但这种追根溯源式的探究都只强调理论和思想对人的定型作用。按照这种思路，最优秀的人只取决于是否看了最优秀的书，这显然是一个伪命题；起码忽视了马克思主义最基本的观点：实践对人更为本质的塑造作用。

《毛泽东在一九二五年》不仅描写了青年毛泽东带着杨开慧和弟弟回韶山秘密探索农民运动，建立中国农村基层第一个党支部的故事，更重要的是他写了一个为人夫为人兄且儿女情长的凡人毛泽东。这部作品以一种人们喜闻乐见的形式重新探索毛泽东的“优秀因子”来源。在领导中国革命的生涯中，毛泽东固然“指点江山，激扬文字”，但其早期的具体革命实践显然起到了不可替代的作用。选定这样一个时间的断面，并用小说的形式去展现，是作者的“奇”招。“小说唯一存在的理由是说出唯有小说才能说出的东西。我的小说讲的历史事件是被历史记录所遗忘了的。”①杨华方讲出的正是只有小说才能说出而被历史遗忘的东西。诚如王跃文所评价的：这部“作品融合了历史的真实与小说的生动，精练的技巧和生动的想象力，将青年毛泽东非凡的胆略智慧在趣味横生的细节中呈现出来”。

小说开头一改中国传统小说“慢热”的特点，或者用很多的篇幅写景以抒情，或者用大量文字交待人物的历史背景，生活的具体情况，有条不紊地娓娓

---

① ［法］米兰·昆德拉. 小说的艺术［M］. 董强，译. 上海：上海译文出版社，2004：46－47.

道来。杨华方不是这样，作为一部历史纪实性质的小说，依照常规写法完全可以这样：

一九二五年是一个特殊的年代，中国的革命领袖毛泽东被排挤出了中央委员会，回到家乡湖南韶山，韶山这个地方的封建势力非常强大，他们倚仗以团访局长成胥生为首的地方小股武装为靠山，欺压百姓……毛泽东就是在这样的境况下坚持展开斗争的……

也许比这个背景介绍要详尽得多，但杨华方不是这样，小说一开头就交代了毛泽东回乡时的接待场面，这个场面里唯独没有毛泽东，也就是利用这个场面，作者用最浓缩的文字描写了毛泽东身边几乎所有角色的人物群像，人物的性格、身份自然地流露于纸面之上；我们实在想不出更有效的方法了。著名作家马原说过，写好小说要有慧根，有没有慧根，一看开头就知道。杨华方的这个部分很精彩，不知道是由于拥有慧根还是精心的编织，毛泽东的境况通过“他人之口”显现出来，也就是毛福轩所担心的具体内容，这种客观化的叙述方法加强了小说的艺术真实性，从而有效地避免了一般作者用一种直接的方式粗暴地干涉小说情节流动。正如福楼拜所说，作家不能在作品里露面，就像上帝不能在人世间露面一样。杨华方没有那么极端，但很少从情节中脱离出来，对人物的行为大发议论或者慷慨陈词，从而忘记了自己的叙述人身份，破坏了小说的独有审美效果。

小说显现了许多毛泽东生活当中的细节，当然不同于以往人们耳熟能详的吃红烧肉的片段。毛泽东和杨开慧既是革命战友又是夫妻，在创作上，作者善于蓄势。小说中调虎上山、联名状、金蝉脱壳等情节构成了小说的故事单元，每一个单元事件的最后解决都是一个高潮，但高潮的到来往往经过了层层铺垫。这就像一个经验丰富的跳高运动员，要想越过最高点，必须要有充分的助跑。杨华方的小说同样如此，由于充分的“助跑”，最终的高潮到来就水到渠成，而不是唐突的一个直转，抛出作者自以为高潮的结局，尴尬而无力。

杨华方笔下人物的斗争策略同样“奇正相生”。毛泽东善用奇计，金蝉脱壳一节，成胥生和曹队长截断了毛泽东的去路，形成三面夹击，往哪边跑都不行，似乎形成了绝境，帮助毛泽东离开的钟志申和庞叔侃，欲想以一己之力用非常原始的方式“拿根轿杆子冲过去，杀开一条路，保护润之突围”，这是一种正常思维的常规，但面对几百条枪，显得有些太“不自量力”。毛泽东让两人抬空轿依旧前行，自己则换路离开，以金蝉脱壳之计演绎了一出漂亮的“空城计”。这种疑兵之计与后来率领红军摆脱蒋介石百万军队的围追堵截如出一辙！

历史常常惊人的相似。“反联名状”和“平粜”事件则凸显了毛泽东以“正”

为主的思想，成胥生和几个土豪劣绅联名诬告毛泽东，毛泽东则针锋相对，以其人之道还治其人之身，来了个反联名状，串联大多数的下层群众签名反告成胥生，因为参与人数众多，使统治者自己必须衡量逮捕毛泽东所冒的政治风险，唯恐激起民变。

《孙子兵法·势篇》曰："奇正相生，如循环之无端，孰能究之?"李世民说得更为详细："以奇为正者，敌意其奇，则吾正击之；以正为奇者，敌意其正，则吾奇击之。使敌势常虚，我势常实。"(《唐太宗李卫公问对·中卷》)。历史穿越千年，却是如此惊人的相似，不应解读为一种巧合。

一般来说，领袖人物的正史，写的大多是他们的一生，但杨华方以艺术的方式再现了 1925 年回到韶山的毛泽东。这是毛泽东一生的时间节点，选择这个时间节点作为小说聚焦的主要内容，也反映出作者卓尔不凡的选材能力和创作自信，这是创作方法上的"以奇为正"。虽然此时的毛泽东似乎在中国的政治版图上隐介藏行，淡出了喧哗的大众视野，但也许并不是一件坏事，因为毛泽东天才的思想在小范围内得到了充分的实践，为他以后风起云涌的军事与政治斗争奠定了扎实的基础。"以奇为正"是杨华方的创作特色，也是他的表达策略。因为，毛泽东是韶山的，韶山是中国的，而中国故事是由无数地方故事汇集而成的。杨华方笔下的湘潭故事尤其是毛泽东的故事折射了我国民族的历史命运和发展变化，浓缩了中国人的独特经历和生命情感。这是杨华方以领袖人物创作的文学作品之价值所在。

第二节　政治场域的生态魅影

一、地平线上的官场与冰山下的人性

旭日东升，艳阳高照，万木逢春，东风浩荡，这是官场呈现给公众的美好场景，任何沟壑肮脏都只是霞光万道下的蝇营狗苟。但是易清滑关注更多的则是，这些沟壑肮脏和蝇营狗苟究竟是个案，还是人性的污点。心理学家萨提亚认为，"人性像一座漂浮在水面上的巨大冰山，能够被外界看到的行为表现或应对方式，只是露在水面上很小的一部分，大约只有八分之一露出水面，另外的八分之七藏在水底。而暗涌在水面之下更大的山体，则是长期压抑并被我们忽略的'内在'。揭开冰山的秘密，我们会看到生命中的渴望、期待、观点和感受，看到真正的自我。"

(一)人性的真醇与官场的大幕

易清滑的小说《背景》把政治场域的生态魅影写得生动逼真。小说中，主人公余致力是一位来自农村的大学生，毕业后进入权力核心机关省公安厅工作。他从一个胆怯自卑的官场新手，一步步走到宣传处处长的位置，但所幸他还没有完全沦落为“权力”的奴隶，他虽然懂得了些许人情世故，但农村人最淳朴的特质在他身上还仍有保留，这或许也是作者想要向读者表达的东西：世界上总有那么些人还能在世俗的大染缸里保留自己的纯净。

小说的语言文字干净而纯粹，没有陷入追求华丽文字的流弊，也没有沦落为辞藻的堆砌。相反，《背景》所特有的便是平淡之下带给读者灵魂的冲击，读者会感叹世事原来如此苍凉，人性最丑陋的一面在他的文字下无所遁形。

“用一个通俗的架构把纯文学融合得这么好，这是我没想到的。”①这是一本官场小说，作者是一位诗人，所以小说的内容中不免流露出诗性十足的“纯文学”特点，这可能是作为诗人的作者写作的特色——放不下的高贵与矜持。“这个世界上只见过长得丑的人，没见过长得丑的花。”这是余致力和曾诗曼外出游玩时，曾诗曼说的一句话，人类可能会被污浊沾染，继而变得丑陋，但是花这种自然生物永远也不会丑陋，即使它们从泥巴中生长出来，但它们所展现出来的仍然是美丽无瑕的一面，所以说人类这种高级生物高级到哪里去了呢？

余致力刚进入二十四处时身上有一股“土气”，因此武警在他进入机关大门时毫不犹豫地把他拦了下来，比起一位机关人员，他更像是农民。这上班之前的不顺利让他耿耿于怀，然而进入单位之后的无人理睬也让他十分难过。当他的同学韩英哲来看望他时，他急切地想向老同学诉苦，而这位老同学也十分尽职地扮演着一位聆听者和指引者的角色。韩英哲是一个矛盾的人，他一面说最欣赏的是余致力身上那种最农民的东西，一面又让余致力摆脱这些最农民的东西，转而换上所谓的“机关味”。他最欣赏余致力的淳朴，但也试图将淳朴从余致力身上一点点抹掉。在余致力一步步习惯二十四处生存法则的道路上，韩英哲扮演着重要的角色，他教会余致力世俗，让余致力在官场不那么举步维艰，但小说最后几乎没有再提到过韩英哲，余致力即使遇到了问题，解决的时候也能自己搞定，这便是余致力的“成熟”吗？

“所以赤裸裸的真实总需要些掩饰。白昼的阳光，无情照彻了人间万物，不留下些幽暗让人迷惑，让人梦想，让人希望。”②如同杨绛散文《窗帘》里所写

---

① 谢宗玉. 闲话《背景》[N]. 长沙晚报，2011－06－21(6).

② 杨绛. 杨绛散文[M]. 杭洲：浙江文艺出版社，1996:359.

的，人与人的交往不一定非要赤裸裸的，毫无掩盖的，有时候距离过近不是一件好事，相反，有了些许的遮盖，一切便是朦朦胧胧、欲语还羞的状态，在想象中也都是些美好的事物。但是这种有所隐藏的相处方式与《背景》中作者所写的，为了官位的晋升或者是为了保住自己的工作，导致同事之间莫不虚假地笑脸相迎是有本质区别的。余致力所在的二十四处响应国家机构改革的政策之时，需要裁减人员。二十四处需要裁去一个人，大家表面上看起来都坚持公正，但私下也有人挨家挨户地"通气"，这样一来，表面上还是和气相处的同事，私底下一个个不知道在怎么算计呢。这种"遮盖"与杨绛所说的遮盖大不相同，前者是为了遮盖上不得台面的乌七八糟的东西，纵使表面上大家相处得融洽，但实际上还是有所戒备的，而杨绛则是希望大家能够真正地用善意的"窗帘"使相处能够快乐，没有嫌隙，自在自得。

（二）女性美的泯灭与权力的陷阱

小说之初，林黛芳给人的印象很好，她善良，美丽，在没人搭理余致力时，伸出手招待了余致力，让余致力先到她的办公室坐着。纵使这个善意的举动不值得一提，但相比其他人的冷漠，还是让余致力对她心生好感，情愫由此而生。她的善良还表现在阻止了余致力的行为。这样看来，作者所描写的林黛芳倒像是能够帮助余致力的一个善良姑娘，但后来作者竟然写到林黛芳已经结了婚，并且有了孩子，因此余致力的暧昧情愫只能胎死腹中。林黛芳的婚姻也是不幸的，她的丈夫对她施行了暴行，导致她有了孩子，最后她才不得不与丈夫结婚。这与林黛芳在人们面前的温婉美丽的形象大有不同，她对丈夫是冷漠的。每个人都有一段故事，林黛芳也是如此。在书的前半段，林黛芳是普通的，谁也想不到她最后竟然也会为了权力，和已经升职为厅政治部主任的黄奇志私通。官场是可怕的，它能将一个正常的人变成"变态"，成为处长的林黛芳处处为难余致力，完全不顾两人曾经在她离婚后有过一段两情相悦的爱情。但即使是这样，余致力还是为了林黛芳能够不被前同事毁容，而自己做主给了前同事红包，这时的林黛芳竟不领情。最后林黛芳还是没逃过毁容的命运，她和黄奇志亲热时被他老婆抓到，黄奇志的老婆拿起刀子毁了她的脸。书的最后一句是"黛芳，对不起啊，我还是没保住你的脸"。我在想这句话到底是什么意思。作者想表达的是林黛芳已经不是曾经的林黛芳了，或是相比于变化颇大的林黛芳，余致力仍有善良的一面？又或许这两种意思都有。这又与那句"这个世界上只见过长得丑的人，没见过长得丑的花"相照应了，人会变丑，因为外力原因，但花不会，因为它们最自然的，它们在生长的过程中没有违背本性。

（三）隐喻：冰山下的影子

小说中，隐喻很多，可见出作者对官场生态的深入观察与文化思考。季生瑜、何生亮两个人，从名字上（显然是“既生瑜，何生亮”的挪用）就能看出他们是一对冤家。在这两个人物刚出场的时候，我对他们的印象是这样的：季生瑜比较正直，何生亮则是一个有心计，工作懈怠，看不得别人比自己好的人。但我在后半部分明显感觉到了作者塑造的人物的复杂性、多面性。季生瑜虽然在原则问题上不会害人，但他也是有小心思的，否则单单只靠正直他是不可能在官场生存下去的。何生亮对余致力所写的东西乱指挥不是因为他故意想让余致力交不了差，而是因为他本身的审美就比较奇怪，所以不能凭这点就断定何生亮不好。描述一个人物要从总体出发，不能靠一面之词就下定论。

“每个人都有三个影子，背影和投影。还有一个藏在心里，即阴影。”①这句话极其准确地描述了人们的多面性，人可以在人前一个样子，那是投影，也可以在人后一个样子，那是背影，最不可缺少的便是自己心里的那个样子，那是阴影，那是只有自己知道的一面。小说中的这些人物在同事面前一个样，在私下又一个样，同时他们内心的影子也在偷偷盘算着那些见不得人的事。

二、落在后面的灵魂

小说主人公余致力像大多数想出头，又不得其法的小人物一样，对现状不满，但又不知道怎样才能改变现状。他害怕得罪权贵，但也看不惯权贵仗势欺人，矛盾在他身上时有体现，就像外国小说《小公务员之死》里的伊凡·德米特里·切尔维亚科夫一样，因为无意间骂了曾副厅长一句而日日惶恐，但比起那个外国主角，他要好得多，至少他没有因为过度惶恐而死去，他甚至还靠自己的努力在二十四处有了地位。小人物为了未来可以不要命似的豁出去，只为了让处长能够解决自己的工作问题，这个时代未免太过悲哀，才能不被重视，歪门邪道才有出路。余致力能够写一手好文章，但没人注意到这一点，他只能剑走偏锋，靠给处里解决了别人欠债不还的问题才得到处长的重视。在二十四处他认真工作，真诚肯干，但后来的种种变化甚至让他试图用送礼来解决问题，他似乎变“坏”了。小说的最后，林黛芳毁容本跟他无关，但他竟然心想“黛芳，对不起啊，我还是没有保护好你的脸！”他在内心里还是认为自己有错，这与那些到了高位就泯灭人性的官员是不同的，他没有抛弃最基本的道德，只是在洪流中学会了一些东西用来随波逐流。世上没有哪个人在经历了种种不堪后还能

① 姜宗福. 写给《背景》的影子们[N]. 长江信息报，2011－10－27(6).

纯真如婴孩，人们只能在成熟的过程中不抛弃做人最基本的东西，然后达到顺利活下去的目的。

人的天性是善良的，但出生后似乎必定要“邪恶”一些，太单纯的人总是扮演着被欺负的角色。农村人与城市人有所不同，像余致力这样的农村人很多，即使农村人考上了好的大学，但在大学里能够出类拔萃并且光鲜亮丽的只有极少数，而大部分因为天性的怯懦和自卑不敢表现自己，生怕那一口乡音或是其他自己身上的东西成为别人的笑柄。“城里人”则不同，他们敢于表现自己，有天生的优越感，自信向上。在小说里这两种人物都存在，余致力前期明显属于前者，只不过他有不服输的心，想要让父母在乡亲面前争气，于是铤而走险，拿真枪去讨债，他的果敢也为以后的道路做了铺垫。

书的封面上有两句话：“没有什么比工作更珍贵的了，因为它给了人生活的目的和保障。没有什么比工作更讨厌的了，因为它时常让你感觉到自己生命的虚无。”现如今，流行一个词叫“裸婚”，这似乎是一个很浪漫的词，年轻人们为了爱情放弃物质基础，甘愿一起渡过最初的困难。但是大多数人选择的还是与物质基础较为丰厚的对象建立家庭，其中物质基础就是“有工作”“有房子”“有车子”，工作更是日后各种念想的可再生来源，于是人人都想要有一个好工作，有个好工作便更不愿意丢掉饭碗，即使那工作并不怎么合自己的意，甚至与自己的兴趣毫不相关，但人们还是会坚守在工作的岗位上，因为谁都知道，如果你任性地把工作丢掉，那工作也会毫不犹豫地抛弃你，后悔都没有余地。于是人们便矛盾起来，一面厌弃工作，一面又舍不得丢掉工作去做自己喜欢的事，最后只能不甘愿却又无可奈何地工作着。

“在墨西哥，有一个离我们很远却又很近的寓言。一群人急匆匆地赶路，突然，一个人停了下来。旁边的人很奇怪：为什么不走了？停下的人一笑：走得太快，灵魂落在了后面，我要等等它。”①多少人为了追赶眼前的种种吸引眼球的东西——金钱、权力、美色，然后把灵魂抛诸脑后，等到他们想起来寻找灵魂的时候，灵魂早已不知所踪，因为在他们放弃灵魂的时候，灵魂也放弃了他们。但又有多少人即使没有了灵魂也要追求那些物质财富、感官刺激。人性是可悲的，没有的东西想方设法也要得到，已经拥有的东西反而置之不理。小说中的各个官员为了升职花费大价钱请客送礼，黄奇志因为林黛芳这个美女的求情而放过她的丈夫，但林黛芳同时也付出了代价，昔日同僚为了出自己曾经在竞争中被对方打败的气，不惜拿出证据将对方告上法庭……这些触目惊心的

---

① 白岩松. 幸福了吗[M]. 武汉：长江文艺出版社，2010：159.

现实让人沉重，这个世界怎么了？他们忘记了灵魂的存在，忘记了当警察的初衷，谁小的时候没做过可以当警察抓坏蛋的梦呢？可是当他们当上了警察，警察的职责在现实的摩擦下一次比一次模糊，到最后，他们都看不清“警察”这两个字了吧？阳光普照大地的时候，一切都无所遁形，但我希望显露出来的是青山绿水而不是一片苍凉的天地。

第三节　审美的正义与创作的隐喻

中国经验对于文学湘军个体而言，也存在着不同的价值认知。在一些人看来，中华人民共和国成立后，由于革命队伍的集体目标和革命者个人的理想追求之间发生变化，因而在创作上也会及时表现这个变化。另一些意见认为，中国经验的价值层面由于历史的种种“创伤”虽然会一时处于被遮蔽状态，但慢慢地，随着时间的推移，伤痛记忆和深刻反思会逐渐抬头。还有人认为，产生于社会主义建设历程中的中国经验本身就在不断丰富中，这种丰富是伴随着革命和建设中出现的坎坷、挫折与失误而来，旧伤叠加新伤，国族经验和民族记忆更加沉重。正如有学者指出的那样，在改革开放的时代语境中进行记忆重构时，各类精神价值取向的趋同性和异质性呈现出自主表现的状态，中国经验正面内涵的颂歌和“创伤记忆”的悲歌也就随之同时浮出了历史的“水面”。① 这是不可避免的生活现实，也是文学湘军面临的社会现实。

一、文学的魅力

我是在天空中已有启明星的时候看完谢老这本《夜郎西舅》的，合上书，我竟然没有感到一丝的倦意。外面掠过的清凉的风声、零星的汽车声和不知名的虫鸣声，伴随着薄薄的夜色缓缓荡开，悠远而深邃。脑海里仿佛经清水洗涤过一般，没有多余的杂念，只是反反复复地流淌着书籍扉页上莎士比亚的那句话——“爱是亘古长明的灯塔，它定睛望着风暴却兀不为动。”很少有这样的情绪，心境和感动了。谢老让我重新回到当年对于文学的向往、美好、感激和怀念了。

《夜郎西舅》是一本中篇小说集，收录了谢老《寻找》《剪春罗》《一丝微笑》《信誓旦旦》和《夜郎西舅》等五部中篇小说。从成文时间来看，前四篇小说都写于 1981 年前后，唯有《夜郎西舅》是新近创作，写于 2006 年。一本小说集，

---

① 刘起林. 红色记忆的审美流变与叙事境界[M]. 北京：中国社会科学出版社，2015：7.

前后 25 年，时间的跨度不能不说有些长了，但对于视作品为生命的谢老来说，这也许是他最为看重的一部作品。正因为此，他想慢慢沉淀，打磨，让时间去见证一切的一切。

说真的，我很倾慕谢老敏锐的眼光和不竭的创作力。谢老生于 1932 年，写《夜郎西舅》的时候，已是一个七十四岁高龄的长者了。这样年纪的老人还一心想着创作，而且还想超越自己，这就是文学的魅力、谢老的毅力所在。这让我不得不敬佩，不得不感叹。谢老的作品大多以儿童寓言和童话为主，曾获全国儿童文学奖，散文和小说创作也是高手。著名作家、儿童文学家严文井先生曾这样评价他的这位老同行："你是一个有自己特色的作家，你有自己的主张，于是在黯淡的浓雾中你也寻找美，而且总是渲染出一些彩色，有的鲜艳，有的淡雅，但都令人信服。"

二、诗歌的正义

1978 年以来，文坛上的中篇小说大多以张扬现实主义和厚实的思想文化含量而著称文坛，这在谢老的这些小说中都得到了淋漓尽致的体现。不妨先来看看小说集里写于 1981 年前后的四篇文章。这四篇文章都是缠绵悱恻、曲折动人的爱情故事，以时间为线索，在那个特定的社会环境里，故事的男女主人公克服来自各方的阻挠与破坏，始终坚贞不屈、至死不渝，让人读来唏嘘不已。《寻找》中的岳岳与贞兰，《信誓旦旦》中的嵬雄与画眉子都是历尽千辛、痴心不改，终于有情人终成眷属。两文有一个共同点，即曲折但圆满的爱情都是在"文革"结束后才得以获得的。这强烈地表达了作者对那个特殊时期的倾向性观点。无论是反思历史还是直面现实，这在当时都有突破思想禁忌的时代意义，也是极需思想勇气的创作。思想文化含量主要体现在谢老描述现实的过程中，能透视现实背后的历史、文化和人性之间的内在关联。《一丝微笑》和《剪春罗》的故事背景都是十一届三中全会（中国共产党第十一届中央委员会第三次全体会议）召开前后，无论是《一丝微笑》中的周周和六妹子在不懂改革新政策的情况下，拆父亲"羊博士"的台，还是《剪春罗》中的剪春罗发现自己情牵多年的商有志竟变成一个重利轻义之徒，最终舍弃商有志并与重情重义的"小和尚"喜结良缘，它们的情节都是美好的，心境也是轻快的。在谢璞谢老的眼里，十一届三中全会后的广大农村正发生着翻天覆地的变化，勤劳善良、敦厚朴实的农村人正努力去接受改革带来的新理念、新事物。即使是"好心办了坏事"，谢老的笔调也还是饱含笑意，温软多情。这些也正是王国维所讲的"诗歌的正义"之具体表达，对于谢老而言，我想把它延伸是他审美追求的"正义"之旨归。

换言之，谢老所写的爱情虽然结局都是圆满的，但过程却充满艰辛，自杀、疯癫、别离、等待给美好的爱情蒙上了一层层土灰的面纱，让人读来揪心不已。爱情是人类文化永恒的主题，人们历来向往圆满的爱情。《平凡的世界》一书面世以后，曾有大量读者专程跑到西安，质问路遥，为什么要把田晓霞给写死了？“义心如石屹不转，死节如石确不移”“执子之手，与之偕老”，在谢璞谢老看来，无论社会时局怎样，无论天灾人祸与否，人世间的男女爱情永远是最美好的，同时也是最叫人心酸的。

三、创作的隐喻

接下来，我要着重说一下《夜郎西舅》这篇小说。从成长年代来看，夜郎西舅与谢老是同龄人，谢老生于洞口，西舅生长在潕水河畔的夜郎西镇。资江的磅礴大气、潕水的灵动细腻、雪峰山的巍峨雄奇、夜郎山寨的险峻秀美都给他们精神世界里赋予了太多内涵。《论语》有云：“智者乐水，仁者乐山。智者动，仁者静。智者乐，仁者寿。”如斯的山水，或层峦叠翠、蓊蓊郁郁，或浩浩汤汤、百转千回，都是两者灵魂内心的不二寄托之所。我甚至固执地认为，或许夜郎西舅就是谢老本人，谢老写的就是自己。即使没有完全的对等与重合，那么我以为谢老则把自己的灵魂和思想都注入在了夜郎西舅的身上。

西舅的一生充满传奇，在“花神仙子”的庇护与指点下，勤劳善良、嫉恶如仇、重情轻利、淳朴无私伴随着他的一生。从离家游学到抗击土匪，从无私捐金到停薪下海，从千万富豪到回归故乡，西舅总是坚持着自己恪守的原则，任凭风吹雨打，任凭流言蜚语，仍旧巍然不动。可是，现今已年逾八十的西舅老爷却患上了“忧郁症”，对于这样年龄的人来说，患上“忧郁症”无疑具有一种“魔幻主义”的色彩。西舅患上此病的原因有二，其一是县、镇政府企图把古老、宁静的“花神村”租给一个开发商做旅游景点开发；其二是西舅一直引以为豪的从夜郎西镇走出去的八位大干部，近来被抓进去三个。在我看来，说西舅是因为不忍看到有关夜郎西镇的“堕落”而心存余悸，还不如说他是因为看不惯世风的日下和人性的泯灭而悲痛、疾愤，直至感觉生活没有了希望，找不到出路。所以，作者在书中说道，“对人之行法也，如雷霆之震草木，威怒虽盛，而归于欲其生”“仁者以财发身，不仁者以身发财”，以此来表达西舅的感受，同时也表达了作者对这种现象和社会风气的锋利观点。

《夜郎西舅》是谢老在他七十四岁高龄时所写，无论从写作方式，还是语言特点，抑或艺术手法，都代表了谢老最为鲜明的特色，也可以说是谢老中篇小说写作的集大成之作。仔细品读这篇《夜郎西舅》，感受作者源远深厚的文学功底，饱满丰饶的思想内涵，精诚感人的艺术魅力，都不禁让人掩卷沉思。

四、久违的浪漫主义

谢老作为一位儿童文学家，小说中带着典型的浪漫主义色彩。小说中提到，夜郎西镇是西蜀大将军马忠受“花神仙子”的托梦而来的，西舅从小也得到“花神仙子”的眷顾，还曾经得“花神仙子”传授，学得一手吐口气在坏人头上，让其头发全部脱落的神奇绝技。在作者娓娓动人地叙说故事的发展时，“花神仙子”这一特殊的人物总是会点缀在其中，导人向善，教人慈悲。也正因为如此，善良勇敢的夜郎西人把他们的“浪漫主义”演绎到了极致，青山又绿水，天高而云淡。

散文诗化的语言也是谢老小说写作的一大特点。他用这样的语言来描绘山里女子，“远看，似一竿清明时节刚脱笋衣的修篁翠竹，近望，恬如一株挂果的香橙。更有三伏阳光晒它不黑的百合肤色的一张笑脸。开心时，修眉凤眼会说话；一到认真了什么事，那浑身奔放的野性，就像刮起了摇撼大树的风”。用如此的词汇来形容村寨的夜色，真是温淳而质朴，爽快而通晓。又如，“各个村寨窗口透出了醉眼似的灯光，溪流、山坡、田野黑黝黝的草丛中，数以千计的蜥蜴、蟋蟀、纺织娘之类的活物，纷纷吟唱自己迷醉的心曲。”这样诗情画意的语言，温馨浪漫的画面，在文本中还有不少，让人读来十分过瘾，甚至陶醉。

此外，深刻的思想文化内涵让谢老把小说的写作提高到了警醒社会的层面上。在谢老的笔下，西舅不唯财，不唯利，带着自己创业所得的六千万资产返回家乡，建设家乡。为了保住家乡的山清水秀不惜与当地各级政府部门和旅游开发商据理力争，为从家乡出去的大干部落马惋惜不已，最后还把自己弄成了“忧郁症”。其实，在作者眼里，“忧郁”的本不该是西舅，而是更多的唯利是图、杀鸡取卵的小人，是为富不仁、贪得无厌的奸商，是嚣张跋扈、上瞒下欺的社会大蛀虫、大贪官。这样的描写，其深层的隐喻，正是当下复杂的时代，也正是作者对社会现实过分功利化的强烈批判。

如今，年已八十高龄的谢老仍然兢兢业业，笔耕不辍，可谓生命不息，创作不止。正如谢老自己所言：“万事万物都在变化中发展。我自己却到了扶着栏杆上下楼梯的年龄了，幸亏真诚做人作文的信念不老。”这不仅是一种信念，更是一种精神。有了这种精神，生命就会充实，创作就会丰收，岁月就会美好。

“莫道桑榆晚，为霞尚满天。”在这里，我要向谢老致敬，并送上一个晚辈的最诚挚的祝福。

第四节　灵魂的温度与文化的记忆

20 世纪 90 年代以来，建立在意识形态基础上的历史观念已经处于弱化的状态，与之相关的一整套历史表象体系和叙事策略也发生了根本的变动。活跃于新时期的作家大多是以个人记忆为基础，通过虚构，以文学叙事建构“民族/国家”的历史或者创造一段完整的真实感人的故事，通过这种方式建构自己对历史、民族与文化的认知。这本无可厚非，但随着吸引力经济的浪潮越掀越大，那些曾经真实而饱含人文哲思的片段却总以猎奇的面貌聒噪出现。历史的虚构竟开始等同于虚构的历史，历史的天空面目全非——这显然不是什么好兆头，须知个人与民族的命运是与历史的车轮同向转动的，真诚地面对与表达历史，是每个有追求的创作者当下的使命。

一、以史为镜

灵魂是有温度的。历史也是有温度的，但历史的温度需要文化的触角去测量；文化是有记忆的，但文化的记忆需要作家的良知去发掘。这是作为学者的朱日复老先生创作小说的心灵冲动。

千古学人春秋梦。以史为镜。一部春秋史，一部华夏文化记忆的集散地，至今仍然充满着温度、热情和力量。在那里，有太多太多的传奇人物在那个纷争与智慧交织的时代演绎的传奇故事，一代又一代文人学者总有说不完的话，注不完的释，写不完的书。

朱日复先生虽年逾古稀，但笔耕不辍。他历时数年、呕心沥血创作的历史文化小说集《泰山其颓》表达一个学者对于历史的敬畏、倾情与热爱。该书以诸子百家代表人物的命运节点为主线，截取孔子之死、孟子释辩、管子强齐、墨子使齐、晏子佐齐、庄子求职、荀子为官、韩非入秦等历史片段，不炒冷饭，不耽于文字的意淫，用小说家的笔调和学者的严谨，再现了他们的音容笑貌，苦痛与求索，始终保持着严肃而神圣的写作态度。更为难能可贵的是，小说彰显了作者在十余年潜心研究后的独到而精辟的个人见解，对诸子百家的学术精神，以及他们在尖锐复杂的政治斗争中所表现出来的智慧和勇气，都做出充分的发掘。这就超脱了同类作品简单地以史为本的叙事层面，而更饱含着作者对于当下大时代走向所怀有的义无反顾的社会担当，历史上那些先贤圣哲在尖锐复杂的政治斗争中所表现出的睿智和智慧，他们或平淡或离奇或惨烈的人生际遇与所处时代的激烈互动，都直接关系到我们当世的命运考量，无论是对每一个生命个体，还是整个民族与社会。

当我们读到书中的《孔子之死》一文，我们很难以看客心态置身事外。“泰山其颓乎？”孔子在发问，由于作者的笔触始终与孔子承受着同样的命运纠葛，我们也在苦苦叩问这个我们从书中重新认识的活生生的处于垂暮之年的圣人。多年前，面对晋国范氏家臣叛乱他愤而应召，面对学生们的不解他会大斥“吾岂匏瓜也哉，焉能系而不食”；保驾鲁定公赴乘车之会，他一再挺身而出，让傲慢无礼的齐国明晓匹夫戏诸侯是要送命的；代理相国，终有机会在那礼崩乐坏的时代践行其道，抑私门、堕三都，他高喊过“异世同心者诛”。然而，在度过厄陈蔡、走宋卫那般丧家之犬的岁月，伫立泗水河边，他却开始沉思那“觚不觚，觚哉”的痛楚，“是可忍，孰不可忍”的愤慨，叹息“逝者如斯夫”，不再想“大干一场”。

通过朱日复先生这种细腻的描写，由此，孔子不再是一个模模糊糊的道德符号，而读者则不经意间变成孔子那充满困惑的门徒，我们会情不自禁地随同子张、子贡们发问：老师啊，你的想法怎么变了，而且似乎是一百八十度的大转弯？对此，孔子发出千年长叹：“凡事不能太过，也不要不及，过去我们的失败，原因就在没有遵守中庸之道。”——在这里，“中庸之道”这个学术精粹不再是空洞的毫无生趣的文化记忆，儒家学说不再神龙见首不见尾，而是一条饱含着伟大思想者苦痛呐喊的命运脉络，有无奈，有彷徨，更有坚毅和理性。

二、为先贤立传

历史文化小说，以历史为本，演说为饰。什么才是历史与历史人物的本真，又如何去表现？这似乎是一个仁者见仁智者见智的问题，有人喜欢大量的引经据典，有人钟情于大篇幅的逻辑判断，只可惜，由于深奥晦涩，读者很难去亲近。再者，对于两千多年前的人，更由于先前的评传者数不胜数，后来者难免有所受制。可喜的是，在《泰山其颓》一书中，作者为先人立传，写其人、状其形，受益于多年的苦心研究，最终落笔于大胆想象，且因不囿于前辈窠臼，不惧几千年的时空断层，最终成就了历史的客观气象。

谈及这一点，书中的《孟子还乡》一章应该是最为鲜活的例证。孟子在稷下学宫待了二十多年，到了六十多岁才去齐而游学于宋、鲁、滕，七十岁时齐国易主，他怀着一丝希望重回稷下，最终享有“上卿”之位仍不得不失望而去。对于还乡这一篇章，作者以大量篇幅表现了孟子五味杂陈的心理走向。他在齐国边境小镇止行三日，只盼君王明了仁政之道前来相召，可是，第一日来的只是毫不心诚的使君，第二日来的只是假装道学的徐阔绅士，他太想君主驾临让他

“回心转意”了，以至于做梦梦见了齐王相邀，然而，这梦的结局竟也是不欢而散！千古思君梦，在这里可谓一波三折，愈转愈曲，愈曲愈深。然而，作者的笔触并未满足于此，作者深知，作为一位不知疲倦的理想主义者的思想改革家，浩然之气不仅赋予了孟子辩者的名声，更让他在失望之极的老迈之年仍然充满了力量。于是，孟子一生命运的高潮出现了：虽然连梦都破碎了，他却毅然在第三日的朦胧无光的深夜启程，“在黑夜中摸索前行，做一个不知疲劳的思想者”“我这次告老还乡是到了人生的终点，却要把这终点变成起点，变成有益于子孙万代的事业的起点”，朱日复先生毫不吝啬的华美的笔触，将我们引入了孟子最辉煌动人也是最真实鲜亮的人生华章。

《泰山其颓》一书最为成功的地方不在对于历史的真诚与尊重，也不在圆润老到的历史叙事，而是赋予读者对于当世人生与宇宙无法回避的思考与反省。在那个以诸侯纷争为家常便饭的春秋战国时代，却总是充满着于今看来似乎是天方夜谭的“有趣”片段。两国打仗要宣战，偷袭是要被人看不起的，不能趁着人家有国丧的时候开战，不能伤害已经受伤的人，不擒捉上了年纪的老人，不攻击尚未成阵的敌车。相比之下，在这个年代，把规则太当回事，把人性与道德视若珍宝，多半会被嘲笑为泓水之战中的宋襄公再世。因为手段和过程是无所谓的，只要能够达到目的。或者说，只要目的正当，手段和过程卑不卑鄙无所谓。是故，强权、贪污、腐败、欺诈盛行，假烟、假酒、劣质产品、劣质食物充斥着社会的角落，念大学会被大学宰割，去医院会被医生宰割，买房子会被开发商宰割，在这个社会之中，充斥着太多的霸权、欺诈、谎言、贪婪，以至于你不可能独善其身，甚至到了你不学着做，就难以生存的地步。人欺人、人骗人、人害人，这就是当今中国社会的一大特色——古今相比，是非在何处？我们或可假装不知，但我们无法回避“现代后工业时代所产生的各种道德沦丧和思想危机”这个事实，诚如朱日复先生所说，“在当前经济全球化引发的文化全球化的强劲浪潮中，民族文化处于岌岌可危之中”。

对此，我们不妨回头品读一番朱日复先生对于文题“泰山其颓”的诠释：“引用孔子的呼喊，是对中国传统文化发出的呼声……作为当代的中国文化人，有责任顶住风浪，葆其精华，去其糟粕，使其发扬光大，创造出一个更加灿烂的文化黄金时期的到来。因而，‘泰山其颓乎’的警觉式呼喊，在当世是不无裨益的”“转眼书生成故老，惭无娲石补江山”。朱日复先生的大著，振耳发聩，我们是否应该扪着胸脯，喃喃自问，我们还有对于历史的温情吗？我们还有对于文化的记忆吗？我们应当如何对待过往的历史，又该如何创造属于自己的历史？这是朱日复先生留给我们每个人的思考。

第五节　历史的追问与人性的回归

罗尔是文学湘军中的一个潜伏者，也是一个容易被人忽略的文学散客，却是一个笔力雄健、大智若愚的码字高手。早在20世纪80年代初期，他是湖南祁东县最早一批文字弄潮儿之一。虽然实力不凡，但文运欠佳。在那“一篇小说可以定终生”的黄金岁月里，罗尔有一篇小说被当时发行量极大、影响力极高的《中国青年》杂志留用，他本可以借此飞黄腾达。如果及时发表出来，罗尔的命运可能不会像他后来经历的那样跌宕、坎坷和曲折，但很不幸，上帝给他开了个玩笑。由于罗尔不懂规矩不断催问，等了两个月未见小说发表出来，他就气冲冲去找编辑部索回了稿件。罗尔第一次“成名”的机会就如此这般地夭折了。现在回想起来还是有些可惜。

当然，如果历史是按照人们善良而美好的逻辑发展的话，文坛上可能多了一个叫罗春望的昙花一现者，却不会有一个叫罗尔的这样一个韧性十足的文字纠缠者和文坛边缘人。一个从山村出来、未受过高等教育，连讲话都结结巴巴的人，却有胆量偷坐着装鸡运鸭的小型货车去闯荡深圳，在经过一番不堪回首的血泪奋斗后，他居然成为深圳的“引进人才”而有幸从最底层的蓝领变成了令人向往的白领，并顺理成章地成了一本通俗杂志的主编，真是印证了狄更斯所说的“这是一个最坏的时代，也是一个最好的时代”。在编辑杂志的日子里，文学的忧伤总会在夜半三更光顾他，罗尔挡不住诱惑，断断续续写了一批短篇小说，还写了一部长篇纪实文学《匹夫忧国》。他也在杂志上开过专栏，虽然反响不错，但也仅此而已。

作为一个有信仰的人，罗尔的写作有着湖湘文化“为天地立心”与“文以载道”的文人情结。这种情结集中体现在罗尔的新作《那些义盖云天的人儿》一书中。该书以客观原始的史料为基础，运用现代语境下的文化意识和超然的审美视角对我国尧舜至民国时期被湮没的历史人物进行了重新的发掘、审视和演绎。作者通过零散化的故事片段将不同背景中人物所展现的情感体验融合在一起，使文本形成了一种聚合的审美张力。文本中无论是对于历史背景的细致描写还是人物内心情感的隐秘表达都指向一个主旨——人性本真的回归，传达出作者对生命本体的崇高敬意与真切关怀，这也是罗尔自出道以来一直秉持的艺术立场。

本节着眼于文本特色和学术规范，运用新历史主义、女性主义等观点对罗尔创作该书的主旨价值进行必要的阐发和诠释，且这种阐发和诠释主要从国族经验的叙写、义气情怀的高扬以及自我意识的彰显这三个维度来展开。

一、国族经验的叙写

美国学者杰姆逊认为："我们当代社会体系逐渐丧失保存它过去历史的能力，开始生活在一个永恒的变化之中，而抹去了以往社会曾经以这种或那种方式保留信息的种种传统。"①在这种背景下，作家罗尔秉持着对历史传统的热爱与文化价值的追寻，尝试以客观的历史文献为基础，将一个个鲜活的人物形象作为文本的叙事线索，还原了一幅幅原始理想状态下的时代图景。为了真实地再现，作者采取了调侃、夸张、反讽等后现代主义的叙事技巧，对湮没在历史尘埃中的人物形象与命运进行了新的书写与审视。这种叙事策略的运用不仅消解了传统历史写作中的严肃的叙事方式与庄重的语言风格，而且通过对一个个碎片化的人物命运书写将不同语境下的文本融合在一起，形成了一种聚合的张力。

"写古"是为了"喻今"，也为了"以史为鉴"。因此，罗尔在《那些义盖云天的人儿》一书中，并没有将叙述的重心放在不同时代背景的展示或是历史事件的发展上，而是围绕不同的人物形象对人物丰富而复杂的内心世界进行了细致而深入的探索，以发掘出人物灵魂深处的道德理想与生命活力，这在一定程度上体现出作者独特的人文情怀和价值追求。更可贵的是，作者笔下的人物形象不再局限于传统历史文学创作所展现的少数英雄人物或是一些作为陪衬的反面角色，而是将人物书写的范围扩大到历史长河中的各个层面，如上古帝王、文臣将领、才子佳人、草民流寇等。

伏尔泰曾在《哲学词典》中谈道："我今天的身份很明显是来自于我昨天的经历，以及它在我身体和意识中留下的痕迹。大大小小的'我想起'都是'我'的建构成分。我的记忆由回忆构成，但不仅仅是回忆，它还包含了很多因素，吸收了我们称为'集体记忆'的东西。"②我以为，这种"集体记忆"是构建人群文化身份认同不可或缺的因素，对于"集体记忆"的深入挖掘与追寻在更深层面上无疑是对人类最原始的生命形态与文化理想的追溯，也是一定意义上对人性本真的反思与回归。在《那些义盖云天的人儿》一书中，出场的人物虽然各自具有不同的生存背景与社会身份，但若透过其表层身份与地位的指征探向更深层次的文化精神领域，我们不难发现在他们的精神深处都沉淀着一种厚重而有力的

---

① [美]雷德里克.杰姆逊. 文化转向[M]. 胡亚敏等译. 北京：中国社会科学出版社，2000：19.

② [法]阿尔弗雷德·格罗塞. 身份认同的困境[M]. 王鲲译. 北京：社会科学文献出版社，2010：19.

国族经验，而这恰恰是罗尔笔下这群人物所共同拥有的“集体记忆”。

文本中的人物对于这种“集体记忆”的追寻大多具有一种与生俱来的自觉意识，是天然天成，不带有一丝功利色彩的自觉实践。这种自觉的追寻不会因人物的社会地位和身份不同而有所差别，无论是平民还是将相，妓女还是学者，这份“集体记忆”始终埋藏在他们人性的深处，从古至今，都是如此。文本中一位靠养牛维持生活的郑国农民弦高，对待自己的祖国有一种深沉而坚定的爱，在他走南闯北的卖牛过程中，始终将维护郑国的尊严作为交友的底线。即使后来因为受到官府的压迫而决心离开郑国，但他对于国家这种无怨无悔的爱却从来不曾改变。因此在郑国将要灭亡的时刻他坚定地选择挺身而出，勇敢地同秦国将领进行和谈，最终用自己的智慧劝退了敌军；楚国的宰相申鸣面临白公叛乱、楚惠王出逃的混乱局面，不顾老父亲的苦苦哀求，坚决要召集楚国的残兵剩勇以帮助楚惠王夺回江山。他含泪对老父亲说了这么一句话：“国家灭亡，总要有人为它牺牲为它殉葬的。”①简单的一句话却蕴涵着无与伦比的巨大力量，展现出申鸣对国家真诚而炽热的爱。

本尼迪克特·安德森把现代民族国家定义为“想象的共同体”，认为对“‘共同体的追寻’——寻找认同与故乡——是‘人类的境况’本然的一部分。”②在近代中国，当仁人志士们面对祖国落后于西方，惨遭列强欺辱的境况时，那份埋藏在灵魂与记忆深处的渴望再次清晰地出现在他们眼前，指引着他们自觉对“想象的共同体”进行追寻，在奋力前行中重拾自身对于国家与民族的认同感和归属感。于是有了青楼女子赵彩云（赛金花）为保护受列强欺侮的妓女们，义正言辞地用德语斥责德国大兵的壮举。她的身份虽然卑微，但当祖国危难之际，她仍愿意尽自己的一份绵薄之力，最终凭借其灵巧的口舌帮助祖国化解同列强之间的矛盾，使得双方的和谈顺利进行，北京的百姓们才免遭流血死亡；还有清末大臣张百熙“为中华民族子子孙孙知书达理，有勇有谋有担当，不被人欺侮的呐喊”。③ 怀揣着改革中国旧式教育体制，培养出富国强兵需要的人才这一理想，张百熙甘愿舍弃自身的尊严。为此，他一跪列强，从列强手中救下差点被烧毁的“京师大学堂”牌匾，再跪平民教师吴汝纶，请求吴汝纶就任总教习一职。他的忍让与屈从不是为了替自己谋取利益，而是始终将中华民族的

---

① 罗尔. 那些义盖云天的人儿[N]. 深圳：海天出版社，2017：73.

② [美]本尼迪克特·安德森. 想象的共同体：民族主义的起源与散布[M]. 吴叡人译. 上海：上海人民出版社，2005：17.

③ 罗尔. 那些义盖云天的人儿[M]. 深圳：海天出版社，2017：237.

未来作为一切行为的最高标准。

可以说，这些人物无论是对于“集体记忆”的思索还是对于“想象的共同体”的追寻，其本质都是归因于那份积淀在他们生命深处的爱国情怀与民族意识，而这种国族经验在日积月累中逐渐内化为每个生命个体的最高理想，生生不息地向前延展。

二、义气情怀的高扬

《那些义盖云天的人儿》相比以严肃、崇高为主要特征的传统历史小说创作，体现了一种偏离中心的边缘化倾向。作家不再采用传统历史写作中的宏大叙事方式进行写作，而是更加注重历史的局部细节，同时使用现代文化语境下的话语体系与表现手法进行叙述，展现了一种通俗化的写作态势，这在一定程度上也对传统历史创作中的话语霸权进行了冲击。罗尔认为：“英雄集中体现了一个民族的优秀品质，让英雄成为寄托道德咒语的偶像，或者任由英雄默默沉入历史的深渊，都是国家和民族的悲哀。”①为此，他一方面颠覆了传统历史写作中构建的“英雄神话”，不再将英雄人物塑造为至高无上、勇敢无畏的“超神”形象，而是采取平视的眼光，实事求是地根据历史人物所处的时代背景对其行为品格进行客观的评价；另一方面他打破了人物的阶级属性与地位界限，不再以某一个体或知名人物作为主要叙述对象，而是运用较多的笔触对群体人物和“无名”人物的心理活动进行了细致的刻画和挖掘，将这些“非英雄”式人物身上所展现的英雄品格重新呈现在读者面前。我以为，文本中的人物群体身上集中展现了一处最明显的人格力量，即义气情怀。

中国自古以来就有崇尚“义气”的传统，无论是儒家君子所秉持的正统道义还是《水浒传》中的梁山好汉所遵循的兄弟情义，“义气”都象征着人们对主体人格美的弘扬与追求。在罗尔的《那些义盖云天的人儿》这部文本中，这种义气情怀具体有以下三方面的特征：

首先是正义之气的展现。文本中，作者运用了辛辣、嘲讽的语言向读者揭露了官场的腐败晦暗与统治者的专权荒淫，而生活在这样一处社会场域中的义盖云天的人物却毫无例外地选择用坚守人性深处的浩然正义之气同这样一处卑鄙、肮脏的处所进行对抗，二者之间所形成的反差极大地扩展了文本内在的审美空间，凸显了人物的性格力量。

例如齐国宰相崔杼为了一己私利设计杀害了齐庄公，史官太史伯、仲、叔、

---

① 罗尔．那些义盖云天的人儿[M]．深圳：海天出版社，2017：319.

季四兄弟秉持着内心深处的正义，坚守历史最本真的形态，宁愿牺牲自己的性命也决不屈服于权力的淫威，最终感化了崔杼，保证了历史的清白；又如东汉县令董宣，为人耿直刚正，对贪官污吏下手毫不留情，被百姓们称为“董青天”。为了捉拿杀人犯刘勇得罪了皇帝刘秀的姐姐湖阳公主，面对皇帝的怒火与处罚，董宣毫无惧色，坚持维护正义，宁死也决不向公主磕头认错；更有普通农民敢于向官府状告太平公主强抢石磨，而判案官员却不惧权贵写下“南山可移，判不可摇也”的故事。[①] 文本中的人物将正义之气作为为人处世的自觉期望与价值追求，并按照这种最本真的愿望去实践，对当时以至后世都产生了极大的影响。

其次是恩义主题的表达。在《那些义盖云天的人儿》中，作者将“恩义之情”作为文本叙事的关键及人物行为活动的源动力进行书写。“报恩”作为一个古老而重要的伦理范畴，是中华民族甚至世界各民族都普遍存在的一种社会文化心理特质，它不仅与儒家所提倡的“以德报德”的正统思想相吻合，同时也符合民间文化《诗经》中所彰显的“投桃报李”意识。从更深层面的文学意义来分析，“报恩”作为“义气情怀”的具体表征，已经成为文学创作中永恒的文学主题。它超越了时代、地域、阶级的限制，逐渐渗入到各类文学作品中，与人物群体的心理感受交互影响形成了一种独特而稳定的文化心态。这种文化形态在文本中则具体表现为知遇之恩的恩义情怀。

例如春秋末年晋国之士豫让心怀“士为知己者死，女为悦己者容。智伯于我有知遇之恩，我理当报答他”[②]的信念。为回报智伯对他的信任和赏识，豫让不惜亲手毁去自己的容貌和声音以乔装成乞丐刺杀赵襄子。这份不掺杂一丝功利色彩的恩义之情也感染了后世，豫让的“国士之心”也一直被后人所称赞。又如战国时期魏国著名公子信陵君因敬重守门人侯嬴身居卑贱之位却泰然自若的心态，不仅放低身份与侯嬴结为好友，而且亲自驱车邀请侯嬴至其府上吃饭，并将侯嬴奉为上宾，以恭敬之心坦诚相待。所以当信陵君即将冒险前往赵国与秦军作战时，侯嬴为回报信陵君的礼遇之恩，甘愿背弃自己对国家的忠义，向信陵君献上偷窃魏国虎符、杀魏国主将的计谋；海宁查伊璜在一次偶然的机会下救助了一位小乞丐，并劝说小乞丐投身军队实现自己的人生价值。不曾想多年之后当他面临杀身之祸，深陷囹圄之中时，受他点化之恩而成长为潮州总兵的小乞丐——吴六奇竟倾尽家产，四处托人保住了他的性命。这些人物大多没

---

① 罗尔. 那些义盖云天的人儿[M]. 深圳：海天出版社，2017：131.

② 罗尔. 那些义盖云天的人儿[M]. 海天出版社，2017：65.

有明确的利益与物质诉求，只是遵循内心深处最原始的价值冲动去自然地生活、真诚地待人，却不知在这种无功利的意识指导下的行为无意间影响了他人的命运，最终改写了双方的历史。

再次是情义真情的观照。文学正是因为伦理情感的存在才产生了美感，而罗尔的《那些义盖云天的人儿》除了向我们宣扬浩然正气与知遇之恩等传统文化形态之外，还对世俗的亲情、友情与爱情等进行了表达，不仅拉近了读者同文本之间的距离，使读者更容易获得一种真实、亲切的审美观照，同时也反映出中国传统情义在历史进程中不息的生命力，加强了文本的文化意蕴与审美价值。

亲情是中华民族最为珍重的情义，因其以血缘关系为纽带相连接，从古至今一直是中华民族生存中极为重视的道德伦理情感。例如战国时期的侠客聂政为报答严遂的知遇之恩替他杀死了仇人侠累，因害怕连累姐姐聂荌，在击杀侠累之后，他划破了自己的面容，剜出了双眼，用手中的剑结束了自己的生命。聂政的姐姐聂荌无惧满门抄斩的刑罚，听闻消息后赶往韩国寻认弟弟的尸首，因悲伤过度，气绝身亡；近代军人施从滨被孙传芳残忍杀害，其继女施谷兰坚守着为父报仇的心愿，甘愿放弃安逸的生活，忍受着巨大的痛苦矫正了自己缠裹变形的小脚，花费了十年的时间终于成功刺杀孙传芳。文本中的人物深知这种情义根植于他们生命深处无可改变的血缘关系与朝夕相处的生活经历，因此宁愿舍弃容貌、金钱、地位等一切外在物质的羁绊，用自己坚强的心智去追寻这一份早已融化在血脉深处的情义。

至于友情，是两个人之间因具有相似或相同的思维方式与价值追求而从相识走向相知的结果。从思想层面来看，其纯粹性与坚固性有时甚至可以超越以血缘联系为基础而建立的亲情。文本中，作者为我们刻画了东汉时期一位有血性、有担当的太学生荀巨伯形象。面对当局的荒凉腐朽，荀巨伯一腔热血，积极号召士人向皇帝进谏。当矛盾激化时，又极力维护好友的安全，坚定承担自己的责任，向官府自首。后来荀巨伯跨越千山万水去看望友人，却遭遇匈奴的突袭，但他宁死也不愿放弃醉酒的友人独自逃亡。面对来势汹汹的匈奴士兵，他平静地说道："将军，我怕死，但我更怕救不了朋友的命。我用我的命，换下我朋友的命，可否？"①言辞中充斥着对待朋友的深厚情义，令人感动。

爱情作为文学作品中永恒的主题，在这部文本中同样有所体现。文本中一名普通的青楼女子王秀兰在北宋灭亡之际被金军抓住送往金国。她本想依靠百

---

① 罗尔. 那些义盖云天的人儿[M]. 深圳：海天出版社，2017：120.

夫长乌烈的庇护以求平安到达目的地，却在途中感动于乌烈的关怀与柔情，同乌烈产生了深刻的爱情。不曾想金军四王子为从乌烈手中抢走王秀兰设计害死了乌烈。悲痛万分的王秀兰为替乌烈报仇，奋力拿起斧头劈向四王子，最后虽然没有顺利杀死四王子，但王秀兰对待乌烈这份壮烈的深情也打动了四王子，四王子也因此饶恕了她。这份卑微却壮烈的爱情也一直被后人所铭记，指引着后人去思索爱情的真谛。

三、自我意识的彰显

20 世纪 80 年代以后，关于人性、人道主义的讨论极大地推动了文学从社会功能向审美功能的转换，进一步凸显了文学的人道主义精神。这也使得创作主体在创作中更加注重文学的美学价值，对于人物形象的塑造也更加多面化、立体化，开始从人物浅层外表的刻画深入到对人物内心世界的剖析，从而将现实生活中普通人物的思想情感、生活方式、价值观念等全方位地展现在读者面前。在《那些义盖云天的人儿》一书中，罗尔试图淡化其自身作为文本创作主体的主体意识，很少直接对文本人物的处事方式、价值选择进行评析，而是任由人物按照历史和时代演变的脉络去演绎人生。因此，文本的人物大多具有强烈的自我意识。他们清醒地明白自身内在的心理需要和价值追求，于是他们开始密切关注自身的成长历程和真切的生命体验，敢于打破传统封闭的政治、文化甚至思想领域，主动为自己发声。我以为，文本人物自我意识的觉醒主要体现在以下两个方面：

第一，人物具有强烈的理性意识，更加注重对生命本真形态的思考。文本中的巢父面对唐尧的劝说，坚决拒绝做国王，并抛下“什么都不干的人，才当干部，什么都不会干的人，才当国王”①的话语扬长而去。这体现出普通世人对自身价值的深刻认识，他们厌恶官场对人体本身的束缚，宁愿生活在乡野，同自然万物和谐相处，以求获得一种内心的宁静；汉文帝刘恒之母薄姬面对原夫魏豹被杀，自己也被掳进汉王宫纺纱织布的悲惨遭遇，在日复一日的辛苦劳作中变得心如止水，逐渐认识到幸福的最高境界原来只是同心爱的人携手相伴一生，不必为过多的私欲而困扰。正是因为她始终以一颗冷静、谦逊的心对待身边的人和事，才得以在严酷的宫廷斗争中逃过一劫，携同儿子登上权力的顶端；陶朱公用二儿子陶禄的生命告诫后世“心里不可没有钱，眼里不可全是

① 罗尔. 那些义盖云天的人儿[M]. 深圳：海天出版社，2017：2.

钱”。[1] 这也表达出他对该如何看待身外之物的理性思考；此外还有先后服侍在慈禧太后和光绪皇帝身边的小奴才寇连才，因跟随在光绪身边有幸受到一些改良派思想的熏陶，埋藏在他内心深处的爱国赤诚缓缓浮现：“天下百姓，都是大清臣民。臣不想一辈子做奴才，只想堂堂正正做一回为民请命的大清忠臣！如果臣的卑贱之命，能成为大清国富强路上一粒铺路石，臣，知足了。”[2]如果说寇连才对自己身份的重新认识预示着他自我独立人格的苏醒，那么他敢于向太后直言进谏的举动也展现了其对国家现实的冷静思考，这也是人物自我意识增强的表现。

第二，女性人物具有独立的人格追求，显示出浓烈的反叛色彩。纵观整个文本，我发现罗尔对于女性人物形象的书写占据了较大的篇幅。不同于以往历史小说中将女性作为平面化或妖魔化的形象加以展现的方式，罗尔用客观、真实的笔触将不同历史情境下女性最原始、最本真的面目还原出来，对传统历史概念中的女性形象进行了重新的审视，从而将更加立体、丰满的女性人物形象展现在读者面前。

文本中女性人物的自我意识在实践上表现为对男权的反抗，她们更加注重对自立、自尊、自强的独立人格的追求与塑造。比如文本中的青楼女子王翠翘为了坚守自己作为女性的尊严，宁肯死去也不愿被歹人占有。她对自己的身份有着清醒的认识：“在花满楼，我是任人践踏的婊子；出了花满楼，我就是一个普通女人，我必须守妇道，别人也应该尊重我。我坚守的不是我轻贱的身子，而是女人的尊严。”[3]这简洁的话语有力地表达出一个女性渴望获得平等、自尊自爱的呼吁和诉求；又如近代女性沈佩贞、唐群英等人本是冲着《同盟会纲领》中“男女平权”四字而加入同盟会，参加革命斗争的。不曾想革命成功后，“女子参政”的权利并没有被纳入法律，于是沈佩贞等人联合全国各个女性团体成立了女子参政同盟会，大闹湖广会馆。面对袁世凯的斥责，沈佩贞不仅没有屈服，反而下定决心实现自己作为一个女性的价值，最终得以踏入官场，成为了总统府顾问；再如胡适的妻子江冬秀，原先一直深受中国传统思想的影响，在家中将胡适作为心中的圣人一般恭敬地对待。直到听闻胡适同其亲戚曹诚英相爱而打算同她离婚时，她的女性意识才终于觉醒：“我是小脚，可我站得稳行得

① 罗尔．那些义盖云天的人儿[M]．深圳：海天出版社，2017：37.

② 罗尔．那些义盖云天的人儿[M]．深圳：海天出版社，2017：244.

③ 罗尔．那些义盖云天的人儿[M]．深圳：海天出版社，2017：166.

正!”[①]自此，江冬秀终于敢在家发出自己的声音，也敢于替北大校园中其他受丈夫压迫的女性讨回公道，甚至不准胡适帮再婚的北大校长做证婚人……这一系列举动不仅向传统男性主权进行了挑战，同时也反映出传统旧式妇女成长为一个新兴的独立女性的进程。

作者通过对历史长河中的女性人物形象进行了重新的审视与思考，不仅为我国女性主义思想的萌生找到了一些源头，同时也向读者传达出这样的意识，即女性随着时代的变迁已经成为一个与男性平等的生命个体，她们对于自身独立人格的追寻与人生命运的理性思考是女性自我意识走向成熟的表现，这也使得女性的存在意义得以更加完整。

记得美国历史学家卡尔·贝克尔在《什么是历史事实》一文中谈道："任何一个事件的历史，对两个不同的人来说绝不会是完全一样的；而且人所共知，每一代人都用一种新的方法来写同一个历史事件，并给它一种新的解释。"[②]从这个层面上来分析，罗尔的《那些义盖云天的人儿》的写作与传统历史写作中最大的不同之处主要体现在以下几个方面：首先，作家解构了传统历史写作中所书写的"宏大叙事"，而是将叙事视角转向历史长河中被遗忘或被压抑的"另类"历史景观，从而还原出历史形态与人物形象的本来面目。其次，作家立足于后现代文化背景下的语境，采用了破碎化、零散化的叙事方式，加之以诙谐、调侃、反讽的话语方式对文本进行书写，消解了传统历史写作中严肃统一的叙事方式与庄重崇高的语言风格。最后，作家紧紧围绕不同人物形象的塑造向读者展现出人物丰富而复杂的内心世界，发掘出人物灵魂深处的道德理想与生命活力，展现出作者对人性的深切思考，这在一定程度上也体现出作者独特的人文情怀和价值追求。而作家对上述三个方面的自觉实践主要通过对人物国族经验的书写、义气情怀的高扬以及自我意识的彰显而展现出来，也传达出作者对人性本真的崇高敬意与真切关怀。

第六节 红色记忆与家国情怀

在经济飞速发展、商业因子无处不在的当今社会，欲寻一隅谈谈家事、国事乃至天下事实属难得，而以一片赤诚之心探寻并描绘中华民族厚重的红色记忆与民族精神者更是需要坚定的意志和书生的情怀。然而，湖南青年作家纪红

---

① 罗尔. 那些义盖云天的人儿[M]. 深圳：海天出版社，2017：283.

② 张文杰等. 现代西方历史哲学译文集[M]. 上海：译文出版社，1984：237.

建却做到了。作为一名曾经在部队从事军史创作工作、肩负时代担当和责任感的“走访者”，纪红建一直自觉且坚定执着地行走在事关家事、国事乃至天下事的报告文学的写作道路上。从早期的《哑巴红军传奇》开始，他便十分痴迷于普通民众的朴素情感和民族精神的感召力量，深入发掘那些被历史碎片所遮蔽的独特情感、记忆与信仰。无论是对于平凡女性美丽人生的书写，还是对于不孕不育患者心路历程与精神世界的探寻，抑或是对于雷锋精神的传承状况与现实发展的揭示，均彰显其关怀现实当下的文学操守与精神品格。

在中华民族实现伟大复兴的紧要关头，在中华人民共和国脱贫攻坚的冲刺阶段，作为一位了解底层人民生活且充满激情与个性的作家，纪建红始终坚守报告文学创作应有的社会责任感与历史使命意识。在艺术实践的过程中，他更是深入满载红色记忆的乡村“群落”，通过对红军、红军家属、后代以及中华人民共和国成立前农村老党员的探访，聚焦“红色群落”的传奇经历和动情口述，深入挖掘中国工农红军第二方面军与普通共产党员散落在祖国大地上的苍茫悲壮诗篇，并试图以政治心理叙事的方式，带领读者重回烽火岁月，以促使读者在涤荡心灵的途程中升华自己的灵魂、完善自己的人格。因此，从这个意义上来分析，纪红建最近推出的两部长篇报告文学《马桑树儿搭灯台——湘西北红色传奇》与同铁流合著的《见证——中国乡村红色群落传奇》对于重现红色记忆、重拾精神信仰、铭记历史经验与培育家国情怀无疑具有极为深刻的内涵与精神意义。

一、红色记忆的追寻

从生理学、心理学角度来分析，“记忆是人脑对经验过事物的识记、保持、再现或再认，它是进行思维、想象等高级心理活动的基础”。① 这是基于人的自然属性提出的观点。从人的社会属性出发，一个群体、民族必定还存在着一种由这个群体成员所共享、传承以及一起建构的事或物，也就是法国历史学家莫里斯·哈布瓦赫所提出的“集体记忆”，即“正是在这个意义上，存在着一个所谓的集体记忆和记忆社会框架；从而，我们的个体思想将自身置于这些框架内，并汇入到能够进行回忆的记忆中。”②这种集体记忆在一定程度上能够打破社会个体与群体相对独立、分离的状态，进一步强化二者的情感联系，从而促进社会的有效运行与发展。

---

① 杨志良. 漫谈人类记忆的研究[J]. 心理科学，2011，(01)：249.

② [法]莫里斯·哈布瓦赫. 论集体记忆[M]. 毕然，郭金华，译. 上海：上海人民出版社，2002：69.

中国近代史上，中国共产党领导全国人民共同抵御外侮、内除国贼，争取民族独立和国家解放的革命历程，超越了时空的界限。不论是在战火纷飞的战争时期还是在当下和平友善的安稳环境，已然在不知不觉中内化为全民族对那个年代相关事件的“集体记忆”与“心理构图”。论者以为，这种独特的情感联系与心理记忆从本质上来说，是以亲历者的见闻、感受等为基础，在历史环境、群体态度等多方面影响下形成的一种群体成员对于革命战争年代的“印象累积”，论者将其进一步理解为中国军民长征途程与战争行径中的“红色记忆”。

纪红建的《马桑树儿搭灯台——湘西北红色传奇》便是一部以桑植民歌为线索，从偏安一隅的湘西北之地探寻薪火相传的“红色记忆”的厚重之作。作者以实地调研县城与村落间的转换为叙述跨度，以一座在红色传统与现代渐趋消亡之间彷徨的县城桑植县为叙述标本，通过一桩桩撼动人心、激荡情怀的斗争，将文本叙事的整个情节在各自独立中串联起来，向读者展示了一场有关“红色记忆”的追寻。在作者的笔下，一首首民歌在现实视野中尽显民族特色，不仅蕴涵着劳动者的情怀，同时承载着桑植深远厚重的“红色记忆”。

“红军长征史是一部史无前例、雄伟壮丽的史诗，同时也是先辈们留给子孙的一部血泪史。”①南昌起义 8000 余人的部队，3000 多人是桑植人，最终仅有 8 人返回家乡；毛垭村全村仅 100 多人，30 多人参加红军或赤卫队，10 余人为革命捐躯；刘家坪村熊朝盛老人的爷爷家，9 个娃儿，8 个红军，7 个牺牲。在中国工农红军第二方面军的抗战中，这样的故事更是数不胜数，只因红军为民办事，以民为亲，桑植人民甘愿倾尽全家之人口投身到革命中，不管是尚未成年的孩童，还是步履蹒跚的老人，每个人都把成为一名红军作为自己甚至是全家最高的荣耀。面临家与国的艰难抉择，他们始终坚定地将国家强盛与民族解放作为自己的终身理想与追求。从桑植的刘家坪村、熊家溶村、双溪桥村到昆明的寻甸回族彝族自治县、大研镇、玉龙湾，曲折崎岖的长征路上始终回荡着湘西北儿女“革命不逮（搞）赢，死也不回家”的誓言。熊家溶村的熊世职不满于地主土豪的剥削压迫，毅然决然离开老母投奔贺胡子（贺龙）的工农革命军，家中老母自他离去后便在双溪桥等待盼望，日复一日，几乎成了双溪桥的一座雕塑。后来得知儿子死去的消息，老人伤心欲绝，可是“活不见人死不见尸”，老人家仍风雨无阻地等待着儿子的“归来”，直至去世仍未能盼到儿子归家。漫漫征途中，太多人为了国家的稳定与人民的幸福而死在了异国他乡，无法重返

---

① 纪红建. 马桑树儿搭灯台——湘西北红色传奇［M］. 湘潭：湘潭大学出版社，2016.（分析文本时，所引文字均出自该书，不再一一注明。）

故土，可是他们满腔的热血与赤诚的精魂会永远留存在子孙后代的心中，指引着后人为了祖国的未来而更加勇敢地奋斗。

这种“红色记忆”还展现在军民团结一心抵抗日寇、打击国民党反动派、艰苦卓绝建设新农村等的具体实践中。在作者的探寻中，中华人民共和国成立前的农村老党员们，为了一个“主义”，为了信仰与初心，不求功名利禄，奉献自己生命的伟大举动，是“红色记忆”中最为璀璨、动人的部分。诸如为了保证《大众日报》顺利生产，一家老小帮忙站岗运输，甚至为了掩护八路军而失去自家孩童的张树贵一家、受过三次伤留下终生残疾但始终不下火线 、复员后又做了几十年书记和保管的董永明等人，以他们的行动实践着一名党员的担当与坚守。从更深层面来分析，纪红建对于这些党员人生遭际的自觉书写则与美国著名学者杰姆逊的观点相印证，即第三世界的文本总是以民族寓言的方式投射出来，“关于个人命运的故事包含着第三世界的大众文化和社会受到冲击的寓言”①。我们应该看到，文本呈现的故事不仅只是对中华民族命运历程的反映，更应该意识到这些故事和精神是在半殖民地半封建社会性质的中国历史环境中产生的独特中国经验。对于“红色记忆”的追寻，不仅是对中华民族历史的正确认识，更是对一种民族信仰、民族精神的唤醒和宣扬，正如著名纪实评论家李朝全所分析的，一位有社会责任感和担当精神的报告文学作家在抢救历史方面应该有所作为……及时采访抢救那些散落在民间的普通老党员，书写、反映他们的传奇人生，事实上具有铭记历史的意义及价值。”

二、家国情怀的高扬

家国情怀是中国优秀传统文化的重要组成部分，是在长期积淀中形成的主体对共同体的认同意识。作为一种思想观念，“家国情怀”古已有之，政治变迁、王国战争造成的遗民旧臣对前朝往事的凭吊，即是早先文人志士赤子之心的表达。而在民族危亡关头，尤其是近代以来，中国时刻面临着国破家亡的危机，“家国情怀”更凝聚成一种超越民族、地域、阶级的人文信仰，成为中华民族自省自立、百折不挠的动力和精神支柱。

“爱国主义是中华民族在政治上自我认同的基础，是由‘家国情怀’衍生而来的国家最强烈的认同情操。‘家国情怀’把主体置于‘家国同构’的共同体意

① ［美］杰姆逊. 处于跨国资本主义时代中的第三世界文学［J］. 张京媛译. 当代电影，1989，(6)：66 - 69.

识之下，使得个人意识必须服从于社会意识，服务于共同体利益。”①因此，我们不难理解，那些优秀的农村共产党员们在思想修养与道德基础上早已深深将“爱国主义”作为自我对国家、民族最强烈的情感认同与行为操守，在艰苦的革命战争年代，始终将个人的利益与国家利益捆绑在一起，愿意为了共同体利益而奉献自身的一切力量。一位普通的农村老党员王玉璞，本身是个富家子弟，但是他并没有把自家的染坊作为囤积财富的工具，反倒将其作为抗日武装的“根据地”。为了支持八路军抗日，他不仅捐粮卖地、照顾伤兵、积极参军，甚至还鼓励全家老小一起参加革命，直至在与国民党反动派的战斗中牺牲。王玉璞散尽了家财，并将一颗炽热的爱国之心一同投注到祖国人民反抗侵略的战斗中，即便日子清贫，牺牲时没有棺材得以容身，可是诸如王玉璞一辈的老党员们在国家危难关头，尽管舍弃小家毁家纾难，但却从未后悔过自己的选择。

“寻找也是一种传承，也是生命力的延续。”②“家国情怀”不是虚伪者高扬的口号，而是潜移默化熔铸于民族血液中的精神凝聚。在桑植人民的抗战中，贺龙家族可谓声名显赫，可是他们并未因贺龙的关系而搞特殊化，他们同样像千千万万的桑植人民一样，为了祖国和民族而抛头颅、洒热血，贺龙的亲姐姐、以及诸多的堂兄妹都在抗战中牺牲。从某种意义上来说，贺龙家族是桑植人民的精神支柱，正是在贺龙家族的带领下，桑植男女老少都坚决地投身于革命，投身于工农革命军，既谋求于自身的解放，也追求更高意义上的中华民族的解放。“马桑树儿搭灯台（哟嗬）/写封书信与（也）姐带（哟）/郎去当兵姐（也）在家（呀）/我三五年不得来（哟）/你个儿移花别（也）处栽（哟）……”这首《马桑树儿搭灯台》正是革命时期桑植人民生活经历与情感表达的真实写照，一个贫苦的农民家庭，三五年中无法看见家人归来已是十分寻常的情况。当那些无畏、英勇的桑植儿女们早已牺牲在漫长的长征途中或惨烈的革命斗争中时，他们的家人却仍然怀揣着希望，时时到马路上、村口前眺望着，期盼能在某一天的傍晚看见亲人的身影。殊不知，一别便是天人永隔。这些古朴苍凉的民歌，是桑植人民用生命谱写的红色篇章，是无数鲜活生命的精神凝结，其中彰显着每个平凡桑植人坚守革命必胜的信念，点点滴滴都敲击着人们的心灵。

费孝通在《乡土中国》中说：“从基层看去，中国社会是乡土性的。”③作为

---

① 杨清虎.“家国情怀”的内涵和当代价值[J].兵团党校学报，2016，(3)：60－66.

② 龚爱林.铭记长征精神，走好今天长征路——读长篇报告文学《马桑树儿搭灯台——湘西北红色传奇》[J].湖南文学，2017，(2).

③ 费孝通.乡土中国[M].北京：北京出版社，2004：1.

中国传统宗法血缘制度下的一种思想积淀，乡土观念同爱国主义有着内在的价值联系，人们对于故土家园的重视与认同同样是“家国情怀”的一个重要组成部分，深刻影响着个体为了共同体而奋勇拼搏。也正是在乡土观念的影响下，农村老党员无论在时代发展的哪个时期，都能真心诚意地为了国家、土地而默默奉献。革命战争年代，老党员们上前线冲锋；和平年代，他们回归乡土坚守初心。困难时期不抱怨，功成时候不自傲。老党员卢翠秀自十八岁开始做支部工作，至今任村支书60余年。在革命年代她冒着生命危险大胆替八路军保管枪火，“文革”时期又顶着风险保护干部档案材料，解放后排除万难推广计划生育工作，改革中克服困难带领村民修路栽树，发家致富。60多年兢兢业业的工作，流过血受过罪，村子发展起来了，自己的家却一贫如洗，可是卢翠秀却觉得十分值得。激励、丰盈她的，是共产主义信仰，是作为一个党员严格要求自己奉献自己的誓言，这种真诚的乡土精神与爱国情韵，是革命胜利的制胜法宝，对于家国情怀的当代培育，更具有非凡的价值。

必须认识到，无论是红军战士，还是老党员，他们的每个故事、每个言行都流淌在中华儿女的血液中，是永远无法抹去的情愫，是家国情怀的有力彰显。在物质日益丰富的和平年代，广大年轻人不必再为挽救民族危亡而奔走呼号；但同时，利益高扬的多元化碎片时代，中国红色传统在社会场域中的影响力日益减弱，要凝聚个人力量已非易事，更不论构建社会共识，让国民都从心底里铭记红色历史，并用以指引行动了。从这个意义上来看，纪红建的《马桑树儿搭灯台——湘西北红色传奇》与《见证——中国乡村红色群落传奇》两部作品从平凡人民的动人记忆入手，从一首首朴素的民歌中找寻老一辈战士的“英雄”经历，在改革深化、社会转型发展的今天，对于唤醒沉淀在人们记忆深处的爱国情怀、奉献精神、民族信仰具有重大意义。

三、铭记历史的坚守

1978年以来的中国报告文学写作，在历史际遇与时代进程中，作家往往面临着选择与被选择的双向度书写问题。一方面，时代的发展脉络需要依托报告文学这种文学样式加以呈现；另一方面，报告文学也不可避免地受到了时代气息的感染，自觉地承担起传达时代精神、汲取思想意蕴的义务。正如罗曼·罗兰所强调的“伟大的艺术家是时代的眼睛，通过这双眼睛，时代看见一切，看见自己”。[①] 读者通过报告文学不仅可以窥见时代的侧影，时代也能通过报告文

① 伍蠡甫.西方古今文论选[M].上海：复旦大学出版社，1984：494.

学发现更多潜藏在生活深处的思想意蕴与精神内涵。

从这个层面上来分析，在纪红建的两部长篇报告文学《马桑树儿搭灯台——湘西北红色传奇》与《见证——中国乡村红色群落传奇》中，文本深处所蕴含的“红色记忆”虽是关于革命战争年代的久远记忆，但绝非与当下现实脱节。在改革开放的新阶段，“红色记忆”无疑具有新的时代内涵，红军先辈们、老党员们为真理奋斗牺牲的精神与积淀在他们内心深处的家国情怀对于当下社会始终具有激励和警示意义。事实上，“红色记忆”伴随着中国共产党的诞生发展而逐渐成型鲜活，已然和中国共产党融为一体，成为一种政治指向，表达着人民对党的情感认同。重现“红色记忆”，能够使得“我们保存着对自己生活的各个时期的记忆，这些记忆不停地再现；通过他们，就像是通过一种连续的关系，我们的认同感得以终生长存”。① 值得注意的是，在重现“红色记忆”时，纪红建有意地加强了民间话语和个体话语的话语叙述方式，将那些湮没在时代长河中的平凡个体“掘取”出来，将目光聚焦到每一个农村老党员以及红军家属、后代的个体身上，引导读者将关注视角回归到日常生活中的普通群体中，从而在反思历史的过程中细细品味先辈身上所散发出的无畏情怀与英雄气质。

纪红建在寻访中提及，整个过程中遇见的有一大部分是帮助过红军的家庭，这些家庭的先辈们大多因曾帮助过红军而惨遭灭门或东躲西藏、亲人别离。拯救红军战士“谢家爹”的毛垭村老人曹良卓为了家人的安全，孤身救下受伤的红军战士，悉心照料，虽然二人语言不通，但他们用两颗真心诠释出了情无界限。老人经历过朱疤子的清剿，经历过苦苦隐瞒的孤独，却始终没有丝毫怨言，不图一丝一毫的回报，只是为了不辜负那些为国家流血牺牲的红军战士。纪红建通过对这些支持国家革命斗争与建设而无私付出的先辈们的英雄举动进行叙述，对于这些艰苦岁月中的温暖记忆进行发掘，与习近平总书记强调的“铭记历史不是为了延续仇恨，而是为了更好地开创未来”相吻合。作者的本意也正是希望能通过对于过往历史的追寻唤起人们对于那些平凡人物不平凡精神的感悟，从而继承着先辈们甘于平淡、坚定理想的精神。“红建写《马桑树儿搭灯台》这本书也具有铭记历史的意义。因为他采取的是口述、田野调查的方式，他记述的是那些历史的参与者、亲历者、见证者或者他们的后代的讲述，作者的这些采访是严谨和严肃的。”②如今，这些红军、红军家属、红军后代以

---

① ［法］莫里斯·哈布瓦赫. 论集体记忆［M］. 毕然，郭金华，译. 上海：上海人民出版社，2002：126.

② 李朝全. 不让红军和长征成为传说——评纪红建的长篇报告文学《马桑树儿搭灯台》［N］. 中国艺术报，2016-11-14.

及帮助过红军而受灾的人们依然贫穷，他们放弃一切特权，简单一句“不愿为国家增添负担”，都是警示经济潮流中的铿锵之言；他们也依然厚重，他们仍顽强生存并孜孜不倦地追求自己的美好梦想。就如作者所言，他的写作不为得到什么，只为唤起更多更大的记忆，警示人们不要忘记历史。

美国学者杰姆逊认为：“我们当代社会体系逐渐丧失保存它过去历史的能力，开始生活在一个永恒的变化之中，而抹去了以往社会曾经以这种或那种方式保留信息的种种传统。”[①]纪红建的报告文学写作从某种意义上来说正是企图还原历史场景，呼唤人们不要忘记历史、铭记为中华人民共和国做出牺牲和贡献的普通英雄。通过发掘那些过往历史碎片中埋藏的动人传奇故事，进一步探寻平凡人的入党初心与本色精神，对于展现大时代背景下老区人民坚忍不拔、不畏艰险、始终为国为民的伟大精神具有重要意义。

总之，纪红建的《马桑树儿搭灯台——湘西北红色传奇》与《见证——中国乡村红色群落传奇》是两部有生命、有激情、有热血、有道德的作品，它们恰到好处地契合了新的历史时期国家层面所提出的实现中华民族伟大复兴的目标。其最大的意义就在于作者真实地向我们展示出积淀在普通人民记忆深处的红色传统，以及优秀的红色传统本身所具有的顽强生命意义与时代价值。这种具有充分时代价值与生命力的家国情怀在时代的变迁中不仅不会消失，随着时间的积淀它会更加厚重，从而内化为人们的心理结构，成为国民凝聚的力量。

① ［美］雷德里克·杰姆逊. 文化转向［M］. 胡亚敏，等，译. 北京：中国社会科学出版社，2000：19.

第六章　诗歌的风度

本章试图从美学角度出发，结合哲学、心理学、社会学等多维视角深刻剖析了诗人蒋三立笔下的精神世界、诗歌风度的表现以及风度的成因等。人民诗歌是优秀诗歌的精华，既关注人民大众，又承接历史与现实，具有思想深度、精神广度、诗意密度、抒情厚度、爱的纯度等特质，是诗歌风度之美的集中体现。罗鹿鸣诗歌既有对恋人的浪漫表白，也有对“异乡人”生存体验的深刻表达，无论是记忆还乡还是选择遗忘，都是被孤独包围的现代人对精神家园的苦心追寻与建构。罗长江的长篇叙事散文诗《大地苍黄》，是继沈从文先生之后，对湘西世界的又一次深度挖掘，诗人以史诗的格局和隐喻的手笔生动地展示了一个古老民族的心路历程、精神面貌以及灵魂创伤等，它既是属于中国的，也是属于世界的，它是人类文明进程的缩影，无一不给人以悲壮和震撼之美。徐海凌的诗歌具有浓厚的现代性，诗人超越传统的单一情绪与静态视角，定格美的瞬间，创作出多维结构的、动态的诗，其语言与语法常规不符，这种陌生化的表达形成一种新奇而富有张力的美，而起伦的诗歌通过有思想的书写，像一束束康乃馨，散发着从生活中带来的迷人芳香。

我们知道，当代诗歌创作的最大变化无疑是商品社会和市场经济的日渐确立和深入，这是诗歌写作面临的最大挑战，也是诗歌自身姿态被迫调整的现实基础。商品经济无所不在的力量统治了社会生活的方方面面，成为推动社会的最重要也是最深刻的内驱力。物质欲望的无限追求和膨胀让人们的内心处于不简单的躁动不安中，在此情景下，作为重要精神产品之一的诗歌逐渐失去了大量的读者群体，诗人同样成为稀有品种。但诗歌永远都是文学桂冠上的明珠，它带给世界的美好与想象无法被取代。

在社会转型和商品因子无孔不入的当下，诗歌创作者和阅读者的流失越来越严重，这是一个不争的事实。于坚为此感叹和警告说：“诗人已经成为人类生活的稀有动物，这是一种非常危险的倾向，这种倾向的结果将使人类丧失记忆，丧失想象力和创造力，最终丧失掉存在的意义。”①

作为有“诗之国度”之称的中国，今天的读者为什么失去对诗歌的忠诚，为什么不再关注、品味和追寻曾经热爱过的诗歌，原因固然很多，其中最重要的原因是当下不少诗歌创作不是朝向人类灵魂的终极指向，而是停留在表层、停留在个人瞬间的情绪体验上，诗人失去了探索人类未知世界的热情和勇气，只是贪婪地挥霍书写文字的快感，舍不得投入时间和精力去挖掘人类社会中不可预知的存在，没有毅力和智力把感知灵魂的精神空间拓展得更为博大和深远。这样的诗歌缺少一种心灵的震撼力和穿透力，呈现更多的是一些较为极端的伪情感，是个人或者是小圈子、小集体“画地为牢”式的体验，没有从诗歌创作隐秘的心灵冲动中凝练出一种强大的穿透力，升华为集体记忆，从而引发大众情感的共鸣。一些作者感知社会、感知生活的方式过于简单化、扁平化，其创作的精神态势表现为单线条或单向度的，而不是多视角、多维度（即浅层次、深层次和更为隐蔽层次）的呈示，因而，不同的读者在读这样作品的时候，其审美情趣很难得到应有的满足。

在此情景下，“诗歌无难度、无标准”的声音开始浮现。诗人贬值了，像萝卜白菜一样普通，与常人无异。尽管还有不少人投身于“诗潮”“诗海”，但一些人攫取的是诗人的桂冠，着眼的是诗人的荣光，却没有意识到林莽先生所说的“让诗歌把你的耳朵叫醒”的责任。更有甚者，过分追求所谓的现代主义却又不明了现代主义的真正意义，过分追求“先锋”或“新潮”的符号能指却又不知道这些艺术的深刻所指，忘记了诗歌与读者的血缘联系，严重脱离了人类共同体的情感族系和思想谱系，失去了艺术最为本质的东西，再加上大量伪劣作品的出现，这些似是而非的模仿作品造成了诗歌创作的混乱局面。

纵观古今中外经久不衰的优秀诗歌，它们无一不具有强大的“精神气场”，展示出富有内涵的风度之美，给人以美学享受。

第一节　人民诗歌的风度之美

刘勰在《文心雕龙》中曾一针见血地指出：“昔诗人什篇，为情而造文，辞人赋颂，为文而造情……故为情者要约而写真，为文者淫丽而烦滥。”②这样的诗歌没有反映出时代面貌，没有表达出大众心声，没有展示出集体的力量和历

---

① 胡廷武．没有诗歌，就像菜里没有盐巴［M］．昆明：云南人民出版社，2005：350.

② 刘勰．文心雕龙［M］．重庆：西南师范大学出版社，1996：88.

史壮美，当然不会为民众所接受和欣赏。正因为此，唐代大诗人白居易的诗歌追求在今天仍有指导意义，他认为：诗歌应当"上可裨教化，舒之济万民，下可理情性，卷之善一身……文章合为时而著，歌诗合为事而作。"①什么叫"合为时"？就是要与时俱进，即诗人要有社会责任感，关注社会，关注时代，关注民生。

反观当下中国诗坛，不少作品过于炫耀"技巧"，喜欢设置"阅读陷阱"，没有韵律，没有结构，没有意境，没有内容，没有美。这种"五无"诗歌，实现了诗歌创作的真正"自由"，但也丧失了诗歌文本所必须具备的美感和审美价值。一些作者写诗，一天写一首甚至好几首，不断成批量、重复地生产文化"快餐"，使原本呕心沥血的精神产品变成了一堆堆文化垃圾。试想：当下的诗作者有几人的写作有过贾岛式的"推敲"、有过"两句三年得，一吟双泪流"的痛苦体验以及"吟成五字句，用破一生心"的自觉追求？②

在这种浮躁和杂乱状况下，似乎人人都可以写诗，却鲜有写作者对于诗歌的本质、韵律和美感进行不懈探索，也没有意识到诗歌在表现各类情感的同时，应该形成一种对生活和生命价值与意义的追问！不少写作者喜欢玩形式、玩情感、玩语言，既不懂闻一多的"诗实力不独包括音乐的美（章节），绘画的美（词藻），并且还有建筑的美（节的匀称和句的均齐）"③，又不懂法国文艺理论家布瓦洛所说："不管写什么主题，或庄严或谐趣，都要情理和音韵永远互相配合"④；既不懂"泪眼问花花不语，乱红飞过秋千去"这种以我观物的有我之境，又不懂"采菊东篱下，悠然见南山"这类以物观物的无我之境。诗歌成为日常生活中轻薄的点缀，没有伸入自然的本质和人们的灵魂。诗歌丧失了至真、至善、至美的品质，丧失了应有的典雅、庄重和高贵，诗歌失去了风度，变成了被人抛弃的怨妇。

那么，诗歌的风度是什么，诗歌的风度在哪里？在我看来，诗歌的风度是人们精神的筋脉，是邈远的苦难意识的复活，是生命的旗帜和光明的导向。与其说它是一条未知的小径，毋宁说它是一个可探的门槛，让人不断接近又不断离开，在这个门槛上读者和作者各自以不同的方式体会同时被传唤和释放的经验。这种风度使每个有激情的人似乎都与另一个历史的或者想象的时代有联

---

① 郭绍虞. 中国历代文论选[M]. 上海：上海古籍出版社，1979：64－108.

② 姚力，刘坚. 中国古代诗词文赋名句全书[M]. 中山：南海出版公司，1992：573.

③ 王清波. 诗潮与诗神 中国诗歌三十年[M]. 北京：中国人民大学出版社，1989：209.

④ 伍蠡甫. 西方文论选上卷[M]. 上海：上海译文出版社，1979：289.

系，只有在那里他才能得到激发他活力的形象。因此，这种风度既可以是“明月松间照，清泉石上流”（王维《山居秋暝》）的从容和淡定，又可以是李白《静夜思》《赠汪伦》式的纯净和隽永，也可以是杜甫的“三吏三别”式的深沉和灼痛，还可以是“为什么我的眼里常含泪水，因为我对这土地爱得深沉”（艾青《我爱这土地》）的真挚和厚重。有了这种风度，诗歌的声音可以喑哑，但诗歌的力量总是像河流一样涌动；有了这种风度，诗歌的韵律就会像阳光下拔节的水稻，清脆动人，余味无穷；有了这种风度，诗歌的皮肤就会有着青铜的韧劲，随大地一起呼吸；有了这样的风度，诗歌就会得到关注，赢得尊敬和推崇；有了这种风度，人们对诗歌的热爱就会像小草对春天的热爱一样；有了这种风度，诗歌不仅可以打磨一个民族的气质，重塑一个国家的形象，而且可以成为人们普遍的审美经验，成为精神的粮仓和心灵的慰藉。

一言以蔽之，这样的风度就是人民诗歌的风度。人民诗歌就是叶芝追求的“始终富于灵感，并以高度的艺术形式表达了整个民族的精神”，就是希尼强调的“诗歌应当既有优美的抒情，又有理论思考的深度，能从日常生活中提炼出神奇的想象，并使历史复活”。人民诗歌是在将要发生的和我们希望发生的之间的夹缝中，抓住大家一时的注意力，它的功能不是让我们面对现实心慌意乱，而是让我们凝神观照，看清梦想和现实的区别，让我们在诗所表现的生活中参照现实，有所领悟，“让黑暗发出回声”。人民诗歌极轻盈澄澈的语言就像穿越生活而不停留于生活的泉水，描述自然但又不仅仅是自然，把啜饮的源头直插入希望或者梦想的云层，让前来取水的人从自己的彼岸看见自己在晨光中的倒影。

人民诗歌不是空穴来风，不是沙中楼阁，而是来自大地，来自人民的心灵，来自古老的传统，但又不囿于传统，它是对传统的继承和发扬，扬弃和提升。人民诗歌的集大成者是《诗经》，作为集体匿名创作，那些无名无姓的诗人，率真而为，动情而作，张扬人性的善、情感的真、生命的美，他们肉体上的生命虽早已消失，但精神的生命连同诗歌的血液却生生不息地流传下来，这样的诗歌与名利无关，与浮躁无关，与花哨的形式和技巧无关，这是人民诗歌的本质所在。

时代呼唤人民诗歌，我们亟须重振诗歌的风度之美。人民诗歌的风度之美应该是具有思想的深度、精神的广度、诗意的密度、抒情的厚度和爱的纯度。本章试图以《诗刊》2003 年 11 月下半月刊第 19 届“青春诗会”的专号诗人的文本为例，对人民诗歌的风度之美等进行还原性解读。

一、思想的深度：推向历史的纵深

人民诗歌的首要特征在于它的思想性，即通过诗歌的触须伸入历史的腹部，使写作的意义在时间的长廊中穿行。此时的诗歌，有如阳光下的水珠，闪烁着琥珀般的光芒，令人联想着先人们在久远的村庄，以风洗面，捧起河水感知大地的温暖和时节的变化，生命的意义和存在的理由不断呈现。诗人从人民中走来，沉郁地守候着春秋的河道，安居两岸，凝视风沙从河面上飘过。在历史航道的另一面，一些被生活抛弃的人，面黄肌瘦，苦心支撑着桨舨，在河流上漂泊挣扎，时光的歌谣和渡口的号子渐行渐远。木制的巨型水磨坚韧地传递着时间的心跳，素朴的民谣自然地诞生在布满油菜花的河畔。劳动者的旗帜在山冈上飘扬，悠悠天空下是劳作者发出的声音，或歌或吟，或跳或舞。这是人民诗歌连结历史的纽带，是先人们粗犷的胸脯、诗歌的火焰和汗湿的手，昭示时间的重量。

有中国诗坛"黄埔军校"之称的且由《诗刊》主办的"青春诗会"，自 1980 年举办第一届以来，在 20 多年里推出了一大批优秀诗人，其中不少诗人成为当今中国诗坛的中坚力量。在 2003 年举办的第 19 届"青春诗会"中，共有 16 位青年诗人参加，来自湖南的蒋三立是其中比较突出的一位，他自觉追寻人民诗歌的精神余脉，在创作上表现出难能可贵的执着、严肃和庄重。他的诗歌跟大地联系在一起，跟人民联系在一起，跟苦难联系在一起，如"落日红红的沉入了湖的那边/样子非常孤独/我病危的父亲，样子也非常孤独/一滴泪珠落下/没有回声/天快黑了/一个谢幕的老人，没有听到掌声"。（蒋三立《落日》）

如果说自然的力量和生老病死让蒋三立在本我的写作中细腻地感受到生命的意义的话，那么，对自我的审视和对灵魂的拷问则使路也的诗歌进入哲理的境界："生命的意义/在于等某人的电话/我命若琴弦/随时都可能断"。（路也《蓝色电话机》）正如王国维在《人间词话》的开篇所讲的："词以境界为最上。有境界，则自成高格，自有名句。"人民诗歌的优秀之作之所以具有"高格"境界，是因为诗作者秉承《尚书・尧典》中"诗言志，歌永言"的创作理念。鲁迅认为，"诗言志"者就是要求诗人"心应虫鸟，情感林泉"，即诗人的心灵应享有充分自由，与自然界的虫鸟林泉保持和谐、统一，从而自由地抒写主、客观世界。诗人只有在保持心灵自由的条件下，才能进入良好的创作状态，使其诗如山间春笋，应时破土，若林涧清泉，自然流泻。所谓"至诚之声""温煦之声"，也只有在这种情况下才能呈现出来。

诗歌是人的灵魂的镜子，有什么样的灵魂就会有什么样的诗歌和诗人品格。请看苏历铭的诗："或许每片叶子在你的心灵里都留下伤痛/但其中浸透着殷红的血/那是自己生命的叶子/不构成秋景/却永远不会腐烂"。（苏历铭《落叶》）在这里，诗人的心是赤诚的，他试图以不同的表现方式温暖着人类受伤的心灵，使诗歌的魅力与创作者的人格魅力合二为一，从而引起读者的共鸣。不仅如此，他把自己视为河流中的一滴水，用一双发现精神的眼睛，对平凡生活中美之闪光及时捕捉。换言之，作为一个真正的诗人，他有着敏锐的审美直觉，有对平凡生活中所蕴涵的美的敏锐的挖掘能力，有对生活细节中所孕育的闪光点的及时捕捉和表现能力。

与此同时，诗作者应当以一颗感恩的心，对时间进行深情的触摸。只有活着的人才会感受到时间的意义，只有思考的人才会感受到时间的重量。因此，时间的观念在优秀诗人的文本中不仅表现出对家园深切的眷恋和对生命意义的思考，它更象征着一段记忆，一种情愫，有着铭文般的质感，让人看着炊烟从贫瘠的大地上升起，想起古老的歌谣消失在时间尽头的河流里。这样的生命体验，既是诗人个人的，更是人民大众的。而这，恰恰是人民诗歌的深意所在。

二、精神的广度：时代的责任与使命

人有两种本能，即生存本能和艺术本能。生存本能是物质上的、浅层次的，吃饱了喝足了，即可满足；艺术本能是精神上的、深层次的，因为精神的空间是无限的，这就决定了艺术创作具有无限的可能性，艺术本能不仅可以见证生命的意义，而且可以使人得到精神的抚慰和振奋，失去这个本能，人就沦为行尸走肉。

因此，作为以艺术本能存在的人民诗歌，不仅要有思想的深度，更要有精神的广度。这就要求诗人能肩负起时代的使命，且具有人文的闪光。诗人的使命感和人文关怀在于，面对邪恶要敢于直面揭露，面对弱者的遭遇要给予足够的同情。这是一种责任，更是一种能力。这种能力是诗人情感的自然流露，它是一团火，燃烧诗人的情愫，激发诗人的灵光。有了这种灵光，即使面对一潭死水，也能激发诗人对黑暗现实的诅咒和对美好生活的渴望，如北野在《我住在城市的边缘》中写道，"我住在城市的边缘/在我朝北的窗外，城市的繁荣与嘈杂/已经消失了。农民们/把苞谷和油葵种在干旱的荒原上/把弯月与教堂建在宁静肃穆的高冈上"。置身于城市的边缘，原本很孤独，很颓废，可是诗人并不惆怅和失望，他怀揣的是雪莱式的憧憬，着眼的是苞谷和油葵，这些东西既是当下的希望，更是未来的种子，是风雪淹没不了的灵光。有了这种灵光，当无意中望见悬崖上的一棵小树时，诗人曾卓就能感受到"它似乎即将跌进深谷里/却又像是要展翅飞翔”。有了这种灵光，面对平常的黄昏，臧克家眼里就能流出人文的温情——“牛，咀嚼这草香，颈下的铃铛，摇得黄昏响”。这就是诗意，就是精神的广度。像河流一样，这种广度有许多表现层次，或惊涛拍岸，或宁静如镜，或汹，或止，每一次都是一次惊人的发现，每一次都不由你不产生心灵的震颤和情感的共鸣，不由你不惊服于诗人丰富的想象力和伟大的创造力。

请看雷平阳的《背着母亲上高山》：“背着母亲上高山，让她看看/她困顿了一生的地盘。”这样的诗隽永清新而又含蓄蕴藉，它感动自我而又动人心弦，它激情澎湃而又余味无穷。它是瞬间的顿悟，是灵感的爆发，更是诗人炉火纯青般艺术功力的彰显。正因为诗中张扬了这种美，才引起无数读者对诗的神往和虔诚，才有了诗歌震撼人心的巨大力量，也才使诗歌真正成为文学中的奇葩、艺术中的艺术。

诺贝尔文学奖获得者艾略特十分推崇“透彻”的、“跃出诗外”的诗。他说：“要写诗，要写一种本质是诗而不是徒具诗貌的诗……诗要透彻到我们看之不见的意义，而见着诗欲呈现的东西；诗要透彻到，在我们阅读时，心不在诗，而在诗之‘指向’。‘跃出诗外’一如贝多芬晚年的作品‘跃出音乐之外’一样。”这段诗论与司空图所说的“弦外之音”类似。不过，司空图在诗论中所说的“弦外之音”其实是来自中国传统文化中的道家和禅宗。中国道家语言符号特别重视语言的空白，讲究虚实结合。写下的语言是实，未写下的语言是虚。所以庄子有言：“筌者所以在鱼，得鱼而忘筌……言者所以在意，得意而忘言。”①

事实上，无论是艾略特推崇的“跃出诗外”的诗，还是司空图垂青的“弦外之音”的诗，其意义指向，说到底，就是诗歌的精神广度。这种广度很大程度上在时代使命感和人文的闪光中得到验证：“有一年正午的乡村显得格外寂静/一个盲人的远去带走了黑暗。/他手中的竹竿一直在试探往前走的路/他手的竹竿戳到了苍天的/痛处，苍天和他一样，有眼无珠。”（王夫刚《一个盲人走过正午的乡村》）这样的诗，留下巨大的想象空间，让读者在感动之余，也参与诗歌的创作。而读者的创作既是匿名的，又不寻求媒体发表，不同的读者有着不同的心灵体验和情感触动。这种“自娱自乐”的集体创作不仅回归了《诗经》的传统，丰富诗歌的表现力，还拓展了诗歌的心理空间，推动了诗歌精神旅程的深度延伸。

由此可见，人民诗歌的精神广度不仅可以呈现于时代使命感的宏大话语

---

① 聂茂．民族寓言的张力[M]．北京：民族出版社，2005：136．

中，也可张扬于诗作者个人的私密生活中，既可以是理性的思考，又可以是感性的行为。无论是焦虑、困惑、彷徨，还是喜悦、激动、兴奋，都是普罗大众的情感组成部分，都不容轻慢和忽视，唯有如此，诗人才能创造出深受读者欢迎、引起大众共鸣的震撼人心的诗歌作品来。

三、诗意的密度：底层视角的叙事张力

诗歌不仅要能表现思想的深度和精神的广度，更要表现生活中的美。如果说，一把沙子在普通人眼里就是一把沙子的话，那么，在诗人的眼里，也许能发现沙子中的灵魂。一块石头默默地铺在路上，在诗人看来，这块“阳光从未燃亮过”的石头，也许陷入了深深的沉思。里尔克指出：“因为美无非是恐怖的开端/我们尚可承受，因为它泰然自若/甚至不屑于摧毁我们”。这种举重若轻的气度，在叶芝看来，是矛盾的对质，是张力中的平衡。歌唱的诗人与行动的英雄是相对立又相似的。希尼据此认为，诗人在失望中，而英雄在失败中找到并制造其面具……因为英雄爱世界，直到世界毁了他；而诗人爱世界，直到世界毁了信仰。

由此可见，人民诗歌不是空洞的喊叫，而是充满矛盾与对峙、紧张与平衡的，更充满了丰沛的意蕴，其诗意的密度主要通过底层视角叙事的张力来显现的。“穷年忧黎元，叹息肠内热”（杜甫《自京赴奉先咏怀五百字》），这样的叙事就是底层视角的最好例证，它展现的诗意是对贪官的愤恨和对劳苦大众的深刻同情。杜甫始终关注人民，只要一息尚存，他总希望能看到人民过点好日子，所以他说“尚思未朽骨，复睹耕桑民”（《别蔡十四著作》）。因此他的诗不仅广泛地反映了人民的痛苦生活，而且深刻地表达了人民的思想情感和精神诉求。杜甫的底层视角是人民诗歌优良传统的集中体现。

在新的历史时期，人民诗歌的创作群体，应积极投身于生活的洪流，去感悟，去发现，去创作。“不管多么脏，一个人的灵魂/也总会有那么一丁点儿干净的地方。”（桑克《槐花》）当喧闹的生活处于商品经济的强力击打下，诗人既不回避矛盾，更不置身事外，而是真诚面对，并且站在更高处，倾听心灵深处的冲动：“面对自然的荒芜，原始/我的心也不会再疼……就像那灌木/因为无名而宽宥了秋天的浩大/因为无名 它卑微的身子/才会抽穗出星星点点的绿色雷霆！”（哑石《面对》）在这里，诗人抓紧经验中锋锐的张力和遽跃的节奏，让力化的片断演绎诗歌的秩序。在创作指陈上，诗人追求诗意的密度；在语言策略上，诗人有着独特的美学主张——他忠诚于自己对于时代的深刻观察和细腻感受，更忠诚于自己心目中的诗神。因而，这样的诗歌文本简洁明晰，意蕴丰

沛，含蓄有力。诗人重视内心的开掘，且又为与人民的感情息息相通而极力避免空洞的说理、抽象的议论和无病的呻吟。诗歌的文本追求抽象思维形象化、思想知觉化，尽可能地把思想感情寄寓在活泼的想象和新颖的意境中，以显示出诗歌的韧性和弹性。

因此，人民诗歌应当充溢密集的诗意，创作者在古典诗词和优秀新诗的熏陶下，应充分吸收西方后期象征派和现代派的某些表现手段，从底层视角出发，通过叙事张力的表现，还原诗歌的“歧义性”“丰富性”和“纯粹性”，以拓展诗歌艺术的表现力。比如黑枣的《锄头》：“锄头在我手中，像一尾长了翅膀的蛇/随时都要飞出去……/我总感到，它一定是要在遥远的天边/掘一个坑/把自己重新种植成一棵茁壮的树”。这样的诗气韵生动，其文字的骨、脉、筋、肉与诗人的血液共同承载着诗歌的意义，这意义融合在自然界的山水与天宇之际，澄净明亮，没有杂质和阴暗。诗歌的义理就隐藏在一种气节与情操之中，这种气节是自然界浩淼苍天的根本，是与人相通融的地方。这样的诗歌能祛除疾病，居高久远，心宁体畅。这样的诗歌带着永无止息的意义流向，充塞苍冥，贯透芸芸众生的心。

四、抒情的厚度：悲悯情怀

无论诗歌的思想有多深、精神有多广、诗意有多密，诗歌都离不开抒情。因为，抒情是诗歌的本质特征，由坚固的信念牢牢支撑。这是一种来源于生活、自然、启示和宗教民族的信念。这是一种产生魔力感和梦幻的信念。阅读充满抒情的诗歌，使人陡然对敬畏的文字产生由衷的尊崇之情。这样的诗歌必须是由过着绝对诚实生活的人所写，他的诗写得越好，他的人生态度就越虔诚。

有人说，很长时间以来，我们误解了阅读的意义以及阅读中需要面对和超越的那些语言本身的原始的意义。几乎每一次的阅读都被分解成枯燥的情分以试图抹杀内心的忧虑。这个时候阅读属于一种超验的心理过程，不乏黑暗和阴霾。你泛流在宽阔的草原和狭隘的时间观念里，长时间的迷茫和惊恐，使你的情感渐渐变得愚蠢麻木。结果便是，我们和文字一起变成空冷的物质空壳，被遗弃在一度挣扎过的草原。在一次次漫无目的的阅读中，诗作者神经质的疑问和暴虐的情节冲突给人带来恐惧和孤独感，谵妄的用笔，有如胡乱涂鸦，洁白的稿笺躺着蓬头垢面和残臂断肢的文字。① 母语受到伤害，悲悯受到戏谑，诗

① 刘卫东. 指尖流水[M]. 长沙：湖南美术出版社，2005：415.

歌的抒情受到嘲弄。如此，谁还敢接近诗歌，承受心灵的折磨？

无疑，那是一种伪诗，是精神病患者的呓语。真正的诗是生动的、有汁的、清新的，它抒情但不滥情，真情但不矫情，激情但不假情。它的抒情追求一种厚度，通过锋利的词语、迸射的句子和生动的文字，让读者感受到严肃的目光和生活的沉重。请看三子的《李子》："母亲从乡下打来电话，告诉我/池塘边的两棵老李子树又要熟了……/我咬一口，嘴里就有些涩/隔着春天望一眼，泥地里就漫起/一种幸福和忧伤"。

显然，这是一堆熟睡的文字，整齐地排列着，有着宁静的符号，带着大地的表情，沾满泥土的暗香，也许隐含着一种不被觉察的古老的旋律，在抒情，在流淌。那是《诗经》和唐诗宋词的传统，是美的表现和张扬，是青春的退场，是无语的独白和坚守。这样的诗歌捍卫着母语的尊严与高贵，以及它丰沛的意义，它的韵律、质感、节奏以及内在价值蕴涵都躺在母语的怀里温馨地睡着。一如远古的民谣，诗意地安居着漂泊者的世界和情感，那些从深层泥土里发掘出来的充满抒情意义的黑色元素，是悲悯情怀，是母语崇拜。读这样的诗，我们甚至能够辨认出文字的颜色和诗歌血液流走的方向。

应当说，在所有的文本中，诗歌是最适合抒情的。与小说的戏剧独白和散文的冷抒情不同的是，诗歌的抒情是一种热抒情，这是一种情感的倾泻与爆发，这样的爆发有赖于母语的呵护，语言的精美和强势在诗歌抒情中是否得到直接体现。北方的孤独，南方的苍茫，忧郁的种子，蛊惑的荒野，只要排列这样的文字，用不着刻意书写，抒情的气流和动感就奔腾而来。这是诗歌光明的元素，是内心的渴望，是火焰的激情，是内敛的歌舞。

"一只牛站在道路中央/纹丝不动/它气度不凡、处变不惊/对人的不屑与藐视让我钦佩……/苍穹辽远/那只牛始终没看我一眼/这是个多么微小的事件 而我/却不这么看"。（沙戈《一头牛》）在这里，诗人的悲悯建立在虔诚之上，其深度的抒情根植于古老的土地，他小心捂住民间的哑语和谜底，感受着世间的呻吟、呐喊和风度。同时，诗人带着对母语的崇拜、对大地的感恩，抵抗着青春和美的诱惑，走向苍凉和广阔。阅读这样的诗歌，仿佛阅读慈母的年轮，阅读苦难的灵与肉，阅读美的体认和悲悯的经验，阅读心灵的原罪与虔诚，真是如鲠在喉，欲说还休，泪湿衣襟。这是对民间、土地和生存的磨砺，是对青山绿水、对最朴实的劳动价值的诉说。[①] 感谢母语，使诗人能够把抽象的想象极其传神地呈现出来，其抒情的厚度在宁静的旋律中带着打击人心的节奏，令人

---

① 刘卫东．指尖流水[M]．长沙：湖南美术出版社，2005：420.

动容，悲悯的情怀充满沉默的铿锵和母语的力量。

五、爱的纯度：深沉的忧郁之美

爱，是艺术创作的动力之源。纯粹的爱，是奋笔抒写人民诗歌的不竭动力。人人都喜欢爱，渴望爱，爱过并被爱。爱有对祖国、对人民、对大地的大写之爱，也有对家人、对朋友乃至对自己的小写之爱，当然也包括对花草虫鱼和飞禽走兽的自然之爱。无论哪种爱，都要见出真情和纯净。爱是不朽的、永恒的。人民诗歌就是要恰到好处地表达这种爱。学会简单地抒写，虔诚地抒写，用简单的语句，含蓄的文字，意蕴的节律，表达爱的纯度，表达生活中的忧郁之情与丰沛之美，这是人民诗歌的又一审美特征。“死生契阔，与子成说。执子之手，与子偕老。”幸福的感觉在古老的《邶风》中流传至今。我们渴望这样的诗歌多些再多些，让情感复活，让世间充满爱、和谐和丰沛之美。

读谷禾的诗歌，我能感受到爱的纯度，特别是那些来自泥土、草垛、水井和蓄满怀念的梦幻的诗，总是让我感动并引起强烈的情感共鸣。在一首名为《啊……》中，诗人深沉地写道：“这一声尖叫从上升的塔吊上传过来/从一个民工恐高的晕眩/它像一只鸟，展翅云端之外/我只看见一地飘散的羽毛”。

我细细咀嚼着这样的文字，感受着活着的艰难和忧伤。时间的胚芽在光明中行走。诗人带着思考，用简短犀利的语言一下子穿透了人性脆弱的部分。作为农民的儿子，我熟悉曾经发生的一切，那些永无止境的农事，镰刀、耕牛、炊烟和夕阳，无论身处何方，只要席地而坐，我就能回想起自己的爱、自己的向往以及深沉的忧郁所展示的美，平静而朴素的村庄被阳光或月亮照着，接近事实本质的露水在瓦棱上发亮，久违的雨、稻田里嗷嗷待哺的禾苗以及像农具一样仆倒在田里的父母姐妹、故乡、亲人，泥土的湿润、深沉的爱让我的眼睛湿润。当村民仰面看着屋顶上长出的稻草，当一拨拨年轻人怀着忐忑的心情一脸迷茫地奔向都市时，一种沉重的忧郁带着质感的弧线缓缓落下。

故乡的贫穷使人远离或逃逸，包括诗人和我自己。为了一个梦想，为了一次发芽的旅程，为了能看见春天的高楼和森林般举起的脚手架，人们来到了都市，在打拼，在奋斗，在追寻。可夜深人静，骨子里怀念的依旧是那块贫瘠土地上的一切美好。此时，诗人创造的一系列意象被赋予了新的力量和意义，让你沉迷其中，充满回归的冲动，甚至还有一丝清凉。这些词语像是和我们隔着面纱，把文字的感觉过滤之后，我们失去了自身原有的感觉，只是随着诗歌里的词句反复轻吟：“距源头已经很远了/我是那被随意掐断的枝丫/缘引血液的召唤/就着如水的月色/从容小酌”。（宋晓杰《生活的别名叫细水长流》）

这样的诗歌与空洞无关，与陈旧的思维无关，与话语建构的乌托邦无关，有的只是单纯的渴望，有的只是温馨的记忆，有的只是透明的爱，有的只是对生活苦苦追求和通过追求而释放的情绪。这种情绪很纯粹，充满阳光，让人想起海子的诗：“从明天起，做一个幸福的人/喂马，劈柴，周游世界/从明天起，关心粮食和蔬菜/我有一所房子，面朝大海，春暖花开”。[①] 因为，此时的诗人，他的心是安静的，他笔下的村庄是安静的，他营造的世界是安静的。这种安静就是爱的纯度，它属于南方的雨季，属于潮湿的空气，属于大地沉郁的搏动。换句话说，人民诗歌充满原始阳光澄净的气息，那是诗人与孤独和疼痛对抗的结果。这样的诗歌有虚无也有悲痛，有粗犷也有温情，有忧郁也有欢笑。这样的爱、这样的诗歌让人感动、留恋并传颂。

总之，诗歌最先来源于劳动，也反映着劳动，手之舞之、足之蹈之是诗歌创作和诗歌欣赏的最原初的表现，诗歌是人们最敏感最强烈的内心活动的文学表现。诗歌的创作是个体的，但诗歌的经验是群体的。与个体的精致相比，群体的狂欢也许缺乏高雅和美，但却充满生机。现代派小说大师乔伊斯在创作之初，由于把自己与日常生活对立起来，片面地追求纯粹的理念和美，反而使其诗歌变得贫瘠。后来，由于立足于大地之上，融入社会群体之中，乔伊斯在超越早期创作的同时也得到了永生。因此，诗歌的创作也一样，应当始终不渝地讴歌着人类的终极关怀、集体记忆和那些创造着美的动人的过程，这也是诗歌艺术的本质所在。

当下不少诗歌渐渐远离了大众，美誉度日益下降，这是令人难堪的事实。因此，重振人民诗歌的风度之美适逢其时。杜甫有言：“文章千古事，得失寸心知。作者皆殊列，名声岂浪垂?”真正的好诗是心血凝成，真正的好诗会声名远播，真正的好诗具有无限广阔的潜在的“市场”，空旷的诗坛也正期待着优秀的诗人用优美的诗歌去“占领”，人民需要艺术，艺术需要人民。人民和艺术都要装在心中，这应当成为诗人的共识和信仰。当年的叶芝的诗歌信仰是从爱尔兰特有的文化传统、精神气氛和他自己的精神生活中发展形成的。叶芝本人就曾将他的全部艺术理论归结为将神话根植于大地。只有根植于大地，种子才能发芽，信仰才能复活，诗歌才会美丽。

值得欣慰的是，尽管数量不多，但中国诗坛总有一部分诗歌在始终不渝地追求纯粹的诗歌和盛唐深处的艺术跫音；无论处境多么艰难，他们无怨无悔，执着地追寻心目中的诗神。可以说，参加《诗刊》第 19 届“青春诗会”的作者群

---

① 海子. 海子、骆一禾作品集[M]. 南京：南京大学出版社，1991：379.

是其中的佼佼者，他们的诗返朴归真，简洁，生动，叙事有力，是真实生活、善良人民和深沉大地的集中展示。事实证明，这样的创作是有生命的，人们不是不需要诗歌，而是需要什么样的诗歌。诗作者必须明白，不是诗歌选择读者，而是读者选择诗歌。当世界浮躁的时候，诗人应该进入思考，变得安静。诗人要和读者对话，诗人要和诗歌对话，读者要和诗歌对话，诗人与读者要和自己的灵魂进行对话。这一切都在内心进行，在对生活的这个世界真实的意义的层面上进行，在精神的家园里展开。通过对美丑、善良、困境的思考融入诗歌，青春掩藏在暴躁之后，细腻温和的情感如蛙声灿烂，诗歌像个长满时间斑点的老人，皱纹历历，却又神彩奕奕。这样的诗歌不仅适合大众，更适合理想者阅读，人们借此可以摆脱令人苦恼的庶务。阅读，不仅可以丰富个人的情感，提高自身的判断力和思维灵性，更为重要的是，它还能够激发一个民族的热情，凝聚一个民族的意气，提升一个民族的素质。

正如于坚所说："这些诗再次回到语言本身。它不是某种意义的载体……它是一种流动的语感。"他还说这些诗"不可分割，也无法破译，如果你除了他本身，仍然感受不到什么的话。"①就像嵇康和阮籍等人的追寻成就了魏晋风度一样，李白、杜甫等人的努力也为中国的诗歌打造了风度。这就是为什么李白的《静夜思》，短短的四句话穿过岁月古老的长河，直至今天依然能够引起人们强烈情感共鸣的原因。再想想杜甫那首《望岳》："会当凌绝顶，一览众山小。"或者看看陈子昂的发思古之幽情："前不见古人，后不见来者。念天地之悠悠，独怆然而涕下。"这样的歌词，像行云一样舒卷，像流水一样自然，像吸满神气与灵气的水稻，源源不断地滋养着华夏文明。

从这个意义上来说，诗歌的美誉度亟待重建。在国家倡导构建和谐社会、民族想象实现质的飞跃的今天，诗歌的作用委实不可轻估。因为，一个没有创造力的国度不可能有长远的发展，而创造力源于想象力。"君不见，黄河之水天上来""无边落木萧萧下，不尽长江滚滚来"这是何等的气派！再看看杜甫《春望》："感时花溅泪，恨别鸟惊心。"花怎会溅泪？鸟怎会惊心？这些险句道尽想象力之奇。读诗的人不仅可以训练思维，激发想象，而且增加思考的空间和解决问题的能力。因此，我们的社会需要《诗经》，需要李白、杜甫，需要人民诗歌。

有学者指出，诗歌不只有用，更有大用。在当代人物里，诸如教宗约翰保罗二世、美国前总统卡特等都是出版过诗集的人，而英国前首相丘吉尔和撒切

---

① 于坚．于坚文集[M]．昆明：云南人民出版社，2005：220.

尔夫人等虽然并非诗人，却一直喜欢读诗，并经常在演讲时引述诗句。而中国许多领导人也爱吟诗，有时效果奇佳。譬如在跟外国官员谈判期间，散会时面对媒体记者提出的谈判进展，只消轻吟“两岸猿声啼不住，轻舟已过万重山”，然后，“手挥五弦，目送飞鸿”，多么镇定，潇洒，从容，自信！[①] 这就是诗歌的美，诗歌的风度，诗歌的传统，诗歌的魅力！有了这样的诗歌，有了诗歌坚实的美誉度，还用担心没有人爱诗、写诗、读诗吗？

第二节　作为记忆和遗忘的诗写

与蒋三立坚持人民诗歌的创作方向一样，罗鹿鸣的诗歌也来自人民又回归人民，但这种人民更多的是作者个人的经验与国族经验的情感交织。读罗鹿鸣的诗歌，最强烈的感觉是，诗人的字里行间有一种可贵的赤子之心，诗人将这种人性之美的赤子心表达得淋漓尽致。何谓赤子之心？老子说：“含德之厚，比于赤子。”又说：“抟气致柔，能如婴儿乎？”（《老子》第 10 章）庄子的文中也经常提到“童子”（《人世间》）、“婴儿”（《天地》）和“真人”（《大宗师》）等称谓，这些与老子讲的赤子，虽然名称不同，但是旨趣如一。也就是说，赤子之心，依本性存在，天真纯朴而至智，虚无接物故无犯，无为而为所以能无所不为。正因为“未孩”（个体的“小我”）而有天真智慧，他们又能不失其母（祖国之母、大地之母）而与其母最自然亲和。赤子含德最全最厚，同时又与道之母体紧密一致，赤子正是“道”与“德”合而为一的最佳象征。

用诗人罗鹿鸣的话来讲，赤子之心，就是爱家人至真、爱恋人至痴、爱朋友至纯、爱祖国至臻、爱大地至极，率然天性，浩然无私，一往情深——“母亲似的故乡/我留你在拓荒的路上/尽管在你的催促下走了很远/我仍然回头把你张望。”（《高原·故乡》）

应当说，罗鹿鸣诗歌创作的血缘，继承的是“五四运动”以来的“启蒙”传统，即通过自己的作品，对大众的心智有所启迪，对人民的忧伤有所抚慰，同时希望给予世界一个永久的终极性的解释。为此，诗人努力把自己想象为民族文化的传递者，依靠话语的发言权，站在与当下生活保持一定审美距离的位置上，满腔热情地“为民代言”。

这正是罗鹿鸣诗歌的可贵之处，他不愿使个人的吟唱成为时下流行的私密话语，而是希望把自己的创作与生活紧紧联系在一起。他重提“载道”的意义，

---

① 刘绍铭. 烟雨平生[M]. 上海：上海书店出版社，2005：125.

呼吁作品要有景有境，有品有格，有情有意，这景境、品格、情意无论是对个人、民族，抑或是对大地、祖国，都应当沛然卓越，诗意盎然，而不是苍白空洞，干巴索然。

罗鹿鸣的诗歌并不朦胧，但许多意象也并不是一眼就能看透。他的诗歌与后朦胧诗的区别为，他的文本并不追求野草般精神生殖力，也不存在极度的断续性，更没有莫名的分裂和异质。相反，他的作品带有与梦幻一样的浪漫写实，是矛盾中的和谐，是对受叙的符号对象的热情表达和专注阐述。

一、浪漫情怀的具象写真

每个人都有着浪漫的恋情和美好的记忆，这种情感，在诗人罗鹿鸣细腻的描绘下，其情其景，其心其意，无不令人怦然心动。比如，在诗集《爱的花絮》中，作者深情地写道："我静坐在木盆般小的房间，你没有回来，我觉得它宇宙般空荡。/在人生的旅游，除了你，谁做我的搭档？/……等，是一杯苦酿。只要你的梦乡里有我的客舍，我宁愿酩酊大醉，且待晓星从窗外奔入，砸痛我的眼眶；直待末日的黑门打开，我仍然靠在门框把你张望"。

这样的诗有着明显的泰戈尔的诗韵，既是个人的情感体验，也是集体的记忆之镜；既有着深厚的民族文化之底蕴，又有着浓烈的现代生活气息。罗鹿鸣试图用一种类似审美意义上的戏剧独白，将自己的颤栗的呼唤、痛楚的彷徨和不懈的追求，置于利刃之下，在皮肤切开、灵魂抵达的一瞬间向心目中的"女神"呈示世间最赤真的爱——"已是暗夜，但你那颗芳心的明光仍烛照着你思恋的幽殿。/你的纤足降下殿阶，迅捷地穿越空间的长廊，悄然光顾远人的身边，看我的惬意如薄云渐隐，数我的珠泪从苦思的檐沿垂落。/此刻，如果有一位丽姝将我热吻，不过是微风之末，但你梦中的遥吻与轻抚去撇的生命华彩四溢了。/你不要转身疾去，且让你雾气氤氲的眼睛像那高悬的灯，无论是明是灭，都俯顾你梦的软纱覆盖的我。/你是我的施主也是我的乞丐。/我愿白日与你长存，梦里与你永生。"

诗人在作品中坚守艺术的纯粹品质，频频呈示个人情感的波澜壮阔和浪漫率真的具体化描写，努力摒弃世俗的诱惑和投射性材料的功利成份，使作品的向度凸现鲜明的立体感，作者不仅孜孜以求要成为心灵可靠的叙述者，而且努力展示对受叙对象全心全意的奉献之赤诚。诗歌的意象密集而纯粹，有张有弛，滚烫的情感穿过纸背，文字的张力穿过肌肤，读来有热辣和熨贴之感。诗人在疑惑中自言自语："除了我的一颗心之外，我没有落下什么东西了。"在这里，他俨然是一个虔诚的乞丐，为了爱，他不仅奉献出灵与肉、血与泪，而且还包括自己的智慧与尊严，只求获得一丝呐喊之后的山谷的回响，或一抹辛勤耕作之余的含苞欲放的薄薄的清香——“我渴求爱的双手颤抖地伸着，我将心抛给了别人，回收的往往是一颗漂亮的石头。/你却给了我一把沙金。当沙金在我心盘上叮当的时候，你又一把抓走了。/你似乎要给我一颗心”。

无疑，诗人的努力得到了回报：“你似乎要给我一颗心。”这是多么让人兴奋的真挚揣测啊。长期以来，中国诗文家的写作往往有着“煮字疗饥”“为稻粱谋”之实用主义的“入世”心态，这种创作心态，在罗鹿鸣率真的创作中表现为可爱的“嫉妒”，实际上是另一种情感催化剂，是超出了弗洛伊德所说的“替代性满足”之后的新一轮美学主张，是浪漫主义者现实关切的最好注解，它使文学艺术本身所要求的“空灵明净”的境界，以及作品的“体格”和“品质”达到了新的艺术维度。

二、以“小我”之情抒“大写”之爱

如果说，罗鹿鸣对恋人的深情表白体现了诗人对美好爱情不懈的追求和对人间真情地顶礼膜拜的话，那么，这种个人情感的“小我”一旦放大到山川河流中“大我”的天平上，便立即显示其底色的明净和纯粹，其追求、张扬和呐喊的是走出个人“小我”的大写之爱——“你岑寂的芳心难道只属于遥远的雨路风途云程？难道只能永远站在古人冷却的肩上作贞洁的丰碑？/海洋在远方展开绸缎，谁伴你去缝制崭新的嫁衣呢？”（《爱的红叶·神女峰》）

这样的赤子之心使诗作在文本运行之中，作品生产场域里创作动机的“倾向性”——展露或隐忍、徘徊与呼唤——表现得异常明确。诗人这样表达的好处，就是使文本显示出更大的空间性和意义的包容性，在一定程度上弥补了封闭性线性抒情所带来的意义的单调和人物情感的扁平化，让读者从情感中体悟出“大情感”，从话语中分析出“话语性”，从意义中折射出新的“意义”，即话语与意义之间的关系不是直接对应的，而是关系到说者的位置、所处的环境以及话语在这个言说空间所引起的反应。再比如《望夫岩》：“一个被岁月推敲的故事永远年轻。泪眼湿透的天空下，一颗沉重而不倦的头颅，昂扬在朝三暮四的羞愧里。/远去的男人不复的跫音在你的耳畔仍然清晰，你解下漓江这碧罗带，去拴绝情的记忆。/你是一句辉煌的叹息，是一座永不坍塌的箴言，立在所有负心人的脊背上。”在这里，诗人以景抒情、以景说理、以景警人，把个人的审美感悟上升到哲学或意识形态的层面上，作者的视角虽然着眼于“望夫岩”的客体，但所表达的恰恰是社会道德意义上对所有“负心人”的冷峻批判，从而反证个人情感的纯真的可贵，无论是对恋人、对家人、对友人，抑或是对天地万物。

像某些后朦胧诗创作者追求的那样，将简单的东西弄得复杂，将清晰的意象弄得朦胧，似乎让谁也读不明白才显示创作者的高明。罗鹿鸣不是这样，相反，他的写作手法有些单纯，也有些老套，但质朴自然，一如水洗的情怀一样。正如诗评家韩新东所指出："罗鹿鸣的诗，其表现手法几乎是比较传统的，但诗中有物，诗中有情，诗中有诗；不作无病呻吟状，不作深沉状，所有的全是自然的倾泻与流露。"

这种自然的倾泻与流露使诗人在受叙对象的选取上十分讲究，他选择的客体往往是最能入诗，也最能引起读者情感共鸣的，比如"邮车"："思念，是邮车没有章法的辙痕。/等待，是一种无可奈何的蔚蓝。"(《爱的红叶·邮》)比如故乡的村口："你用冷峻的目光读着村子。/与你为伴的肥狗瘦狗，依然迎客送客，尔后花朵般凋落。"(《另一种恋歌·村口》)诗人通过对这些熟悉的景观意象之深情吟唱，引导读者参与创作，从而使诗歌本身的精神空间和心理空间大大拓宽，唯其如此，诗人的情感表达才能得到充分体现。

作者为自己的努力作出这样恰到好处的注解："一只蟋蟀低吟于一座日益破落的园子，声音渺小而凄切，但那种叫破喉咙仍不竭地呐喊的精神，不正是诗人们在当今社会坚忍不拔的精神么?"(《爱的花絮·后记》)

当然，那是一个特殊的年代，一个崇拜英雄、呼唤英雄、争做英雄的年代。这样的历史机遇，罗鹿鸣勇敢地抓住了，毫不犹豫地把自己交给了原始粗砺的大西北。正如诗评家燎原在罗鹿鸣诗集《我心在高原》的序中点出的诗人创作的生活背景，20 世纪 80 年代的青海，曾以它浑厚历史人文景观地表上的广大空白，以它荒旷大地上狂飚突起的西部诗，而对许多的青年文化人，形成了一个足够憧憬的引力场。那已经是 20 世纪 50 年代以来第二次涌起的"人往高处走"的大潮，五六十年代从八方汇集而来的拓荒者于此书写的历史，在 20 世纪 80 年代初期的诗歌回忆中成为一段英雄的传奇和生命史歌。大荒旷中的神秘和奇崛，于诗人和青年文化人对城市病的最初敏感中，而显示着其恢宏大块的重量。一群一群的大学生们，就是这样从东部内陆走向他们心仪的高处，寻求着粗犷灿烂的人生。

罗鹿鸣正是这"寻求粗犷灿烂的人生"大军中的一员。他是这样自白的，诗集《我心在高原》是我在青藏高原九年奋斗历程的总结，是对高原苦恋的甘果，无论将来浪迹何方，我都不会忘记在高原洒落的苦辣酸甜。的确，作为一个农村子弟，要拒绝南方城市的诱惑是需要足够的勇气的，然而，罗鹿鸣做到了，并且义无反顾——"我拒绝了南方城市/把我当作风景/做它封面烫金的装潢/我拒绝了办公室/把我当作摆设/点缀起了皱纹的命令/……于是，阳光的版面/

将头版头条/发表关于拓荒的新闻”(《我拒绝了》)。由此不难看出，诗人有着强烈的“文以载道”和“为民代言”的英雄自期心理，他不愿让青春岁月虚掷在拥挤的南方，他的梦，他的情感，他的理想与追求早已飞到了大西北，他的思绪也像展开想象的翅膀一样在自由的空间里奋力翱翔。但是，他并没有以一个旅行者的“过客”姿态对那片原始的旷莽作出不切实际的幻想，他是以拓荒者和建设者的身份对那片古老得连血液都已经发黑的土地投入自己的青春、激情和赤子之心。对于大西北的贫困、资源的匮乏和恶劣的环境，诗人有着清醒的认识，他明白，在这样的地方耕耘，必须既有浪漫主义的情怀，又有现实主义的关切才能干出一番大事。大西北的贫困恰恰需要更多诗人和千千万万像他一样的热血青年去做奉献，大西北的旷莽也恰好为他们留下了广阔的发展空间。正因为此，诗人在投入火热的生活中之后，仍然乐观地喊出这金子般的宣言：“举起我生命的火星/我将以渺小的亮度/预告大西北日出般的壮美!”

如果说，诗集《爱的花絮》更多地关注于对恋情、友情和亲情的多重弹唱，作者的情感指涉主要是家庭、朋友和个人(虽然也有一些自然景观的拟人化描写)，其创作动机是抒发“小我”的至真之爱、至赤之情的话，那么，在《我心在高原》里，诗人完全把自己置于祖国、江河、建设、城市和风暴等巨型语言之中，突出人性之美与生活的温情，使诗歌文本在大气磅礴中透露出固执的温柔细腻，却又让温柔细腻的情感突出大气磅礴的时代背景。诗人不愿用“无名”的“他”这种小叙述的方式表现自己汹涌的情感，而是用粗犷之美强健对“人性之美”的深情呼唤，并自觉地使之成为这一时期的历史“镜照”：“把高原一隅作避风港/还想不想/多风暴的故乡/瀚海弄潮儿的/橹桨/天生不是供人玩赏/命定助人/征踏远方//城市虽然风光/终究不是你的沙场”。(《驼谏》)诗人的一腔热情在饱经汗水、泪水和血水后，最终凝炼成一行行动人的诗，他的创作动因就是要把当代中国底层青年的真实感受、苦难命运和丰富生活全方位地表达出来。这是时代的召唤，更是优秀诗人的书写立场和社会责任之所在。

三、孤独的异乡人

事实上，对于故乡之外的人来说，一切记忆都可回溯至故乡；对于死亡之外的人来说，一切遗忘都可寻根于当下；对于命运之外的人来说，一切沉默都可归结于命运。在此意义上，故乡、死亡、命运诸相皆是虚词；真实的唯有记忆和遗忘，以及沉默本身。

人生而孤独，因此实体意义上的异乡人和认同只是人类自我设置的浪漫寓言；但对于置身于历史洪荒中的个体来说，异乡人意识和认同危机几乎是一种天赋，而激流突变的文明进程和日新月异的价值演绎将这种感受强行钉入了每一个存在者的身体——无论他扮演着何种角色，也无论他被迫充当何种角色。恰如霍米·巴巴对我们时代语境的概括：“新的国际人口学是这样一种历史：后殖民地居民的迁移，文化与政治散居的叙事，大多数乡下人与边缘人的社会错位，诗人的异乡人，政治与经济避难者的残酷散文。”①

诗人罗鹿鸣大学毕业后，主动申请去西北高原支边，以奋斗者的身份，向孤独宣战。“我竭力全速前进/航程依然遥远……但我不需要它作终点。”在《瀚海船》一诗里，罗鹿鸣直言异乡人的无限性和由此带来的终极性——无终点的航程注定只能以全速前进来对抗。作为生命的一种过程，这种奋进的对抗姿态并不拒绝停驻；甚至，为了完成精神上的休整，他主动地选择了某种别有意味的停顿——若不是对异域风情的细致描述，那就是对人间情爱的不懈讴歌——一种对生存境遇的执拗关怀，正如《回答》一诗所写：“来世不如今世/明天不如今天/未来不如现在”。这种生存境遇在他行走青藏高原时留下的诗篇中得到了很好的表达，在《柴达木抒情》组诗的第一首诗中，罗鹿鸣对一只搁浅在岁月荒滩上的古老的船展开了细密的侦测，“海风雕铸龙骨/海燕泪湿落帆/海水向印度洋窜逃了/丢下尕海和察尔汗/一对咸溜溜的泪眼”。从对作为意象的船本身的描写开始，笔触一步步探入历史和想象——“脱胎换骨的苦痛/哪及失去航线苦痛的一半”，很明显，此时的历史叙述和想象并没有离开对当下的关注，搁浅的船难道不是无数的人吗？“过去已成梦的残骸/柴达木驶出了一艘新船”的结句从虚幻中陡然撤身，从历史的当下回到了现实。

再看诗人对人间情爱的讴歌，这些珍珠般散落在他漫长的书写中的诗歌主题在散文诗《水中情歌》（第十七章）里聚而重现，第一章以“回想河中的影子”为题写道：“但回想是属于我的/你俩波动在耒水中的影子是属于我的”。这种强烈的自传性言说借助记忆不断扩展，从“谷家洲”到“神女峰”再到“张家界”，从“桂林古榕”到“绣球洞”再到“望夫岩”，表面上是个体情爱借助记忆性游历完成的自我升华，实质上是诗性博爱借助精神性回溯完成的群体关怀。因此，这种关怀是个体的，也必然是广博的；是当下的，也必然是终极的。在“情歌”一章，诗人对此予以确认：“这是一个古老童话的开始/这是一个永远真实的再现。”罗鹿鸣最早的诗集《爱的花絮》更是直截了当地宣称是献给自己的爱人的，他用爱情的仪式消解了异乡人的孤独。

马歇尔·伯曼曾不无先见地写道：“我们最有创造性的建设和成就都迟早

① 周计武．流亡与认同[J]．文艺理论研究，2007，(5)：31－37．

会转化成一些监狱和石墓——只要生活还在继续，我们或我们的子女就将不得不逃避或加以改变的监狱和石墓。”①历史的真实语境就这样被赤裸裸地揭露，作为一种安慰性的补充，他又写道：“在这个世界上，稳定只能意味着熵，意味着缓慢的死亡，而我们的进步感和成长感是我们确信自己活着的惟一方式。”②如此来看，异乡人的孤独似乎被生存本身所强化，而所有的动荡与波折也被赋予了壮烈的寓意。而在罗鹿鸣那里，诗歌一方面借符号与象征强化了这种书写语境，另一方面也借对记忆和遗忘本身的整合完成了对当下的确认。

作为对抗，亦或是拯救，个体的存在意义只能在流动的意识中建构，而生命的附加值也不得不面向自我感受来提取——似乎，只有自我是可靠的，也只有自我才能赋予自我异乡人的勇气和认同的进路。

必须指出的是，这里，“诗写”不再是单纯的(诗歌)书写行为，更多地作为一种书写意识被提及并纳入叙述——作为人类最早的事业之一，一定程度上也是文明自命名以来最早也最成熟的艺术自觉；如果命名是集体基于生活做出的秩序规划，那么诗写则是个体基于自我感受而潜入生活、对生存做出的自我救赎。在这里，生存几乎天然地意味着某种困境，而诗写的主要方式则是记忆和遗忘。这个解释同样提示了以下信息，即诗写是一项永恒的事业，它注定只能由少数人来担当；诗写不再是对某个指称的重新定义，而是一种经教化的生物本能对其处境充满强力的艺术化回应。对罗鹿鸣而言，诗写，甚至就是孤独本身，是对抗世俗的有力武器。

诚然，“异乡人”作为一种生存体验，它对于当下历史境遇中的个体是不真实的，但这并不能否认异乡作为一种精神体验给个体感受形成的冲击——若不是无家可归的话，它至少意味着远离故土、乡音和习惯的历史文化气氛；若不是意味着永远流浪的话，它至少意味着一种因文明无意识而不断逼近的生存迷茫、苦难与屈辱。此时，记忆和遗忘不是作为它们各自本身，而是作为个体处境的测试剂出现的，它们总是借助脆弱而坚韧的感性塑造一种充满张力的生活，试图将生存困境转化为生命审美。

罗鹿鸣是智慧的，他选择了诗歌，也选择了孤独。他深知自己处于生存的困境之中，但他也谙熟若即若离的感受所意味着的审美之力，在《亚当的子孙》

---

① [美]马歇尔·伯曼. 一切坚固的东西都烟消云散了——现代性体验[M]. 徐大建，张辑，译. 北京：商务印书馆，2003：2.

② [美]马歇尔·伯曼. 一切坚固的东西都烟消云散了——现代性体验[M]. 徐大建，张辑，译. 北京：商务印书馆，2003：123.

中，他写道："既然选择与上帝同行/何惧遍布荆棘的人间"。显然，在怀乡的感伤和生存的艰辛之中，他始终相信最后的支撑："人类把上帝丢失已久/上帝仍站在人类身边"。这样的智慧令他得以巧妙地抽出沉重的人身，转而临摹"怀乡"和"感世"在自我意念中潜藏的姿态，对生存的谜底进行抽丝剥茧。如此来看，作为一个审美意义上的异乡人虽然是孤独的，却也是幸福的。

四、为了记忆或遗忘

当下的诗写基于这样一个社会学前提：尽管信仰却无神谕，尽管肯定却无假定，而创作本身所遵循的诗写标准则是行动即意义。在激流突变的时代语境中，个体的行动是盲目的，他自身的目的性并不能掩饰浮躁背后的焦虑，诗歌不是名词，而是动词，它是人类与时间竞渡的产物。于此，罗鹿鸣没有沉迷于单纯的诗写回应，而是选择远赴青藏高原，对此他说："我出生在一个特殊的年代，一个崇拜英雄、呼唤英雄、争做英雄的年代。我抓住了历史机遇，并毫不犹豫地把自己交给了原始粗犷的大西北。"如此坦然而大胆的行动为异乡人提供了新的个体注解，一定程度上，也有效地抵抗了时间带来的沉重感。

记忆之道实则是审美之道，而遗忘之道则是超越之道。若记忆是在心理上借超越日常生活直逼审美的话，那么遗忘则是借审美般的生命情怀抵达时间的最后栖所——无限性。

"回不去的是从前，回来的/只是今天而不是未来/省略了……"，在《从高原到故乡》一诗中，罗鹿鸣为行走提供了新的意义索引——时间。人类毕生都在与时间抗争并最终输给它，这种永恒的悲剧性使得任何艺术表达都难免苍白无力，诗写的高贵在于它是对时间的另一种体认，至少，诗写源于对时间的回应。无论是柏拉图的"诗言回忆"，还是佩索阿的"个体伦理学"，都是在确认自我(的时间性)。对于罗鹿鸣来说，记忆不再是对世俗经验的流连忘返，而是对自我意识的探知追寻："当我们擦身而过的时候/突发出一道闪亮的灵魂"。

抛却时间，记忆和遗忘都不存在，而借助自我感受的指引所做出的所有记忆和遗忘的选择都是有目的的。"自己摇橹的那艘纸船/在记忆的薄冰上滑行"，在罗鹿鸣的诗歌里，这种目的性直指个体感受的审美永恒性——无论它是否成熟或是神圣。

海德格尔关于这一问题的见解颇有醍醐灌顶之功能，在他的哲学体系中，记忆是一种自我感悟，它不是对过往的复现，而是对当下的体认与反诘；更具意味的是，他强调记忆指向的是人心深处超越逻辑的真实和归宿。如此看来，在异化成为一种常态的现代语境中，记忆若不是源于批判——不管这种批判显得多么微弱，那一定是出于救赎；至少，个体的意义确认是可以借助记忆完成构建的。在《人生大书》一诗的结尾，罗鹿鸣对此做出了极为精到的回应：“只有回忆的老鼠偶尔光顾/时光的鼠洞里流出一地的/全是空壳的/生活”。记忆为罗鹿鸣的诗歌书写提供了立足点（尽管我不能确定是否也为他提供了安身立命的生活方式），这使得他的诗歌总是向故往回溯——时间上的童年、青年，空间上的故乡、旅行。不能断言由此而得到的是生存层面的安全感，但起码可以说他的自我感受是稳定平缓的，即并没有因为（选择性的或是无意识的）遗忘而断流。如果非要区分于其他诗写的话，那么可以将其概括为“感受即意义”。

在本雅明那里，记忆被分为由理性控制并受制于当下的实际利益的“意愿记忆”和无意识、无功利的，纯粹出于个人潜意识的“非意愿记忆”（或可理解为“审美记忆”）。而接受美学的先行者也一再强调记忆的修复功能和治疗功能。如果前者可以使人发觉真相、接近完美的话，那么后者则肯定个体的审美体验，使人回复本然。生存即是痛苦，记忆的优越性在于它充分利用了距离创造的审美感受，此时，时间内含的痛苦是被遗忘了的。对此，罗鹿鸣毫不犹豫地坦承：“在我丰富的经历中检验/距离产生着美感”。

读万卷书，不如行万里路。这句古语在罗鹿鸣那里得到了充分的印证。“走过行人走过街巷走过眼球尽疵的灯/走向高原走向艰辛走向不知道的未来”，尽管诗人以拓荒者的名义西进并写下了敦煌、德令哈、拉萨河、祁连山、柴达木、黄河、骆驼泉，写下了哈达、土伯特人、青稞酒、格桑花、氆氇毯、羊袍、经幡、大漠、白毛风，但这种行走过后的热情始终受制于记忆——“水乡泽国”的“乡意、乡情、乡愁与乡恋”。这些蒙太奇般的标志性字符都是生命的意义经幡。

瓦莱里说，“（文艺）使得人能按照自己的意愿固定或重现自己最美或最纯粹的状态，以复制、传递和长久地保留自己的热情、陶醉和心情激荡的程式”。[①] 在罗鹿鸣的表现中，他乡以一种审美的姿态跃然纸上；同时，借助对故往的遗忘，诗歌完成了某种意味的“去程式化”言说，无论是对基于故往对当下的描摹还是基于当下对故往的重述，作者都站在自我感受的角度，以此来加强自我在语境中的主体地位，此时，他的身份是“南雁”“绿鸽”“杜鹃”“流萤”，甚至，只是“一个湿淋淋的影子”。在这一系列的意象谱系中，诗人成了对生命唯一有效的记忆追认，而遗忘则赋予这种追认以定位与视野。

---

① 钟丽茜．诗性回忆与现代生存——普鲁斯特小说的审美意义研究［N］．北京：光明日报出版社，2010－10－27（6）．

在出走带来的精神漂泊中，生活中熟悉的地方日渐陌生，到处是家，而又无一处是家。流离失所几乎已成为当今许多人的生存处境，对现代生存境遇的顺从并没有使得生存本身发生转变；而诗人，作为一种异乡人的假象，出走，不管它是出于故意还是被迫，多少也捎带着自由的窃喜。那么，罗鹿鸣是如何处理生存论意义上“故乡与他乡”与“停留与出走”这两对矛盾的呢？

借助“拓荒者”这样一个自我角色的掩护，罗鹿鸣写道：“让我们把各自的足迹/搓成一根金色的长鞭/将疲惫的青藏高原/向明天奋力催赶”。似乎，行动有着千万个信念支撑，正如他自己的诠释：“举着希望，举着理想/在崇山峻岭放歌……开拓，是我们同一信念”；记忆似乎依然有效，比如“江南的鸡犬虫鸣/丘陵的蛙鼓声声/这喂养我的乡音/都将写入/拓荒的多元方程”。此时，记忆不只是过去与当下之间自由的越界和互译；作为一种对时空的感受，记忆所应对的不仅是时间上逐渐模糊的过去和充满疏离的当下的距离，也不仅是空间上并非消逝的故乡和莫测的遭遇的距离，更是一种感受中自我的确认和指证的距离。

面对祁连山麓的异域乡村，罗鹿鸣想到的是历史，是“胡笳羌管”和“将军白发征夫泪”，然而，从根本上说，他一定会想到遗忘附着于时空建筑的寓意：“一处处岁月的斑痕/历史蛰伏着四面边声……踏破贺兰山的马蹄哪里去了……枕戈待旦的梦已被时间之风吹远”。然而，在异地的时空建筑面前，个体的精神坐标如何得来，而这种蛰伏于历史和记忆的感受危机又如何得到化解呢？罗鹿鸣是独特的，无论是作为普通人，还是作为诗人，他的独特在于，他借助于对时空建筑的意象能指完成了诗歌背后的所指——遗忘，即“你是一边生长希望遗忘历史的乡村”。

面对飞越城市的鸽群，罗鹿鸣真切地写下了“看不到炊烟/看不到牛羊/看不到田地/看到很多山里看不到的风景”。商业化语境给世俗生活带来的冲击也波及了艺术创造，语态在诗歌中的坐标显得越来越明晰，而作为对记忆的描述方式，它似乎早有预谋似迎合了叙述情感的日常化。在平静而从容地写下了“裸着晒衣裸着吃饭裸着睡觉”的民工和“总是一丝不挂，走来走去”的两口子以后，他的视角开始从日常叙事中抽离，专注于鸽子本身所寓意的诗性：“它们白得亮泽的尾/扑向那些没有炊烟的森林/俯冲的姿势有一点优美”。貌似，记忆和遗忘并未发生作用，但诗尾对个体生存语境的感受性描述彻底将诗旨拖向了记忆和遗忘：“城市越长越高，峡谷越来越深/鸽群的飞翔越来越小心”，被遗忘的是田园牧歌和乡野之风，被铭记的则是小心翼翼却依然如履薄冰的城市生活——记忆以遗忘的方式再一次出现并补救了种种感受危机，为个体重新注入了知觉能量。

时空的疏离营造了合宜的距离，记忆和遗忘的复调构造了一种双重超越——故往的虚幻和当下的悬浮，而这种感受始终受制于个体的审美取向。诗写是一个行动过程，个体必须在虚无中寻找真实，在错乱中创造秩序，为自我感受寻求合法性与平衡性。

五、还乡的启示

无论是对高原的记忆还是对城市的印象，罗鹿鸣的创作策略，最终都落入一种诗写的圈套，即借记忆还乡。比如，“把高原一隅作避风港/还想不想/多风暴的故乡”；又比如，“不管你去了哪一座城市/不管你住在城市的哪一层/你身上散发的/总有一点故土的气味”。如果“家”是作为一种和血缘记忆出现的话，那么“故乡”则是出于一种根深蒂固的历史记忆，而由此延伸出的乡情、乡恋则完全可以指归为一种文化记忆。在这一串不断强化、扩张的认同中，诗人的自我始终是隐藏的，在某种意义上也可以称作是遗忘，而正是这种隐藏的姿势为化解生存环境的矛盾储存了能量。然而，这并不意味着罗鹿鸣指涉故往的诗写是一种中间状态，即在记忆和遗忘之间，个体作为旁观者实现自我认同；情况恰恰相反，个体是记忆和遗忘的联结者和转换者，甚至，个体就是记忆和遗忘的内核。

米兰·昆德拉在《被背叛的遗嘱》中早就言明了一切：“异乡人者拒绝还乡的真正理由是生存上的，而且是无法交流的”。[①] 事实上，记忆本身就是对遗忘的强化。此时，故往是记忆的所有由头，而它所注释的本质上是对故往的疏离——不管这种疏离有多么不情愿，以及对这种疏离的抗争。

在渐行渐远的离乡叙事中，行走的意义不是简单的还乡，而是对故乡的愧歉：“故乡的路是一张欠条/你走得越久，欠得越多/你反复地来回偿债/还要连本带息/一起偿还”。在对故乡的反复书写中，罗鹿鸣获得了自我归属感和方向感，而这种个体借由反思获得的自我扬弃和超越几乎也是所有乡土书写的本义。

在生活与诗写之间，记忆频频作祟，以命名与赋形的方式强化个体感受。在罗鹿鸣所有指涉故乡的诗歌中，它不再是一种充满悖论和荒谬的想象，而是呈现为一种体系化和韵味化的记忆——一种源于个体感受却始终游离于个体感受之外的幸福的负荷。一种有效的记忆方式是修辞，是的，就是修辞——借比

---

① ［法］米兰·昆德拉. 背叛的遗嘱［M］. 余中先，译. 上海：译文出版社，2003：101.

喻衔接自我与非我，借通感缝合时间与空间，借助所有符号的形式，完成对记忆本身的篡改和升华。如果遗忘会带来视野，那么这种视野依然会牢固地附着于记忆，从对故乡的关怀收缩为对某些具体意象的关怀，从对自我的诗意开拓为普世性的诗意。再看罗鹿鸣的诗歌文本，写草帽，他赋予其极大的能动特性："有时是日晕的模样/有时是少女心事的形态"。写水稻，他将其喻指为"一种甘蔗的糖分"；写家门，他赋予其还乡的无尽期待："那扇门每夜都打开着/等我在某个夜晚/像一阵旋风/扑进门槛"。在完成对故乡意象聚焦的同时，罗鹿鸣把目光投向了远处，意欲建造一个新的精神深处的桃花源，在《桃花源里可种诗》里，他写道："纵然，你可以不写诗/但你心中不能没有诗意/纵然，你可以不当一个诗人/但你不能没有诗意的生活"。

枣子塘、米酒缸、杉木门、竹筛子、田埂、丝瓜藤、水稻、秧苗、春溪、箩筐、单车、拖拉机、兄长的镰刀、母亲的剪刀，等等，这些真实的故乡语符，俨然可以经搭配发酵而满足一幅完整的田园风景画所要求的所有元素。甚至，它们可以满足一切现代文明对田园叙事的好奇。

必须肯定，在罗鹿鸣诗歌里，瞬间的感受总是以断片与声音的形式呈现，而汉字和象形文明赐予他的财富总是能巧妙地置换出一种直抵感受内核并获得一种朴素而圆润的审美关怀。对于这些，"胖胖的乡愁"可以证明，"饥饿了好一阵子的门"可以证明，"湿漉漉的相思"也可以证明。

罗鹿鸣没有在记忆中失去感受，也没有在遗忘中忘记还乡，于己于世，毫无疑问都是幸运的。然而，在以记忆为词根的乡土书写中，我们面临着另一个更重要的还乡启示。"那细雨洗亮的青梅/那湿风吹黄的青梅/熟后是啥滋味"，在《梅雨》的结尾，罗鹿鸣借梅雨季节的漫长和梅熟时节的短暂给自己设置了一个简单却又无比深邃的障碍：借助记忆还乡是真实可靠的吗？

紧接着的问题是，在支离破碎的现代化语境下，符号美学对存在困境的转化与拯救也是真实可靠的吗？记忆在罗鹿鸣的感受模式中并非是一种碎片化的故往指认，而是与当下生活图景相互牵绊以至于丝丝入扣的日常经验系统。然而，支撑他书写的核心意念并非只是记忆中的故乡，还有借助记忆修复还原的历史真相——农业文明的衰落。

当急速膨胀的城市并不能成为文明的符标时，田园牧歌几乎天然地成为了精神乌托邦的所有根基；但如果城市难逃空心责难的话，乡村如何应对一副空壳的指责？农业文明的传统一断再断，田园美学的叙事一改再改。如今，农业文明和田园美学的记忆属性似乎已被添加了一种讽刺，不管它被追述得多么充盈慷慨、生动美丽，也不管它被陈述得多么贫瘠糜烂、堕落野蛮，一个不得不承认的事实是：在符号文明里，故乡始终只是作为一种记忆存在。那么，个体如何才能应对诗写的虚妄？面对优秀传统文明的式微，罗鹿鸣充满了强烈的忧患意识。作为对这种忧患意识的体认和反思，罗鹿鸣诗歌创作有一条区别于“行动即意义”的诗写理念，即“感受即意义”。流离中的罗鹿鸣诗歌作为一种对当下的偏离自觉地靠近了记忆——消逝的故往和未知的命运，因而，其诗写总能借助于朴素而执着的审美性获得自我的、当下的超脱；这种退守式的诗写是个体的，注定也是群体的，而生命负荷于个体的困苦是否真能由此得到解脱呢？这不仅是对罗鹿鸣的发问，也是对所有爱诗者的发问。

接踵而至的是解脱的真实性问题，这难免涉及诗写的终极意义——而它几乎天然就是无解的。因此，我们宁愿退而求其次，将诗写链接到个体的信仰维度中——诗写如何才能引导我们在日常琐碎中提取出个体的意义“镭”？本质意义上的诗写是一种符号对秩序的艺术化回应，它是一种源于对立的同一，是一种基于混杂的和谐，更是一种由宽容与悲悯共同勾勒的共生。从这种意义上来说，罗鹿鸣的诗歌在处理世俗经验和精神乌托邦时尚且停留于“看山不是山，看水不是水”的阶段，而没有借助记忆和遗忘的尖刀完成对个体局限性的彻底消除。

庆幸的是，存在是无限的，记忆和遗忘并不能否定这种因个体有限而滋生的无限性。当我们质疑平庸法则对个体的普遍适用性时，我们也不得不承认，作为存在的一隅，人也具备无限性，即借助代际遗传和同代交流开拓生命的荒疏，并最终在混乱中找到存在，在存在中找到美，在美中制造关怀。

这或许期待另一种诗写理念，即一种同时具备了行动和感受的更为充分的诗写构造；借助此种诗写构造，个体得以在记忆的虚幻和当下的荒诞中平衡自我，极力寻求未被遗忘的和即将到来的诗性。从这一点来看，罗鹿鸣诗歌作为个体言说对时间的抗争是成功的。但作为根本意义上的艺术回应，诗写应当在虚幻中制造真实，在荒诞中寻求救赎；从借助个体感受的物化叙述到基于文明进程的人性解剖，罗鹿鸣诗歌并没有提供明晰的文本对应，而我们也有足够的时间和耐心期待他昂首奋进，以诗写的方式证明：爱即意义，救赎即意义。

第三节　民族史诗的隐喻与镜像

在我国文学评论的格局中，学界对散文诗给出了定义，对叙事诗、长篇叙事诗和叙事散文诗也有各自的定义，但什么是长篇叙事散文诗，目前还没有一个最基本的定义。这里的关键词有三个：长篇，叙事，散文诗。因此，我把篇幅在一千行以上或字数在五万个以上，以叙事为主要特征的散文诗文本，统称为长篇叙事散文诗。

一、现实的尴尬

诚如大家看到的那样，即便是散文诗，在中国当代文学史上也没有什么地位，不少评论家仅仅把它作为文学上的一种点缀，或者把它归属于诗歌，或者纳入散文的范畴，很少有人将它作为一个独立的文学门类进行阐发，这种境遇造成文学史上的“马太效应”，使散文诗的生存处境愈加艰难，而长篇叙事散文诗更是鲜有作家、诗人甘冒寂寞孤苦和失败的风险，全力以赴地进行创作。

而外国散文诗，特别是长篇叙事散文诗十分发达，不少卓有成就的作家、诗人，都创作过大量广有影响力的散文诗或长篇叙事散文诗，波德莱尔的《恶之花》和《巴黎的忧郁》，纪伯伦的《人生》，赫·布罗克仁的《海的坟墓》，博尔赫斯的《梦之虎》《趾甲》《布局》《王宫》《祈祷文》《无尽的礼物》，艾伦·金斯伯格的《嚎叫》《卡第绪》，卢本·达里奥的《复活的玫瑰》，塞萨·瓦叶霍的《骨骼点名册》，王尔德的《智慧之师》，列那尔的《胡萝卜须的照相册》，直到尼采的《查拉斯图拉如是说》，等等，这些作家都在很大程度上对散文诗这一独具魅力的文学形式进行过创造性的努力，写出了不朽名篇。而诺贝尔文学奖获得者的名单上，泰戈尔的《吉檀迦利》、安德烈·纪德的《地上的粮食》，希梅内斯的《小银和我》《四月诗情》，圣·琼·佩斯的《航标》《阿纳巴斯》《流亡》等，奥克塔维奥·帕斯的长章《入睡之前》，巴勃罗·聂鲁达的《英雄》，等等，也都把散文诗的创作提升到一个前所未有的高度。

事实上，20 世纪二三十年代的中国文学大家如刘半农、鲁迅、周作人、郑振铎、朱自清、冰心等都写过一批高质量的散文诗，许地山、高长虹、王统照、陆蠡、李广田、何其芳，方敬等也进行过散文诗的创作。鲁迅先生的散文诗名著《野草》，语言俏奇瑰丽，意象玄妙奇美，曲折幽晦地表达了作者当时内心世界的苦闷和对现实社会的抗诉，其中的《过客》更是以戏剧的形式，频频运用象征和隐语，从形而上到形而下，深刻地表现出作者的思辨哲学、智慧锋芒和人生态度。

进入新时期以来，对中国新诗和散文诗作出过重要贡献的彭燕郊，痛感于散文诗作家的自轻自贱，他在古稀之年，仍然创作并于十年前推出《混沌初开》这样洋洋数千行的散文诗，其格局、意境、视界、大气和文本的精神向度足以跟世界散文师大家的作品相媲美。但总的来看，散文诗创作很不乐观，长篇叙事散文诗的境遇每况愈下更是不争的事实，一些作家如柯蓝、郭风、耿林莽、李耕、许淇、王尔碑、邹岳汉等人坚持创作，也推出过皇泯的《七只笛孔洞穿的一支歌》《国歌》和唐朝晖《一个人的工厂》等难得一见的长篇叙事散文诗佳作，但影响力有限。尽管重视散文诗创作的呼声不绝于耳，但总体而言，其仍无足轻重的现状恐怕一时难以改变。评论界对它的轻慢和漠视，更使散文诗的发展雪上加霜，令人堪忧。

二、诗人的诱惑

正是在这种背景下，湖南作家罗长江数十年来坚持长篇叙事散文诗的创作殊为不易。应当说，罗长江在文学之路上出道较早，成名也早。作为文学湘军实力派作家之一，他的创作执拗而俊朗，特色鲜明，且在散文、诗歌、纪实文学、小说等领域均有不俗的表现，而成就最大和最有影响力的却是长篇叙事散文诗，从20世纪80年代的《资江之旅》《神女峰》，到20世纪90年代的《张家界大峰林》，再到21世纪以来发表和出版的《云水之乡》《澧水·印象》等作品，都获得了意料之中的成功。特别是由《芙蓉》杂志2012年第1期全文发表，并由湖南人民出版社及时推出的《大地苍黄》，可以视为罗长江在长篇叙事散诗探索中的集大成者，使其达到了新的创作高度。这部10余万字的作品融合了小说、诗歌、散文、摄影、绘画、音乐、戏剧、民间文学等多种文体样式，创造出一种独具特色的超文本，在传统文学教科书中，我们很难找到一种与其作品相对应的、明确的归类。在激情的键盘敲击下，文本充满谜一样的书写，罗长江沉湎于象征、隐喻、模棱两可的符号和语言的流泻中不可自拔，他那自由奔放、风格多变、充满情感张力的一系列文本早已打破时空和地理的界限，神秘的民间话语里布满记忆、想象、情爱、呓语和沾着野花的泥土气息，他像一名莽汉，在美的诱惑下，义无反顾地投身于对诗歌意义群无涯际的探寻和开掘中。

在《大地苍黄》的自序中，罗长江颇为自恋地写道：一个女子的背影，给人的感觉是太美太美了。一个旅途中的诗人，见了后，发疯般地跳下车，不顾一切地奔向背影。与其说这个背影是散文和诗，不如说这个背影是艺术的隐喻，那个发疯般的旅人既是作者本人，也是所有的艺术家。艺术的背影是美好的，充满无限的诱惑，激发艺术家们不顾一切去追寻。因为艺术，埃利蒂斯不无自豪地宣称："欧洲人在黑暗中发现了神秘，希腊人则是在永恒的光明中找到了它。当希腊的画家从一位晌午走向大海的少女裸露的乳房上，看到一只栖息的蝴蝶，光明中的神秘就在眼中呈现。"①因为艺术，叶芝在白发苍苍的暮年仍然

---

① ［希腊］奥德修斯·埃利蒂斯. 理所当然［M］. 刘瑞洪，译. 上海：译林出版社，2008：251.

能够发现心爱的人那“痛苦的皱纹”和“朝圣者的灵魂”。同样是因为艺术，罗长江却从湘西北一个村庄发现了中国古老大地的沧桑和“神秘之美”。在漫长的探寻途中，他的触角大胆地延伸到风物、风土、风情、风韵等各个维度，恣意书写历史悲欢、岁月苍黄、民族和人物命运，试图提供散文诗以别样的风景，从格局到境界都能冲破“小圈子”的藩篱而进入社会生活之丰厚、复杂和广阔场景的种种可能性。①

罗长江在情感表达和语言追求的向度上力求空灵、诗意、含蓄和唯美，无论是叙事、抒情、对话、独白，还是民歌民谣的选取和蒙太奇般镜头的切换，努力承接着从波德莱尔到鲁迅先生关于散文诗辽阔、自由、舒展无尽的文化底蕴和精神血脉，简洁而丰沛的文字充满张力，一幅幅跳跃的画面，带着古井、草垛、炊烟、青山绿水、泥泞的梦和野荞麦般的苦涩而新鲜的气味，它所打开的，正是被探寻到的、被展示和被遮蔽了的在原象之外古老村庄的意义群！而在语言隐藏文本喻义的同时，创作者的审美诉求在艺术之路的阡陌小径上意外地与原本存在于梦幻和想象中的“美丽背影”撞了个满怀。

三、文本的精神向度

应该说，罗长江的坚守和努力是难能可贵的。他精心打磨的《大地苍黄》赢得了文坛的尊重。茅盾文学奖评委、著名评论家龚旭东认为，作者将小说、诗歌、散文融冶于一炉，铸就出诗性洋溢的新文本、全文本，融通古今，寄寓大情怀、大浪漫、大悲悯，处处彰显湘西的灵性与精魂。而著名散文诗人和评论家邹岳汉也毫不吝啬地赞美它整体上具有浓郁的诗性，同时又包含叙事作品应有的生动细节，虽然故事是独立的片断，链接起来却成为精美的珠饰。他着重指出：作者用传奇性透析历史的渊源和一个民族的悲欢与命运，有着鲜明的地域性、民间性，凸显出作家雄厚的生活积累和艺术上的精益求精，引领当代散文诗走出一条属于自己的路。这些评论是相当中肯的。这部长篇叙事诗共分为24个章节，每一节的标题下都有一首借竹枝词格调写出的七言绝句，同时对应二十四节气中的一个节气，从立春写到大寒，可谓别具匠心。印象中，同为隆回诗人的匡国泰在《一天》中使用过类似的形式，小说家姜贻斌十年磨一剑新近推出的长篇小说《火鲤鱼》也使用了完全一致的节气叙事模式，但显然，罗长江有着自己的书写雄心——他将节气融入故事的叙述中，作为看似主题散漫和风

① 罗长江. 大地苍黄[M]. 长沙：湖南人民出版社，2012：159.（在具体分析时，所引文本节字均出自于该书，不再一一注明。）

格各异的章节之间的内趋力和逻辑接点，使整个作品既具时间上的连贯性，又有空间上的广阔性。例如，《呜哇歌》中的故事发生在处暑时节，此时正是苞谷秆开花、苞谷棒壮籽季节，同时也是老人守候庄稼、守候死去的妻子的季节，温存与苦涩之感相交。书中的很多章节中都明显采用了复调结构，即一条明线叙述故事，一条暗线穿插一些民间文化（民歌、民谣、俚语、小调等），两线交叉进行，故事更具活力和神秘性，同时，消逝的原生流时间重新进入到当下的生活中，让互不相连的独立故事具有克里斯蒂娃式的文本互涉性，并勾连成一个整体，聚焦于一个村庄里，用大自然的节气更替隐喻人世间的冷暖沧桑，拓展了文本的精神空间，强化了文本的审美情感。

恩斯特·卡西尔（Enst Cassirer）在谈及审美情感在艺术创造的作用时说："在这个世界，我们所有的感情、本质和特征上，都经历了某种质变的过程。情感本身解除了它们的物质重负。我们在艺术中所感受到的，不是哪种单纯或单一的情感性质，而是生命本身的动态过程，是在相反两极——欢乐与悲伤、希望与恐惧、狂喜与绝望——之间持续摆动过程，使我们的情感赋有审美形式，也就是把它们变为自由积极的状态。"①

换言之，审美情感让作家有了一个表达创作诉求的价值判断和生存状态，虽然这种状态在形式上是由语言来承担的，但其深层的命旨正是隐含在特定历史和当代社会的转寰之中。罗长江野心勃勃，试图使文本最大限度地彰显大爱、悲悯、劝诫、昭示和人性的各个维度，以及把个人"小我"对于民族和家国"大我"的情感寄寓蕴含于人文精神关怀的追寻之中。所有这些，都将为长篇散文叙事诗创作的精神向度，提供一个可资参悟生命本质和命运兴衰的理想窗口。

四、隐喻的力量

纵观世界上经典的长篇散文叙事诗佳作，没有哪一部作品不是立足于对高贵精神的追寻和深重痛苦的发掘。《大地苍黄》具备了优秀长篇叙事散文诗的品质，在古老湘西的版图上，有那么一个小小的村庄，邮票般贴在中国的额头上。无论是炎炎烈日还是凛凛朔风，无论是春夏秋冬还是白天黑夜，一位偏执的汉子狐狸般出没在村子的房前屋后，奔逐的身影，坚毅的目光，他是孤独的、虚妄的，也是惟一的、不灭的精灵。他借助思想的燃烧和隐喻的力量，将自己定格旷野之上，定格在民族苦难的剪影和历史记忆的深处。无疑，他的名字、

---

① ［德］恩斯特·卡西尔．人论［M］．甘阳译．上海：译文出版社，1985：189.

他的文化之根属于湘西，属于中国，当然也理应属于世界。如果说，沈从文笔下的边城属于民族的，也是世界的话，那么，同样地，罗长江笔下的无名小村也有着民族的“文化特质”和优秀作品的精神共性，因而，他也让自己的作品有了一个世界性存活和传承的理由。这个理由，在他的题记中标注得异常清晰：“怀想一个村庄的美丽与沧桑。”

那么，用什么样的颜色去怀想呢？苍黄。这样的底色本来是指青色和黄色，一种变化的承续过程，语出《墨子·所染》：“染于苍则苍，染于黄则黄；所入者变，其色亦变。”罗长江试图用这样的方式和色泽去看待那个神秘的村庄以及与村庄相关的世界。如同美国诗人兰斯顿·休斯《黑人谈河流》中的“河流”那样，作为一个高度凝炼的意象，我们可以把“河流”理解为历史的象征，黑人对河流的追溯，就是对自身历史的追溯，就是对祖先和故土的寻根。当沈从文用“美丽是愁人的”之口吻讲述边城的爷爷和翠翠的故事，“边城”的意象从此永远铭刻在了读者心中。罗长江则用诗意的语言，平静地叙述小村庄的山山水水和各色人物，听不到喧嚣，像淡淡的水墨画。比如《蓝印花布》，写一位女知青，她见识并定格生活的美：“一群进山去采菌子的女儿家，斜一方蓝头巾，提一篮山歌。”传统与现代，怀旧与时尚并存于蓝调子般的村庄中，连睡梦都弥漫着靛蓝靛蓝的气息。诗人把他看到的一部纪录片《蓝印花布：村庄的祥云》以明信片的方式呈现出来。

又比如，在《陌上梅花》一节中，开篇第一句“一夜之间，陌上那树白梅开了”让人产生无数的联想。故事讲述的是一位长着美人痣的奇女子梅娘，十八岁嫁给了后来成为将军的夫君。1927 年暴动失败后，夫君奉命回家乡搞革命，梅娘留在上海。后因叛徒告密，她身陷囹圄七年。当出狱后回到老家，夫君此时去了西北战场。“风雪狂舞的黎明”，梅娘“于贫病交加中溘然辞世”。十年动乱中，有灵的白梅俨然梅娘再生。将军蒙冤，白梅即枯萎；将军屈死，白梅即枯死。将军平反，白梅竟又复活过来。这哪里是白梅，分明是梅娘啊。

在这里，隐喻的力量像闪电一样击中人心最脆弱的部位。文本“倾向性预谋”让诗歌内核的弹性与张力骤然增大，令人想起博尔赫斯、米沃什、叶芝、塞弗里斯、里尔克，甚至博纳富瓦、但丁、布罗茨基等人的作品，隐藏在文本后面的意义不会一下子释放，而是需要读者进行细读。作者处心积虑地对诗歌进行“意义整合”“意义分解”和“意义解构”，同时也注重语言功能的“神性”提醒所带来的审美意蕴的改变。表面上，作品讲述的是一个女子的命运遭际依附于大自然的某种生灵，实际上隐藏着很多隐喻，它有许多平行空间，很多层次。换句话说，这是一个颇带寓言性质的悲剧，隐喻的切换快速而神秘，作者的书写克制而简洁，彼此的映射关系十分明朗。罗长江就是通过这种方式，赋予了笔下村庄不死的灵魂。我们在看似散漫的、互不相干的细节上却能见出作者深刻用意，每一处都经过精心设计，每一个意象都有它的功能和指向，只有全部了解，才能拼凑出作者试图表达的意义。他让本体和喻体反复出现，强化两者之间的关联，然后通过构建喻体之间的精神血脉，来揭示本体的命运，彰显批判的锋利。

五、民族史诗的镜像

有学者指出，散文诗人所创造的文本，都留有自己所处时代的印痕。他们作品所呈现的精神特质和纯美喻象大都融进了个人生命体验和语言本身带动的意义指向，以及超现实主义的神秘性和对自然物象的亲自体验，诗人往往以纵深隐喻拓展诗文本的思想空间，让思想在语言里得以释放，从而演绎出纷繁而复杂的社会与人生的浩大剧情。

罗长江正是这样做的。在《大地苍黄》中，他用多棱镜的方式亦真亦幻地进行书写，内在的节奏和多重主题以各自的复调结构进行叙事。例如，《三姑娘》中一条线写三姑娘对孟同的寻找与等候，一条线穿插了十二首《孟姜女小调》；《拧包谷的老人》一条线写老人回忆当年与红军哥的故事，一条线穿插民歌《十送红军》；《荞妹》一条线写荞妹与学生哥分离后被迫嫁人的故事，一条线穿插湘西的风俗“哭嫁歌”。这些民歌民调，既有特定的时间属性，又有历史的精神印痕；既是个体生命独特的体验，又是民族记忆的共同命运。这种独特而巧妙的构思体现了作者对各种文体的掌握和运用能力，显示出高超的嫁接经验。

特别值得阐释的是《三姑娘》，小说中的故事简直就是一个民族的心路历程和悲壮史诗：省城来的青年美术教师孟同邂逅一位叫三姑娘的采茶女，顿时升起了爱情的彩虹。三姑娘是村里的孤儿，给人做童养媳，清纯温婉而野性未驯，有如荷塘里的一枝香荷。两人一来二往，很快堕入爱河。婆家人发现后，给予三姑娘一顿毒打，强行灌药堕胎，并把她锁在家中不让她出门。然而，一天深夜，三姑娘不顾一切地逃了出来，此时战火逼近，孟同奉命往七百里外的雪峰山区转移。三姑娘毫不气馁，矢志追寻：“失足掉落几十丈深的悬崖；/身陷土匪窝，被迫当了将近两年的压寨夫人；/险些葬身于突如其来的洪水；/被视作给山寨带去厄运的灾星，差点让山民活活烧死；/逃命途中，误入黑熊窝；/给日本人当成探子关了好些日子；/遭遇一场路断人稀的霍乱而几乎毙命；/为减少麻烦而女扮男装，却被不由分说抓了壮丁”。经历了九死一生的追寻后，三姑娘终于找到了孟同所在的雪峰山区，当时，中国军队正与日本侵略者进行殊死的战斗。孟同所在的学校放了长假，孟同加入了湘西抗日救国军。当三姑娘找到这支部队时，孟同却不知去向。

故事并没有止于此。三姑娘坚信孟同活在世上。她请人编写鼓词《三姑娘寻夫》，混迹于一个草台班子里演唱。得知孟同的父母被日本人炸死，她十分悲痛，继续流浪，固执地寻找。孟同的名字，成了支撑三姑娘活下去唯一的理由。“这时的她，已如山中的一茎藤条，韧性得百折不挠了。”

日本人投降了，抗战胜利，却还是没有孟同的消息。三姑娘去南岳庙里侍弄茶园，一边安心等待孟同的归来。四十年后，一位台湾老兵受孟同临终所托，将一摞画稿亲手转交给了三姑娘。直到此时，三姑娘才知道，孟同 1949 年去了中国台湾，几年前死于一场车祸。画稿所画，全是三姑娘以及有关三姑娘的点滴记忆。清明节那天，三姑娘走进茶园，“搂着一摞画稿，于白果树旁席地而卧，无疾而终”。诗人想象那一刻，“东山上一弯彩虹倏地升起，照耀着云块、茶山、阡陌和村庄，格外美丽而楚楚动人”。这是死去生命的精神之虹，是孟同的魂魄与三姑娘同在的美好愿望。

这难道不是一个民族史诗的生动镜像吗？这样的一部长篇小说的素材，却被作者用短短的数千字简洁传神地书写出来，小小的文本竟然有着宇宙般爆炸的能量。如同艾米莉·狄金森对于孤独的迷恋，博尔赫斯对于老虎的质询，艾略特对于荒原的感叹，埃利蒂斯对于爱琴海的歌吟，帕斯对于太阳石的追问，聂鲁达对于马楚·比楚高峰的赞美，艾青对于大堰河的放歌，罗长江像所有这些诗人一样，内心澎湃着“炽热的民族情感”，她让三姑娘从寓意丰富的村庄出发，带着他的思考，他的悲悯，他的痛苦体验，乃至他的生命感悟，让文本既忠实于历史的真实，又见证个人的爱情之痛与民族的记忆之伤，这种溢价式的文化存在，其意义和影响早已超出了三姑娘单一的形象，获得了个体生命所不能承载的宏大叙事的文化意义。

六、意义的归宿与记忆的伤痛

无论叙事还是抒情，散文诗要想在格局和境界上有所作为，语言上的突破是第一步。纵观世界长篇叙事散文诗的优秀作品，诗人们不仅善于运用柏格森所说的“空间时间”和“心理时间”，更重要的是把心理时间从空间时间中（可用钟表测量的时间）剥离出来，因为前者是主观时间，是“纯粹的时间”“真正的时间”，是有限度的时间，后者是客观时间，是机械物质论的虚妄，是无限度的时间。柏格森说：“一个人可能具有多种人格，在人格前进的道路上有许多交叉点，在那里虽然我们只能选择一个方向，但却看到了许多可能的方向，悲剧诗人的想象，正在于'转过身来，把原来只是大致一看的各个方向从头到尾走上一遍'"。①

罗长江要把意义的归宿了解透彻，要把一个村庄发生的各类故事"从头到尾走一遍"，就必须借助于柏格森的"心理时间"，唯其如此，他才有可能如刘勰所说"思接千载，视通万里"（《神思》），或庄子所言"神游万仞，心骛八极"（《逍遥游》）。有了这样的心理时间，无论季节、地点、生死界限、虚与实，无论历史还是当下、过去还是未来，都可能互换、倒置、重叠，甚至把飞舞的灵魂一劈两半之后，再搓揉在一起，仍是一个整体。在时间永恒的流动里，创作者可以循环往复回放、遮蔽、膨胀，思想的跳跃，想象的放飞，超越现实禁锢的一切，无所不能。就这样，罗长江彻底释放了自己，让灵魂自由地飞翔。那贯穿古今的各个故事，带着楚文化、民俗、史诗的印记，带着浓厚的历史穿透力和现代悲剧感，如蝴蝶般地飞了过来。

于是，我们从各个方向上看到了发生在这个村庄各种版本的故事：有远古时期因部落迁徙而保卫家园的故事（《鼓·舞·火》），有民国时期地方政府捕杀农民暴动首领的故事（《鸭客谣》），有小女子救下长征路过的红军伤员的故事（《拧包谷的老人》），还有"神树"的故事（《树故事》），有反映包办婚姻的故事《荞妹》，有包产到户的故事（《界上农事》），有高考复读的故事（《一样的月光》），有农民工进城的故事（《七盏灯》），以及民间艺术节的故事（《天籁》）、山民表演炭花舞的故事（《雁来红》）和文化人下乡的故事（《风动花开的季节》），等等。通过这些彰显历史和时代印记的故事，我们分明看到一个村庄的迁徙史、革命史、斗争史、奋进史，包含了巨大的社会历史容量，以及强烈的反思精神和责任意识，作者自觉地将人物的命运与民族的命运联系在一起，在记忆的伤痛上倾注了强烈的人文关怀，给人一种悲壮之美，凄凉之美和震撼之美。

为了把故事讲好、讲生动、讲传神，罗长江还调动了各种艺术表现形式，有说唱，有勾勒，有写意，有摄影，有戏剧，有独白，有画外音，有蒙太奇，凡此种种，不一而足。而最让人感佩的则是作者的绘画技艺，翻开《大地苍黄》，24 幅生动的绘画跃然纸上。24 幅画对应着 24 个节气，24 个节气对应 24 个章节，24 个章节对应 24 首竹枝词，于是，这 24 幅绘画有如每个章节的眼睛，24 首竹枝词有如每个章节的眼神，24 幅绘画起于月下梅花（《陌上梅花》），终于琴声如泣（《水磨房》），前者是静态，后者是动态，有月，有花，有歌，有人，这

① 赵丰. 绵延的生命之流[J]. 国学，2010，(1)：25－28.

是何等的完美结构，这样的苦心积虑，精心设计，使原来一盘散沙的文字，一个混乱的故事，像一个个训练有素的士兵，听到了冲锋号，立即集结到一起一样，形成强大的生命气场。

基于使绘画的意义获得溢价式功效的设想，罗长江将每个章节的故事进行了高度浓缩和二度创作，这种创作将这一章节的灵魂部分以“画龙点睛”的方式提炼出来，这不仅是对绘画本身的要求，也是对配图文字的要求。即是说，所选文字既是该章节的“诗眼”或“诗魂”，又是该章节的“主旨”和“诗题”，这样，读者至少可以从原始文本、绘画文本和配图文本三个角度或三个方向获取文本的价值与意义。因为任何故事的深层意义并不是作品单一主旨的最终归宿，它总是有意无意地模糊故事间彼此对立的两个方面，又将其各个向度上的意义指向记忆的探寻和审美的表达。对罗长江来说，记忆是一切故事内容的来源，也是痛苦的根本所在，他对记忆永无止境的追逐(有如追逐那美丽的背影)既是为了摆脱苦难，也是提醒自己和读者不要忘记这个村庄曾经发生的一切。因为，虽然“过去总是被现在斩断”，但是，“当你忽然意识到过去正在离去时，那些消逝会让你感到震惊和伤痛”。①

七、村庄开花：大地的颂歌

在商品因子渗透到社会各个角落的今天，优秀的传统文化价值正在失落。在迷惘、徘徊或无所适从中，谁能心存感恩，为我们赖以生存的村庄/大地做些什么？巴勃罗·聂鲁达说：“当诗人们关在研究室里的时候，人民在用胶泥、土地、河流和矿山来歌唱。他们培植了迷人的鲜花，谱写了出色的史诗，炮制了小说，描述了灾难。他们歌颂了英雄，捍卫了权利，为圣人加冕，为死者痛苦。”②这是时代的呼声，也是诗人对于历史和社会的担当与责任。

殊为可贵的是，罗长江自觉地担负起传承文化、烛照时代的重任。莎士比亚曾写下这样的诗行，“令人心疼的受了伤害的名字！我的胸脯将变作你的眠床，让你安睡！”(《维洛那二绅士》)。罗长江凝视脚下这片伤痕累累的土地，他走出了“小我”的精神视阈，转向对整个时代的悲悯、对每一个生命的尊重，并因此流露出深深的忧伤情怀。例如，《雷生与牛》讲述的虽是一个并不新鲜的故事，却浓缩了一个时代的沧海桑田：公共食堂时期，十岁的放牛娃雷生因牛

---

① 范雨萌．路易斯·布尔乔亚：规劝与惩罚[J]．东方艺术，2012，(23)：100－103.

② [智利]巴勃罗·聂鲁达．聂鲁达论诗：人民的诗人[M]．江之水，林之木，译．昆明：云南人民出版社，1995：679.

吃了队上的庄稼而不敢回家，饿晕落入山塘而死。牛通人性。那头牛生下一只牛犊之后，也跟着雷生的魂魄而去。从此，雷生爹把小牛当“雷生崽”养。后来雷生爹被虎所伤毙命，他的遗言竟然是等到“雷生崽”老了，公家莫要杀它。这是一种乞求，一种愿望，一种卑微，但正是这样的卑微透露出来的温情升腾着一种人性的光芒。

与此同时，罗长江通过村庄的地理风貌、文化遗存、乡规民约、风土民情、婚恋嫁娶、节庆礼仪和伦理道德等的集中描述，反映湘西丰富的人文底蕴。作者对超自然力量的信仰和神秘文化的迷恋，既是民俗文化的真实记录，又是内心世界的美好愿望。如《媚草》中男子为爱情苦苦寻找“媚草”，据说媚草是一种能使陌生男女一见钟情，使夫妻失和后能恩爱如初的药。在《大地苍黄》中，还有《萤火虫的传说》《收脚迹》《裸月》《七盏灯》《荞妹》和《血蝴蝶》等文本，作者意在重建民众物质生活和精神生活的精神纽带，唤起人们对世代相传的生生不息的地缘文化的认同、尊重和传播。诗人通过这些文化遗留物的符簇展示，唤醒普罗大众对于本土文明的荣耀感和骄傲感。因为，真正的诗人就像民俗学家一样，书写的是犁，但关注的不是犁的形状，而是用犁耕田的仪式；书写的是渔具，但关注的不是渔具的制造，而是渔夫捞鱼时所遵守的禁忌；书写的是桥梁，但关注的不是桥梁屋宇的建筑术，而是建筑时所行的祭献等文化意义。因而，《大地苍黄》中民风民俗民歌民谣大面积的集中表现，充分彰显了湘西少数民族地区村民的性格特征，作者的创作诉求，绝不仅仅是展示一个玄奥的故事或一种简单的符号价值，而是作为一个民族的传统与习惯，早已渗透到中国人的血液之中，丰富了汉文化日益匮乏的理性资源，镌铸着华夏民族深层的心理积淀，与今日与未来都是息息相通的。①

罗长江从村庄出发，满怀深情吟唱的这首大地的颂歌，其丰富多彩的自然景观、人文景观和历史景观，与时代氛围交融在一起，构成了特定地域、特定时代的文化心理和民族交响，通过小社会传统村落生活的诗性叙事释放隐藏在大社会、大时代变迁下国家、集体和个人的历史缩影和情感灼痛。他借鉴了西方文学大师的叙事技巧，继承了二十世纪三四十年代中国散文诗里的泥土的苦涩气息，并能在继承的基础上加以创新，找到属于自己的声音，找到艺术原野上飘过的“美丽背影”。聂鲁达说：“诗歌陪伴着奄奄一息的人们，并医活了他们的痛苦，将他们引向胜利；诗歌陪伴着孤独的人们，像火一样炽热，像雪花一样清新飘逸。她有手、有手指、有指甲，像春天一样有蓓蕾，像格拉纳达城

① 仲富兰. 开拓民俗文化研究的新领域[N]. 文汇报，1986-07-04(6).

一样有眼睛；她比火箭更迅猛，比堡垒更坚固，她的根扎在人类的心田。”[①]这是诗歌的力量，也是诗人的价值所在。作为长篇叙事散文诗，《大地苍黄》除了内容上的扎实、厚重和丰富外，在形式上也有着新的尝试与突破，这是罗长江个人创作上的成功，更是中国长篇叙事散文诗走向希冀和成熟的征兆。目前，雄心勃勃的罗长江正在创作《诗人还乡》《空中田园》和《矮寨笔记》等“长篇叙事散文诗三部曲”，每部字数皆在10万以上。我相信，在长篇叙事散文诗领域执着耕耘的罗长江，必将最大限度地发掘湘西神秘世界的原始意义，并呈现出更多的精彩，必将给文坛带来一股充满清新和野性的活力，也必将给读者带来新的更高的期待。

第四节　跃出诗外的意义之镜

一、有资格的读者

在我接触过的一些所谓很有“写作天赋”的大学生中，诗歌只是他们调节生活的口香糖，一个可供发泄的精神出口，一种炫技好玩的文字游戏。他们虽然声称用文字疗伤或同诗歌恋爱，但他们并不知道纯粹的诗歌究竟是什么。他们在稿纸上写下或在键盘上敲下一行行文字，任性而随意，轻浮而刺激，自恋而粗鄙，他们以为这样的文字就是诗歌。殊不知，他们不仅糟蹋了诗歌，也糟蹋了自己的才华。我没有能力改变这种状况，唯一的选择便是逃避，唯一的解脱便是远离。我用冷漠的态度保护自己对诗歌的爱；我用拒绝的方式抚慰诗歌遭受的伤害。

正是用这种先入为主式的质疑甚至是带着某种挑剔的目光，才使我读到了徐海凌的诗集《秋夜》，从中随便挑出一首《致你们》：“我们戴着口罩散步/脚印踏进雪里/而如今”。我一下子惊住了：就这么短短的三行？就这么似是而非、欲说还休的三行？就这么空旷而飘逸、有头而无尾、朦胧而歧义的三行？这样的诗，很现代，很高超，也很隐晦啊，它将你推向阅读的十字路口：没有指示灯，也没有路标，一切行动有赖于自己的判断。这样的诗一下子引起了我的好奇和思考。很明显，这只能算作一首微型诗，但文字的简约并不影响内容的

---

① ［智利］巴勃罗・聂鲁达．聂鲁达论诗：对一个咨询的回答［M］．江之水，林之木，译．昆明：云南人民出版社，1995：681.

厚重，或者说，它胜过许多长篇大论的诗。诗人像一个高明的画家，只是勾勒几笔，剩下的全靠读者用想象去填充，参与他的二度创作，从而使这首诗成为一首完整的、有意义的诗。这样的诗，是小众的诗，需要“有资格的读者”去阅读。在诗人看来，他只负责寻找视角或打开事物的切口，他不愿喋喋不休，相反，更愿意留下巨大的空白，用开放性结局昭示未来的不可知和不确定性。即便活在当下，也是无法把握命运。因为每个人都戴着面具生活，都不愿把真相示人。“脚印”和“雪”的意象，有实写也有虚写。“实写”指的现实的每一天、每一天都发生的事情以及自己与自己所做的事情都是“脚印”的所指符号，或都会留下“脚印”般的痕迹；“虚写”代表的是线性的时间流，是时间流下面的感悟、精神、意识和欲望等形而上的代名词，这是能指符号的语意指向。“雪”也是虚实结合的，“实”指的是下雪的状态，是地面有风有雪的状态，有可以真实感受、下雪之后令人打颤的寒冷的状态；“虚”指的目标，是结果，甚至是情绪、感官和经验等一切可能的集合体。这首短诗让我一下子想起庞德著名的《地铁车站》中这样象征意味极强的诗歌：“人群中这些面孔幽灵一般地显现/湿漉漉的黑色枝条上的许多花瓣”。初读这短短的两行，你会不会产生“眩晕”？诗中的意象与意象之间，既无逻辑，又无关联。但正是这种各自独立的造句，却形成语言以及诗意的跳跃，进而造成阅读感知的跳跃。这里的跳跃所产生的“省略”，给阅读者带来极度的不适应感，这种背离传统的陌生化写作形成诗意的“内在动荡”，正是这种逻辑链条的突然省略造成一种空白，使文字与文字之间产生了独有的张力，才达到了艾略特所激赏的“跃出诗外”的效果。

正所谓“闻香识人”。一首诗可以见出一个诗人的追求。也正是这短短的三行诗，让我对徐海凌的《秋夜》刮目相看：这是一本需要用智慧和耐心去阅读的作品。于是，我从头开始，慢慢品读。全书精选了作者自初中、高中以来至今的诗歌，共69首，分为《匠客：镶满木屑的长矛》《古韵：“望相似”》《止：提笔，落笔》《如果》《停云：哦，那诗人的最后一败》《霞影：着文立碑，只属于故事》《新章：于是，我又拿起了笔》七辑，都是短诗，最短的只有2行，最长的才31行，绝大多数是10来行。这本诗集总体质量不错，是属于现代意味较强的诗歌，不是那种直白式的口语化的诗歌，更不是网络上随处可见的废话诗或键盘体诗歌。这里的绝大部分诗，结构精巧，语言干净，陌生化程度较高，艺术质感也较纯粹。作为一名在校大学生，能写出这样委婉含蓄、隐喻十足、象征丛生的“透彻的”诗歌，委实让我感到意外和惊喜。这也是我愿意接受友人的建议，“认真看看”，好好欣赏，并写下点滴感受的动因所在。

二、诗歌表达的“假叙述”

著名诗人、诺贝尔文学奖获得者艾略特认为，只有“跃出诗外”的诗才是诗人正当的追求。他进一步指出，“要写诗，要写一种本质是诗而不是徒具诗貌的诗……诗要透彻到我们看之不见的意义，而见着诗欲呈现的东西；诗要透彻到，在我们阅读时，心不在诗，而在诗之‘指向’。‘跃出诗外’一如贝多芬晚年的作品‘跃出音乐之外’一样”。艾略特的告诫引起了徐海凌的共鸣，这位年轻的中国诗人正沿着英国现代派诗歌大师所指引的方向迈进。

《秋夜》第一首《新建文本文档》是这样写的，“终于被说服 适宜群居/用微笑掩埋言语/暴虐的心情 收进抽屉/成为某种展品/也就失去了意义 被聆听”。诗人没有按照传统的行文方式从头道来，而是直接进入事物的核心或道路中央，挣扎了很久，徘徊了很久，最终艰难地“被说服”（不管这种“被说服”是由于来自外部如社会、长辈等的压力还是内部自觉地放弃对个性的坚持），去适应环境，适应周围的一切，这样的心情无疑很“暴虐”，可还得装出一副笑脸，成为某种“虚情假意”的展品。这样的生活当然“无意义”，即便如此，还得被动地接受一些安排，去“聆听”一些“腻歪”了的人生哲理。接下来，诗人写道，“画了一整个世界/也抵不过/你漫不经心的/一次刷新”，这里的反讽十分强烈，即年轻一代原本想按照自己的方式、建立全新的生活，“新建文本文档”的题旨即来源于此。但是，个体的种种努力，却被传统文化、被长辈权威或社会的根深蒂固的力量“漫不经心”地抹掉了（一次刷新）。

类似的作品还有《隐喻》，“你不愿予我灵感/去填满 那尚是荒原的诗行/草章几番拼凑涂改/仅剩下留白 于稿纸上反向凝视/不应存在的此时”。在这里，诗人抓紧经验中“锋锐的张力（angular tension）和遽跃的节奏（disjunctive rhythm ）”，隐晦，曲折，以叛逆的方式，让力化的片断“演出”自己的秩序。诗人擅长使用一种“假叙述”，不断地冲击情感，从一个“经验面”急转到另一个“经验面”，形成“意义的不确定”和“思想的爆炸性”。这是一种多维结构的、动态的诗，与传统的单一瞬间的情绪之“静态诗”很不一样，由于其内在“不停地演变和蜕变，使得那种能指过程的一维看法变得复杂起来”。因而大大丰富了诗歌文本的艺术表现力。

不妨再看一首，“呼吸/我听见树林/在现实和现实间/展开缝隙/墨水 在纸上长成年轮/严丝合缝的囚笼”。（《此刻》）这样的诗是矛盾的，无逻辑的。从正常的阅读习惯来看，这样的文字是无法形成意义的。因为常人的思维总是线性的，循序渐进的。但诗人的思维则是诡形异迹，无序无法，来去无踪的。跳跃性是诗人思维的重要特征。按照心理学说的，人的大脑有四种功能：感受、贮存、判断、想像。常人思维即为四个过程的完整表达；而诗人思维，则往往略去中间过程，形成思维的急速跳跃。

在徐海凌诗集中，这样的跳跃比比皆是。不仅如此，诗意的怪异也是《秋夜》的一大特点。例如这首《悼》："诗歌 丢弃了段落/急驶着 满载欢乐/点亮这永新城市的灯火/让月亮闭嘴/让星儿颤抖/一同 没入荒野的坟冢"。在这里，语言的能指与语言的所指产生了背离或割裂，意象与意象之间没有必然的联系。诗歌的意义之域被扩大了，但书写的经验变得可疑。因为读者无法捕捉到诗人正常的思维逻辑，诗人像个顽皮的孩子，从万花筒中窥视世界，因而意象玄妙，句意悬隔，营造了飘逸的言外之意，增添了诗意的模糊性，让读者产生阅读的障碍和理解的沟坎。这样的诗，像深深的海，无法让你一眼看穿。

三、定格"美的一瞬"

优秀的现代诗作总是以动态的方式存在，总是处在自我完善的进化状态中，其错综复杂的内在逻辑决定了诗的形式及诗体的不稳定性。这种不稳定性主要来源于两个维度：一是作为审美主体的诗人在诗歌创作中追求艺术表现的创新；二是基于阅读和传播，诗歌的结构形式被现实生活所规范，诗人要从生活的内在逻辑出发，抓紧"美的一瞬"或"一瞬的美"，并进一步加以定格和聚焦。在徐海凌诗歌中，随处可见这种耐人寻味的瞬间。

例如《习作》："这是一场彻头彻尾的自我欺骗/他爱她/却细心挑拣她最琐细的缺点/以便一起出发，并肩到达"。诗人表达的即便是个人情感，也是如此隐涩，如此歧义丛生。从文本本身来看，诗人表达的只是情感的冰山一角，大量的意义沉没在河流的湍急之中，而隐没在冰山之下的诗歌意义，有经验的，也有超经验的。诗人没有为读者搭建意义的桥梁，相反，他努力构筑诠释的屏障，将"真意"隐蔽在现象的背后，像风一样撩拨，让诗性瞬间在独特的情景下产生的"美"的发现和感觉。

再看这首《失控》："杜撰细节往往需要/不止一行。/你却仅留下/一个轻盈的称呼/让我去安放。"诗题原本是对生活的背叛，是对陈旧的过往的经验的否定，但最终却又在否定中找到了力量的支撑点，像每天要用的"称呼"，那么可爱，以至于"让我去安放"。但安放什么？语义不明朗，目标不明确，但显然不是常规意义上的理想、志向等宏大话语，更多的是诗人的隐私，是秘而不宣、躁动不安的内在世界。

徐海凌的诗，没有过多的身份烙印，也没有什么专业特点。从诗中，我们看不出这些作品出自于一个风华正茂、热情洋溢的在校大学生之手，更多的是成熟的诗人对世界的全方位观察、认知和书写。即便是诗集中难得一见的关于对青春美好的书写，其笔触的切口也跟长辈们所认知的完全不一样。例如，在《幻想曲一号》中，诗人是这样表达他们的青春的："晴天 或是阳光恰好/于无意义处/升腾起意义的烟雾/我曾扮演浪子/在记忆黯淡的年岁/幻想二十年后的告别/而二十年/拖着黏液经过/不过是/重复了生活"。他们从主流文化推举的崇高理想中发现了生活的无意义，又从主流文化认为无意义的地方发现了时间的无情和生活的必然。一句话，诗人代表了有想法、有个性、有追求，也很郁闷、很压抑和很无助的年轻一代，他们有自己的世界观、价值观和审美观。他们不愿接受社会力量的习惯性安排，不愿朝着长辈们指明的"正确"方向或"宏伟"目标，面对社会转型和市场经济裹挟而来的强大推力，他们要真实地站在时代的洪流中，过自己想要的生活，哪怕它并不如长辈所安排或预期的那般美好，可这样的生活毕竟是属于自己的。

四、扭断语法的脖子

诗歌生态决定了诗歌功能。自古以来，诗歌的语言便具有着治疗、抒情、审美和启蒙等诸种功能，而要实现这种功能，首先就有赖于语言。诗歌语言与小说、散文不太一样，诗歌无法以实用语言为媒介进行书写，只能使用类似日常生活中实用性的"仿语言"。例如李白《静夜思》中的第一句"床前明月光"，为什么不是"床前月光明"？因为后者是生活常识，表达的只是一个事实，不含情感与动态。前者不一样，"明月光"，用一个"明"字，使月光动态化了。诗人把"月光明"仿写成"明月光"，这种动态化的书写不仅把思乡的"情绪"动态化了，而且进一步把这种"情绪"转化为"愁绪"的动态化了，即月光静静地"洒"下来，一丝一缕勾起你的浮想联翩，故乡的山山水水也一幕幕从眼前"飘"过。

换句话说，这种"仿语言"看起来像是生活中的鲜活语言，而实际上是完全艺术化或审美化了的语言，是高度熟悉而又陌生化的语言，是无法做到与生活同质、同构或所谓"零距离"的语言。为了便于接受和传播，诗人运用一切手段，对日常实用语言加以破坏与改造，打破横向语轴上的语法规定性，而最大程度地显示纵向语轴上的联想功能，"扭断语法的脖子"，这也就让诗歌的语言挣脱了语言的桎梏，从而实现书写的精神自由。

徐海凌的作品中有许多属于"扭断语法的脖子"的诗句。诗人这样做，并不是玩世不恭，相反，他努力追求诗歌表达的创新。即便是"珍惜青春时光"这样主题陈旧的诗歌，在他笔下，竟也焕发出勃勃生机。例如《时钟》这首诗："失

去 一刻/沙漏衍出苍白的彩虹/背离了倾诉/转动一首诗 要多少格?”诗人有一种超乎寻常想象的敏感，他试图用历史的穿透倒逼现实，他不用明确讲出“一寸光阴一寸金”，但言外之意却是浪费一分钟都是对美好生活(彩虹)的背叛。诗的下半部只有三行，即“在你的肩上有一座钟楼/钟声响彻/默诵晨祷和晚风”，这是对时间公平性的最好诠释。因为任何人面对时间的河流，都只能是渺小的，就像每天早晨城市或庙宇中的钟声，一缕一缕，绵绵不断。于个人而言，如果你不想荒废，就只有抓紧时光，“默诵晨祷和晚风”，即早晚都要努力，时刻绷紧神经，努力做好自己的工作——“默诵”。它不仅代表了个人的选择或坚持，也彰显了形而上生命的终极意义和价值之所在。

与此诗相对应的是《对话》，“覆盖你前额的黑发/细细蒙上了水珠/于是天空的灰色/像被火焰烧融而开始流动”，诗人对黑发、水珠、天空、火焰等一系列意象进行动态叠加，以此实现最终的意义——“而你我闲散的坐着/正是青草发芽的季候”，而这种意义代表某种启示，具有神性的诡秘性和隐喻性。

最有意思的是《巴山夜语》这首诗，写的是两个人的对话，仅仅两句。一句是“君问归期未有期”，借用的是李商隐的《夜雨寄北》的首句。此诗本来是诗人写给妻子或好友的，因而诗歌一开始，就表明了情感上不可释放的矛盾。归期的希望与未有期的失望，两相对立，悲怆沉痛，令人不忍卒读。岂知，历史的矛盾与沉重经徐海凌巧妙借用，变成了“牛头不对马嘴”，令人哭笑不得的当下回答，“好吧，不说了，晚安。”这种惊人之变、惊人之语十分突兀，造成强烈的受挫或失重感。如果说是穿越，这种穿越也是带着强烈的戏谑和反讽。诗人既没有交待对话者身份，也没有交待对话者的关系，更没有交待对话的时间、地点和场景等一切日常活动的逻辑元素。你可以想象是夫妻对话，也可以想象是父母对话，母女对话，师生对话，恋人对话，甚至是审判者和被审判者的对话。看起来彬彬有礼，实际上又是多么的不愿多说，厌烦多说，以至刚刚开始就已经结束。在通信如此发达的今天，这反映出个体深层的孤独感与人的内心的疏离感。

写到这里，我突然想起一个故事来：有一次，台湾著名诗人痖弦陪朋友去一个湖边玩，他们看到上面有一块牌子，上面写着“禁止的鱼”。痖弦很吃惊，发出感慨道，“好诗句啊”。这深山老林，居然也有人写出这样好的现代诗啊。然而，当他们走近一看，原来是“禁止钓鱼”，大家顿时哑然失笑。为什么？因为“禁止钓鱼”只是一种警告或公告，这当然不是诗了。由此可见，现代诗就是由偶然的“错误”产生的。它的特色是把语言的“媒介性”上升成为“发明性”。好诗的语言都要“推敲”它的“发明性”。但这种“发明性”必须以“境”和“意”为指归，也就是古人所追求的“以境造语”。

总之，我觉得徐海凌创作的诗歌有特色、有想法、有个性、有追求，他的路子走得很对，是现代化的诗歌方向。虽然有不少人说看不懂，但是，正如梁启超评价晚唐李义山（商隐）等人创作的有“朦胧诗”之称的“西昆体”时所讲的话一样，特别值得大家珍视，即

“这些诗，他讲的什么，我理会不着；拆开一句一句的叫我解释，我连文义也解不出来。但我觉得他美，读起来令我精神上得一种新鲜的愉快。须知：美是多方面的，美是含有神秘性的。我们若还承认美的价值，对于这种文学，是不容轻轻抹煞的啊！”

第五节 从生活的泥土中开出花来

尼采说过，“人生没有目的，只有过程，所谓的终极目的是虚无的。人的情况和树相同。它愈想开向高处和明亮处，它的根愈要向下，向泥土，向黑暗处，向深处，向恶。千万不要忘记：我们飞翔得越高，我们在那些不能飞翔的人眼中的形象就越是渺小。”①当我在阅读起伦的诗歌时，突然想到了这句话。这是尼采对人生的认知和对世人的告诫。一个人要想取得成功，就应该像大树一样，努力朝上、朝向阳光充溢的地方，而把脚跟扎进泥土深处，扎进黑暗甚至是充满“恶”的地方。在朝向理想的奋斗中，不要在乎别人的议论，更不要被他者的言行所左右。因为，飞得越高的人，在不跟你一起飞翔的人的眼里，你就会变得越渺小。可是，那是真正的你吗？一个人，只要清醒地意识到自己的选择，就应当对这种选择负责，无论发生什么，都不应该抱怨和后悔。因为，这就是生活，哪怕最初的生活并不称心如意，又有什么要紧呢？好好珍惜，你就能从生活的泥土中开出花来。

一、被诗歌照亮的梦想

起伦的人生就是这样。作为从农村的泥巴地里摸爬滚打并以优秀成绩跳出农门的青年学子，来到长沙读大学已属不易。大学毕业，他选择从戎，进入军营，这是人生新的起点。当军人的心愿得到满足后，从小想象和崇拜的军人应当是奔赴战场、杀敌报国，而现实却是，他只能在军校的三尺讲台主讲数学，后又从事繁杂的行政工作，这样的生活与理想有着明显的落差。但既然生活选

① ［德］尼采．查拉图斯特拉如是说［M］．钱春绮译．上海：生活·读书·新知三联书店，2007：360．

择了你，你就不能逃避，而必须勇敢地迎接它，适应它，并努力改变它，使之与你的心境相融通，这样，即便是平凡的岗位，也能有自己的精彩。这是起伦很早就悟出来的道理。

生活的泥土既可以让梦想发芽，又可以让梦想腐烂，关键在于你的态度、决心和意志是什么。起伦在大学里的专业是数学，但他对文学的爱几乎是与生俱来的。当从同一个中学里走出了聂沛、罗鹿鸣和聂茂等一个又一个诗人、作家的时候，起伦压抑在心底、几乎板结的“诗人梦”一下子被照亮、被激活了。他觉得身边的朋友能够写出优秀的作品，自己的天赋不差，暗恋缪斯女神已久，何不挥洒青春，点燃激情，一试身手呢？于是，工作之余，他不仅阅读了大量的西方现代派优秀诗歌，而且将一直以来喜爱的中国古典诗歌和中国优秀新诗重新进行反复阅读，并开始尝试诗歌创作。

起伦的悟性很高，写作的起点很高。我清楚地记得，1991 年夏日的某天，起伦在经过了一段时间的默默操练后，他拿出一组诗共 4 首略带羞惭地让我“指点”，我感到十分诧异，这是一组很好的诗啊。我立即自告奋勇，将这组诗推荐给《人民文学》的编辑韩作荣老师。我与韩老师从未谋面，只是因为这一年该刊的第二期散文头题和第三期诗歌头条位置上分别发表了我的《九重水稻》和《九歌》(诗 9 首)，恰巧这两次作品都是韩老师选发的，我们因此通过一次信件，仅此而已。我之所以敢把起伦的诗作推荐给韩老师，是因为知道他也是军人出身，对同为军人的起伦的诗更容易产生共鸣，尤其重要的是，韩老师善于发现和扶持文坛新人，当时有不少作者都是他从自由来稿中发现并积极推介而走上文坛的。不过，说真的，虽然我感觉起伦的诗歌很不错，但究竟会不会被韩老师相中，心中委实没底。在 20 世纪 90 年代初期，《人民文学》是无数文学爱好者心中的最高殿堂，每天有成千上万的稿件雪片般地涌向杂志社，而发表园地特别是诗歌版面十分有限。因此，要在这个文学上的权威刊物上露面，真可谓“蜀道之难，难于上青天”。令人意想不到的是，韩老师竟从这个组诗中选取了一首《走进七月》，并很快发表出来。第一次发诗歌，就能登上许多诗人、作家一辈子也上不了的《人民文学》，这对起伦的创作鼓舞很大。不久，他的诗作便接二连三地在《诗刊》《星星》《解放军文艺》等名刊上发表出来。短短几年后，他的作品不仅获得了全国性大奖，而且还有诗作在中国台湾的《创世纪》刊物上发表并获奖。

二、新世纪发音练习

尽管如此，由于工作的原因，起伦的写作十分低调。至今他只出版两本诗集——《沿途的风景》和《新世纪发音练习》。虽然他的创作风格日趋成熟，但他还是定位在“发音练习”上。与其说这是自谦，毋宁说这是对诗歌的敬畏和对“诗人”桂冠的捍卫。不是随便写几首分行文字就是诗歌创作，更不是随便发表几首诗歌就称得上诗人。记得在我主编《三湘人物周刊》期间，本打算以他作封面人物并用四个整版的方式推介他，但他婉言谢绝了。他觉得诗歌只适合默默地、持续地在空闲的时间里进行书写。他热爱诗歌，同时热爱自己的工作。甚至当创作与工作发生矛盾时，他会舍弃自己的创作。在他看来，一份工作并不仅仅代表一份薪水，更代表一个单位的领导和同事的信任。作为一名军人，工作是为国分忧的大事，写诗只是个人爱好的小事。只有做好工作，才能对得起肩上的徽章和军人的荣光。也只有做好工作，才有足够的理由写出自己满意的作品来。起伦对国与家、工作与爱好分得清楚、拿捏得很到位，有了这种不逐名利、真正沉入到生活的本质，他的写作就会拥有别样的视角，他的作品就会出现不一般的境界。

例如，起伦有一首小诗，叫《箫》，“时光之箫是月的静美/是薄薄的窗纸，捂不住丝丝缕缕的/思。是飘泊的白露，落地生根/让寸草垂下无言的头颅/是湿了多年的旧梦，在今夜/重又上路”。这样的文字让人想起秋天高高的白杨树，以及白杨树上的蓝天和点点浮云。起伦的诗就是这样的简洁、清爽和干净。月光之夜，远远的箫声若隐若现，使夜的静美变得神谧、宁静。其中，时光，静美，思乡，旧梦，这些都是抽象的符指，是诗的虚写。与这些虚写联在一起的是箫、窗纸、白露和头颅，这些具象联结着“落地生根”的踏实，是“无言的”“今夜”的回首与怀想，是“重又上路”的悸动与惆怅。显然，这是一种与生俱来的情愫，是压在心底的沉甸甸的乡愁。“本是故乡山林一根竹子/一条路把你诱上他乡/血管回响的那支不改乡音的/谣曲，在亲人的怀念中，越淌越远/每个箫孔/都是故乡一眼水井”。事实上，这份刻骨铭心的乡愁，正像远古的幽幽箫声，穿过李白和陈子昂的帐幕，让人读出岁月的沧桑，读出现实的感慨与无奈，读出无奈中的美好和美好中的忧伤。“瘦削的十指，像伤鹤/夜夜前来汲水/并在井中，望见父母鬓发苍苍的愁颜/与寂寞相诉，只想说一句么/——固守家园，或背井离乡/都是故乡的忠实儿子呵”。这是全诗的灵魂，诗人的情感达到高潮，炽热发烫，令人不能自已。每个人都是自己选择和被生活选择的双重结果，无论是固守或离开，都是故乡的一分子或忠实的儿子，都有同样沉重的乡愁。最后，“而月上中天，这家传的宝盏/让四月的醇醪，重透千里/痛饮一回吧，沧桑阅尽的箫/让病，更重一分”。乡愁是一种病，对远离故乡的游子而言，这种病还很不轻。而对固守家园的人而言，对远离故土的亲人的思念，同样是一种病。正因为此，箫孔吹出的声音就能引起读者的共鸣，进而引发思乡的和声。

我在大学课堂上讲解过这首诗歌，为了给学生们一点直观的认知，更好地理解诗作的内蕴，我请起伦写一点关于这首诗的创作背景。起伦在创作谈中写道，大约是1995年11月，他与几个乡党在他家喝酒、叙旧。那晚月色很好，静静洒在河面，如梦如幻。朋友们散去了，他兴致还高，毫无睡意。他给自己泡了一杯茶，坐在阳台看月光下静静流淌的浏阳河。回想十七岁上大学，不知不觉间已在长沙生活了十四年了。尽管，每年都能回老家一两次，但与乡党们在一起，又不免勾起他心底的乡愁。而那一刻，竟忽然地听到了悠扬的笛声。是谁，在这样一个月夜吹响了竹笛？这无疑更增加他对于儿时往事的回忆。他想得很多，想到勤劳本分、含辛茹苦培养他上了大学的父母；想到故乡仍然贫瘠的土地，等等。脑海里突然蹦出两句诗来，即“固守家园，或背井离乡/都是故乡的忠实儿子”。他有些冲动，要写一首诗来抚慰他的思乡之情。此刻，他感觉空气中飘荡的不是笛声，而是箫声——箫声低沉，如诉如泣。于是，他立即写下了这首《箫》。这首诗作为组诗《静夜思》中的一首，后来发表在《人民文学》杂志上，也被多种选本选载和评注。

由此可见，生活中处处有诗，关键是，你有没有那一丝闲心，那一份诗兴，那一种敏感。在平凡的生活中发现美，进而攫取流动的思想，捕获闪光的灵感，写下优美的诗篇。起伦做到了。

三、飞翔中的停顿

生活美学大师蒋勋曾说，“在创作领域久了，人人都想表现自我，生怕不被看见。但能够安静下来，忘记了别人，忘记了自己，大概才有修行艺术这一条路的缘分。”[①]在起伦看来，真正的艺术，不是追求功成名就，不是昙花一现、转瞬即逝的美丽，而是不忘初心的不懈追寻，即便偶尔的停顿，也是更好地思考、更多地投入，从而为新的创作征途作准备。

值得一提的是，起伦在诗歌创作的上升时期毅然决定歇笔，一去多年，他特地放缓了前行的脚步，沉下心来回归到生活中修身养性，真正感受到脚下这片泥土的皲裂、黝黑与厚实。“十年树木，根深叶茂”，用这句话来形容起伦的诗歌创作之路十分贴切，他的创作，就像那矗立在天地间的大树，因为植根于生活的艺术之源，汲取天地灵气，虽不时时开花，鲜艳夺目，然一旦开花结果，

---

① 蒋勋. 舍得，舍不得：带着《金刚经》旅行[M]. 长沙：湖南美术出版社，2015：1.

必能遍地芬芳。

众所周知，生活是诗歌艺术创作的土壤，是诗人灵感的源泉。诗人创作的对象大都是来自于他看过、经历过、感受到的生活。诗歌是诗人记录生活的方式，从诗句中可以看到诗人的境界、视野和生活。起伦是土生土长的农家孩子，在单纯的环境中成长起来，从他的诗歌中可以感受到质朴的生活气息和纯粹的情感流露，他并没有被世俗的染缸所污染和异化。无论外在的身份、地位如何变化，作为一名诗人，起伦始终对写作抱有敬畏之情与虔诚之心。他所描写的意象、景物也大多和他的生活与经历息息相关。夕阳、黄昏、秋风、鸟、天空、花、雪，这些意象常常出现在起伦的诗歌中，表达了时间的流逝和空间的变化，以及心境被洗涤后的淡泊与澄明。起伦写诗跟做人一样，很实在。身边伴随什么，心里怀有什么，眼里看到什么，诗句中往往就会出现什么。起伦不玩弄写作技巧，他读过不少西方现代诗歌，但感受最深的还是中国母土的文化熏陶和情绪感染，他追求的诗歌是“发乎于情，情动于诗”之日常意义的书写，因而他的文本直接恳切，凝炼坚定，决不用复杂迂回的晦涩弄得读者不明白，更不会用讳莫如深的路径抵达诗歌的腹地。起伦的数学专业和军人的严谨决定了他诗风的直截了当，朗然入目，浑然天成。他的诗歌每每着眼于生活的细微和皱褶之处，虽不是荡气回肠的昂扬旋律，但绝没有萎靡之情和拖泥带水之废话。他忠实于自己的生活，每到动情处，必定豪情满怀，抒发得干净利落，痛快淋漓。例如，在《结局可想而知》里，“有多少热爱献给猥琐的野心/又有多少悲愤，托付了渺茫的希望”，这样的抒怀已经上升到哲思的层面。还有《箫声慢》：“谁的箫声暗藏惊风/贯穿那片空林子，撕扯一个人内心莽莽悲鸣”。诗人表达内心的悲恸与希望，没有一波三折，更没有故弄玄虚，而是直接从前面的记叙和描写一下子来到情感的激荡口，任其奔腾而出，省去了不必要的情绪过渡，使人猝不及防，瞬间被打动，甚至有些震撼。

如果说诗歌对于诗人是情感的释放和自我的表达，那么，诗歌对于读者又是什么呢？我想大概是共鸣的意义和欣赏的快感所带来的阅读的价值吧。起伦的诗歌穿透文字的界限，像一把直插心灵的匕首，让人读起来有一些疼，却又疼得很舒服。引起心疼的是诗人创作的情怀和精神，也是文字背后的那些富含玉石的“矿藏”。好的诗歌虽寥寥几句，却能承载万千意象。我不敢说我完全读懂了起伦的诗，但我敢说我从起伦的诗歌中感受到同样的疼痛与美好，触发了同样的情感起伏与波动，虽然那种起伏与波动也许并不是和诗人处在同一个频率上，但至少，起伦将我带入到一个陌生而又熟悉的世界，一个朗朗发光的境地，引我回望，让我念想。起伦的诗歌之所以能引起大家的共鸣，原因恰恰在于他是一个真诚的歌者，他内心潜藏的旋律被灵动的诗歌唤醒，他惊异于这种被唤醒的感觉，并将这种感觉尽可能简洁、准确地定格下来。阅读中，我感佩于起伦所使用文字的古朴和构思的精巧，惊叹于他对日常生活的思考与洞见，这种思考与洞见是在彻底掀开覆盖在生活表面厚厚的尘垢后所能发现的蔚蓝色的幽光。

例如，在起伦组诗《一些人，一些事》里有一首《改诗》，诗的最后只有三行："黄昏的一场雨，夹杂着一些暧昧的灯光/和怀旧的音乐。我在一堆故纸里/做着自以为起死回生的勾当。"前面所有的铺垫都是在酝酿情绪，到最后一句才得到瞬间的释放和升华："黄昏的一场雨"竟能让人有一种"起死回生的勾当"的感觉。这样的行文让我立即想起博尔赫斯的《雨》："突然间黄昏变得明亮/因为此刻正有细雨在落下/或曾经落下。"下雨无疑是在过去发生的一件事，这首诗的最后也是三行："架上的黑葡萄。潮湿的幕色/带给我一个声音　我渴望的声音/我的父亲回来了　他没有死去。"[①]博尔赫斯的《雨》谈的也是由一场雨引发的对生命和亲情的思考。不仅如此，起伦的这一首诗还让我想起希腊诗人、诺贝尔文学奖获得者埃利蒂斯在《海伦》中的开篇诗"落下第一滴雨，夏天便被杀死"（也有译者翻译为"第一滴雨淹死了夏季"）[②]，这神来之笔，顿时点亮了整个诗歌。

起伦的诗歌，可以细细品味，在细细品味中透过诗人情绪的蛛丝马迹，可以找到通向诗歌灵魂的居所：一张白纸在画满了涂鸦之后也可以粉碎重生，一首诗歌在游离经年以后也可以修改得更好，即使无法描摹当时的确切心境也无妨，毕竟诗歌已经让书写者有了"起死回生"期许和对未来的自信。一首诗歌尚且如此，那么诗歌之外的东西呢？比如，爱情可以修复吗？时光可以往返吗？做错的事、后悔的事还能够修改吗？人生的不完美是否可以通过自己的努力尽可能像这首诗歌一样少一些遗憾呢？诸如此类，一定可以让读者产生无限多的联想。诗人用"勾当"定义"修改"的意义，除了幽默和自嘲，"改诗"又何尝不是"改人生"的暗喻？从这个意义上，也反映出诗人的内心深处，对于"改诗"的纠结、矛盾，甚至是痛苦。从起伦的为人处世与诗歌的创作中，我越来越体会到蒋勋所言之精妙，"艺术创作，还是在人的品质吧。没有人品，只计较技术表

---

① ［阿根廷］博尔赫斯．博尔赫斯诗选［M］．陈东飚，陈子弘等，译．石家庄：河北教育出版社，2003：120.

② ［希腊］塞菲利斯·埃利蒂斯．英雄挽歌［M］．李野光，译．桂林：漓江出版社，1987：362.

现，夸张喧哗，距离美也就还远。弘一大师说：‘士先器识，而后文艺’。”①也就是说，要写好诗，得先做好人，没有好的人品，文品也很难走得太远，从一个侧面恰恰印证了“人文合一，德艺双馨”的重要性。

四、有思想的书写

起伦的文字富于想象力，字里行间有一种魔力，能让人脑海中浮现生动的画面感，阅读起伦的文本，可以想象出一幅画，一本相册，一个场景。这种遣词造句和构图的能力必定是来源于他对生活细微的观察和体会。诗人必须于生活中锤炼艺术，才能构成真实生动的诗歌画卷，同时善于从古典诗词中汲取营养。

经典的古诗词常常借助各种意象来描绘画面和营造意境。像著名的马致远《天净沙・秋思》里的“枯藤老树昏鸦，小桥流水人家，古道西风瘦马”就是通过使用众多密集的意象营造特定画面、达到深远的意境并以此来表达作者浓密淡雅、错落有致的情感的。许多的现代诗歌也是如此，诗人也常常借助意象来传达作者内心的情感起伏，既有想象的画面留白，又不乏情感的真诚流露。起伦的诗歌杂糅了西方现代诗的密集意象和中国古典诗词的优美意境，豪放而不粗糙，细腻而不琐碎。从他的诗中不仅能体会到意象、意境和画面及其承载的情感基调，更有着诗人独特的发现和自己投射的身影。因为诗中所写的物、意象都与他自己产生了某种天然的联系，使得物与物串联起来的空间连结着无法切割的作者自身的精神镜像，所以读起来仿若游走在诗人的心灵世界上，而诗人就是美的发现者、善的推介者和读者的引路人。起伦的诗歌之所以能让人感受到物我两忘、和谐共生的境界，是因为在生活中，诗人已然放下自我，抛弃以我为主的念头，自觉地融入到生活与自然中，寻找与世界相关联的“本我”，所以才让读者体味到仿佛不是在读起伦的诗，而是在读起伦诗中的文人画以及诗歌文本背后那个大写的、有血有肉的人的感觉。从这个意义上说，起伦的诗不是空洞的虚美或华而不实的炫美，相反，他的诗质地纯粹，诗的一端连接着生活，有着凡尘的油烟味和泥土气息，另一端连接泥土深处的幽地，有着幽地中的潮湿和扑面而来的真实。

比如起伦在《乡村事物素描》组诗的《荷花》一节里，诗人先建立起与荷花的情感联系，将其形象化和人格化，通过“我已知道”和“我还知道”这看似是表达对荷花不同维度、不同层面的了解，激发读者对《爱莲说》一类历史文本的回

① 蒋勋. 舍得，舍不得：带着《金刚经》旅行[M]. 长沙：湖南美术出版社，2015：1.

味及其对周敦颐之“出淤泥而不染”人格精神的追索，彰显的是诗人对荷花的高洁有着同样诉求的自我倾诉，荷花与诗人的精神追求浑然一体，“从淤泥中开出花”来，恰恰是荷花让人肃然起敬的地方。相比于老套的托物言志的写法，起伦的这种风格更让人感觉新颖亲切，回味无穷。

换句话说，起伦的诗歌最本质的东西，应该是他的思想。一个人写出一两首玲珑剔透的诗歌并不难，难的是诗歌中储存着闪光的思想。起伦的诗擅长以小见大，以微知著，于微小处见出生活的堂奥和人生的真谛，诗中蕴含着对生活的思考与感悟，反映出诗人对生活的态度、对社会的责任和对事业的忠诚。

五、走向高处的精彩

毫无疑问，敢于舍弃“小我”的诗人，无疑是谦卑、虚怀和淡泊的。因为爱，张爱玲把高贵的头放得很低，低到尘埃里开出花来。同样，因为爱，起伦将自己看得很小，甚至是微不足道。他知道这宇宙浩淼有许多重要的东西，诗歌只是其中一种。他热爱自然，反思生活，在诗歌创作中，他一直保持着谦卑的姿态，用高洁的人格筑起诗歌的精神大厦。

起伦在2000年参加“青春诗会”后曾歇笔多年，于2011年才重返诗坛。关于这一次离去，他在回归之年的一首诗中是这样描写的，“当庸常的生活兵临城下/当世俗的观念步步紧逼/不再坚持的我，从高地撤退/退守到心灵的边蜀。”起伦在诗歌的原野上执拗地找寻自己的落脚之点，不要庸常世俗，而要将十余年来感受到的泥土的黑暗推开，将生活中的恶与丑推开，这种对自我的坚守不是每个诗人都能做到的。起伦努力清除内心积郁的阴暗，并尽可能从人生的幽闭处发现光的存在，发现希望和温暖的存在。离去，是为了更好地思考诗歌的价值；回归，是为了更好地感受生命的意义。

回归后的起伦思想得到沉淀，生活更加从容，文字也闪烁出智慧之光。例如，在《乌鸦》这首诗中，诗人把乌鸦与他寡居多年的二伯母联系起来，将两者的“喋喋不休”赋予了相似的能指符意，“她吞咽了太多愁苦/因此要吐出心中的黑暗”，卒章明志，像一道光，将生活切开了。这样的结尾，匠心独运，极富有启发性。可见诗人对自然和生活的深刻体会。而在《井底之蛙》里面，诗人用十年面壁之功悟出一些人生道理，比如，卑微却不悲观，人生短暂，不要过分纠缠一些是非曲直，直面现实，日日自省，所谓“功夫在诗外”，强调的就是自我修炼。在《一只土蜂》里，诗人表达了自己的困惑，即自己以为的理所当然是否足够成为真理，一个人究竟要活出自己想要的人生还是不得不屈服于世俗的眼光和社会或他者的胁迫？这样的困惑和发问值得每个读者去深思。在《萤火虫》里，诗人告诉我们只要心中有爱，人就会拥有快乐。萤火虫虽小，却能在夜间发出光明，让黑暗中摸索的人找到方向。与此相类似，在《剃头匠》里，他认为每个人只要坚信自己所做之事是有意义的，即便再小的事也都是有价值的。在《喜鹊》里，诗人反思环境的变化和生活方式的变迁所造成的文明的失落。在《雪中的黄河》里，让人感觉到诗人经历风雨后沉淀下来的心灵力量和包容豁达的生命态度，等等。光从这些诗歌的标题就可以看出，起伦的诗创创作，聚焦的大都是一些小事物、小情感，压根没有宏大话语，却能让人的灵魂里溢出泪水来。起伦用全部身心去体悟生活，去沉淀自己的思想与灵魂，是为了让它们飞得更高、更久、更旷远。

起伦的回归，是对文学湘军的有力支撑。十余年的积淀，让起伦有资格对“厚积薄发”作出自己精彩的阐释。我原以为起伦专事于短诗的创作，没想到，最近一首长达三百余行的诗歌《辽阔的深秋》完成了，并即将在《诗歌世界》杂志上发表。这首诗大气磅礴，结构严谨，文字洗练，主题宏大，意境深远。我相信这样的“厚积薄发”绝不是起伦的最后一次。起伦的生活和他的诗歌都上升到一个更高的层次，前面有着更辽阔的天地，说到底，还是离不开他真实的生活。这种生活看起来简单、重复，但同样多姿多彩，层次丰富。因为，在急速发展和崛起的中国天空和时代背景下，任何个人的生活都会深深地烙上中国经验、中国智慧和中国道路的伟大印记。

我反复强调的是，起伦的诗歌来源于他的生活，那是一种纯粹的生活，这种纯粹，不是不食人间烟火，而是心中自有一幅万马奔腾的画卷，自有一个浩然无垠的境界，自有一片广袤无边的疆土。而在这画卷、这境界、这疆土之上，生长着一棵长青树，那是诗歌之树，智慧之树，更是生命之树，诗人用心血、虔诚甚至是汩汩的泪水进行灌溉，让这不老的大树一年又一年开出鲜艳的花来，为土地增色，为世界发光，为人间流芬芳。说真的，每每想起这些，就会感觉活着真好，有诗真好，有起伦这样的朋友真好，读起伦这样的好诗更是好上加好。起伦的诗歌就是起伦人生的全部风景，那里面有他的喜怒哀乐，更有孤独、纠结、自由、责任、担当、热爱与希望。诚如尼采所言：“如果你想走到高处，就要使用自己的两条腿！不要让别人把你抬到高处；不要坐在别人的背上和头上。”[①]起伦靠自己的两条腿已经走到诗歌的高处，领略了人生的精彩，他的前面还有高峰，他会以一直以来的勇气、坚定和自信，去攀登前面的高峰、去识见那挡不住的诱惑之光和难以言说的无限美景吗？让我们拭目以待。

---

① ［德］尼采．查拉图斯特拉如是说［M］．钱春绮，译．上海：生活·读书·新知三联书店，2007：359.

第六节 站在泥泞的土地上歌唱

梁尔源是湖南诗坛姗姗来迟的重量级诗人，他于20世纪50年代出生在涟源市三甲乡，离诞生过谭谈、萧育轩、姜贻斌、梁瑞郴等知名作家的冷水江矿务局不远，与三一重工的掌门人梁稳根的老家更近，那里文脉很旺，人才辈出。梁尔源当过矿工，干过木匠，走过仕途。多年来，无论身份如何变化，他的诗心没变，诗兴没变。经历了长时间的沉淀与打磨后，他闯入诗坛，厚积薄发。近年来，他的一系列作品接连在《光明日报》《诗刊》《人民文学》《十月》《芙蓉》等报刊登出，引起文坛和评论家关注。他顺利地成为中国作家协会会员和湖南省作家协会全委会委员，并被推举为湖南省诗歌学会会长。可以说，梁尔源诗情洋溢，渐入佳境，成为文学湘军中一道靓丽的风景。

有评论家认为：梁尔源是一位站在文明的荒原中眺望永恒的行吟者，也是一位站在聒噪的精神虚无时代祭奠纯真年代的招魂者。① 我认同这种评价。从某种意义上说，文明是人的枷锁，在卢梭的理论中，文明程度越高，人的异化程度也越高。② 工业文明与信息文明的双重枷锁下，人的异化无可避免，从中国文化出发，个人主义、消费主义、娱乐主义、物质主义、拜金主义和功利主义对冲，多元媒介形成话语混乱，信仰虚空，灵魂麻木，在人主体性的维度上产生了现代与传统、城市与乡村的双重割裂，也就是人的撕裂和精神的断裂。梁尔源尝试用诗歌修复这种撕裂，他已经修复了自身的这种撕裂，他知道该向哪里眺望，他的内心世界有一块纯洁的自留地：故土或故乡。他无疑是一名拥有中国传统文人理想人格的守望者，也是现代文明真善美的捕捉者。浓浓的乡愁和无限的悲悯是他通往诗性的精神纽带，犹如春燕啄泥筑巢一般，亦如弗吉尼亚·伍尔芙在壁炉前用汤匙仔细计算茶叶的片数③一般，通过细腻的笔触雕刻出包含温情和质感的灵魂物语。

总而言之，在商品因子无孔不入的今天，梁尔源用乡愁、乡情、乡土等诗歌血液滋润自己的灵魂、提升自己的境界，又用乡音、乡魂、乡韵和乡民等文本内蕴和诗歌精神阐释了“人应当如何诗意地旅居在大地之上”④的重大命题，

---

① 张战．梁尔源：从月亮中走来的诗人[N]．湖南日报，2016-03-25(3)．

② [法]卢梭著．忏悔录[M]．黎星，范希衡，译．北京：人民文学出版社，1992：56．

③ [英]弗吉尼亚·伍尔芙．墙上的斑点[M]．黄梅，译．杭州：浙江文艺出版社，2002：148．

④ [德]荷尔德林．荷尔德林诗集[M]．王佐良，译．北京：人民文学出版社，2016：167．

委实弥足珍贵。

一、乡愁：身份的终极追问

梁尔源的众多诗歌贯穿的都是一个主题——民间乡情，即乡愁。尽管诗人说，天底下无所谓故乡，也无所谓异乡，你就出生在那个从来没有过你的地方。但是，每一个人，的的确确都拥有自己的故乡。故乡的意义在哪里？故乡是一个人精神眺望的顶点，更是一个主体性的人对其身份认同的起点和终点，也就是哲学中的“我是谁”的终极文化命题和诗歌命题。正如梁尔源所言，“乡愁是一种不自觉回溯往昔”①，这代表着他从未忘却并一直在追问自我，因此他在诗里选取了代表家乡文化与亲情血缘的典型意象——“菩萨”“老宅子”“扫墓”“籍贯”“父亲”“父爱”“倒影”“磨坊”“八月桂花香”等，整个呈现的是一幅空灵而饶有韵味的家乡图景，具有情与愁交织的情感特征，集中反映了现代人由于疲惫空乏的都市生活而反求乡思、乡情、乡愁的一种普遍生活状态与情感状态，是一种与都市文明相异质的对于诗意乡风的书写与探寻。

梁尔源的《菩萨》可以说是表现这种乡情的主题时，叙事性特别突出的一首诗歌，类似于卞之琳所写作的一些微型剧诗，它表达出在乡愁这个命题上延伸的文化寻根，比如《古镇的梦》《叫卖》，等等。其场景化的特点通过一些暗示时间与空间意味的词语，细致微妙的传达出来，“三炷香”“那天”“挪动双腿”，仿佛这不是一首诗，而是在讲一个故事，一个短得可以用诗的语言就足以说完的起承转合。诗里的角色只有祖母，而联系她“与菩萨对话”的行为和另一首诗《老宅子》所写“总惦记活着的人”，实际上这首诗要表达的是老一辈为儿女所做的祈愿和无尽的牵挂。诗人处理得很巧妙，并没有将这种关切直接诉诸言语，而是写了老祖母这么一个“碎碎念”的场景，使其所祈祷的具体言语模糊化，而通过专注的神情和虔诚的跪拜，无言地传递出祖母为家人祈福的温暖情意，使得这首诗具有了言浅而意深的艺术张力。

乡愁最好的代名词就是土地，自己的土地，而土地上衍生的是血脉亲情。《老宅子》《扫墓》《父亲从夕阳中走过》《父爱》这几首诗可以大致归为一类，都是以描写父亲或母亲为主题的。自述者分别讲述与“父亲”“母亲”相关的经历与回忆。诗人提炼典型意象“石板路”“木门”“坟冢”“背影”“泥土”等意象或场景，数量不多却紧凑，使得诗歌中由故乡事物所牵引出的情绪得到增强。正如

---

① 张韵波. 沉潜在诗歌的精神版图——梁尔源访谈录[J]. 创作与评论，2016，(5)：26－29.

艾略特所说，诗歌要“寻找感情的客观对应物”①，有了这样的对应物，诗人就能亲切地写道：“那没有表情的眼神里/总惦记活着的人”“那双中风的老瘫腿/再也迈不开今生”“一根头发都没带走”“那把锄头握成了画笔”“母亲香甜的乳汁/立刻从老胃中反刍”等，这样的语言可谓洗练精纯但不落平板。诗者常以父辈的逝去、生命的漂泊为视角，在短短的诗行间拉开时空的距离，在这个跨度中去书写父辈的辛苦、高洁的品格，以及父母对“我”的慈爱和养育。

在“我是谁”所代表的身份认同上，乡愁从来不是单纯意义上的亲情，它是一个综合概念，却又很具体，很明确，所以，“头盖骨”至今对非洲部落仍有不可替代的象征意义。梁尔源的乡愁也是一个综合而又具体的概念，他的身份追问映射在其中。《籍贯》《倒影》《磨房》《八月桂花香》就是以与故乡相关的典型意象为写作中心点的一类诗歌。这一组诗歌，以故乡作为抒情的基点，以回忆、童年等作为填充的内容，以“镜面”“大钟”“桂花”等可观、可听、可闻的有质感的意象作为载体，主要表达着诗人对于乡情具有敏锐的感受力和热切的追求，这亦是梁尔源诗歌提倡为美呐喊、为真抒情、为善放歌之创作主张的具体实践。但不可否认，由于地域等种种限制，对于这种乡愁热切彰显的背后，又包含着一丝丝求而难得的幻灭。这是一个属于当前社会与时代的宏大叙事，对于“乡愁”有着浓浓深情的华夏儿女而言，这是一代人的“共鸣”，也是一代人的集体记忆。

二、乡情：人文的原初关怀

通读梁尔源的诗歌发现，他不写虚无缥缈的未来和难以捉摸的心绪，只是满怀着对传统文化的无限敬仰和对故乡的深深依恋，积极承担起一名文化人的社会责任，从乡情出发，深刻把握人文的原初关怀，用敏锐的视角去捕捉现代文明里的人间百态。

首先，梁尔源的原初关怀说到底就是一种文人情怀，它植根于故乡的人文底蕴中。故乡浓厚的文化氛围赋予了梁尔源与生俱来的书卷气，他从美丽的蓝田古镇走来，那里青山环绕，绿水长流，民风淳朴。抗战时大批学校迁移于此，更是钱锺书《围城》里的小镇原型。大批文人骚客的云集，给予这座小镇以厚重的文化底蕴。植根于故乡的文脉气蕴，梁尔源的诗歌中也浸润了中国传统知识分子特有的书卷气。这种书卷气，是一种文化性格，是文化审美在诗歌中的艺术化的折射。它体现了诗人对中国传统文化的了解与热爱。虽身处大工业时

---

① 李夏楠. T. S. 艾略特“客观对应物”论浅谈[J]. 新视界，2012，(2)：20－23.

代，却对历史遗迹有着深深的依恋，诗人从来没有停止过追寻古仁人之心的脚步。他徘徊于长沙窑遗址，用心去感受那来自远古熔炉里的温度。他在《铜官窑的温度》一诗中将烈火中涅槃的长沙窑瓷器象征为经湖湘文化的炼炉中淬炼出的时代性格，字里行间中流露出对优秀的民族性格的自豪与敬仰。与此同时，他的文人书卷气体现在他“重义轻利”的价值判断和价值选择中。在《和顺古镇图书馆》一诗中他写道：“我想收藏古镇的那双慧眼/不积攒万贯家财/没留给子孙良田万顷/却将四书五经纲常伦理/存放在世代的骨髓里”。他认为宝贵的精神文明重于千金，是我们真正应该留给后代的宝贵财富。实质上，他的文人书卷气还体现在他对优秀传统文化的自觉继承中。《游朱张渡有感》一诗中浸润了千年湖湘文化的蕴藉。通过对朱熹和张栻两位理学大师的怀念，不仅抒发了对湖湘文化的赞美之情，还生出一种愿继往圣之绝学的意愿，这种继承是高度认可下的自觉接受和传承。从对优秀传统文化的认识、认可到自觉的传承，我们可以感受到梁尔源身上存在的文人特有的书卷气息，也可以由此来感受他身上的人文情怀。

其次，梁尔源的文人情怀外化于传统文人生生不息的家国情怀里。从杜甫的忧国忧民，再到范仲淹的乐忧天下，古代儒家文人开太平于万世的家国情怀一直深深影响着梁尔源，并在他的诗歌中得到了充分的展现。一方面这种家国情怀体现在他继承了传统知识分子的人文关怀，即通过身边平凡的人和事传达出一种人间的真善美，用自己的感情去感染他人，在《参观福州林觉民旧居有感》一诗中，梁尔源通过对林觉民夫妇忠贞不渝的爱情的赞美，弘扬了人间至真至美的爱情。梁尔源善于在厚重的历史文化中寻求优秀传统文化的价值，并结合现代社会的语境加以运用。他特别关注了一些现实生活中的小人物如“清洁工”“花工”，也会去发现现代城市生活中的美，他在《盲道》中这样写道：“踩着一个城市敷设的爱/一股热流会从下/沿着脚跟向上漫腾/那是一种文明/安放在黑夜的光芒”。他善于体察日常生活中不易为人所觉察的温暖，引导人们去感知身边人物的真情。另一方面，他的家国情怀还表现在他对现代城市生活中所暴露出来的问题的自我思考。他自觉地发扬了“文以载道”和文学干预现实生活的这一传统。他的《斑马线》《乘沪昆铁路有感》把现代城市生活中的意象引入诗歌，更增添了时代气息。《上帝的脚印》则表达了对农业文明向工业文明迈进过程中的迷茫，揭示了城乡二元对立的矛盾。他以一个知识分子看世界的角度，去揭示社会的毒瘤，发挥文学干预社会的功能。

再次，梁尔源的文人情怀内显于他的作品本身。从内容上来说，他立足于现代文明生活，以细腻的笔触去感受生活中的喜怒哀乐。他不做无病呻吟的呐喊，只是用文人特有的对世界的敏锐感知去记录这个时代。艾布拉姆斯在《镜与灯》中提出文学四要素“作家、作品、世界、读者”。[①] 好的文学作品一定是作家通过作品传达给读者他对这个世界的感知。也只有扎根现实的土壤，才能让作品更加贴近群众生活，增强可读性。“作为现代诗人，时代的巨变和对现代生活的感受，应成为诗人抒发情感的主要源泉。紧贴时代创作，创作出反映当今社会精神风貌的积极向上的作品，也是一个诗人的责任。”[②]从情感上来说，作为诗歌核心的“情感”也是最能打动人心的地方。华兹华斯在他的《抒情歌谣序》中写道：“诗是强烈情感的自然流露。”[③]

最后，梁尔源的文人情怀还表现在他拥有和所有诗人一样想要吐露心声，发泄情感，抒发对生活的热爱的表达欲望。缺少了情感的诗歌只是一副空有诗歌形式的躯壳，只有最真挚的情感才能打动人。从语言上来说，梁尔源在诗歌中善于运用通俗的散文化语言，力图写出大众都能读懂的诗歌。这种散文化的通俗语言，一方面消解了朦胧诗那种难懂的意蕴，重构了一种面向大众的新的现代诗歌观念。另一方面，过度通俗化、口语化的诗歌，也难免会削减其诗歌的艺术价值。

由此可见，梁尔源就是这样一个充满人文情怀的诗人，他站在乡情的泥土上，既将文人情怀植根于故乡深厚的人文底蕴中，又将其外化于传统文人生生不息的家国情怀，同时内显于他充满个人特色的作品本身。梁尔源用诗歌去传承古老的文明，用诗歌去点亮生活中的美好，用诗歌去记录所处的时代，用真情奏响一曲时代赞歌。

三、乡土：诗性的返璞归真

诗人更像是静默在星空下的植物，静若处子，诗人总是距离泥土最近的，然后才能旅居在此大地之上。梁尔源的诗性正是扎根在乡土里，以一种返璞归真的姿态抵达人间，于是，诸如房顶泛黄的茅草一样的看似平常的小人物和小细节也都具有了别样的诗性。所以，我很喜欢梁尔源的关于母亲、乡村等的诗句，因为很真，所以感人。真实、真诚，很坦然、很平静，读来不能不为之动容。那种淡淡幽幽的愁情，丝丝缕缕的怀念，看似寻常，细品之后却感受到了整首诗的力量，质朴无华的字里行间是一颗柔软的心，而柔软的心最有力量，

---

① 童庆炳. 文学理论教程[M]. 北京：高等教育出版社，2004：5.

② 张韵波. 沉潜在诗歌的精神版图——梁尔源访谈录[J]. 创作与评论，2016：(5)：63－66.

③ [英]华兹华斯. 抒情歌谣集[M]. 曹葆华译. 北京：北京人民文学出版社，1961：1.

富有灵性，让人有情感上的共鸣和精神上的通透与升华。例如，《发呆的母亲》是母亲的记忆，是老屋的记忆，也是诗人的记忆，诗人的关于母亲的孤独、老屋的沉寂的记忆，又何尝不是读者的记忆？浅浅的文字里是深到骨子的怀念与空荡。老屋和家乡的童年岁月总会让诗人更动情。《祖母的抽屉》看似在怀念祖母，实际上是对已逝去的遥远的古旧的珍重，是祖母操劳一生的心酸，亦是光阴不再的哀婉。

除了对母爱、乡村、童年的不自觉地频频回望，这种对于乡土的怀念，还表现在对历史的积淀、文化的底蕴之挚爱。《多瑙河上的古桥》《和一棵千年古树邂逅》《将军的收藏》，这三首诗歌虽然分别写不同的事物，但表达的情感都是一致的。古桥、千年古树、将军的收藏，都是历经了风雨见证了岁月消逝变迁的物，诗人把一种历史的沧桑感赋予到这三个意象中，融情于景，流露出对厚重历史文化的深爱。这种情感的抒发极具感染力。特别是《和一棵千年古树邂逅》这首诗，其实也完全可以把这棵“千年古树”解读为几千年的中国传统文化。因为这不单单是一棵物质实体的古树，它代表的更多的可能是一种精神文化上的“古老”。这首诗的感情真的让人动容，“我”与“树”的关系，“我”对“树”的感情，在这里，我似乎读出了作者在这一文化传承中强烈的责任感和使命感，毕竟，对乡土虔诚就是对大地虔诚，一个诗人只有懂得虔诚地敬畏大地才意味着他真正领略到了诗性。

梁尔源在怀旧、恋旧的同时，仍不忘将回望的目光收回来，活在当下，展望未来。换句话说，他的乡土不仅仅局限于记忆，他的乡土是有生命力的，这种生命力体现在他可以将钢筋水泥的世界变成泥土，他用乡土书写城市，在水泥里种下乡土精神，收获返璞归真的诗性，所以，他把城市现代生活中的元素写进了诗里，用其饱满的情感讴歌时代和家国，构建他的“乡土城市”。“作为一个现代诗人，诗应当表达现代情结的内容、风格。对时代的巨变和对现代生活的感受，应成为诗人抒发情感的主要源泉。紧贴时代创作，反映当今社会精神风貌的积极向上的作品，也是一个诗人的责任。”①作者在《焊工之梦》《高空弹奏的音符》等诗中，以诗歌的形式诠释了现代社会的现代意义，从小的人、事、物写起，赞美其被忽视的价值。

诗人的乡土从来不是一个局限性的词汇，普天之下皆为乡土，皆有诗性，梁尔源用乡土精神看世界，以超越地域性的视域进行乡土叙事，便有了《卓玛素描》。“卓玛”是藏族对女子的称呼，它的意思是“度母”，一个很美丽的女

---

① 张韵波. 沉潜在诗歌的精神版图——梁尔源访谈录[J]. 创作与评论，2016，(5)：120－123.

神。度母是超度、解脱和拯救苦难众生的一族女神，在藏族百姓的心目中，度母这一最亲近信众的女菩萨，能帮助世人实现种种愿望。诗人写偶遇到进城的卓玛，不仅有对卓玛本人善良和热情的赞颂，还有“将草原的月色，挂在我的脖子上”，亦即度母带给“我”的美好。这种对神性事物的敬畏与温情，是信仰之作，它使作品别有趣味，读来让人意犹未尽，恰到好处的平和里是默默柔情。神性则是与诗性共通的，所有建立在乡土之上的诗性几乎无一例外地可以抵达神性。此外，梁尔源在《发呆的母亲》《祖母的抽屉》《多瑙河上的古桥》等作品中也有这种对神性事物的敏锐良知，它将人性、诗性和神性统一，增加了作品的深度和高度。

四、乡音：诗意的陈酿老酒

江南梅雨，绵绵不绝，相较之下，广东这片温暖的土地，有干燥的火热、激情的节奏与探戈的冲动。晃动与摇摆之后的寂静，来自巽寮湾的海风。江南客子的心情，在无数的失眠中剥落干净，不掺杂质。阳光太烈，生活太亮，影子太烦，如何躲避？又到油菜花开时，竹马在此，青梅不再。诗人到广州出差，想起这些年国家的发展和社会的进步，以及故土的亲人一个个走出脚下的黄土地，到他乡寻找机会，心里涌动的是感动，因为，无论走到哪里，都能听到浓浓的乡音，这不仅仅是一份记忆，一份乡愁，更是一份文化认同。

《到广州有跳探戈的冲动》这首诗，从诗题就可以看出，这是贴近时代的一首诗，更是呈现后现代文化碎片的一首诗：跨上广州这片名副其实的热土的这一刻，直视内心欲望的真实感就开始悄悄萌芽了。红豆的笑靥喷薄出纯情的呼吸，推动着“擦亮的皮鞋、不很合身的西装、比红领巾要挺的领带”，充满期待地，一步一步地，有节奏地，走向这座城市的深处。高挑的舞女，是扭动的荷尔蒙，魅惑多姿，裹挟着南海的气息，满是温热的撩人。这是充满欲望的一首诗，也是有节制的一首诗，它既抒发了现代人在面对诱惑时的难以自持，又表现出一种“发乎情，止乎礼”的内心写照。“真想斗胆伸出手”，言下之意是即便鼓足了勇气也不过是想想而已。宏大而普遍的情欲下泛起的转瞬即逝的激情，没有兑现即为最好的兑现。诗人最真诚的冲动书写，在这囊中羞涩中，显示出整体内敛下情欲的短暂奔突，使诗人的形象不呆板，更有血有肉、有情有欲。尽管在某种程度上这样的抒写使诗歌的格调有所损伤，但亦可算是一种挑战吧。当精神恋爱来不及展开，拉一拉手或许也是好的。一颗移动、迁徙的心能在哪里安安稳稳大大方方堂堂正正地伸出手呢？大概不是广州这样容易冲动的地方。那么会是哪儿呢？

而在《巽寮湾的海风》里，起首一句“深夜，海浪失眠了”，如此突兀，却又如此真实、生动：海浪、玻璃窗、大海、月亮、风、星星、夕阳、礁石、椰树都是有距离感的意象。江南客子的心随风飞舞而振荡。距离在诗句中慢慢拉进，直到江南的春天、朦胧的零落之感被风吹得干干净净、一丝不挂。海风拂面，身体空荡地矗立，头脑可能有些昏涨。月亮还未来得及露面，星星已经被吓走，夕阳雕出的孤舟已经倾覆，阳光的吻痕快要被舐食干净，椰树的枯叶乱舞，仿佛要飞走，而江南的客子在此，长长久久地孤立，身体不是很想回，精神好像也无处皈依。火烧的欲望早已冷却，海浪失眠，诗人也失眠，他的头发应当也在风中追寻，哪里是一颗心能安安稳稳栖居的地方呢？温热的巽寮湾，夜晚走失阳光的温度，面对白日夜幕瞬息转换，城市人的心感到潮退般失落，顿生挥别精神原乡之感，潮起潮落，冲刷掉的是什么？是精神的守望，是平凡安定的心情，是颠仆不灭的生存真理，还是时代的价值与印记？

《调试影子》一诗呈现了生活、心理阴影的“镜像”。城市人的外表总是平静地来、平静地去，旁观者无法窥视在这样的内心下，人们多厌弃自己的影子，厌弃关注他们的一双双不怀好意的眼睛，那些眼睛下面不知道打着什么算盘。“一直效法风”，好像不能把影子就这样赶跑，“模仿太阳和月亮”，还是得“长期窥视灵魂”“将影子藏得那么神乎”。寻求精神上的静土，有这么难？乡音何在，乡关何处？当他们发现自己的努力无济于事，就选择蒙头大睡，然而谁也不是陈抟老祖，更不幸的是梦中一片黑暗，还没来得及寻找光明就遁入与影子的重叠中。回到清醒，诗句显出明显的时代感，“拉黑”一词彰显弱小个体单方面的反抗，丢开手机后“一个人在房间里闭目超度”，诗人开始引导这个时代的不同群体一起感同身受。这是一首具有现实意义的诗，太阳不仅带来影子，也带来光明，虽然带来恼人的影子，但也留下了一定的调试空间，只是这样的“调试”往往徒劳无功。希望能“在阳光下摆脱烦恼”，很大程度上指向在这个缺乏安全感的社会中享有长久的安定感与归属感。对影子的间接“控诉”无疑击中时代痛点，对于人们的共同弊病没有一副有效的药方。诗中潜藏对自由的隐性礼赞与向往，也启发我们思考：面对生活的困顿，我们担心这个，惦记那个，没有办法潇洒地生活，原因何在？人与人之间关系的透视与回避使城市人之间的关系变得尴尬而艰辛，而吊诡之处在于人们既厌弃这样的生存状态却又不舍得轻易离开，他们宁愿在夹缝中生存，天真地希图去调试影子甚至调控太阳。也许迟早有一天人们会减弱甚至放弃对外力的改变，慢慢相信时间会消磨艰辛与尴尬，可是挣扎的欲望何去何从？

面对都市里匆匆而来、匆匆而去的茫然和无所适从，《又到油菜花开时》带着乡音的芬芳扑面而来。“油菜花又开了”，开篇就是思乡已久的淳朴与真挚。“阿芳”，一个芳华万代的青春指称，大概不是实指，却以承载一代人情感记忆的形象勾起了共同的青涩回忆。用乡音呼唤这一亲切的名字时，朦胧青涩的画面一帧一帧地飞速掠过，美目流转、秀发飞扬、面色红润，都只能随着过往的炊烟袅袅婷婷地鲜活在记忆里。这一对象是精神上的溯源，是集体情绪的闪耀。而油菜花地很大程度上象征着诗人心中的精神栖居地。也许家乡的土地、房舍还是原来的样子，却再也没有那样黄澄澄的油菜花，也没有那个花一样娇美的姑娘。诗人独特精神世界中的“美”不再单纯地复现，徒留一腔深沉的怀念，一个人惦念星星砸在田埂上的声音。也许记忆已经桃花源化了，但不妨碍诗人（及其代表的一代人）对心中桃花源的怀念与向往，物质的艰难已经被克服、过滤，沉淀下来的，除了不再竹马的“竹马”，还有一个不倦寻找精神乐土的灵魂——那是我们的桃花源吧？还是别人的乌托邦？多少年过去了，如果，阿芳，我们再次在田埂上相见，且让我们用乡音尽情欢谈，我愿意让我的灵魂在这片土地上永远栖居。

梁尔源的诗有些写得很感性，有些写得很理性，虽然着眼的情景各不相同，文本与文本之间是有一定的联系的。这些诗作犹如一个城里人在经历了生活沧桑与时代巨变之后的内心独白，从正常的欲望、冷静的思考、努力的尝试到心灵的回归，这是一个心灵成长的故事，最后来到家乡（或类似的乡村场域）的油菜花地边，回归一个诗意生活、精神栖居的主题。因为“农民和乡村社会是中国社会基础扎根最深的所在，也是中国文化来自生存和延续的社会母体。“自然的，文学表现的非常非常丰富深刻的内容来自于乡村社会。”[①]《又到油菜花开时》是最质朴的落脚，充分表达了诗人从农村获得的诗性和审美经验，尽管呈现出来的形式是对私人空间、个人情感话语乌托邦式的“梦呓”，却表达出了群体性（一代人）的情感共鸣。

在我看来，梁尔源的这类书写着力体现的是“美”与“希望”的全程在场，欲望之歌中舞女的美是人之所共见；巽寮湾的美是自然之景的美，飞舞与自由的各种意象引导诗人进行心灵的反思与追寻；对影子的调试更明显地体现出改变的欲望，当对“美”的认知逐渐有所淡化，一切都仿佛陷入了凝绝的滞涩，而当油菜花又开了的消息传来，便匆忙地奔赴一场春天的“约会”，无形中，之前的一切困惑与无奈都得到了解答。那些关于“乡音”“精神的栖居”与“灵魂的守

---

① 李珂玮. “寻根文学”对乡土中国本体困境的影射与反思[J]. 广州大学学报（社会科学版），2016，(2)：78－81.

望”的愿景，是这个时代不灭的明灯。

五、乡魂：文本的精神血脉

从上面的分析可以看出，梁尔源善于用质朴的语言，富有深意的意象，向我们展现直击灵魂深处的动人景象：老宅前的石板路，刚出生的月亮，嘹亮的蛙鸣……并通过这些景象勾连起生活于高楼大厦中的人们一些悠远的回忆，唱起了深情的乡魂挽歌。

这种挽歌在梁尔源的诗作《日历》与《私聊》中尤为明显。这两首诗乍一看与之前那些有着浓厚乡土气息的诗歌不同，《日历》中时空的交叉倒流，宇宙爆炸，《私聊》中出现的“微信”“朋友圈”“通货膨胀”等都充满着现代元素和时代感，甚至有诙谐调侃的成份。这两首诗虽然没有那么直接地反映故乡的风土人情，但其意象也不再仅仅是月亮、大山、扁担等几千年积淀下来包含无穷韵味的事物，其中反映出的对故乡以及血脉亲缘的回溯和对乡魂的呼唤依旧真切实在，感人至深。

《日历》中短短二十几行出现了十四个“撕”字，“撕”常常给人短促的快感体验，每次的“撕”都会产生连锁的反应：“撕去秋日，大地就瘦下去了”“撕去昨日，会留下一片空白”……不断地撕，时空流转，人仿佛被抛进了高空，一切都了无踪迹。所以撕到最后一天时，才会有那样的“留恋和忏悔”，并冲动地再次将日历倒过来撕一遍，奇怪的是当往回撕时明明是倒退却出现了“企盼”与“梦想”这样充满希望和向往未来的词。在经历了眼花缭乱的变化后再回过头来，才发现那些过去的时刻是多么值得纪念，是多么刻骨铭心。而时光的倒流也从过去的“大地”“太阳”“月亮”“地球爆炸”等宏大事物，转向个人的希望和期盼，最后到“我”的诞生日，那声撕心裂肺的惨叫，是乡魂的原始呈现，一切戛然而止，因为“不忍心再演绎”那“撕不去的日子”。一切都是流动，一切都是变化，而唯一静止不动的是“我的诞生日”，这个“诞生日”也就是每个人都无法抹去的心灵的故土，存在的根。我们所处的时代正是剧烈变化的时代，很多人在此无所适从，而诗人正是提醒我们不要忘记那始终流淌于血脉中的“乡魂”，那是母亲与大地的脐带，联结着我们生命中最原初的情感。

如果说《日历》运用了诗歌所能展现的时间空间的无限性，那么《私聊》表现得更为朴素，全诗基本都是老婶子与已故丈夫的对话，那些朴实又有温度的家长里短：“我知道你老寒腿”“过去的日子穷”等唠叨，更像是日常话语而不是典型的诗歌语言，但其中包含的深意和广度是无穷的。清明节是中国的传统节日，人们在这一天缅怀逝去的亲人，坟上老婶子与已故丈夫的对话场景我们都似曾相识，而作者通过诗歌的方式展现出来并称之为“私聊”，呼唤“魂兮归来”，别有一番风味。其中“收费站”“通货膨胀”“给阎王打红包”都是老婶子通过人间的景象想象丈夫在阴间的生活，间接反映了人世间阴暗的一面，也有着浓厚的时代气息，而在这个特殊的日子里，不管生活好坏，或是天人相隔，亲情永远是联系人与魂的精神纽带。

《日历》与《私聊》仿佛都向读者抛出了在这样一个飞速变化的社会里，人应该如何生存的命题。在现代生活中我们都感到无所适从，时间如同“日历”般一页页撕过，人间的生活也如《私聊》里有许多的黑暗与心酸，飞速发展的时代，人类的精神家园无处安放，而梁尔源的诗让我们看到解决办法——寻找文化的根与血缘的亲，找到灵魂深处的一抹温纯，从而在喧嚣的时代找到生命的凭借与诗意的所在。

六、乡韵：诗味的古典品格

故乡是传统诗歌的终极指向，诗意总是从故乡发源，月亮就是故乡的代名词，诚如李白的《静夜思》，诚如一直以来的“月是故乡明”，空中的那轮明月总是牵动着诗人们对故乡深深的思念，也承载着所有的古典诗意。不同的是，旧时隔在游子与故乡之间的只是时空的距离，现在却常常表现为难以跨越的心之隔阂。随着社会工业文明的步步推进，夜空中的星月也在雾霾中暗淡，乡土的宁静与温度一日日流失，人与人互相提防，俚语乡韵成为了现代人隐隐作痛的集体情绪。这种丢失根基的失落感在梁尔源的笔下得到细致地展现，一条河、一头牛、一双鞋、一个鸟巢，尤其那一轮明月，都满满承载着诗人对故乡无尽的追忆和思念。但是，在诗人的眼中月亮永不坠落，月亮永远明亮，乡韵永远清晰，古典诗歌情怀在梁尔源心中未曾改变。

在梁尔源的作品中，我总能寻觅到一些似曾相识的熟悉感。首先，他的诗作中虽没有华丽的辞藻和新鲜的形式，但其诗以满含情感的真诚诉说勾起读者内心对于故乡的回忆，那夜幕中的老宅、村庄里星星般的烛火、忙于浆洗缝补的慈爱母亲、床前温柔朦胧的月光……每首诗中意象绵密且自然连贯。没有热切奔放的告白，一切都温婉地寄寓在最为常见朴实的景物中，流淌着脉脉的温情。这些意象来源于作家从小真实的生活感受，是诗人从其精神栖息地汲取到的诗情，因其具有普遍性，所以具有相似体验的读者均可在字里行间获得真切感受并产生共鸣。其次，诗中意象情境多带有中国古典诗歌的韵味。梁尔源特别善于写月，以写月的方式彰显乡韵的亲切、生动与难忘。例如，《搂着月亮入睡》中“举头望明月，低头思故乡”带有李白式的忧伤[①]；《妈妈给我做的青布鞋》中的“灯下密密缝”有着孟郊式的爱怜；《鸟巢》中的“枯藤老树昏鸦”般的构图略带马致远式的伤感……意象和情景构筑的氛围自然引导读者思绪，更显思乡愁绪。而将这种感染力推到巅峰的又是诗中不断出现的明月意象，梁尔源诗歌中的月不仅作为故乡的标志象征，也是乡间往事的见证者和贯穿者，是乡韵的镜像所在。围绕着明月的升落，诗人在故乡生活、学习及他乡归来的记忆徐徐展开；母亲在月光下洗衣纳鞋的辛劳形象跃然纸上；上了年纪的乡人在鸟巢托起的明月中盼儿归来的期盼映入眼帘……月亮老了，故乡也不再是《手抄本》上的美丽记载，儿时的乌篷船、童年的梦想都慢慢消逝——幸而这月还在，仍可以暂且借此缅怀，缅怀的是村言俚语，升腾的是不落的乡韵和滋生的诗意。这种诗意笼罩着梁尔源，成了他继承传统诗歌意境、坚持古典品格的象征。

梁尔源的古典诗歌品质不仅体现在以月贯穿、亘古不变的乡愁与乡韵主题上，也洋溢在其明月般质朴独到的语言表现力中。在面对现代生活、表达现代情绪时，诗人采用了通俗易懂的现代话语进行叙述，拉近了诗歌本身与欣赏者之间的距离。诗人在创作时运用高超的表达技巧，采用比喻、拟人、象征、对比、夸张等手法，使诗歌意境深远、活泼风趣。同时在细节描写中多融合视、听、嗅等多种感官，将人带入现场中。比如《浣洗月亮》中有皓月与青石的色彩，有太阳汗渍的酸臭和月亮的芳香，也有敲击木槌的砰砰声，全方位、多角度地调动了读者的阅读感觉，宁静舒缓，使人仿佛沐浴于温馨甜美的月色之中。此外，语言的别致组合常带来亲切而久违的陌生感，文本中运用得比较多的是抽象词和具体词的搭配。比如“敲打沉睡的故乡”“趁着月色刚入梦乡/我静静地搂着/一轮沧桑”“流荡岁月的小河漂染出月亮的皱纹”等，把抽象不可触的情绪与意象实体化，化无形为有形，最大限度地展现故乡的原汁原味和朦胧月光，其不施粉黛的原生态之美，令人惊叹。连接词的选用也富含想象力，比如“老牛进村了/终于把晚霞拽下地平线”“似箭的列车剖开茫茫夜色”，选词用语准确凝炼，新颖别致，极大地增强了情境的画面感和动态感，又有了明月般的轻盈和多变。当然，某些诗歌的语言过于口头化，没有了如水似月的韵味，偶见类似“勒紧裤腰带”等俗语，其间也加入了一些时代元素，比如高铁、皮鞋等，导致诗歌过于通俗、艺术性不强，比如《给母亲抒抒情》等作品，这是值得诗人警惕的。因为过于机器化、技术化和口语化的东西是不宜入诗的，它容易

---

① 匡国泰．当明月照亮语言的归途—论梁尔源有关月亮的诗及其诗歌语言［J］．创作与评论，2016，（5）：43－45．

冲淡古典的诗意，也容易将月光一样照亮和洗涤着读者的乡韵变得嘈杂和混乱。

正如诗人匡国泰所说："诗歌的朴素和极简是大象无形，是无限爱，无法言说"①，我们要从这"无法言说"中表达出内心的温暖与冲动，需要写作技巧，更需要赤子之心。梁尔源是一个质朴的诗人，他在月明之夜，带着乡韵，与真善美一起归来。这样的诗歌契合了传统诗歌的古典境界，其深厚独特的语言驾驭能力使得月夜乡愁的主题入木三分，清丽淳厚、自然宁静之中再加入轻巧灵动，品味字字句句时都仿佛咀嚼着淡淡月色，每一口都是抹不去的浓郁乡韵。故乡曾经的美好、游子恰到好处的乡愁，在月光下静静流淌到每个人的心里，哀而不伤，温暖又冰凉，欢喜又惆怅。

七、乡民：诗人的上下求索

在梁尔源那里，我不禁重新审视中国诗歌和诗人的现状。什么样的人才能算得上诗人？"自从老杜得诗名，忧君爱国成儿戏"。古往今来，往往文人墨客"学而优则仕"，而如今则有反古的"仕而优则学"，一定程度上反映出当下很多所谓诗人的投机取巧，也说明了中国文学的一种"哄闹"现象。梁尔源则告诉我们什么是真正的诗人。真正的诗人是无论何时，心中都有一份诗性、诗意和人文关怀。通过乡愁、乡情、乡土和乡意等，他坚守住了他的乡民身份，这是一个诗人的自我认知和写诗根本。在现代社会芸芸众生中，能够选择和坚守自我回归的乡民恰好就是诗人。乡民就是农民，乡民写诗，就像向稻田和谷粒致敬。在这里，我没有对诗人的要求更低，只有更高，原因在于精神的纯粹性和纯洁性。

梁尔源的诗从始至终都体现着他的乡民身份，整体上给人以温情、许人以温暖。我以为，他的诗歌较之前人最大的不同便是，在传统人文的情怀之上以社会特有的新元素入诗，而不是传统文人诗中歌以咏物的"杏花春雨江南"。他站在古老的乡土上，用他的乡情考量现代，用他的乡意书写现代。他尝试用泥土之火锻造自己和解剖时代，这其中不乏他的自嘲，就像带泥的镰刀，质朴又锋利。例如，在《GPS》一诗中，他展示了一个寻找爱、在爱中迷茫、为情所累的三个不同阶段的形象，将其与 GPS 的不同特征对应起来，给人以新奇之感的同时，更是拉近了和读者、时代的距离。而《身份证》这首诗写得极为到位，这首诗似乎是在调侃，又似乎是在表达着自己的爱国之情，在一大堆的调侃中，这爱国之情、这炎黄子孙的骄傲就显得不是那么明显了，但"一定"二字又将诗人

---

① 匡国泰. 当明月照亮语言的归途—论梁尔源有关月亮的诗及其诗歌语言[J]. 创作与评论，2016，(5)：43－45.

的爱国之情展现得淋漓尽致，和前面整体的戏谑形成强烈的反差。诗的结尾并没有明确指出炎黄子孙这一概念，整体上还是符合小人物不敢自居高位的当下人的生活情形，但仍然可以领会到诗人或者说当下大多数人内心深处的神圣情结，他在尝试告诉我们，当下很多精神需要打破，而另一些则需要坚守。就诗中的其他描写而言，前半部分说五官后有思想，西装里包裹着灵魂，后半部分笔锋一转，开始描写躯壳里的男盗女娼，骗人的符号、伪装，这就在诗的内部形成一种对照。整首诗自始至终笼罩着轻松的戏谑和严肃的情愫两种相辅相成的情感。这首现代感很强的诗整体上反映了当下大多数人的生存现状，即在自我嬉戏和严肃情怀中行走，所以很容易引起多数人的共鸣。而从根本上分析，我们仍旧可以发现他是以乡民之心打量社会、解剖时代，给人的感觉是他是这里的又非这里的，他一直在这里，又一直在别处。

选择成为一个始终如一的乡民，需要自觉，更需要勇气，望乡问古同样需要勇气。《在古镇石板路上寻找影子》中，梁尔源讲述今人和古人对比时的相形见绌，站在今人的角度，他将今人面对历史时的底气不足和惭愧凸显了出来。也可以说，他是在自我描述，现在的文人面对历史时总是显得战战兢兢，因为很少有人留存有方孝孺被灭十族时的傲骨。古今对比，截然不同，但是，敢于承认的人不多，梁尔源做到了，他是在求索，站在城乡之间，站在古今之间旅居在此大地之上，上下而求索。月亮作为梁尔源心中永恒的诗歌之灯，照亮他一直行走的路上，让他采撷诗性和诗意，直到在骚动的都市里找到一片宁静，直到在枯燥的生活中守住一份诗意，直到走回梦寐以求的灵魂的故乡。这是诗人的上下求索，也是读者的上下求索，更是这个社会和整个时代的上下求索。

第七章　盛开的诗情

湖湘文化的独特气韵和文化精髓塑造了它的精神品质和审美风貌。从古至今，湘资漓水的涓涓细流滋润了一代又一代湖湘儿女，在生命的延续中传承着浸透骨髓的文化内蕴与扎根心灵的精神风范。无论是汨罗江畔诗人屈原的孤独惆怅，还是湘江旁杜甫阁前诗人的忧国伤怀，在时代风潮的瞬息万变中，湖湘人以强劲的斗争力和新奇的创造力站在时代先锋，在当代文坛上书写着钟灵毓秀之地的精神之根，在诗歌的沃土中开辟出承接远古文明而又紧随时代的精神净土。

进入 21 世纪，当代诗坛的发展孕育了一群气质独特的湖湘文化诗群。他们的诗歌中弥漫着泥土的芳香，却又在不经意间流露着与都市生活不相容的焦灼与失落。农村生活的悠然纯朴与都市生活的快节奏让他们在双向文化的交织与融汇中逐渐迷失了自己的航向，甚至于失却了与生俱来的身份认同。无论是农村文化的身份底蕴，还是都市生活的生存困境，汇聚在他们身上的正是当下中国正在经历的一场社会变革与时代交融。在这片凸显着时代色彩与身份困惑的诗人群体中，迷失于都市生活的灯红酒绿与眷恋于故乡情怀的长沙诗群、抵达言与志的自然舒展之境的娄底诗群、漂泊感和乡土性相交融的衡阳诗群，还有触动于灵魂深处的益阳诗群，这群倚靠着湘水的滋润而生活于“惟楚有才，于斯为盛”的湖湘土地间，在感受都市文明的繁华却又在乡土文化间寻找自身的文化归属感与生命价值的诗人们，在巨大的文化鸿沟中产生了无处安放的隔阂感和焦虑情绪。直触心灵的诗歌书写将这样一份无法排遣的焦虑和困惑宣泄于其中，在诗坛中寻找精神慰藉与心灵净土。

诗人群体的形成为当代诗坛的创作注入了新鲜活力，不仅如此，诗人们独辟蹊径的创作模式也让文化湘军在新时代的创作背景下独领风骚，异军突起。诗人们对乡土情怀的书写，包括胡述斌对新乡土诗的赓续与创新以及欧阳白诗歌中的存在美让长沙诗群在诗坛上附有了一层新颖独到的诗学品质和文化韵味。此外，安敏诗歌中的时代镜像，龙红年诗歌中的直触人心的悲悯与疼痛，唐像阳诗歌的乡村情怀，洛夫诗歌中的天涯美学，李志高诗歌中的巴别塔式的倔强，冷燕虎的诗性言说，萧勇的人性追问，龚道国诗歌中流露的纯粹美好，谈雅丽构筑的生命漫游者的水世界，以及刘晓平诗歌中的现代城市和乡村寓言等，都是文学湘军盛开的诗情之缩影。

品读文学湘军的诗，在文化交织的错落感和迷茫中探寻生命的出路与文化价值，这是文化湘军在当代诗坛中带给读者的一份饕餮大餐，与诗情举杯，与文化共享。诗人笔下一个个鲜活生动的情绪流淌和现实写照是漂泊于都市光影下的异乡人对身份归属感和文化认同感的深刻追问与冥思。

文学湘军中诗歌的书写变化主要体现在诗人气质和背景的变迁上。这个时期的诗人体现出对乡村生活的眷恋感与城市生活的压抑感相交融的复杂情绪。这种情绪一方面源于乡土情怀的扎根心灵，童年回忆中的生活场景、意象选择等都集中在农村，但他们的大部分生活时间都在城市，因此体现出对传统和乡土的复杂情绪。乡愁在更多的时候充满了甜蜜的回忆和乌托邦似的向往，仅仅是一种心灵的安慰和精神的后花园。他们的生活情境和价值认同已经与城市文明融为一体，乡土是他们面对城市病时的虚无良药，他们的精神在乡村与都市、传统与现代、童年与当下之间游走，或者说，他们的精神特质既不认同自己的城市人身份，又不接受农村的现实价值，简而言之，他们对城市和农村都进行了过滤，选择了城市的现代性和兼容性、农村的原始性和人本性。然而，冲突、纠结和摩擦始终伴随在他们的精神世界中，这是诗歌湘军的突出精神特征。

同时，文学湘军的诗歌创作在精神气质上依然保留了浓烈的乡土气息。乡村、耕地、水井、月光和草垛等意象共同绘就了一幅美丽的山水田园画卷，净化每一个驻足于此的读者，并带给他们无尽的艺术享受。清新自然的诗歌语言、原始质朴的文化意蕴滋润了诗人贮存多年的精神内质。如果乡村、耕地、水井、月光和草垛等极具“下里巴人”风格的通俗意象主要用来表现浓郁乡土气息的话，月白风清、蝉、菊花、竹子等具有“阳春白雪”气质的传统典型意象的使用则把诗歌引领到一个新维度。这些意象带有强烈的文化色彩，是中国传统知识分子人格操守的具象化，蕴含了诗人高洁、淡泊、恬静的性格和志趣。

此外，文学湘军的诗歌语言既褪去了初期晦涩的实验色彩，又不滞留于口语化阶段，而是标举出陌生化书写的新高度。他们不断更新读者对精神和物质世界的原有感受，把读者从日常关系的逻辑框架中剥离出来，摆脱习以为常的惯性思维，赋予世界新的关联逻辑，将人们耳熟能详的自动化、程序化方式，置换为能唤起读者审美潜能的独特方式。同样是富含传统文化色彩的梅兰竹菊，其寓含的高洁品质和人格操守虽没变，但是，从意象到意义的通道却得到了更新；同样是乡村风景中的耕地、水井、月光和草垛，乡土的特质没有变，而从意象群到乡土情景的行走方式却已然改变。湘军陌生化书写的意义在于，它瓦解了读者惯常的艺术形式和语言方式，重构了读者对于世界的感觉。重新感动读者，重新打动情绪，重新捕获情感，湘军诗人的这种陌生化诗歌语言既是对读者阅读惰性的挑战，更是对自己写作惰性的摒弃，可喜的是，不甘平庸的诗人湘军赋予了平常事物一种格格不入的倔强气性。

第一节　都市生活中的乡村候鸟

从某种意义上说，中国文学的根在农村，乡土文学依然是最能反映中国文学底色的部分。但是进入新时期以后，新诗创作呈现出了新的特点，即在保持乡土文学的创作底色的同时，积极吸收现代派诗歌的表现形式，在阳春白雪和下里巴人的审美交融中形成新诗独特的文化气质。

就内容来说，这个时期的文学新湘军依然承接了诗歌“言志”的创作传统，体现出“小我”与“大我”一色，“个人”与“宏大”齐飞的特点。一方面，言大志，歌奇志，书写时代壮志；抒豪情，发龙马之情，咏吟家国之情，以极好的时代嗅觉和敏锐性，洞悉春江水暖的未来，充当时代的哨兵和精神镜像。另一方面，在宏大叙事与集体壮美并未衰减的情况下，个体抒情和“自言自语”式的独白也呈现出更深刻的情感倾向和文化气质。

一、新乡土诗的赓续与创新

扎根乡土的起伦在诗坛重建了一片用泥土和稻香浇筑的圣殿，他带给了诗坛一份久违的悠闲与安逸。一般来说，在这片蕴含着诗坛新希望的新乡土诗中，实践者们大都珍视本土文化，自觉地把现代派中的探索精神吸收到自己的创作中来，在这无形的实践与探索中形成了对乡土诗的赓续与创新。乡土的“陌生化”、寻找精神家园、营建理想乡土、追寻终极价值、关注乡土现实，等等，这些成为新乡土诗的基本审美特征。

某种意义上，新乡土诗真正的意义就在于“乡土精神的新”。这是一种挣扎于传统与反传统、徘徊于超脱与思想皈依的文化心态。在新乡土诗创作者如江堤、彭国梁、陈惠芳和胡述斌等人的文本中，乡愁的背后明显夹杂着一丝深厚的文人韵味，这种与生俱来而经久不散的文化气质被称为乡愁，它主要体现在一大批“两栖人”身上。所谓“两栖人”是指宗族血缘出生地及整个少年时代都游走在乡村的小路间，而成年后的繁忙身影却奔波于都市的高楼大厦中，在悠闲宁静的童年回忆与繁忙压抑的现实境遇中寻求生命突破与精神皈依的一群文化人。面对两种来自不同生活境遇与价值取向的文化语境，诗人产生了精神隔阂感与对自我身份认同的错乱感，与之伴随的还有日益淡化的农民意识和日益强烈的城市意识在他们心灵深处发生激烈冲突，甚至纠结、摩擦与对撞，形成一种极为复杂的心理情结。这就是“两栖人”的文化乡愁。自然血缘的先天维系与后天生存环境改变带来的情感剥离，传统生活方式的积淀习性和现代意识突入后引发的张皇与无措，以及本土精神的远方呼唤与背离故土的陌生力量带来的陌生与不适，它们互为制掣，成为一种深入骨髓的剧痛，一种痛而无声的时代忧郁病。

胡述斌的诗集《南方大雪》裹挟着一种无法言说的文化病痛与文化隔阂感，作者在爱恨交织中书写下“两栖人”的精神独白。细细读来，我能真切地感受到诗人内心的矛盾，以及积压在心中汩汩奔涌的快感。在胡述斌的文本中，我努力让自己和作者的心灵进行真切的碰撞和交融，努力去感受作者笔下真实而丰饶的内心世界。最先映入眼帘的，是诗人感性而真挚心灵的投影，那种血浓于水的对故土的爱恋，以及对都市生活的不适无处不在。在这片感性与理智交融的精神之地的背后，是诗人自有的文化风骨与精神境地。诚如胡述斌自己所言：“站在自然的‘家园’上，遥望、追求‘精神的家园’。”这是一种典型的新乡土诗创作者的审美追求。

胡述斌是湖北武汉人，年轻的时候入伍从军，后来当过文字编辑，并与人合伙办过诗报，现今居住长沙。作为一名公务员，每天忙得不可开交，为城市的发展贡献着自己的汗水和智慧。胡述斌的诗歌，语调平淡中有真实，抒情中有讴歌，文字讲究质地和美感，有着浓厚的乡土气息。作为新乡土诗派的发起者之一，多年来，他总是执着于自己的诗情，痴迷于自己的创作。虽然生活在都市，但思想和精神的栖息地却是在那片土生土长的乡间。因此，用“都市生活中的乡村候鸟”形容他，实在是再恰当不过了。无论是湖北的“云梦泽国”“龟山黄鹤”，还是湖南的“三湘四水”“洞庭流波”，都赋予了胡述斌骨子里丰厚的精神世界和文化底蕴。湖南湖北的关系原本就是一衣带水南连北，两湖忘断扬子江。然而，一江之隔的地理环境能斩断连着根、带着骨的思乡之愁吗？胡述斌在《返城》一诗中给出了回答：“放心吧，我的亲娘/如果我再受伤/我又回到您的床头。”故乡不仅仅是精神上的安抚地，更是风雨过后一处小憩的港湾。

这本诗集《南方大雪》共四辑：分别为《楚之风》《国之魂》《爱之恋》和《雪

之咏》。《楚之风》，古时湖南湖北合称为“楚”，现今人们仍用“荆楚大地”来称呼湖南湖北，岳麓书院门口悬挂的对联“惟楚有才，于斯为盛”便是个很好的例子。提到楚，我们不得不说到“汨罗江”和“屈原”，还有伟大的《离骚》。作为近乎于楚文化标志的屈原和图腾的汨罗江，胡述斌在《楚之风》一辑中给了有力的赞美和歌颂。在《端午读〈离骚〉》一诗中，诗人动情地写道：“一卷《离骚》/万古长叹/两千多年的水路修远漫漫/长袖上的泪珠溅湿两岸的青衫/将杜蘅和香芷/遍种于我们荒芜已久的心头/我在灯红酒绿中读《离骚》/读一天灿烂的星斗”。而在《回归故里》中，他又感慨：“乌篷船的炊烟/把你送上河岸/做了半辈子陆地的行客/上岸时，脐带掉于河中/你注定要回来寻找”。作者化柔情为一汪澄澈的湖水，在朴实的语言中穿透着一股深沉与执着。我不得不佩服作者的机智敏锐和真情流露。的确，掉于河中的脐带，一头连着长江之北，一头连着长江之南，一头是剪不断、理还乱的浓浓乡愁，一头是同根同源的湘楚源流，浓郁深刻的故土情结与自然古朴的楚国遗风在经历了千百年的沧桑后，愈发神秘而灿烂，这些是作者“新乡土诗”创作的源源不断的灵感与精神归宿。

与《楚之风》中娓娓道来的文化情怀与上古遗风相比，《国之魂》中收录的是胡述斌彰显时代主题的诗歌。或激情澎湃，暗流涌动；或时代英模，平凡世人；或直抒胸臆，低回温婉，在诗人的笔下他们都是祖国壮丽腾飞的助推的燃料，是祖国和谐美好的不可或缺的拼图。这里有“风雨如开荒的利镐/把你的青春一块块削蚀/肥了瘦土/绿了荒山”的《中国老农》，也有“我魂轻如风/双脚却深陷龟山岳麓/黄色的血性/在光荣中诞生”的人民子弟兵。在那个特殊而难忘的2008年，胡述斌站在年关，感慨无限，大声高唱“2008，我们一起走过/分担你的苦难/2008，我们一起走过/享受你的荣光”。作为诗人，作为时代的歌者，胡述斌不仅仅抒发个人“小我”的乡愁或儿女情长，他更愿意用饱含深情的笔调讴歌大国大家的辉煌与成就，记录下一个时代的大悲大喜。在胡述斌的笔下，新乡土诗的创作内容已经不止于个人情感宣泄，他将祖国和人民这样的宏大话语放进新乡土诗的主题中，拓宽了诗歌的意境，祖国如同乡村中的故土，人民犹如乡村中的母亲，这是一种“大我”，放置于时代环境下则是一种“大爱”。大爱无言，大音希声，如此雄壮而强劲的情感流露置于新乡土诗的轻声细语中，更显真切而感人肺腑。

如果说《楚之地》弥漫着诗人对故土的难以割舍，《国之魂》寄予着作者对祖国母亲的无限爱戴，那么，在另一辑《爱之恋》中，诗人则将柔情溶于笔下，写出了一曲温婉的歌。胡述斌用这样一句诗来作为《爱之恋》的开辑语——“斑竹一枝情为证，帝子骑鹤梦里回。”潇湘是一方爱情故事流传四溢的大地，“湘女多情”“娥皇女英”“湘西苗女”等把人世间种种爱情演绎得淋漓尽致。胡述斌写了一首题为《少女》的诗：“推开春天的门窗/迫不及待地/把裹得紧紧的季节丢进衣橱/青春在蝉翼下悄悄萌动/男人，手搭凉篷走来/读你满身的诗”。掩卷深思，我的脑海中浮现了“丁香姑娘”的身影。在诗人戴望舒的《雨巷》中，那个“投下太息一般目光”的“丁香姑娘”多么令人怀念和向往。胡述斌写下“我带走你的叩门人/敲门声却越来越重”给自己的岳父，写下“一个女孩的名字，总在清晨/被你翻来覆去”给自己的岳母，还写了“收拾行囊吧，亲爱的/咱们去看沿路的风景”给妻子。胡述斌的以贴近现实生活情境而不乏幽默的笔调抒发着来自生活的诗情诗意，别有“清水出芙蓉，天然去雕饰”的韵味。胡述斌的感情是细腻的，也是真挚的。从这样的诗句里，我们仿佛可以看到一个“为人婿、为人夫、为人子”的男人的博大的襟怀和强烈的责任。这样的诗歌，情之深，味之艰、心之切，怎能不触及读者心灵深处最柔软的情愫吗？

诗集的骨力部分来自《雪之咏》，在这一辑里，诗人主要描写的是 2008 年年初南方各省遭遇百年罕见的大雪灾时，各行各业所发生的感人肺腑的故事。我想，我们很多人对那个冬天至今仍记忆犹新。严酷的天气、瘫痪的交通、拥堵的人群、归家的渴望，在迫近年关的那一刻，把亿万华夏儿女的心都凝聚在了一起。“众志成城”“万众一心”等成了那个冬天的精神图腾。“牵着你的手/牵着我的手/大手牵小手/炎黄子孙手拉手/雪有多大/情就有多浓/我的中国心永远不会冰冻”，大灾大难凸显的是大恩大德，在诗人笔下，面对灾难的无情，手中的笔化作一把利剑，在斩断人们心中的无限愁绪时，开辟一方净土，在诗歌的涤荡中洗涤精神的焦虑与现实的悲哀。胡述斌在祈祷，在呐喊，为了遭受灾害之苦的苍生，更为了多难兴邦的家国。一言一语处处言及家国，彰显了内心对故乡的父老乡亲的一份关注、一份牵挂、一份疼痛。

值得一提的是，他从 1983 年开始写诗，到 20 世纪 80 年代末创办《诗歌导报》，将近三十年过去了，无论世道如何变化，无论诗歌如何“没落”，胡述斌仍然坚守在诗歌创作的阵地里，像一条痴情的硬汉，辛苦耕耘，默默付出，爱得深沉而缠绵。“爱就爱了，再爱何妨?”我相信，在新乡土诗创作的园地中开出过奇葩的胡述斌还会执着地“爱”下去，为了都市的那一道霓虹，为了乡村的那一抹月光，为了远方的那一缕清风。

二、好诗主义的存在美

何谓“存在”？大哲学家海德格尔曾有言，“存在”，是在知识之前，即主体与客体尚未分化的一种最原始的状态。因此，他认为，存在只有“不是什么”，没有“是什么”。在知识世界里，虚无与实有都有自在的澄明，但虚无面向的是过去，它的澄明在现在和未来只有变弱甚至熄灭而不会再提高亮度，从实有转化的虚无也只有用历史的眼光才能看到它往日的澄明；而实有面向的是未来，它的澄明是永无止境的。如果把老子的“道”与海德格尔的“存在”作比较，可以看出，他们在体察本源性问题时的一种相同的倾向：感性，“道”是从感性出发的，而“存在”也回溯感性的本源。老子从“体己”进入“无”，与海德格尔一样是一种后退的思维。与“存在”所不同的是，“道”虽然有“绝圣弃智”达到“物化”境界的倾向，但它事实上有可知甚至所知的成分，因而属于知识世界。海德格尔迷恋诗性语言，它追寻的是现代语言描述对象时失去的那种最原始的存在意义和本原意义，而“话”中的诗更是偏好于原始状态中的感性释放。

基于对海德格尔的痴迷和对老子的偏爱，欧阳白的诗歌创作追求的是一种类似原始的情感释放。他倡导并践行所谓的“好诗主义”，追求诗歌的纯粹和简约。诗集《元素》是欧阳白的早期诗作，但已见出了他的书写理想。这本诗集整体风格较为简约，语言平实易懂，富有生活气息。正如书名“元素”所言，这本诗集包含了各种元素，大千世界现实社会生活网罗其中：有清新记事，亦有对生活对生命的思考，有含蓄表达，也有浅白直叙。其中有一首《元素》，以简单的两句开篇，“一条蛇在扶疏的草里，游动着，似乎有信，自灵巧的舌”，我虽然没能读出其中的深义，但字里行间流露出的是那种难以言喻的自信及生命存在的活力。作者通过描写简单的元素——蛇、信、舌，凸显的正是蛇显著的元素特征。阅读此诗，只需跟随着作者的描写，静静体会，深深感受蛇在草丛中的自由与舒畅。或许，诗人想要表达的也仅仅就是那份灵动和生气吧！

欧阳白的另一首诗作《精巧的事物》以简单的语言，道出的是当下社会的不良风气，在古代诗歌中或许应该归为现实主义诗歌吧。全诗以“大家都迷恋一些精巧的事物”开始，以“更有意义的是偶尔活蹦乱跳”结束，篇幅虽不长，但足以明志。什么是精巧的事物？在诗人的笔下当然不是指手表、首饰以及装饰品等简单事物。古代有“玩物丧志”之说，这里的“物”就是诗人笔下的“精巧事物”。或许正是因为外观的精致和美轮美奂，人们才迷失了对事物本质的把握，并僵化成形，丧失了心智。时下充斥着拜金主义的不正之风，当人们都崇尚追求华而不实的精美之物时，各种不良的社会风气以及腐败之风滋生，败坏了人们的道德准则，玷污了人们的心灵。何谓“偶尔活蹦乱跳”？在我看来，也就是有生气的积极心态，更何况，人活一生，总要有点激情，总要有点动力，总要有“一晌贪欢”的疯狂时刻。末句点明主旨，情感鲜明地表达出诗人的价值取向和感情倾向，正所谓“心不能精密”，我们首先不能以“貌”对人对事，不能仅仅迷恋一些毫无深刻含义和价值的事物，更重要的是不能一味循规蹈矩，要有对症下药和实事求是、具体问题具体分析的灵活能力以及一颗富有生机活力的心。在应该追求精巧和完美的时候大胆去追求，毕竟人非完人，都有一颗爱美之心，况且，美本身亦非罪。但是，过分的苛求也能滋生问题，所以这时一颗健康向上的心就显得尤为重要了。

欧阳白的另一首诗《大风》描写了一代帝王刘邦的雄韬武略。诗作以"起兮，大风"开篇，如同一阵疾驰而来的旋风将读者带到了那个烽烟四起、群雄逐鹿的时代，刘邦的霸主气势倾泻而下，令人震撼。（看到《大风》第一句的时候，脑海里瞬间飘过刘邦的"大风起兮云飞扬"，那种属于霸王的气势倾泄而下。）正如"大鹰掠过、大沙展平、大浪无边"，全诗用拟人、比喻、反复、夸张等手法描绘大风的疾驰与猛烈，渲染了雄浑豪壮的英雄气概。作者将一代霸主刘邦的不可一世借助疾驰而来的大风作比拟，化无形为有形，如蛟龙翻云覆雨般的大风形象便鲜活地呈现在了读者眼前，刘邦的魁伟姿态也一览无余。

与《大风》中的雄浑壮阔相比，欧阳白的另一首诗作《我就悠然飞去偏起脑袋吹着口哨》惬意了许多。品读小诗时，我正悠闲地倚靠在床头："也许我还可以机智一点，像蜻蜓一样，一直看似漫无目的地飞翔，然后突然，以一根细细闪电的姿态直击。"原本躁动的内心因为这首诗的到来而立刻平静了不少。正如"庄生晓梦迷蝴蝶"一样，梦境与现实，现实与人生，孰真孰假，孰是孰非，这些空白，世人难以知晓。如同水中月与镜中花般，虚幻中透着一丝真切，真切中又隔着一层朦胧。繁华锦世，一切的一切也终将化作一场黄粱美梦，只是余味无穷罢了。试想一番：身躺洁白的床单，一转头就能看到窗外阳光明媚，花儿开得正艳，单纯的心思，毫无杂念，轻轻吹起一两声口哨，看窗外两只蜻蜓互相追逐，与世无争，岁月静好。这样的悠闲恬淡该是何等的让人欣羡！诗人以蜻蜓作比，用朴素的语言描绘出蜻蜓飞翔时的轻盈矫健和敏捷，希望自己也如同这只灵动明捷的蜻蜓般，自由飞翔，并如闪电直击般一鸣惊人，爆发出属于自己的震撼和气势。然后，诗人笔锋一转，以一种"悠然见南山"的姿态恬淡静雅有如蓝天白云下的白鸽。如此高风亮节，恬淡闲适，有如把酒言欢的诗仙李白，在冲破千年的时间隔阂中构成了相差无几的人生志向，而真正向往的是山水田园派的闲适幽静。李白的桀骜不驯与潇洒不羁自有一番仙气与侠义。一方面，作为"诗仙"的他有着"仰天大笑出门去，我辈岂是蓬蒿人"的狂放与洒脱；另一方面，一鸣惊人的入世思想又让他不安于淡泊，于是"曾令龙巾拭吐，御史调羹，贵妃捧砚，力士脱靴"成了他蔑视权贵的写照。我不知道诗人是否也想先大展宏图，然后归隐山林，尽享人生。但是我坚信诗人渴望拥有一份短暂的清闲，让自己处于一种新的真空世界中。读罢此诗，我想自己的心也该拥有一份清闲与惬意了。让它无所思、无所虑、无所忧，尽享眼前这难得的安闲与舒畅。

《我就悠然飞去偏起脑袋吹着口哨》让许多不曾领略的悠闲自在再次回到了诗人的世界，在一番难得的清闲过后，欧阳白的诗重回平常世相的平淡，清雅，无悲亦无喜。然而，一曲回旋过后，诗人的心中总是会带来一丝不经意间的触动。当读到“笑他们死得太早，剩今夜大地苍茫。天宇寂寥，万千诗意付与平庸”一句时，我的心莫名地泛起一层涟漪。这句诗看似平淡无奇，却让我感慨万千，唏嘘不已。这首诗题目亦为“笑他们死得太早，剩今夜大地苍茫”，全诗讲述的内容很简单，就是诗人于半夜酒醉后醒来对这太平世界平静生活的感受，由此引发诗人的这一句感慨，算是对古代文人雅士的一种惋惜和遗憾吧。深蓝的夜空下挂着一轮金黄的圆月，星光璀璨，大地苍茫，天宇寂寥，却只有诗人一个人静静体会，深深感受，颇有苏东坡《记承天寺夜游》的味道。但这首诗又与《记承天寺夜游》所表达的感情不尽相同，苏东坡的诗是把自己及张怀民与同时代同时期的那些高堂之上的在位者相比较，而欧阳诗是把自己与不同时代的古人作比较，感叹才华横溢的文人们走得太早，不能感受此刻的静好岁月。如此良辰美景却没有才子佳人的一番吟诗赏月，确是一份缺失的遗憾。偶尔我也会想象古时的“床头屋漏无干处，雨脚如麻未断绝。自经丧乱少睡眠，长夜沾湿何由彻?”是一种怎样的贫困交加呢？悲悯之余，庆幸自己当下生活的舒适与安逸，快活似神仙。现代诗歌取代古代的格律诗独霸天下让人有时觉得很是惋惜，无关古今优越高下，或许只是像诗人这样的一种感慨罢了。

“笑他们死得太早，剩今夜大地苍茫。天宇寂寥，万千诗意付与平庸。”反复诵读这句诗，越读越觉得颇有味道。读着它，心里不由得想起了毛泽东的《沁园春·雪》。毛泽东的诗气宇轩昂，场面恢宏，欧阳白的这句诗虽不及，但也饱含苍茫辽阔之感。古今那么多风流才子纵情山水，莫不快活，孤傲的李白虽与世俗格格不入，但却有知己好友与他高谈阔论，更有甚者愿为他赴汤蹈火，然而在时光流转的今天呢？曾经的起舞弄月和把酒言欢能否重现？当年一起曲水流觞的人又去往何处？或许“一万年太久，只争朝夕”才是一个诗人的豪情与爽快，如同一壶清酒，一饮而尽才能尽显英雄本色吧。

《成为凶手的N种可能》这首诗没有了往常新诗的余味无穷，而是如同一场险象迭生的电影般，以诗歌的形式在向人们展示一个杀手的冷酷无情与温柔百态。诗人把能否成为凶手，成为什么样的凶手，按动机、时间、凶器三种条件的有无，分情况进行探讨。在欧阳白看来，有时间、有动机、有凶器的情况是最容易成为凶手的。然而，这种凶手因为动机的朴素而并不那么歹毒，反倒令人心生怜悯。第二种情况是没动机、有时间、有能力的，诗人以“够狠”两个字来形容这一种情况下的凶手，因为这样的凶手只是为了寻求刺激而杀人，大凡这种人都是终日碌碌无为者。第三种情况是没动机、没时间、没凶器，凭靠的就是一双眼睛、一句话或是一个动作，或是无意而为之，或是有意而为之，总之杀人于无形，而无形的利器则有如刀的眼光、含剑的口舌和冷如利箭的动作。这样的人无时无刻不存在，却如行尸走肉般，终归陷入死亡的泥潭，精神杀人最是残忍，不动声色间便置人于死地。终日在鲁镇徘徊、眼珠间或一轮的祥林嫂就是一名不幸者，她生前无所寄托，死后的亡灵也终将永远游荡。如此看来，杀手虽可怕，但更可怕的是如杀手般冷酷无情的生命。每一个有着良好修养的人都应该有着正确的为人处世之道，给他人也是给自己留一条“活路”。

第二节　言与志：自然抵达

“诗言志”“诗缘情”是中国古典诗歌的优良传统，但是，任何一种经典理论如果做简单化处理，都会成为迷信的教条，“诗言志”“诗缘情”同样如此。传统的理论因为现实生活的瞬息万变而常常遭到误读。诗歌的“言志”与“缘情”是创作主体的审美追求，被许多诗人奉为圭臬，这原本无可厚非。但一段时期以来，诗坛出现一种怪象，无论诗作者还是诗歌阐释者都格式化地认为，只要个体的内心情感是真实的，写诗便同“如厕”般，与时代无关，与他者无关。于是乎，“小我”漫天飞舞，俨然成为一种时尚和诗歌品质的风向标；“大我”作为宏大叙事被解构得一地碎片，集体的壮美没有了，时代的印记消失了。诗歌变成个人的“自言自语”，变得不那么纯净，甚至有点讨厌。

事实上，诗歌的“言志”可以是大志，是奇志，是时代壮志；诗歌的“缘情”也可以是豪情，是龙马之情，是家国之情。诗歌的智慧可高于哲思，而比哲思更富于理趣；诗歌里的跌宕起伏更为扣人心弦，而比小说更富有张力；诗歌的理性与辩证思维更为深刻，而比学术更为令人信服。如同芸芸众生下的每一个个体，作为人类心灵的书写者，诗人也生活在公共事件之中，并非沉浸于独立而诡秘的情感空间。优秀的诗歌可以通过阐释成为时代的哨兵，通过阐释映照出“大我”的精神镜像。

一、精神的镜像与时代的候鸟

安敏是文学新湘军诗群中比较有思想的一个，也是颇有实力的一个。他的作品众多，小说、散文、诗歌、报告文学（包括新闻作品）等，写作中的十八般武艺，样样精通，且颇有建树，这是殊为难得的。而更为难得的是，他不是专业作家，这为"半路出家"的文艺爱好者把大部分时间献给了新闻事业，献给了这个沸腾的时代。安敏把写作当成了自己的兴趣爱好，当别人享受自己的闲暇时光时，这位半路出家的写手却在争分夺秒地装点着自己的文学梦。在我看来，如此忠实于文学而自得其乐的文艺爱好者，是一个脱离了低级趣味的人，是一个单纯的好人！

安敏的诗歌大多篇幅短小，意象奇新，我们只需将纷繁的意象连缀起来，便可在一个简约、明净的画面中，体会诗人内心的情感波动。有时，文本显露的意象跳跃性较大，这要求读者根据诗中的关键点，用丰富的想象来补充、连缀，使之形成一个完整的意境。同时，安敏诗歌线条分明，色彩浓烈，或艳阳高照，或风雨交加，少有泥泞的感受和潮湿的情绪，更没有那种化不开的忧郁，因为安敏的表达不局限于"小我"的一己之悲，比如《旗帜颂》《愚公为什么移山——写给开发那个的中国》《悲壮进行曲——献给"远南"残疾人运动会》等，这样的诗歌大气磅礴，充满豪情，他试图用诗歌的利刃刻出时代的精神群雕。

安敏诗歌的最大异质性在于，他的诗歌文本中没有密集而显性的隐喻个体，他抒写的对象往往采取"非我"的他者视角，比如，《和谐》这首诗——

南方的大山深邃
深邃出许多秘密
………
北方的大平原坦荡
坦荡出晓畅粗犷
………
长江黄河的队伍
穿过深邃和坦荡
把南北的皮肤
用水融洽成一种颜色
入海口波涛会合
拍打着和谐

和谐原本是一个抽象的范畴，无法用学理性的概念进行定义，而阐释的困难不在于意象的选取，而在于是否有恰当的组合与排列。诗人把一系列宏大的意象连缀在一起，南方的大山、北方的大平原，本来各自统领一片天地，大山显示的是深邃，平原展示的是粗犷，最多是“相看两不厌”。但是，接下来，诗人写了长江黄河穿过大山和平原，融洽南北皮肤成一种颜色，最后会合在入海口处。于是“和谐”变得具体可感，而且生动新鲜，你甚至可以在阐释和谐时说，和谐就是长江黄河穿山越岭，纵贯南北，最后融汇于大海。这里，诗人的视角像一架高空航拍的摄像机，沿着长江黄河从大山到平原疾掠而过，于是，“和谐”呼之欲出。

安敏似乎无意于在自己个体的内心世界里盘旋，总是寻找公共领域内的热点和焦点事件，以“代言人“的姿态切入当下；以眺望的姿态和敏锐的触角去感受、去细细体会。最难能可贵之处还在于，诗人不拘泥于具体的事件和芜杂的世象，而是先跳出圈外，而后回归平静。

诗人有时是命运的预言家，有时是时代的候鸟。安敏的这首诗，写作时间是 1994 年 8 月，其时恰逢“市场经济”作为新生事物和主流概念的鼎盛时期，十几年后，和谐才成为时代的关键词，以主旋律的姿态唱响当下的每一寸空间和角落。在这一点上，作为记录社会点滴的媒体从业者，我不能不佩服安敏是一个时代的先知先觉者，这是一流诗人必须具备的先天条件。自觉于时代的变革和有感于社会的进步，只有拥有明锐的洞察力和深思熟虑的创作才情才能描摹一个时代的风起云涌，书写最值得铭记的时代烙印。古往今来，无数文人墨客在历史的瞬息万变中记录着这场文化的变革史。一代“诗圣”杜甫，他的作品包含着世事沧桑和忧国伤怀，被称为“诗史”。他的诗歌是唐朝历史的一面镜子，折射出唐王朝由盛转衰的必然趋势。艾略特的《荒原》之所以是划时代的，正因为他以诗人的触角显示了对时代的敏感和锋利。历史有时在重复诗人的预言，在似曾相识的情景中改写着时代变革的命运。

作为诗人的安敏值得我学习；作为好人的安敏，更是令人尊敬。在文学日益退缩、诗歌日益萧条的今天，安敏能够“执迷”不悟，写诗作文，挥毫泼墨，这需要一种执着，更需要一种精神！

二、抵达灵魂的怜悯与疼痛

与作为时代候鸟的安敏相比，龙红年的诗歌表现出直抵灵魂的怜悯、撕裂和疼痛。当我品读他的诗歌作品时，一丝寒心的凄苦与一份刺骨的疼痛油然而生，令我心头一震。我不仅思索，这是一种什么样的力量，一种什么样的诗歌情怀？无疑，龙红年用抵达灵魂的诗歌艺术，带给我们无声的泪水，带给我们对底层生命的脉脉温情和人文关怀。那些我们习以为常或视而不见的悲苦和美好，被诗人用如椽的大笔一一挖掘出来，如此细腻和真切，如此触目和难忘：“年关的门/仿佛突然关了//他被人从长沙抬回来/在除夕前夜成了植物人/六十岁的父亲/一个踉跄一把老骨头/差点散了一地……/于是他只能像一株植物/眼睁睁地看青天和白日/怎样将自己掩埋”。(《一个农民工的遭遇》)作者以近似白描的手法把一个农民工的悲惨境遇生动传神地刻画出来，绝望与辛酸充斥其间，生出令人窒息的痛感。在这里，作者站在受叙者的立场，对带给弱者苦难的包工头和社会上种种黑暗力量进行了无情的鞭挞。

读罢此诗，我已热泪盈眶，这是诗歌带给我们的力量，这种力量是如此沉重，沉重得让人无法面对。然而具有讽刺意味的是，生活在当下文明社会的人们，却如同行尸走肉般，面对金钱的诱惑和欲望的贪婪，私心杂念战胜了理智，好逸恶劳取代了勤劳奋斗。在耀眼而寒意肆起的霓虹灯下许多人的内心变得迟钝而浑浊，他们逐渐丧失了爱心、热情，乃至对生活的希望，更多的是用麻木代替感动。为了讨回工钱而无处诉苦的农民工时刻出现在人们的视野中，然而回应的却是一双又一双冷漠的眼神。可是现在，当龙红年以诗歌的表现方式把一件看似普通的新闻事件再次逼真地展现在我们眼前时，我却感受到了刀片般划过的疼痛。

诗歌的力量在于它很郑重地聚焦了这个事件，并将这个事件以绝望的姿态扬起善良者的泪水；诗歌的力量在于它对叙述视角的选择是建立在更有人情味的艺术上，诗里的任何一个文字都包含了诗人最诚实的评判与情感；诗歌的力量在于它用铿锵有力的分行与间隔，使我们在阅读时有了思考联想的时间与空间，心灵随之震动，情感随之点燃；诗歌的力量在于它让读者压抑的精神找到了发泄的出口，而不是如新闻报道那般拥挤不堪。一般新闻作品的“速写”在于：受众在阅读时产生的愤怒与同情在瞬间就被过多的文字与信息量所排挤掉了，于是人们又开始很“正常”地开始下一则新闻的阅读，而把此前的事情很快淡忘。龙红年的文本带给我们一种强大的穿透力，一种近乎爆炸的文字张力，这正是诗歌迸发的力量——它更全面，更客观，更真实，不仅交代了事件的前因后果，而且替弱势的生者和死者代言。换句话说，这个农民的死，是因为一首悲痛的诗歌而重如泰山，是因为一句点亮了亿万人们心中即将泯灭的理智而重新复燃，是因为一次强劲有力的批判与揭露而让我们有了重新思考死亡和反省社会的机会。

如果说，《一个农民工的遭遇》让一个死去的生命以另一种方式重新点燃了人们内心的同情和悲悯、诠释生命的意义的话，那么，在《想念晓文》这首诗中，作者带给我们的不仅仅是温馨的关怀，更多的是劝慰、自言自语和欲哭无泪。应当说，这也是一首很朴实的小诗，它给我的震撼在结尾处，即“人到中年/依旧保持冲锋的姿态”，不多的文字，质朴的表达，却字字锤心，字字烫人。表面上看，这是诗人对受叙者的一种褒奖，但我们读了诗歌再来看它，体会到的却是一种完全不一样的辛酸与无奈。一个女人，无论多么的努力和刻苦，最终逃不过现实的宿命。我们也许可以揣测一下，作者对于“晓文”这个女性的态度，是复杂的：有几分同情，几分钦佩，几分无奈，几分疼惜。诗的末尾，诗人以一只蹦跶不出命运的青蛙意象来做比喻，晓文的命运如同这只永远逃脱不了命运束缚的青蛙般，陷落在生命的深渊中，不曾有过生活的美好。当然，诗人以旁观者的身份同情她的命运遭遇外，是否也曾想过，他们的灰色生活也曾有过不经意的快乐和卑微的价值呢？

应当说，龙红年是一个善于表达底层人物命运遭际、具有高度责任感和担当意识的诗人。近年来，他在《诗刊》等权威刊物上发表的诗歌，引起了社会反响。人们关注的也大多是他这类作品。值得注意的是，他的诗歌不仅记录了丑陋的现实和狰狞的面孔，也有一丝温情和一抹亮色。比如，在诗歌《绕竹村的一群鸭子》中，诗人写道：“麻色的绕竹村的一群鸭子/在早晨八九点钟的阳光里浮出……/在干净的晨光里/它们团结而不紧张地/游过一口池塘/摇过一跳田埂”。

这样的诗歌充满阳光的味道，有着明媚的底色和快乐的情趣，让我们在沉重的现实面前增添了一丝希望的力量。读罢这首诗，我想说的是一种最为宁静的幸福也莫过于此吧。一个人也只有在内心平静、喜悦的时候才更能从平常的事物里或普通的细节中发现美的存在。生活不是缺少美，而是缺少发现美的眼睛。诗人机巧而毫无刻痕地为整个场景营造了一副和谐美妙的意境，令人不觉莞尔一笑。最后一句话“一副不求名利的样子”，实现了从客观描绘到主观评判的飞跃。面对眼前之景，诗人的心情是愉悦的，态度是诚恳的。与其说，这句诗表达了诗人对这种自然的、闲适的生活状态的向往，毋宁说，这种向往是抵达灵魂的怜悯与疼痛之后的精神修复和心灵慰藉。

三、诗歌栖息于乡村的灵魂

新化是娄底诗群的一个文化大县，历史底蕴深厚，人才辈出，一代文豪陈天华、成仿吾等皆出生于此。当代的诗歌创作秉承了诗歌前辈的血脉，出现了一批忧国忧民、感时伤国之作。唐象阳是近年来新化县涌出的一个有代表性的诗人。受梅山文化熏陶的唐象阳是一个真诚至极而又低调至极的人。面对诗歌，他始终虔诚、敬畏、谦卑。这个在全国诗界并不显目的名字，却是一个将诗融入生活的人，一个经历了生活的起起伏伏却依然钟情于诗的人，这样的一个人，比起其他小有名气诗人的浮躁和自负(甚至有一些诗人有一种所谓的狂妄综合征)，唐象阳却表现得十分淡泊明志而又顺其自然，他看得清，摸得准，知道自己的斤两和功底，知道诗歌创作的真谛。因此，他既没有过多的奢望，也不会抱以宏大的理想，如此这般也就不会有诗歌创作的精神枷锁，更不会用诗歌作为命运的敲门砖，或片面追求“诗人”这个肤浅而虚荣的头衔。如同一位走街串巷的民间艺人般，他只是努力打磨好自己的手艺，雕琢一件精彩绝伦的艺术品，用独特的目光，勤勤恳恳地写，老老实实地表达内心的真实感受和想法。至于努力的结果是不是能够赢得美好的收成，他已无关乎世俗的欲求。所谓“只问耕耘，不问收获”在唐象阳这里有了生动的诠释。可以说，唐象阳的这种真诚不仅源自他丰富多彩的生活本身，而且也从他毫不扭怩作态的诗歌中真实地透露出来，他不浮泛，不粉饰，没有什么花架子，简单，直接，透明。

正如诗人的夫子自道：“只要心灵达到了，不管我的作品发不发表，都是心灵的福祉。”而我们从其诗篇中看到的片片时光，感悟到的丝丝情意，亦是我们的福祉。唐象阳的诗歌能给浮躁的精神洗尘，这种感觉真好，纯粹，真实，安宁。

自古以来，诗人们似乎都喜欢栖于亭阁，对酒当歌，感叹人世风月，于子夜抒怀，将万事万物都纳入怀中。春花秋月、爱恨情仇在诗人的笔下演绎了数千年，却也经久不息。而栖息于乡土中国的唐象阳却将自己的灵魂深深沉浸在这片厚实的土地间，无论是文人墨客的风花雪月，还是才子佳人、良辰美景，在他看来，无异于空中云端，虽美好却空泛，终不过昙花一现。而只有在这片世世代代相伴相生的泥土地间，作为歌者的灵魂才能唱出时代的心声。“一只在屋子里老想通过玻璃窗户逃出去却被撞得满眼昏花的燕子、几个在一座青色的房子前闲聊了一个下午的老人、一条被宰掉了尾巴却露出温驯之态的俊美黑狗、草坪上孤独地躺了一个冬天的梧桐枯叶，连同一个久违了的突然衔着电话线在生活的另一端唾沫开花的人”等，这些生活常见的片断都能生发出诗意，闲散中不乏余韵，朴实中不乏绚烂，平凡中不乏生趣，字里行间洋溢着对生活的无限热爱，这样的诗意便俨然成了唐象阳生命中无法褪色的美丽。我们知道，乡土诗歌必须借助深刻的人文关怀来提升思想的深刻性和情感的普适性。如果只有粗浅的文字而没有深刻的思想，或者说只有浮泛的想象而没有真挚的情感，这些都不是好诗歌。唐象阳的乡土诗在注重挖掘民间文化元素、故土思想底蕴和乡间精神特质的同时，努力展示现出浓郁的人文关怀。正因为有了这种温情和关怀，诗人笔下的一草一木，都是有灵的，有神的，有个性特色的，都是大千世界的一部分，都是应当受到尊重，得到关爱的。透过这样的文字，我能感觉到唐象阳在诗歌创作的道路上是执着的、坚韧的、强劲的，充满了强劲的力量感和对生活的期待。这样的人，因为热爱而升华，因为升华而更加热爱。因此，无论社会怎样变迁，无论诗歌遭遇怎样的边缘化现实，无论人们是不是还在读诗、爱诗、谈论诗，他都不改变自己对于诗歌持久的热爱。这份热爱与坚守在经过了时间的洗礼、生活的打磨后，历久弥新，积淀了岁月的沧桑与生活的真谛。他越来越知道内心深处真正需要什么，同时知道诗歌真正让他割舍不下、拨动他心弦的魅力在哪里。

令我诧异的是，与诗歌中的意气风发和畅快潇洒相比，真实的唐象阳却与诗歌中的形象大相径庭：他没有诗人的气宇非凡，甚至有点土，有点笨拙，有点木讷，时不时一丝腼腆的笑意挂在嘴边。他总是微笑着，黝黑的皮肤更显得他憨厚朴实，喝酒的热情让他朴实的生活中多了一份豪气。但大部分时间里，他只是一个沉默寡言的人，在沉思冥想中感悟生活的韵味。如此看来，“文如其人”的说法在唐象阳身上没能体现，反而走向了极端，或许也正契合了他对生活的真实感受。品读他的诗歌，印象深刻的是文本表达与生活经验的反差。诗人将现实的平淡无奇以新颖别致的文字表现出来，在原本司空见惯而无法引人关注的平凡之象的背后，多了一份唯美、浪漫和理想化，并呈现出一种特殊的气韵。在他的世俗风景画中，家乡始终是他作品中的第一主角。故乡像一条精神纽带，贯穿着诗歌的始终。唐象阳在诗歌的世界中倾其全力放飞想象，拥抱生活，如此强劲有力的诗歌创作自然与众不同。他把西方诗歌深邃的意象群和中国古典诗歌优雅的意境美完美结合，这样的结合无懈可击，呈现出冲击读者视觉感受的新面貌。他的作品似乎带着梅山文化的一种符号，一个咒语，一个摹本，这种文化为他的诗歌沉浸在一种“混沌又清晰、迷荡而安静”的意境中，他的情感也因此而焕发别样的光彩。

手头正好有他一本诗集《时光的碎片》，这本书分为《思念的声音》和《灵魂的净土》两大部分，唐象阳将连贯的时光以诗的文字分割成碎片，在细细咂摸中捕捉着生活中微妙的情愫，并小心翼翼地守护着那份难得的真纯。唐象阳的诗，浸润了泥土的芬芳，承载了他对生活的美好。乡民们劳作过后从心底唱出的灵魂之曲构成了他诗歌中最动人的旋律。他的诗有一种天然的纯粹，一种原生态的本质，又不脱离于民族精神的内蕴和地方文化的新奇，这是诗歌中潜藏的一份充实，使人感觉到浑厚而质朴，旷远而深邃，仿佛连通着天地的玄机，感受着源自大自然爆发的隐秘的力量。

比如，在《思念的声音》这一辑中，我看见了思念如同破茧而成的蝶，迫不及待地寻获突破口，为着那个不知名的蹁跹魅影，一路寻觅，最终寻成诗歌的模样。在诗歌里，秦淮丽人“是梅雨中的一滴或一粒／落入湖泊为景，掉入尘土为墟”；喧闹的七夕节却以“你的梦由失眠曝光”和“我的失眠由梦喂养”；当等待成为一只停摆的钟”之后，诗人一直在“穿过时间的隧道／幻想一种至高的爱情”。诗人听风，却牵动了往事情怀，引得几许愁怨，听雨，“便听湿了幽谷兰香的记忆”，听雪，便听成了“思念孵化成苍白的沉默”。在这样的文字里，我们能看到昏黄灯影中，诗人几许惆怅，能听见源自一颗孤独的内心最本真的声音。落叶、春雨、秋风、月色、丁香，这些优雅的意象无不在演绎着绚烂的生命，映射出诗人眼中纯粹与感怀的世界。

而在另一辑《灵魂的净土》中，我看见了乡愁如同立在村口的古槐，翘望麦田的金黄，廓清村庄的剪影，守候友人的温暖，等至千年，只为游子旅行一生后的归来。诗人的胸怀里装载了太多的情怀，对故乡的蓑衣与河湾的念想、对农民工现状的怜惜、对亲人青春岁月的悼念、对淡泊的追求、对母亲的深沉怀念等，无一不诉说出诗人独坐案头的愁绪。诗人凭倚窗棂，感慨着世间万物，兼济天下的愿念感动着无数活跃于子夜的生灵，这位孤独的歌者任月色跳进诗里，舞成诗篇，感动你我。请看带着月色的乡愁是多么感人：月色舞成一杯酒，“叙述所有的爱和恨”，映射着“生活的苦”与“梦里的甜”，我们唯一能做的，是“借一片月光去安静地寻找，母亲的身影”，或者“在这些跃动的思绪里，安静地，做梦”，或者“种植月光”，以此来“庇护他乡的游子”。

唐象阳把诗的笔触紧紧地扎根于厚实的大地。他与大地的密切关系可以用水乳交融来形容。他的书写，退却了故乡情怀的固有悲伤，减少了散漫浮夸的离愁别绪，没有了猎奇的书写，而是多了一份坚定和执着。他把自己的笔头磨得更尖、磨得更利，把自己更有力量地凝聚起来。他用尖利去划破故乡的丑陋和封闭，他用力量去激发内心板结的情感冲动。他坚信生活如同远航的帆船，总在风雨飘摇中驶向未来的方向。诗歌需要这份冲动，创作需要这份冲动，生活的五彩缤纷更需要这份强劲的动力。

在唐象阳的诗境中，他的内心是丰腴的，他的写作是幸福的，这种幸福是因为他在生活的态度里很好地剥离了喧嚣与浮躁，很好地沉入到生活的深处，触摸到生活的本质。我相信诗人的内心虽然有着冲动的情感漩涡，但更多的是一汪平静的碧水，偶尔投进一粒石子，就荡起圈圈涟漪，于是，这情份便成了醉人的诗意，甚至溅起一层层薄薄的月光，把你我的美丽痛快地打湿。

无疑，唐象阳的诗写得非常质朴，本分，没有花哨，没有矫揉造作的成分，这种风格源自他憨厚朴实的性格。他的诗歌还有一个特点就是安静。这份安静在浮躁的当下时代显得难能可贵。现在的诗歌大多躁动，喧闹，少了几分宁静与安详。尽管各有所因，但如此闹腾的诗歌创作终将不能唤起人们内心的共鸣。而在唐象阳的诗歌里面，我感受最多的是一份远离喧嚣的安详自在和宁静致远。有力量的刀子也许看起来很挫、很钝，但却削铁如泥。唐象阳的诗歌就给我带来这么一种神奇的效果，我喜欢，愿意接受他情感的切割，顺着他意象的芳径，与诗歌共舞。

唐象阳诗歌中的“月”的意象独具风韵。古往今来，写月者何其多也。但唐象阳的诗歌遍地是月，有温柔，有忧伤，有怨愁，等等。请看这样一些诗题吧：《小城孤月》,《唇沿上的月色》,《星月幽幽》,《月色情思》(组诗),《丢失的风月》(组诗),《月色荷塘》,“月”的意象无处不在。除此之外，标题中虽没有出现“月”字，但“月”的意象无处不在的诗歌数量更多。如“所有的思念都相逢在这个月夜”(《走进中秋》)。即便在《春天桃花开》这里的组诗中，开篇也是“月光开始暖和/桃花的脸在夜色里开始忧伤”(《桃花与流水》)的清新月色，而在接下来的《桃花，唐朝的一位女子》，开篇仍然是“月色、琴声和灯火/都不能误导桃花的方向”。诗人的文本中洋溢着一份对“月”的热爱和追求。在我看来，诗中的“月”更多的是一种情怀，一种浪漫，一种宁静，一种美好，一种追忆。

在这里，我想就《跃动的乡愁》这样一组诗简单地阐释一下。这个组诗的第一节是《深入月色》。诗人平静地写道：“蛙声沉落，村庄像一位老翁/渐渐睡去//此时，适合怀念/适合想起与清贫有关的词语/适合写一首诗/用温暖的手心/捧一片月光/叙述所有的爱和恨”。以月色衬乡愁的诗篇很多，但唐象阳的这首诗却可贵在写得十分内敛，十分独特而老道。他把月色与“清贫”联系在一起，而“清贫”又是跟月色这样美好的意象联系的，它内含的是精神上的丰腴和情感上的澎湃：月光可以捧起来，同时捧起来的，还有心中的爱和恨。这样的意境既旷远又清辉，可供想象的空间很大。

接下来，在《月光，一个苍凉的名词》这一节中，诗人一如继往地写道：“月光/我内心一个苍凉的名词/想起你，就会想起/父亲的汗水、母亲的泪滴/以及故乡隐忍的伤悲”。透过月光，想念远方的亲人，内心的苍凉油然而生。这样的诗，话语不多，但字字珠玑，值得细细品味。

而在《安静的月光》里，唐象阳满怀深情：“这样的夜里，一切都很遥远/而我只能捉住每一片经过的月光/写下怜爱与疼痛/只能眺望故乡的岸柳/借一片月光去安静地寻找/母亲的身影”。这样的深情，与其说借母亲的身影来表达自己内心的乡愁，毋宁说诗人试图通过一片月光传达他对故乡的祝福。当寻而未得、离家难归之时，唯有这样的“月影弄人”方能愁煞远方的游子。

同样地，在《月光，在柳梢》这节中，诗人用了三个不同的情感维度，全方位、立体化地表达了自己的追忆与怀念：“在你到来时，河水正丰腴”“在你离开时，河水正消瘦”“在我忘记时，河水正干涸”。在最后的力度上，诗人有了强烈的情感跳跃和审美提升：“黑夜埋葬了所有的誓言/我带着伤痛，从一首曲里逃离，恍如隔世/那时，正好，月上柳梢”。月上柳梢的别具一格让诗歌增添了另一番趣味，让每次月亮的出现都不同。这样的诗歌让我想起贝克特的《等待戈多》，只不过在贝克特的剧情下，戈多是一个荒诞的、不存在的、虚拟的人，像一个无法实现的承诺。随着剧情的递进，舞台中央的“等待者”始终满怀希望，他身边的变化是细微的，有桌椅的挪动，有时间的流逝，有新桃换旧符。而唐象阳笔下的“月上柳梢”，是真实的场景，是现实的生活，是美好而又忧伤的具象表达。月光成为一种见证，无论岁月怎样的变迁，无论世事怎样的变化，唯一不变的是诗人内心那一份“月上柳梢”的别样景致。

组诗的最后的两节分别是：《月光，跃动的乡愁》，“徘徊在田野/就像徘徊在一段心事里/茫然而不知归路/那些幸福，那些忧伤/那些张着小嘴的疼痛/就像此时的月光/跃动并持久地弥漫着乡愁”；以及《在心里，种植月光》，“此刻，我只想在心里/种植月光/让它像一株故乡的垂柳/抽出生命的绿芽/庇护他乡的游子”。在源自灵魂的歌声中，最后的文本直抵诗歌题旨，诗人绵绵不绝的想象或怀念，正是基于由来已久的浓浓的乡愁，它“跃动”着，不断地闯入诗人的现实与梦境，在似真似幻、非虚非实的梦境中撩动着世间无数个游子心中对故乡最纯洁的眷恋和最执着的追寻。

三湘四水一代的新化，孕育了无数多情的才子和绝美的佳人，这片土地也因诗歌更深切动人，刻骨而铭心。唐象阳生长在这片神奇而厚重的土地上，他是如此热爱自己的故土，这股浓烈而炽热的思想之情融化在他的诗情诗意中，更为真挚动人。诗境中的朴实无华，诚挚敦厚，根深叶茂，正是故乡对他的回赠。如此独树一帜的诗歌创作乃梅山文化中的一株奇葩。

当诗坛被突如其来的艺术撞击和语言试验弄得乌烟瘴气和一片狼藉时，读者往往在语词追逐中和情感迷失中逐渐失去了耐心，失去阅读诗歌和鉴赏诗歌的勇气。然而，唐象阳诗歌的出现，给我们带来了一抹靓丽，一种清新的气息，他笔下的乡村、耕地、水井、月光和草垛带给我们无穷无尽的艺术享受和精神净化，因为他的诗歌文本并非单纯地描摹村庄的俗物和人事，而是用“月色”的清冷和宁静去观照社会转型期中故土发生的必然变化。他清新自然的语言承载了来自新化民间话语的精神凝结和文化积淀，从乡村恬淡的生活中发掘山人和农民的自由、快乐和质朴。

唐象阳的诗歌充分诠释了新的历史时期乡土诗歌创作的新路向，我真诚地希望唐象阳能一如既往地弹奏诗歌的和弦，坚持自己的艺术操守，让诗歌的月光栖息在乡村的灵魂之上，在每一个不曾起舞的夜晚为举头望明月的人们独照一刻诗情画意的宁静时光。

第三节　衡阳诗群的漂泊性与乡土性

中国新诗，自风雨飘摇的 20 世纪 20 年代兴起，颠簸辗转近百年，虽年轻但却充满着力量。当““文革””的疯狂面具被扯下，新鲜的空气再一次涌入中华大地，苏醒的诗性闯开了沉寂的文艺园地，灵性的热浪喷涌而来，开启了一段全新的时代之约。

一、天涯美学与雁城火焰

正所谓钟灵毓秀，衡阳自古以来便是文采风流之地，顺应历史潮流的翻涌，印证“惟楚有才”的内蕴，一批笔力恣肆的文人骚客用性灵点燃这一座诗歌之城的甘美厚重，也照亮了新世纪衡阳人的精神担当。

（一）天涯美学的世界乡愁

洛夫，作为衡阳诗坛中的领军人物，以其惊人的创作力为衡阳诗群增添了浓墨重彩的一笔。迄今为止，他已出版诗集 37 部，诗歌数百余篇，此外还有许多重要的诗论文章。他的众多理论与实践已经成为中国诗歌无法绕开的话题，其中最为重要的原因就在于在他的诗歌中体现了一种对生命的通融与豁达之情，同时在极具中国传统意境和西方诗学理论的交融中展现了中西诗学文化碰撞的火花。

洛夫的诗歌创作前后经历了两次风格的重大转变，第一次是从跳荡波动的超现实主义转向中国古典诗学的探究，诗风婉转蕴藉，隽永含蓄；另一次转变则是从民族性的层面进行挖掘，作者试图从超越国界的层次上对生命的存在进行探索，以此发现更加多元的诗歌艺术形式。

超现实主义兴起于第一次世界大战后的法国，创立者是勃勒东等人，它的出现迅速得到世界各国学者的追捧，成为影响深远的艺术学派。超现实主义的产生背景与存在主义相似，但是与存在主义所强调的在荒谬中体验价值的存在不同，超现实主义强调打破一切社会原有规范的束缚，主张在彻底摧毁的基础上建立新的价值标准。而在表现手法上，超现实主义者们认为，现存的逻辑性是不可靠的，在技巧上他们更加注重表现潜意识，在他们看来现世的真实存在只是表面的，只有超越于现存真实之上的真实才可以还原世界的本来面目，而实现这一切就需要利用潜意识、梦幻和直觉进行组合。

剔牙乃日常生活中的常见之事，然而当这一慵懒甚至有伤大雅之风的题材被写入温文尔雅的诗歌中时，“剔牙”似乎也脱离了原本附加的俗套与丑陋，反而多了一份悠闲与自在。这就是洛夫笔下的剔牙。在洛夫的诗作《剔牙》中，我们可以看到超现实主义诗歌创作中的两重属性：“中午/全世界的人都在剔牙/以洁白的牙签/安详地在/剔他们/洁白的牙齿”。诗歌第一段便用简洁而略显生活化气息的语言呈现了诗歌意境营造下的第一重属性，在这一段中我们可以看到现代生活中的人们在酒足饭饱后悠闲安逸的剔牙景象。这符合超现实主义诗学理论强调的一切诗歌都可以由普通大众来写，并且生活中的一切事物皆可入诗，世间万物都具有诗的品质这一特质。由此看来，“剔牙”原本作为人们茶余饭后的小憩举止也能登入大雅之堂，在如梦如幻的诗歌中找到自己的栖身之地，这不得不说是洛夫的一大创举。

紧随其后，诗风突转。在诗歌的第二段：“依索匹亚的一群兀鹰/从一堆尸体中/飞起 排排蹲在/疏朗的枯树上/也在剔牙/以一根根瘦小的/肋骨”。在这段描写中，诗人的取材不再承接上段中极具生活情趣的日常景象。而是在以腐尸为食的兀鹰中寻找灵感。盘旋的兀鹰在饱餐一段后，用瘦小的肋骨充当自己剔牙的工具。与人们日常生活中用牙签剔牙的场景相比，兀鹰的饱餐充满了血腥和恐怖，给读者以十足的惊骇感，并在前后诗文强大的反差中感受着“剔牙”的不同情调。这一点，契合超现实主义创作中的第二重属性，即诗歌被创作完成后应当具有的不可解读性。我们的思维很难在短时间内完成由“剔牙”向“兀鹰”的跳跃。但是两者之间随着同一生理现象，即进食的发生而具有了一种潜意识性的微妙感。在诗歌中，随着镜头的由远及近，兀鹰剔牙的状态得到了生动的特写，再由此进一步聚焦到“一根根瘦小的肋骨”，随着剔牙状态的发生和“牙签”这一物件的出现，让读者在突转中意识到上下文之间的联系，从生活中的“剔牙”到兀鹰的“剔牙”进而获得了联系。即当现代人进行所谓“文明”的剔牙仪式时，原始丛林中的生灵们也在为着自己的生存而无意识地进行着一场饱餐仪式。生活在贫苦地区的人们也在感受着这一切，只不过，牙签是他们自己的尸骨。诗人在常人意想不到的事物中建立起联系，进而生发出对现实生活的不满。潜藏在诗歌中微妙的比喻令人不寒而栗，深受震撼。

诗歌《剔牙》中，作者打破常规，没有以惯常思维切入主题，而是把握住潜意识的自然流动，抓住日常生活中剔牙的细节进行发散，用“瘦小的肋骨”引发人们对当下现实境遇的思考，用第三世界悲惨境遇的反照投射出现代性文明的荒诞，讽刺全球化浪潮带来的贫富困境，用边缘化的生存处境寄寓对弱势者的怜悯之情，呼吁人们在残酷的现实生活处境中关注挣扎于生死边缘的弱势群体。同时，诗人以特立独行的构思模式完成了超现实主义中对社会既定秩序的反叛，展现潜意识的真实。

透过这一首诗，我们可以感受到洛夫的超现实主义创作有一种距离体验的特点。所谓“距离体验”，即在诗中有一种远距离的感受，现实被隐藏，复杂的情绪被包裹在一个背景抑或是物象之中，如诗歌中“兀鹰”的跳荡，令人在心悸却又不可捉摸的距离中体会到扣人心弦的力量。

同时，来自洛夫的超现实主义创作呈现了一种深入浅出的特点。诗人以宏大的情怀介入，但却用常规的意象进行书写，看似平白但却蕴藏十足的真气。比如诗歌中的“尸骨”“兀鹰”并无太多特殊之处，但是一旦将其投入诗歌的整体进行解读，就产生了令人惊异的光彩。在反差极大的事物中突显生命的张力，让读者感受撕裂的疼痛感与艺术的复合感，并以此反思现实的残酷与无奈。

进入 20 世纪 80 年代以后，洛夫的诗歌风格出现了明显的转变，诗歌的语言变得简单明朗，诗意的呈现也没有了复杂的晦涩。他的诗歌开始回归传统，在属于中华传统文化的故土中找寻精神的栖息之所。

在洛夫诗歌回眸的探索时期，他挖掘了古代作品中“无理而妙”的奥秘，打通了其与超现实主义中非理性因素的暗道。同时，古代诗歌中韵味独到的诗学品质也浸透在洛夫的精神品格中，进而完美地呈现在他转折后的诗歌创作中。四十岁之前的洛夫很欣赏李白式的侠士精神，杜甫式的忧国伤怀之感，李贺式的突破与反抗的勇气。而到了艺术生命的后期，诗人转而更加向往王维式的与世无争的恬淡心境，他自己也承认后期的许多禅诗中所营造的超远的意境其实是受到了王维的启发，“我读王维的《辋川集》，就会在看似平淡无奇的诗中领悟到禅之美。”

在洛夫的诗作《金龙禅寺》中，我们可以感受诗歌中宁静致远的禅学意境。诗人以旁观者开阔的视角去体察万物，于心平气和间达到物我合一之境界。

晚钟
是游客下山的小路
羊齿植物
沿着白色的石阶
一路嚼了下去

如果此处降雪
而只见
一只惊起的灰蝉
把山中的灯火
一盏盏地
点燃

在这首诗歌中，我们可以看到诗人直觉体验的创作方式。读者无从知道诗人是以谁的视角在叙述所见所闻，全篇只是简单的意象呈现，几乎没有逻辑性的联系。诗人将自己隐藏起来，仅凭直觉式的体验创造了一个物我合一的安宁世界。

“晚钟，是游客下山的小路”，短短一句，却包含着古诗的韵律和节奏，如同一条延伸至山林间的小径，将读者带到了一个如梦似幻的境界。“晚钟”“下山”简明而韵味无穷，不仅点明了时间、地点和事件，也营造了律诗的凝炼，简约而不凡。同时，这一句诗在直觉中又体现了一种情感的逻辑，钟声渐晚，顺着思念的线索延伸到游客归途的小路，钟声便成为了游客心中的路，而这路则通往家的方向。

“羊齿植物，沿着白色的石阶，一路嚼了下去”，这一节诗，饶有诗趣。植物沿着台阶一路嚼下去，在陌生化手法的运用中充满了新奇的趣味。诗人借助植物如同羊齿的喻体，生动地再现了不为人瞩目的路旁植物的旺盛生命力，动感的画面中带着超现实的意味，令人不得不惊叹于洛夫身为“诗魔”的魅力所在。

“如果此处降雪”一句妙趣横生，凭空宕开一片世界，让人的思绪在惊奇中感受到一分“空”的清明，仿佛一切陷入沉寂，但是这沉寂中又蕴藏着无数的可能，似乎雪后隐藏着奇特的风景，风景里沉潜着无限的谜。

就这样，诗歌在情感的酝酿中浑然天成地走向了结尾。“而只见，一只惊起的灰蝉，把山中的灯火，一盏盏地，点燃”，在这一节中，“灰蝉”是禅意的象征，蝉的形态也微妙无穷，极富意味。通过灰蝉的惊起，我们可以感知到，灰蝉振翅飞吟时双翅一浮一沉的轻微、灵动的振感，扑哧扑哧的状态好似跳动的火苗，灵动而自在。这不为世事所羁绊的蝉点亮了山中的灯火，极巧妙地映照了诗人的心境，蝉谐音禅，蝉动即禅动，在蝉的飞跃中，点亮的实则是生命的意识，这一种人性通达的觉醒让山谷通明，真正达到了雪的世界，这内外澄明的圣境。

“空”的意识与禅的追随让洛夫的诗歌更加灵动澄澈，也让我们感受到源自心性的乐音。而这样的一种意识，也为洛夫的“天涯美学”埋下了伏笔。在经历了二度流放后，洛夫深切地感受到一种身心的双重漂泊感，这样的一种漂泊转化为诗中孤独的反叛，同时超越为一种对民族生存境况的思考，“天涯”不仅仅是怀念，更是一种沉重的忧愁。诗作《漂木》便是诞生在这样的背景之下的作品，它是放逐与质疑的混合，是跨越文明边框的复合物，多元的沉淀令人折服，也使人热泪盈眶。

诗人洛夫，不仅仅是衡阳诗坛上一颗璀璨的明星，更是世界诗坛中不可多得的开拓者，他让中国新诗重新找到属于自己的位置，也让中华文化以自由的名义向世界传达。

（二）新乡土诗：精神的回归

新乡土诗歌的概念与乡土诗歌最大的区别就在于它的“新”，传统的乡土诗歌的题材是纯乡土的展现，而新乡土诗歌注重的是一种自然的基调，它以质朴为诗风追求，力图回归到精神的原点。

2012 年莫言获得诺贝尔文学奖，引发了关于乡土文学未来走向的大讨论。随着城镇化的发展，当今现实生活中的乡土已经不再是从前的湖光山色和田园式的舒适安逸。在新的时代，我们面临着新的精神困境：如何将新的乡土现状艺术地再现，如何用诗的语言展示一个新的乡村世界。

在新乡土诗歌的探索过程中，衡阳诗人发挥着重要的作用。最具代表性的作者有江湜、吕宗林。在他们的诗歌中，我们看到的是一份对于乡村文化的尊崇，无论是路边的一草一木、林间的蝶莺飞舞，还是深山中废弃的屋棚抑或是丢弃在路边的农具和家当，这一切是属于乡土的物质形态，是属于乡土的文化记忆。这样一份回归田园而质朴宁静的意象风格伴随着一代诗人的成长，也造就了一代中国人的集体记忆。尽管物质文明的发展对这样一份源于自然的乐趣构成了挑战，但脱离工业文明而独立于世的返璞归真让乡村诗歌自有一份生存的价值。这样的一种风俗美是不应当随时代的推进而消失殆尽的，相反我们应当再次回溯到生存的起点，在不让它遭受现代物质文明侵蚀与破败中，提升乡土文化的内涵。

在吕宗林的诗作《与李贺共品》中，我们首先感受到的是新乡土诗歌的一份对于传统的致敬。他的诗歌依旧是扎根于农耕文明的土壤，骨子里的文化记忆使创作本身承载了民族的血脉。诗人构想与李贺穿越时空的共饮，实际融汇了对于乡土自然的珍视与情怀。南岳的云雾茶，衡山秀美，凤凰泉水的清冽都一一入画，进入诗人温柔的梦乡，这是乡土的剪影，更是精神的归途。

同时，在新乡土诗歌的创作中，我们还可以感受到的是一种价值的多元趋向。在内容的处理上更加灵活、开放。诗作《与李贺共品》中，开篇我们便看到极具时代气息的一句“低碳时代”，如此富有现代气息的词汇置于与“诗鬼”李贺共饮的场景中，如同一场时空颠倒的穿越，将我们的思绪从远古拉回到现实。这样的一种现代语境非但没有破坏诗境，相反，这样的时代性话语恰好契合当代人对于和谐乡村的理解，而“低碳”的理念又与先人顺应天理的观念相吻合。此句是传统理念的现代性延续，创新而不出格。

在这首诗中，我们还可以看到明确的现实性指向：“杯中乾坤小/诗意人生大/瘦马并非多病的狂草/潦倒也并非浪迹的虚名/呕吐，酒精味太浓/愤懑，官场气太重/为诗觅得人憔悴/囊中自有金钢钻/当不当朝廷的白领又有何妨”。面对官场文化的霸道横行，诗人果敢地将自己放逐在权力的外延，大胆地抒发内心的愤懑，表达对权势的不屑，这一点与千年前的李贺产生共鸣。作者借诗意讨伐现实的混沌不堪和人们的唯利是图，在满腔怨愤中也包含着对故土的思念，以及内心回归乡土本源处的渴望。在纷纷扰扰的尘世中，无论是你方唱罢我登台的官场暗战，还是灯红柳绿的都市生活，唯有来自家园的甘泉可以抚慰诗人受伤的内心。社会的发展，牺牲的不仅仅是环境，有时甚至是深层的记忆，是一份质朴、踏实的传承。

透过吕宗林的作品，我们可以看到新乡土诗歌在包含传统乡土诗歌坚实、简约的同时强调了诗人自身的独创性，他们力图打破思维定式中的条条框框，展现现代乡村的时尚气息，以更加现代性的眼光去洞悉现代乡村人的内心世界，以此展示人类共同的生存境遇。

（三）真挚的触感

政治，从古至今在中国社会中一直扮演着十分重要的角色，它不是政坛上昙花一现的匆匆过客，其影响力也远超越一个时代。文学中政治色彩的介入也从未停歇。在衡阳诗人群体之中，有两位作家有着相似的生活经历——胡丘陵与陈群洲，他们都是从事党政工作，从基层摸爬滚打而来。从政多年的经历让他们的生活多了一份磨砺与韧性。他们的从政经历和沉淀下来的生活趣味给他们的文学创作带来了不一样的影响，在他们的诗歌中反映出的内容让读者有一种特殊的真挚体验。这是来自政治氛围熏陶下特殊的生存感受，他们的创作没有陷入以往口水式颂歌体的模式，相反，在他们的诗作中，我们体会到的更多是一份工作中真实的生存体验，不矫揉造作，细腻而令人动容。

在胡丘陵的《2000，去春天报到》中写道：“马蹄声碎，汽笛声咽/在民谣铺设的道路上/两个小时/便走完了杜甫/从京都赴奉先的路程//郑板桥的竹子/让人砍得差不多了/我还是隐隐听得到萧萧的回声”。这是诗人在任职过程中的创作，语言朴实真诚但却又充满浓情。在这一段中，我们不难看出诗人为官的理想所在，郑板桥的竹子因世事沧桑而不复再现，但是诗人心中的竹子依旧还在萧萧回响，那是来自内心清廉的正气之声。诗人用两个小时便走完了杜甫的漫漫路程，相同的路径却承载着两个诗人不一样的生命意识和时代信念，诗人在歌颂新时代的发展与进步中，又担当着一份为官为民的责任。当然，这样一种安闲自在的清官心态并不被为人民服务的当局主题所提倡。为官从政者在保守自身的清廉中，更多的是依靠法律的约束来确保一个飞速发展的社会体系的正常运转。我们需要的是法治社会，但是在当今社会的语境下，官员能有这样一份责任担当意识也实属不易。

在胡丘陵的诗集《拂拭岁月》中，诗人以半个世纪以来中外发生的重大历史事件为题材，带有实验性地进行了“新闻诗”的相关创作。作者没有简单的再现历史，而是将笔触深入到历史的细部，剖析史实的本质所在。诗歌中运用排比的手法，展示属于时代的宏大品格。

而诗人陈群洲则较早地提出了“诗散文”的概念，他以先锋的意识进行探索，力图在诗歌中呈现一种真实的生命触感：

不知道雨什么时候下起来的
其实我正在他乡一座神秘的古寺里
木鱼沉闷地响着。我不能告诉菩萨
自己真实的内心。我无法久留
雨季开始了，我得加紧赶路
一路上的花儿开着。树泛绿了
我格外地乱，无心赏景
雨有可能一场接一场地下
那棵树在远方。刚刚移栽到我的院子
她是我的春天。那么大的雨
她的梦会不会被淹得一地泥泞
而伞，还在我的手里

在这首《他乡开始的雨季》中，短短的几行字，却呈现出了一种故事的质感，如同一场平缓中蕴蓄着无限可能的电影，给人以无限遐想的空间。以雨为故事的背景，于滴答的喧嚣声中凸显一份朦胧与诗意。主人公“我”来到古寺，承担着一份难掩的喜悦与复杂。虽然道路两旁满目春光，但我无法久留，因为远处心爱的恋人让我魂牵梦绕，无心于路旁的野花。全诗细腻地展示了一种美丽、静谧、欢喜与惆怅。雨声潺潺中，恋爱的小小慌乱与期待，在梦的猜想里不断发酵，因为那一把雨伞，还在我的手里，而我的心，在你的渴望里。

(四)奔腾与悲悯

在衡阳诗群中有一个现象特别引人瞩目，也就是“祁东诗人群”。就诗人的数量而言，祁东诗人群确实为衡阳文坛中的一枝独秀。诗人来自各行各业，虽各有专攻，但在文学创作上却成就非凡。他们的作品在众多刊物上发表，得到广泛好评，甚至有专栏专门对祁东文学进行介绍，足以见得祁东文学的整体影响力。

在如此才高八斗、学富五车的诗人群体中，不得不提的就是诗人聂沛。他的诗作很好地呈现了祁东诗歌的整体风貌——奔腾与悲悯。祁东人敢爱敢恨，敢闯敢做，他们义无反顾、一往无前的性格在诗作中也得到了很好的呈现。

西风烈！一个在草丛中闭目伫立的人
一个在落日中奔跑、追赶炊烟的人
一个住在幽暗的房子里点火读书的人
一个世界的孤儿，骑着马儿四处流浪
我不知道他们在想些什么，但我知道
他们的想法与我们不同，他们想得比西风更远一些

在聂沛的《与友人谈》中，我们可以感受到这样一种奔腾的气质。这是一个特立独行的人，犹如夸父，孤独、奔波、流浪，一步步向前迈进，不知归途。他们是思想的先行者，是探究者，是勇士，是英雄。他们不归属于我们平庸的任何一类人，他们追寻着更为凌冽的梦。只有凌冽萧瑟的西风才能与他们并肩而行，因为他们桀骜不驯、从不归顺。

在这样的叛逆中，我们也读到了作者笔下渗透的悲悯情怀，他冷静地表达自我，让思绪如同冰盖下的瀑流般，沉静但蕴藏着无限的爆发力。这个不受约束的人，也许从他一开始奔跑就注定了悲剧的结局，但是，他依旧没有选择停止，而是继续向前，所谓悲天悯人，只因为他有一份执着与担当。

这样的悲悯，在他的《石头的一生》中也有显著的体现，全诗就只有简单的六个字“一出生，就死了”，但足见诗人笔力不俗。石头的命运亦如他的特质，命中注定而不可更改，地质运动的万千磨砺造就了它的重生，但同时又意味着新的死亡。命运的轮回周而复始地进行着，而作为命运主宰者的石头却只能静默，目睹无法左右的生命流转。这是一场伟大的悲剧，明知死亡的到来，却欣然接受命运安排的一切。诗人关注到日常生活中再寻常不过的石头，探索出原本了无生命事物背后的生命价值，令人动容。

20 世纪 80 年代开始进行创作的诗人冷燕虎，在多年的军旅生活中创作出

的作品，充满着浪漫的色彩，延续着祁东诗人奔腾的气息。在他的诗作《一片叶子飘在风中》中，诗人借叶子抒怀："我羡慕它不需要路/也没有目标/它当然被人爱过/也有过目标/爱完后/为时光埋单/自由地飘在空中/轻盈而超脱"。叶片也许曾有过炙热的追求，但一切被时光消耗，留下的是无所悔恨的飘落与飞逝。叶片洒脱看待世间一切的同时，又寄托了一份悲悯，因为轻盈飘落的一瞬间看似不经意，却是属于一片树叶的生命挽歌。全诗浪漫而又浸染着一丝哀伤。

在这个奔腾与怜悯并存的诗人群体中，还有许多默默耕耘的歌者，如聂茂、陈阵、充原、罗鹿鸣等，他们一直坚守诗歌精神的高地，用自己的精彩亮相换得衡阳诗歌的精彩纷呈。

(五)彷徨与憧憬

有这样一群诗人，他们朝气而鲜亮，我们将其亲切地称呼为"80 后"诗人群。

生命的蓝
与生俱来
飞翔的阴影跌倒了
横卧在信念的火光里
虚拟出一幕幕伟大的壮举

这是来自"80 后"诗人施晗的诗句，在他平缓的行文笔调中，我们可以读出诗人心中的一丝焦虑与隐忧。"80 后"诗人群保有自己的信念，他们选择不断地奔向火苗，然而这一切似乎又是虚拟出的伟大，如同凤凰涅槃，但我们并没有超脱，而是获得了精神的救赎。这是新的时代带给我们的启示，纠结、辗转、苦闷，我们有志向，但是路却不怎么明晰，物质条件的改善没能实现我们心中的梦想。现实如同一盆无情的冷水，泼向怀着滚烫梦想的无知青年。在"80 后"诗歌群体中，我们可以感受到更多现代性的创作，对现实丑陋与黑暗的揭露更为露骨而深刻。

然而，当"亲眼看到太阳熄灭/疾风在空空的楼阁酝酿恶意/世界往往变更于顷刻之间：风的黑轮子辗过屋顶/村庄一阵颠簸，城市地表被迫向下卷曲/飓风中翻飞的乌鸦是被暴露的每个人/的黑心脏"，表达了后现代社会个人无法对命运的把握以及对前途的惶恐与不安。这首诗歌节选自诗人罗百君的《顷刻》。黑色的基调笼罩在诗人心中，涤荡着来自灵魂深处的压抑，浸透着悲凉的味道。字里行间透露了诗人对于快速化城市进程的抗拒，以及对于田园生活的怀念。人们在现代社会中变得势利而自守，黑色的心脏预示着病态，这是现代化进程中的困顿，更是每一个人需要直面的痛苦。

面对时代的症结，我们在哀叹之余，更需要积极应对："寒潮无法吞噬太阳/与地球不期而遇的冬日暖阳/净化了自己的灵魂的躁动/温柔体贴便淋漓展现/充满梦想的正能量/正无限释放/一场旷世的季节热恋畅想/希望，希望畅想"。在诗人李镇东的笔下，我们看到了一种向上的、光明的、积极的心态，虽然言语间诗味寡淡，诗意也较为浅白，但却向我们展示了"80 后"诗人群的朝气蓬勃。

年轻一代的衡阳诗人，面对社会转型的浪潮，依旧坚守着自己的追求，虽然充满着纠结与困顿，但是一颗探知求索的内心是最为坚强的精神后盾。它可以让我们安放自己生命的家园，也可以让心绪找到合理的归所。衡阳诗歌的队伍依旧在壮大，步伐也更加稳健，这是新生一代的诗人群体的延续，也是未来带给青年人的希冀。

二、巴别塔式的倔强

诗性主体是一个不断更新、充实的精神主体，它在自然环境、人文氛围、社会事件的冲洗下发酵，在自我扬弃和潜默中生发新的可能，因此诗性主体是一个包含无限可能的意义存在。潜默，沉思，扬弃，终而升华为追求生命智慧的精神价值。亚里士多德认为主体有三种主要的生活："享乐的生活、公民大会的或政治的生活，和第三种，沉思的生活"。亚里士多德把沉思作为人的一种基本存在方式，充分说明了人本身应该成为诗性的主体。

(一) 诗性主体的精神资源

诗性主体的意义在于保持纯真的"童心"，也就是李贽所渴望的"童心"。"夫童心者，真心也。若以童心为不可，是以真心为不可也。夫童心者，绝假纯真，最初一念之本心也。若失却童心，便失却真心；失却真心，便失却真人。人而非真，全不复有初矣。"诗性主体在生命的整个过程中自始至终地守护着童心，使自我不被世俗尘埃所沾染，以保持心灵的澄明和纯粹。对作家来说，童心不是一种道德品质，而是经典作品的人格底色，唯有保持童心，诗性主体才能始终保持对世间万象的敏锐感觉和感性。诚如马克思在《1844 年经济学哲学手稿》里所论："眼睛对对象的感觉不同于耳朵，眼睛的对象是不同于耳朵的对象的。每一种本质力量的独特性，恰好就是这种本质力量的独特的本质，因而也是它的对象化的独特方式，它的对象性的、现实的、活生生的存在的独特方式。因此，人不仅通过思维，而且以全部感觉在对象世界中肯定自己。"

衡阳人杰地灵，从古至今，诗人、作家层出不穷，他们都在中国文学史上留下了精彩的墨迹。近代王船山不仅在哲学上有“东方的黑格尔”之称，其诗作创作亦自成一家。当代作家唐浩明的历史小说《曾国藩》《张之洞》和《杨度》名扬海内外。中国台湾诗人洛夫和小说家琼瑶祖籍均为衡阳。而在文学湘军的创作中，陈阵、聂沛、李志高、胡丘陵、罗鹿鸣、刘起伦、聂茂、冷燕虎和陈群洲等衡阳诗群在全国诗坛上分量颇重。

李志高诗歌的精神资源与衡阳、衡阳诗群和时代背景的交集很多。相由心生，李志高的诗集《生命的石头与火焰》颇具特色。暗黄色的牛皮纸上是几个黑色泼墨的字，简单而朴素，就像对生命最原始的那种喜爱一样对它有一股特别的感觉。磐石无转移，烈火烧不尽，生命在这本诗集里的诠释就像石头和火焰般，坚强而倔强。这是一个独立的世界，内心的私密独白似乎是没有观众的自我演出，抑或是没有读者的自言自语，他只说给自己听。每一首诗歌的标题都有一个故事，每一个故事都隐藏着故事主人的内心，一字一句皆是人生百态的呈现，即使无奈，即使痛楚，在诗歌中也能凝固瞬间的悲喜交集。正如奥克塔维奥所言“诗歌爱上了瞬间，并想在一首诗中复活它，使它脱离连续性，把它变成固定的现在。”李志高的诗句就是那个瞬间最真实的表达，读他的文字，他的诗歌，就像走进了李志高丰富的精神世界。

（二）充满隐喻的倔强诗绪

“巴别塔式的倔强”是李志高诗歌的隐喻。一群人要建一座通天塔，但是上帝不高兴，让他们说不同的语言，人们无法沟通，此塔永远也无法建成，这就是巴别塔的故事。真正的诗人写诗也是如此，理想中的“巴别塔”可望而不可及，然而有人却倔强地为它添砖加瓦，李志高便是其中之一。在《狗尾巴草》中，狗尾巴草卖力突围，和杂草一起侵占旧钢铁厂。弱小的生命战胜了坚硬的对手，映照着成长与成熟的生命主题。“有什么东西像愚昧一样追上来，把我和我的同类一扫而光。”诗歌中呈现了新与旧的更迭和无法逆转，狗尾巴草侵占了记忆中的老厂房，高楼冲刷掉了砖瓦斑驳的老房，浮华躁动的情绪不断冲击着内心最原本的灵魂，杂草顽强、棘手、固执、无聊，像贫穷无处不在。诗人害怕的不止是现实生活中四处蔓延的杂草，还有侵蚀精神的杂草。他抱怨，而更多的是选择与之顽强抗衡。精神的杂草可以侵蚀外表和言行，却无法侵蚀内心的净土。

除了诗集的整体精神风格，“巴别塔式的倔强”还表现为抒情对象的人格化。诗集中多次出现“那株错爱的山茶花”，诗人用“她”指称山茶花，她是那么的好，好到每年都有美丽的景象，好到能把“我”肉体中的烦恼和感伤都一扫而光。然而，如此美好的事物却选择来到这个少雨少阳光的阳台上，提前枯荣，结束生命的历程。对此，诗人说，“你承受不起的爱最好选择提前放弃，你消受不起的东西最好不要浪费，最好不要用金钱去改变一个人的好习惯，不要大肆挥霍从内心深处迸发出来的阳光，我错爱的不仅仅是一棵山茶花，而是扰乱了自然界一种爱的秩序。”不知道这株山茶花有没有一个固定的特指，也许她是一个美丽女子，也许她是美的象征。诗人对她有珍重、爱惜，更有愧疚，“青春太好，好到无论你怎么过都要生悔”，这句诗道出了诗人真正的内心感受。或许那株山茶花就喜欢生长在那个少雨少阳的阳台上，这是一种存在，无所谓秩序，无所谓错爱。

（三）生命时间的精神隐喻

对自己伤感，对山茶花错爱，而对人，李志高更多的则是“善待”。善待限制“我”成长的人，善待鄙视、嘲笑、愚弄过我的人，善待过分要求指责“我”的人，善待敌人，善待逝去的爱情。诗人呼喊着“善待”，以宽容之心和怜悯之情对待每一个人，无论憎与恨，悲与喜。然而，诗的背后依然透视出一颗敏感的内心。经历了从脆弱到强大，就没有了惶惑、迷惘；不经历嘲笑、鄙夷的痛苦和纠结，怎么能仰望天空发出长长的一声叹息呢？只有这艰难的释怀，才有了阳光倾泻而来的痛快。沧海桑田后，欣然回首，岁月摸皱了我们的皮肤，却也打磨出了一颗强大而成熟的内心。诗人如此，人亦然。我们都曾跌入生命的谷底，与孤独相伴，与岁月抗衡。重归正轨后，那份惆怅与寂寥却无处不在，难以忘怀，片纸只字间记录了生命的转折。直到多年过后的重温，书写的墨迹让我们再次看到了曾经的磨砺与收获。因为这段时光，人格坚韧，内心坚强；因为这段时光，在纠结中学会了选择，在迷茫中找到了方向，在忍让中找到了平衡。即如李志高所说，“学会了善待自己”。

“杯中的时间”是李志高诗歌的另一个强大隐喻。如果时间的量词不是分，不是秒，不是小时也不是天、月、年，而换成了杯，那么这一杯的时间到底可以细数到什么时候？对于一个人来说，“杯”这个量词注定有限，酸甜苦辣、五味杂陈倾尽其中。把杯人将时间一饮而尽时，昔日的回忆与眼前的景象也如同电影的叠化镜头相互重合。每个诗人都曾写过故乡，环绕着故乡流淌的河流最是让人难以忘怀。而徘徊于河岸边的，有那个真正需要沉默和孤独的“我”，有那个“完不成悲哀的我”，也有那个已经老于世故的“我”……此时，生命的序曲已融入了记忆的画面。

当杯中的时间不能大口大口解除饥渴，只能一滴一滴细数余量的时候，把杯人明白了“只有襁褓中的原始视野才能看到世界的美好，只有第一声啼哭才是最好的抒情，只有小于一的事物才能让人把握，只有盲人有视野的手指才能触摸到悲凉的真切”。每个人都有一个杯子，里面盛着时间，每个人都有权利选择以什么样的速度去饮这杯时间，狼吞虎咽或是细嚼慢咽，都可以体味到其中的五味和百态。人生如同戏台，而我们则是舞台上的唯一舞者，有时我们无法配合抑扬顿挫的序曲翩翩起舞，反而在最自然的时刻流露出一个真实的自我。“要你笑，笑不起来，不让你笑时却止不住的笑，笑得天翻地覆还在笑，笑得危机四伏、敌意丛生还在笑，笑得完不成角色还在笑，笑得完不成悲哀还在笑。”不论是笑和哭还是完不成悲伤，生活中有太多的无奈和遗憾，然而每个人心中又有一个乌托邦，在乌托邦的世界里，生活中饱受的艰辛可以得到冲洗，进而烟消云散。但是这不是颓废的理由，就像想念故乡的游子在飘泊。

每个人都有自己的故事，乐观的面容下也许是难以言表的辛酸，微笑的面容下也许是深沉的忧伤，放声大笑之下也许是悲怆的往事。生活如一条蜿蜒流淌的河流，其中的酸甜苦辣和无可奈何则是石头与火焰，有了石头的坎坷，才懂得道路的艰辛；有了火焰的锤炼，才懂得生活的不易；因为它们的存在，生命才显得如此珍贵，生活才变得多姿多彩。杯中的时间，可以数幸福，数悲伤，数快乐，数后悔，数感悟，数无奈……当杯中时间一饮而尽，余味中不仅有五味百态，还有这石头与火焰。石头和火焰调慢了品茶的速度，也调慢了生活的节奏。在慢慢品味“珍惜”的味道，慢慢品味生命的味道时，品茶人才能在慢下来的时光中沉淀下生活的乐趣。

巴别塔是一个不能建成的世界，它是一个理想，和现实有着不能弥合的隔阂。但在文学的世界里，总有这样一群人在现实里逆着大流顽强对抗，不求改变流动的方向，只为在大流中保存下属于自己的一方沙洲，宣誓自己的领土主权，李志高即为其中一位。他们竖起了“巴别塔式”的倔强精神，为徘徊在理想与现实矛盾中的彷徨者，唤起心底的“巴别塔式的倔强”！

三、存在与诗性的言说

追问存在的意义和生命的价值，是诗人区分于其他人的重要特征之一。而诗歌的功能则是实现人的诗意栖居，海德格尔曾一度追问艺术作品的本源、诗歌的本质，试图揭示艺术作品与大地、诗的本质与大地之关联。但最终，无论是海德格尔，还是其他哲学家都发现，现代人已经无家可归，失去了返归家园的可能。

（一）诗歌的价值与诗意的栖居

大地的拯救，是实现诗意栖居的重要方式。海氏提出大地是人类栖居的家园，但大地上已没有尺度，唯有以神性实现自身超越，才能在大地上诗意地栖居。基于此，海德格尔将自然语言与技术语言进行区分，也就是把工具性语言和诗性语言分隔开来。由此海德格尔认为，语言的本质是克服技术语言及语言技术化的弊病，遵循自然秩序，从技术语言回归到自然语言，可以成为实现语言本质的途径。在海德格尔那里，自然言说具有存在的言说、沉默的道说、本真的言说和诗性的言说四重内涵。作为自然言说的语言，它聚集了天空、大地、诸神和人等四个维度，这是他对当代思想和精神的重要贡献，也为诗歌创作指明了方向。

冷燕虎的诗歌与海德格尔有着内在的精神一致性。诗人与军人的身份集合在一起，产生了神奇的聚合作用。他对个体的存在与诗性的言说充满着与生俱来的好奇。当“情调遭遇调情”时，诗人“在梦中追打现实”，希望“把人生还给慢饮的杯盏”；“生命原来如此简单”，“一声叹息止不住流水”地被时光打劫，何不在功名生死面前“省点心”；“为乌云说话”的“天堂的主人”，从“不把鸟话当作人话”，在“无事之秋”的沉思冥想后，以一种忧伤的方式呼吸，化成了深情的诗篇，这绝非是无病呻吟的杞人忧天。

中国社会经济的高速发展、物质生活的不断丰富，伴随而来的是奢靡腐化、急功近利、浮躁畸形，快餐文化甚嚣尘上，历史与理想渐成虚空。作为诗人，他以敏锐的目光和沉静的情思体察世间万状，反思社会病症和人性灵魂。但百无一用是书生，诗人似乎有百般的无奈和无助，只能在梦中拷问现实。他的军旅题材诗歌中有一首《幸福》，“但时代变了/阳光很近/天地日新/世界太美好了/鸽子与蝴蝶不期而遇/身边的小花小草也散发着诱惑的光芒”，然而，在诗人十年无主题诗歌中有这么一句，“才高八斗的当诗神去了/学富五车的当菩萨去了”，“城市都被最甜的鸟占了/一场瘟疫的恐怖尚未平息/又有传言某部长被大风摧折”。面对美好又丑陋的世界，诗人时刻保持着灵魂和诗意的觉醒，他知道仅凭自己挥墨书文的力量无法改变现实，但也风霜傲骨，不愿随波逐流，落于世俗的漩涡。他的诗歌也因此多了一份淡泊，多了一份乐观。面对混乱的现实，诗人自称是杞人忧天，但他却并没有因此而郁郁寡欢，而是依然怀揣着梦想。或许大多数诗歌表现出诗人的云淡风轻、月白蝉鸣，而《把人生还给慢饮的杯盏》则像《一代人》一样发人深省，“把灯光还给爱情/把爱情还给背阳的山洼/还给麦秸垛稻草堆/羞答答把友谊还给高山流水/还给不明真相而又关切的陌生人/还给草尖上的露珠/树冠上的嫩芽”，诗歌句句真情，在铿锵有力的劝诫中反思，在美好憧憬中尽情抒怀。

诗性的言说与爱情从来都难舍难分，“不要对爱下手/也不要对恨仇视/更不要醉生梦死/明天是一声难以捉摸的笑/不开心见不到好看的牙”，诗人诚恳地劝诫在爱情中失意的人，要学会坚强，笑对现实。诗歌中简单的语言，真实的情感，强烈的劝慰，不是鸡汤，却能抚慰灵魂。诗人旗帜鲜明地批判快餐式的爱情，渴望“把灯光还给爱情/把爱情还给背阳的山洼/还给麦秸垛还给羞答答”。

（二）传统意象的重构与陌生化表达

冷燕虎的诗歌特色鲜明，风格独异，尤其是诗歌语言明快、简朴、舒缓，浅淡的抒情背后蕴藏着强烈深刻的反思和坚持。他诗歌辞藻简单朴素，毫无刻意精雕细琢，亲切平易却又不落俗套。在现代诗歌理论中追求语言的陌生化效果和构思的创意新奇性，让读者耳目一新。诗人将二者有机融合，创作出了现代新诗的新境界。用常见的词语表现出陌生化效果，是冷燕虎诗歌语言的重要特点，例如，“忧伤是一种呼吸方式”。常见的字眼，陌生的表达，新鲜得让人手足无措，给读者留下了审美空白，需要仔细冥想，静静体会，浅斟慢酌，方能在余味无穷中体会诗歌的魅力。“诗人在燕子衔泥的春天，想起太平军厮杀过后的悲凉，想起落日对圆满旭日的无情，想起父亲历经风霜雨雪的磨砺，想到人生的功名生死都成了过眼云烟……”。诗人在春日独自祭拜刻骨铭心的过往，安静而孤独，在呼吸中倾听自己的声音，感受到发自内心深处的忧伤与悲凉之境。这忧伤的呼吸是沉静中的灵魂回归，是主体诗性的真正实现。“一声叹息止不住流水”，简单的语句中却蕴含着深刻的真知，其人生意境已是“沉舟侧畔千帆过”。诗人以生鲜奇特的表达，动静结合，呈现出一幅完整的情感图画。独立寒秋，流水远去，一声叹息，无奈时光匆匆如流水，年轻的惊喜和欲望也随着北风的来临而渐渐消退，不禁让人感慨，时光飞逝，人生易老。

冷燕虎诗歌多用传统意象营造典雅氛围，月白风清、蝉、菊花、竹子等，体现出诗人高洁、淡泊、恬静的性格和志趣，有着既定的文化内涵和意义空间，“我请求银杏与竹子把我介绍到山中/请求平分秋色的光芒把我晒成山民/请求毛驴不再偏安/历史以爱一个古诗人的度量驮着我跑到功名的前面/接受菊花的再教育”，难怪诗人说“我对菊花的爱可能得罪了秋天”。诗人“常想自己是一尾鱼/能够深埋寓言的河水/像陶家哥哥/悠然眺望南山像一只羊/散漫于天边草原”，喜欢陶潜，寄情菊花，与其说是受了中国传统文化的熏染，不如说是天性使然。曾经的军旅生涯让他选择简单纯粹的生活，退役后的回归自然则是对自我本性的最好诠释。

（三）无主题诗歌：峰回路转中的褒贬

冷燕虎的无主题诗歌，表现手法看似散漫毫无章法，却在峰回路转中见寄寓褒贬。“一个小女孩弯下了腰捡起了一块橘子皮/然后丢进了垃圾箱/然后消失在人流之中/我发现她弯腰的姿势/比立着更好看/满世界都是不想下地狱的人/要做的事那么多/能做成的事那么少”，直白而简单的语言经过组合，哲思尽显，发人深省。诗歌用对比、议论、白描等手法表现了对空谈派的鄙夷，以及对小女孩高度的赞扬。“一群伊拉克儿童像受困的灰兔/纷纷蹿上荧屏/变换v形图案/他们的动作令上帝发笑/他们要是能活下去/肯定有人长出萨达姆那样好看的胡子”，在这里，胡子指情调，v形图案指调情，寥寥数语，通过诙谐幽默的对比，让人反省。

结构严谨是冷燕虎无主题诗歌的另一个特点。《无事之秋》中，诗人写笔，写窗外，写女人，最后写婴儿，四个意象分别串起四个场景，而四个场景又环环相扣，构成了一幅思想完整、诗情盎然的图画，舒缓而饱满。但诗人之意却不尽于此，构图之后，附上画龙点睛的议论，丰富了诗歌的内涵和深度。“我沉思/我冥想/我睡着了/我的嘴里含着烂苹果/一条果虫从梦中探出头来/水远山长/只是酒精改良的无事之秋”，醉饮后的诗人做了一个甜美的梦，现实成了一幅美丽恬静的图画，意境之美和形式之工相得益彰。《别把鸟语当作人话》中，诗人用了四个相同结构的排比段，用“不是……而是……却”的结构起转承合，将自己的情感直抒其外，使整首诗成为一个循环结构，把主旨和情感的表达推向高潮。

冷燕虎不断追问，“人啊/听不懂鸟语是一件大事/可听懂了又能怎样/你还能长出翅膀来吗?”“那个站在百货大楼顶端的人是想比时代站得更高远吗?”强烈的疑问让读者在回味中不断反思。在追问的同时，诗歌的艺术质地得到了加工。除此之外，诗人恰如其分地使用了对比、比喻、拟人、顶真等修辞，诗情诗味更显隽永。“我惊讶于天空秘而不宣的阳光大朵大朵的飘落”，阳光被形容成绚烂的花，动静结合，形象丰富，境界全出，让读者置身朵朵阳光中。“后来梨花苍白/桃树一脸红尘”，梨花和桃花的颜色既相映成趣，又反差很大，苍白与红尘的对比，突出了“红”，衬托了“白”。“梨花苍白，联想到垂暮满鬓斑白的老人，联想到岁月；桃树一脸红尘，联想到豆蔻年华的羞涩少女，联想到美好的爱情”。词短意身，形式极美。

在《矮人看戏》一章中，每首诗均有“历史”一词，诗人不仅揭露现实，追溯历史，还将古典诗词与现代诗歌融合；既有当下的真实，也有历史的厚重；既有诗情古意，又有自由新奇。“我们遥对想象的历史/感受菊花般并放的生活/分享与历史同在同行的殊荣歌谣/与老酒精微而浩瀚”“听苏轼先生把酒问天以月亮一样舒缓的心情/谈论现在/谈论些团聚或团聚之前的事情”，诗歌以沉淀深厚的历史古韵，在与现实的对接中缓缓展开。没有历史的未来如一匹脱缰的野马，社会经济的高速发展需要厚重坚实的文化历史积淀，才能匹配成伟岸的时代大厦，否则如同海市蜃楼，转瞬即逝。

历史与现实的共存，现实与梦想的和谐，是冷燕虎无主题诗歌的基本旋律。诗歌中多为借物喻理，如《剑》《盾》等，诗人从不同的角度、以不同的方式挖掘其中的深意，同时赋予它们跨时代的意义，发人深省。

当麻木浮躁慢慢腐蚀我们的灵魂、斑驳我们的梦想时，诗人以淡泊从容的诗歌告诉我们，诗意的栖居并非遥不可及的世外桃源，而是一种心境的超脱和灵魂的安定。借由诗歌的梦敲打俗不可耐的现实，追求真善美，坚持自己的梦想，是诗歌在精神维度上的全部意义。

四、在悲天悯人的沉郁中追问

诗人以表达立场和话语体系宣示自己的存在，特朗斯特罗姆的“深度意象流”，雷蒙德卡佛的“极简主义”，韩东的“诗歌到语言止”等理论，虽然行走在不同的坐标，拨弄着各自的手艺，但都是殊途同归。波兰诗人托马斯莱贝达认为：诗歌即存在，存在即合理，合理即荒诞，荒诞即丰富，丰富即世界。他在《真实的生命的诗歌》中说道，诗即诗人自己拥有的生命体验与接近存在本质的方式的总和，这是一种典型的诗歌气质，是精神的，也是本质的。

萧勇来自耒阳，他的诗歌除了时代的印记和灵魂的拷问外，还混杂着沉重和激情、痛苦与超越、挣扎与涅槃。书写张力的强大逼人，预示着诗歌的格调必然气势磅礴，豪迈奔放，诗歌的内容也会沉重严肃，令人深思。《石头》中弥漫着沉重的气息，浸透着忧虑、迷惘、无奈和痛楚，展现了诗人对自然、人类、世界的关怀和悲悯。石头乃坚硬不屈之物，经历风雨吹打、粉尘淤积和雷电轰击，却依然屹然挺立，如古罗马的石柱，埃及的石金字塔，奥林匹克山顶的石神，或者圆明园不倒的石拱门。然而石头承受住了自然与时间的涤荡，却无法抗拒人类的破坏，科学家用技术解剖石头，“敲打石头希望得到金子”，“建筑师挑断你的神经”，堆起一座座艺术和娱乐的天堂；它被熔成纹钢，被烧成石灰石，被提炼成钨丝……人们为了眼前的利益，为了无节制的欲望，为了不停息的发展，毁坏了石头，石头在渐渐消失。而这种消失，是世界畸变的隐喻，一切物是人非的背后是毁灭，是万事万物的不复存在。

无休无止的欲望诱惑着人类，人类也为了满足一己之欲，不断向自然索取。于是，在欲望不断膨胀的今天，自然灾害频发，威胁着人类最宝贵的生命。人的心灵也因此被蒙上一层污垢，爱情亲情扭曲变质。诗人追问，“如果海滩只有石头/还会有海啸吗？如果山脚下巨石坚固/还会有山崩泥石流吗？如果河堤都是石头/还会决口吗？如果心灵都是石头/精神会崩溃吗？如果情感之屋是石头堆砌的/生活会被风雨吹垮吗？”忧虑终归只是忧虑，“亲爱的石头逃跑吧/向云层里逃/向宇宙的深处逃/向黑洞里逃”“石头你到哪里去了？”“我们该怎么办？石头/我亲爱的石头”，诗人在诗中无助地呐喊着，寄望保住石头，避免毁灭，留下纯洁、质朴、宁静。“石头你这么轻/我将你紧紧抱在怀里/我在你的怀里哭泣/我应该去九霄云外/在你之上/在你之下/在你的左边/在你的右边/我绕着你无休止地转动/我们保持一定距离/抱着/哭泣/保持距离”，这是责任之痛与怜悯之心的融合，是一份沉重的痛楚和无奈。

失却了敬畏的乐观，无异于给人类的命运上空悬了达摩克利斯之剑。《洪水》中，洪水是“上帝柔软的愤怒/一种生命的语言优美地读着山涧/瀑布叩祝于生生不息之间/时光在白天和黑夜的指间流动/沉思的精灵和美丽的野兽/在山间变换着花和果子的游戏”，水是生命之源，万物自由和谐，生生不息，而如今，“太多的水已让人失去哭泣的力量/洪水来的那么快/亦如无法救赎的灵魂”，人类的生命在失控的自然面前展现了它最脆弱的一面。曾经，水带来的是生命的启程，如今肆无忌惮的洪水带给生命的却是死亡的降临。“怎么看也理解不了上帝柔软的愤怒？”，诗人提出了疑惑，也给出了自己的回答，“万物的世界是水啊/水形成的东西/茫茫的大海/谁看到了水/谁掌握了水？一些人在疯狂寻找历史/寻找源头/寻找语言和文字的源头/可谁找到了水的历史/那漫无边际的历史”“漂浮在水之上/生命还有何许意蕴/沉落在水之下/生命还有何许的重量/连群山都惊恐莫名。”水，是那么的宽阔无际，那么的飘渺无边，那么的神秘莫测，而人，在它的面前就如一粒微尘，如此渺小低微。可渺小的人类在膨胀的利益心的驱使下对它失去了敬畏之心，反而伤害了它孕育的万物，试图挑战他的权威，造成“雪山的伤痕”“天堂的阴沟”。自然，人类便遭受了这“上帝柔软的愤怒”。这里展现的是大自然的雄伟和人类的渺小，“向低处，永远的低洼处，低得宽阔无边的深谷处”，只有对自然，对万物怀着敬畏之心，人才不会自食恶果。

《黑土地》里，“我生于你又归于你/你生育万种崇高万种卑微/你载下万种恩爱万种仇恨/你选择了生命又抛弃了生命”，它伟大崇高，可土地沉重、痛苦、恐惧。人们对它无情掠夺，最终沦落为金钱的奴隶，丧失了纯真，丢失了信仰。因而在诗歌的开头，“在我听到无限辉煌的哀歌之前，在我沐浴清明、追思祖先之前，是苍穹高处的俯瞰，让我跪下，跪下，跪下，重读一遍伟大痛苦的黑土地”，诗歌的末尾，“在我听到无限辉煌的哀歌之前，是的，是苍穹高处的俯瞰，让我跪下，跪下，跪下，跪在太阳和月亮同时照射的地方，祭祀我的祖先，我的偶像，我伟大痛苦的黑土地”，诗歌首尾呼应，在不断重复中强化了诗人的主题思想，面对着伟大的黑土地，我们应躬身自省，敬畏给予我们生命的大自然。

《石头》《洪水》《黑土地》是诗人对世界、人类、自然的一份悲悯之情，所以诗人在寻找英雄。而《风和火》《桥》以及《森林》则传达了诗人对生活、亲情、爱情的细腻感受，《风和火》中的风和火对应互补，“火燃烧不能没有风/火势越大/风就越大/火焰是风势的表白/火焰是风势的延续/风助长火焰/但风也可以吹灭火焰”，风和火蕴藏着强大的力量，火有双重性，既能毁灭，也能衍生万物，它直面风火，在风火中，战胜恐惧，接受痛苦的洗礼，甚至他把火焰和风比做父母和朋友，热时，风可以给予凉爽；凉时，火可以给予温暖。复杂微妙的爱情亦可在风和火中，将冰冷的笑靥燃烧、融化。在风和火之间，“变换些姿势/再累的人生也会轻松快乐/面对困难/叹息一声/面对欢乐/热烈跳舞”。不管是快乐、幸福，还是痛苦、耻辱，都会停歇，都会吹散。诗人用风和火这两个意象表达自己对爱情、亲情和生活的态度，尽管沉重而艰难，却相信它会在痛苦中获得新生！《桥》这首诗不同于以上几首诗的气势蓬勃、豪情万丈和沉重苦闷，它的笔调比较柔软，洋溢着哲思之美。如“总有离别/总有彼岸/总有/望断秋水/大悲小悲/抛弃愿望/一种美丽/被灯照耀/挂满笑容”“人生留下的脚印/重叠重叠重重叠/重叠重叠叠叠重/直到最后却成了空白”“是我/弃桥而去？还是/桥弃我而去？起风了/诸神的边缘不可逾越/是谁抽走了彼岸？仰望天/人生如过眼云烟/俯视水/人生如东逝之水”“无限的高处和无限的低处/是不存在的/美好的邂逅都是无意相遇/就像桥不可能连通无限近和无限远/我恍然大悟/有即无/无即有/空可溢/溢即满”，高与低、有与无、多与少、远与近，这些范畴在诗人的笔下，从两个端点变成了人生状态，具象与抽象的界限被抹平。

诗歌《森林》使用了大量短句，意象欢快明朗，如光辉、花蕊、细雨、山雀、泉水、夜莺、蝴蝶等；所用形容词也热烈积极，如温暖、热情洋溢、宁静、翠绿、澄碧、跳跃、美丽、轻松愉悦等。诗人以恋人在森林中相处的微妙情绪，传达爱情主题，朦胧甜蜜。

萧勇的诗歌大多篇幅较短，言有尽而意无穷，多书写对故乡的离愁别绪。他不追求结构的严谨，《石墙小巷》《故乡的小路》《水井》《故乡的池塘》《土墙屋》《收稻女人》《山》《石头山里的男人》等诗歌在不受形式拘束中，散发着诗人浓郁的乡土情结。他的诗歌描写对象基本是故乡的人、事、物。通过对故乡的回忆，追溯童年中的故乡，赞美故乡的纯粹、质朴，面对如今故乡的物是人非，诗人充满了怅惘、追忆和惋惜。

第四节　灵魂深处的颤动

每一座城市都蕴含着绵延的诗意。益阳历史悠久，人文鼎盛，“背靠雪峰观湖浩，半成山色半成湖”。益阳诗坛三剑客——郭辉、冯明德、黄曙辉就生于斯，长于斯。他们用各自的灵气、才气和智慧抒写下对故土深沉的爱。

一、益阳诗歌三剑客

益阳别称“银城”，《禹贡》记载着“唯金三品”，银与金、铜并列其中，但银没有金的夺目华彩，没有铜的深沉古朴，它有的是明月般的明亮、俊朗。益阳市花是红红火火、吉祥富贵的刺桐花，“秾英斗火欺朱槿，栖鹤惊飞翅忧烬”，刺桐花似火红辣椒，树上有刺，在防守中炫耀着。也许是银的内敛、柔和、淡雅、柔韧的质感，以及刺桐花炫耀与防守兼具的特征，造就了益阳三剑客的作品在含蓄中张扬，在明辉下浮动着优雅的文风质感。

剑，是一种古兵器，更代表一种文化。剑，观之寒澈，舞之轻盈，出鞘鉴日月，入鞘藏风雷。剑客，藏则如路人甲乙，寄情酒肆，声色内敛；露则豪气冲云天，狂放不羁，诗仙李白当属此类。古人常谓人剑合一是至高境界，如今益阳诗坛的三剑客也痴心不改，孜孜以求，渐入创作佳境。

一座城市没有文化无异于一座文化荒漠。剑之美能够彰显城市的骨力。益阳之所以能从中国城市的星座中独发异彩，与文化大家周谷城、周立波、周扬这“三周”有关。而延续他们文化血脉的除了散文家叶梦，小说家刘春来、裴建平外，益阳诗坛三剑客的力量也不容小觑。三位诗人怀着对文字的敬畏与挚爱、怀着对诗歌的推崇与坚守、怀着对时代的责任与讴歌，以心驭笔、以笔寄情、以情抒怀，在湖南乃至中国文坛，形成了一道靓丽的风景。

（一）长剑善舞的郭辉

郭辉的诗像白桦林一样干净、纯粹，散发着泥土的芬芳，他深切地热爱着“永远的乡土”，在这片乡土上“吮吸爱的芬芳”，眷恋着桃花江畔“美人窝的风情”。乡土、美人，伟大浪漫主义诗人屈原笔下的“香草美人”，始终都是诗人抒情感怀的原动力。从郭辉的文字中，我能看到蚯蚓在泥土中跋涉，花草在一场及时雨后的伸展，女人在乡村小调中曼妙的身姿……他笔下的乡土意象是粗麻布质地，厚重、深沉，古朴中透着清新。

说郭辉长剑善舞是比较恰当的，他以诗名世，却在小说、散文创作中也有不俗的表现。他从事着繁琐的行政工作，却并没有因此而停下创作的脚步。市文联主席和市作协主席的身份，让他有了“领头雁”的压力，却也让他化压力为动力，从一个人在乡土之上的独舞，变为一群人在城市之上的群舞。

我与他有同窗之谊，这种友谊换来的是恒久思想的交融与理解，早在1989年，在北京鲁迅文学院就读时，时代的暴雨雕刻着我俩难以忘怀的温馨记忆。现在，他的成就已是有目共睹。如今的郭辉褪去了当年的青涩与稚嫩，以诗者的同构和纯粹洞悉人性，触摸世界的光辉。

郭辉亲切地写道：“冬初老倌的眼凉了，心凉了，血凉了/他不相信外面会没有人穿草鞋，他要去城里看看了。”与其说时间在冬初老倌的记忆中停止了，不如说时代的快节奏和转型期间的价值取向让他有些难以适应。诗人温情呼唤的其实是对逝去岁月的美好回忆，是一抹潮湿的文化乡愁。在诗中，郭辉表现得有如一个未见过世面的乡下野小子，自由挥发因好奇而产生的种种惊喜、悲苦、兴奋和惆怅情绪。他把带着一种野草泥土味儿的情愫淡淡地印入诗中，“无意中，把一根竹竿插进土里，过了些日子，竟长出几片绿叶来/山地，确实是很肥呢。”

是啊，正是肥美的乡土孕育了郭辉的诗情，结出了累累硕果。郭辉的根在乡土，如他所言，他的血液里流淌着无法去掉的土腥味，曾经毫不起眼的菜园，已然成为他无法忘却的诗园。

郭辉善思考，会读书，现在从事行政工作，而我则在中南大学三尺讲台上执教，当年的豪情藏进了酒窖，越酿越香。从某种意义上说，我们都不再是纯粹的诗人，“面朝大海，春暖花开”，不同的人生经历给予我们不同的风景，但无论在哪里，无论做什么工作，只要心中有诗，自然就能“春暖花开”。我期待郭辉笔下的新鲜乡土能够更加青翠欲滴，生机勃勃！

（二）仗剑直击的冯明德

这些年，冯明德做了很多的事情，但也可以说，他只做了一件事：那就是将一份小小的诗歌杂志打磨成全国闻名的散文诗创作集散地，这不能不说是一个奇迹。

作为《散文诗》杂志的掌门人和中外散文诗学会副主席，冯明德长得干瘦而干练，颇有披头士般放荡不羁的风范。可就是这样的一个人，做事很执着，很大气，很豪迈。他倡导《散文诗》的办刊宗旨，力求内容和形式完美的统一，让刊物真正做到高度的“净”和“清”。在他的执着努力下，《散文诗》被诗坛誉为“生活的一方净土，心灵的一泓清泉”。他定位《散文诗》的个性是“精品化、大众化、礼品化”的纯文学。在纯文学举步维艰的今天，凭着他宁折不弯的干劲，冯明德硬是为《散文诗》开创了一片新天地。

我跟冯明德交往颇久，早在20世纪90年代末，我在《湖南日报》做记者时，当时就采访过他的前任邹岳汉先生和他，得知他们曾干过将杂志放在板车上到一个一个书摊去推销的苦活儿，从中深切地感受到在一个地市级城市做一份纯文学杂志的艰难与不易。也就是从那时起，明德兄的辛劳和诗人意气就像他布满苦难的脸一样，深深地印进了我的脑海。

冯明德说，散文诗，是穿着散文的外衣，蕴藏的是诗的灵与肉。散文诗滴着的是散文的泪，更多的则是淌着诗的血。有朋友说他人生最大的收获是：干了一件自己喜欢干的事。此话委实不假。

如果说，冯明德行走江湖，仗剑直击的是他的编辑家身份的话，那么，当他摇身一变而为皇泯时，他创作的诗歌则如洪钟大吕，主题宏大，题旨深远，令人感佩。他的文字与自由奔放的散文诗融为一体。例如，《七只笛孔洞穿的一支歌》，就是一部带有史诗色彩的长篇散文诗，是生命与灵魂的交响曲。全书以抒情的笔调进行诗化的叙事，贯穿着一种悲壮纯美的高贵情操，超越了个人感情悲戚的局限，歌颂了人类追溯生命本源、文化和历史根脉的坚韧斗志和昂奋精神。

作为冯明德的又一力作，他写出了气势恢宏的史诗般巨作《国歌》，文本所表现出来的历史片断，以及破碎的画面和危难的时刻，不时叩击着我的心扉，撞击着我的灵魂，让我久久疼痛，欲罢不能。

众所周知，每个国家都有自己的国歌。无论激昂悲壮，还是悠扬轻唱，呈现的都是一个国家最优秀的文化，它的政治意义和人文精神，以及它所蕴含的穿透感和凝聚力是任何其他歌曲都无法相比的。

作为向祖国60周年华诞献礼的作品，冯明德创作的政治抒情诗《国歌》气势磅礴，大气厚重，意象丰富，主旨宏大，书名题为《国歌》，直截了当，令人肃然起敬。与其说这是一部民族的史诗，一部独具格调的散文诗，不如说是一个具有思想高度、历史广度、现实深度和审美浓度的“国歌书写”，这部作品从国歌本身出发，围绕国歌发生的种种可歌可泣的故事，衍生出诸多带有强烈主流意识形态的宏大叙事。

具体地说，这部作品从长江、黄河这一中华民族具有特殊文化含义的地名入题，仿佛为作品定了一个庄严的基调，一出手就彰显出历史的厚重感、民族的沧桑感以及忧患意识，继而叙述中国的近代史。《国歌》的诞生过程，伴随着民族命运的前进与转折；在此基础上，作品还对聂耳、田汉等与国歌紧密相关的历史人物进行了情感书写，同时映射出人物所体现的中国历史的起承转合；作品后半部分则主要刻画了《国歌》在外交、体育、航天等领域中的各种荣耀时刻，以及2008年这个特殊年份中中国发生的冰雪灾害、汶川地震、北京奥运等几件重大事件等。

纵观全书，诗人创作视野相当广阔，以《国歌》为核心，将国歌、国旗、英雄、国家等巨型语言有机地融合在一起，书写了一部民族的历史。作品情感极其充沛，融合了浓厚的爱国主义情怀，以及炽热的民族情感和家国意识，体现出一份家国的自豪感、责任感和使命感。这部作品真切而生动地告诉人们：中国的古老文明，近代史上遭受的屈辱与进行的反抗，中华人民共和国的成立，“文革”的疯狂，以及对时代精神的表达和发声，都是国家和人民记忆的一部分，都是珍贵的，独特的，更是难忘的。

尤其可贵的是，作品采用的是一维核心、多维叙事的复调结构，在章节编排上，应和了《国歌》二字，每一章都对应一个音乐意向。如，《第一章 低沉的前奏》《第二章 民族的共鸣》，等等，使全书在结构上更加紧凑完整。在创作手法上，作品采取虚实结合的艺术手段，以基调高昂、情愫饱满的诗歌为主，搭配详实的历史资料，使作品更加充实、丰沛，有血有肉。总体来说，《国歌》基本上将绝大多数的叙述对象有效统一在“家”与“国”这一宏大主题之上，达到了向祖国60周年华诞献礼的写作目的和应有的艺术高度、情感高度。

美中不足的是：第一，作品涉猎范围过广，在一些历史事件的选取上有一些值得商榷的地方；第二，时间跨度过长，在时间的断层上所做的衔接和协调不足，使有些叙述显得突兀。比如“雄伟的乐章”“艺术的和弦”“激昂的合唱”三部分从对神舟飞船、奥运、香港澳门回归等事件的描写，进而回到对国歌的抒情，之后又进行2008年的祖国大世纪书写，显得有些零乱，分散了主题，冲淡了感染力。一个建议是：将引申阅读调至《尾歌》的最前面，我觉得既然是以诗歌的方式开头，那还是以诗歌的方式结束更显得有力度，有气势，有回味。

（三）佩剑漫步的黄曙辉

黄曙辉的诗集《荒原深处》由作家出版社出版了，他自嘲自己是个朴实而可笑的幻想主义者。敢于自嘲的人一定很自信，也一定有自信的资本。但曙辉很低调，虽说身在官场，却没有沾染官场的虚伪、客套和善变。曙辉爱诗，不为脸上贴金，也不为名利谋，当然更不为稻粮谋。他爱诗，没有功利，纯粹因为喜欢，因为不舍。

正如曙辉在《荒原深处》自序中写到的那样：“一般来说，诗人不关心准确性，并且常常被当作模糊的精灵。因此他们的文字必须从他们那里盗走，并且使之进入一种命运，这种命运使得它们‘值得’被思考。”这表明了他模糊意象的诗歌风格，他用看似随机组合的语言片断，组合成一种凌驾于现实之上的幻化命运——那是他对生命与生活的“拾”与“诗”。

我喜欢曙辉《穿着那双土布鞋也走不出故乡的梦》这样的诗：“甚至我自己也没有办法理解自己/总是在故乡的小路上走来走去/在城里过了一些时间我不要找/很多的理由回到故乡其实/故乡的小路早已被水泥覆盖/小路上那一块块青色的石板/如遗失的文物不知去向”。换言之，无论身在何处，无论身居何职，诗人始终沉醉于故园的那片泥土，和散落在泥土中的纯朴、善良与安逸。

曙辉原是执教鞭的，因而多了一分书生气。于官场而言，这未必是一件好事。但曙辉似乎无意改变自己的个性。他默默地耕耘在诗歌的土地上，仿佛只有写作能够释放他的快意，只有写作能够伸展他的腰板，只有写作能够“意淫”他的梦想。我说“荒原深处有人家”，是指他在诗歌的荒原不停地跋涉，艰难地前行，而远在深处的“人家”，终能在雨后的夜晚点亮油灯，在炊烟袅袅中等待疲惫的游子归来。这温馨的“人家”将注定会给痴情的追求者以热烈的回报。

在我与他为数不多的交往中，他的诚挚，他的才情，他的刻苦，深深地打动了我。有人问我，为什么喜欢一个并不出名的诗人的作品？我的回答很干脆：曙辉的诗歌既有着惠特曼式的高昂，又有着埃利蒂斯式的意象密集，还有着聂鲁达式的硬朗，这是我从一开始就喜欢他诗歌的原因。曙辉现在也许还不很出名，可又如何？这个佩剑漫步的诗人，在不经意间的呐喊中或许能震撼你的灵魂！

总之，益阳诗坛三剑客，并不是一个诗歌社团，也没有明确的诗歌主张与集体追求。说到底，是我将他们拉到一起。但我并不认为自己的行为过于孟浪，更不是“硬扭”的结果。因为，在生活中，这三人不仅年岁相当，经历、背景、追求和喜好等也有许多共同之处。尤其重要的是，同饮资江水，同居益阳城，他们便有了统一的模仿对象——那就是养育他们的同一方水土。也许是诗人敏感而细腻的共性，他们不约而同地模仿着益阳山水的灵动，模仿前辈先贤的思虑，模仿父老乡亲的朴实与狡黠，模仿山乡抠脚汉子的粗犷与桃花江畔沐浴女子的柔美，模仿一只鹤的静默独舞与一群雀的喧嚣热烈，模仿一群山坡羊的安逸午后——总之，在这个混杂的世界，值得人们模仿的事物太多，智慧在模仿中进化，思想在模仿中裂变。这种裂变的根本点还是源于对故土母本的“模仿”，源于益阳“半成山”的壮美，源于“半成湖”的秀美。

在模仿中超越，在超越中创新，他们的诗歌凸显了内在的张力，模仿增加了历史的黏度与广度，模仿赋予了文化以气味与质感，通过模仿，三位诗人把益阳从古体诗词的意境之美，引入到了现代诗歌的意象之奇，是渐进，也是一种巨变。

我欣喜地看到，已取得瞩目成就的益阳诗坛三剑客并未停楫弃剑，他们正乘资水之舟，以诗为帆，以歌为桨，踏浪而行。他们在行吟中上下求索，借一方山水注释着诗人的完美世界——那串梦中不败的故园刺桐花，开得正艳。

二、纯粹的美好

桃花源诗群成为全国具有重要影响力的诗群，其依托的《桃花源诗季》被评为“中国十大诗歌民刊”。在短短六年多时间，在同一地域，在同一群体，诗歌事业取得如此丰硕的成果，为全国所罕见。

“桃花源诗群”骨干诗人有龚道国、谈雅丽、邓朝晖、杨亚杰、唐益红、陈小玲、余仁辉、刘金国、宋庆莲、胡平、曾宪红、张惠芬、黄蔡芬等；诗歌评论家有张文刚、程一身等。其成员出版诗集近百部，十多名骨干成员在全国荣获诗歌大奖，上百人次的作品被各大年选、排行榜等转载。邓朝晖和谈雅丽曾参加过诗刊社“青春诗会”，龚道国、刘双红成为诗刊社“青春回眸”诗人，诗群中的邓朝晖、谈雅丽、向未连续三年先后获得湖南省青年文学奖，罗鹿鸣、向未、邓朝晖、谈雅丽、宋庆莲等5名诗人加入了中国作家协会。近年来，桃花源诗群稳步发展，诗群的特质如底片般在实践中显影出来，并以鲜明的地域性、乡土味、真性情、创造性、独特性等特点，组成中国诗坛一道别样的风景。

在这个朝晖夕阴光怪陆离的时代，我们穷尽一生追寻幸福和欢乐，然而我们碌碌寻求着的美好总是掺杂着一些尘埃，少了一种“气”。常德诗人龚道国也发现了这一点，而这种“气”，他称之为“神采”。这也是他第四本诗集名称的来由。关于时代与神采的关系，龚道国一直都有很清楚的认识：“许多看上去很美的幸福，常常失缺神采，许多听起来很欢的笑语，往往在神采之外。”于是他开始寻找神采。龚道国的“神采”，“主体上源于大自然的精神”，他从大自然中汲取营养，如同一株树苗，把根基扎到地下，在土地的滋养中获得灵感，获得启迪。正因为如此，他的诗里，常有着一种朴实与清新，夹带着故乡泥土的芬芳。读者可以从这种芬芳中感受到，这是与灯红酒绿下，飘荡在空气中浓烈刺鼻的香水味不同的审美追求。它纯净，并且安宁，能让人静下心来，慢下来；这也是与北方黑黝或者姜黄的土地不同的味道，它更细腻，带着澧阳平原傍水而居的悠闲与自在。在这样的芳香里，我们开始了唤醒“神采”的旅途。

《神采》里的诗歌都以组诗的形式出现，诗人对于大地、河流、植物的感情有了起承转合的抒写。“神采”在这其中一以贯之，串联起了诗歌的神韵。龚道国抓住“神采”这根主线，对语言和想象的运用如同编织一匹精致的锦，井然有序地在纺车上打好了底，再从其他地方扯下丝线，在循序渐进的操作中逐渐造就了艺术的精品。诗人脑海里有了主题，生活中的点滴感悟便汇聚成了笔尖下汩汩涌来的思绪，一气呵成间，一首精彩的好诗也得到了升华。

龚道国的“神采”来源于自然，这种“神采”体现在他诗歌中花草树木的性情里。开篇的第一组诗就是《赏桃记》。在这一组以“桃”为歌咏对象的诗中，我们看到了陶潜心中的桃花源，也看到了刘禹锡执着的玄都观。“桃”无疑是传统诗歌里故事最多的植物，龚道国选取这组诗放在开头，将“神采”这根线寻根溯源到千百年前，那时的诗人身上都有着一股子傲气和淡泊，被他们吟咏过的花木也成了中国人的精神家园。这是传统的文字中显露出来的神采，龚道国想起它们，把古典和现代两个时空交叠在一起，他致力于从国人生长的文化环境里找到切入口，找寻民族公共话语空间里最能打动人的美好事物和感情。于是除了《赏桃记》，我们还读到了《品桂记》《咏花记》，这些带着灵性的花们草们树们，在龚道国的笔下穿越千年而来，凝成文字，以启迪者的姿态再次出现在我们眼前，点亮我们心中的神采。

我们还可以从《神采》这首诗中感受到古典诗词的意境。《静夜记》《秋日记》《雨天记》里对环境氛围的营造正是传统美学中“境”与“象”的统一。“风在夜空东奔西跑，谁在一路流泣/蓬子点击夜鼓，掩饰声声叹息”。龚道国继承了传统文人的“清”高风骨，沉淀着上下五千年的民族文化。

而这些受到古典诗词影响的美，正是植根于这些草木脚下的土地。自然，这种来自大地情怀的典雅美便也流露于以“神采”贯之的龚道国的诗歌中。

一方水土养一方人，大地对人性格的影响是温柔而稳定的，任何人在提及故土的时候心中都满是缱绻。在《神采》里，这种缱绻更加具体，以至于具体到了童年时常惦记的一棵枣树。同样是植物，《枣树记》的主角就显得比桃花、桂花更加来得真切可感。“一棵乡土的枣树散发乡情，染我一身/我披上秋韵，在美好丰腴的时令里/纯粹至初。体验枣子在风中坠落”，诗人的笔触真实而有力量，蘸着傍晚新鲜的露水。在这种亲切朴实的白描手法中，读者可以感受到一种灵动的自然气息。乡土人情像沾衣不湿的杏花雨，吹面不寒的杨柳风，款款拂过你的身旁。人们渴望身心的回归，回归到最初开始的地方，一切都是纯粹的，然而既已投身于尘世，归乡就成了遥不可及的期待。人说，回不去的名字叫家乡，家乡的可望而不可及缭绕着无数游子的夜梦。为了寻求一个安然的栖息之所，龚道国把这份乡情寄托到了更广阔的空间，让家乡的概念得到拓展。他写《松雅河记》《沅水记》和《湘江记》，将乡情融入到了这片泥土湿润而山川奔流的环境中，对童年和故乡的依恋上升到了对湖湘地域文化的依恋。在《湘江记》里，他怀念“一阵河流的影子/风中的气味，方言，起伏的呼吸/还有浪器，以及面孔倾过河流的浮光”“寻找张栻，朱熹，王夫之/挥过袖口的长衫，寻找曾国藩，郭嵩焘/以及毛润之，洗去面尘后的心”。作为湖湘男儿，龚道国始终眷恋着脚下这片土地，“……当初以为干净的生活/就是不染尘泥，现在知道不接地气/一切可能失真……”这是一个在乡村生长的孩子从泥土里收获的人生道理。这样的人生道理来得直观而纯粹，大地赋予人的性格，是踏实而稳重的，将手掌贴在土地上，便会感到一份安宁，一份悠然。

于是，在这样的语境下，“神采”的意义便又多了一份对浮华生活的拒绝与反思。品读龚道国的《神采》，需要你静下心来，在一个无事的休息日，沏一壶清茶，搬一条藤椅，坐在敞亮的庭前，细细品读，体会诗中澄澈的世界，恬淡自得。《神采》中的诗句一直和繁华喧嚣的都市保持着距离，诗人知道“一些相互熟悉的人，并不一定知道名字”“一些知道名字的人，并不一定相互熟悉”，这是诗人退守到心灵家园后与现代生活的对话。名字、头衔无外乎外在的标签，要揭开标签，用心体悟，才能算得上熟悉。对现代生活的思考和论证在《神采》中还有很多，“龚道国以干净、简洁的语言，以委婉、平静的抒情，以思辨、开阔的视觉来吟唱生活、感悟生命、打量世界，从中挖掘出事物内部的真相本质和内心深处独到的精神秘密。”诗人在《居乡记》中听刨木的声音，听虫子的鸣叫，认识到都市与乡间的不同，也感悟到都市对人的影响。在《松雅河记》中，这种感悟更为明显。诗人从一把铁锹中看到了世象的更迭，“而现在，一些共同语言已不在铁锹这里/城市不习惯挖掘和种植，只惯于奔跑/车子向前奔跑，房子向上奔跑/人群向人群奔跑，尘埃在尘埃中奔跑”短短几行，便道出了现代人灵魂深处的秘密。龚道国的态度不是批判的，而是客观的，写实的，他不在诗句中表露自己的价值评判，他只陈述自己看到的一切，他的角色更像是一个说故事的人，矗立于高山之上，远离世间的纷扰，无惊无喜，无惧无怒。

这样的文字有着作为诗歌本身应有的沉静与纯粹，“诗是一种体验文字，不一定是一种工作，但一定是一种生活”，而这种沉静的“神采”，正是来源于他对日常生活中一点一滴的感悟。诗人居在松雅河畔，这条河“比长江小，比湘江小，比浏阳河小/比捞刀河小。小到自己——松雅河/小到自己小小陌生的名字……”诗人喜欢这条不起眼的河流，在这里漫步，挖土，自得其乐，自给自足。但这“小”并非因远离现代文明而视野渺小，在龚道国看来，“感觉松雅河再小，也源自滚滚长江水”，能从一条小河看见长江，从一滴水望见大海，这正是因为有“神采”照亮幽暗的四周，胸中便明朗起来。龚道国的“大小之论”让人想到禅宗的“芥子纳须弥”，于小中见大，是佛理之趣，也是生活之理。而诗歌在我们生活中起的作用则是“提供沉静的方式，提供思索的道具，让人从事物的多面中找到阳光的因子，从事物的纵深找到宽广的力量与博爱的精神。爱自己，也爱他人，爱事物之中总可以找到的可爱之处”①。常用乐观积极的辩证眼光看世界，爱世界，这是心中微光点亮神采的因，也是果。基于此，龚道国才能在日复一日年复一年的岁月中，端着“神采”的烛台，照亮他的时光。

不仅仅是自然，与生命朝夕相处的还有亲人。在《喜美记》中，龚道国对于“小”的感悟可谓清新又自然，他这样描绘他的妻子：“她会从锅盘碗子的响动之间/偶尔回过身来，斜靠在厨房的门框边/嘴里嚼着某种东西，品尝是否熟了/眼睛自然要扫到沙发上的我/并且一如既往地盯住我嘴里的烟卷/口齿间发起第一千零一次嘟哝/之后拍拍红花布围裙，旋即闪身奔来/将她认为熟了的东西，不由分说/一筷子塞进我吞云吐雾的嘴里”，岁月洗净铅华，妻子为着生计晒衣做饭的举动“早已娴熟于心/而此时却像一场晨光中的独舞”，时光带走了热恋时华丽的辞藻和喧哗的谈恋，两个人共同面对的是日常生活的鸡毛蒜皮柴米油盐，感情在一件件小事中根深蒂固。龚道国用几个日常动作和一块围裙，让读者看到了“一个永恒的爱情”。诗人都是敏感的，龚道国也不例外，他善于捕捉生命中细微和一闪即逝的体验，抓住每一个“小”的事件，从中剖析出内蕴的哲理和智慧，折射出个体的存在与思考。正如甘肃诗人古马评价的那样：“‘小’既是诗人诚实的创作观，也是他对于物质世界的态度，是具有智慧的‘小’，这样的‘小’所创造的精神境界却是透明与清澈的。”

《神采》的节奏是缓慢的，这种速度并没有把想象的空间填满，而是给了读者从容思考的时间。龚道国用那根最本色的丝线延展，带着读者的思绪往历史和未来探访。时间和空间缓缓流淌在他的笔下，有别于现代派和先锋派的创作手法。也许正是这种不同，让读者感受到《神采》的纯粹。脱胎于“缓慢”的“纯粹”，让我们静听龚道国娓娓道来，听他用在场叙述者的身段，说那些枝头的花、河畔的草、田间的土和身边的人，在聆听中，回归自然。龚道国用自己平和真实的语言，带出他追寻的“神采”，筑造出一个“结庐在人境，而无车马喧”的超然世界，一个“从前慢”的闲适世界。

这样的“世界”与“神采”，与“心远地自偏”的境界一脉相承，到了龚道国这里，生发出又一种宁静与喜悦。诗人商震曾经这样评价《神采》：“在物质坚硬的当今社会，其精神指向，对每个人都具有认识、启迪的意义。”我想，龚道国写《神采》的初衷正在于此。希望这些带着诗性的文字能打磨读者暗浊的灵魂，点亮读者心中尘封的神采，让一份纯粹的美好散进身心。

---

①　龚道国. 诗这种文字[J]. 神采，2013，(10)：87－90.

三、生命漫游者的水世界

作为丁玲的故乡，沈从文和周立波的近邻，常德文脉兴旺，能人辈出。新世纪以来，这里激情洋溢，诗情盛开，一批女诗人脱颖而出，谈雅丽、杨亚杰、邓朝晖、唐益红等人都发表了一批高质量的诗歌，参加过《诗刊》社“青春诗会”的也有好几位，形成了中国诗坛特有的“桃花源女性诗群”的现象。

在这批诗人中，谈雅丽出身书香家庭，从小学习古典诗歌。虽然，她是进入新世纪后才开始进行新诗创作的，但由于起点高、悟性强，很快取得了不俗的成绩，近年来在《诗刊》《星星》《花城》等刊物发表了大量作品，入选多个选本并获得多个有分量的奖项：2011 年获得首届“红高粱”诗歌奖；翌年诗集《鱼水之上的星空》入选“21 世纪文学之星”丛书，由作家出版社出版；2013 年获得华文青年诗人奖，同年她的散文集《沅水的第三条河岸》入选湖南省重点文学作品扶持项目；2014 年斩获湖南省青年文学奖；2016 年，她的诗集《河流漫流者》入选湖南省文艺人才三百工程扶持项目，由湖南师范大学出版社出版。

读谈雅丽的诗歌，一个突出的感受就是具有“水的灵性”。女性跟“水的灵性”有着深刻的内在逻辑，“水的灵性”跟悟性和个性有关。所谓水灵灵的，所谓似水柔情，所谓晶莹剔透的，讲的都是水的灵性。诗性有时候就是水的灵性。现代诗歌里有随性、有任性、有脾性，唯独少了水的灵性背后的诗性和神性。诗人随俗、随意的结果是，诗歌中到处充满了钢筋水泥的气息，充斥着情欲肉欲的味道，充斥着无尽的愤怒哀怨，于是我们看到太多的欲望，太多的喧哗，太多的浮躁，就是鲜见令人耳目一新、充满水的灵性的诗歌。谈雅丽没有辜负她的名字，她是这种诗歌创作氛围中的异类，清新雅致，殊为难得。本小节主要从诗集《河流漫流者》[①]出发，从人性的闪光、水的欢喜与美的聚合、情感里的小春天等三个维度来深入探讨谈雅丽这个“生命漫游者”的水世界究竟是一个什么样的世界，她精心营造、孜孜以求的书写天地究竟有着怎样的精神境界。

（一）人性的闪光

北岛说：“诗人应该通过作品建立一个自己的世界，这是一个真诚而独特的世界，正直的世界，正义和人性的世界。”[②]谈雅丽正是这样一位诗人，生于

---

① 谈雅丽．河流漫流者［M］．长沙：湖南师范大学出版社，2016：170.（本小节在分析过程中所引文本皆出自本书，不再一一标注。）

② 北岛．在天涯［M］．上海：生活·读书·新知三联书店，2015：4.

湖湘大地，长于沅水旁的她对水有一种特殊的真挚情感。她走过的每一寸土地、游过的每一个地方都有水的影子闪烁，同时也有情的瞬间喷发。读她的作品，要静静俯下身来，方可听到她诗歌中水的声音，情的韵致，善的歌吟。

水的意象贯穿谈雅丽的文字，清澈透亮，触面如花。诗人透过她的诗歌给读者营造的是一个水晶宫般的世界图景，闪烁着人性的光泽。让诗人关注的，不是“荡漾蓝色伤感的”的河水，就是“万物蕴藏其中”并拥有“澄碧瞳孔”的柔和大江；不是南半球那“在山巅亮出嗓音”的温情大海，就是东岸那“涌起漩涡又长风吹袭”的海际线；不是“水汽与灰尘的碰撞，凝成微小的晶体”，就是“在群山之巅，渫水不急不缓”。她是一个河流漫游者，凡是有河流的地方都可能存在她的足迹与她的诗歌。她从故乡走到了他乡，又从脚下的黑土地走到了文化上的精神母土，世界之大，水是她最大的牵挂与留恋。她笔下的水像是晶莹剔透的宝石，没有一点点瑕疵，不含一丝丝杂质。在文字的背后，似乎存在一种对自然的皈依与对水的敬畏，也许是因为她追求美、发现美、感悟美并且创造了美。一句话，水是美的。阿拉伯诗人纪伯伦说：“美——就是你见到它，甘愿为之献身，甘愿不向它索取。”①水在谈雅丽的眼中是美的化身和生命的滋养，这是诗人一生求索而不知疲倦的原动力。也是因为水的宁静澄澈与诗人的心志相称吧，而现世的污俗无处不在，于是诗人远离尘世的喧嚷，躲开不堪的竞争，更愿意转身向水诉说，从水的坚韧与沉默处习得另一个世界，从而创造一个属于自己的世界。

然而，谈雅丽的诗歌通常不是单纯意义的对于水的属性的叙述，而是穿插一系列朴素自然的景物意象群。关于意象群，袁行霈先生在《中国诗歌艺术研究》一书中有相关的表述：“诗的意象和与之相适应的词藻都具有个性特点，可以体现诗人的风格。一个诗人有没有独特的风格，在一定程度上取决于是否建立了他个人的意象群。”②西方诗人如聂鲁达、埃利蒂斯以及里尔克等人对于意象群的选择与构建都是精心考虑的，往往体现诗人对于虚拟世界的向往或对于现实世界的反叛。而对于中国诗人谈雅丽来说，意象群并不杂芜或凌乱，而是围绕一个中心进行多层面、多维度的虚拟与想象，其风格则是建立了一系列与水相关的意象体系。例如：江风、河风、波涛、浪花、青草、湖水、水鸟、小船、码头、水乡……这些意象群往往与动态抒情写事构成和谐一致的画面，显明是对自然美的痴醉。这种叙写是诗人在与沅水的亲密接触中的独特发现，她的心

---

① 袁行霈. 中国诗歌艺术研究[M]. 北京：北京大学出版社，2010：112.

② 袁行霈. 中国诗歌艺术研究[M]. 北京：北京大学出版社，2010：76.

也因为河流的枯与盈而发生改变。谈雅丽曾经说过，在她欢喜悲伤无聊时，她就会去河边走走，一去就觉得生活敞亮了。她甚至想：沅水那么清澈，永远不会枯竭，永世在流动，但却永远不是同一条河流，她觉得自己也要像河流一样，要保持那样纯真的心。

探寻河流，与河流亲近，其实就是精神寻根。谈雅丽把寻根途中的所思所想，运用细腻丰沛的叙事艺术和合理想象充分表达出来。例如，诗歌《江水微蓝》《南湖秋光》《江瞳》《南半球的海水》等，都对水的意象进行了充分而直接的阐释。特别是在《一江春水》里，谈雅丽更是直抒胸臆："我欢喜和你坐于小船，在沅水飘荡/仰头见水府阁，当日我们求签于此/如今脚踏清澈之河，眼望神圣/我欢喜你的摇橹声，说话声，唱歌的走调的/那枚高音。"借沅江而写人，又借人来写沅江，将自己内心洋溢的爱和情感的荡漾表达得十分充分，以至于盼望"和你蘸着满河的蜜/划出一尾漂亮的弧线"。沅江在诗人看来是神圣的，其中的一切都充满了诗情画意，携带着理想、信仰和梦境。"河风大，我为你加衣送暖流/一簇浪花跳至手心，阳光水色衬托你/皎皎轻笑。"写沅江，是把人的情感置于闳阔的视野下。同时，把人放在沅江的关怀对象上，使人的想象不再脱离于客观实际，也使沅江更加人性化和充满人性味。其实，在诗人笔下，不止是沅江之水，连水上的一切都充满了情意，河风、阳光与沅水不分彼此，诗人不再把这个情景当作想象，而是与灵魂融为一体。

（二）水的欢喜与美的聚合

如果从意象群的构建来分析《一江春水》内在的情感逻辑，我们能够清楚地看到，诗人选择了感情深厚的故乡沅水为诗歌的底层背景，来叙写"我和你"坐船听沅水声音，为你加衣送暖，看你指点江波，与你共赏花岸，发现平常事物美的一次同游，由"水、小船、河风、浪花、阳光、渔夫、新芽、岸花"等意象形成一个的意象系统，合而为一，成为一个美好的动态画面。但诗人的重心不在画面，这样的画面仅成为诗人叙事的依托，幽静澄澈的沅水上，与那位自己的心上求签、摇橹，看云卷云舒，赏花开花落，这样惬意的日常生活叙事让人不禁产生一种深深的沉醉与热切的向往。诗人情感表达中的"欢喜"是对景的欢喜，也是对人的欢喜，然而却更是对自然美的欢喜，沉浸在自然创造的平常事物当中，而产生一种宗教崇拜式的感恩之情。诗歌中的这种抒情式叙事是作者孩童般澄澈心灵的另一种具象化的表达。生活在市场经济快速发展的现今社会中，遥想并且践行着这种陶渊明式"采菊东篱下，悠然见南山"的个人生活追求，不失为人一种超越性的人生境界。

诗人的这种境界，与中国古典诗学所追求的"以意造境"相契合。司空图的意境说讲求立意和造境，如果说诗人为读者营造了一个以水为主要事物的境，那么其立意又如何呢？诗人的立意，我认为是立足于对水深刻旷远的思考。自古以来，中国人讲求以柔克刚，而柔之至者谓之水也。诗人选取这样的一种意象，一方面是对水的深深情感，另一方面也是对中国古典文化的传承。

立足于民族文化的厚重土地，深刻地理解关于水意义的命题，在这位女性的诗歌中较为常见：《蓝色河汉》思考世界的变化哲学；《有如水草》探索事物的矛盾性；《翻阅白水河》解析无声自在、与世隔绝也是美的逻辑，诗歌《一滴水》也同样存在这类关于世界与人生的思考，诗人这样写道："这江水的任何一滴水/都来自于碰撞/水汽与灰尘的碰撞，凝成微小的晶体/雨点和土地的碰撞，清亮的身体漫过草地、稻田/水滴与水滴的碰撞/一些水融合，一些水瓦解/一些水消失，一些水飞升/掉落在树叶，草尖"。

一滴清亮水珠成为了诗人思想迸发的源泉，引发了无尽的遐想与思考。大千世界，每一个人何止不是一滴小小的水？而江水就是由一滴滴小小的水珠聚合而成的，探其究竟，水滴是两种不同的事物——水汽与灰尘的碰撞凝成的一体。雨点与土地的碰撞、岸与岸的碰撞、水滴与水滴的碰撞，飞升的水滴与空气的碰撞，降落的水滴与树叶、草尖、花瓣的碰撞，水滴与孤独的人的碰撞，用其纯净安慰受伤的人；水滴汇聚的碰撞，用其力量奏出悦耳的旋律。碰撞在诗歌中则是张力；碰撞在人生中则是命运在敲门。

"一片颤动的花瓣上/没察觉到这种变化/地球喧哗，一滴水静静守着一个孤独的人/只有江水亘古流淌，发出异样的/舒服的声响"，诗人观察水，体悟水，描写水，呈现水中有真意之态，向读者阐明世界是万物碰撞的结果，没有独立存在的完美个体，碰撞融合产生变化，变化产生美。

"碰撞"这一动态性的词具有力度美，使人产生无限的联想。由物触及人，物人相分而又合一，最终达到永恒的存在状态，也是谈雅丽诗歌的特色。在这首诗歌当中，由一滴水到一个孤独人，最后是亘古的存在者——江水。这是诗人对生命的思索，碰撞而后的聚合才是恒久的，才是美的。

爱美是人的天性，发现并书写美是诗人的责任。作为一个热爱生活、重视情感的人，谈雅丽把沅水视为她秘密情感的营养系统。她去过沅水的大部分乡镇、绝大部分支流水网，因而称为"河流漫游者"。她没有宏大叙事，更多的是关注身边一些细小的事情，一个温暖的眼神，一个会心的微笑，都会让她感动。她希望自己能成为与河流亲密无间的诗人，用诗歌书写身边的父老乡亲，用笔描绘他们的生存状态、生活变化、记录他们的命运，想用诗歌这种纯粹的个人力量完成现世的微弱担当[1]，这是一个人的心灵旅程，一个渴望内心安宁的人对于生命意义和美的发现的追求与思考。

（三）情感里的小春天

实际上，谈雅丽的诗集《鱼水之上的星空》和散文集《沅水的第三条河岸》都是与沅水息息相关的，这两个文集之间是互补关系，或者说有着克里斯蒂娃意义上的“文本互涉”。在诗人的脑海里，她有一个明确的观念，那就是：“每一个人都是一个孤独的小宇宙，一千种人有一千种不同的生活和念头。”问题是，这个小宇宙，如何用不同的生活和念头去充斥、修补与填满，如何表现它的色彩斑斓，诗意纷呈？

谈雅丽找到了一个字：情。情不自禁，情动于心，情切意真，皆是一个字：情。因此，情的合奏、情的和鸣、情的奔涌与内敛均内蕴于她的诗歌文本。刘勰在《文心雕龙》中用“情动于中，而行于言”“万趣会文，不离情词”等来说明“情”是诗歌创作的必要前提。谈雅丽是一个情感洒脱者，又是一个情感依赖者。她的诗歌是其丰富人生体验的真实描画，心中充满了对人与物的真挚而热烈的情感。整部诗歌多是对事物的细腻刻画，对细节的精致呈现。她是一位真性情的诗人，她记录亲情、回忆亲情，她小心翼翼地拿出“和母亲一起打板栗”的愉快片段，渴想与父亲一起的“青葱时光”。对待爱情的悉心，她观察爱情，理解爱情，她渴望“发明一个比爱更爱的词语”。

亲情是一种沉淀，一种厚重，一种心灵深处的归宿。诗人善于采用多种修辞手法与温馨质朴的笔调来刻画真切细腻的亲情。生活中的点点滴滴，记忆中的童年趣事都成为她的叙述对象，平添真切之感；选取日常生活中的意象进入诗歌，例如：头发、树、小煤炉、芝麻茶、小城等，拉近了作者与读者之间的距离。

《长天秋水》一辑中汇聚着诗人与父母亲的点滴与陪伴，情感抒发真挚感人。诗歌《和母亲一起打板栗》《熬制蜂蜜的时光》《与父书》《忽忆旧事》等都充分彰显了这种真情。以《小春风》为例：“父亲渐白的头发越来越像春雪中的武陵山，雪越落越大/就要盖住山顶，满满遮蔽我们一起度过的/青葱时光”。诗人采用“小春风”这一具有创新性的词来形容父亲的白色头发，父亲渐渐地衰老，花白的头发就像雪中的武陵山，白色覆盖了绿色，衰老覆盖了年少，雪花占据了优势，将父亲向年老推进了一大步。父亲白发的滋生与雪花的飘飘洒洒构成了严密的同质对应关系。这种充满诗意的“陌生化”的言语表达是作品的

---

① 向迅．谈雅丽：河流漫游者［EB/OL］．［2017－08－09］．http://www.frguo.com/.

出彩之处。

此外，在结构上，诗人采用一种时间跨越式的叙述方式，在“文本时间”上短短的几行，却涵盖了几十年的“故事时间”，从“我”发现的第一根小春风，我记得屋檐下的冰，“一条小路通向田野和学校/记得父亲将六岁的我背在背上/阳光下，我第一次发现他后脑勺/有一根闪着白光的小春风”。到现今满头的雪花飘飘，诗人只描述了结果，没有对中间过程有任何的叙述，却给读者留下了较大的想象空间。可想而知，几十年的时光，父亲为家庭的辛勤操劳、忍耐奔波，他背负了怎样的压力一步步走到今天。诗人虽是针对父亲的某一个小小的特征进行叙写，却表现了最质朴的情感，可以引发强烈的情感共鸣。

对待爱情，她渴求“比爱更爱”。恩格斯曾指出：“人与人之间的、特别是两性之间的以感情为基础的关系，是自人类以来就存在的。”[①]在漫长的人类发展史上，这种互相爱慕的情感是否得到了升华？诗人谈雅丽渴望爱的提升，爱是一个很难真正到达的精神境界，但她超越了本来的高度，转向比爱更爱的境界。她在诗歌中苦苦追求的爱是平淡的相互持守，是温情的彼此关照，是默默无声的思念，是寒风中的问候，是悲痛时的陪伴，比爱更爱，似乎离她更近了一步：“距离收到你的第一张明信片/又过去了几年，我在那张水蓝色的纸上/写到了白云，减肥茶，却只字不提对你的想念/包裹会在很久后到达，有的已丢失地址/有的遗失寄信人/有多少夜晚醒着，数着星星，念想的都是你。”

在《比爱更爱》这一辑中，诗人采用一种书信性的表达形式，以第一人称“我”为叙述者进行情感的抒发，不断地回忆，不断地书写过往的时光，用灵魂撞击灵魂，寻找比爱更爱，寻找人世间的至爱，更加真切。叙述者自顾自地书写悲伤，又显得那样云淡风轻。“我不提对你的想念”，但却“想的都是你”。“我”写下“你若安好，便是晴天”，但是可想而知，苦苦的等候又怎能是晴天，必定是泪如雨下的情状。这是一种苦苦的寻求，是一段痛并快乐的旅程。“信笺时代早成过去/我愿在古老的灯下，慢慢写下这一行字/‘你若安好，便是晴天……’/亲爱的，亲爱——/我触摸到了那个比爱更爱的词语。”比爱更爱，就是默默无声、苦苦等待，像水一样细腻，像水一样漫长，像水一样澎湃，像水一样淹过头顶，却又像水一样默然，柔软，温情，润物无声，刻骨铭心。诗人体会到这爱情的真谛，但却愈加悲苦孤独。

谈雅丽的诗歌显示了很好的古典诗词的精神底色。因为，在她看来，古典诗词原本就是现代汉语言中的瑰宝，现代汉语诗可以在诗句操作台面上享受着

① 恩格斯. 路德维希费尔巴哈与德国古典哲学的终结[M]. 北京：人民出版社，2014：45.

更多切、削、刨、铣的修辞张力，语言可以从前的晦涩，转而呈现更为光洁、圆润、剔透的一面，在扬弃古典诗歌的形式、语言、音韵、节奏的同时，诗歌创作要努力保持美好的情操、语言的凝敛诗性，以及源自内心的感发力量。① 谈雅丽是这样想的，也是这样追求的。谈雅丽不仅仅写小我，写个人情感，写日常生活，她也关注时代，关心国家和民族这样的“大我”，她写下了《黄昏大巴》《虚构的荒原》（组诗）和《四十四床的日日夜夜》（组诗）等一批作品，这些文本都是诗人对现实观察、思考、反思和追索的结果。

沈从文说：“我学会用小小的脑子去思索一切，全亏得水。我对于宇宙认识得深一点，也亏得是水。”②对于诗人谈雅丽来说亦是如此，亲近水，描写水，思索水，这就是沈从文所说的“情感的操练”。水是其诗歌创作的精神支撑，也是其思想的不竭外部动力。而内在的情感是其文学创作的直接源泉，直抒胸臆地描写亲情和爱情，从日常生活的小事着笔，趋于跳跃性的笔触，使其情感抒发自然产生无限的张力，从而引发读者深深的共鸣。

总之，谈雅丽诗歌追求诗性的世界，或漫游，或飘忽，或驻足，或留恋，凡此种种，其实都是在对水的感悟中实现精神的自我救赎，它成为了读者物质丰盈之后人格升华的营养钙片。诗人把这种诗性的闪光寄寓水中，作为生命之源。水是包容的象征，它或流动，或静止，或温柔，或狂暴，但在谈雅丽这里，这些都是美在不同时刻的精神彰显。上善若水，生命如水，起于沧浪，止于至善。谈雅丽为人如此，谈雅丽的诗歌亦如此！

四、现代城市与乡村寓言

诗歌不是消费时代的口红，而是灵魂的慰藉处，精神的憩息地。与其说诗歌是一种信仰和寄托，是心灵永恒的悸动，毋宁说诗歌是生活真实的状态，是理想诉求的载体，是彰显并坚守着某种审美价值的艺术形式。在一个偶然的机会，我注意到了刘晓平的诗。刘勰在《文心雕龙 · 知音》中指出：“夫缀文者情动而辞发，观文者披文以入情，沿波讨源，虽幽必显。”即是说作家和诗人在创作时，要先有情思的冲动，再发而为文，形成作品。与创作者相比，读者在阅读时，先通过文辞了解作品传达的情思，由文辞入手，解读作品，发幽探微。这样的互动才能把一个文本的意义完整地呈现出来。

刘晓平生活在鬼斧神工的张家界，这篇神奇的土地既是大自然遗存的奇妙

---

① 谈雅丽. 流淌在沅水的古典诗歌情结[M]. 桂林：漓江出版社，2014：46.

② 沈从文. 湘行散记[M]. 南京：江苏人民出版社，2015：71.

迷宫，又是古老而现代的文化博物馆。诗人置身于其中，获得了心灵的冲动与超脱。在这里，“乌篷船已漂泊成风景”(《去河边看风景》)，纯朴的民风，清新的山野，以及许多生动的故事，“还堆码在吊脚楼的屋檐下”(《新媳妇的棉衣》)。傍晚的等待，黎明的欢歌，离别的伤感，男的，女的，老的，小的，都紧紧地系在心头，“成为他或她的一丝记忆”(《一朵小花》)。这样的地理空间给予诗人无穷无尽的想象和创造力。刘晓平用淡雅、质朴的语言，准确而精致地描摹着新媳妇“要自己缝一件过冬的棉衣”的情景，并用“乌篷船，是渔女柔柔发辫上掉下的梳子”这一独特比喻来抒写“这片奇异的山水”之美。刘晓平善于把对生活的感悟和爱浓缩到诗句里，让诗歌生出翅膀，让人在“那场最后的秋雨，带走了一年阳光和风雨的记忆”的淡淡忧伤中，体验着诗人对乡村文明的深切关怀。

写诗，繁杂艰涩易，简洁静观难。写诗的手法很多，深入深出，深入简出，简入简出，都是几种不同的境界。刘晓平的诗歌没有刻意深化意象的奇巧与繁琐，而是采用象征、暗示、隐喻、变形等复调表现手法，既明朗，又简约，静中有动，动中含静，是山水诗，又像山水画，但山水诗与山水画不同，诗歌的意象和绘画中的意象不能等同，诗歌与绘画虽是姊妹艺术，但绘画是直接带给观众视觉的感受，而诗歌需通过文字进行感情的传达，对文字本身的理解就有一定的表现障碍，若再用抽象的形式去体现，读者则更难领悟。

“为什么我眼里常含着泪水？因为我对这土地爱得深沉……”，如果说，艾青是用京韵大鼓表达着他对家乡的爱，那么，刘晓平则用他“木桨击落太阳的情景，水声浸湿岁月的模样”(《去河边看风景》)，深切地诉说着对山野之美的眷念之情。是的，“眷念”在刘晓平的诗中弥漫，升腾起如丝如缕的忧伤与思虑。诗人像一只痴痴地守望乡村的候鸟，现代文明碰撞着古朴的土地，令人颤动。盘踞在城市角落的人“带来了冬天一脸的严肃”，生活的压力使自然的散淡挤得变形，于是，“看电视或回味超女的歌声”(《冬天》)已成为乡村的生活常态。一些事物生长，一些事物消失是自然规律，但那“开放在如诗如画的山崖……”“用尽生命的色彩，装饰了一个明媚的季节，凋谢隐去之后，仍把生命的灵魂寄存”的紫杜鹃，能“度过严寒如冰的日子，走过风风雨雨的季节”(《紫杜鹃》)吗？对大地的爱，对故土的爱，对张家界的爱，具象到美丽的花朵上，于是，守望紫杜鹃“一年又一年的绽放”，成为诗人的自觉意识，一种“生命的追求”。诗人在紫杜鹃身上寄托着他的审美价值观与情感诉求，这种审美价值观与情感诉求在《张爱玲》一诗中得到了进一步的升华与诠释：“一朵深紫色的花，无风自落，没有再化成蝴蝶，飞入喧哗的风中翱翔，也没有化做春泥，重回热闹的枝头含苞。”作为生活于现代社会中的个体，刘晓平当然知道现代文明的魅力，但乡村文明养育了他，熏陶了他，他更希望那些古典之美、自然之美能留存下来，“落入淡紫色的册页中，化成一幅简笔水墨，依旧素丽无比，不断吐露芬芳”，他真切地呼唤“怀揣采摘欲望的人们，在最快乐的时候懂得珍惜吧”（《桔树的经历》）。

这是一个实用主义的时代，物欲横流，利益至上。但美还是有的，求美、追美、炫美和写美的人更是有的。大自然的美、人性的美、思想的美、精神的美，诗人在为美而写。在写作中，快乐着，也美好着。正如有人指出的那样，世界上有两件东西最能震撼我们的心灵：一是我们心中崇高的道德准则；一是我们头顶上灿烂的星空。诗人仰望星空，从而获得诗的灵感。好的诗应该闪烁着人性的光辉，浸润着生命的色彩。

刘晓平的诗作被称为“现代城市与乡村寓言”（韩作荣语），他的许多作品揭露了在现代文明背景下，乡村文明的困惑与无奈，“人们只好在火炉边围坐”，默默地度过寒冷的冬天，但这种“围坐”同时也展示出乡村文明的野性生命力：“让寒潮一个接一个地来吧，村里的新媳妇实在是太秀气”。这样的诗句令人想起诺贝尔文学奖获得者、智利诗人聂鲁达的神来之笔：“少女捂着胸口，梦想着海盗。”诗歌的美，诗歌的含蓄与直达，诗歌的张力与动力，就在这种野性生命蠢蠢欲动中一一呈现。该来的要来，该怎样生活还得怎样生活。那种“还谈论些来年的事情……”的淡定与乐观，正是乡村文明的精髓所在。

有人认为，写诗和读诗的人，往往都是人生疲倦却执着的赶路者。对于写诗者来说，他们对诗的挖掘，是为寻找不再是植物的化石；与诗碰撞，只为寻求灵魂爆裂的一瞬间；同诗呐喊，只为血管里流淌着的那一腔热流。对于诗歌，最本色的、最民间的、最个体的抒怀才是最完美的创作。诗歌不求人人看懂，但人人看懂的诗更容易接受和传播，“床前明月光，疑是地下霜。”多好的诗！诗歌也不需要用正常逻辑去思考，“红杏枝头春意闹”，一个“闹”字将一派盎然欢喜的春意描写得动感十足，虽失去了理性却恰到好处。因此，某种意义上，诗歌，写什么、怎样写并不重要，重要的是诗之真、之善、之美的内蕴。这是诗之大义，是核心，也是灵魂。更直白点说，写诗需要创作者有诗心，有诗魂。刘晓平的诗歌不仅有肉，有骨头，更有灵魂，这是极为难得的。他的作品，有一种难得的温情和怜悯：“桔枝折断了……我为桔枝而惋惜，一种奉献的经历，带着岁月的风声，从开花的季节里萧萧传来。”这样的情怀是温馨的，也是唯美的，充满暖意。有了唯美而温暖的存在，饱满的诗意便不会消失。

总之，作为生活在现代城市里的人，刘晓平想做并做到的，就是：穿过城市的风，穿过森林般伸展的手臂，打开沉睡在记忆深处的乡村图景，打开心灵的想象，让诗歌栖落到厚实的肩头，让诗歌安放在精神的港湾。请看，“在公园的草坪上看见月亮/灿烂的样子/好像说了些什么/我觉得，她比以前健朗”（《月亮》）。古老、静谧的月亮，与公园、草坪融为一幅具有现代意味的时尚图景。诗人似乎着力寻找现代城市与乡村间的平衡点，以及与之伴随的一份和谐。拥抱现代文明，传颂乡村图景，正是诗人带给我们的警示与思考。

第八章　学理的价值

当代的文学之国，已不是历史上的“经国之大业，不朽之盛事”，谈不上是社会上一个热门的哪怕是重要的话题。经济之轮快速从人们的窗前驶过时，人们无暇再留在书桌前，纷纷起身追随。然而，我们又发现，文学之国又并非寸土不存。若你多推开几扇视窗，发现当代文学视域依然是人来人往，熙熙攘攘，还多了一些陌生的面孔，出现一些新鲜的潮流，充斥着新的时代气息。网络和电视的快速普及极大地丰富了人们的精神生活，也转变了人们的娱乐方式和旨趣。目睹这些变化的文学研究者们，是无法视而不见的。

伴随着网络而来的网络文学，也带来了网络文学本体论的冲击性话题。网络文学是不是一个可以成立的文学概念？它与我们所习惯认识的文学是否有一种可以廓清的关系，文学的所指与能指是否会因为网络的加入产生新的波动？既然网络的潮水沾湿了文学的衣角，我们是该继续站在岸边观潮，还是下海戏水？在数字化的今天，文学走下神坛，又将何往？人们在审视网络文学的同时，甚至也开始追问文学本身。与网络相似，电视的普及也开始消隐文学传播乃至创作领域曾经清晰的界限。同为一张薄薄的平面，纸张和荧屏却以不同的信息载荷和生理感觉渠道，带来不一样的审美体验。当文学嫁接了大众荧屏，也自然诞生了文学和电视两栖的创作者、研究者。他们散发着文学的诗性气质，同时精通电视传媒技艺；他们是有才华的故事创作者，又是绝佳的说书人。面对文学与电视的联姻，他们坚信着内容为王，又奉守着娱乐至上；他们本身作为文化精英恪信精英主义，又自信地驾驭着消费主义大势；他们的叙述有着精妙的微观刻画，又有理智的宏观把握。

文学受到时代的冲击，还不仅在传媒技术层面。新世纪的多元价值取向、文学语义场中政治性的淡化，文学语境中拥有了更多的人文主义关怀。就连极具政治性的报告文学也开始迎接新的解放，在多样探索中不限于弘扬核心价值，更注重突出的是时代的批判与反思。在坚持真实性、典型性的同时，新世纪的报告文学也在吸收着民族文学传统的营养。当然，从中国历史上学而优则仕的传统来说，由于官员与学人身份的高度重合，文学也始终无法完全剥离政治性的传统。文人们一方面是才华横溢的作家，一方面是游弋宦海的官员，文人视野中总离不开官场故事的叙说。官场文学这种局面到了新时代也依然在延续。不过随着文化垄断的溃堤，官场文学的范围也不限于官员、政僚的文学作品，更多“场外人”以敏锐的观察和尖锐的思想作为手术刀，解剖着官场文化。

我们也知道，就像文学与政治盘根错节的关联一样，文学从来不只是文学本身。在时间维度上，文学也时常代表着一个时期的哲学思潮、文化运动（启蒙主义、结构主义等），许多文学家也是其哲学思想的践行者（扬雄、韩愈等）；在空间维度上，文学也总是带上地域文化的印记，文学家的地域群体、文学风格的地域流派层出不穷。随着时代的推移、文明的进步，社会思潮的更迭与激荡、地域文化的继承与革新，均为文学视域添加着新鲜的话题。比如多年来对自然主义文学的误读，激发了学者对自然主义文学的再次解析及其与现实主义、现代主义关系的重新审视，自然主义在中国的扭曲接受过程被溯源、被挖根；也有人孜孜不倦地追寻着地域文化与地域文学美的踪迹，怀着深厚的故乡情结，探索着历史沿革、文化标签、思想巨擘、民俗民风、山水地理、革命历程、社会变化等因素对地域文学的浸润乃至中国文学的贡献。

可以说，当代文学的研究视域已然不再是一片纯粹、明晰的天地。网络技术、数字化时代、电视传媒、多元价值、人文关怀、文学思潮、地域文化……我们当下的时代拥有着往昔所没有的诸多元素，给文学研究带来诸多费人深解的主题。那么，当代文学研究者在正在经历的这个时代的文学领域中能够有何作为？我们注意到，在近现代革命的热土湖湘大地上，已有一批人立于潮流之上，披风斩浪，踊跃发声。他们秉承着岳麓书院“惟楚有材，于斯为盛”的文化自信，同时也肩负着湖湘学人的文化责任，怀揣着湖湘文化敢为人先的精神气魄，以各自不同的文化襟抱、充满个性色彩的审美意趣和多样的职业身份视觉，紧紧跟在时代的脚步之后，探寻着新时代文学视域的学理价值。

第一节　审美创新：一种基本的话语立场

在当今数字化时代里，大家关心的主要问题是知识分子公共立场的消蚀，而不是因其无力面对新的政治和经济统治形式而产生的知识理性的背叛，在这些新的政治和经济统治形式下，日常生活形态的审美正逐渐成为技术人员而不是“思想家”的领地，决策话语的定夺和政治道德的构建也都无须听取知识分子的意见，而在过去知识分子曾经是——或者至少他们自己喜欢这样认为——公共领域里重要意见的来源。随着意识形态的终结(比如福山和新右翼之流就固执地认为)，思想家或理论家似乎成了可有可无的“零余人”。在此境况下，作为曾很长一段时间肩负着“载道”和“启蒙”重任的文艺界所感受到的冲击尤为明显，作家、艺术家从神圣和庄严的舞台上走下来，摘掉被崇拜的面具，脱去被包裹的外套，卸下被粉饰的脂膏，还原成普罗大众一样吃五谷杂粮的血肉之躯，他们不再是生命他者的精神导师和人生之旅的引路人。

正如王岳川所指出的那样：在数字化语境中，文化从经典进入非经典和反经典，它使得口语化写作超过了书面语写作的价值，使日常生活的审美感性成为这个时代的合法性标志。从“立德立功立言”这些知识分子曾孜孜以求的“三不朽”的人生最高价值到文字的速朽与意义的卸载，创作的魅力不再展现在惊天地、泣鬼神的时代诉求中，而是不断地快速生产又快速地被覆盖。从珍惜语言到滥用语言，语言成为随波逐流的无序平台，整个世界和文人知识分子心态发生了整体倾斜，艺术肉身化挤压精神性成为时代的标识。

换言之，数字化语境用庶无约束的自由消解了对政治民主的现实关切，用众声狂欢的方式虚构了一个可被替代的精神空间，它使大众在现实生活中对被宰制的意志获得一种类似堂吉诃德式的话语抵制，并在匿名的身份中使被压抑的思想和情感能够得以尽情释放；同时，作为今天这个以展示个性、推销自我和张扬隐私为精神标签的时代，数字化语境极大地满足了人们原始的窥视癖、及时行乐的消费需要和在现实生活中难以实现的表演欲望，日常审美的能指与所指产生了分离，文字的意义与符号成为麦当劳一样一吃就上瘾的垃圾快餐。

面对如此严峻的形势，文艺界弥漫出一种失落、压抑、无措和浮躁情绪，一些人故作清高，对出现的新情况视而不见，仍然躲在象牙之塔内做着从文本到文本的诠释工作；一些人脱离当下生活，一厢情愿地在自己的自留地里批发生产出一束束无粒的麦秆；还有一些人在高呼“原创”的口号声中大出风头，最终却因无力守住自己的道德底线而一次次迷失方向……数字化语境中的文艺理论工作者是否真的就无所作为了？如果不是，那么，他们应该如何突破屏障、担当起自己的阐释重任？如何在新的历史时期实现引导文艺现状的宏大使命？

欧阳友权用沉甸甸的《数字化语境中的文艺学》(中国社会科学出版社2005年版)一书为我们作出了精彩的回答：“数字化技术在使文学艺术日益远离大众和边缘化的同时，也使更多的人对文学艺术有了感性的亲密接触，文学艺术不再是少数人怡人娱己的专场演唱会，而日益成为普罗大众的精神消费品，它在消解文学艺术神圣意义的同时却也在更大范围内重新聚集起人们对于文学艺术的真正热情。文艺理论工作者不应徒然感叹、无所作为或怨恨，从而被时代抛弃，而应该反省自己是不是思想僵化、腿脚太慢，跟不上前进的步伐。重要的是，要把被遮蔽的意义发掘出来，把文学艺术的永恒之美发扬光大，将解码的经典进行重构，而不是被比特叙事的泡沫淹没了自己对世界的感知，更不是消解自己对知识理性、民主自由和追求真理之宏大话语的审美诉求。”

作者认为，以数字化为标志的现代信息技术对社会生活产生了前所未有的巨大影响力，特别是电子媒体催生的图像文化转型，使得艺术的技术成了技术艺术化的一种注脚，由此带来了文学艺术的存在方式、创作模式、功能范式和传播与欣赏发生改变，其所改变的不仅是文学艺术的形态和惯例，还有“何为艺术”与“艺术何为”的逻各斯原点命意。在此语境中，文艺理论工作者应该与时俱进，密切关注着这种转变，用审美创新作为基本的话语立场，对风云诡变的世界作出合乎实际和充满活力的阐释。

《数字化语境中的文艺学》一书共分为上、中、下三个部分。在《上篇：数字化时代的文艺语境》中，阐释的问题主要包括“数字化的诗学与美学”“数字时代的精神现象学”“技术社会的文艺生态和数字时代的文艺研究”等；而在《中篇：数字技术下的文艺转型》中，作者聚焦的视域更广，对诸如“媒体延伸的艺术步履”“数字化对艺术惯例的挑战”“比特叙事的本体转换”与“数字化艺术的文本范式”等热点、难点问题进行了创造性地思考；特别是《下篇：网络文学的学理解读》，作为国内网络文学研究重要开拓者之一，欧阳友权的分析视角主要集中在文学艺术“表征自由精神”“民间话主权的回归”“精神价值的解构与建构”“后现代主义文化逻辑”和“电子诗的祛魅与返魅”等问题上，他认真梳理了“艺术是什么”“文艺表现什么”“文艺怎么表现”以及“文艺干什么”等艺术原点，认为数字化旨趣的人文诉求大抵体现了意志的自由、知识的民主、交往的平等和信仰的重塑。这种文化的突出特征是自由，文学艺术的精神本质也在自由，网络之接纳文学艺术或者文学艺术之走进网络，就在于它们存在兼容共享的逻辑支点：自由。作为人文精神最为张扬的自由之特质，网络文化的建构主要表现在话语权对自由精神的敞亮、情感流对生命力的挥放以及交互性对心灵期待的沟通上。

与此同时，数字化的美学本质在科学技术发展中以两个方面的理性观念体现出来：其一，数字化以把握世界的科学方式来体现人的本质力量的崇高与魅力。二是，数字科技以合规律与合目的相统一的方式体现人对于生命自由的无限追求。更进一步说，这种审美精神使文学艺术出现一种新视界：即实用功能美成为精神审美的先导，物质性的功利价值折射出人文精神的洞天；通过调解人与自然的矛盾，达成美与真善相互依存、合规律与合目的相统一的价值理性；它以技术创新加速科学与诗的结合，为人类的生存拓展出日常生活审美化的空间。

在此基础上，作者用理性的分析，认真探讨了审美的生活化与日常生活的审美化这两种完全不同的精神态势，并认为数字化促成了技术与经济合谋，它有效改善了人们的生活质量，提升了社会的生活水平，从而使生活与审美、生活用品与艺术作品之间的界限在逐步淡化。而生活与艺术传统关系的改变很大程度上改变了人们对现实的审美聚焦，使艺术生成的本原形态产生载体及其价值的双重改变。这种改变从比特叙事的本体转换中即可见一斑：它推动了“作品”向“文本”的变化，使话语指称成为“漂浮的能指”，从“文本”向“超文本”的转化，使隐含的语言指涉成为“滑动的所指”，从文字文本向多媒体文本的延伸，改写了能指与所指原有的语言约定。

这种能指与所指的脱节至少从三个方面暴露了数字化技术带来的哲学局限：首先，是数字标准化对事物个性意义体认的限制；其次，是数字平面化对事物复杂性认识的限制；再者，是数字的知识化对意志自由的限制。

然而，如今的人们很少为了改善普遍的和抽象的人类福利而实践自我约束，特别是当它涉及有关方面的物质处罚和牺牲之时。此外，以各种范畴的特殊性——从种族到阶级，从局部到整体，从性别到民俗，从贫穷到富有，从经济到政治——为前提下的多元文化主义有着无限的变化，甚至在这个跨国流动时代，任何人也只能比较详尽地了解这种多样化中的极小部分。不论多么富有想象力、同情心或者多么关注，人们认识和接受他者的能力都受到严格的限制。观察注定是“来自远方的”。当财富上的差异或差距不断扩大时，跨文化的理解变得更加困难。同代人碰撞的可能性越少，多元文化主义的呼声也就越高。作为一种自由开明和进步宽容的表达，多元文化主义的抽象原则经常异化为一种托词，为现存的特权、不平等和阶级差别进行开释。

在此前提下，精英主义者认为，反对歧视边缘群体的文化多元主义是一种对多数垄断的民主法规的改进，这种垄断曾长期压制除主导历史和文化之外的一切事物，在文化多元主义之下，所有的群体和派别都可以要求得到公正的包容和表达。网络符号的精神指归并不刻意承载意义，但正是这种“原生态”“自然”和“无意义”，本身就是一种意义。特别是一些弱势群体，他们急于改变被他者认识的带有歧视的个体身份——只有少数成功者通过艰难的努力有幸进入主流话语，但这些人的骨子里仍然闪动着失语的焦灼，他们集体的沉默本身就是要求表达的一种“潜形式”。

因此，欧阳友权着力表达的恰恰是被许多人所忽略的，其高屋建瓴的勇气、治学严谨的风范和真知灼见的才情无不令人折服。他在繁杂和荒芜的理论原野执着地开辟出一片绿洲。在当今这样以商品化为主导的消费性的数字化时代里，人们早以消磨了读文时代的求知欲，进入到慵懒的“读屏”作业，文学的意义和它的威严受到了前所未有的抑制和打压。现在的儿童只要愿意，玩电脑多长时间都行。不过，他们跟印刷文化由全盛走向没落的那个时代里好书成癖的读者，并没有什么截然不同。电脑游戏是另一类虚拟的世界，价值并不低劣。

也就是说，文学艺术发展到读屏或读图的今天，文本的意义依然强大而充满力量，原因在于，它打开了没有别的任何办法可以打开而且也不可能由他者的设计或者阅读行为可以解释的虚拟现实。正是在这个基础上，J. 希利斯·米勒坚信，文学艺术威严性的一个基本特征就是，它隐藏秘密，使之永远也不可能被提示出来。文艺学审美创新的深层意义恰恰也在这里。

诚如作者在该书的后记里所指出的：数字化技术在跨越传统的信息屏障的同时，也改造着世界的物质格局和精神秩序。不过，数字化语境中的文学艺术至今尚处在萌动期，对这种新媒介艺术的理论解答和观念厘清尚无定评。面对研究对象的不确定性和学理建构的非预设性，他试图遵奉两条治学原则：“一是基础学理的致思维度而不是技术分析模式，二是建设性创新意识而不是评判性‘他者’立场。前者让我在思考问题时重价值理性和意义承载，后者则提醒我对自己的理论思考始终持存一种反省与怀疑精神，让敞亮的个我之思尊重内心的学术襟抱。”正是这种话语立场和远大抱负拓开了个人的视界，也给文艺学注入了一种新的活力。

第二节 核心价值与人文关怀的个体言说

艺术源于现实，是现实的再造，不能凌驾于现实之上，因此从某种意义上讲，现实才是最高的艺术。文学所追求的不仅仅是艺术的现实，同样需要现实的艺术，在这个立意上，报告文学正是一种“现实等于艺术”的文学创作。

章罗生在《新世纪报告文学的审美新变》[①]一书中对这个问题作了进一步阐发，认为报告文学是“新闻化的‘文学’和文学化的‘新闻’”。“文学化”和“新闻化”是报告文学的两大必备特点。基于此，章罗生指出报告文学不是狭义文学，不是想象性的文学，应该脱离“虚构性”“创造性”或者“想象性”，根本特征

① 章罗生. 新世纪报告文学的审美新变[M]. 北京：华龄出版社，2007：68.

是“非虚构性”和理性。换言之，审美维度上，报告文学必须坚持尊重事实，在此基础上对事实材料进行合理地文学加工。

然而，在章罗生分析的视角里，仅仅强调报告文学是文学化和新闻化这两大特点仍不充分，因为纪实文学和传记文学也同样是这样强调的。相对于后面两者，章罗生指出报告文学的审美维度的独特之处应当是“政论性”。不是任何的纪实性文章都是报告文学。以人物写实为例，纪实文学任何名人都可以作为题材，重要的是它必须遵守事实；传记文学则更灵活，它甚至可以不完全尊重事实，进行适当虚构，因此，同一个人物甚至可以出现许多不同版本的传记。而报告文学不同，其书写总是具有目的性，比如徐迟的《哥德巴赫猜想》，它的主角是陈景润，所要表达的是一个数学家勇攀高峰的历史一生，它契合那个时代的精神，要表达的也是时代的主旋律，其目的是要这种精神服务于时代。从这个意义上来说，报告文学拥有调查报告的精神，即具有“政论性”。因此，不是随便的纪实都可以称为报告文学，报告文学在纪实文学的种类里应该是高度最高的，脱离政论效能，只有社会效能的，那么可以称为纪实文学，脱离社会效能，只有文学效能，那么则只能是传记文学了。所以，“政论性”是报告文学的核心维度。

政论性、文学性和新闻性注定了报告文学与其他文体的不同，也注定了在新的世纪、新的文化背景下，报告文学必然受到更多的文化冲击。这是多年来坚持在报告文学研究领域苦苦追求、出版一系列相关论文和著作后，章罗生的又一发现，这一发现是对报告文学研究的独特贡献。

当下，中国社会充斥着多元文化，后现代主义甚嚣尘上，物质主义、金钱主义、消费主义成为一种“非主流”的主流。法兰克福学派认为工业文明带来“文化工业”，文化的工业化对大众传播和文化带来巨大影响，一切的文化纳入以金钱为导向的体系，文化的驱动力的方向承转为“利润最大化”，文学失去了应该具有的批判性和价值观，越来越趋向于一种复制品工业。中国社会新世纪文化正在陷入这种困境，网络加速了社会信息的传播速度和传播广度，越来越多的人可以自由参与到社会文化的主体当中，形成多元潮流兴起与多种话语发言，但这未必是好的，恰恰它可能代表“虚假的繁荣”，体现出精神追溯的迷茫和核心价值的缺失。在大众传播甚嚣尘上的环境下，文学的审美维度也悄悄发生着转变，但是，报告文学仍旧应该镇守住自己的核心立场，坚守原有的审美维度，承担起应有的社会责任。章罗生的执着追求是值得尊敬的，他做出的成绩也是有目共睹的。

因为，当金钱利益成为文化的中心，报告文学不能为大势所趋，金钱是对报告文学品格的最大诋毁，一旦围着金钱转，报告文学就被降格了，也就称不上报告文学。这个时候尤其要坚持报告文学对核心价值观的弘扬。诚如章罗生在《新世纪报告文学的审美新变》一书中所言："新世纪以来，报告文学中的时代精神与民族精神在'宏大叙述'中得到进一步的发展，表现出更多的'精神负担'，同时也表现出新的审美特征，显得比以往更集中，鲜明，细腻，深沉。"

诚然，新世纪的文化多元造成了核心价值的缺失，但它也有积极的方面，最大的一点就是在一定程度上解放了"人"和人的思维维度，理性启蒙及其"人的发现"对报告文学的审美维度的拓展具有重大意义。

20世纪，报告文学没有解决好的问题是通常所说的"新闻性"，"文学性"与"政论性"的融合、统一的问题。更直白地说，是政论性有余，文学性不足，新闻性则有所失真。为了弘扬而弘扬，为了精神而精神，呐喊声很大，但是，激情有余，真情不足。其创作更多的是官方的，高端的；而缺失底层的，市民的。人性化的书写不足，伟大但不够平凡，为了宣传而书写。

时至今日，这个问题在报告文学领域仍旧没有解决，但是已经有很大改观。仍旧是主流价值观体系里的"宏大叙事""英雄叙事"，新世纪多元文化背景的影响下，报告文学已经呈现出与20世纪不同的趋势。章罗生认为："一是这方面的作品数量更多；二是题材更广泛，尤其要更注重表现普通百姓等'小人物'；三是作家的独立性更强，更远'宣传'而近'文学'；四是艺术更精湛，手法更多样。总的来说，最鲜明、突出的特色是进一步表现出平凡与伟大的有机融合。"这些都预示着报告文学在一定程度上解开了"政论性"对"文学性"和"新闻时事性"的桎梏。

与弘扬核心价值观对应的是，报告文学开始更多地把视角放在批判领域，反思领域。文化的本质之一就是批判，文化一旦丧失了批判便失去了前进的动力。新世纪，报告文学也扛起了批判的大旗，毋宁批判是针对新世纪多元文化主体进行的批判，还是多元文化造就的对社会的理性考量，都可以看作为报告文学对当今中国的一种大胆正视，其目的仍旧是为了把思考维度拉回社会核心价值体系之中和正义当中。章罗生据此认为："新世纪报告文学继承和发展了以往问题报告文学忧患人生、理性批判的启蒙传统，在'发现'被遗忘的底层民众的同时，也'发现'了创造历史和推动历史前进的'小人物'。而这种'较大的思想深度与意识到的历史内容的融合'，既不是出于对主流意识的迎合，也不是胁于政治外力的压迫，而是作家在新的文化语境中所表现出的心态的自然调整与审美的自觉选择。"简而言之就是，报告文学的政论性拥有更多的人文主义关怀，回归到文化的本源之上。坚守政论性的核心价值取向，丰富文学性的理性人文关怀，尊重新闻性的回归真实生活，并且将三者更好地融为一体，这将是报告文学的审美维度的最终归处，也是章罗生的著述和研究的价值所在。

第三节　电视的文学化与文学的电视化

电视与文学的距离究竟有多远？它们其实距离很近，媒介载体的传播本质让它们同宗同族；它们又相距甚远，截然不同的表现形式和影响途径又让它们各奔东西。

读了厚厚的上下两大卷《追梦·锋芒：湖南电视40年》[①]（以下简称《追梦》）后，我思绪翻腾，感慨万千。电视湘军是如何崛起的？其成功的关键点和制胜的法宝在哪里？作为一个内陆省份和政治大省，湖南广电人有着怎样的酸甜苦辣，走过了怎样的风雨历程？其成功之道给中国电视事业带来什么样的启迪，对广大电视人、受众、学人乃至传媒产业等有着怎样的意义？应当说，所有这一切，都能从这部书中找到答案。这是解密电视湘军的最佳文本，主创者以时间为经线，以空间为纬线，以情感为纽带，以事件为推动力，用电视的镜头语言定格栏目、制片人等种种细节，用文学的原创方式呈现有血有肉的湖南电视人这个战斗集体之台前风光和幕后传奇，这种立体的、颇具史诗性、兼有实证与抒情审美特质的创作风格，将电视的文学化与文学的电视化紧紧地联系在一起，实现了真正意义上的跨文体写作，是一次大胆而有益的尝试。

一、后现代语境：电视与文学的时代要求

首先，电视需要文学。当前，文学研究和创作的领域需要我们重新审视，即在传统的文学概念基础上，我们应该对以前在传统文学观念的限定下被排除在文学界域之外的电视文学、电影文学、图像文化、网络文学与网络文化进行进一步的探讨。新的时代，大众传播已越来越深刻地影响文学的创造，特别是网络文学的兴起，将文化带入一个全新意义的百花园式的时代，文学的责任和使命相对应也要更新和升级。在当下的后现代语境中，我们甚至应该对广告、时尚、酒吧、城市广场、购物中心等进行跨学科研究，文化研究者和文字创作者的诉求，不仅仅是要求文学研究和批评进入到文化分析、社会历史分析、话语分析、政治经济学分析的综合运用层次去研究文本，而是试图把整个文化都作为自己的研究对象。因此，我们需要研究电视的文学化及其特色，并且将电

---

① 刘一平，吕雁. 追梦·锋芒：湖南电视40年上卷[M]. 长沙：湖南人民出版社，2010：46.

视的文学化与当代文学进行接轨。怎样实现这种接轨？这就需要更多跨越电视和文学两个领域的作家或者电视人的艰辛付出。《追梦》的执行主编，也是该书的主创者吕雁就是这样的一位资深电视人，同时又是一位颇具才情、成果丰硕的作家。更为重要的是，在时代的变迁和湖南电视的崛起过程中，她不是旁观者，而是弄潮者、逐梦者，在湖南广电二十多年的工作生活中，她经历了由一线记者、制片人到管理者的角色变换，见证、参与了湖南电视由弱到强的全过程。由她来主创和编撰此书，其独特的身份、经历、视界、情感和思想等，使该书的基调具备了电视的文学化之前提条件。

其次，文学本身也需要电视的血液强身健体。纵观当代文坛，我们的文学创作需要新的传播范式和审美创新，在服务于社会、服务于大众这个文学母题上，我们应该有更多思考。怎样更好地服务于社会和大众，我想首先需要真实的、符合时代要求的文学；同时也需要我们的文学创作能够更多地与大众传播嫁接。没有深度介入大众传播的文学势必很难形成广泛的影响力，这对我们文学自身的发展是不利的。基于占全国人口总数八成以上是农民的中国国情，毫不夸张地说，电视是当下社会最主要的大众传播媒介，这也决定了电视的文学化对文学具有至关重要的作用。如果说社会是一种生态，在这个生态系统中，大众传播则像连接中枢神经一样联系着文学艺术与自然生态、社会生态、精神生态等敏感部位，电视的文学化则让文学更好地介入这个生态系统，从而使我们能够更好地从艺术家、艺术创造、艺术欣赏、艺术批评等环节中实现电视、传播、文学和社会的多元式跨越，继而为文学复兴注入新鲜血液。我们可以利用电视的资源配置、思维模式和创作方式来繁荣文学。

上述思考，是在通读《追梦》后产生的种种联想。纵观全书，创作者们都是遵循文学的规律，结合电视的内容形式和传播特点来进行创作和书写的，我想这是本书出版对电视和文学两种传播载体的最大意义之所在。

二、内容为王：用电视的理念创作文学

一档电视节目成功的基本要素是什么？是合理的空间布局和时间架构、主题的提炼，以及细节的力量。也就是说，一个电视节目要想取得成功必须具备宏观的把握能力和微观的刻画能力，这样才能既有精气神，又有美感和质地。这就是“内容为王”的理念[①]，而图书和电视在这一点上有了对接，有了这个理念对接，就可以实施“理念嫁接”。本书的成功之处就在于运用了电视这种创作

① 欧阳友权．文化产业通论[M]．长沙：湖南人民出版社，2006：136.

理念，刻画出一部犹如一档高质量的电视节目的文学作品。

毋庸置疑，和历史上那些名垂千古的史料通鉴的相同点之一是，这是一部关于电视传媒史的宏篇历史巨制，从一侧面勾勒出湖南电视的发展轨迹，可以说，它的出版集结了所有湖南电视人的汗水、智慧和心血。要从卷帙浩繁的历史中刻画出湖南电视40年的风风雨雨，谈何容易。主创者借助于传播学上议程设置的方式，突出主题框架，然后用制作电视一样的时空法则将全书分为上下两卷，上卷主要写湖南卫视（电视湘军的主体部分），体现出时间维度上的连续性；下卷则主要写湖南广电旗下的其他电视台，体现出空间架构上的稳固性。整部书思路明确、条例清晰，这就便于作者集中发力，更便于读者快速阅读。而对于核心的提炼与刻画更是匠心独运，彰显诗意与大气。以上卷为例，它鲜明地将湖南卫视的40年历史分为：聚能（1979—1994）、核变（1994—2001）、璀璨（2001—2010）[①]，三个“链式反应”、逐层升级、个性十足的关键词，准确、生动、集中、传神地体现了湖南卫视40年的战略轨迹和发展历程。

在宏观鸟瞰和建构的基础上，该书的微观表达十分动人。主创者们将湖南卫视的历史定位在三个时间段并不是随意所为，而是深入了解湖南卫视的历史变迁，找到其发展的节点/拐点而做出的电视特征的文学提炼。这些节点/拐点如何界定？最主要的一点，就是根据传播学中“内容为王”的特点，从另一个角度讲，湖南卫视的节目内容也恰恰是随着湖南卫视的战略调整而发生转变的。在这种“立传”或“解密”思路的支配下，主创人员就像在做一部大型“纪录片”一样地创作图书，诸如《晚间新闻》《芙蓉国里》《快乐大本营》《真情》《勇往直前》《天天向上》等栏目，在书中，电视栏目成了图书内容，但是，图书内容又不全是电视内容，而是通过对每个栏目的制片人及其“背后的故事”，细致刻画出电视内容没有事现出来的点点滴滴。全书的章节之间，也有着严密的逻辑关系：围绕内容，先分篇章，然后以每个栏目的“小纪录片”为具象，构成大中有小、粗中带细、个案中有整体、整体中有局部的湖南电视的风云岁月。窥一斑而知全豹，湖南电视40年的风雨历程从这个窗口中得到了很好的体现。

三、读图时代的轻阅读：电视与文学的浑然一体

在读图时代，一切对经典文本的阅读都显得是那样的漫不经心，生活节奏的加快和信息海量般的更换，使轻阅读成为大众休闲的主流方式，而图文并茂的制作技术也提高了轻阅读对读者的思考要求。本书在这个方面也给我们提供

---

① 刘一，吕雁．追梦·锋芒：湖南电视40年［M］．长沙：湖南人民出版社，2010：46．

了很好的范例，它以原创性、知识性、史料性和技术性实现了文学与电视的对接。

如果从介质元素分析，那么，电视显然远远丰富于图书，因为，电视是文字、图片和声音等多种信息元素共同作用的综合性传播载体。卡尔维诺就说，电视是世界上每个人的经验、资讯、读过的书籍、想象出来的事物组合而成的东西。[①] 如果说每个生命都是一部百科全书、一座图书馆、一张物品清单、一系列的文学作品，那么电视就是将所有的生命不断组合，不断更替互换，并依照各种想象得到的方式加以重组再展现给世人的神奇媒介。电视的文学化则意味着多元的组合转化为单一的文本形式、动态有声的想象转化为静态无声的印刷品。两种形态截然不同的媒介形式怎样实现统一呢？“话语就是一种权力”[②]，福柯给予了媒介最高的真谛，这也是文学与电视对接能够实现的依据。话语的传播实际上是为了生成权力，本书则向我们展示了文学的话语权力是怎样与电视的话语权达到同等效果的。

传播的目的是提供给人“想什么”，而非“怎么想”，所以，就有了传播学中有隐性传播[③]的界定。对比电视和文学，实际上文学是一种隐性媒介，电视需要用更多的元素表达内容，文学可以用更少的方式实现。其媒介意义的生成取决于受众依赖想象的程度。就电视而言，它是一种想象的具体化，受众依赖想象的努力较少，这是电视的媒介形态决定的；而文学则是提供想象的媒介，留给受众依赖想象的空间较多。因此，在传播学理论中，很多时候静态介质比动态介质包含的信息更丰富。电视的文学化本身则是一种材料的“瘦身”，基于这种话语权力效果，电视转化为文学的“瘦身”可能性才存在。本书用文学的创作给我们提供了很多的想象空间，又用丰富的图片弥补了由于电视画面缺失而带来的遗憾。

这些技术性措施让本书具有了丰富的立体效果。首先，从色彩设计分析，湖南电视，尤其是湖南卫视，他们的色调本身就以亲和力强的暖色调为主，主要为红、绿、黄、蓝等，本书文字颜色也给了人们一种视觉冲击；另外，内容丰富的珍贵图片加上静止的文字则提供了电视所不能提供的想象空间，文字本身

---

① ［意］伊塔洛·卡尔维诺. 未来千年文学备忘录［M］. 周宪，黄灿然，译. 南京：译林出版社，2009：34.

② ［法］米歇尔·福柯. 知识考古学［M］. 谢强，马月，译. 上海：生活·读书·新知三联书店，2007：12.

③ 李彬. 传播学引论［M］. 北京：新华出版社，1996：45.

已经具有想象功能，而一幅静止的画面可以提供比一部电影更多的想象。因此，本书大量的珍贵图片将电视湘军的人物谱系和节目谱系的形象具体化，除了给人们想象空间之外，更给了文字想象的依据，契合了轻阅读对享受阅读所需要的审美要求。当读者在文字中看到某个人和某个节目自然而然就有了参照物，想象就更加具有画面感，从而，也就从整体上实现了文学与电视的对接。例如，1979 年创办的《卫生常识》栏目，当时湖南电视台刚刚有了属于自己的第一台录像机，播音员张林芝便自编自播自录了第一个栏目。如果只有文字表述，读者们是难以想象“一个人的栏目”是什么样子的，但配上书中图片——光秃秃的绿色背景墙，一张桌子，面前架起一台录像机，主持人手持演播稿正在播音，一切通过一系列浓烈的色彩直接而真实地反映在读者们的眼里，比任何语言描述都要简单清晰，震撼着人们的视觉与心灵。

四、“真”的本质：电视与文学殊途同归

电视作为一种大众传播媒介，其最大的本质就是尊重事实，也就是对真实性的要求。这是传播的本质，所有的电视节目的第一原则都是真实性。在文学创作中，虚构或虚拟成为常态，事件的真实性并不是首要的，报告文学或纪实文学则除外。这是电视与文学的一个分界点，也是电视本质向文学的一种延伸。纵观本书，其最大的特色不是语言优美，不是华丽，而是质朴、真诚，是用返璞归真的语言表达最华丽、最丰富的内容，所以，更加让人感动。

在这部皇皇近千页的巨著中，主创人员着力要表达的是两种“真”的维度：一种是湖南电视人做节目的“真”。湖南电视人的思想情感，激情奉献，万般滋味都在其中，可是最难能可贵的地方却在于一个“真”字。“真”乃力量之根，是媒体传播之本。作为信息传播的主流媒体，湖南电视所传达给大众的讯息内容去粕存精，以真实为第一要务。湖南电视人的字典里没有“粉饰太平”这个词，书中百余个节目的访谈记叙中，没有哪一个的内容是浮夸不合实际的。“真”这个闪光点，常常在《追梦》的字里行间不经意地流露出来，显得如此生动、真实、自然。另一种维度是主创人员在编写过程中的“真”。既然是书写湖南电视的历史，就要对湖南电视的历史负责。为了搜集湖南电视早期的资料，力求呈现出湖南电视最真实的一面，执行主编吕雁带领创作团队四处奔波，对待这部湖南电视“自传”的认真态度令人动容。吕雁在上卷的后记中说：“寻访历史需要内心和时间，更重要的是对历史的一份敬意和尊重。”我确信这样的文字也正是所有湖南电视人要透过这部书告诉读者的肺腑之言，40 年来，他们坚持奉献，勇于追求，却始终保持着内心对于电视的尊重。

返璞归真并不是没有任何技巧，所谓大巧若拙，实际上最彻底的质朴恰恰是最高超的文学手法。本书前后共介绍了百余个由湖南电视台制作的节目，每一个采访的受众都有着自己与众不同的叙述方式，而最为难得的是整本书依然保持着真诚朴质的行文风格。而在吕雁亲自撰写的《一个人的栏目》《新闻怪才潘礼平》《王炳文：君不困不成王》以及后记中，都彰显着她文字里平实中蕴含的真情与挚爱，不难发现，她笔下的人物都是极其真实的，因个性而真实，因真实而动人。以湖南电视人的“怪”为例，吕雁对此不加修饰，本色描写：一个人单枪匹马制作一出节目的播音员张林芝，置之死地而后生的《快乐大本营》制作人王炳文，他们的身上都仿佛带着一丝“邪气”，这都是湖南电视人的本色：“怪”。湖南电视人身上的怪，怪得有思想，怪得令人钦佩，这样一种隐藏在他们身上的气质经过吕雁的捕捉和淬炼，成为了湖南电视人的“类共性”，令“怪”的精神逐渐成为电视人竞相效仿的真实标签。再举一个例子：在描写1983年《晚间新闻》记者黄河清在搜集长沙市工商局负责人处理原中华百货合作商店案中“左”的错误的证据时被陷害——在被汽车蓄意撞倒后，书中直接引用了当时的记者，湖南有线电视台的创始人黄河清的原话：“要笔杆子反‘左’，还要流血啊！娘的！流血老子也要干！[①]”这样简单的话语，听起来有些粗糙，却掷地有声。正是这不加修饰的话语，使湖南电视人坚韧求真的拳拳之心跃然纸上。这样的“真实”，既是电视湘军的生活原态，也是电视和文学创作共同追求的目标。

五、集体救赎的责任与使命

如果一部文学作品仅仅是实现对电视的复制，那么，也就没有必要进行电视的文学化和文学的电视化的深度对接。如前所述，文学的电视化需要让抽象的变为具体，而电视的文学化则要让具体的变为抽象。电视的文学化就需要文学的方式发掘电视湘军的时代精神，揭秘其力量源泉。本书则很好地做到了这一点。

《追梦》书如其名，是一部讲述了一大批心怀梦想的湖南电视英雄们如何在激烈的竞争中开辟出新天地，并坚韧不拔地不懈追求，最终创立湖南广电“电视王国”这荡气回肠的励志史诗的。湖南电视能有今天的成就与气概，原因无他，就是有了这批始终在电视领域燃烧着激情的电视人，就是有了湖南人越挫越勇的“霸蛮”精神和“敢为人先”的湖湘精神，就是有了无论在什么方面都能

---

① 刘一平，吕雁等．追梦·锋芒：湖南电视40年［M］．长沙：湖南人民出版社，2010：42.

另辟蹊径、风格多变的创新意识。这体现在电视节目上，它的核心词是：求变精神。而在描述湖南电视整体业态的创新创造的过程中，其重点笔墨都在两点：一是电视平民化，二是快乐精神。这二者不仅是“求变精神”的具体表现，更是湖南电视雄视全国之成功所在——平民化使电视可以被更多大众接受，快乐则让更多大众更愿意去接受电视的教化。实际上，湖南电视在用平民化传播快乐，更是用平民的快乐化来传递电视隐含的一种话语权力。

(一)传播视角的平民化，是电视湘军崛起的基础

央视有一个基于电视受众阶层的“索福瑞调查”，以月收入 4701 元为起点，同时加入学历和职业等因素，将观众分为高端和草根两个级别，这个调查的初衷本来是为了统计“高端观众”在上星频道中所占的比例，但结果发现，这些高端观众在上星频道中的比例一直在下滑，自 2007 年第一次跌到了 50% 以下后，就明显有被“草根观众”压倒的趋势。这一现象，这从某种角度来说正印证了湖南电视所极力倡导的“电视平民化”的正确性。

可以说，湖南电视“电视平民化”的开端，是源于“新闻平民化”这一伟大改革，不论是每天朝九晚五的普通上班族，还是在两点一线中徘徊的年轻学子，上至亿万富豪，下到环卫工人，他们获得信息的途径无一例外都需要新闻资讯。作为一个自古以来就以“先天下之忧而忧，后天下之乐而乐”闻名遐迩的政治大省，社会民生在湖南民众心中的分量可想而知，而对于湖南电视新闻的具体描述，可以诠释为“借他人之酒浇我们心中之块垒”，整个社会干渴得几欲龟裂，正是需要湖南电视这样的美酒来浇一浇加湿了，比如资讯方面的本土新闻《夜夜都市》就是如此。

湖南电视的平民化深入人心，也影响着电视湘军的整体态势，不仅仅是新闻，后来延伸到整个湖南电视领域，比如娱乐大众的综艺类节目《天天向上》，甚至在反映文化生活的纪实节目《故事湖南》中，读者们都可以看到和自己一样的，平凡人的身影。湖南电视始终秉承亲民近民的“平民精神”，依靠真诚的态度打动人、感染人、影响人，这也是《追梦》所要阐述的一个亮点。

(二)寓教于乐，是电视湘军成功的关键

湖南电视人志在“打造快乐中国”，这种理念本身就是对长期以来存在的刻板、教条的新闻传播方式的大胆挑战。本书具体阐释了湖南电视人追求快乐哲学、打造“快乐中国”所付出的艰辛努力及其丰厚回报。例如，如何解放我们禁锢的思想，疏导民众的情绪，如何让政治经济文化生活通过更有效的渠道抵达民众的心灵？媚俗的娱乐节目如何才能达到“叫好又叫座”的雅俗共赏的效果？这是湖南电视人积极思考的话题，也是本书的焦点。

早在做“平民新闻”时，湖南电视人就已经隐隐领悟到了“大道”，像引进“快乐”“娱乐”这样的概念，当时也许并不是特别清晰，但也已经慢慢形成了自己的轮廓，直至《快乐大本营》的出现，这隐隐约约的概念终于形成了自己独特的以娱乐传播资讯的“快乐”品牌哲学，湖南电视借着“快乐”这股东风迅速地成长了起来。汶川地震则是一个转折点，湖南电视人用集体的智慧进行思考：“汶川大地震为什么让国人空前团结，潸然泪下？是因为其中体现人性。娱乐有很多种，人性的彰显是一种高尚的娱乐，因为人们始终崇尚爱，呼唤真善美。”于是一场关于电视的“快乐”哲学革命在湖南电视兴起。

任何媒体都有其政治的倾向性，在中国，政治家办媒体，是理所当然的事情。但政治的说教如果找不到合适的出口，就会适得其反。寓教于乐，是一个传统。但如何让这个传统做出新意来，却并不是写出来这么容易。电视湘军把着眼点放在“快乐”二字上，可谓找到了成功的关键。人人需要快乐，新闻一旦跟快乐结缘，传播效果立马不同。就拿开创社会新闻之先河的湖南卫视《晚间新闻》来说，《晚间新闻》是湖南卫视做了十年的金牌栏目，许多人都知道这个栏目，并对节目中主持人妙趣横生的口语化新闻播报记忆犹新。《追梦》对《晚间新闻》制片人潘礼平的采访中，将《晚间新闻》诙谐生动地描述为“勾引”观众①，人们常常可以看到主持人坐在演播厅里像拉家常一样播报新闻，妙语连珠，让人忍俊不禁，新闻播报从演播厅的“神坛”上走到人民大众之中，与广大人民一起共欢笑，同苦乐，这一创举，无疑在拉近了民众与电视的距离的同时也宣扬了“快乐”的生活理念，接受了电视媒介本身隐性的政治倾向，体现了湖南电视人的用心良苦，奇谋百出。

（三）“求变”之不懈追求，是电视湘军制胜的法宝

《追梦》一书抓到了湖南电视的核心：求变是唯一不变的定位。这是湖南电视永不褪色的真理。《真情》制片人陈晓东就说：“不要畏惧改变。”所以，他后来才不断创新，在45天内制作出《80/90》，最近又在40天内制作出《帮助微力量》。在与时俱进、创新创造的时代，改变才是王道。这就是《追梦》告诉我们的制胜法宝。

《追梦》描写到，湖南电视几乎每个频道都有着自己独特的定位以及根据定位而具体制作出的不同的栏目，然而通读全书之后，我们不难发现，大家耳熟能详的节目中，被划分为娱乐和休闲那一板块的节目占了大多数。做以娱乐传播资讯，做彰显人性，给人们带来幸福快乐的节目，这一观念使湖南电视在“阳

① 刘一平，吕雁等. 追梦·锋芒：湖南电视40年[M]. 长沙：湖南人民出版社，2010：44.

春白雪”与“下里巴人”的审美品位之间找到了平衡点。湖南卫视《快乐大本营》被认为是“国内电视综艺节目的革命先行者”和“综艺娱乐节目的第一品牌”，它的创立改变了国内电视从业者与电视观众的思维。欢乐与幸福，是人类自古以来的不辍追求，只是把它光明正大提上桌面，甚至当成一个品牌来发扬光大的就只有湖南广电，这是一次概念的全新改革，这样的改革，带来了新的机会。而在总结《快乐大本营》的成功因素时，本书如此说：节目包装力求时尚；节目创意力求新锐，公益元素成为栏目品牌战略化举措；不断推陈出新。[①] 其中，公益元素将节目从娱乐的“大俗”推到了有益国民的“大雅”上去。而当时的当家花旦李湘的离开，人们本以为《快乐大本营》将遭受重创，然而主持人群体的概念及时引进，使“快乐家族”成为了湖南卫视借《快乐大本营》推出的又一颗璀璨新星，除此之外，现在深受人们喜爱的《天天向上》也是走在潮流时尚尖端，以群体主持为看点的一类综艺娱乐节目。

总之，在大众传播不断发展的今天，历经40年不断创新而取得巨大辉煌的湖南电视必将继续前进；在文学影响力逐渐式微的今天，则需要我们更多的有识之士更多地以时代的责任感和使命感去挑起文学复兴的大任，这其中自然少不了文学与其他文化介质的碰撞与对接、交流与沟通、借鉴与互补。《追梦》不仅浓缩了湖南电视风雨历程40年，更是电视湘军不断变革、推陈出新的40年。该书的出版，不仅是为中国新闻传播史的研究提供了生动的范本，是新闻传播领域里的新成果，更是文学创作，特别是纪实文学、报告文学领域里的新收获。

第四节　湖湘视域中“美”的追寻

胡光凡老师是我十分敬重的一位资深文艺评论家，在湖南乃至全国都颇有影响，他也是一位研究周立波的大家。作为后学的我因为与光凡老师同为省委宣传部文艺阅评员，因此有幸能经常与他一起探讨文艺界相关问题，他的温和、儒雅、豁达和坚持己见给我留下深刻的印象，他从不会人云亦云，更不会鹦鹉学舌。他总是恰到好处地表达自己的真知灼见，对“美”的发掘和探究成了他一生的追求。沧海桑田，云起云落，光凡老师爱美、求美、追美之心从未改变，年过八旬的他仍笔耕不辍，他的大著《美的领悟与思考》是其在文坛耕耘60年的一次见证，一次检阅，一次总结。这部自选集于2013年7月由湖南大学出版社隆重推出，在学界引起较大反响。全书分上下两卷，汇集300多篇文章，

① 刘一平，吕雁等. 追梦·锋芒：湖南电视40年[M]. 长沙：湖南人民出版社，2010：154.

共计160余万字，这些作品最早的可见之于1952年，包括论文、评论、散文、杂文、读书札记等多种体裁，各类文章独立成辑，篇与篇之间既相互联系，又相互映衬，从中可以发现光凡老师六十年寻美追美之精神轨迹。整个书共分六辑，其中第一辑《我所理解的马克思主义文艺观、审美观》是本书的核心，也是作者对美的领悟与思考之灵魂；第二辑《湖湘文化和文艺“湘军”初探》展现了湖湘文化丰富的镜像，为本书糅进了厚厚的地域文化色彩；第三辑《杰出作家周立波研究》对周立波进行多方位研究，其中多篇文章颇有拓荒牛之实绩；除此之外，该书还包括《当代文艺批论和文化批评》《读书札记》《散文、杂文、序跋》，洋洋洒洒，可喜可贺。无疑，这本书是对光凡老师一生思想的折射，是他长期以来始终坚持以马克思主义为指导、以中国特色社会主义文化为前进方向的精神结晶，是他感受美与领悟美的心动体验，也是我们全面了解湖湘文化的精神气质乃至全国文艺创作、文艺思潮和文艺动态的优质资源和最佳窗口。

一、审美的基石：马克思主义的文艺观

光凡老师是一位执着的马克思主义信仰者，他一辈子都在用马克思主义的文艺观和审美观来指导自己的创作实践。作为一名从事文艺理论批评数十年的知名学者，马克思主义美学、文艺理论和毛泽东思想始终是他进行文艺理论研究和文艺批评工作的指导思想和理论武器，是他在文学事业前进道路上的指南针，也是本书的灵魂所在。阅读《美的领悟与思考》，可以发现作者不管是对文学作品还是文艺现象进行探讨和评论时都始终坚持马克思主义的辩证唯物主义和历史唯物主义的世界观和方法论，坚持做到辩证、客观、中肯地提出问题和分析问题，在肯定某部作品或某一文艺思潮价值和意义的同时，从不走极端，过于吹捧，而是积极面对并展示其缺陷，进而提出自己的创见，探讨其成败得失，这种认真分析问题、提出自己观点的做法彰显出光凡老师严谨的治学态度。

作为审美的基石，光凡老师在书的第一辑中专门论述了马克思主义的文艺观和审美观，融入了自己的理解和领悟，他将晦涩难懂的道理变得较为通俗易懂。具体来说，作者在理论与实践相结合的方法论的指导之下，探索了为什么要坚持、怎样坚持以及如何应用马克思主义文艺观和审美观等问题。例如，《坚持先进文化的前进方向必须以马克思主义为指导》一文中指出：“面对经济全球化、多种文化形态并存的趋势必须坚持马克思主义的指导地位，马克思主义代表先进文化的前进方向，但是要想发挥其作用，必须将马克思主义理论与我国具体实际相结合。”因此作者从发展社会主义市场经济与建设社会主义精

神文明的关系、思想道德建设与教育科学文化建设的关系、弘扬民族优秀传统文化与广泛吸收各国一切先进文化成果的关系三大方面来论述如何在马克思主义思想的指导下发展中国先进文化，这样的分析既全面又具体。此外，在这方面的文章，还有《马克思主义与文艺创作》《关于马克思主义文艺观与当前文艺创作中若干问题的探讨》《社会主义核心价值体系是兴国之魂》《中国化马克思主义文艺理论的伟大旗帜——同日本朋友谈毛泽东文艺思想》等，这些都是他在理论与实践相结合的方法论的指导下所进行的探索和研究。值得注意的是，虽然作者毕生坚持马克思主义的指导思想，但并不意味着作者就是“一元论”者。他认为指导思想必须是“一元化”的，但是文艺创作和文艺理论的形态应该多元并存，这“一元”和“多元”并不是相互对立的，而是相互融合、辩证统一的。这样的见解无疑体现了光凡老师磊落的襟怀。

光凡老师在对理论有了深刻的领悟之后，便将重点放在了如何应用理论来分析具体对象上面来，不管是在第一辑还是其他辑中，作者始终坚持理性的面对和严肃的态度，并且能够用马克思主义的文艺辩证法来作出正确评判。比如，《“选美热”的冷思考》一文中，作者先旗帜鲜明地亮出自己的观点，即“选美热”是一把双刃剑。他先充分肯定其具有一定的时代价值和人文价值，同时不忘批评这种现象带有男性中心地位的陈旧观念，并在字里行间启迪人们应该怎样正确对待“选美”；《文艺“湘军”和湖湘文化》一文中同样在高度赞扬湖湘文化传统中的优秀精神后指出其存在安土重迁、保守、极端等消极思想，并对如何对待“湖湘文化”提出自己的建议；作者同样也运用辩证的思想方法来评价作家和作品，《工农兵文学时代的卓越代表——农民作家刘勇》中，作者用大篇幅来肯定刘勇的文学实绩，赞扬其对社会主义文学发展所做的贡献，但也指出其存在文学视野不够开阔、不能总与时代保持同步的缺点。光凡老师不仅知人论世，而且反复阅读文本，做到目的明确，有的放矢。

二、智慧的闪光：周立波研究

光凡老师的一生不仅奉献给了挚爱的文学事业，更奉献给了爱得深沉的湖湘大地。作为湖南人民的儿子，胡光凡的目光始终不忘投向湖湘文化，在《美的领悟与思考》中，作者对湖湘文化的书写主要体现为对湖湘文学作家和作品的评论，以及对湖湘文化现象和“文学湘军”的研究分析。在书写过程中，作者能够将马克思主义美学和文艺理论与湖南文艺现象结合起来，将理论与现实结合起来，做到知无不言，有理有节，深入透彻。

光凡老师所取得的最具突破性的成就就是对周立波的研究。光凡老师是湖南益阳人，周立波也是湖南益阳人，研究者和研究对象这种独特的地缘关系，使光凡老师对周立波这位为现代和当代文学作出重大贡献的大家进行研究更具说服力。早在1986年，作者就发表了专门研究周立波的专著《周立波评传》，引起学界的一片惊叹。这本评传是作者在广泛收集周立波的研究资料的基础上，经过细心钻研、反复改稿后才最终完成的，书中包含对周立波文学作品、文艺思想、社会活动、文学活动等的分析和评价，内容翔实，分析精辟。同样，在《美的领悟和思考》一书中，作者对周立波作了更一步的探讨和研究，并专门设有一辑，内容涉及对周立波生平事迹的介绍和评价，对其文学作品特别是短篇小说创作的分析，也对长篇小说《暴风骤雨》和《山乡巨变》进行了评论，同时还涉及周立波的创作风格、文化性格和文化精神的评价，等等。作为周立波的研究大家，光凡老师书写的这些内容让我们清晰地感受到周立波的马克思主义文艺观、革命现实主义的创作方式、蕴含浓郁乡土气息的写作风格、人民作家的革命本色和湖湘精神的文化品格等。在评论方式上，作者既能做到宏观把握与细节描写融为一体，又能做到审美领悟与系统理论研究相结合。例如，第一篇《人民的作家》通过对周立波一生事迹的介绍来表示对其的悼念，作者将其比作茶子花，表明他永远开在人民的心坎，永远是人们心中的好作家；《“以动写静”和“化静为动”》《鲜明的形象，精美的“浮雕”》《革命现实主义的烂漫鲜花》《胸中丘壑，笔底波澜》等篇目都是对周立波短篇小说创作的研究，涉及人物塑造方法、艺术风格、结构艺术等多个方面，带有浓郁的地域文化色彩；书中对《暴风骤雨》的探讨主要包括其产生过程、在现代文学史上的地位以及从版本和手稿角度来分析周立波对这部长篇小说的修改等，评论较为全面、客观；除此之外，作者还在《泥土的气息、刺玫的芳香》《立波论》中探讨了周立波创作的幽默风格，以及忠诚、倔强、单纯质朴、敢为人先的文化品格和文化精神。这些文章不时体现着光凡老师的智慧和创见。

从对周立波的研究中，还可以看出光凡老师可贵的创新精神和实践意识，他能打破大家的常规思维，大胆提出自己独特而深刻的见解。比如，以往学术界普遍认为《暴风骤雨》的艺术风格主要体现在对民族古典文学传统的继承发扬方面，光凡老师则在肯定其吸取传统文化的有益精华之外，创新性地提出周立波还注重对外国文学特别是苏联文学成功经验的借鉴，使其创作取得突破性成就；对长期以来一直认为《山乡巨变》中塑造得最成功的典型形象是邓秀梅的观点，光凡老师从新的视角出发，认为小说塑造的富有艺术光彩的形象应该是被大家忽略的乡支书李月辉，作者看到了周立波在这一富有宽厚人格的人物身上所给予的赞赏态度。为了对周立波有一个详细而准确的评论，作者还深入创作第一线，遍访周立波曾经生活过和走过的地方，并且到相关的图书馆和档案馆查询，收集了大量的原始资料，为创作提供有效支撑。作者凭着这份勇于实践和大胆创新的精神让我们客观全面地了解了一个真正的作家、人民的作家是如何诞生的，这样考古式的研究发现浓缩了光凡老师巨大的心血和精力，也使他赢得了学界的一致尊重。

三、书写的动力：厚实的湖湘文化

除了周立波外，光凡老师对新时期以来文学湘军的研究也是不遗余力。本书中，作者用清新晓畅的语言、灵活巧妙的构思、精辟入理的思维、严谨的治学态度，从史学和美学的角度来对湖湘文化和湖南文学的各种现象进行了全方位的探索和研究，彰显出光凡老师知识的渊博，造诣的精深，写作视角的广阔，字里行间尽显大家的风范。光凡老师站在厚实的湖湘文化大地上，他可以贯穿古今，从古代写到近代，从现代写到当代；在写作对象上，既包括流寓湖湘的文学家，也包括湖湘本土的作家诗人。作者从古代屈原的楚辞、贾谊的《鹏鸟赋》写到近代魏源、曾国藩等人的名篇，从流寓到湖南的诗人杜甫、柳宗元等写到吟咏洞庭、湘水的湖湘本土诗人。对现当代的文艺湘军，作者也是分析得清晰透彻，并专门列出了多个湖湘作家论和作品论，包括古华的《芙蓉镇》、谢璞的《夜郎西舅》、刘健安的《很近很近的过去》，以及张步真、水运宪、谭仲池、刘勇等作家的作品，此外还包括像周康渝的电影创作、刘和平的电视剧创作等。他对这些作家和作品的评价都是十分客观中肯的，注重对语言的提炼与升华，充分显现了作者对艺术美与乡土美的追求。比如，他认为古华小说的特色可用“写出色彩，写出情调”来概括，《芙蓉镇》的艺术特色可用“含泪写笑，寓庄于谐”来总结，不用多言，一点到位。

《美的领悟与思考》对湖湘文化书写的另一突出特色体现在，作者不忘关注当下，关注现实，紧跟时代潮流，尤其是对家乡湖南地域文化特色和当下文化发展现状的展示，彰显出一种可贵的人文关怀精神。光凡老师联系理论和实践，将自己的党性原则与湖湘文化巧妙地融合在一起，认真探讨当前的文化热点和学术热点问题，其中，主要是对湖南文艺现象的关注，涉及湖湘文化、文学“湘军”以及湖南电视、电影、报刊、大众文艺活动、中外交流活动等各个方面。作者在对这些现象与问题进行分析时，始终不忘以马克思主义文艺观、审美观为指导，坚持理性思辨意识。同时，在这种理性思辨中还闪烁着美的光芒，作者能够将美学、文学、历史学、哲学等多种学科知识结合起来，依此来分析和评价文艺现象，做到理论应用于实践，从生活中发现美、欣赏美和传播美。

从人文精神的角度来说，这种对当下现实的关注态度正体现出作者现实主义的人文关怀精神，而从传播的角度来说，他的这种认真的文艺批评态度对于当下的文艺生产、文艺消费和文艺传播都具有重要的价值和意义，对文化的健康发展起到一定的引导作用。例如，他关注湖南文坛大事，在湖南省第二届毛泽东文学奖评奖结果公布后，他撰写了《文学“湘军”呼唤精品和大家》，来呼唤文学湘军应该为时代创造更大的辉煌；他传承湖湘传统文化，书写了湖南历史上的多位名人，他们或者生于湖南，或者曾来到过湖南，有屈原、贾谊、柳宗元、李白、杜甫、范仲淹、辛弃疾、魏源、曾国藩、谭嗣同等。作者在文中就他们的代表性文学成就进行了品评，让读者再次重温了我国的历史文化精髓，对于当今深受网络文化和消费主义影响的大众来说无疑是一次思想的洗礼；他关注当下湖南的文化潮流和文化热点，以敏锐的目光和锋利的语言对其利弊加以评论。例如，《“超女”辩论大有好处》《用先进文化理念引领大众娱乐新潮流——兼评“湖南电视现象”》《绿色传播：“快乐芒果”的新追求》等篇目，作者都是以一种理性批判的态度作出的评价，对其中那些低级、媚俗的文化现象作者也能够直言不讳，给予严厉的批评。这种写作态度和精神立场对当前良好社会风尚的形成起引导作用，有利于和谐社会的建设。

四、美的历程：从报人到学人

作者在下册部分主要撰写的是当代文艺评论和文化批评、读书札记、散文、杂文和序跋。虽然这几部分不是本书的重点部分，但仍然显示出作者缜密的理性思维、深厚的文学功底、宽广的学术视野和严谨朴实的文风。在《当代文艺评论和文化批评》部分，作者主要是对一些影片、话剧、电视剧、小说、报告文学等作出品评。例如，《团结抗日的战斗凯歌》是对电影《东进序曲》的评论；《红旗猎猎向井冈》是对电视剧《风满潇湘》的评论；《直面严峻而乖谬的人生》是对中篇小说《女儿湖》的评论；《共产党人的正气歌》是对报告文学《魂系青山》的评论，等等。在“读书札记”部分，作者又分了三小部分，其中最值得关注的是“读鲁迅”部分，作者认为对于鲁迅这样的大家的作品是需要反复去体味的，正如他在《读鲁迅一得》中写到的，“对于鲁迅的一些伟大作品，我们是需要精读，反复读，需要深入钻研，仔细揣摩的。只有这样，才有可能窥其堂奥，领其真趣，像深入龙宫探宝，真正满载而归”。同时，作者还重点就鲁迅与佛教文化的关系进行了探讨和评论，内容涉及鲁迅与佛教的不解之源、鲁迅对佛教的态度以及鲁迅作品中所体现的佛教文化思想。本书最后是他撰写的一些散文、杂文和序跋，激情澎湃，弘扬时代精神，文笔张弛有度，思维逻辑严密，这种写作风格是与作者内心中对马克思主义审美观和文艺观的坚持分不开的。其中有作者身为记者和作家身份时写的不同类型的文章，但都体现出作者对自己工作认真负责的态度。

光凡老师从一名报人转变为一位学人殊不难得，他的一生虽然经历磨难，但是灿烂多彩，是美的历程。例如作为报人时采写的《光荣的任务》(1952)、《在建设工地上》(1953)、《“广木”的故乡》(1957)，等等；作为作家时书写的《有感于历史名人与古迹之争》(2006)、《时代呼唤“海瑞精神”》(2007)、《抵制低俗，贵在自律》(2004)，等等。从这些文章的选材上来看，作者有着一种强烈的社会责任感和使命感，有着一颗炽热的爱国之心和爱乡之心，因此他的文章具有一种振聋发聩、撼人心灵的思想力量。作者对不同时期的成就进行整理，重新在这本书中展示给读者，不仅让我们重温了历史，而且让我们看到了作者一生在事业上的艰苦奋斗精神，对社会的无私奉献精神和对现实的人文关怀精神，这种精神引领了社会风尚，对当今建设社会主义核心价值体系具有重要的引导作用。

当然，如果从全书的结构来看，这样的作品笼统地合在一起，虽然从篇幅上显得厚重、大气，但也有一种取舍不精、让人眼花缭乱之感，既冲淡了主题，又掩藏了一些闪光的东西。不过，我理解光凡老师这样做的原因：作为一本自选集，所选文章虽非篇篇俱佳，但写作之艰苦，冷暖自知，每一篇都是心爱的宝贝。

瑕不隐瑜。总体来说，光凡老师的大著凝聚他一生的心血，该书视野开阔、文笔严谨朴实、语言明白晓畅，具有鲜明的理性批判意识，同时字里行间也渗透出作者的现实主义人文关怀精神，这是光凡老师一生坚持信仰的体现。因此，这本书不仅具有重要的文献价值和学术价值，也具有重要的理论和现实意义，不仅对文艺理论和文艺创作的健康发展起到积极的推动作用，而且必将对湖湘文化，特别是湖南文学的发展产生重要而深刻的影响。

第五节　回归文学思潮的历史本身

自然主义在中国一直是一个非常暧昧的概念，这种暧昧的理解大多出自文学史的描述。作为一个源自西方的文学思潮和理论主张，我们的描述是基于自然主义在中国的具体接受，至于自然主义在世界文学史上的实际地位，以及所引领的文学思潮则避而不谈。对自然主义从根本意义上改变了世界文学史面貌的不争事实或漠视或歪曲。此间，有部分学者提到过这个问题，但都是就某一个方面或某一时期的一个点做轮廓式的描述。曾繁亭先生的《文学自然主义研究》由中国社会科学出版社 2008 年推出，就我们视线所及，该书是目前体系最完备的研究自然主义的专著，无论深度和宽度都为自然主义研究标示出一个新的高度。

回到具体的时代语境和历史真相当中，我们会发现，历史的表里迥然不同，平面而浅薄的表层以光鲜的外表取代了事物本体的完整面貌，深层的断面被掩埋，通往断面的入口被遮蔽，于是，误解堂而皇之地充当着历史的载体，对自然主义的理解，依然顽强地固守着老旧的、片面的、僵化的观点。《文学自然主义研究》没有用锐利的批判直陈这些，细密、全面而且具有建设性的理论建构是本书的一大特色。

对自然主义的认识在误区中一直维持，大概源于对自然一词的望文生义，这种思潮传入中国后，人们就把自然等同于与英文中 nature 类似的词义，这极大地触怒了在传统美学中浸泡了几千年的中国文学，文学神圣性是由彼岸性支撑的，怎么能把吃喝拉撒、污亵卑下写进去，写进去也就罢了，再由审美转向审丑……文学的审美伦理不能这样被颠覆，于是传统的惯性和无知的迎合联合镇压了这个在世界文学上开启了无数大师心门的文学思潮，我们的文学史用误读的结论生硬地把自然主义挤出了历史的序列，但这只是我们的一厢情愿。任何人都有权力书写自己的阐释，然而，文学史的表述必须回归事实的真相。

重新审视一个被误判的历史序列，重新归位一种被扭曲的文学思潮，其挑战性和艰难性可想而知，但越富有挑战、越是艰难，越证明这项工作的紧迫性和重要性。

首先我们要概述一下自然主义的产生和在传播过程中的接受情况。

阐述自然主义必然不能避开现实主义，在中国的外国文学史里，自然主义和现实主义共同占用一个空间，而且自然主义是用来从反面衬托现实主义的小丑。

事实却是，作为一个思潮、一场文学运动意义上的现实主义并不存在，如果说存在，只是作为一个文学事件存在于法国的一隅。19 世纪 50 年代，在法国的一个小镇，以尚弗勒里为首的一些在文学成就上不值一提的一些小作家组成了一个团体，他们办有一个杂志叫《现实主义》，并发布了宣言，自此不久，现实主义就销声匿迹。直到 19 世纪 80 年代，革命导师恩格斯重点推出了“现实主义”的概念，用于笼统概括描写现实社会的作品，其理论的核心关键词是“典型”，他的要求是“除了细节真实外，还要表现典型环境中的典型人物”。看得出来，这时的现实主义打上了浓重的“为我所用”的功利色彩，典型的实质是人物的性格内涵受特定理念的支配、适应阶级斗争的需要。后来的"典型"概念远远超出了恩格斯的价值设定，巴尔扎克笔下的葛朗台、鲁迅笔下的阿Q，都有性格的特异性和代表性，这是后来的文学创作对典型的发展，已经不是原先的现实主义所能概括得了的。《文学自然主义研究》的第一章，作者着重论述了典型的消弭和实质，他说："传统西方正面叙事作品中的主人公，往往不是作家真善美理想的化身，便是作家某种思想意向的传声筒，与这样的正面主人公'配戏'，反面人物也同样并非泛泛之辈，总体来说，'巨人化'乃传统西方文学在人物塑造上的明显特点。"自然主义的出现是对这种'巨人化'的反拨，戏剧化的情节和高大全的人物形象不再是作家的审美诉求，他们开始返回平淡的现实生活，这就决定了其小说里的人物必然变得平凡庸常，猥琐渺小。

20世纪的文学长河中，对典型的迷信导致了中国文学部分时期的畸形和模式化，十七年时期的英雄人物与"文革"中的高大全同出一辙，唯有如此，才能与恩格斯的文学观准确对接，究其源流来说，与西方的传统叙事并无二致，只是更加夸张而已。

现实主义在中国文学的版图上不是一个单纯的文学创作方法或文学流派，它涉及意识形态和哲学的党性问题。在马克思主义的唯物主义思想体系当中，物质决定意识，意识是物质在人头脑中的反映，这是马克思主义一切理论得以建构的前提条件。而文学归属于上层建筑的范畴，是意识的一种表现形式。既然社会主义国家必须遵循唯物主义的哲学体系，文学就必须是现实的反映，但问题的关键是，对"现实"的理解出现了重大偏差。单纯依照这个哲学观，现实就基本等同于自然主义中的"自然"这个概念。恩格斯对现实主义的个人理解成为社会主义国家文学创作的最高指针。恩格斯既不是作家，也不是文学评论家，没有任何迹象证明恩格斯的文学造诣超过了同时期的大评论家，我们顶礼膜拜的最高准则不过是他在给朋友的信中的一些个人见解。而这些个人见解借助国家意识形态的力量成为我们国家占主导地位的文学观。

基于这个原因，改革开放以后，各种文艺思潮潮水般地涌入，很多过去的文学思想和理论受到前所未有的挑战，过去的中心话语或解构，或边缘，或干脆被拆解，铁板一块的话语体系重新建构；唯独对自然主义的误读仍在继续，"国内学界对自然主义文学的系统性误读，带来了人们对这场发端于19世纪80年代法国，并在世界范围内一直持续到20世纪初叶的文学革命始终难以给出准确的评价"。这是作者在经过充分论证后得出的结论。对照我们的外国文学史，不难发现，自然主义被现实主义置换，现实主义仍然能够固守原来的阵地，堂而皇之地占据文学史的大片目录空间，源自这个领域受到意识形态的影响最大，现实主义在意识形态的扶植下登堂入室，充当了历史的载体。其堡垒最坚固，因而惯性的力量最大，加之对自然主义的研究不足，导致了长时间的“系统性误读”。

但是在书写外国史时，现实主义作为一个文学思潮和文学运动被置于垄断话语时空的地位，而事实却是，现实主义在西方文学史上从来没有形成一个声势浩大的文学运动，也未形成思潮，它只是一种风格。作为一个风格的概念，它可以用来涵盖中外文学史上的大多数作品——《诗经》是现实主义的，杜甫是现实主义的，《包法利夫人》是现实主义的……从文学产生的那天起，用来概括文学风貌意义上的现实主义就已经产生，怎能说是一种思潮：这样一个包容性如此之大而又松松垮垮的概念，却用来概括19世纪的文学主潮，其荒谬性可想而知。现实主义在中国是文学概念中的“巨无霸”，像一个包容一切的空洞的黑箱，过于宽泛的概念本身已经失去了存在的价值。需要特别指出的是，这里的现实主义是就流派和思潮而言的。

偏见举目皆是，谬误堂而皇之，以下是关于自然主义的一段选自“百度百科”的资料，对自然主义的“系统性误读”可见一斑。

自然主义和现实主义都强调反映自然，但现实主义通过典型化手法所反映的是具有内在必然性的真实的自然，而自然主义所反映的则是随便观察到的庸俗的自然。自然主义者反对对普遍的现实生活进行典型的概括，而主张仅仅“让真实的人物在真实的环境里活动，给读者一个人类生活的片断”。在人物塑造方面，左拉指责现实主义者笔下的英雄人物是夸张的产物，是一种浪漫主义的表现，他提倡写平庸的人，写小人物，甚至宣称“小说家如果只接受共同生存的日常生活，那他就注定了非杀掉他的英雄人物不可”。在故事情节方面，左拉认为“故事愈是平常而普通，愈是具有典型性”。而为了达到“生活的正确的重现”，自然主义者主张排除一切小说性的成分，只写平凡的、偶然的、琐碎的事件和细节。

在这段对自然主义的“权威”表述里，作者认为，“现实主义通过典型化手法所反映的是具有内在必然性的真实的自然”，自然主义表现的是浮光掠影的庸俗的自然，现实主义表现的自然是“具有内在必然性的真实的自然”，这里有一个关键词“内在必然性”，它来自恩格斯，恩格斯所说的内在必然性是要求作家对社会内在规律和发展动向有敏锐的洞察力，常被述及的反例是英国女作家哈克奈斯的《城市姑娘》，他写了城市的繁荣景象，而后不久，巴黎就爆发了城市工人运动，所以，哈克奈斯没有反映内在必然性。这个铁一样的事实就成为诟病自然主义不真实的口实。这里有两个问题，首先，哈克奈斯是否是自然主义的代表作家，或者真正体现了左拉所提倡的自然主义理论主张；再者，恩格斯所说的内在必然性是以作家预先洞察到社会的必然走向为前提，然后在自己的作品里通过塑造的人物或构制的情节体现出来；这显然是有策略性的考虑，因为作家经常对社会动向的理解失之偏颇，在重大政治运动中“站错队”是常有现象，历史上的“保皇党”作家也不在少数。按照恩格斯的解释，优秀的作家必须有历史进步感，有“正确”的“世界观”做指导，而答案就在马克思主义思想当中，马克思不是明确地指出了历史的发展规律吗？在这种写作方法论的具体指导下，中国当代文学出现了大量的“主题先行”的作品，横贯整个十七年文学和“文革”十年，《创业史》充分论证了农业合作化的必然性与优越性。李準写的《不能走那条路》，用大量的“事实”说明了奔向共产主义的正确性，而这都成为历史的笑柄。在当时的历史条件下，发展生产力是首要选择，填饱肚子是硬道理，那么，究竟是作家对历史发展动向的理解出现了偏差，还是刻意无视广大群众的心声和窘迫的生存处境？

相反，如果“让真实的人物在真实的环境里活动，给读者一个人类生活的片断”，中国当代文学的面貌是不可想象的，其品质将会得到大幅的提高，而这却是自然主义的主张，如是，那段被认为只有现象、没有经典的断面将赢得文学史的尊重，十七年和“文革”十年的文学亮色不会淹没在犬儒的折腰姿态里；优秀的作家无须拔高什么，也无须足够的政治智慧，只要给读者呈现“人类生活的片断”，就已经展现了作家的写实勇气。基于此，曾繁亭认为，“文学想象那感性的鲜活与灵动已被滞重、僵化的理性观念所榨干、吞噬；真正的文学想象变成了流于‘幻想’的‘编造’与‘夸张’的‘杜撰’”。所以，自认为掌握了先进世界观的《创业史》和《不能走那条路》，抑或《金光大道》以什么意义上的存在被以后的文学史书写已经显得不再重要了，徒给历史留下一个尴尬的背影。

作为对已经过去一百多年的一个文学思潮的评价，这段文字以盖棺论定的语气和论调所阐述的事实经不住任何的推敲。

对自然主义的阐释要面临现实主义的“铁屋”，所以对其做出令人信服的判断和价值还原是一个颇为棘手的难题。一般情况下，要对以“典型”为核心的现实主义做猛烈的批判，但是，《文学自然主义研究》却在大部分的阐释中选择刻意地避开，因为对于举目皆是的偏见，针尖对麦芒式的辩驳只会使自己陷入“无物之阵”，长枪匕首值得尊重，固若金汤更显从容，从自然主义的文本构成、自然主义的诗学，到自然主义中的科学问题、自然主义中的哲学问题等，作者对自然主义细密的理论建构用事实证明了：在世界文学史上 19 世纪的真正主导文学思潮是什么，自然主义究竟是浪漫主义和现代主义的中间历史阶段，还是现实主义的旁枝末节。更为雄辩的是，以“典型”为核心的现实主义创作思维十几年来遭到猛烈的解构，作家和读者在心理上的拒斥使其成为昨日黄花，而且在当下的文学创作当中已经没有了共鸣和呼应，创作的实绩也暗合了自然主义的理论主张，无论是对于新新写实主义还是其他不成流派的作家和作品。在这种情况下，《文学自然主义研究》对自然主义做全面的诠释和建设性的重构，必将使以后的文学创作在这个通道的行进中更加明朗化。

必须看到，作为自然主义的天然承继，现代主义的出现被认为是社会催生出来的怪物，是在20世纪的特殊时代氛围中孕育出来的不可理喻的文学怪胎，原因自然归结为第二次世界大战的影响和现代化程度的提高造成的人的异化，战争的残酷使人产生对生命的幻灭感，诸如此类的解释都把目光的焦点对准具体的社会环境，所谓一代有一代之文学，这种理解是没有问题的，但问题的关键是，抛开外在因素，就文体、思潮自身流变的角度来说，导致现代主义产生的前提条件是什么？从文学发展的整体来看，每一种新文体、新思潮、新流派的产生都不是孤立的，它们彼此之间环环相扣，构成前浪与后浪之间的内在因果联系。但是，具体到现代主义的产生，就突然断裂了，从文学自身的角度似乎找不到合理的解释，社会学的解读就成为最有效的途径。事实是，意识形态的强大统摄能力覆盖了文学史的历史真相，迷离了我们的视线，以往的判断不是从文学的发展脉络去寻求合理逻辑，而是把目光转向社会、政治、经济等外在制约因素，这固然没有错，但忽略了文学的内在因素的文学史表达无疑扭曲了文学发展的自身规律。曾繁亭把研究的视角向内转，重新调整文学的历史秩序，还原自然主义的真正内涵。中国的自然主义接受在偏见道路上已经走得太远，其论点和言说方式与当前的主流话语多有抵牾，认真阅读《文学自然主义研究》，就会有一个异于昨天的崭新判断。无疑，《文学自然主义研究》在外国文学史的再写作和中国当代文学的创作理论引领两个方面都将产生重要影响。这也正是该书的价值和意义所在。

第六节　政治叙事的学理与立场

龙长吟是湖南乃至全国颇有影响的文学评论家。虽然退休多年，但他笔耕不辍，对湖南当下文学热点现象、作家个体与群体的创作特点以及消费文化下作家的精神追求和审美变化有着清晰的书写立场。《治守之道：湖南当代政坛文学典论》由湖南人民出版社2015年隆重推出，该书是龙长吟对湖南当代官场小说学理阐释的集中奉献。该书共分十章，引论开门见山，全面评价了湖南当代官场小说在中国官场文学中的地位，分析了湖南当代官员创作的特点。湖南官场小说作家群作为中国当代政治叙事的一支重要力量，是有目共睹的。如书名所暗示的那样，作为“典论”，该书不可能将湖南官场小说作家群全部纳入其中，但会尽可能聚焦这一群体的代表性作家及其作品，并对不同影响力和不同风格的作家与文本进行不同篇幅、不同角度的分析。比如，对于唐浩明，论者用“儒家文化观照下的廓庙之思”进行概括；对于王跃文，论者用“政治眼光与人性解剖”来阐述其作品的“思想艺术魅力”；对于阎真，论者用“知识分子的灵魂透视”来统领市场经济条件下的精神操守。书中还用不同的篇幅和视角分析了肖仁福、刘春来、吴茂盛、余艳、浮石、魏剑美和黄晓阳等人的代表性文本，对彭见明的《天眼》也进行了适当的解读。至于谭仲池、胡丘陵、刘克邦和管群华等人的诗文作品，当然也是龙长吟关注的重点之一，论者不惜用较大篇幅对这些作家及其作品进行了颇具见地的阐释。

作为一本扎实的文学评论专著，龙长吟在选取阐释对象时十分讲究：首先是影响力与美誉度。论者选取的作家及其文本大都是畅销作品，在全国有很高的知名度和广泛的读者基础，如《曾国藩》《青瓷》《二号首长》等都是当年炙手可热的作品。其次是文学性与思想性。官场小说因为涉及官场这个巨大的“名利场”而天然具备了吸引读者的能力，因而许多作品泥沙俱下，导致官场小说常与通俗小说和“故事大观”混杂在一起，龙长吟在选取分析对象时，不仅仅关注作品的热度，更关注热度背后的文化因子，努力做到文学性和思想性的高度统一，如《国画》和《沧浪之水》等就是如此。再次是代表性与广泛性。龙长吟既着力阐释在全国文坛颇有影响力的官场小说作家及其作品，又对尚不是很出名、市场辨识度不高但又颇有特点的湖南官场小说作家及其作品也进行了富有前瞻性的分析和讨论。如分析王跃文时，论者着眼于作家对官场文化的深度发掘，认为王跃文将官员与官员之间、上级与下级之间那些确实存在又谁都不可明说的潜规则写得入木三分。而对余艳的分析，则从“官场后院”即官太太们这个特殊群体的生活描写来揭示当下社会怪相。对阎真的阐发，则主要集中在知识分子心灵的挣扎与沉浮，表现知识分子在坚持操守和现实生活之间的矛盾。这些作家虽然都围绕着官场这一个主题，却各自都有不同的切入点，龙长吟抓住了他们彼此之间的区别并做出了客观而中肯的评析。

当下官场小说几乎都是现实主义作品，不少创作者大多因为工作原因和政府多有来往，有的干脆就是公务员，他们对官场中那些“弯弯绕绕”的手段是有着切身体会的，因而习惯从现实的角度再现官场生态中种种光怪陆离的现象。《治守之道：湖南当代政坛文学典论》一书中第四章对肖仁福作品介绍时就提到他写官员的态度：以行为的适当和失当代替以往官场小说的忠奸之分。官场本质上是“关系场”，政府工作的目的就是调节国家管理中的种种复杂关系以维持国家稳定，所以他们工作的第一原则是稳定。在这一原则下我们很容易看到两个极端现象，第一是如刘春来《水灾》中所写，一旦地方发生如自然灾害或是矿难一类的重大事件，政府往往会以最不计成本的方式，快速处理事件，交出所谓“让民众满意”的答卷。这是特殊情况，大是大非面前没有别的选择。第二种就是一般官场小说所揭露的，在日常工作中利用厚黑学，利用权钱交易，利用关系的制衡来处理事务，这才是政府工作的常态，是维护稳定、处理复杂社会关系所不得不做出的妥协。龙长吟用肖仁福《国家》中柳居山处理杨劲松犯罪材料的事例为“适当和失当”做了诠释，认为把材料交给纪检委固然是遵纪守法、有能力为自己出口恶气的正确做法，但这样的行为却会导致整个儒州地区换届选举无法正常进行，政局陷入混乱。而作者却安排柳居山“适当地”把材料交给组织部颜部长，这样的行为固然有违正义，却保住了一方安宁，防止了事态扩大，也同时堵死了杨劲松升迁的途径，算是对其的惩罚。显然，龙长吟认同了作家的处理方式，这也成为论者本人对待官场怪状的文化立场。在龙长吟看来，当代官场乱象丛生的原因是中国社会处在转型时代，改革开放后人们生活水平和思想观念的突飞猛进给官员带来了空前的“腐化诱惑”，而体制和法律的漏洞导致权力得不到制约，于是以权谋私屡禁不止。龙长吟不仅运用孟德斯鸠《社会契约论》中的观点来论证中国体制的缺陷并为其找寻出路，同时还广泛运用社会关系学的原理来解释官场的权力制衡模式。不过，这种文化立场虽然真实，但如果再从作品的审美性和批判性多方面下些功夫，则可能显得更加客观和更具说服力。

第七节　文学湘军的中国坐标

必须承认，在很长一段时间里，湖南文坛似乎显得有些清冷和寂寞，特别是20世纪90年代和21世纪之初的头几年，连续几届的茅盾文学奖和鲁迅文学奖等这些国家级大奖都与湖南作家擦肩而过。湖南作家能够在全国叫得很响的还不多，有人为此惊呼：湖南作家怎么啦？当京津沪三地的文学创作如火如荼地开展，当传统的江苏、浙江等文学强省魅力四射，“晋军”“冀军”和“鲁军”等创作队伍雄心大展，“陕军东进”和“粤军北上”也口号依旧响亮，甚至连偏远的宁夏、贵州都有了一支渐成气候的“宁军”“黔军”的时候，特别是当邻近省份的“赣军”迎头赶上，当以东西、鬼子、李冯等为首的“桂军”拉起一道靓丽的风景，和以刘醒龙、熊召政、陈应松等为首的“鄂军”阔步向前的时候，曾在中国文坛创造过奇迹、产生过深刻影响的文学湘军似乎显得过于平静。

然而，熟悉文学创作规律并对湖南当下的作家群有一定了解的人都知道，“敢为人先”的文学湘军从来就没有停止过自己的努力，他们在积累，在思考，在观察，在创作。他们在寂寞中学会了坚守，在坚守中学会了追问，在追问中学会了反思，在反思中学会了从容和淡定。他们相信低谷是有的，但只是暂时的。他们不相信黑暗，却相信辉煌总是潜伏于黑暗中。

而今，文学湘军蓄势已久，爆发的号角开始吹响。

有人也许会问，文学湘军既然已经吹响了前进的号角，列队出发。那么，他们的家底、他们的将帅、他们的排兵布阵是什么？他们在全国的坐标系上是否找到属于自己的位置？他们的创作主体是什么，他们有着怎样的生存背景、知识结构和价值追求，他们的精神状态、创作目的、成功或沮丧的艺术原点在哪里？我想从发展现状、精神态势、困境与突破四个方面，结合文本和作家的个案分析，对文学湘军的集体亮相进行一次全方位的聚焦，以期引起评论家、读者和社会各方的广泛关注。

一、列队出发：文学湘军的现状

文学湘军要列队出发，首先需要强有力的领头人。书生气质的唐浩明当仁不让扛起了这面大旗。事实上，20 世纪 90 年代初唐浩明推出的长篇历史小说《曾国藩》，其横空出世引发强大的社会冲击波，可以视为是文学湘军与文学湘军的分水岭。正是这个时间节点的前后，湖南作家经历了近十年的沉寂，重振雄风，列队出发，一大批散发着湖湘文化精神的精品力作在全国各大名刊名社纷纷亮相，仍然形成了新的冲击波。例如，唐浩明继《曾国藩》之后，又推出了文化韵味更足的《杨度》和《张之洞》等，显示出作者独特的历史眼光。而何顿用《生活无罪》《我不想事》《弟弟你好》《我们像葵花》《荒原上的阳光》以及最近的《我们像野兽》等一系列中篇和长篇小说证明了自己的创作实力，他擅长提炼市井语言，人物刻画须眉毕现，所写作品无一不是聚焦长沙，聚焦长沙城里的故事和人物，且多是描写底层市民生存的原生状，这些很“长沙”的作品一面世，立即引人瞩目。

跟何顿的创作锋向不同，姜贻斌执着地寻找自己的精神之根，他的长篇小说《左邻右舍》，寓言式地描绘了一个诡异的精神空间，构思奇特，发人深省。翁新华的《痴虎三部曲》悲而不伤，闪烁着理想主义光芒。陶少鸿的《梦土》对 20 世纪中国农民的生存状态和心路历程进行了认真审视。向本贵的乡村经验在他的《苍山如海》和《农民刘兰香之死》等小说中得到很好反映，这些作品展示了中国农民在现代化建设事业历程中饱尝的艰辛与困苦，既空灵又苍茫，既单纯又真实。不久，他又出版了长篇小说《遍地黄金》和《盘龙埠》，引来评论家们一片喝彩。与向本贵一起共事的邓宏顺近年频频在《收获》《当代》《中国作家》等各大文学名刊上发表中短篇小说，其作品始终反映底层生活，探究底层人物的内心世界，形成自己的特色。金国政的长篇小说《水魅》以粗重的文笔、厚重的故事，描写了洞庭湖边一个渔民村落在艰难困苦中为生存而抗争、为发展而奋斗的故事，感人至深。余艳以女性的细腻和敏感独辟蹊径，她的《女性词典》以及“夫人三部曲”（《后花园》《官夫人》和《水女人》）等一出版，立即受到影视界的青睐。湘西作家张心平精心打造的报告文学《发现里耶》捧回了全国第八届少数民族文学创作“骏马奖”，小牛的《街上的阿强》于2017年在《当代》推出后，很快被《中篇小说选刊》第四期选中，杨华方的长篇纪实小说《毛泽东在一九二五年》也在各报连载；此外，刘春来、林家品等作家每年都要发表一批佳作，在全国产生一定影响，充实了文学湘军的方阵。

据悉，仅1999年以来，湖南作家每年出版的长篇小说不下30部，2002年人民文学出版社就出版了6部湖南作家创作的长篇小说。湖南作家的作品深得读者喜爱，成为不争的事实。在昂首走向全国文坛的方队中，最引人注目的当属王跃文和阎真。短短几年，王跃文向全国读者捧出了沉甸甸的《国画》《梅次故事》《亡魂鸟》《朝夕之间》等长篇力作以及《没这回事》《官场春秋》《官场无故事》等中短篇小说集，他的作品注重从文化积淀及精神分析学的视角切入现实生活，把官场游戏规则勾画得细致入微，把生活中的繁华苍凉、精神之累和世事百态描绘得淋漓尽致，颇具惊世、警世和醒世意义。阎真的创作不疾不徐，他的长篇处女作《曾在天涯》把自己一段留学生活写得沉重而真实，笔法细腻、发人深思，小说在人民文学出版社推出后，又在境外隆重出版。代表作《沧浪之水》，大气磅礴、举重若轻，他以解剖刀般的笔触细致地刻画了当下中国知识分子的精神气质和生存状态，充满着对现实人生和理想价值的深度追问。最近，他的一部以描写现代知识女性精神困惑和情感纠葛为主要内容的近40万字的长篇小说《因为女人》一经杀青，便立即受到众多知名出版社的抢夺。而邵阳作家肖仁福躬耕自资，息绝交游，沉住气挖了一口五彩缤纷的好井。他先后出版了《官运》《心腹》《位置》《待遇》等多部震惊四座的现实主义力作，笔头硬健，锋芒直逼王跃文和阎真，成为由王跃文、周梅森、陆天明等人构成的“反腐文学”或“官场文学”的生力军。

二、跃跃欲试：文学湘军的态势

如果说，列队出发，一定程度上彰显了文学湘军外层创作实力的话，那么，涌动于文学湘军内层的则是一股抑制不住的创作冲动和众声喧哗的跃跃欲试。除了小说方阵在全国形成气候外，活跃在新湘军队伍中的儿童文学和散文、诗歌等方阵也都找到了属于自己的位置。比如，有“儿童文学五才子”之称的庞敏、谢乐军、汤素兰、邓湘子和皮朝晖，近年来，他们创作了大量脍炙人口的儿童文学，受到了读者的好评。庞敏创作的《淡淡的白梅》摘取了第三届全国优秀儿童文学奖。谢乐军的童话故事《魔术老虎》，塑造的一个智慧、勇敢、善良、乐于助人的童话人物，具有现代卡通的活泼可爱的特色。皮朝晖的童话故事《面包狼皮特》，描写了一个幽默的童话人物在学校与学生的交往，童趣盎然。汤素兰的系列童话书《笨狼的故事》，一改以往童话中狼的反派形象，主人公天真善良，作品想象力丰富，场面热闹荒诞，富有童趣。邓湘子的长篇少儿小说《山里的阳光》，反映当代农村少年应对复杂生活的积极态度，具有浓郁的乡土气息和强烈的感情色彩。皮朝晖的《小猪哈哈》和《网迷小鸡咯咯》具有浓厚的儿童生活气息和时代感，围绕学习、交友、日常生活等方面，真实地展示出当代儿童的内心世界和纯真心灵。这五位作家都先后获得一年一度的湖南省青年文学奖，成为全国儿童文学的得力干将。

湖南是屈原沉江之地，诗歌创作源远流长。在以匡国泰、陈惠芳、彭国梁和江堤等为代表的“新乡土诗”风光一时并渐行渐远之后，著名诗人洛夫故乡的雁城衡阳，诗神的光芒一直不减，生长于这片红丘陵土地上的聂沛、胡丘陵和陈群洲等人摒弃浮躁，坚守诗歌阵地，他们的作品以内心世界的真实为精神原点，超越浮光掠影的现实表层，让人触摸到现代人灵魂的内核。而一线而隔的永州，蒋三立和田人等诗人充满柳宗元式的鬼气和精灵。他们与湘北的廖志理、郭辉和湘中的起伦和远人等形成默契，用一首首优秀诗歌增添文学湘军的亮色。

在散文方面，叶梦《乡土的背景》用地理文化的视角重现生活的真实，用冷峻的目光穿越故乡资水河流漫长的岁月，执着地“勘探”资水流域的人文景观与地理环境的血脉关系。王开林的散文集《天地雄心》和《穿越诗经的画廊》，用优美的笔调、率真的性情、悲天悯人的情怀与自己的灵魂对话，显示了作家的智性和勇气的故土情结，在异国他乡留学的时候，他写出的散文更带有一种文化震撼，深受读者的喜爱。刘鸿伏的《绝妙人生》把自己对故乡的父老、篷船、水车、芦苇荡的爱，倾情寄托在哀婉温情的叙述上，生动传神地走进读者的双眸。冯伟林的历史文化散文异军突起，近年来，他先后在《人民文学》《当代》等名刊上发表了一系列作品，出版了《谁与历史同行》和《借问英雄何处》等著作，受到陈建功、李国文、李敬泽、孟繁华、阎纲和贺绍俊等名家好评，被誉为“新儒生散文”的代表作家之一。

与此同时，小说创作依然是文学湘军队伍中的动力层，一支更庞大、更充满生机、活力和希望的队伍在全国文坛拉起了一道靓丽的风景线。陈启文近年频频在《十月》《花城》《中国作家》和《人民文学》等大型文学期刊发表作品，出版了长篇小说《初级阶段》《河床》等，其作品入选国内各重要年选并被《新华文摘》《小说选刊》《小说月报》《中篇小说选刊》《中华文学选刊》等转载。有评家认为陈启文在叙述的原野上，已经找到了表达的出口，它是一种最为阔大的真实。而薛媛媛，这位从桃江基层一路走来的勤奋者，自 20 世纪 90 年代开始小说创作以来，已发表中短篇小说近二百万字，被多种刊物转载。小说《不再敲门》已被译成韩文、日文。《平平安安》已拍成十三集电视连续剧。仅 2017 年上半年，她就在《钟山》第 4 期头条发表《你要去北京》，以及《芙蓉》第 2 期头条发表《新班主任老师夏可可》等 4 部中篇小说，最近又在十月文艺出版社出版长篇小说《我是你的老师》，小说面世后立即被一家影视制作公司买断版权。在创作中，她将自己置放在灵魂的祭坛，孤独地叙述着曾经发生过的一切，固执地守望着自己的思想贞节和精神家园。

当以陶少鸿、翁新华、姜贻斌、刘春来、屈国新、匡国泰、林家品为代表的“七小虎”搅动文坛的桨声锋头减弱的时候，“湘军五少虎”的崛起真是适逢其时。这批“70 后”出生的作家充满激情地在自己的试验田埋头耕耘，收获累累。来自沈从文故乡的田耳执迷于乡村诗性哲学的生存叙事，出手不凡，已接二连三在《人民文学》《收获》和《芙蓉》等杂志上发表了一系列中短篇小说，对民俗的偏爱使他的作品能够贴近大地，传达出民间脉搏的跳动。马笑泉的小说森冷无比，他的《愤怒青年》和《打铁打铁》具有强大的穿透力，见证了青春消逝的忧伤。农家子弟于怀岸在底层磨练多年，当过真正的民工，其中篇小说《屋里有个洞》是对底层生活和世俗生活的尖锐表达。谢宗玉以散文起家，近来转向小说创作，仍然关注底层生活，关注散发着水稻味和汗味的悠悠苍天下的耕种者。而最为年少的沈念，才情勃勃，近两年已在《十月》《当代》《收获》《大家》《人民文学》等知名刊物上频频露面，他的作品在一种近乎冷酷的叙事中隐藏着深沉的悲悯。

此外，谭进军的中篇小说《苦楝树》在《当代》推出后颇受好评，杨少衡、袁雅琴、曹旦升、向启军、彭世贵、黄青松、白红雪等都创作出一批佳作。如果再加上在湖南出生但不在湖南工作的王静怡、盛可以、李傻傻、夏可可等人，这支文学湘军的创作能量实在不可小觑！

三、精神焦虑：文学湘军的困境

文学事业需要心力与智力、耐力与毅力的全身心投入，仅有才情没有韧劲是不够的，仅有生活积累没有甘受寂寞的定力更不行。而在商品因子无孔不入的今天，各种各样的诱惑扑面而来，严重考验着创作者的品性和人格追求。毋庸置疑，虽然文学湘军在追求物质的现代享受和生活欲望的宣泄方面表现了足够的道德约束，对弱者的同情也仍然是固守的“良知”，但因生活压力大、节奏紧张、体力和精力的透支，一些创作者不可避免地走进自我重复、批量生产的怪圈，或依靠臆想演绎现代言情故事轻松赚钱。也有人把文学创作的个性化特点改换为作家个人生活甚至是生活隐私的展露与书写，对文学创作的理解过于偏狭，执意于自我精神的重建，却排斥甚至抵制不断出现的生活经验，还有人对日常审美的认识不从生活化和细节化入手，却用文字游戏肤浅地解释陈旧的认知。

换言之，文学湘军在列队出发和跃跃欲试的同时，他们的精神气质普遍有一种深深的焦虑，一种“破茧”前的躁动与不安，一种欲冒未冒、似冒非冒的苦闷。这种苦闷带给他们的创作困境主要表现有：语言/情感的“互悖”给内容与形式造成的分裂；用反智/反禁忌的俗下游戏消解痛苦（何顿的部分作品比较明显）；颠覆传统的道德规范，消除一切价值深度，在细节的处理和精神的指归上却又处处见出陈腐乏味的“典籍理念”；刻意追寻生活原态的琐碎意义，用日常经验取代艺术经验，将文学的价值简化在“一次性消费”的商品价值中；一些作品中人物的表演都在作家理性的严格控制下，作家和作品中的人物贴得太近，造成文本空间的萎缩，等等。

与此同时，一些作家在题材的把握上还有欠缺。个别作家对现实主义题材过分地偏爱，强调宏大叙事，希望作品反映时代的重大变革和进程，却没有架构重大题材和叙事的能力，使作品显得粗糙，缺乏艺术震撼力。也有作家则走向创作的另一端，多偏重于个人感受和心灵玄思，题材屑小，对文本创作的审美感性片面地强调，对叙事原点的艺术价值失去必要的关注，对作品在人的精神内层上的探索，特别是在人性的卑微幽暗面上的揭示没有给予合理的承认。诸如视野狭窄、创新意识滞后、思想保守、语言枯涩、想像力贫乏等问题都在不少青年作家身上或多或少、或明或暗地存在着，正是这些焦虑与困境，使文学湘军“想飞而没有飞起来”，或者说“飞起来但没有飞得更高。”

四、突围表演：文学湘军的明天

总的来说，湖南作家秉承湖湘文化的余脉，既出现了一批来势喜人的创作新秀，也存在后继乏人和后继乏力的问题，因此必须加大青年文学人才的培养力度。如何突破困境，释放焦虑，创作主体至少可以从四个方面入手：首先，创作者应当提高自己的思想认识和艺术修养，使创作指向新鲜的故事，又不乏理论思考的深度，能从日常生活中提炼出神奇的想象，并使历史复活。其次，创作者应找到一条通向外界的精神通道，应重新认识并重视深入生活，自觉地调整和改变现有的生活与写作的基本方式。再次，创作者应体现出卓越的审美体验和特殊的语言才华，开创特殊的叙述风格，提供新异的阅读快感，让读者在文字中感受一种叙事举重若轻的大气、充满智慧的灵感，从而产生绵绵不绝的情感和思想的回味。最后，创作者应在将要发生的和我们希望发生的之间的夹缝中，抓住大家一时的注意力，它的功能不是让我们面对现实心慌意乱，而是让我们凝神观照，看清梦想和现实的区别，让我们在文本所表现的生活中参照现实，有所领悟，“让黑暗发出回声”。

近年来，作为有“作家娘家人”之称的湖南省作家协会积极为创作者提供良好的外部环境，为加强文学评论队伍的建设，它们以组织作品研讨会、用专版和专栏等方式架起了评论家、编辑、记者和作家之间的友谊桥梁，不时为作家创造条件，加油鼓劲，开创出一个和谐与共、齐头并进的好局面。2016 年，湖南省作家协会还成功召开了第五次青创会，颁(补)发了四届湖南省青年文学奖和毛泽东文学奖，举办了第四期中青年作家研讨班，成立了青年文学、长篇小说、诗歌等 10 个专门委员会。2017 年，各种采风和创作笔会的活动接二连三地举行，诸如“相约辰河”“工人作家回娘家”“山水新城益阳行”以及株洲“新世纪工业题材文学创作研讨会”等活动，不仅开阔了作家的视野、活跃了气氛，而且加强了彼此的沟通、交流，团结了队伍，凝聚了人心。此外，在湖南省委省政府相关部门支持下，湖南省作家协会从 2017 年开始实施重点作品创作扶持计划，每年投入 20 万元资金，扶持 10 部重点文学作品，首批确定扶持的作品有陶少鸿的《抱月行》、刘春来的《人家的城市》和胡丘陵的《长征史诗》等。这些活动和举措，都为文学湘军的突围表演注入活力，并提供强大的后方支援。

惟楚有材，于斯为盛。湖南本土的低龄化写作也值得关注，已涌现出一批颇有才情的少年作家。据了解，于 1995 年成立的湖南省少年作家协会，目前成员已达 1500 余人，有上百名会员出过作品专辑。而一批政界、商界和学界的诸多文学爱好者也纷纷加入到文学创作队伍中。比如，曾经身为一市之长的谭仲池，工作之余，笔耕不辍，先后出版了长篇小说《曾经沧海》《风雨人生路》《女人，女人》及《凤凰》等。而浮石先生的长篇处女作《青瓷》刚刚上市不久就在全国刮起热销风暴，其影视版权也在随后遭到七家影视公司的争抢，他的第二部长篇小说《红袖》也顺势而出。这两本被张颐武称之为“21 世纪初中国生活的《清明上河图》”的作者由商道转入文道，一鸣惊人，显示出扎实的创作功力。与此同时，一大批新人新作也在全国各大报刊集中亮相，不少名刊名报和出版社纷纷把湖南列为约稿的重地。所有这些，都昭示文学湘军在全国文坛坐标系上找到了属于自己的位置，他们更加辉煌的明天是有理由期待的！

结语　以世界视野书写中国经验与中国价值

湘江之畔，洞庭湖边，岳麓山下，都是生生不息的文学沃土。在这片神奇的土地上，湖湘文人们怀着虔诚的文学理想和神圣的人性烛火，创作了大量艺术性和思想性俱佳的经典作品，沈从文的乡土文学、韩少功的寻根文学，继而到近年来王跃文、阎真、何顿等人的异军突起，文学湘军用创作实绩奠定了它在中国现当代文学史上的地位。那么，文学湘军的激情、信心和源泉来自哪里？在我看来，用世界视野观照和书写中国经验和中国价值是文学湘军能够走出“小我”、与时俱进、书写家国情怀的特色所在。

应该说，这种聚焦家国情怀并持之以恒地书写，不仅有湖南外部环境的推波助澜，也有作家自身文化积淀的原因。从思想谱系上来看，湖南作家的家国情怀，首先来自于对湖湘文化的本地化改写和对西方现代派文学的误读式接受。湖南作家草根书写的冷酷与沉重、红色符制的命运悲歌、对城市繁华的苍凉再现、对小人物悲欢的温情叙述，以及对神话隐喻和精神原乡的诗意再现，既与湖湘文化的内在精神一脉相承，又与诸多西方现代派作家之间有着明显的师承关系。但它们之间也有本质区别，即传统的湖湘文化基于农耕社会的士大夫情结，带有明显的精英意识，而西方现代大家则更关注现实和历史批判。相较之下，大部分湖南作家不论如何书写人生的困境、身份的困境、现实的困境，都难以抹去市场经济的冲击和历史剧变带来的创伤记忆。因此，以寓言的形式揭示官场丑相、极“左”历史、市场经济对人的异化，发现体制作为异化武器的权力本质，进而在历史批判中表达以人的解放为旨归的民族梦想，就构成了文学湘军家国情怀的具体内涵。从这个角度上说，湖南作家对人性的隐晦书写，看似是对“样板戏”“ 高大全”“三突出”等格式化、刻板化和异化的现实主义文学的有力反拨，从扎根于历史的维度和批判现实的精神基点上看，它依然是一种宏大叙事。

在此宏大叙事下家国情怀的书写，犹如泼墨作画，改变的不仅仅是画风，还有底色和灵魂，它的改变与世界视野的背景置换密切相关。随着“世界文学”

概念的延伸和内容的拓展，以“世界视野”审视文本价值逐渐成为文学研究新的学术生长点。实际上，世界视野不是单一维度的范围性扩充，而是综合了文本主题、风格、特色、诉求、审美趣味与思想境界等诸多内容的多维概念，建立在这种视野上的学术研究，也就有了更大的审美空间和时代价值。

换言之，中国经验是当代文学最具原生性的写作资源，也是湖南作家必然的价值选择。基于此，立足文化本体，以文学的方式书写“中国经验”，揭示中国经验的普遍意义，就体现了中国文化的自信力。“文学创作，说到底是作家经由自己的方式讲述故事，并通过讲述故事来反映现实。讲述故事的人对于自己文化的认同程度，决定了他在故事讲述中的思想取向，以及故事本身的精神含量，这也内在地决定了他在讲什么样的故事，以及故事究竟讲得怎么样。”①用自己的文字讲自己的故事，彰显家国情怀，成为新时期文学湘军的审美旨归。姜贻斌的《火鲤鱼》，以草根书写的冷酷和严峻抒发地老天荒的宿命感的唏嘘；邓宏顺的《红魂灵》立足湖南农村，展现新时期农民形象的转型，等等。从中，我们就可以深刻体会湖南作家如何在“中国经验”观照下进行文本建构，用普适性的中国经验表达别样的审美情怀。所以，他们探讨的是整个人类所面对的问题，这种文本共通性成为世界视野的前提，而世界视野则是中国当代文学发展的方向之一，莫言获得诺贝尔文学奖即为例证。莫言的成功之处在于“用汉语的叙事和独特的中国视角对这些具有普遍性和世界性意义的主题进行了寓言式的再现，这应该是他的叙事无法为其他人所替代的一个原因”②。推而广之，中国经验也逐渐成为文学湘军的精神资源和创作底蕴。

中国价值带有强烈的精神指向性，饱含了中国传统文化的审美意蕴和思想内涵，所以中国价值从根本上来说是文学创作的文化价值。作为兼容并包的整体，中国传统文化的构成多种多样，涵盖了墨名法家、释教禅宗类、侠文化、回教类、西学格致、近代西方文化等文化形态。文化的丰富与深邃为文学湘军的创作提供了内在精神基础。就地域来说，文学湘军在巫文化的浸染下成长。巫文化源远流长，在神奇的洞庭湖畔，湘江两岸，巫楚文化是带有宗教意义的文化引导者，这种带有异质的巫楚文化充满了神秘浪漫、庄严神圣、激情，而这也是湘军文学的重要组成部分。韩少功在《文学的根》中说，“万端变化中，中国还是中国，尤其是文学艺术方面，在民族深层精神和文化特质方面，我们有

① 张江，白烨等．文化自信与文学发展[N]．人民日报，2016－10－04(2)．

② 王宁．诺贝尔文学奖、世界文学与中国当代文学[J]．当代作家评论，2015，(6)：62－65．

民族的自我”①，在这里他提出了“民族的自我”的概念，对于中国知识分子思考现代民族文化具有重要的参照价值。以韩少功为代表的湖南作家将其作为自我的生命之根与民族的文化之根，创作出了彰显湖湘文化的超越性作品，具有与世界文学对话的意义与维度。之后，文学湘军的整体崛起再次印证了湖湘文化影响下世界视野书写的价值与气度。唐樱的《南方的神话》延续了沈从文乡村叙事的诗情与自信，通过城市与乡村不同生存境遇的对比，追寻诗意田园的精神慰藉，并将文化的原乡感悟融入文本；而吴刘维、小牛、薛媛媛等人的作品则更加直接地立足巫楚之地，在展示小人物的生存艰难中，自觉地继承了文化寻根的传统，作品由浅入深，从乡土视野中的家国情怀入手，探寻民族精神的旨归，用独具特色的湖湘巫楚文本建构，表达出具有公共性和普适性的重大主题，这种创作的独特意义与审美诉求，也正是文学湘军“中国特色”的价值所在。

本书试图通过从理性资源和审美生成等维度对文学湘军的创作现象进行剖析，为湖南文学乃至整个当代中国文学的研究，提供一种新的研究路径，即立足于中国经验和文学的地域性、传统文化和主流价值的学术目标，紧扣新的历史时期文学湘军的发展与变异主题，将全球化语境和中华美学精神结合起来，以中国经验和中国诗学的艺术立场，对传统文化视域下中国当代作家与作品，特别是对湖湘文化视域下文学湘军的研究做一次梳理或总结，为日后学术同行的相关研究提供一份“田野报告”。

可以说，中国经验与中国价值在文学湘军世界视野形成的过程中起到了重要的指引作用，并成为文学湘军不可或缺的精神资源和创作底蕴。本书以中国经验与湘军文学的赓续与发展为主线，通过时光的盛宴、文学的激情、苦难的诗意、成长的伤痛、正义的高地、诗歌的风度、盛开的诗情和学理的价值等八个维度，深入分析新时期以来湖南创作群体在小说、诗歌和文学评论等方面的发展概况，全方位探讨了文学湘军以世界视野书写中国经验与中国价值的逻辑关联、时代语境与价值承载，从中发现，文艺创作既要有当代生活的底蕴，又要有文化传统的血脉；既要结合新的时代条件来传承和弘扬中华优秀传统文化，又要赓续和弘扬中华美学精神，而家国情怀既是文学湘军的创作实践，又是他们的文化自觉，是促使他们立足于中国当代文学版图中并形成自己特色的关键所在。

---

① 韩少功. 世界[M]. 长沙：湖南文艺出版社，1996：2.

参考文献

一、学术专著

(一)外文译著

[1][美]罗伯特·麦基. 故事——材质，结构，风格和银幕剧作的原理[M]. 周铁东译. 北京：中国电影出版社，2001.
[2][法]米兰·昆德拉. 小说的艺术[M]. 董强译. 上海：上海译文出版社，2004.
[3][英]迈克尔·伍德. 沉默之子：论当代小说[M]，顾钧译. 上海：生活·读书·新知三联书店，2003.
[4][瑞士]沃尔夫冈·凯塞尔. 语言的艺术作品[M]. 陈铨译. 上海：上海译文出版社，1984.
[5][德]莱辛. 拉奥孔[M]. 朱光潜译. 北京：人民文学出版社，1979.
[6][捷克]米兰·昆德拉. 小说的艺术[M]. 董强译. 上海：上海译文出版杜，2004.
[7][美]E·M·哈里代. 海威明的双重性：象征主义和讽刺[M]. 北京：中国社会科学出版社，1985.
[8]Rey Chow. Primitive Passions：Visuality，Sexuslity，Ethnography，and Contemporary Chinese Cinema[J]. New York：Columbia University Press，1995.
[9]Michel Foucault. Discipline and Punish：The Birth of the Prison，(trans.) Alan Sharidan [J]. New York：Vantage，1995.
[10][法]莫里斯·哈布瓦赫. 论集体记忆[M]. 毕然，郭金华译. 上海：上海人民出版社，2002.
[11][英]华兹华斯. 抒情歌谣集[M]. 谢耀文译. 南京：译林出版社，1995.
[12][意]伊塔洛·卡尔维诺. 未来千年文学备忘录[M]. 周宪，黄灿然译. 南京：译林出版社，2009.
[13][法]米歇尔·福柯. 知识考古学[M]. 谢强，马月译. 上海：生活·读书·新知三联书店，2007.
[14][美]詹明信. 晚期资本主义的文化逻辑[M]. 上海：生活·读书·新知三联书店，1998.

[15][法]拉康. 拉康文集[M]. 何一译. 上海：译文出版社，2001.
[16][法]米兰·昆德拉. 小说的艺术[M]. 董强译. 上海：译文出版社，2004.
[17][美]雷德里克·杰姆逊. 文化转向[M]. 胡亚敏等译. 北京：中国社会科学出版社，2000.
[18][法]阿尔弗雷德·格罗塞. 身份认同的困境[M]. 王鲲译. 北京：社会科学文献出版社，2010.
[19][美]本尼迪克特·安德森. 想象的共同体：民族主义的起源与散布[M]. 吴叡人译. 上海：上海人民出版社，2011.
[20][法]莫里斯·哈布瓦赫. 论集体记忆[M]. 毕然，郭金华译. 上海：上海人民出版社，2002.
[21][美]雷德里克·杰姆逊. 文化转向[M]. 胡亚敏等译. 北京：中国社会科学出版社，2000.
[22][法]米兰·昆德拉. 被背叛的遗嘱[M]. 董强译. 上海：译文出版社，2004.
[23][希腊]奥德修斯·埃利蒂斯. 理所当然[M]. 刘瑞洪译. 上海：译林出版社，2008.
[24][德]恩斯特·卡西尔. 人论[M]. 甘阳译. 上海：译文出版社，1985.
[25][智利]巴勃罗·聂鲁达. 聂鲁达论诗：人民的诗人[M]. 江之水，林之木译. 昆明：云南人民出版社，1995.
[26][智利]巴勃罗·聂鲁达. 聂鲁达论诗：对一个咨询的回答[M]. 江之水，林之木译. 昆明：云南人民出版社，1995.
[27][德]尼采. 查拉图斯特拉如是说[M]. 钱春绮译. 上海：生活·读书·新知三联书店，2007.
[28][阿根廷]博尔赫斯. 博尔赫斯诗选[M]. 陈东飚，陈子弘等译. 石家庄：河北教育出版社，2003.
[29][希腊]塞非利斯·埃利蒂斯. 英雄挽歌[M]. 李野光翻译. 桂林：漓江出版社，1987.
[30][德]尼采. 查拉图斯特拉如是说[M]. 钱春绮译. 上海：生活·读书·新知三联书店，2007.
[31][法]卢梭. 忏悔录[M]. 黎星，范希衡译. 北京：人民文学出版社出版，1992.
[32][英]弗吉尼亚·伍尔芙. 墙上的斑点[M]. 黄梅译. 杭州：浙江文艺出版社出版，2002.
[33][德]荷尔德林. 荷尔德林诗集[M]. 王佐良译. 北京：人民文学出版社，2016.
[34][美]华莱士·马丁. 当代叙事学[M]. 伍晓明译. 北京：北京大学出版社，1990.

(二)中文专著

[1]刘恪. 空裙子[M]. 北京：百花文艺出版社，2012.
[2]罗长江. 大地苍黄[M]. 长沙：湖南人民出版社，2012.
[3]宋庆莲. 走成阳光的路线[M]. 北京：中国文联出版社，2012.
[4]王德威. 从头谈起——鲁迅、沈从文与砍头[M]. 上海：东方出版中心，1997.

[5]聂茂. 民族寓言的张力[M]. 北京：民族出版社，2004.
[6]吴刘维. 有人落水[M]. 北京：北京方舟阅读科技有限公司，2016.
[7]唐樱. 南方的神话[M]. 天津：天津教育出版社，2008.
[8]韩少功. 世界[M]. 长沙：湖南文艺出版社，1996.
[9]沈从文. 沈从文精选集[M]. 北京：燕山出版社，2005.
[10]杨华方. 毛泽东在一九二五年[M]. 北京：中央文献出版社，2007.
[11]彭国梁. 希望是每个人活着的底气——何顿访谈录[M]. 北京：作家出版社，2012.
[12]谢四平. 遍地英雄 1959[M]. 北京：人民武警出版社，2012.
[13]伍蠡甫. 西方古今文论选[M]. 上海：复旦大学出版社，1984.
[14]肖复兴. 多梦时节・自序[M]. 北京：中国文联出版公司，1989.
[15]钱基博，李肖聃. 近百年湖南学风. 湘学略[M]. 长沙：岳麓书社，1985.
[16]少鸿. 花枝乱颤[M]. 北京：作家出版社，2006.
[17]聂茂. 民族寓言的张力[M]. 北京：民族出版社，2004.
[18]张系国. 让未来等一等吧[M]. 北京：洪范书店有限公司，1984.
[19]童庆炳. 文学理论教程[M]. 北京：高等教育出版社，2004.
[20]谈雅丽. 河流漫流者[M]. 长沙：湖南师范大学出版社，2016.
[21]北岛. 在天涯[M]. 上海：生活・读书・新知三联书店，2015.
[22]袁行霈. 中国诗歌艺术研究[M]. 北京：北京大学出版社，2010.
[23]恩格斯. 路德维希费尔巴哈与德国古典哲学的终结[M]. 北京：人民出版社，2014.
[24]沈从文. 湘行散记[M]. 南京：江苏人民出版社，2015.
[25]谈雅丽. 流淌在沅水的古典诗歌情结[M]. 桂林：漓江出版社，2014.
[26]章罗生. 新世纪报告文学的审美新变[M]. 北京：华龄出版社，2007.
[27]刘一平，吕雁. 追梦・锋芒：湖南电视 40 年[M]. 长沙：湖南人民出版社，2010.
[28]欧阳友权. 文化产业通论[M]. 长沙：湖南人民出版社，2006.
[29]费孝通. 乡土中国[M]. 北京：北京出版社，2004.
[30]杨绛. 杨绛散文[M]. 杭州：浙江文艺出版社，1996.
[31]白岩松. 幸福了吗[M]. 武汉：长江文艺出版社，2010.
[32]刘起林. 红色记忆的审美流变与叙事境界[M]. 北京：中国社会科学出版社，2015.
[33]罗尔. 那些义盖云天的人儿[M]. 深圳：海天出版社，2017.
[34]张文杰. 现代西方历史哲学译文集[M]. 上海：译文出版社，1984.
[35]纪红建. 马桑树儿搭灯台——湘西北红色传奇[M]. 湘潭：湘潭大学出版社，2016.
[36]刘勰. 文心雕龙[M]. 重庆：西南师范大学出版社，1996.
[37]郭绍虞. 中国历代文论选[M]. 上海：上海古籍出版社，1979.
[38]姚力，刘坚. 中国古代诗词文赋名句全书[M]. 中山：南海出版公司，1992.
[39]王清波. 诗潮与诗神 中国诗歌三十年[M]. 北京：中国人民大学出版社，1989.
[40]伍蠡甫. 西方文论选上卷[M]. 上海：上海译文出版社，1979.

[41]刘卫东. 指尖流水[M]. 长沙：湖南美术出版社，2005.
[42]海子. 海子、骆一禾作品集[M]. 南京：南京大学出版社，1991.
[43]于坚. 于坚文集[M]. 昆明：云南人民出版社，2005.
[44]刘绍铭. 烟雨平生[M]. 上海：上海书店出版社，2005.
[45]姜贻斌. 火鲤鱼[M]. 长沙：湖南文艺出版社，2012.
[46]龚芳. 面孔之舞[M]. 郑州：河南文艺出版社，2007.
[47]胡廷武. 没有诗歌，就像菜里没有盐巴[M]. 于坚文集. 昆明：云南人民出版社，2005.

二、期刊

[1]顾建平. 姜贻斌的小说特质[J]. 长篇小说选刊，2013，(5)：75－85.
[2]田谨昀. 伏笔贵在"伏"[J]. 科教文汇旬刊，2012，(17)：86－86.
[3]聂茂. 隐秘的愉悦与悲悯的力量——对话著名作家姜贻斌[J]. 湖南文学，2015，(3)：158－165.
[4]樊星. 论八十年代以来文学世俗化思潮的演化[J]. 文学评论，2001，(2)：24－32.
[5]杨治良. 漫谈人类记忆的研究[J]. 心理科学，2011，(1)：249－250.
[6]尹蓓芳、黄筱威. 文学途上，离家与归乡——骆以军对谈李黎[J]. 印刻文学生活志，2007，(5)：58－67.
[7]聂茂. 与肖仁福对话[J]. 芙蓉，2007，(3)：32－45.
[8]徐贲. 假面化的公共生活与犬儒式抵抗[J]. 东方，2001，(10)：76－85.
[9]吴刘维. 我岳父就这样老了[J]. 北京文学：中篇小说月报，2013，(3)：76－89.
[10]王炎. 成长的终结？——解析福兰克·墨罗蒂的《世界的存在方式》[J]. 外国文学，2006，(2)：84－88.
[11](美)弗雷德里克·杰姆逊，张京媛. 处于跨国资本主义时代中的第三世界文学[J]. 当代电影，1989，(6)：47－59.
[12]杨清虎. "家国情怀"的内涵与现代价值[J]. 兵团党校学报，2016，(3)：60－66.
[13]龚爱林. 铭记长征精神，走好今天的长征路[J]. 湖南文学，2017，(2)：170－171.
[14]张韵波. 沉潜在诗歌的精神版图——梁尔源访谈录[J]. 创作与评论，2016，(5)：26－28.
[15] 赵思奇，乔丽. "姐妹情谊"何以解救灵魂的失度——评先锋作家刘恪的小说《空裙子》[J]. 中州大学学报，2014，31(1)：18－21.
[16]周计武. 流亡与认同[J]. 文艺理论研究，2007，(5)：31－37.
[17]赵丰. 绵延的生命之流[J]. 国学，2010，(1)：36－42.
[18]李夏楠. T. S. 艾略特"客观对应物"论浅谈[J]. 新视界，2012，(2)：22－34.
[19]李珂玮. "寻根文学"对乡土中国本体困境的影射与反思[J]，广州大学学报，2016，(2)：56－63.
[20]匡国泰. 当明月照亮语言的归途——论梁尔源有关月亮的诗及其诗歌语言[J]. 创作与

评论，2016，(5)：29－31.
[21]龚道国. 诗这种文字[J]. 神采，2013，(10)：55－76.
[22]王宁. 诺贝尔文学奖、世界文学与中国当代文学[J]. 当代作家评论，2015，(6)：4－18.
[23]范雨萌. 路易斯·布尔乔亚 规劝与惩罚[J]. 东方艺术，2012，(23)：92－95.
[24]尹蓓芳、黄筱威. 文学途上，离家与归乡——骆以军对谈李黎[J]. 印刻文学生活志. 2007，(5)：63－82.
[25]倪湛舸. 成长小说的美学政治：从席勒的头骨到《伯恩的身份》[J]. 上海文化，2010，(4)：82－90.
[26]张艳梅. 当代小说中成长叙事的新维度——论鄢然长篇小说《残龙笔记》[J]. 当代文坛，2012，(6)：169－172.

三、报纸

[1]何可人. 非虚构作家梁鸿评诺奖得主：作家要做的是"去蔽"[N]. 凤凰文化，2015－10－08(5).
[2]蔡震. 毕飞宇：诺奖会激励一些作家严肃思考非虚构写作[N]. 扬子晚报，2015－10－16(6).
[3]徐峙. 没有方向的逃离[N]. 京华时报，2006－11－20(6).
[4]容美霞. 理想田园水晶爱情——读唐樱长篇小说《南方的神话》[N]. 长沙晚报，2010－09－06(6).
[5]聂茂. 精神原乡的生命隐喻[N]. 文艺报，2015－12－4(6).
[6]贺绍俊. 琥珀：一个有生命力的小说意象——读余红的《琥珀城》[N]. 中国艺术报，2015－01－12(6).
[7]王跃文. 琥珀幻象下的人间万象[N]. 文学报，2015－01－14(5).
[8]白烨. 琥珀城的真相与病象[N]. 人民日报，2016－03－02(6).
[9]谢宗玉. 闲话《背景》[N]. 长沙晚报，2011－6－21(6).
[10]姜宗福. 写给《背景》的影子们[N]. 长江信息报，2011－10－27(6).
[11]李朝全. 不让红军和长征成为传说——评纪红建的长篇报告文学《马桑树儿搭灯台》[N]. 中国艺术报，2016－11－14(3).
[12]钟丽茜. 诗性回忆与现代生存——普鲁斯特小说的审美意义研究[N]. 北京：光明日报出版社，2009－10－27(6).
[13]张江，白烨等. 文化自信与文学发展[N]. 人民日报，2016－10－04(2).
[14]张战. 梁尔源：从月亮中走来的诗人[N]. 湖南日报，2016－03－25(3).
[15]仲富兰. 开拓民俗文化研究的新领域[N]. 文汇报，1986－07－27(6).
[16]徐峙. 没有方向的逃离[N]. 京华时报，2006－11－20(6).

四、网站

[1]李朝全. 铭记历史，回归初心，彰显本色——读铁流、纪红建的《见证——中国乡村红色群落传奇》[EB/OL]. [2017-08-05]. http://www.langlang.cc/16813689.htm.

[2]苏向东. 诗与生命同步——诗人林莽访谈录[EB/OL]. [2016-11-25]. http://www.china.com.cn/chinese/feature/166104.htm.

[3]青果风林. 彼岸的回声，时光中的倒影——叶芝与希尼诗歌中的神话与现实[EB/OL]. [2016-11-25]. http://blog.sina.com.cn/s/blog_48d87a700101hrmm.html.

[4]蒋益文. 中国当代诗歌的困境与突围[EB/OL]. [2015-10-20]. http://blog.sina.com.cn/s/blog_47783c62010000tp.html.

[5]黄恩鹏. 在语言的暗喻里展开或释放——世界优秀经典散文诗探研[EB/OL]. [2015-10-15]. http://blog.sina.com.cn/huangenpengxin.

[6]向迅. 谈雅丽：河流漫游者[EB/OL]. [2017-08-09]. http://www.frguo.com/.

总跋：阳光多灿烂，生命就有多灿烂

人生有许多意想不到的事情发生，于我而言，这种意想不到的事情发生的频率还颇高。直到今天，我仍然感觉在做梦：一个地地道道的农家孩子，跳出农门，一脸兴奋地来到城里，吃上了“皇粮”；一个不安分的乡村医院的检验士，怀着对文学的无比向往，毅然辞掉工作，热情鲁莽地到北京、上海等地求学、漂泊；一个研习唐宋诗词的年轻学子，在“铁肩担道义”之现实力量的感召下，排除众多诱惑和其他选择，欣然成为省城第一大主流媒体的编辑、记者；一个在新闻战线上崭露头角、在文学创作上渐入佳境的“土疙瘩”，竟然放弃好不容易争来的一切，操着浓重的乡音，奔赴“长白云的故乡”新西兰，在 The University of Waikato（怀卡托大学）这所刚刚诞生过80后美女总理 Jacinda Arden（杰辛达·阿德恩）的综合性大学，攻读博士，并且破天荒获得全额奖学金，成为该校自建校以来第一位在人文社会科学院获此殊荣的亚洲学生；一位慢慢适应了异国他乡“慢生活”的游子，在顺利地取得学位后，又毫不犹豫地返回中国，手执教鞭，供职于中南大学，由助教直接破格晋升为教授、学科带头人……所有这一切，在我的人生履历上，都没有任何的暗示或预见，也许这就是命运吧，它将生命中看似偶然、实则必然的点点滴滴，以跌宕起伏的神奇方式，天衣无缝地嵌联起来，使之成为完整的、丰富的和真实的“我”，而这个“我”原本也可以是破碎的、单薄的和虚幻的“他者”，只要任何一次选择出现偏差，任何一次行动出现失误，任何一次前进出现犹疑，都不可能成为“现在的我”。

为此，我深深感恩。我庆幸变成“现在的我”。没有大福大贵，没有声名显赫，我只是一个走在大街上不会被任何人追着签名的普通人，身材矮小，长相平平，既不要出门时戴着口罩，又不用担心归来时被人拍照。上有老，下有小，每日三餐，粗茶淡饭。简单的生活，真实的情怀。山清水白，云卷云舒。

这一切，我都看见，体味，并且感悟。我欢喜。

人生苦短。人的一生有许多设想，但真正把设想变成现实的并不多，而愿意花费十年甚至更长时间对待一个设想并把它做出来的更是鲜见。我有幸成为这“鲜见者”中的一员。我常常想：我究竟有什么功德，让老天如此垂爱于我？特别是今天，当我面对《中国经验与文学湘军发展研究》这个宏大工程的最终成果：七卷本文集、三百余万字厚厚的作品，这份感恩尤其强烈。我十分惊讶：这是我的作品，是我的汗水、心血和智慧的结晶吗？

想想还真不容易。这十余年来，除了正常的教学，其余绝大部分时间，包括春节、中秋和双休日等几乎所有的节假日，我都义无反顾地坚守在故纸堆和自己的陋室里，查找，阅读，整理，写作。我像一个着了魔的人，强迫自己以一当十地往前走。肩膀痛，脑袋胀，眼睛涩，腰椎突出，都不能阻止我昂首挺进的步伐。

记得1980年诺贝尔文学奖获得者、波兰著名诗人米沃什曾经说过：“直接锁定一个目标，拒绝被那些提出各种要求的声音转移你的注意力。”是的，这些年来，外面的诱惑、喧嚣和纷扰，包括应酬、闲聊、茶会、聚餐等等，都最大限度地从我的生活中清除出去。我明白自己在做什么，也明白拒绝的是什么。我的生活只有两点：学校与家，我每天往返于这两点之间，从容不迫，少有例外。别人的誉毁或议论都无法改变我内心的召唤。在奔向目标的过程中，我一直很清醒，不为热闹所动，不为喧嚣所困，不为得失所扰，守得住初心，耐得住寂寞。花开花落，冬去春来。我像一个辛劳的农民，守护自己的一亩耕地，日出而作，日落而息；我又像一棵倔强的水稻，忠诚于脚下的这片土地，纵然风吹雨打，也能淡然面对。

回首自己的学术生涯，我似乎一直行走在边缘甚至是荆棘丛中，没有鲜花和掌声，唯有自己给自己鼓劲，其间酸甜苦辣，冷暖自知，不足为外人道。十多年前，“中国经验”这个话题并没有像今天这样受到普遍关注。有关“文学湘军”的研究也断断续续地有过一些，但系统性和整合性或者说深度和广度都远远不够。而把“中国经验”和“文学湘军”关联起来，做全方位考察和研究的更是少之又少。因为热爱，也因为熟悉，我毅然决然投身其中，像一个苦行僧，手持油灯，怀揣自己的心跳，倾听文字敲打的声音，不计后果，默然前行。

我希望《中国经验与文学湘军发展研究》能够站在世界文学视野下，以“中国经验”为轴心，全面立体、客观真实地对新时期以来的湖南作家及其作品进行归纳、梳理、分析与整合，形成较为系统、相互独立又相互联系、完善又详细的“湖南作家创作图库”或“文学湘军精神谱系”。这样做，首先要突破的是“区域规制”和“专题研究”的单一视阈，我积极借助中华美学、传播学、心理学、社会学和民族学等跨学科理论知识，对全球化语境下中国特色的文学湘军进行全景式的还原、检示和呈现。这里所说的“中国特色”，是指文学湘军固有的地域底蕴、文化传统、时代背景、政治觉悟和创作诉求等宏大叙事所彰显出来的文本特质和品相；这里所说的“全景式”，是指本书系既有对文学湘军中的老作家或知名作家的历时性研究，又有对文学湘军中的中坚力量、新锐作家的共时性的阐释，还有是对名不见经传、但颇有潜力的文学新人或文学“票友”的“发现性”考察与分析，力图涵盖文学湘军的方方面面，带有较强的史料性和体系性，其中主要包括：人民文学的道路选择，家国情怀的叙事冲动，民族作家的生命寻根，文学湘军的湖湘气派，官场书写的价值重建，70后写作的艺术追求，诗性解蔽的精神原乡，等等。整个研究既聚焦文学湘军的总体气质和思想特性如人民文学和家国情怀等，又分析江华作家、湘军点将和政治叙事的文化传统和精神亮度，还对文学湘军五少将和阎真小说等进行文本细读和深入阐释。与此同时，本研究十分重视和充分吸纳国内外学术前沿最新研究成果，尤其是新时期文学研究中学术同行的立场观点和思维方法，通过作家及其作品的内在逻辑与话语建构，以及“镜与灯”式的对话与互证，努力从价值承载、中国智慧、闳阔意境、灵魂拷问、文化认同和个性追求等“文学深描”的多个维度上，对文学湘军书写中国经验的作品风格、人文关怀和内在特质进行从上到下、从局部到整体、从内到外的独到准确而富有深度的审美、品鉴、观照和把握。

古人云：非穷愁不能著书。此话在今天似乎不大成立。我们的生活早已走出了“菜色脸孔、营养不良”等物质上的贫困。比照鲁迅先生“一要生存、二要温饱、三要发展”的人生观，我做研究的动因更多的是为了“挑战”：一份或明或暗的责任或“自恃”，一种若有若无的担当或“自赌”，一缕时隐时显的对自我才情的检验与“自期”。因此，摆在面前的这七大本厚厚的书稿，既不是“穷则思变”的结果，也不是“不平则鸣”的见证，更不是“为赋新词强说愁”的镜像。

实际上，我有很多理由来说服自己走了一条并非贸然选择的道路，除了身在争创世界一流大学和一流学科的“双一流”这样氛围的全国重点大学，就得按照学院派的规制进行自我提升和创新发展，以确保“为稻粱谋”的高枕无忧以及“我行我素”的理直气壮，从更深层次上则可以实现我的另一份雄心或验证我的另一种企图：即在小说、散文、诗歌和报告文学或纪实文学等创作样式的书写之外，在文学评论的场域里我是否也可以有一番作为？这样均衡发展，固然损害了我在某一文体创作方面可能取得的应有成就，但人生的历练比某个方向的高度更令我满怀憧憬或心存异想。我希望用各类尝试、积极创新、不断“挑战”和体量庞大的超负荷“驾驭”来让自己的内心暴露得更为完整，也许这样的“完整”反而显得更为破碎。那又如何？没有经历，何谈成败？不经风雨，哪有彩虹？何况文学的马拉松赛不在于一时的成功或失败。既然命中注定，此生无法弃书远行，也不能特立独行，我乐意做一介抱书笃定的“穷困”书生或一只携书奋飞的“多栖”候鸟。不管怎样，是持续不断的写作向我提供了对于人生的丰富、深邃、充盈、真实的一切。我只有深入这一切，才能触摸真正的人生，探究命运的真谛，找到“现在的我”。我欢喜。

我笃信：奔跑的姿势离目标最近。时间是公平的，它会告诉我，未来是什么。

饮水思源。此时此刻，我要衷心感谢一直以来鼓励和支持我的领导、师长、同行和朋友们：

原湖南省委宣传部的魏委部长，湖南省社科基金规划办的骆辉主任，湖南省文联党组书记夏义生、原负责纪检工作的管群华书记，湖南省作家协会原主席唐浩明、现任主席王跃文和党组书记龚爱林，湖南省广播电视出版局的尹飞舟局长，湖南省社会科学院的周小毛院长，长沙市委常委、宣传部部长高山，长沙市文联党组书记王俏，等等。魏委部长高度的责任感和强烈的担当精神，骆辉主任的大局意识和对人文社科工作深沉的爱，夏义生书记“腹有诗书”的气质和丰沛的学术情怀，以及管群华书记的敬业精神、唐浩明主席的儒雅大度、王跃文主席的风趣洒脱、龚爱林书记的勤勉刻苦、尹飞舟局长的静水流深、周小毛院长的上善若水、高山部长的沉稳睿智、王俏书记的兰心蕙质，都给我留下了极其深刻的美好印象。他们都是学者型领导，是我的良师益友，不仅非常重视我的学术研究，而且嘘寒问暖，热情鼓励，同时高屋建瓴，提出许多中肯意见，令人感动。

中南大学校长田红旗，校党委副书记蒋建湘，校党委常委、副校长周科朝，以及校科研部人文社科处处长彭忠益等等，他们站在建设世界一流大学和一流学科之国家战略的宏观层面上，为中南大学的长远发展日夜操劳，竭忠尽智，不仅对重点院系、重点学科和重点人才给予应有的支持，以确保中南大学在中国乃至世界范围内的影响力和美誉度，而且对中南大学一般院系的学科和人才也给予了不遗余力的关心和爱护。在我的印象中，田红旗校长平易近人，虚怀若谷，锐意进取；蒋建湘书记严于律己，勇于担当；周科朝校长温文尔雅，谦卑正直；彭忠益处长热情大方，谦逊有加。他们怀着高度的职业操守、敬业精神和忧患意识，对中南大学的学科建设和发展，竭尽全力，积极作为，彰显了领导的魄力与担当，弥足珍贵。不仅如此，这些领导对我个人的教学、科研乃至日常生活等，都给予了足够的关心和爱护，充满着人情味和人文关怀。

文学与新闻传播学院原院长欧阳友权、原书记胡光华，现任院长刘泽民、书记肖来荣，以及副院长阎真、白寅、范明献，副书记马国荣，包括以晏杰雄为代表的诸多同事，都无一例外地对我伸出友爱之手，令我感受到集体的温暖和生活的美好。欧阳友权教授将我引入中南大学，对我有知遇之恩，作为国内知名学者，他不仅在教学和生活上给予我无微不至的关怀，在科研工作上给予我无私的支持，而且在最初当别人用怀疑的眼光看待我时，他一直强调学术的积累，坚信“是金子终会有发光的时候”。胡光华书记谦逊有加，无论台前幕后，一有相求，必鼎力相助。刘泽民院长宽厚真诚，温敦儒雅，待我如一名兄长。肖来荣书记虽是典型的“理工男”，骨子里却有着诗人气质和人文情怀。阎真童心永驻，白寅英俊豪气，范明献任劳任怨，马国荣宅心仁厚，晏杰雄才华横溢，其他同事都十分优秀，乐于助人，保持了文新院一直以来的“包容、自由、个性”的优良传统。

一路走来，风雨兼程。我要特别感谢的还有：硕士生导师刘庆云先生，博士生导师林敏先生和副导师玛丽娅女士，他们对我的职业规则和人生目标产生了极其重要的影响，都是我生命中的“贵人”和“恩人”，没有他们的悉心栽培和倾力扶持就没有我的今天。著名文学评论家雷达先生出于对后学的关爱和提携，欣然拨冗，写下热情洋溢的总序，令我终生难忘。撰写封底推荐语的14位名家都是我的良师益友，都对我的创作与研究给予大力支持，令我感动和自豪。青年作家唐朝晖为书系的后期制作献智献策；从未谋面的作家和书法家诸荣会题写了书名，并在封面设计上提了许多建设性意见，让我领略了作品和人品合而为一的人格魅力。

此外，我的师妹贺慧宇为人正直、善良、真诚，重情重义，诗文均佳，她和她的先生对我的科研工作给予温暖如春的可贵支持，让我深怀感激之情。以社长吴湘华和责任编辑浦石为代表的中南大学出版社的朋友们，他们的细心与耐心、效率与责任，以及对本书系所付出的辛勤劳动，我都看在眼里，感铭在心。以刘朝勋、李磊、曹雪冬、陈畅、徐宁、向柯树等为代表的弟子们也为这套书系贡献了自己的心血和智慧，在此一并谢过。

当然，最应该感谢的还是我平凡而温馨的家人：92岁高龄的老父亲，在生活条件极其简陋的老家，以顽强的生命力和乐观精神，健康地活着，让我倍感欣慰；而以劳动模范著称的岳母几乎包下了所有家务，起早摸黑，任劳任怨，虽然很少阅读我创作的文字，包括我对她由衷的赞美，但她知道我在做正经事，做有意义的事情，毫不犹豫，全力支持；我的岳父性格温和，虽中风两次，留下后遗症，但努力锻炼，做到生活自理，不给晚辈增添压力；我的妻子，低调内敛，性格温柔，美丽善良，淑兰香远，是我一生最大的骄傲和成功，她不仅默默地支持我的工作，而且承担了耐心教育女儿、陪伴女儿成长的关键角色；我的女儿，聪明伶俐，活泼可爱，每每以出其不意的精彩和“创造性”的言语逗得我捧腹大笑，让我感受到学术枯燥中的亮丽，生活沉重中的轻盈。这些生命中的缘，我都珍惜，并深深感恩。

阳光有多灿烂，生命就有多灿烂；

内心有多愉悦，生命就有多愉悦；

境界有多辽阔，生命就有多辽阔。

眼下正是金秋十月。窗外小鸟啾啾。我伫立窗前，天高地远，心旷神怡。空气中弥漫一股淡淡的甜味，远处的山峦朦胧着一片黛色，一团火光突然闪亮出来，像一颗红豆，种在遥远的天际上。那难道不是新的起点吗？命运之神再次向我招手，新的征程、新的挑战已经出现，我审视“现在的我”，白发慢慢增多，这是岁月的沉淀和时间老人打磨的结果。我自嘲一下，卸下疲惫，收拾行囊，从零开始，准备出发。这一切，我欢喜。

2017 年 10 月 31 日于岳麓山下抱虚斋